Buenos Aires, 1914: Die junge und schöne Operndiva Micaela kehrt aus Paris in ihre argentinische Heimatstadt zurück. Dort begegnet sie dem attraktiven, geheimnisvollen Carlo Molina, Besitzer einer Tango-Bar im Hafenviertel der Stadt, der in dunkle Machenschaften verstrickt ist.
Um ihren Bruder zu retten, der bei Carlo hohe Spielschulden hat und beinahe zu Tode geprügelt worden wäre, lässt sich Micaela darauf ein, in seiner Tangobar zu singen. Abend für Abend tritt sie in der düsteren Spelunke auf. Und das, wo sie sonst nur in den größten Opernhäusern der Welt singt.
Doch gegen ihren Willen erliegt sie dem betörenden Charme des zwielichtigen Carlo. Denn dieser führt Micaela ein in die dunkle, gefährliche Welt des Tangos, eine Welt, vor der sie zurückschreckt und die sie doch mit unwiderstehlicher Kraft anzieht …

»Florencia Bonelli ist die Königin der Gefühle!« *VIVA*

Florencia Bonelli wurde 1971 im argentinischen Córdoba geboren. Seit 1997 widmet sie sich dem Schreiben. Sie ist Argentiniens erfolgreichste Autorin für Frauenromane. Mit »Dem Winde versprochen« hatte sie ihren internationalen Durchbruch. Die Autorin lebte in Italien, England und Belgien. 2004 kehrte sie gemeinsam mit ihrem Mann zurück nach Argentinien, seit 2013 lebt sie in der Schweiz. Bei FISCHER Taschenbuch sind die Romane »Dem Winde versprochen« (Bd. 18211), »Dem Sturm entgegen« (Bd. 18212) und »Was deine Augen sagen« (Bd. 18213) erschienen.

www.florenciabonelli.com

Weitere Informationen, auch zu E-Book-Ausgaben, finden Sie bei www.fischerverlage.de

FLORENCIA BONELLI

Der Duft der Orchidee

ROMAN

Aus dem Spanischen
von Lisa Grüneisen

FISCHER Taschenbuch

Erschienen bei FISCHER Taschenbuch
Frankfurt am Main, April 2014

Die Originalausgabe erschien 2003 unter dem Titel
›Marlene‹ bei Plaza & Janés, Buenos Aires.
© Florencia Bonelli 2003
Für die deutschsprachige Ausgabe:
© S. Fischer Verlag GmbH, Frankfurt am Main 2014
Satz: Fotosatz Amann, Memmingen
Druck und Bindung: CPI books GmbH, Leck
Printed in Germany
ISBN 978-3-596-19453-7

Für Miguel Ángel, *amore della mia vita.*
Für Tomasito, wie versprochen und gewünscht.

»Dass die Liebe alles ist, ist alles,
was wir über die Liebe wissen.«
Emily Dickinson

Prolog

Vor der Küste von Buenos Aires, Januar 1914

Micaela trat an die Reling, um ein paar Minuten für sich zu sein. Die Aussicht war nicht besonders: ein trüber Fluss und eine Küste, die noch nicht vollständig zu erkennen war. Doch je näher das Schiff kam und je deutlicher alles hervortrat, desto aufgeregter wurde sie.

Seit fünfzehn Jahren war sie nicht mehr in Argentinien gewesen. Es war ihre Heimat, aber sie befürchtete, dass sie sich nicht mehr zu Hause fühlen würde. Es war viel passiert seit dem Tag, als Mamá Cheia sie auf den Passagierdampfer gesetzt hatte, der sie in die Schweiz bringen sollte. Sie war jetzt ein anderer Mensch, nicht mehr das achtjährige Mädchen von damals.

Ihr Leben schien in geordneten Bahnen zu verlaufen, aber Micaela wusste, dass noch viele Fragen offen waren. Sie war ständig von einer inneren Unruhe getrieben, die ihr das Gefühl gab, dass etwas fehlte. Sie lächelte bitter. Wer konnte sich vorstellen, dass »der Göttlichen« etwas fehlte? Für den Rest der Welt war sie eine glückliche Frau.

Weshalb kehrte sie nach Argentinien zurück? Was zog sie noch dorthin? Sie wusste es nicht; eine unsichtbare Kraft hatte sie zur Rückkehr getrieben, sie förmlich hierher gezogen. Nach Emmas Tod hatte sie nicht lange überlegt, die Schiffspassage gebucht und war nach Buenos Aires abgereist. Ihre Freunde waren der Meinung, sie brauche ein wenig Abstand.

»Ah! Mademoiselle Urtiaga, da sind Sie ja!« Der Kapitän des Schiffes riss sie aus ihren Gedanken. »Ich suche Sie schon die ganze Zeit.«

»Ich bin an Deck gegangen, um ein wenig frische Luft zu schnappen und die Aussicht zu genießen«, erklärte Micaela ohne große Begeisterung. Die Avancen des Kapitäns gingen ihr auf die Nerven.

»Waren Sie länger nicht mehr in Buenos Aires?«, erkundigte sich der Mann.

»Über fünfzehn Jahre. Eine lange Zeit, nicht wahr?«

»Allerdings. Sie werden die Stadt nicht wiedererkennen. Buenos Aires hat sich sehr verändert.«

»Das sagte man mir. Kommen Sie oft her?«

»Ein-, zweimal im Jahr. Und jedes Mal hat es sich verändert. Den Kolonialstil, der das Stadtbild früher prägte, ist fast völlig verschwunden. Jetzt erinnert Buenos Aires eher an eine europäische Stadt. Es gibt große Stadthäuser und breite Alleen mit schattigen Bäumen. Das alte Rathaus hat sehr unter dieser Entwicklung gelitten. Manche beschweren sich, aber die Regierung hört nicht auf sie. Wie wird das erst, wenn die *Porteños* sogar eine Untergrundbahn haben!«

Micaela sah ihn überrascht an. Als jemand nach dem Kapitän rief, entschuldigte dieser sich und ließ sie allein. Micaela sah wieder zur Küste herüber. Bald würden sie anlegen. Ihr Herz pochte heftig. Mittlerweile konnte sie es kaum noch erwarten, an Land zu gehen. Sie freute sich auf Mamá Cheia und Gastón, die einzigen beiden Menschen, die ihr wirklich etwas bedeuteten.

Traurig blickte sie auf das gekräuselte Wasser des Flusses. Bittere Erinnerungen kamen in ihr hoch. Und die schlimmste von allen war untrennbar mit Buenos Aires verbunden.

1. Kapitel

Buenos Aires, Mai 1899

An diesem Samstag hatten die Kinder der Urtiagas schon den ganzen Tag ihre Mutter sehen wollen. Gastón war bockig und wollte weder seine Milch noch seinen Lebertran trinken. Micaela, die Folgsamere, verschwand in ihrem Zimmer und kam nicht wieder heraus.

Sie waren noch klein und verstanden nicht, warum ihre Mama immer im Bett lag. Auf dem Nachttisch standen unzählige braune Fläschchen, Ärzte gingen ein und aus, ihr Vater sah verzweifelt aus. Und nun kam noch diese Migräne hinzu, die ihr das Leben zur Hölle machte.

Um kurz vor sieben Uhr abends fand Cheia, die schwarze Kinderfrau, dass nun ein guter Moment wäre, damit Micaela und Gastón die Herrin besuchten, und sagte ihnen Bescheid. Die Kinder stürmten zum Schlafzimmer ihrer Mutter. Cheia, die nicht mehr die Jüngste und recht füllig war, folgte ihnen keuchend.

»Seid ihr von Sinnen, Kinder! Grundgütiger Himmel! Nicht so ungestüm! Eurer Mutter platzt ja der Kopf!«

Als Cheia vor dem Zimmer der Hausherrin ankam, stand die Tür sperrangelweit offen. Die Kinder waren schon hineingelaufen, aber drinnen war niemand zu sehen. Sie ging zum Badezimmer, und als sie durch die Tür trat, bot sich ihr ein schrecklicher Anblick: Señora Isabel lag mit aufgeschnittenen Handgelenken in der Badewanne. Die Kinder betrachteten sie mit weit aufgerissenen Augen.

Cheias Schrei riss die Kinder aus ihrer Erstarrung. Der kleine Gastón begann ebenfalls zu schreien, riss sich von der Hand seiner Schwester los und rannte davon.

Micaela starrte reglos auf ihre Mutter. Das blutrote Wasser lief über und tropfte ihr beinahe auf die Schuhspitzen. Die Augen des Kindes wanderten zwischen Isabels wächsernem Gesicht und dem Messer hin und her, das auf dem Fußboden lag. Wie in Trance hörte sie weder Cheias Wehklagen, noch merkte sie, dass sie Gastón nicht mehr an der Hand hielt und sich die Dienstboten in der Tür drängten. Sie trat näher an die Wanne, um ihre Mutter aufzuwecken.

»Nein, Micaela, nicht!«

Das Mädchen merkte, wie es gepackt und weggezogen wurde. Sie strampelte, schrie und schlug um sich wie von Sinnen, doch Cheia legte den Arm um sie und schob sie hinaus.

Micaela hatte ihre Mutter nie anders gekannt als bettlägerig, kränkelnd und schwermütig. Die lebenslustige, schöne Schauspielerin Isabel war für sie nur eine Legende, der sie fasziniert lauschte. Man hatte ihr erzählt, ihre Mutter habe das Publikum auf der Bühne mit ihren Tränen zum Weinen gebracht, mit ihren Scherzen zum Lachen und mit ihrer Schönheit zum Seufzen. Wer sie gesehen habe, sei als anderer Mensch aus dem Theater gekommen; Isabel habe die Menschen in ihrem tiefsten Inneren berührt. Das Publikum hatte sie geliebt.

Der junge Rafael Urtiaga hatte sie auf dem Höhepunkt ihrer Karriere kennengelernt, als sie das Publikum im Politeama-Theater jeden Abend zu Begeisterungsstürmen hinriss. Rafael hatte Erfolg bei ihr – ein Dandy aus der feinen Gesellschaft von Buenos Aires, wie er einer war, mit besten Beziehungen und Verbindungen, bekam immer, was er wollte. Und er wollte sie, unbedingt. Ein Freund hatte sie eines Abends nach der Vorstellung miteinander bekannt gemacht.

Isabel hatte ihn mit ihrer lebhaften Art in Bann gezogen und mit ihrer Schönheit verzaubert. Rafael liebte sie vom ersten Tag an, und auch sie gab sich ihm mit derselben Leidenschaft hin, mit der sie alles tat. Mehr noch: Sie war verrückt nach ihm.

Kurz darauf heirateten sie. Keiner der Urtiagas gab seine Zustimmung. Die Hochzeit war ein Familienskandal. »Eine Schauspielerin!«, gifteten sie, aber im Kopf hatten sie das Wort »Hure«.

Das Ehepaar blieb einige Jahre kinderlos, sehr zur Empörung der Damen der Familie. Aber Isabel wollte auch weiterhin auftreten, und da wäre ein Baby ein Hindernis gewesen. Rafael hatte Verständnis; er war sicher, dass mit der Zeit Muttergefühle in ihr erwachen würden.

Rafael und Isabel waren Ehepartner, Liebende, Freunde, Gefährten, Kameraden, die perfekte Verbindung von Mann und Frau. Beide lebten ihr eigenes Leben und teilten doch alles miteinander. Sie trat weiterhin im Theater auf, er verwaltete seine Landgüter. Trotz allem fanden sie immer Zeit für Zweisamkeit.

Bis Isabel schwanger wurde. Ihre Schwangerschaft war von Anfang an eine Qual und ging mit Übelkeit, Erbrechen und Ohnmachten einher. Ihre Fußknöchel und Hände schwollen an, der Blutdruck stieg in schwindelerregende Höhe. In den letzten Monaten war der Bauchumfang gewaltig, und alles tat ihr weh, so dass sie das Gefühl hatte, gleich auseinanderzubrechen. Sie nahm zu und verlor ihre Figur. Ihr Teint wurde fleckig und ihr blondes Haar stumpf.

Die Urtiaga-Zwillinge kamen am 6. Mai 1891 zu früh zur Welt. Sie waren winzig klein und wogen kaum etwas. Sie erhielten die Namen Micaela und Gastón.

Nach der schweren Geburt hielten es der Arzt und die Hebamme für angeraten, die Patientin erst einmal ruhigzustellen. Blass und kraftlos wegen des hohen Blutverlusts, schlief Isabel mehrere Tage durch, betäubt von einem Opiumgemisch.

Eine eigens angestellte Krankenschwester strich ihr die Milch aus und gab sie den Kindern. Doch bald wurde die Milch knapp, und die Zwillinge brüllten vor Hunger. Die Krankenschwester versuchte es mit Eselsmilch, aber die mochten sie nicht und erbrachen sie meist wieder.

»Die Herrin hat keine Milch mehr, Herr Rafael. Es wird das Beste sein, wenn Sie eine Amme einstellen«, riet ihm die Frau, besorgt um die Gesundheit der Neugeborenen.

»Ja, ist gut«, antwortete Urtiaga gleichgültig. »Tun Sie, was Sie für richtig halten.«

Graciela oder Chela, wie sie genannt wurde, war ein schwarzes Mädchen aus Uruguay, das gerade sein knapp einwöchiges Baby verloren hatte. Sie war wie benommen vor Trauer und Verbitterung. Am liebsten wäre sie mit dem Kind gestorben. Ein befreundeter Pfarrer, Padre Miguel, war ihr Stütze und Trost. Gott habe dem kleinen Miguelito das Leid dieser Welt ersparen wollen, sagte er ihr, deshalb habe er ihn zu sich genommen und zum Engel gemacht.

Am Tag nach der Beerdigung kam der Priester mit einer Ausgabe der Zeitung *La Nación* ins Pfarrhaus und las Chela begeistert vor: »›Amme gesucht. Calle Paseo de Julio, 424.‹ Wie findest du das, Chela? Mit der vielen Milch, die du hast, könntest du doch ein anderes Baby nähren, das sie dringend bräuchte.«

Noch am selben Morgen gingen Chela und der Pfarrer zum Gesundheitsamt und beantragten das Zertifikat zur Bescheinigung der Stillfähigkeit. Die Fürsprache des Priesters beschleunigte den Vorgang ein wenig, und nach einigen Tagen besaß Chela die schriftliche Genehmigung, dass sie fremde Kinder stillen durfte.

Gleich danach wurde sie in der Calle Paseo de Julio vorstellig. Es war eine eindrucksvolle alte Villa im Kolonialstil. Ein Hausmädchen öffnete und bat sie, im Vestibül zu warten. Nach kurzer Zeit wurde sie von einer weißgekleideten Krankenschwester in einen Nebenraum gebeten, wo diese ein Gespräch mit ihr führte. Sie habe sich viele Ammen angesehen, erzählte sie, aber keine habe ihr zugesagt. Entweder habe ihr das Äußere nicht gefallen, oder ihre Papiere seien nicht in Ordnung gewesen, oder sie hätten keine Referenzen gehabt.

»Ich habe alles, Señorita«, versicherte Chela. »Ordentliche Papiere und Referenzen.«

Sie reichte der Frau die Umschläge – einen mit der Bescheinigung des Gesundheitsamts und einen weiteren mit einem Empfehlungsschreiben von Pfarrer Miguel. Die Krankenschwester war beeindruckt, insbesondere von dem Schreiben des Geistlichen. Außerdem gefiel ihr das Mädchen.

»In Ordnung. Du kannst gleich heute anfangen, wenn du willst.«

Chela war glücklich, trotz aller Trauer. Sie wusste, dass sie hier gut zurechtkommen würde.

»Die Urtiagas sind eine der reichsten und angesehensten Familien von Buenos Aires«, erklärte die Krankenschwester. »Du wirst dich also entsprechend benehmen müssen«, setzte sie streng hinzu.

»Wie heißt denn das Kleine, um das ich mich kümmern soll?«

»Die Kleinen, meinst du. Es sind zwei. Zwillinge.«

Chela konnte ihre Überraschung nicht verbergen. Für einen Moment bereute sie, die Stelle angenommen zu haben.

»Micaela und Gastón«, setzte die Krankenschwester unbeeindruckt hinzu.

Die Urtiaga-Kinder waren noch kein Jahr alt, als sie anfingen, »Mamá« zu ihrer Amme zu sagen. Der war das sehr unangenehm, vor allem in Anwesenheit des gnädigen Herrn Rafael. Sie brachte ihnen bei, sie »Mamá Chela« zu nennen. Daraus machten die Zwillinge »Mamá Cheia«, und dabei sollte es ihr Leben lang bleiben.

Micaela und Gastón füllten die Leere, die der Tod ihres Babys hinterlassen hatte. Ihre Milch war sehr gut, und die Kinder legten rasch an Gewicht zu. Außerdem spürten sie ihre mütterliche Wärme und hingen an ihr wie die Kletten. Sie wollten nur ihre »Mamá Cheia« und schrien, wenn Verwandte oder Freunde der Familie sie anfassten oder auf den Arm nehmen wollten. Sobald Rafael Cheia holen ließ, hörte das Weinen auf. Niemand schien sich daran zu stören, dass die schwarze Amme so großen Einfluss auf die Kinder hatte. Allerdings machten sich alle Sorgen um die Mutter.

Isabel ging es weiterhin nicht gut. Körperlich erholte sie sich dank der Medikamente, der Ruhe und regelmäßiger Mahlzeiten nach einer Weile wieder, doch seelisch ging es ihr immer schlechter, und kein Arzt konnte Rafael den Grund nennen.

»Es kommt häufig vor, dass Frauen nach der Geburt schwermütig werden. Aber machen Sie sich keine Sorgen, Herr Urtiaga, das gibt sich wieder.«

Doch die Zeit verging, und Isabels Zustand blieb unverändert. Sie lag im Bett, den Blick starr an die Decke gerichtet, oder saß stundenlang reglos vor dem Spiegel. Manchmal war ihr danach, die Kinder zu sehen. Dann zog Cheia ihnen rasch etwas Hübsches an, kämmte sie mit Kölnisch Wasser, brachte sie an Isabels Bett und setzte sie der Mutter auf den Schoß. Isabel küsste sie ein Weilchen, betrachtete und streichelte sie. Dann bat sie Cheia, sie wieder wegzubringen. Ihr Blick verlor sich wieder an der Decke, und sie verfiel aufs Neue in diese krankhafte Lethargie, die ihren Mann zur Verzweiflung brachte.

Sie konsultierten sämtliche Ärzte von Ruf, die es in Europa und den Vereinigten Staaten gab. Sogar bei einem Psychologen waren sie. Aber es nützte alles nichts, im Gegenteil: In den langen Zeiten der Abwesenheit aus Buenos Aires verschlechterte sich ihr Gesundheitszustand noch mehr.

Die Kinder waren mittlerweile acht Jahre alt, und ihre Mutter war nach wie vor krank und in einer schweren Depression gefangen. Isabels Schwermut lastete bedrückend auf dem Haus am Paseo de Julio. Die Bewohner hielten den Blick gesenkt, alles ging schweigend und gedämpft vonstatten. Die Kinder durften nicht toben oder spielen. Sie begriffen nicht, was vor sich ging, wollten nur bei ihrer Mutter sein, aber man ließ sie nicht. Mit der Zeit gewöhnten sie sich daran, denn sie hatten ja Mamá Cheia, die sie verwöhnte. Aber Micaela und Gastón liebten Isabel trotzdem. Deshalb stürmten sie an jenem Samstag im Mai so glücklich in ihr Zimmer, als Cheia sie endlich zu ihr ließ. Doch da war Isabel schon tot.

2. Kapitel

Obwohl es an Deck nicht kalt war, fror Micaela. Der Selbstmord ihrer Mutter, den sie stets verdrängte, hatte weitreichende Folgen für ihr Leben gehabt, nicht nur wegen der schrecklichen Erinnerung an den Anblick der reglosen Isabel in der Badewanne, sondern auch wegen dem, was danach kam.

Ihr Vater war am Boden zerstört und hatte beschlossen, die Kinder wegzuschicken. Er war ihnen ausgewichen und hatte jeden Blickkontakt vermieden, ganz so, als ob es ihm weh täte, sie anzusehen.

Rafael Urtiaga hatte die französische Hauslehrerin Mademoiselle Duplais entlassen und Gastón auf die renommierte Schule Montserrat in Córdoba geschickt. Sie selbst sollte auf ein Internat im schweizerischen Vevey.

Auch fünfzehn Jahre später sah sie die Szene im Hafen von Buenos Aires noch wie heute vor sich. Nur Mamá Cheia und der Kutscher Don Pascual, der sehr traurig aussah, waren mitgekommen, um sie zu verabschieden. Gastón war schon eine Woche zuvor nach Córdoba abgereist, und ihr Vater hatte auf einem seiner Landgüter zu tun. Weder ihre Tanten noch ihre Onkel hatten sich im Hafen blicken lassen. Micaela machte sich nicht viel daraus, weil sie sie ohnehin nicht sonderlich mochte. Ein mit der Familie befreundetes Ehepaar hatte versprochen, sie nach Vevey zu bringen. Dort würden sie das Mädchen abliefern und dann ihre Urlaubsreise fortsetzen.

Cheia hatte versucht, sich zusammenzureißen, aber es war ihr nicht gelungen. Sie hatte geheult wie ein Schlosshund, als sich der Abschied nicht länger hinauszögern ließ. Auch Micaela hatte geweint, die Arme um ihren Hals geschlungen und geschluchzt, dass sie nicht weg wolle, gebettelt, ob sie nicht mit nach Europa kommen könne. Die tränenerstickten Worte des Mädchens waren Cheia so zu Herzen gegangen, dass es ihr schwergefallen war, sie zu beruhigen.

Das Ehepaar Martínez Paz, das sie begleiten sollte, hatte ungeduldig an Deck gewartet. Als es Zeit zum Ablegen war, war Micaela die Gangway hinaufgegangen. Mamá Cheia und Pascual hatten winkend am Kai gestanden, bis das Schiff die Leinen losmachte.

Ein Schiffssteward hatte ihnen ihre Kabinen gezeigt. Ein Dienstmädchen von Señora Martínez Paz war bei dem Kind geblieben und hatte ihr geholfen, sich einzurichten. Bevor sie ging, hatte sie ihr noch gesagt, dass sie sich an sie zu wenden habe, wenn sie etwas benötige, und nicht *Madame* damit behelligen solle.

Micaela war alleine in ihrer Kabine zurückgeblieben. Sie hatte sich auf die Bettkante gesetzt. Obwohl die Kabine luxuriös und gemütlich war, wäre sie am liebsten an Deck gelaufen, hätte sich ins Wasser gestürzt und wäre zur Küste zurückgeschwommen. Aber sie konnte nicht schwimmen.

Sie hatte sich hingelegt und an die Decke gestarrt. Dann hatte sie begonnen, ein französisches Lied zu singen, das Mademoiselle Duplais ihr beigebracht hatte.

Frère Jacques, frère Jacques, dormez-vous? Dormez-vous? Sonnez les matines! Sonnez les matines! Ding, ding, dong ... Ding, ding, dong.

Singen war eines der Dinge, die sie am liebsten tat. Nach einer Weile war sie eingeschlafen und hatte schreckliche Alpträume gehabt.

Das Mädcheninternat lag ein wenig außerhalb von Vevey am Genfer See, nur einige Kilometer von Genf entfernt. Der beeindruckende Bau aus der Spätrenaissance stand unweit des Sees in einem gepflegten Park und hob sich imposant vor der Gebirgskulisse ab.

Bevor Micaela durch das riesige Portal trat, las sie die französische Inschrift auf dem Torbogen: *Kongregation der Barmherzigen Schwestern.*

Von innen war das Kolleg nicht weniger eindrucksvoll, mit hohen Kassettendecken und dicken Sandsteinwänden, an denen Ölgemälde mit biblischen Szenen hingen. Hinter dem Portal befand sich eine große, nüchtern eingerichtete Eingangshalle. Sie sah eine Marmortreppe mit schmiedeeisernem Geländer und dachte, dass sie Jahre brauchen würde, um all diese Stufen hinaufzusteigen.

In diesem Internat hatte sie die schönsten Jahre ihres Lebens verbracht. Die eindrucksvolle Schweizer Landschaft, das vertraut gewordene Gebäude, das sie zunächst so bedrückt hatte, die liebevolle Strenge der Mutter Oberin und die Zuneigung der übrigen Ordensschwestern waren ihr in guter Erinnerung geblieben. Doch allein schon die Liebe von Soeur Emma, oder besser gesagt Marlene, wie sie sie nannte, hätte ihr ausgereicht, um glücklich zu sein. Durch sie war alles nicht ganz so schwer, die Sommer weit weg von Buenos Aires, die Sehnsucht nach Mamá Cheia und Gastón. Was für ein unvergleichliches Glück war es gewesen, sie kennenzulernen! Ihr strahlendes Lächeln, ihre leuchtenden Augen, ihr offenes Gesicht.

Marlene war ein schönes Mädchen von dreiundzwanzig Jahren. Ihre Familie stammte aus Tarragona und gehörte dem katalanischen Hochadel an. Die Montfeliús waren konservativ und legten großen Wert auf die Umgangsformen und Traditionen vergangener Generationen. Die Familie war hauptsächlich durch den Seehandel reich geworden. Jahrelang hatte sie die größte Handelsflotte Kataloniens besessen, und ihr Einfluss reichte bis in höchste Regierungskreise.

Trotz dieses Umfeldes war Marlene ein einfaches Mädchen geblieben. Sie hatte eine ungestüme, forsche Art und eigene Vorstellungen, die nicht immer denen ihrer Eltern entsprachen. Sie besaß ein einnehmendes Wesen und eine verblüffende Intelligenz. In nur wenigen Jahren schloss sie ihre Ausbildung zur Musiklehrerin am Konservatorium von Tarragona ab. Ihre Familie hatte erfolglos darauf gedrängt, sie solle sich lieber nach einem Ehemann umsehen, statt so viel Zeit auf ein Studium zu verschwenden. Die Mutter tröstete sich mit dem Gedanken, dass eine Frau, die Musik liebte, damit eine Empfindsamkeit unter Beweis stellte, die jeder vernünftige Mann zu schätzen wissen würde.

Marlene führte ein ruhiges, glückliches Leben. Sie hatte mehrere Schüler, denen sie Gesangs- und Klavierunterricht erteilte, eine Beschäftigung, die sie den ganzen Tag in Anspruch nahm und die sie erfüllte. Ihre Familie hatte fürs Erste von dem Gedanken an eine Ehe Abstand genommen. Das verschaffte ihr eine Verschnaufpause, denn sie wollte keinen anderen heiraten als Jaime, den Sohn eines Angestellten ihres Vaters. Sie kannten sich seit Kindertagen, und als sie älter wurden, war Liebe daraus geworden.

Mit der Ruhe und dem Glück war es an dem Tag vorbei, als ihr ältester Bruder sie und Jaime zusammen im Lagerhaus erwischte. Binnen weniger Stunden verwandelte sich ihr Leben in eine Hölle. Der Vater ohrfeigte sie und beschimpfte sie als Hure. Ihre Mutter sprach nicht mehr mit ihr und weinte stundenlang in ihrem Zimmer. Ihre Brüder redeten ihr bei jeder Gelegenheit ins Gewissen, und ihre Schwestern gingen ihr aus dem Weg.

Das väterliche Urteil kam und war unumstößlich. Entweder sie wurde Nonne und verschwand aus ihrem Leben, oder er würde Jaime wegen Vergewaltigung anzeigen und ihn an den Galgen bringen. Da sie den Einfluss ihrer Familie kannte, zweifelte Marlene nicht daran, dass ihr Vater seine Drohung wahrmachen würde.

Einen Monat später war sie Novizin des französischen Ordens der Barmherzigen Schwestern auf Sardinien und hatte einen neuen Namen, Soeur Emma, weil ihr eigener Name nach Meinung der Oberin zu weltlich und frivol war.

Einige Zeit, nachdem sie die Gelübde abgelegt hatte, teilte die Mutter Oberin ihr mit, dass man sie in ein Internat im schweizerischen Vevey schicke, wo sie Musik unterrichten sollte. Die Wahrheit war, dass die Oberin froh war, dieses widerspenstige junge Ding mit den gotteslästerlichen Ideen loszuwerden, das mit seinen Einfällen nichts als Unruhe stiftete.

Viele hatten Micaela am Anfang für eine Langweilerin gehalten, die nie den Mund aufmachte. Ihr Äußeres hatte das Seinige dazu beigetragen. Sie war spindeldürr, ein Strich in der Landschaft, und sah mit ihrer blassen Haut immer ein bisschen kränklich aus. Wer hätte gedacht, dass sie so gut singen konnte? Micaela musste lachen, wenn sie daran zurückdachte.

Musik war ihr Lieblingsfach gewesen, nicht nur, weil sie das Fach mochte, sondern auch, weil sie ihre Lehrerin anhimmelte. Sie fühlte sich unwiderstehlich zu Marlene hingezogen; sie mochte es, wie sie lächelte, wie sie mit den Händen gestikulierte, wie sie beim Zuhören den Kopf zur Seite neigte. Nie im Leben würde sie vergessen, wie überrascht sie gewesen war, als die Ordensschwester eines Abends in ihrem Schlafzimmer aufgetaucht war, die Hände voller Bonbons.

»Soeur Emma!«, hatte sie gestottert, als diese plötzlich ohne Ordenstracht und im Nachthemd vor ihr gestanden hatte.

»Pscht! Nicht so laut, sonst werde ich noch erwischt«, hatte die Nonne geflüstert. »Es hat so lange gedauert, bis du aufgemacht hast. Wenn eine der Schwestern mich im Nachthemd auf dem Flur entdeckt, schicken sie mich in ein Kloster mit Klausur.« Dann hatte sie sich aufs Bett fallen lassen und den Kopf an die Wand gelehnt. »Puh! Ich bin den ganzen Weg hierher gerannt.«

Micaela starrte sie an wie eine Erscheinung. Sie stand vor der Nonne und wusste nicht, was sie sagen oder tun sollte. Nicht in hundert Jahren hätte sie sich vorstellen können, dass eine Nonne mitten in der Nacht in diesem Aufzug auftauchen könnte und sich auf ihr Bett fläzte wie eine Schülerin. Emma lachte, als sie das ratlose Gesicht des Mädchens sah.

»Sie haben ja ganz kurze Haare«, rutschte es Micaela heraus.

»Wir bekommen alle das Haar abgeschnitten, wenn wir in den Orden eintreten. Wozu brauchen wir lange Haare, wenn der Schleier sowieso alles verdeckt? Komm, setz dich zu mir. Ich bin hergekommen, um mit dir zu reden.«

Die Nonne sprach Spanisch, mit scharfen, kurzen Zs. Sie öffnete eine Tafel Schokolade und teilte sie.

»Magst du die Hälfte? Die habe ich Soeur Cathérine aus der Küche gemopst. Los, nimm schon.«

Micaela steckte sich mechanisch die Schokolade in den Mund. Zuerst redete ausschließlich Marlene. Micaela nickte nur oder schüttelte den Kopf. Nach einer Weile begann sich das Mädchen wohler zu fühlen und erzählte ein bisschen von sich.

»Würdest du gern im Chor mitsingen?«, fragte Marlene plötzlich.

»Ich?«

»Ja, du.«

»Aber der Chor ist nur für die Älteren.«

»Ich weiß, aber ein Vögelchen hat mir gezwitschert, dass du singst wie ein Engel.«

»Ein Vögelchen? Was für ein Vögelchen?«

»Ein Vögelchen, mit dem ich befreundet bin. Also, willst du im Chor mitsingen oder nicht?«

»Ja! Natürlich!«

»Prima«, rief die Nonne aus. »Ab morgen nimmst du mit den anderen Mädchen an den Proben teil.«

In dieser Nacht schlief Micaela kaum, weil sie die ganze Zeit an den nächsten Tag denken musste. Sie wachte noch vor dem Hellwerden auf und schaute aus dem Fenster. Es war Oktober, und noch war die Landschaft nicht von jener weißen Decke überzogen, die der Winter bringen würde. Auch der ein oder andere Vogel sang noch. Sie fragte sich, welcher von ihnen Marlene verraten hatte, dass sie gerne sang.

***

Mit dem Eintritt in den Chor kam Bewegung in Micaelas Leben. Marlene war fest überzeugt, aus ihr die beste Sängerin der Welt machen zu können, und nichts konnte sie davon abhalten.

»Was Sie da vorschlagen, Soeur Emma, kommt überhaupt nicht in Frage«, sagte die Mutter Oberin.

»Was heißt das, es kommt nicht in Frage?«, fuhr diese auf. Die Oberin warf ihr einen tadelnden Blick zu. »Entschuldigung, Mutter Oberin«, versuchte es die Nonne erneut. »Sie sehen doch selbst, was Micaela in letzter Zeit erreicht hat. Ihr Gesang wird immer besser. Sie ist wunderbar!«

Die Oberin hörte Marlene nicht länger zu, sondern hing ihren eigenen Gedanken nach. Sie kannte Micaelas Stärken genau, man musste sie nicht darauf aufmerksam machen. In den letzten fünf Jahren hatte das Mädchen seine Stimme geschult und geschliffen. Sie war mittlerweile über Vevey hinaus bekannt, und es kam nicht selten vor, dass sie gebeten wurde, bei einem Auftritt mitzuwirken. Vor einiger Zeit hatte der Bischof angefragt, ob Micaela im Domchor singen wolle, und sie hatte bereitwillig zugestimmt. Hin und wieder erkundigten sich auch die Damen aus der gehobenen Gesellschaft von Vevey, ob sie wohl bei einer ihrer Wohltätigkeitsveranstaltungen auftreten könne. In diesen Fällen gab die Oberin nur widerstrebend ihre Erlaubnis, obwohl sie einräumen musste, dass Micaela die Schule trotz der zunehmenden musikalischen Verpflichtungen nicht vernachlässigte. Im Gegenteil, in vielen Fächern war sie besser geworden.

Doch was Soeur Emma da vorschlug – sie zum Gesangsstudium ans Konservatorium in Paris zu schicken –, war zu viel. Nach Ansicht der Oberin ging das zu weit.

»Was soll ich dem Vater sagen?«, fragte sie und unterbrach ihre Überlegungen. »›Hören Sie, Monsieur Urtiaga, ich habe beschlossen, Ihre Tochter zum Gesangsstudium nach Paris zu schicken‹? Ich bitte Sie, Soeur Emma! Der Mann wird sich weigern, das sage ich Ihnen gleich.«

»Bei allem gebotenen Respekt, Mutter Oberin. Erstens führt kein Weg daran vorbei, dass Micaela am besten Konservatorium studiert, wenn wir wollen, dass ihre Stimme noch überragender wird. Sie wissen so gut wie ich, dass sie eine der besten Sopranistinnen werden kann, wenn sie die entsprechende Ausbildung erhält. Und zweitens kümmert sich Monsieur Urtiaga nicht um seine Tochter. Was schert es ihn, ob sie in Vevey ist oder in Paris? Er hat sie seit Jahren nicht gesehen. Ganze drei Mal hat er sie besucht. Drei Mal!«, wiederholte sie empört, drei Finger in die Luft erhoben. »Und dann ist er nur ein oder zwei Stunden geblieben, und die Hälfte der Zeit hat er sich nur mit Ihnen unterhalten. Mutter Oberin, ich finde, Micaelas Vater ist wirklich kein guter Vorwand.«

»Von welchem Vorwand sprechen Sie?«

»Sie suchen nach Ausflüchten, weil Sie nicht wollen, dass das

Mädchen das Internat verlässt. Sie haben sie ins Herz geschlossen und wollen sich nicht von ihr trennen.«

»Ja, ich habe Micaela ins Herz geschlossen, das leugne ich nicht. Aber das ist nicht der Grund dafür, dass ich nicht möchte, dass sie nach Paris geht. Sie ist noch sehr jung, gerade mal dreizehn, und anfällig für viele Gefahren. Und Gefahren hat Paris reichlich zu bieten.«

»Ich verstehe, was Sie meinen, und bin ganz Ihrer Ansicht. Deshalb hielte ich es für das Beste, wenn Micaela im Kloster unseres Ordens in Paris leben würde. Ich weiß, dass es sehr groß ist. Platz wäre dort genug vorhanden. Unsere Mitschwestern werden sie gerne aufnehmen. Stellen Sie sich nur vor, Mutter Oberin! Wenn aus Micaela eine große Sopranistin würde, brächte das dem Internat ungeheures Ansehen. Schließlich hat sie hier ihre Berufung gefunden.«

»Versuchen Sie nicht, mich mit diesem Argument zu überzeugen!«, sagte die Oberin beleidigt. »Sie wissen genau, wie sehr mir am Ansehen unseres Instituts gelegen ist, aber das Wohl der Mädchen geht vor.«

Es dauerte eine ganze Weile, bis Marlene die Oberin überzeugt hatte. Am nächsten Tag setzten sie die nötigen Schreiben auf: eines an Rafael Urtiaga, eines an die Oberin des Klosters, in dem Micaela wohnen sollte, und die Bewerbung für das Konservatorium. Binnen zwei Monaten war alles erledigt. Die Oberin des Pariser Konvents war hocherfreut, Micaela aufzunehmen, die sie »das Wunderkind aus Vevey« nannte. Das Konservatorium schrieb, dass Micaela zunächst eine Reihe theoretischer und praktischer Prüfungen absolvieren müsse, bevor sie zugelassen werde. An dieser Stelle sah die Oberin Marlene fragend an, und die junge Nonne antwortete, dass Micaela jede Prüfung mit Bravour bestehen werde. Als Letztes traf der Brief von Monsieur Urtiaga ein, der, wie von Marlene vorausgesagt, weder sonderlich besorgt noch begeistert über den Umzug seiner Tochter war und seine Zustimmung gab, solange sie unter der Obhut der Barmherzigen Schwestern blieb.

»Es ist alles fertig!«, rief Marlene begeistert. »Wie schön, Mutter Oberin! Alles ist gutgegangen!«

Die Nonne nickte nur.

»Ich denke, Paris wird eine große Veränderung für mich bedeuten, finden Sie nicht?«, redete Marlene weiter.

»Für Sie?«, fragte die Oberin.

»Sie glauben doch nicht, dass Micaela ohne mich nach Paris fährt, oder? Auf keinen Fall lasse ich sie allein, Mutter Oberin. Sie braucht mich.«

Mit Soeur Emma ließ sich nicht diskutieren, so hartnäckig, wortgewandt und stur, wie diese war. In den nächsten Tagen war die Oberin damit beschäftigt, Marlenes Umzug in das Pariser Konvent in die Wege zu leiten und sich nach einer neuen Musiklehrerin für das Internat umzusehen.

൩. *Kapitel*

Marlene und Micaela trafen im Juni 1905 in Paris ein, und danach war nichts mehr wie zuvor. Im Konservatorium in der Rue de Ponthieu lernte sie Professor Alessandro Moreschi kennen, der von ihrer Stimme fasziniert war und sie zu seiner Meisterschülerin machte. Obwohl Micaela noch so jung war, hatte Monsieur Thiers, der Direktor, nichts dagegen, denn auch er war von ihrer außergewöhnlichen Begabung überzeugt.

Anfangs war Micaela verunsichert, als sie hörte, dass Moreschi kein richtiger Mann sei. »Wieso?«, fragte sie ungläubig.

»Weißt du nicht, was ein Eunuch ist?«, wunderte sich Lily Pons, eine Mitschülerin am Konservatorium. »Ein Mann ohne Hoden! Weißt du nicht, dass es Männer gibt, denen man die Hoden entfernt? Was Hoden sind, weißt du aber, oder? Diese Dinger, die den Männern zwischen den Beinen baumeln.«

»Ich weiß, was Hoden sind«, behauptete Micaela schüchtern, obwohl sie keine Ahnung hatte, wovon ihre Freundin redete. Aber sie schämte sich ihrer Unwissenheit, während Lily so erfahren wirkte.

»Moreschi ist der letzte lebende Kastrat«, erklärte Lily bedeutungsvoll.

»Kastrat? Was ist das?«

»Manchmal wurden Jungen kastriert, damit sie ihre helle Stimme behielten. Ihre Stimme ist klarer als die einer Frau. Aber das ist schon lange verboten. Maestro Moreschi ist der Letzte seiner Art.«

Der Letzte seiner Art, dachte Micaela. Es lief ihr kalt den Rücken hinunter.

Lily erzählte ihr noch viele andere interessante Dinge. Vor vielen Jahren seien Knaben, die für eine Karriere als Sänger bestimmt waren, bereits im jungen Alter kastriert worden. Sie erhielten eine strenge Erziehung, in der man ihnen alles über Musik und Gesang beibrachte. Viele von ihnen wurden Opernstars, bewundert von Königen und ganzen Nationen, so wie der berühmte Carlo Broschi, ein Kastrat aus dem 18. Jahrhundert, der unter dem Namen Farinelli bekannt wurde und selbst die höchsten Töne eine Minute lang halten konnte. Später dann wurde diese Praxis verboten. Die Kastraten fielen in Ungnade und wurden von den Opernbühnen verbannt. Sie sangen nur noch in Kirchen und beschränkten sich auf das Angelus und andere religiöse Lieder. Nach einiger Zeit gehörten sie der Vergangenheit an. Geschmäht und vergessen, starben die meisten in Armut.

Alessandro Moreschi war also der letzte Kastrat. »Der Engel von Rom« wurde er in Italien genannt.

»Weißt du, wie er ans Konservatorium gekommen ist?«, fragte Micaela.

»Als ich hier angefangen habe, hat Moreschi schon unterrichtet. Angeblich hat Thiers ihn in der Sixtinischen Kapelle in Rom singen gehört. Er hat sich in seine Stimme verliebt und ihm vorgeschlagen, hier Gesangsunterricht zu geben. So habe ich es gehört.«

Die beiden schwiegen, und Lily machte sich mit Appetit über ihr Mittagessen her. Micaela hingegen konnte nur an ihren neuen Lehrer denken.

»Alle reden darüber, dass du exklusiv von Maestro Moreschi unterrichtet wirst«, stellte Lily fest. »Sie sterben vor Neid.«

»Das verstehe ich nicht«, entgegnete Micaela. »Ich wäre lieber bei Madame Caro, so wie du, statt den ganzen Tag mit diesem Mann verbringen zu müssen. Er ist so furchtbar ernst und außerdem nicht sehr sympathisch.«

»Du bist verrückt, Micaela! Jede von uns würde alles dafür geben, von Moreschi unterrichtet zu werden, und sei es nur eine Stunde in der Woche. Ist dir nicht klar, dass er einer der besten Gesangslehrer ist, die es gibt? Und du hast ihn den ganzen Tag für dich allein!«

Das Pensum, das »der Engel von Rom« ihr abverlangte, war gewaltig, aber Micaela erntete schon bald die Früchte ihrer Arbeit. Sie hatte viel dazugelernt in den letzten Monaten; ihr theoretisches Wissen war um einiges größer, und ihre Stimme hatte sich merklich verbessert.

Nachdem sie morgens ihre Stimmbänder aufgewärmt hatte, sang Micaela in der ersten Stunde schwierige Tonfolgen. Dann übte sie Tonleitern, was ihr zunächst schwerfiel, doch schon bald beherrschte sie sie in Perfektion. Eine weitere Stunde widmeten sie der Gehörbildung. Moreschi unterrichtete sie auch in Latein und Literatur, insbesondere Poesie. Micaela verbrachte viel Zeit mit dem Deklamieren schwieriger Verse. Jede Woche musste sie einen Klassiker, zumeist Shakespeare, lesen und die eine oder andere Passage auswendig lernen, um sie ihrem Lehrer vorzutragen.

Kurz vor Mittag folgten Intonationsübungen. Der Maestro kannte Techniken, die schwieriger und komplizierter als die von Marlene waren. Micaela musste sich vor einen Spiegel stellen, die Füße nebeneinander, die Hände auf dem Rücken verschränkt. In dieser Position musste sie locker singen, ganz natürlich und ohne Anspannung. Moreschi wurde sehr ungehalten, wenn ihr beim Singen die geringste Anstrengung anzumerken war. Stirn, Augenpartie, Wangen und der ganze Körper durften keinerlei Anspannung erkennen lassen.

»Du singst mit der Lunge, dem Kehlkopf und den Stimmbändern, nicht mit den Augen oder der Stirn. Der Körper muss völlig entspannt sein. Du musst spüren, wie der Ton aus dir herausperlt. Der Rest bleibt unbeweglich.«

Je mehr Fortschritte Micaela machte, desto schwieriger wurden die Übungen. Moreschi ließ sie ein paar Sekunden die Luft anhalten und dann ganz langsam ausatmen. Um das Ganze noch zu erschweren, stellte er eine brennende Kerze vor Micaela auf. Die Flamme durfte nicht ausgehen, sie durfte nicht einmal zittern. Er erklärte ihr, dass der Mensch normalerweise etwa zwanzig Atemzüge pro Minute mache. Micaela musste diese in der gleichen Zeit auf vier oder fünf absenken, um den Brustkorb zu dehnen. Anfangs war es sehr anstrengend; manchmal wurde ihr sogar schwindlig. Aber mit der Zeit gelang es ihr, die Atemzüge auf drei in der Minute zu bringen.

Mittags traf sie sich mit Lily im Speisesaal. Sie hatten viel Spaß miteinander, während sie plauderten und sich vom Unterricht erholten. Lily wusste immer etwas Unterhaltsames zu erzählen.

Moreschi erschien oft im Speisesaal, um zu kontrollieren, ob Micaela aß, was die Köchin nach seinen Anweisungen für sie zubereitete. Er achtete streng auf ihre Ernährung, die reich an Proteinen, Vitaminen und Kohlenhydraten sein sollte. Das Essen war abwechslungsreich und vor allem nahrhaft, was Micaela überhaupt nicht gefiel.

Der Nachmittag begann mit Theorieunterricht. Moreschi unterwies sie in Musikgeschichte, Orchesterlehre, der Funktionsweise des Atmungsapparates und der Stimmerzeugung. In einer weiteren Stunde musste sie Psalmen, Motetten oder Canzonetten komponieren. Ganz gleich, welche Melodie sie sich ausdachte, Moreschi wirkte immer mit den Resultaten zufrieden. Im Anschluss daran folgte der Klavierunterricht.

Wenn der Tag zu Ende ging, konnte sich Micaela kaum noch auf den Beinen halten.

Alessandro Moreschi bedeutete eine große Veränderung für ihr Leben. Am Anfang hatte sie Angst vor ihm, wenn er sie mit seinem strengen Blick und seinem mürrischen Gesicht ansah. Doch mit der Zeit gewann Micaela Zutrauen zu dem Kastraten. Sie bewunderte sein musikalisches Können und liebte ihn für die Begeisterung, mit der er verkündete, er werde die beste Sopranistin aus ihr machen, die die Welt je gesehen habe.

Jedes Jahr, wenn es Frühling wurde, verlegten sie den Unterricht ins Freie. Frühmorgens gingen sie in einen Park und übten in der freien Natur. Es waren wunderbare Momente, wenn die kühle Morgenluft nach feuchter Erde roch.

Als Micaela ihren Lehrer zum ersten Mal singen hörte, war sie zutiefst beeindruckt. Sie übte gerade eine Arie aus Rossinis *La Donna del Lago* in der Klosterkapelle der Barmherzigen Schwestern, die eine hervorragende Akustik hatte.

»Nein, Micaela, nicht so!«, unterbrach Moreschi. »An dieser Stelle« – er zeigte auf die Partitur – »muss deine Stimme strahlen. Du musst den Ton anheben, bis er die größtmögliche Ausdehnung erreicht. Elena ist glücklich; sie ist von den beiden Menschen umgeben, die sie am meisten liebt, ihrem Vater und ihrem Geliebten. Alles in diesem Moment ist Glück. *Fra il padre e fra l'amante*. Dieses Gefühl musst du zum Ausdruck bringen. Schließ die Augen und hör zu!«

Das Mädchen gehorchte. Einen Moment später bekam sie eine Gänsehaut, als sie eine klare, glockenhelle Stimme hörte, wie die einer Frau. Sie öffnete die Augen. Es war keine Frau, sondern ihr Lehrer, der die Arie genauso sang, wie sie es gerne gekonnt hätte.

Mit der Zeit wurden Marlene und Moreschi Freunde. Sie führten lange Gespräche über Micaelas Zukunft oder fachsimpelten einfach über Musik. Marlene bewunderte den Maestro für sein Wissen und löcherte ihn mit Fragen, auf die er stets eine Antwort wusste. Bald entdeckten sie eine gemeinsame Leidenschaft: Mozart. Sie unterhielten sich stundenlang über das österreichische Genie und vergaßen dabei völlig die Zeit. Marlene versuchte, Moreschi auch für Beethoven zu begeistern, jedoch vergebens. Micaela saß daneben, hörte zu und ließ sich kein Wort entgehen.

Zu ihrer Ausbildung gehörte auch der Besuch zahlreicher Musikaufführungen. Praktisch jede Woche gingen sie ins Théâtre de l'Opéra oder ins Théâtre des Italiens. Dort sahen sie sich nicht nur Opern an; das Repertoire, das den Maestro interessierte, war breitgefächert und umfasste neben Kammermusik auch Sinfonien und ein wenig Ballett. Er nutzte seine Kontakte und ließ seine Beziehungen spielen, um gute Plätze in bester Gesellschaft zu bekommen. In seiner Loge saß immer irgendein berühmter Kritiker, ein Dirigent, ein renommierter Opernregisseur oder ein befreundeter Sänger. Micaela bewegte sich unter kultivierten Menschen, die Musik liebten, und trotz ihrer stillen Art war sie von dem Wunsch beseelt, genauso viel zu wissen wie diese.

Marlene war meistens mit von der Partie. Sie schlüpfte heimlich durch eine kleine Tür in der Speisekammer, die direkt auf die Straße führte. Micaela zitterte vor Angst, sie könne entdeckt werden. Marlene hingegen hatte kindliche Freude an diesen Ausflügen. Sie hatte ihre Ordenstracht abgelegt und trug Kleider nach der neuesten Pariser Mode. Nach der Vorstellung speisten sie meist in einem Restaurant in der Nähe des Theaters. Micaela saß wie auf glühenden Kohlen, weil sie Angst hatte, jemand könne Marlene erkennen und sie bei der Mutter Oberin anschwärzen. Wenn das passierte, würde Marlene in einem Kloster in Indochina enden. Doch nach einer Weile genoss sie die Gespräche zwischen ihrem Lehrer, Marlene und dem jeweiligen Gast und amüsierte sich über die abenteuerlichen Ausreden, mit denen Soeur Emma Moreschis Freunden gegenüber, von denen viele sie zu erobern versuchten, ihre wahre Identität verschleierte.

Marlene, Micaela und Alessandro wurden ein unzertrennliches Dreigestirn. Marlene saß ganze Nachmittage am Klavier, während Micaela sang und Moreschi Anweisungen erteilte.

Micaela war wie ein Schwamm, der alles aufsaugte. In ihrem Umfeld gab es nur Musik und Musiker, sonst nichts. Sie war wie besessen davon, die beste Sopranistin der Welt zu werden. Das Vertrauen, das Marlene und Moreschi ihr entgegenbrachten, übertrug sich allmählich auf sie und gab ihr Energie und Selbstsicherheit.

Maestro Alessandro behandelte sie wie einen Rohdiamanten von unschätzbarem Wert. Er war der festen Überzeugung, dass seine Schülerin alles erreichen konnte, was er sich für sie erträumte. Für ihn stand fest, dass er aus ihr eine große Diva des Belcanto machen konnte. Man würde sie auf den Bühnen Europas bejubeln, die Welt würde sie zum ersten Mal singen hören und sie verehren, weil sie die virtuoseste, reinste, klarste und vollste Stimme hatte, die er kannte.

Micaela war bewusst, dass ihr Leben eine völlig neue Richtung nahm. Es war ein großes Glück gewesen, Vevey zu verlassen und nach Paris zu gehen, das Zentrum der zivilisierten Welt, wie viele sagten. Vevey erschien ihr nun wie ein unbedeutendes Dorf.

Auch ihr Körper veränderte sich. Sie war nun genauso groß wie Marlene. Durch die Atem- und Intonationsübungen verbesserte sich ihre Haltung; das schüchterne Mädchen mit den hängenden Schultern gehörte der Vergangenheit an. Die strikten Essensvorgaben modellierten ihren Körper, und aus dem mageren Mädchen ohne Kurven wurde eine schlanke, wohlgeformte

Frau. Unter den fließenden Kleidern deuteten sich Taille und Brüste an. Die Blässe war aus ihrem Gesicht verschwunden; ihr frischer Teint schien zu strahlen, und die Wangen gewannen an Farbe.

Eines Abends in ihrem Klosterzimmer wurden ihr die Veränderungen ihres Körpers bewusst. Vor dem Fenster stehend, streifte sie das Nachthemd ab und betrachtete sich in dem spiegelnden Glas. Sie hätte so gerne einen großen Spiegel gehabt! Aber ein Spiegel war ein zu frivoler Einrichtungsgegenstand für ein Kloster. Ihr war kalt. Erstaunt stellte sie fest, dass ihre Brustwarzen hart und fest wurden. Sie streichelte sie vorsichtig; sie reagierten empfindlich auf die Berührung. Ihre Härchen richteten sich auf, und ein unbekanntes Gefühl bemächtigte sich ihrer.

Sie schloss die Augen und ließ ihre Hand langsam vom Hals abwärts nach unten gleiten. Erneut verharrte sie bei den Brüsten und betastete ihre schwellenden Rundungen. Dann setzte sie ihre Erkundungsreise fort, bis sie das Vlies aus weichen, lockigen Härchen erreichte, das vor einiger Zeit zu sprießen begonnen hatte.

Ihre Hände glitten noch weiter nach unten. Zunächst ängstlich, dann zunehmend sicherer berührte sie sich und entdeckte eine feuchte, hochempfindliche Zone, die unbekannte Gefühle in ihr auslöste. Neugierig nahm sie den kleinen Handspiegel aus ihrer Handtasche, spreizte die Beine und betrachtete sich. Fasziniert studierte sie ihre Anatomie, legte den Spiegel beiseite und forschte mit den Fingern weiter. Dann legte sie sich aufs Bett und schloss die Augen. Wenn sie sich dort unten, am Bauch oder an den Brüsten berührte, ging ihr Atem schneller; es war ein seltsames Gefühl, das sie willenlos machte und ihr ein lustvolles Kribbeln verursachte.

Plötzlich kam Marlene ohne anzuklopfen ins Zimmer, wie sie es immer tat. Erschreckt fuhr Micaela hoch. Sie schaffte es gerade noch, nach dem Bettlaken zu greifen und sich halbwegs zu bedecken. Nach einem ersten Moment der Überraschung lächelte Marlene.

»Entschuldige, meine Liebe. Ich denke immer noch, dass du mein kleines Mädchen bist und ich ohne anzuklopfen in dein Zimmer kommen kann. Es fällt mir schwer, aber ich muss einsehen, dass du mittlerweile eine junge Frau bist und deine Privatsphäre brauchst.«

Marlene wollte wieder gehen. Micaela schlang das Laken um sich und lief ihr hinterher.

»Tut mir leid, Marlene«, entschuldigte sie sich.

»Was tut dir leid? Und warum?«

»Na ja, du weißt schon ...«

»Dass du dich berührt hast?«

Micaela nickte und sah peinlich berührt zu Boden. Trotz des vertrauten Verhältnisses, das zwischen ihnen herrschte, wäre sie in diesem Moment am liebsten im Erdboden versunken.

»Ach, meine Kleine«, sagte Marlene und streichelte ihr übers Gesicht. »Da gibt es nichts zu verzeihen.«

»Aber die Mutter Oberin sagt, sich zu betrachten und zu berühren sei Sünde.«

Marlene lächelte vielsagend und schüttelte den Kopf.

»Nein?«, fragte Micaela. »Es ist keine Sünde?«

»Ach, meine Süße! Wie könnte es Sünde sein, das vollkommenste Werk des Herrn zu betrachten? Wie könnte es Sünde sein, so wunderbare Dinge zu empfinden? Gibt es etwas Schöneres und Ästhetischeres als den Körper eines Mannes oder einer Frau? Glaub mir, das gibt es nicht.«

»Warum sagt die Mutter Oberin dann, es sei Sünde?«

»Ich weiß es nicht. Mir ist immer noch nicht klar, warum manche Dinge eine Sünde sein sollen. Aber ich bin sicher, dass es definitiv keine Sünde ist, deinen eigenen Körper kennenzulernen, ihn zu erforschen und die verborgenen Stellen zu erkunden, die dir Lust bereiten. Ich glaube vielmehr, dass Lüge, Hass und Neid Sünden sind. Es ist eine Sünde, unserem Nächsten Böses zu wünschen. Nicht zu vergeben ist Sünde.«

Micaela sah sie erschreckt an. Dann war sie möglicherweise eine große Sünderin.

4. Kapitel

Die Münchner Opernfestspiele sollten Micaelas Eintrittskarte in die Bühnenwelt sein. In der festen Überzeugung, dass seine Schülerin bereit für ihren ersten Auftritt war, ließ Moreschi seine Beziehungen spielen und verschaffte ihr eine Rolle bei dem Ereignis.

Zu diesem Zeitpunkt war Micaela erst sechzehn, ein Alter, in dem man eigentlich gerade mit dem Gesangsunterricht begann. Aufgrund dieser Tatsache waren die Veranstalter der Festspiele skeptisch und nahmen sie nur auf besonderen Wunsch des »Engels von Rom« an, obwohl sie der Meinung waren, dass der Auftritt für ein so junges Mädchen zu früh kam und ein Reinfall werden musste.

Im Mai 1908 reisten Micaela und Alessandro Moreschi nach München. Marlene konnte nicht mitkommen. Die Mutter Oberin ließ nicht mit sich reden, und so musste sie zähneknirschend im Kloster zurückbleiben. Nach einer zweitägigen Zugreise kamen sie in München an. Micaela verliebte sich sofort in die Stadt mit ihren wunderbaren Barockbauten.

In München war alles für das große Ereignis vorbereitet. In den Straßen stimmten kleine Orchester in landestypischer Tracht auf die Veranstaltungen des Tages ein. Bunte Plakate kündigten die einzelnen Konzerte an, die vom frühen Nachmittag bis in den späten Abend stattfanden.

Moreschi und seine Schülerin stiegen in einem Hotel ab, in dem auch die meisten anderen Festspielteilnehmer logierten. Micaela war stolz, als sie sah, welche Hochachtung die anderen Musiker und Sänger ihrem Lehrer entgegenbrachten. Immerhin war Moreschi der beste Sänger seiner Zeit gewesen. Aber es gab auch einige, die sich über den Kastraten lustig machten. Sie tuschelten hinter seinem Rücken, bezeichneten ihn als geilen alten Bock, der sich unsterblich in seine Schülerin verliebt und sich von ihr beschwatzen lassen habe, ihr ein Engagement bei den Festspielen zu verschaffen. Aber das könne nur ein Reinfall werden – zu jung und unerfahren, lästerten sie. Micaela erfuhr nie davon, aber in diesen Tagen in München erhielt sie von einigen Boshaften den Beinamen »die Primadonna des Kastraten«.

Es war noch eine Woche bis zum Beginn der Festspiele, und die übrigen Mitwirkenden des *Barbiers von Sevilla* hatten ihre Meinung über Micaela geändert. Während der Proben hatte sie ihre Professionalität unter Beweis gestellt und gezeigt, wie großartig ihre Stimme war. Die Rolle der Rosina, die Rossini seiner *Primissima Donna* Isabella Colbran auf den Leib geschrieben hatte, erhielt durch Micaela den Zauber und die Farbe zurück, mit der jene sie zu Beginn des 19. Jahrhunderts interpretiert hatte.

Micaela war anspruchsvoll und perfektionistisch bis ins kleinste Detail. Es grenzte fast an Obsession. Sie probte stundenlang und nötigte den Rest des Ensembles, ein- und dieselbe Szene so oft zu wiederholen, bis sie damit zufrieden war. Einige nannten sie hysterisch, schimpften sie eine Despotin. Es konnte nicht sein, dass ein junges unerfahrenes Ding sie herumkommandierte wie Anfänger. Tatsächlich gab Micaela Anweisungen wie ein Dirigent oder Opernregisseur und zog damit den Unmut ihrer Kollegen auf sich, die nicht verstanden, dass es ihr nur um Perfektion ging. Mittlerweile sah keiner mehr das kleine sechzehnjährige Mädchen in ihr. Ihre Willensstärke, ihre Entschlossenheit und ihre vollkommene Stimme machten sie zum Star des Ensembles. Mit ihrer unbestrittenen Schönheit und jugendlichen Frische war sie die perfekte Rosina.

Eines Nachmittags saßen Micaela und ihr Lehrer vor der Aufführung im Speisesaal des Hotels und tranken eine Tasse Tee, als der Dirigent Franz von Herbert, eine der Größen der Festspiele, mit fassungslosem Gesicht zu ihnen an den Tisch trat.

»Es darf einfach nicht wahr sein!«, rief der Mann aus.

Moreschi bot ihm an, Platz zu nehmen. Der Musiker ließ sich auf einen Stuhl fallen und verbarg das Gesicht in den Händen.

»Was ist denn los, Franz?«, erkundigte sich Moreschi.

Micaela blickte ihn nur stumm an. Vor Tagen war ihr der Dirigent arrogant und überheblich erschienen, doch als sie ihn jetzt so niedergeschlagen sah, tat er ihr leid.

In knappen Worten erklärte er Moreschi, die Heroine aus *Die Walküre* sei erkrankt, und keine andere Sängerin der Festspiele getraue sich, die Rolle zu übernehmen, weil diese so schwierig sei. Es sei nur noch eine Woche bis zur Aufführung, da bleibe keine Zeit mehr zum Proben.

Micaelas Auftritte im *Barbier von Sevilla* hatten bereits begonnen, und das mit großem Erfolg. Nach anfänglichen Vorbehalten hatte die Kritik die Schülerin des Kastraten gut aufgenommen.

»Ich könnte die Rolle übernehmen, Maestro von Herbert«, erklärte das Mädchen unbefangen.

Die beiden Männer sahen sich erstaunt an. Dieses junge Mädchen, das noch ganz am Anfang seiner Karriere stand, wusste nicht, was es da sagte. Micaela ließ ein paar Sekunden verstreichen und setzte dann hinzu: »Ich kann den *Barbier* und die *Walküre* singen. Sie müssten lediglich den Zeitplan danach ausrichten, Maestro von Herbert.«

Der feierliche Ernst des Mädchens beeindruckte von Herbert derart, dass er in seiner Verzweiflung tatsächlich darüber nachdachte, ob es machbar wäre, sie in so kurzer Zeit auf eine so schwierige Rolle vorzubereiten. Doch Moreschi weigerte sich rundheraus.

»Tut mir leid, Franz. Micaela ist noch nicht bereit für Wagners dramatische Rollen. Ich habe sie im Belcanto unterrichtet, für eine solche Rolle ist sie nicht ausgebildet. Ich möchte nicht ihren guten Ruf aufs Spiel setzen und sie der Lächerlichkeit preisgeben.«

Doch am nächsten Tag trafen sich Micaela und Moreschi mit von Herbert, um mit den Proben zur *Walküre* zu beginnen. Das Mädchen hatte Stunden gebraucht, um seinen Lehrer zu überzeugen. Schließlich hatte Moreschi widerstrebend nachgegeben.

Dass sie abwechselnd an einem Abend den *Barbier von Sevilla* und am nächsten die *Walküre* sang, machte sie endgültig berühmt. In der einen Vorstellung sang sie wie eine Nachtigall, mit dem für Rossini so typischen sanften Schmelz in der Stimme. Sie meisterte die für die romantische Oper charakteristischen schnellen Läufe mit unglaublicher Leichtigkeit und nutzte die Koloraturen, um ihr Können zu zeigen. Ganz anders im tragischen Epos der *Walküre*. Hier klang ihre Stimme dunkel, dramatisch, wuchtig. Mit jedem Ton vermittelte Micaela die für Wagner so charakteristische Kraft und Emotion. Das Publikum war hingerissen – nicht nur von ihrem mitreißenden, kraftvollen Gesang, sondern auch von ihrem schauspielerischen Ausdruck. Ihre Festspielkollegen staunten über die Widerstandsfähigkeit ihrer Stimme, die zwischen den einzelnen Vorstellungen kaum Zeit hatte, sich zu regenerieren.

Die Kritiker waren begeistert von ihrer Wandlungsfähigkeit, mit der sie Rossini genauso gut interpretierte wie Wagner. Sie staunten über ihren Stimmumfang, ihr Timbre und ihre Geschmeidigkeit. Ein Gesang wie aus einem Guss, der sich bis in die höchsten Höhen erhob, ohne schrill zu klingen.

Kein Zweifel, die »Primadonna des Kastraten« war die Entdeckung des Jahres.

***

Nach München wurde Micaela eine der gefragtesten Sopranistinnen Europas. Sie war die meiste Zeit des Jahres unterwegs. Moreschi erhielt Einladungen von den besten Opernhäusern des Kontinents und handelte äußerst lukrative Verträge aus.

Wenn sie in Paris war, wohnte sie meist im Kloster, um in Marlenes Nähe zu sein. Sie saßen stundenlang in ihrem Zimmer, denn Micaela hatte viel zu erzählen, und Marlene war furchtbar stolz auf sie. Ihre einzige Sorge war, nicht genügend Zeit zu haben, denn die war in diesen Tagen knapp bemessen.

Die Pariser bewunderten sie und nannten sie »die Göttliche«. Die Opéra Garnier buhlte ebenso um sie wie das konkurrierende Théâtre des Italiens. Nicht anders war es mit der Mailänder Scala und La Fenice in Venedig, in London, Madrid und Wien. Auch in Buenos Aires wollte man sie im neuen Teatro Colón hören, dem Vernehmen nach das schönste Opernhaus Südamerikas. Micaela bat Moreschi jedoch, die Einladung ihrer Landsleute auszuschlagen.

Ein Engagement folgte auf das nächste. Die Direktoren der Opernhäuser wussten, dass die Spielzeit gesichert war, wenn »die Göttliche« auf den Plakaten angekündigt wurde. Micaela sorgte bei jeder Vorstellung für volle Säle.

Mit zunehmendem Erfolg gewann sie an Erfahrung. Ihre Stimme wurde noch schöner, vor allem aber erreichte sie einen noch größeren Umfang. Moreschi hatte schon früh entdeckt, dass Micaela gerade die hohen Töne mühelos halten konnte. Ihr enormer Stimmumfang war der Garant ihres Erfolgs.

Der Maestro wich seiner Schülerin nicht von der Seite. Er kümmerte sich ums große Ganze ebenso wie um kleinste Details. Dabei war er nach wie vor sehr streng. Er konsultierte regelmäßig einen Schweizer Lungenspezialisten, der Micaela gründlich untersuchte und bestätigte, dass alles in Ordnung sei. Einmal im Jahr reisten sie ins oberitalienische Salsomaggiore, einen malerischen Kurort mit Thermalquellen, die unter anderem eine heilende Wirkung bei Atemwegserkrankungen hatten.

Ende November 1913 hielt sich Micaela gerade in Wien auf, als sie ein Telegramm von der Oberin des Pariser Klosters erhielt. »Soeur Emma liegt im Sterben. Sie verlangt nach dir. Komm sofort.«

Das Telegramm zitterte in ihren Händen. Ihr wurde schwarz vor Augen, und sie musste sich an die Wand lehnen, um nicht zusammenzubrechen.

Marlene im Sterben? Das musste ein Missverständnis sein. Ja, bestimmt war es nur ein Missverständnis.

Moreschi und sie reisten noch am selben Abend nach Paris. Die geplanten Vorstellungen wurden auf einen späteren Zeitpunkt verschoben. Marlene war wichtiger. Dem Operndirektor gefiel das ganz und gar nicht, aber er sagte nicht. Micaela würde ihre Verpflichtungen später erfüllen. Er kannte die Sopranistin und wusste, wie professionell sie arbeitete. Solange würde er Ersatz suchen. Einen Ersatz für »die Göttliche«! Den würde er kaum finden.

Als Micaela in Marlenes Zimmer kam, musste sie ein Schluchzen unterdrücken. Das war nicht mehr die lebenslustige, vor Gesundheit strotzende Frau, die sie vor einigen Monaten zurückgelassen hatte. Eine Mitschwester wachte neben der schlafenden Kranken. Wortlos bedeutete die Nonne Micaela, ihren Platz einzunehmen.

Die Mutter Oberin kam in Begleitung einer weiteren Ordensschwester und eines Arztes herein. Micaela trat beiseite, damit dieser die Kranke untersuchen konnte. Die Oberin beugte sich zu ihr und flüsterte ihr ins Ohr, dass Soeur Emma seit zwei Tagen aufgrund starker Laudanumgaben nicht mehr bei Bewusstsein sei. Es sei alles sehr schnell gegangen. Sie habe sich plötzlich unwohl gefühlt, dann sei hohes Fieber hinzugekommen; nach einigen Untersuchungen habe man eine seltene, unheilbare Blutkrankheit diagnostiziert.

Als der Arzt seine Untersuchung beendet hatte, kniete Micaela neben dem Bett nieder und legte ihren Kopf in Marlenes Schoß.

»Wach auf, Marlene. Wach auf«, sagte sie auf Spanisch. »Ich bin's, Micaela. Los, wach schon auf. Ich habe dir so viel zu erzählen.« Dann versagte ihre Stimme vor lauter Tränen.

Die Mutter Oberin schickte die Übrigen aus dem Zimmer. Der Arzt hatte ihr gesagt, dass Soeur Emma nur noch wenige Stunden zu leben hatte.

Plötzlich legte Marlene ihre Hand auf Micaelas Kopf. Das Mädchen schreckte überrascht hoch, wischte sich mit dem Ärmel die Tränen ab und lächelte.

»Wann wirst du wieder gesund, Marlene? Du musst mitkommen und mich auf der Bühne sehen. Du glaubst gar nicht, wie glücklich ich bin! Ich singe die *Tosca* am Wiener Burgtheater. Es läuft ganz wunderbar! Die Kritiker ...« Als sie sah, dass Marlene die Lippen bewegte, verstummte sie und beugte sich vor, um ihre Stimme zu hören, die nur noch ein Flüstern war.

»Du musst mir etwas versprechen, Micaela«, brachte die Kranke mühsam heraus. »Versprich mir, dass du nicht vergisst zu lieben. Dass du dir einen Mann suchst, den du von ganzem Herzen liebst, und ihn heiratest.« Sie machte eine kurze Pause, dann fuhr sie fort. »Es gibt keinen anderen Weg als die Liebe, um glücklich zu werden auf dieser Welt, glaub mir.« Sie nahm ihre Hand und drückte sie ganz fest. »Versprich es mir!«

Micaela nickte, ohne wirklich zu begreifen, was Marlene ihr sagen wollte. Für sie waren der Gesang und die Musik alles, was im Leben zählte.

5. Kapitel

Buenos Aires, Januar 1914

Gastón hatte seinen besten Anzug angezogen. Er stieg in die Kutsche und befahl Pascual, loszufahren.

»Und beeil dich«, setzte er hinzu. »Ich will nicht zu spät kommen.«

»Wann kommt das Fräulein Micaela an, gnädiger Herr?«

»In ungefähr einer halben Stunde«, antwortete der junge Mann, ohne von seiner Zeitung aufzublicken.

»Sie haben sich herausgeputzt, als wollten Sie eine Königin empfangen«, bemerkte der Kutscher.

»Meine Schwester ist eine Königin, Pascual.«

Das Gespräch verstummte. Auf den Straßen war es ruhig; es war fast Mittag und drückend heiß.

»Entsetzlich!«, entfuhr es Gastón plötzlich. »*La Nación* schreibt, dass es gestern einen weiteren Mord gegeben hat. Wieder der ›Zungensammler‹.«

»Gütiger Gott!« Der Kutscher bekreuzigte sich. »Was steht noch da, gnädiger Herr?«

»Das Gleiche wie bei den anderen Fällen. Das Opfer ist eine junge Prostituierte mit schwarzen Haaren. Offensichtlich hat er sie erwürgt und ihr dann die Zunge herausgeschnitten.«

»Und was ist mit der Zunge, gnädiger Herr?«

»Spurlos verschwunden, mein Freund. Wie in den anderen Fällen.«

Er schlug die Zeitung zu und legte sie neben sich auf den Sitz.

»Wenn man genau über den ›Zungensammler‹ informiert sein will, kauft man am besten die *Crítica*, gnädiger Herr. Die schreiben ganz genau darüber.«

»Nein, danke, Pascual. Je weniger man weiß, desto besser. Eigentlich habe ich nur in die Zeitung geschaut, um mich zu vergewissern, dass kein Artikel über Micaela drinsteht. Sie hat uns gebeten, ihren Besuch in Buenos Aires geheim zu halten. Sie will ihre Ruhe haben, zumindest in den ersten Tagen. Wenn die Journalisten erst einmal erfahren, dass sie hier ist, werden sie sie in den Wahnsinn treiben.«

»Verständlich! Meine kleine Micaela ist jetzt eine Berühmtheit«, stellte Pascual voller Stolz fest, als handelte es sich um seine eigene Tochter. »Ich erinnere mich noch gut, wie Cheia und ich sie damals zum Hafen gebracht haben. Wie lange war sie jetzt weg, gnädiger Herr?«

»Was weiß ich, Pascual! Also, ungefähr … fünfzehn Jahre, mein Freund. Vor fünfzehn Jahren ist Mica weggegangen.«

»Und ist nicht einmal mehr hier gewesen«, stellte Pascual traurig fest. »Sie hat sich rar gemacht.«

Gastón sagte nichts, sondern hing seinen Gedanken nach. Aber Pascual plauderte gerne mit dem jungen Herrn und nahm die Unterhaltung wieder auf.

»Sagen Sie, gnädiger Herr, wenn keiner was von dem Besuch des gnädigen Fräuleins verraten hat, warum stecken Sie dann Ihre Nase in die Zeitungen, um zu schauen, ob was über sie drinsteht? Wie wird das gnädige Fräulein gleich noch mal drüben in Europa genannt?«

»›Die Göttliche‹«, antwortete Gastón.

»Genau, ›die Göttliche‹! Wer hätte das gedacht!«

Gastón musste lachen. Der Kutscher war so stolz auf seine Herrin, die er seit Jahren nicht gesehen hatte. Vielleicht wusste

Micaela gar nicht mehr, wer er war, und der arme Mann schwelgte in Erinnerungen an sein kleines Mädchen.

»Wenn ich die Nase in die Zeitungen stecke, wie du es nennst, dann deshalb, weil ich Otilia nicht traue«, setzte Gastón hinzu.

»Was soll das heißen, gnädiger Herr? Also, wenn man's erfahren darf ...«

»Um sich wichtig zu machen, würde Otilia überall herausposaunen, dass sich ihre ›Tochter‹, wie sie Micaela seit ihren Erfolgen nennt, in Buenos Aires aufhält. Ich weiß, dass sie sich fast die Zunge abbeißen musste, um es nicht ihren geschwätzigen Freundinnen und gleich der ganzen Familie weiterzuerzählen.«

Otilia Cáceres war die Frau von Rafael, Micaelas Vater. Mit ihren vollendeten Umgangsformen und ihrem vornehmen Auftreten hatte sie sämtliche Ansprüche von Senator Urtiaga erfüllt. Sie war eine würdige Gastgeberin für die Besucher, die in seinem Haus ein und aus gingen, und eine standesgemäße Begleitung auf Empfängen und Festen. Seit er in die Politik gegangen war, pflegte Urtiaga Umgang mit wichtigen Persönlichkeiten, darunter hohe Regierungsbeamte, Botschafter und Diplomaten. Seine zunehmenden gesellschaftlichen Verpflichtungen hatten ihn an eine erneute Hochzeit denken lassen, und Otilia war die beste Wahl gewesen. Sie war verwitwet, kinderlos und gehörte einer der angesehensten Patrizierfamilien von Buenos Aires an.

Gastón und Don Pascual sprachen noch über die drückende Hitze, dann versiegte das Gespräch. Den Rest der Fahrt schwiegen sie. Als in der Ferne der Hafen und die Zollgebäude auftauchten, wurde Gastón nervös, obwohl er sich auf seine Schwester freute.

Micaela kam die Gangway hinunter. Neben ihr ging der Kapitän, der darum bat, sie in Buenos Aires besuchen zu dürfen, bevor das Schiff wieder auslief. Als sie auf der Mole standen, ließ sie ihn freundlich, aber bestimmt stehen. Seit einigen Jahren verfolgten sie die Männer mit ihren Schwärmereien. Sie versprachen ihr das Blaue vom Himmel herunter und behandelten sie wie eine Göttin. Sie hatte gelernt, sie abzuschütteln, indem sie ihnen das Gefühl gab, von ihren Schmeicheleien und den kostbaren Geschenken zutiefst beeindruckt zu sein.

Micaela erledigte die Zollformalitäten. Bei einem offiziellen Besuch hätte sie nicht ein einziges Formular ausfüllen müssen, sondern wäre von einer Abordnung der Regierung empfangen worden. Nun betrat sie einen nicht sonderlich großen, recht luxuriös ausgestatteten Wartesaal für die Reisenden der Ersten Klasse.

Als Gastón seine Schwester hereinkommen sah, war er überwältigt. Sie war noch schöner als bei ihrer letzten Begegnung vor zwei Jahren und sehr elegant nach der neuesten Pariser Mode gekleidet. Das Jackett aus nilgrüner Seide war hüftlang und endete in einem Schößchen. Der Rock saß eng und betonte ihre schmale Taille. In der Mitte war er so drapiert, dass ihre Knöchel frei blieben. Der farblich zum Kleid passende Hut war schlicht und lediglich mit einigen Federn geschmückt.

Obwohl sie sich ganz natürlich bewegte, wirkte sie wie eine Königin. Die Männer sahen ihr hinterher, und die Frauen tuschelten über ihre Kleidung.

»Mica!«, rief ihr Bruder und winkte ihr über die Menschenmenge hinweg zu.

Micaela sah sich suchend um, bis sie ihn schließlich entdeckte. Gastón reiste zwar regelmäßig nach Europa, aber in letzter Zeit war es nicht einfach gewesen, sich in einer der Städte dort zu treffen. Daher hatten sie sich länger nicht gesehen.

»Damit ›die Göttliche‹ ihren Bruder empfängt, muss der arme Kerl Schlange stehen wie alle anderen«, witzelte Gastón.

»Red keinen Unsinn! Das letzte Mal, als du in Europa warst, hast du nur drei Orte besucht: das Casino in Monte Carlo, das

Moulin Rouge und das Maxim's. Um nichts in der Welt warst du von dort wegzubringen. Ach, und ich vergaß! Das Ganze stets in wechselnder Damenbegleitung.«

Gastón hob die Arme, um zu zeigen, dass er sich geschlagen gab. Seiner Schwester hatte er nie etwas vormachen können, jetzt schon gar nicht mehr, nachdem ihr das Leben so viel beigebracht hatte. Er reichte ihr den Arm, um sie nach draußen zu führen. Als Micaela fragte, warum Cheia nicht mitgekommen war, erklärte Gastón ihr, dass sie zu Hause geblieben sei, um letzte Vorbereitungen zu treffen.

»Sie hat sogar den Keller auf Vordermann bringen lassen, weil du zu Besuch kommst. Als würdest du da runtergehen und alles inspizieren! Die arme alte Cheia!«

Die jungen Leute erreichten die Kutsche. Micaela freute sich, Pascual zu sehen, der mit der Peitsche in der Hand neben dem Kutschbock stand, genau wie sie ihn in Erinnerung hatte. Der Mann war gerührt, dass sein kleines Mädchen ihn wiedererkannte und auf die Wange küsste.

»Wie gut, dass ihr mit der Kutsche gekommen seid, um mich abzuholen! Ich habe solche Lust, eine kleine Stadtrundfahrt zu machen, bevor wir zu Papa fahren«, sagte sie.

»Das wusste ich!«, beteuerte der Kutscher. »Als Sie noch ein kleines Mädchen waren, sind Sie immer gerne in dieser Kutsche ausgefahren.«

»Du musst müde sein«, schaltete sich Gastón ein. »Vielleicht wäre es besser, wenn wir ...«

»Nein«, widersprach seine Schwester. »Pascual, fahr uns zu dem Haus am Paseo de Julio. Ich möchte es sehen.«

Der Kutscher und Gastón wechselten einen betretenen Blick.

»Was ist?«

»Papa hat es einem Freund verkauft. Ernesto Tornquist, der Bankier, erinnerst du dich?« Micaela schüttelte den Kopf, und

Gastón setzte hinzu: »Nun ja, die Sache ist die … Tornquist hat das Haus abreißen lassen. Jetzt steht dort seine Bank.«

»Wie traurig«, sagte sie leise. »Aber vielleicht ist es besser so. Fahr uns trotzdem hin, Pascual. Ich möchte mich ein wenig in der Gegend umsehen.«

Der Paseo de Julio hatte sich ebenso verändert wie die anderen Straßenzüge. Es war, wie der Kapitän erzählt hatte: Buenos Aires war nicht wiederzuerkennen. Micaela gefiel das neue Stadtbild; es erinnerte sie an Paris. Als sie zu der Stelle kamen, wo einmal ihr Haus gestanden hatte, schlug die Wehmut, mit der sie gerechnet hatte, in Begeisterung um: Vor ihnen erhob sich stolz ein gigantischer Brunnen.

»Das ist doch der Nereidenbrunnen, oder?«, fragte sie, den Blick auf das weiße Marmorbauwerk gerichtet.

»Ja. Woher weißt du das? Du warst nicht mehr in Buenos Aires, seit er errichtet wurde«, entgegnete ihr Bruder.

»Lola Mora hat mir etliche Entwürfe und Fotografien gezeigt. Halt an, Pascual!«

»Du kennst Lola Mora?«, fragte Gastón verblüfft.

»Ja. Sie lebt hin und wieder in Paris. Sie sagt, sie bewundere meinen Gesang, und ich bewundere ihre Skulpturen. Ich kann nicht behaupten, dass wir eng befreundet wären, aber wenn wir uns begegnen, haben wir immer viel Spaß miteinander.«

»Dann soll deine Freundin sich auf was gefasst machen! Sämtliche Spießbürger von Buenos Aires sind hell empört über die anstößigen Figuren. Sie haben die Verwaltung aufgefordert, den Brunnen wieder zu entfernen.«

Micaela verdrehte die Augen und hob die Hände.

»Mon Dieu!«, rief sie. »Das Stadtbild hat sich völlig verändert, aber die Kleingeister sind dieselben geblieben.«

Sie beschlossen, zum Haus der Urtiagas zu fahren. Cheia würde sich schon Sorgen machen.

»Ach, beinah hätte ich's vergessen, Mica! Papa lässt sich entschuldigen ...«

Das Mädchen machte eine abfällige Handbewegung.

»Micaela, bitte, lass mich es dir erklären. Er wollte wirklich mitkommen, um dich abzuholen, aber ihm ist eine Sitzung dazwischengekommen ...«

»Es ist mir egal, Gastón, ehrlich. Du weißt, dass es mir nichts ausmacht. Warum lässt du es nicht einfach gut sein? Ich wollte nur dich im Hafen sehen. Und Mamá Cheia natürlich.«

Der junge Mann ließ bedrückt den Kopf hängen. Er wusste, dass sich seine Schwester nicht gut mit ihrem Vater verstand. Und Micaela war nicht zum Einlenken zu bewegen, so sehr er auch zu vermitteln versuchte.

***

Gastón hatte gelegentlich von dem neuen Haus der Urtiagas erzählt, aber dieses Anwesen übertraf Micaelas Vorstellungen bei weitem. Sie kannte einige solcher Villen in Europa, doch bei diesem Palais verschlug es ihr die Sprache.

Der Vordereingang befand sich an der Avenida Alvear. Die Kutsche bog in das schmiedeeiserne Tor ein und rollte über eine gepflasterte Auffahrt bis zum Portal. Micaela konnte den Blick nicht von der wunderbaren Fassade wenden, während ihr Bruder die Details erläuterte: Es sei die exakte Kopie eines französischen Stadthauses aus dem 18. Jahrhundert. Wenn sie es erst von innen sähe, käme sie aus dem Staunen nicht mehr heraus.

Die Kutsche hielt unter dem von Säulen getragenen Portikus. Gastón und Micaela stiegen aus; Pascual ließ die Peitsche schnalzen und fuhr wieder an. Die schwere Eichentür öffnete sich, und Cheia erschien in Begleitung mehrerer Dienstmädchen, die sich diskret im Hintergrund hielten. Micaela und die Amme fielen sich sofort in die Arme; beiden stiegen die Tränen in die Augen. Mamá Cheia war zweimal in Europa gewesen, aber nun hatten sie sich eine lange Zeit nicht mehr gesehen. Durch ihr neues, aufregendes Leben hatte Micaela gar nicht bemerkt, wie sehr die alte Amme ihr gefehlt hatte. Gastón beendete das tränenreiche Wiedersehen mit einem seiner Scherze, und sie gingen gemeinsam ins Haus.

Micaela und Cheia hatten sich untergehakt, während der junge Urtiaga seiner Schwester die Räumlichkeiten im Erdgeschoss zeigte. Diese kam aus dem Staunen nicht mehr heraus, hatte sie doch noch gut den düsteren Kasten am Paseo de Julio in Erinnerung. Herrliche Gemälde, Skulpturen von Rodin, Vasen aus Sèvres, riesige Wandgobelins, exquisite französische Möbel, aufwendige Wand- und Deckenvertäfelungen, die im Ballsaal mit Blattgold verziert waren, schmückten die Räume. Durch die hohen Fenster blickte man in den umliegenden Park.

Gastón spielte den Fremdenführer. »Das hier ist der Salon von Madame«, sagte er in scherzhaftem Ton. »Der Ort, an dem Otilia allwöchentlich ihre Schwatzstündchen veranstaltet.«

Schließlich erkärte Cheia den Rundgang für beendet. Sie hatte das Essen vorbereitet und wollte sich in Ruhe mit Micaela unterhalten.

Sie speisten in einem Raum im Erdgeschoss, den Rafael Urtiaga als Musiksalon für seine Tochter hatte einrichten lassen. Vor einer der hohen Verandatüren stand ein nagelneuer Flügel. Gastón erzählte, dass ihr Vater vor einiger Zeit einen der Architekten des Teatro Colón, einen gewissen Jules Dormal, damit beauftragt hatte, die für eine perfekte Akustik nötigen Umbauten durchzuführen. Micaela war gerührt von der Geste ihres Vaters, schob dieses Gefühl aber sofort beiseite.

»Ich habe Otilia erzählt, dass du erst nachmittags ankommst«, sagte Gastón schließlich. »So können wir in Ruhe zu Mittag essen. Gott sei Dank ist sie ständig unterwegs.«

»Und du auch«, setzte Cheia ungehalten hinzu. »Ständig unterwegs. Nächtelang! Der feine Herr tut nichts anderes, als sich herumzutreiben.«

Micaela warf ihrem Bruder einen besorgten Blick zu. Das unstete Leben, das Gastón seit einiger Zeit führte, gefiel ihr ganz und gar nicht.

»Du bist doch ein kluger Kerl ...«

»Wie redest du eigentlich?«, unterbrach ihr Bruder sie. »Du dehnst die Wörter wie Gummi und näselst wie ein Froschfresser. Oh là là, wie süperb!«, frotzelte er.

Micaela sah ihn verdutzt an, dann packte sie der Zorn. Niemand verstand es so gut wie Gastón, sein Gegenüber zu reizen.

»Ich rede so, weil ich seit fünfzehn Jahren nichts anderes höre. Aber wenn es Euer Gnaden missfällt, mache ich mir die Mühe und gewöhne mich um«, entgegnete sie wütend.

Gastón lachte. Er stand auf und ging zu Micaela, schlang von hinten seine Arme um sie und küsste sie aufs Haar.

»Denk nur nicht, dass du mich mit diesen Schmeicheleien rumkriegst«, zischte sie. »Du bist – mit Verlaub, Euer Majestät! – ein schamloser Herumtreiber.«

Das Mittagessen verlief unter Lachen und Scherzen. Cheia hätte lieber über ernstere Dinge gesprochen, doch wenn Gastón mit am Tisch saß, war das unmöglich. Aber seine fröhliche Art kam gut an, insbesondere bei seiner Schwester, der die letzten Tage mit Marlene noch in den Knochen saßen. Micaela fragte sich, ob ihr Vater wohl noch zu ihnen stoßen würde.

»Dein Vater hat gesagt, dass er alles daransetzen wird, um mit uns zu Mittag zu essen«, sagte Cheia, als könne sie Gedanken lesen. »Offenbar ist ihm etwas dazwischengekommen. Er ist ein vielbeschäftigter Mann!«

Micaela sah sie an und musste grinsen. Mamá Cheia nahm ihn immer in Schutz.

Herr Urtiaga traf am Nachmittag ein. Micaela hatte sich auf ihr Zimmer zurückgezogen, um sich auszuruhen, als Cheia nach oben kam, um ihr Bescheid zu sagen. Die Amme wirkte nervös, und die Ruhe der jungen Frau machte sie noch ungeduldiger.

»Los, Kindchen! Dein Vater möchte dich sehen. Er kann es kaum noch erwarten, so sehr hat er deine Ankunft herbeigesehnt. Er hat auch eine Überraschung für dich. Los, mach schon!«

Urtiaga erwartete sie in seinem Arbeitszimmer, einem behaglichen Raum mit holzgetäfelten Wänden, einer riesigen Bibliothek und einem Kamin mit englischen Sofas davor. Er saß da und wartete, dass die Tür aufging und seine Tochter hereinkam. Fast ein Jahr war seit ihrer letzten Begegnung in Paris vergangen. Bei diesem Besuch hatten sie sich nur einige wenige Male gesehen, und diese Treffen waren dank Otilia eher unerfreulich verlaufen. Seine Frau hatte unablässig über Mode und irgendwelche Berühmtheiten geplappert; Micaela hatte einsilbig geantwortet und das Gespräch, das für sie mit Sicherheit eine Zumutung gewesen war, stoisch über sich ergehen lassen.

Micaela hatte mit ihren Auftritten an der Pariser Oper zu tun gehabt und dem Besuch nur wenig Aufmerksamkeit geschenkt. Dennoch hatte sie ihrem Vater und seiner Gattin auf Anregung von Marlene Eintrittskarten schicken lassen. Die Nonne wusste um die Fehler, die Urtiaga in der Vergangenheit gemacht hatte, aber sie versuchte dennoch, eine Annäherung zwischen beiden herzustellen.

Wie ähnlich sie ihrer Mutter sah!, dachte Urtiaga, als sie hereinkam. Er bekam eine Gänsehaut, und seine Augen wurden feucht. Er stand auf und ging ihr entgegen. Micaela blieb in der Tür stehen. Dahinter war Cheia zu sehen.

»Guten Tag, Vater«, sagte sie förmlich. »Wie geht es Ihnen?«

»Meine liebe Tochter!« Ihr Vater ergriff ihre Hände. Er hätte sie gerne umarmt, hätte sie ihn nicht so ernst angesehen. »Willkommen zu Hause. Ich hoffe, du fühlst dich wohl. Wenn du etwas brauchst, dann sag es Graciela oder mir. Ich möchte, dass es dir an nichts fehlt. Ich bin sehr froh, dass du uns einen Besuch abstattest. So lange schon habe ich darauf gehofft, dass du mal kommst. Entschuldige, dass ich beim Mittagessen nicht dabei sein konnte, aber es ging einfach nicht. Wie findest du das Haus? Gefällt es dir? Wahrscheinlich bist du Besseres gewöhnt, aber alle haben Anweisung, dir jeden Wunsch zu erfüllen. Nicht wahr, Graciela?«

Micaela staunte über den Wortschwall ihres Vaters. Rafael Urtiaga wirkte verletzlich wie ein Kind. Er war fahrig, sogar nervös. Der große Senator erinnerte an einen schüchternen Jüngling.

»Danke, Papa. Es ist alles bestens. Und Glückwunsch, Ihr Haus ist wunderschön. Schöner als so manche, die ich in Europa gesehen habe.«

Urtiaga trat vor eine Staffelei, die vor den Bücherregalen stand. Er zog das weiße Tuch von dem Gemälde und sah erwartungsvoll zu Micaela, um ihre Reaktion zu beobachten.

»Ein Fragonard!«, rief das Mädchen, jede Zurückhaltung vergessend, aus. »*Le sacrifice de la rose*, habe ich recht?«

Jean-Honoré Fragonard war Micaelas Lieblingsmaler des 18. Jahrhunderts, seit sie vor einigen Jahren seine Werke im Louvre gesehen hatte. Sie war beeindruckt von der Harmonie der zarten Pastelltöne, die im Kontrast zu der Ausdruckskraft der Bilder standen. Micaela war gerührt, dass ihr Vater sich die Mühe gemacht hatte, ihre künstlerischen Vorlieben herauszufinden, und so viel Geld ausgegeben hatte, um ihr eine Freude zu machen – Fragonards waren auf dem europäischen Kunstmarkt sehr gefragt.

»Man hat mir gesagt, er sei dein Lieblingsmaler«, erklärte ihr Vater. »Und dass dir *Le verrou* am besten gefällt. Ich wollte es kaufen, aber ...«

»Es hängt im Louvre«, unterbrach ihn Micaela, ohne den Blick von dem Gemälde abzuwenden.

»Ja, genau. Nach langer Suche hat Otilia in Paris einen Sammler ausfindig gemacht, der dieses hier besaß, *Le Sacrifice de la Rose*, und wir haben es für dich gekauft. Du könntest es in den Musiksalon hängen. Gefällt dir der Musiksalon?«

Ihr Vater war immer noch nervös und redete in einem fort. Micaela erkannte ihn nicht wieder. Das war nicht der düstere, abweisende Vater, der sie als Kind so geängstigt hatte und der ihr jetzt, wo sie erwachsen war, so fremd war. Obwohl sie versuchte, ihm freundlich zu begegnen, fiel es ihr schwer. Der Groll nagte an ihr; sie konnte ihm nicht verzeihen, dass er sie vor fünfzehn Jahren im Stich gelassen hatte.

»Ich habe für heute Abend ein paar Freunde eingeladen. Sie können es kaum erwarten, dich zu sehen«, erklärte Urtiaga.

Cheias Gesichtszüge entgleisten, und Micaela erstarrte. Da hatten sie es geschafft, dass Otilia den Mund hielt, und nun kam ihr Vater und hatte eine Abendgesellschaft organisiert.

»Ich hatte darum gebeten, niemanden zu sehen, zumindest in den ersten Tagen nicht«, erklärte Micaela und versuchte, höflich zu bleiben. »Vor allem wollte ich nicht, dass die Journalisten Wind davon bekommen …«

»Keine Sorge!«, rief ihr Vater, der erschrak, als er das bleiche Gesicht seiner Tochter sah. »Alle wissen, dass sie Stillschweigen zu wahren haben.«

Micaela sagte sich, dass mittlerweile wohl halb Buenos Aires von ihrer Ankunft erfahren haben dürfte, die Journalisten der großen Zeitungen eingeschlossen.

Otilia kochte vor Wut. Als sie gegen fünf Uhr nach Hause gekommen war, hatte sie überrascht feststellen müssen, dass Micaela bereits da war. Und um das Maß vollzumachen, hatte Rafael ihr mitgeteilt, dass am Abend einige Freunde kommen würden.

»Ich habe nichts anzuziehen!«, jammerte sie. »Ich kann doch

nicht irgendwas tragen! Es ist immerhin ein Empfang für ›die Göttliche‹!«

Micaela musste sich abwenden, um ihr Lachen zu verbergen. Sie hatte noch nie eine eitlere Frau kennengelernt als ihre Stiefmutter. Sie verstand nicht, wie ihr Vater es mit ihr aushielt. Bestimmt hat er eine Geliebte, sagte sie sich, doch dann verwarf sie den Gedanken wieder. Wahrscheinlich reichte ihm die Politik.

Otilia stürzte sich mit untröstlichem Gesicht auf Micaela. »Meine Liebe!«, sagte sie und fasste ihre Hände. »Du musst die herrlichsten Kleider besitzen. Paris! Mein Gott, was für eine Stadt! Und man selbst muss sich mit den hiesigen Schneiderinnen begnügen. Schau dich an! In diesem Kleid wärst du heute Abend schon perfekt angezogen.« Sie legte die Hände auf die Taille ihrer Stieftochter. Dann packte sie ein wenig fester zu und sah Micaela fassungslos an. »Und das Korsett?«, fragte sie.

»Ich verzichte schon lange auf ein Korsett. In Paris trägt es fast niemand mehr. Das ist gesünder«, setzte sie hinzu.

»Ach, wirklich? Und wie machst du es, dass deine Taille so schön schlank aussieht?«

»Sie ist eben jung, schön und schlank.« Rafael hatte allmählich genug von der Art seiner Frau. Er erklärte die Unterhaltung für beendet und schickte sie hinaus, um alles für den Abend vorzubereiten.

Otilia stellte wieder einmal unter Beweis, dass sie eine hervorragende Gastgeberin war. Innerhalb kürzester Zeit war alles vorbereitet. Die Gäste waren begeistert. Es stand immer jemand bereit, der Champagner nachschenkte oder Häppchen reichte. Das Essen war hervorragend, und Micaela staunte über die köstlichen Speisen.

Unter den Eingeladenen waren auch Rafaels Geschwister, sogar Onkel Santiago, der Monsignore. Tante Josefina war mit ihren vier Töchtern gekommen. Ihr Mann, Belisario Díaz Funes, weilte im Ausland. Die Jüngste, Guillita, war entzückend, aber die anderen drei waren genauso langweilig wie ihre Mutter. Tante Luisa und ihr Mann Raúl Miguens, ein einflussreicher Politiker und dem Vernehmen nach kein Kostverächter, kamen als Letzte. Die beiden waren schon lange verheiratet und hatten keine Kinder. Zunächst dachte Micaela, sie würde sich etwas einbilden, doch nach einer Weile bestand kein Zweifel mehr, dass Onkel Raúl ihr schöne Augen machte.

Urtiagas Freunde waren durchweg einflussreiche Männer aus der besten Gesellschaft von Buenos Aires. Sogar der frühere Präsident Julio Roca, der sich in letzter Zeit in der Öffentlichkeit rar machte, war der Einladung seines Freundes gefolgt.

Micaela verbrachte einen recht angenehmen Abend. Sie unterhielt sich angeregt mit den Gästen, die hocherfreut waren, dass »die Göttliche« in ihrer Heimat weilte. Auf die Frage des einen oder anderen, ob sie gedenke, am Teatro Colón aufzutreten, antwortete sie, dass es sich um eine reine Privatreise und nicht um eine Tournee handele. Sie sei nur gekommen, um ihre Familie zu besuchen. Nach einer Weile hätte sie sich gern zurückgezogen, um sich in aller Ruhe mit Cheia oder Gastón zu unterhalten. Sie hielt Ausschau nach ihrem Bruder, konnte ihn aber nicht entdecken und fragte sich ungehalten, wo er wohl steckte.

6. Kapitel

Genau wie sie befürchtet hatte, musste Micaela in den nächsten Tagen halb Buenos Aires empfangen. Die Leute strömten in Scharen ins Haus ihres Vaters. Nachmittags kamen die Freundinnen ihrer Schwiegermutter, abends die Freunde ihres Vaters. Allerdings musste sie zugeben, dass das rege Treiben sie von ihren traurigen Gedanken ablenkte.

Morgens zog sie sich in den Musiksalon zurück und sang stundenlang. Dann spielte sie noch ein wenig auf dem Flügel. Sie hatte begonnen, die Partituren der nächsten Oper einzustudieren, die sie bei den Mailänder Festspielen singen würde.

Einen Teil ihrer Zeit verwendete sie darauf, die Post zu beantworten, die sie aus Europa bekam, insbesondere von ihrem Lehrer, der sie inständig bat, doch bald zurückzukehren. Manchmal drohte er sogar damit, sie holen zu kommen. Aber es tat Micaela gut, ein wenig Abstand zu gewinnen.

Es gab immer etwas, das sie ablenkte. Sie hatte schon einen heftigen Streit mit Otilia gehabt, weil diese nicht gestatten wollte, dass Cheia mit ihnen gemeinsam am Tisch saß. Micaela war wütend auf ihren Bruder, weil dieser die Amme nicht vor der Demütigung bewahrt hatte, mit dem übrigen Personal essen zu müssen. »Wenn ich nach Europa zurückfahre, nehme ich dich mit«, versprach sie Cheia aufgebracht. »Wie können sie dich so behandeln? Mein Vater und mein Bruder sind Feiglinge. Warum hast du mir nichts davon erzählt? Du bist hier mindestens genauso Hausherrin wie diese Furie Otilia.«

Cheia versuchte, sie zu besänftigen. Sie wollte nicht, dass Micaela sich in ihrer Wut verrannte. Sie hatte genug gelitten. Es war an der Zeit, zu vergeben und seinen Frieden zu machen.

»Ich kann nicht mit dir nach Europa gehen, Prinzesschen. Ich danke dir, aber es geht nicht. Ich fühle mich sehr wohl hier. Und auch wenn es nicht so aussieht, dein Bruder und der gnädige Herr brauchen mich. Du warst immer viel kämpferischer als sie. Weil du so dünn und still warst, hieß es immer, das sei nicht so, aber ich wusste, dass du die Stärkere bist. Gastón und der gnädige Herr hingegen sind nie über den Tod deiner Mutter hinweggekommen.«

Mamá Cheia erzählte ihr, dass sie Rafael seit Jahren am Geburtstag und am Todestag zu Isabels Grab begleite.

»Er bringt ihr Blumen und betet eine Weile mit mir. Dann lasse ich ihn allein. Wenn er wieder ins Auto steigt, sind seine Augen ganz rotgeweint. Und weißt du, was dein Vater mal zu mir gesagt hat? Dass ich seine beste Freundin bin.«

Micaela war überrascht. Wie wenig sie ihren Vater kannte!

»Und dein Bruder, Prinzesschen ... Ich sag's ungern, aber er ist ein nichtsnutziger Herumtreiber. Ich kann ihn nicht hier allein lassen; er braucht mich. Außerdem gebe ich mir mit die Schuld daran. Ich habe ihn schlecht erzogen!«

Micaela sagte, sie sei verrückt, so zu denken. Sie sei Gastón die beste Mutter gewesen. Aber eines stimmte: Ihr Bruder würde böse enden, wenn er sein Leben nicht in den Griff bekam.

Eines Nachmittags saß ihre Tante Josefina mit Otilia im Garten beim Tee. Die Jüngeren spielten Cricket; nur ihre Cousine Guillita saß etwas abseits auf einer Bank und starrte Löcher in die Luft. Angezogen von den Stimmen, schaute Micaela aus ihrem Fenster in den Garten hinunter. Der kühle Wind spielte mit ihrem Haar, und Jasminduft erfüllte das Zimmer. Sie mochte den Blick in den Park mit dem von Zypressen gesäumten Kiesweg und dem Teich mit der Marmorstatue. Der Rasen war sorgfältig gestutzt, Ligusterhecken trennten die einzelnen Bereiche voneinander ab, und Blumenbeete setzten geschmackvolle Farbakzente. Micaela ging in den Garten hinaus und entschuldigte sich bei den Gästen, dass sie nicht früher gekommen war.

»Ich habe über meinen Partituren ganz die Zeit vergessen«, erklärte sie.

»Aber das macht doch nichts, meine Liebe!«, flötete ihre Tante. »Wir sind doch schon froh, dass du überhaupt nach Buenos Aires gekommen bist, um uns zu besuchen. Nicht auszudenken, wie viele Engagements dir entgehen, während du hier bist!«

Diese ständigen Schmeicheleien widerten sie an. Sie ließ die beiden Frauen sitzen, um Guillita zu begrüßen. Sie lud sie ein, mit in ihr Zimmer zu kommen, damit sie sich ungestört von Josefinas aufdringlichen Blicken in Ruhe unterhalten konnten. Sie gingen ins Haus, und es dauerte nicht lange, bis Guillita ihr beichtete, dass sie in einen Mann verliebt sei, den ihre Eltern nicht guthießen.

»Joaquín gehört nicht unseren Kreisen an«, erklärte das Mädchen mit einer Fügsamkeit, die Micaela auf die Palme brachte. Das Mädchen war nur zwei Jahre jünger als sie selbst, aber in ihrer Gegenwart fühlte sie sich wie vierzig.

»Aha, Joaquín gehört also nicht unseren Kreisen an ...«, wiederholte sie mit einem spöttischen Unterton, den ihre Cousine überhaupt nicht bemerkte.

»Ja. Meine Eltern haben mir verboten, ihn zu Hause zu empfangen oder mich anderswo mit ihm zu treffen.«

»Gleich morgen laden wir ihn zum Tee ein«, entschied Micaela und amüsierte sich über das verdutzte Gesicht ihrer Cousine. Eigentlich hatte sie ja schon genug mit Gastón zu tun, um sich nicht auch noch in die Herzensangelegenheiten ihrer Cousine Guillita einzumischen. Aber weil sie das Mädchen mochte, beschloss sie, ihr zu helfen.

Joaquín Valverde war der Typ Mann, den ein Urtiaga als potentielles Familienmitglied ablehnte, weil er keine adlige Herkunft vorweisen konnte. Davon abgesehen war er äußerst sympathisch. Als Knochenspezialist lebte er von dem, was er mit seinen Sprechstunden und einigen wenigen Patienten verdiente.

»Ach übrigens, Tante Josefina«, sagte Micaela einige Tage, nachdem sie Joaquín kennengelernt hatte. »Doktor Valverde war zum Tee hier.«

Josefina rutschte auf ihrem Stuhl hin und her und versuchte den Schrecken zu überspielen, den diese Nachricht in ihr auslöste.

»Sie hat es gewagt, ihn hier ins Haus mitzubringen?«, stammelte sie. Dabei hatte sie mit allen Mitteln versucht, den peinlichen Verehrer geheim zu halten!

»Ich hatte ihn eingeladen«, stellte Micaela klar. »Ach, Tante, was für ein reizender, vornehmer Mann! Ich war überrascht, wie gebildet er ist. Wir haben über die Oper und Musik gesprochen. Eigentlich haben wir uns über viele Themen unterhalten. Ich war wirklich angetan von ihm.«

Josefina sah ihre Nichte an, die den Arzt in den höchsten Tönen lobte. Ihr Gesicht war nicht mehr ganz so verkniffen.

»Ich konnte mich nicht beherrschen und habe ihn gefragt, ob er irgendwie mit dem Grafen Valverde verwandt sei. Von der Namensgleichheit einmal abgesehen, ist mir sofort die äußerliche Ähnlichkeit ins Auge gesprungen.«

»Und, was hat er gesagt?«, fragte die Tante neugierig.

»Er erzählte mir, er habe sehr früh seine Eltern verloren und sei bei einer Schwester der Mutter aufgewachsen. Zur Familie seines Vaters bestehe kein Kontakt. Aber er bestätigte, dass sein Großvater aus derselben südspanischen Stadt stamme wie der derzeitige Graf Valverde. Das sind Männer, dort unten im Süden Spaniens! Dieser stolze maurische Einschlag!«

Noch nie im Leben hatte Micaela so schamlos gelogen. In ihrem tiefsten Inneren musste sie sich eingestehen, dass sie es nicht nur für Guillita und Joaquín machte, sondern auch für ihre Mutter. Die Urtiagas hatten sie genauso schlecht behandelt, wie sie jetzt auch zu Doktor Valverde waren.

Die Spannung, die in der Luft lag, war mit Händen zu greifen. Rafael Urtiaga und Gastón hatten wieder einmal gestritten. Es war um dieselbe Sache gegangen wie immer. Der junge Urtiaga arbeite nichts, kümmere sich nicht um die Landgüter und verjubele riesige Summen für Vergnügungen. Und regelmäßig käme er sturztrunken nach Hause.

Der Vater drohte damit, ihm die monatliche Unterstützung zu streichen und ihn aus dem Haus zu werfen. Otilia mischte sich ein und machte Gastón Vorhaltungen, dass er immer noch nicht verheiratet war und sich in anrüchigen Vierteln herumtrieb – die ganze Stadt spreche darüber.

»Halten Sie sich da raus!«, fuhr Gastón sie an, der Otilias Einmischung nicht länger ertrug. »Das geht Sie einen Dreck an!«

»So eine Unverschämtheit! Eine bodenlose Frechheit ist das!«, ereiferte sich die Frau. »Rafael, Sie dürfen nicht zulassen, dass man so mit mir spricht!«

Der Senator schnaubte. Er hatte genug von seinem Sohn und seiner Frau. Mit einer Handbewegung brachte er Otilia zum Schweigen, worauf diese mit hochrotem Kopf hinausrauschte.

Urtiaga ging eine Weile auf und ab, bevor er das Wort ergriff. Er versuchte, an Gastóns Vernunft zu appellieren, wie er es auch im Kongress immer tat, aber seine Parteifreunde waren leichter zu überzeugen als sein eigener Sohn. Ihm gegenüber fand er einfach nicht den richtigen Ton, der überzeugend oder hart genug gewesen wäre. Er hatte es auf alle möglichen Arten versucht: verständnisvoll und unnachgiebig, umgänglich und bestimmt. Aber

Gastón war und blieb ein Herumtreiber, ein Spieler und ein Weiberheld.

Als er einen Moment innehielt und aufsah, fiel sein Blick auf Micaela, die stumm in einer Ecke des Zimmers saß. Er erinnerte sich daran, dass die ganze Familie, auch er selbst, gedacht hatten, dass die stille, nachdenkliche Micaela es im Leben zu nichts bringen würde. Stattdessen hatte er seine Erwartungen in den aufgeweckteren, lebhafteren Sohn gesetzt.

Als er das traurige Gesicht seiner Tochter sah, beschloss er, die Diskussion auf später zu verschieben. Er wollte nicht, dass Micaela ihn noch mehr hasste, weil er so hart zu Gastón war. Sie hatte eine Schwäche für ihren Bruder. Sie hatte ihm sogar Geld geliehen, um die hohen Spielschulden zu begleichen, die er bei seinem letzten Besuch in Monaco vor zwei Jahren gemacht hatte.

Derart aufgewühlt, setzten sie sich zu Tisch. Otilia beteiligte sich kaum an den wenigen Gesprächen, die während des Essens entstanden, sondern saß stocksteif da und blickte durch die anderen Tischgäste hindurch. Nicht nur, dass sie die Unverschämtheiten ihres Stiefsohns ertragen musste, jetzt saß sie auch noch mit einer Negerin am Tisch. Und das alles wegen einer Laune ihrer Stieftochter.

Als sie fast mit dem Essen fertig waren, betrat Rubén, der Butler, das Speisezimmer.

»Doktor Cáceres ist in der Halle. Er lässt fragen, ob die Herrschaften ihn empfangen können.«

»Eloy!«, rief Otilia aus. »Er soll reinkommen, Rubén! Sie wissen doch, dass Señor Cáceres zur Familie gehört. Lassen Sie ihn nicht länger warten!«

Micaela beobachtete die Szene ratlos. Wer war dieser Eloy Cáceres? Sie warf ihrem Vater einen fragenden Blick zu, doch der schlürfte weiter seelenruhig seinen Kaffee. Aber ihr fiel ein Leuchten in seinen Augen auf, das vorher nicht da gewesen war. Gastón hingegen stand auf und verließ das Esszimmer. Micaela sah ihm hinterher, doch ihr Bruder drehte sich nicht einmal um. Sie fragte sich, wohin er ging. Bestimmt in eine dieser Bars, wo es leichte Mädchen und Glücksspiele gab. Dann betrat Eloy Cáceres den Raum.

»Mein lieber Eloy!«, rief Otilia und eilte ihm entgegen.

Rafael begrüßte den Gast aufrichtig erfreut, bevor er ihn mit seiner Tochter bekannt machte.

»Micaela, ich habe die Ehre, dir Otilias Neffen Doktor Eloy Cáceres vorzustellen. Du hast ihn noch nicht kennengelernt, weil er just am Tag deiner Ankunft verreist ist. Aber er ist ein häufiger Gast in unserem Haus«, setzte er hinzu.

Eloy begrüßte Micaela mit einem Handkuss. Natürlich, Otilias Neffe! Ihre Stiefmutter hatte so viel von ihm geredet, dass sie sich schon gar nicht mehr erinnerte, was sie alles erzählt hatte. Es war immer dasselbe: Otilia redete in einem fort, und Micaela nickte automatisch, während sie ihren eigenen Gedanken nachhing. Ihre Stiefmutter langweilte sie mit ihrem oberflächlichen Geschwätz zu Tode. Manchmal schwirrte ihr der Kopf von all den Namen und Verwandtschaftsverhältnissen. Hätte sie zugehört, was Otilia ihr erzählte, hätte sie gewusst, was dieser Mann machte. So aber erinnerte sie sich nur, dass er Diplomat im Dienst des Außenministeriums war.

»Entschuldigen Sie, dass ich unangemeldet vorbeikomme, Don Rafael, aber ich bin erst heute Nachmittag zurückgekommen und hatte große Lust, Sie zu sehen.«

Dieser zerstreute seine Bedenken mit einer wegwerfenden Handbewegung und lud ihn ein, sich zu ihnen zu setzen und eine Tasse Kaffee zu trinken. Auf Bitten von Otilia erzählte Eloy von seiner jüngsten Reise. Micaela nutzte die Gelegenheit, um ihn eingehender zu betrachten. Eloy war groß und schlank, eine auffällige Erscheinung. Seine Gesichtszüge waren nicht ebenmäßig, aber dennoch attraktiv. Er machte den Eindruck eines erfahrenen, kultivierten Mannes. Seine blauen Augen verliehen seinem strengen Erscheinungsbild etwas Weiches. Das blonde, im Nacken leicht gewellte Haar bildete einen Kontrast zu dem vollen, sorgfältig gestutzten Schnurrbart, der ihn älter machte, als er war.

»Gehen wir doch in den Rauchsalon«, schlug Urtiaga vor. »Du schuldest mir noch eine Revanche im Schach. Letztes Mal hast du mich vor meinen Freunden schlecht dastehen lassen«, sagte er zu Eloy, während er ihm auf die Schulter klopfte.

Die Frauen schlossen sich ihnen an. Nur Cheia fühlte sich unbehaglich und entschuldigte sich. Otilia war froh; für einen Moment hatte sie gedacht, die Haushälterin besäße tatsächlich die Unverfrorenheit, sich auch noch zu ihnen zu setzen, Likör zu trinken und Schach zu spielen.

Im Rauchsalon servierte Rubén dem gnädigen Herrn seinen traditionellen Hesperidina. Den Übrigen bot er Likör und Cognac an. Rafael entzündete seine Pfeife und lud Eloy zu einer Zigarre ein. Bevor er ging, klappte der Butler den Spieltisch auf und brachte die Schachfiguren in Position. Micaela stand auf und setzte sich zu ihrem Vater, um ihrer Stiefmutter zu entgehen, die sie schon wieder mit ihrem Geschwätz über Mode und gesellschaftliche Ereignisse langweilte, während sie in einer Zeitschrift blätterte.

»Nicht den, Papa. Zieh mit dem Läufer«, rief Micaela plötzlich.

Ihr Vater drehte sich überrascht um. Er hatte geglaubt, seine Tochter hätte sich in ein Buch vertieft, dabei saß sie direkt neben ihm und beobachtete konzentriert das Spiel. Er lächelte ihr zu, doch Micaela blieb völlig ernst.

»Du hast recht. Ein perfekter Spielzug«, gab er zu und zog mit dem Läufer. »Das wäre mir niemals aufgefallen.«

Mit Micaelas Unterstützung gewann Urtiaga das Spiel. Eloy beschwerte sich, dass er keine Hilfe gehabt habe, und bat um eine Revanche.

»Jederzeit, Eloy«, antwortete Rafael gönnerhaft.

»Mit Verlaub, Don Rafael, aber ich habe Ihre Tochter um Revanche gebeten, nicht Sie.«

Urtiaga lachte herzlich.

»Jederzeit, Señor Cáceres«, wiederholte Micaela die Worte ihres Vaters.

»Ich kann sie nur beglückwünschen, Don Rafael«, bemerkte Eloy. »Ihre Tochter ist nicht nur eine hervorragende Sängerin, sondern auch eine ausnehmend kluge Frau.«

Es war das erste Mal, dass Eloy Micaelas Beruf erwähnte. Da sie es leid war, von den Gästen ihres Vaters oder den Freundinnen ihrer Stiefmutter mit Fragen über dieses Thema gelöchert zu werden, hatte ihr Cáceres' Zurückhaltung sehr gefallen. Zumindest schien er sie nicht ausquetschen zu wollen wie die anderen. Außerdem lag eine gewisse Vertrautheit in der Art und Weise, wie Eloy mit ihr sprach. Es hatte fast den Anschein, als ob sie alte Freunde wären, die sich schon ewig kannten. Wie paradox, dachte sie, dass ausgerechnet der Neffe ihrer Stiefmutter der erste Argentinier war, in dessen Gegenwart sie sich wohl fühlte!

»Ich muss zugeben, Señorita Micaela, Sie haben mich wieder einmal beeindruckt«, fuhr Eloy fort.

»Wieder einmal?«, fragte Micaela.

Auch Rafael sah ihn fragend an. Otilia hatte die Zeitschrift beiseitegelegt und gesellte sich zu ihnen, um die Antwort ihres Neffen zu hören.

»Vergangenes Jahr hatte ich das Glück, gerade in Paris zu weilen, als Sie den *Faust* gaben. Ich muss ehrlich gestehen, dass ich noch nie eine solche Margarita gehört habe.«

»Ach, meine Liebe!«, flötete Otilia dazwischen. »Wenn mein Neffe das sagt, wird es schon stimmen. Keiner versteht so viel von der Oper wie er, glaub mir. Na ja, außer dir natürlich, schließlich bist du …«

»Wir gehen jetzt schlafen«, fiel ihr Urtiaga ins Wort. »Es ist schon spät, Otilia. Komm.«

Ungewöhnlich folgsam wünschte die Frau ihrem Neffen und ihrer Stieftochter eine gute Nacht und verließ hinter ihrem Gatten den Rauchsalon. Als sich die Tür schloss, sahen sich Micaela und Eloy an.

»Möchten Sie noch etwas trinken?«

Eloy willigte gerne ein.

»Sie müssen meiner Tante verzeihen«, sagte er dann. »Sie ist sehr impulsiv, manchmal sogar überspannt. Aber sie ist kein schlechter Mensch. Sie schätzt Sie sehr.«

Micaela sah ihn nur über ihr Likörglas hinweg an und sagte nichts.

»Weshalb sind Sie nicht zu mir in die Garderobe gekommen, um Guten Abend zu sagen? Nach dem *Faust*, meine ich.«

»Ehrlich gesagt habe ich es versucht. Ich weiß noch, dass so viele Menschen da waren, dass man kaum durch die Gänge kam. Irgendwann hielt mich ein Theaterpage auf und sagte mir, dass ich nicht weitergehen dürfe. Ich erklärte ihm, dass ich Sie nur begrüßen wolle, aber er antwortete, dass Sie an diesem Abend niemanden empfangen würden.«

»Sie hätten dem Mann Ihre Karte geben sollen. Ich hätte Sie gern empfangen«, beteuerte Micaela.

»Ich habe darüber nachgedacht, dann aber beschlossen, es lieber zu lassen. Sie kannten mich ja gar nicht. Meine Tante hatte uns nie miteinander bekannt gemacht, und ich hatte keine Ahnung, ob sie je von mir erzählt hatte.«

»Oh, und ob!«, entfuhr es Micaela. »Sehr oft!«

Die beiden brachen in herzhaftes Lachen aus.

»Ich kann es mir vorstellen. Sie wird Sie mit meiner Geschichte gelangweilt haben.«

»Soll ich ehrlich sein? Wenn Ihre Tante länger als fünf Minuten redet, schalten meine Ohren automatisch auf Durchzug. Die Wahrheit ist, dass ich kaum etwas über Sie weiß.«

»Armes Tantchen«, bemerkte Eloy. »Ihre Geschwätzigkeit war immer ihre große Schwäche.«

»Verzeihen Sie, Señor Cáceres, das war unhöflich von mir«, entschuldigte sich Micaela. »Ich hätte nicht so über Otilia reden dürfen.«

»Sie brauchen sich nicht zu entschuldigen. Sie haben ja recht. Meine Tante ist schwer zu ertragen, wenn sie einmal zu reden anfängt. Nicht mal ein Erdbeben könnte sie stoppen. Außerdem bin ich froh, dass Sie ihr nicht zugehört haben, so kann ich Ihnen selbst mehr über mich erzählen. Und Sie erzählen mir von Ihrem Leben, ja?«

Rubén klopfte an und erkundigte sich, ob sie noch etwas wünschten. Micaela verneinte und schickte ihn schlafen. Bevor der Butler den Salon verließ, rief Eloy ihn noch einmal zurück.

»Ja, gnädiger Herr?«

»Bitte sag Ralikhanta Bescheid, dass wir gleich fahren.«

Micaela war enttäuscht. Sie hatte gedacht, sie würden sich noch ein wenig länger unterhalten, aber sie wagte es nicht, Einspruch zu erheben. Sie verließen den Rauchsalon. Die Lichter waren bereits gelöscht, und im Haus herrschte ungewohnte Stille. Micaela begleitete Eloy in die Halle. Schweigend gingen sie nebeneinander her, ihre Schritte hallten auf dem Parkett wider. Als sie in die Halle kamen, löste sich ein schmächtiges Männlein aus der Dunkelheit. Seine Haut war so dunkel, dass man ihn kaum sah. Ein wenig erschreckt strengte Micaela ihre Augen an und stellte fest, dass er kein Afrikaner war. Araber vielleicht oder Inder. Er war merkwürdig gekleidet: weiße Hose und weißes Jackett, wie man sie eher auf einer Safari trug als in einer Stadt wie Buenos Aires. An seinen Händen blitzten mehrere Silberringe, und um den Hals trug er eine schwere Kette mit einem auffälligen Anhänger.

»Das ist Ralikhanta«, erklärte Eloy. »Mein Privatsekretär.«
»Guten Abend«, sagte Micaela.

Der Diener nahm Haltung an und verbeugte sich feierlich. Dabei sagte er keinen Ton und verzog keine Miene. Eloy wandte sich in einer Sprache an ihn, die sie noch nie zuvor gehört hatte. Ralikhanta nickte, dann reichte er seinem Herrn Handschuhe, Stock und Hut und verließ das Haus.

Micaela hätte gerne mehr über diesen sonderbaren Mann erfahren, aber Eloy wirkte distanziert. Also schwieg sie, obwohl sie fast umkam vor Neugier. Als Ralikhanta mit Eloys Wagen vorfuhr, verabschiedeten sie sich.

Mamá Cheia kam ins Schlafzimmer, um Micaela zu wecken, doch die junge Frau war bereits aufgestanden und saß vor dem Frisierspiegel. Cheia nahm die Bürste und begann, sie zu kämmen.

»Heute kommt Padre Miguel«, rief Cheia ihr in Erinnerung.

»Ach, der Padre! Wie schön! Beim letzten Mal waren so viele Leute da, dass wir uns gar nicht unterhalten konnten. Außerdem hatte Otilia ihn ans andere Ende des Tisches gesetzt. Sorg dafür, dass ich heute Abend in seiner Nähe sitze, Cheia.«

»In der Nähe von Padre Miguel oder von Doktor Cáceres?«, stichelte Cheia. Micaela tat so, als verstünde sie nicht. »Stell dich nicht so dumm. Ich habe genau gesehen, wie du ihn gestern beim Abendessen angesehen hast.«

»Stimmt, ich war recht angetan. Er sieht gut aus und ist eine elegante Erscheinung.«

»Er scheint ein anständiger Mann zu sein. Die gnädige Frau vergöttert ihn. Er ist der Sohn, der ihr nicht vergönnt war. Auch dein Vater schätzt ihn sehr. Offenbar hat Doktor Cáceres eine sehr wichtige Position inne. Ich weiß nicht viel darüber, aber er ist ständig unterwegs.«

»Er ist viel unterwegs, weil er Diplomat ist, glaube ich«, bemerkte Micaela.

»Ehrlich gesagt kenne ich ihn noch nicht so lange. Als dein Vater Otilia heiratete, lebte Doktor Cáceres nicht in Buenos Aires. Er ist erst vor ungefähr einem Jahr zurückgekehrt.«

»Weißt du, wo er vorher gelebt hat?«

»In Indien, glaube ich.«

»In Indien! Natürlich! Dann muss dieser Ralikhanta, oder wie er heißt, Inder sein.«

»Ich weiß nicht, wer dieser Mann ist, Prinzesschen, aber dass er mir unheimlich ist, das weiß ich. Wie er einen ansieht ... Er hat teuflische Augen!«

Micaela sagte nichts. Sie war in Gedanken bei Cáceres' Diener. Am Abend zuvor hatte sie ihn nur kurz gesehen, und da war es dunkel gewesen. Aber Mamá Cheia hatte recht: Seine Augen machten einem Angst, so groß und dunkel, wie sie waren.

»Über wen redet ihr?« Gastón kam herein, ohne vorher anzuklopfen, mit einer Selbstverständlichkeit, die typisch für ihn war.

»Du könntest zumindest anklopfen, bevor du reinkommst«, wies Micaela ihn zurecht.

»Ich habe euch reden gehört«, lautete seine Rechtfertigung. »Also, über wen habt ihr gesprochen?«

»Über Doktor Cáceres und seinen Diener«, antwortete Cheia.

»Pah! Schwachköpfe sind das!«

»Warum redest du so, Gastón?«, fragte Micaela ein wenig verärgert. »Ich fand Doktor Cáceres äußerst wohlerzogen und reizend.«

»Ja, ja, sehr reizend«, wiederholte er spöttisch. »Dieser Kerl ist ein Schwachkopf und außerdem berechnend. Er will sich nur bei Papa einschmeicheln, weil er auf einen guten Posten im Außenministerium aus ist. Er weiß, dass Papa als Senator Beziehungen und Einfluss hat, deshalb geht er ihm um den Bart. Er ist verlogen.«

Micaela dachte, dass Doktor Cáceres sein Ziel längst erreicht hätte, wenn das seine wahre Absicht gewesen wäre. Ihr Vater hielt große Stücke auf ihn und behandelte ihn wie einen Sohn. Sie war nicht gewillt, sich von der Meinung ihres Bruders beeinflussen zu lassen, der ganz offensichtlich eifersüchtig auf ihn war. Nein, Otilias Neffe hatte einen guten Eindruck auf sie gemacht.

»Ich bleibe dabei, ich fand Doktor Cáceres sehr angenehm.«

»Ah, dich hat er also auch eingewickelt«, stellte Gastón fest. »Dieser Schwachkopf scheint genau zu wissen, wie man Leute manipuliert. Der Einzige hier im Haus, der ihn nicht ausstehen kann, bin ich. Sogar du scheinst dich zu freuen, wenn er kommt«, sagte er zu Mamá Cheia.

»Na ja, er ist sehr höflich und nett zu mir. Ich kann nichts Schlechtes über ihn sagen. Ich kenne ihn ja nicht.«

»Stimmt es, dass er in Indien gelebt hat?«, erkundigte sich Micaela.

»Ja. Er hat für eine englische Eisenbahngesellschaft gearbeitet. Er war viele Jahre dort. Ich glaube, er war für die Öffentlichkeitsarbeit zuständig, aber Genaueres weiß ich nicht. Dann wurde er ernstlich krank. Es stand sehr schlecht um ihn. Er hatte sich eine dieser ansteckenden Krankheiten eingefangen, die in diesen Ländern grassieren. Als er sich wieder erholt hatte, beschloss er, nach Argentinien zurückzukehren. Papa hat ihm eine Anstellung im Außenministerium verschafft. Das ist alles, was ich weiß.«

Was ihr Bruder gerade erzählte, deckte sich mit dem, was Micaela gestern Abend empfunden hatte. Cáceres war ein vielschichtiger Mensch mit einer außergewöhnlichen Lebensgeschichte, in dessen Gesellschaft sie sich überaus wohl fühlte.

Micaela hatte den ganzen Tag an Marlene gedacht. Sie vermisste sie. Manchmal stellte sie sich vor, dass sie einfach wieder da wäre, wenn sie in das Kloster in der Rue Copernic zurückkehrte. Vielleicht war der Brief von Moreschi, den sie am Morgen erhalten hatte, an ihrem Kummer schuld. Alessandro schrieb zum wiederholten Male, dass er sie vermisse und Paris ohne sie und Marlene nicht mehr wie früher sei. Sie solle doch bald zurückkommen.

Aber Micaela war noch nicht dazu bereit, und das schrieb sie ihm auch. Es erschien ihr unerträglich, nach Europa zurückzukehren und Marlene nicht mehr an ihrer Seite zu haben. Sie versuchte, diesen Gedanken zu verdrängen, weil er sie davon abhielt, ihr Leben zu leben und ihre Pläne zu verfolgen. Manchmal fühlte sie sich stark und hatte das Gefühl, der Welt trotzen zu können. Doch gleich darauf war alle Euphorie verflogen, und die Angst kehrte zurück.

Lag es nur an Marlenes Tod, oder war da noch mehr? Marlene war der Mittelpunkt ihres Lebens gewesen – Mutter, Schwester und Freundin in einer Person. Ihr plötzlicher und unerwarteter Tod hatte sie schwer getroffen. Obwohl Moreschi stets an ihrer Seite war, hatte sie sich noch nie so einsam gefühlt. Aber, so fragte sie sich erneut, war es wirklich nur wegen Marlene?

Das Abendessen mit Gästen hob ihre Stimmung ein wenig. Bei Tisch saß sie neben Padre Miguel, der sie mit seinen Geschichten aus der Pfarrei unterhielt. Nicht weit entfernt saß Eloy, der diesmal einen Freund mitgebracht hatte, einen jungen Mann, nicht älter als dreißig. Nach einer Weile erfuhr sie, dass er Engländer war und Nathaniel Harvey hieß.

»Leben Sie schon lange in Buenos Aires, Mister Harvey?«, erkundigte sich Micaela.

»Nein. Erst seit ein paar Monaten«, antwortete er in fließendem Spanisch.

»Ich bin erstaunt, dass Sie unsere Sprache so gut sprechen, Mister Harvey«, bemerkte sie.

»Eloy hat mir Spanisch beigebracht, als wir in Indien waren.«

»In Indien?« Micaela stellte sich unwissend.

»Ja. Eloy und ich haben bei derselben Eisenbahngesellschaft gearbeitet. Ich bin Ingenieur und arbeite immer noch für diese Gesellschaft. Vor ein paar Monaten wurde ich hierher versetzt. Wir bauen gerade den größten Bahnhof Südamerikas.«

Tante Luisas Mann Raúl fragte Nathaniel über die technischen Details des Bauprojekts aus, die Micaela überhaupt nicht interessierten. Sie brannte nach wie vor darauf, mehr über Eloy Cáceres und sein Leben zu erfahren. Onkel Raúl versuchte, seine Fragestunde fortzusetzen, doch Micaela hakte rasch ein.

»Wie kam es, Doktor Cáceres, dass Sie für eine ausländische Firma gearbeitet haben, und das im fernen Indien?«

»Das ist eine ebenso lange wie langweilige Geschichte, Señorita Micaela. Ich erzähle sie Ihnen ein andermal.«

Otilia lud die Gäste ein, in den Wintergarten zu wechseln, um dort den Kaffee einzunehmen und ein wenig Karten zu spielen. Als Micaela gerade hinausgehen wollte, fasste ihr Onkel Raúl sie am Arm.

»Komm schon, Liebes, spiel ein bisschen Klavier für uns oder sing uns mit deiner wunderbaren Stimme etwas vor.«

Micaela machte sich los und wandte sich unwillig ab. »Ich bin nicht in der Stimmung«, wehrte sie ab und gesellte sich zu Padre Miguel und Cheia.

Es wurde noch ein angenehmer Abend. Micaela plauderte mit ihrer Cousine Guillita und mit Doktor Valverde, der seit einiger Zeit regelmäßig zu Familientreffen eingeladen wurde. Als sie von Micaelas Notlüge erfahren hatten, waren die beiden zunächst erschrocken gewesen. Aber als ihnen klarwurde, dass dies die einzige Möglichkeit war, zusammen zu sein, ließen sie sich auf die Sache ein. Sowohl ihre Cousine als auch der Arzt waren wirklich nette Menschen. Micaela freute sich jedes Mal, wenn die beiden zu Besuch kamen.

Als Eloy und Nathaniel sich verabschiedeten, war Micaela enttäuscht. Sie hatte keine Gelegenheit mehr gehabt, sich mit ihnen zu unterhalten.

»Ich hoffe, Sie kommen uns bald wieder besuchen«, sagte sie.

»Mit dem größten Vergnügen«, antwortete Nathaniel.

Eloy dagegen sah sie nur auf unergründliche Weise an. Sie hielt seinem Blick stand und versuchte vergeblich, sich ihre Unsicherheit nicht anmerken zu lassen.

Micaela schlief tief und fest, als Mamá Cheia aufgeregt in ihr Zimmer gestürzt kam.

»Was ist los?«, fragte sie und setzte sich im Bett auf. »Wie viel Uhr ist es?«

Mamá Cheia bedeutete ihr, keinen Lärm zu machen, dann reichte sie ihr den Morgenmantel und forderte sie auf, mitzukommen. Leise schlichen sie durch die Flure im Obergeschoss, bis sie vor Gastóns Schlafzimmer standen. Sie gingen hinein und schlossen die Tür hinter sich. In der Dunkelheit konnte sie zunächst nichts erkennen. Aber als sich ihre Augen an das wenige Licht gewöhnt hatten, schlug Micaela entsetzt die Hand vor den Mund, um nicht laut zu schreien. Ihr Bruder lag auf dem Bett; sein weißes Hemd war von einem großen Blutfleck getränkt. Pascualito, Pascuals Sohn und Gastóns Chauffeur, stand in einer Ecke des Zimmers. Micaela trat langsam näher und sah entsetzt ihren Bruder an, den sie für tot hielt. Seine Lippen waren ganz blau und hoben sich gespenstisch von der blassen Haut ab. Die blutbeschmierten Hände lagen schlaff neben dem Körper. Sie merkte erst, dass sie schrie, als Cheia sie an den Schultern packte und schüttelte, damit sie sich beruhigte.

»Er ist nicht tot!«, versicherte sie ihr. »Er lebt!«

Micaela ließ sich auf einen Stuhl fallen. Sie konnte nicht aufhören zu zittern und zu schluchzen. Mamá Cheia drückte sie an sich und streichelte sie.

»Nicht weinen, Prinzesschen. Er ist schwerverletzt, aber er ist nicht tot.«

Micaela begriff, dass sie wertvolle Zeit vergeudete, und begann umgehend damit, ihren Bruder zu versorgen. Sie schickte Cheia Mullbinden und abgekochtes Wasser holen. Sie mussten die Blutung stillen. Als sie das Hemd aufknöpften, sahen sie, dass die Wunde genäht werden musste.

»Aber wenn wir Doktor Bártoli rufen, wird er es sofort deinem Vater erzählen. Don Rafael darf nichts davon erfahren«, erklärte Cheia, die ahnte, woher die Verletzung stammte.

Micaela lief zurück auf ihr Zimmer, um die Visitenkarte von Joaquín Valverde zu holen. Dann eilte sie zurück und nahm Pascualito beiseite.

»Lauf zu dieser Adresse und sag Doktor Valverde, dass Micaela Urtiaga ihn braucht. Sag ihm, er muss eine Wunde nähen. Vergiss es nicht! Und beeil dich!«, drängte sie ihn.

Als Doktor Valverde eintraf, bereitete er sofort alles für das Nähen der Wunde vor. Obwohl benommen und vom Blutverlust geschwächt, war Gastón bei Bewusstsein. Joaquín gab ihm eine Morphiumspritze und wartete ein paar Minuten, bis der Patient eingeschlafen war. In der Zwischenzeit untersuchte er die Wunde. Sie stammte von einem Messer und war nicht besonders tief. Entweder war Gastón der Klinge geschickt ausgewichen, oder der Angreifer hatte gar nicht die Absicht gehabt, ihn zu töten, sondern hatte ihn nur leicht gestreift.

Doktor Valverde begann mit dem Nähen. Der bewusstlose Gastón stöhnte und zuckte. Mamá Cheia saß neben ihm und versuchte, ihn festzuhalten.

Micaela sah Pascualito an und bedeutete ihm mit einer Kopfbewegung, mit nach draußen zu kommen.

»Sag mir, was das zu bedeuten hat«, herrschte sie ihn an.

»Verzeihung, Fräulein Micaela, aber ich kann nichts sagen.«

»Spar dir deine Entschuldigung! Du sagst mir jetzt auf der Stelle, was passiert ist.« Sie fasste ihn am Arm und grub ihm ihre Fingernägel ins Fleisch. »Los, red schon!«

Pascualito wusste nicht, was er machen sollte. Das gnädige Fräulein, das sonst immer so ruhig und besonnen wirkte, war völlig außer sich.

»Verstehen Sie mich doch, Fräulein Micaela. Ihr Bruder wird mich umbringen«, stammelte er.

»Vorher bringe ich dich um, wenn du nicht mit der Sprache rausrückst.«

»Es war eine Warnung«, sagte der Chauffeur schließlich.

»Eine Warnung?«

»Ja. Der junge Herr hat ernstliche Schwierigkeiten mit einem Ganoven der übelsten Sorte. Der hat ihm diese Verletzung zugefügt. Er sagte, es sei eine Warnung, beim nächsten Mal würde er ihn umbringen. Ich sag's Ihnen, Fräulein Micaela, dieser Kerl macht Ernst. Beim nächsten Mal bringt er ihn um.«

»Was hat Gastón ihm denn getan?«

»Was weiß denn ich!« Pascualito zuckte mit den Schultern. »Wahrscheinlich schuldet er ihm Geld.«

»Geld? Warum schuldet er ihm Geld?«

»Na ja, der junge Herr treibt sich ständig in Molinas Bordellen und Nachtbars herum und ...«

Joaquín Valverde kam aus dem Schlafzimmer und bat Micaela um eine kurze Unterredung. Pascualito sah seine Gelegenheit gekommen, sich dem Verhör zu entziehen, und versuchte, sich zu verdrücken.

»Komm bloß nicht auf die Idee, Pascualito!«, stellte Micaela klar. »Ich bin noch nicht fertig mit dir.«

Der Bursche blieb mit zerknirschtem Gesicht ein wenig abseits stehen, während Micaela mit dem Arzt sprach. Valverde erklärte ihr, dass die Verletzung nicht weiter schlimm sei, solange sie sich nicht entzündete. Er bot an, täglich vorbeizukommen, und empfahl einige Tage strenge Bettruhe.

»Vermutlich werden Sie nicht wollen, dass Ihr Vater von diesem Zwischenfall erfährt«, sagte er. Micaela nickte. »Machen Sie sich keine Sorgen. Wir sagen, dass Gastón Leberprobleme hat und seine Ruhe braucht.«

»Danke, Doktor. Vielen Dank. Und entschuldigen Sie, dass ich Sie um diese Uhrzeit herbestellt habe und Sie mit dieser Angelegenheit belästige.«

»Ich schulde Ihnen noch viel mehr, Fräulein Micaela. Auch wenn es für keinen angenehm ist, gibt mir dieser bedauerliche Vorfall Gelegenheit, mich für das erkenntlich zu zeigen, was Sie für mich und Guillita getan haben.«

Pascualito erbot sich, den Arzt nach Hause zu fahren, aber Micaela untersagte es ihm.

»Weck deinen Vater und sag ihm, er soll den Doktor nach Hause bringen. Du kommst sofort zurück. Ich will mit dir reden.«

Nachdem Pascualito und Valverde in dem dunklen Korridor verschwunden waren, ging Micaela wieder zu ihrem Bruder. Mamá Cheia wischte ihm den Schweiß von der Stirn, während sie leise betete.

»Mach dir keine Sorgen, Mamá Cheia. Es ist nichts Ernstes«, versicherte sie ihr. Dabei schnürte es ihr die Kehle zu, wenn sie daran dachte, dass Gastón in Wirklichkeit in Lebensgefahr schwebte.

Als Pascualito an die Tür klopfte, ging Micaela mit ihm auf den Flur, um ihn weiter auszufragen.

»Du sagtest vorhin, mein Bruder treibe sich in den Bordellen und Nachtclubs dieses Mannes herum.«

»Ja, gnädiges Fräulein. Ich sage ihm immer, dass es gefährlich ist, aber er hört nicht auf mich. Carlo Molina ist der schlimmste

Gauner von ganz Buenos Aires. Sogar die Bullen haben Angst vor ihm.«

»Bring mich zu diesem Mann, Pascualito. Ich muss mit ihm reden.«

»Was? Mit Molina? Nein, Fräulein Micaela! Kommt nicht in Frage! Haben Sie nicht gehört? Sogar die Polizei hat Angst vor ihm! Dieser Mann ist der leibhaftige Teufel!«

Micaela warf ihm einen wütenden Blick zu. Sie war kurz davor, die Geduld zu verlieren.

»Schon gut, schon gut!«, gab der Chauffeur klein bei. »Ich bringe Sie hin. Aber geben Sie nicht mir die Schuld, wenn Ihnen was passiert.«

7. Kapitel

Wie viele Bordelle gehörten diesem Gangster? Seit einer Stunde fuhr Pascualito sie durch die Vorstädte von Buenos Aires, und sie hatten ihn immer noch nicht gefunden. Sie hatten etliche Freudenhäuser und einen Nachtclub aufgesucht. Dort sagte man ihnen, dass sie ihn bestimmt im »Carmesí« finden würden. Pascualito kannte den Namen. Er stieg in den Wagen und fuhr los.

»Lassen Sie mich reingehen, Fräulein Micaela«, schlug der Chauffeur nun vor. »Ich schaue nach, ob er da ist, und hole Sie dann.«

»Nein. Ich gehe alleine rein. Du wartest draußen auf mich.«

»Aber Fräulein Micaela ...«, wandte der junge Mann ein.

»Los, Pascualito! Verlier keine Zeit und öffne mir die Wagentür.«

Micaela hüllte sich in ihren Umhang, schlug die Kapuze hoch und ging hinein. Sie konnte kaum etwas erkennen; der Salon war nur schwach von einigen mit dünner Gaze verhängten Lämpchen erhellt. Doch bald hatten sich ihre Augen an das Schummerlicht gewöhnt. Der Raum machte seinem Namen alle Ehre: Er war karminrot. Wände, die Decke, die Tischdecken, der Läufer auf der Treppe, alles war in diesem schäbigen, vulgären Ton gehalten. Ihr Hals wurde ganz trocken. Beinahe wäre sie wieder gegangen.

In der Mitte des Raumes tanzten Paare Tango. Rings um die Tanzfläche standen kleine, runde Tischchen. Etwas seitlich spielte ein Orchester mit befrackten Musikern eine traurige, getragene Melodie. Der Raum besaß eine Empore. Sie lag völlig im Dunkeln, nur das Glitzern von Pailletten und die Glut der Zigarren waren zu erkennen.

Als die Musik verklang, hörte Micaela aufgesetztes Lachen, das Klappern von Absätzen auf dem Granitboden, das Klicken von Feuerzeugen und leise Gespräche. Dann setzte das Orchester wieder ein, und die Paare strömten erneut auf die Tanzfläche. Ihr Blick fiel auf eine Gruppe von Frauen, die am Fuß der Treppe standen und miteinander tuschelten. Sie schauten sich um, machten Bemerkungen hinter vorgehaltener Hand und brachen dann in Gelächter aus, das zwar von der Musik übertönt wurde, ihr aber dennoch in den Ohren schrillte. Was hatten diese Frauen an sich, dass man sie überall als Prostituierte erkannt hätte? Waren es ihre geschminkten Augen mit den künstlichen Wimpern, die ihre Augenlider förmlich zu erdrücken schienen? Die gepuderten Gesichter mit den aufgemalten Schönheitsflecken im Mundwinkel? Oder ihre sinnlichen, halbnackten Körper, nur dürftig verhüllt von knappen, transparenten Tüllkleidern? Und die um den Hals geschlungenen Federboas, die bis zu den Beinen reichten, die nur in Seidenstrümpfen und Strumpfhaltern steckten?

Zwei Männer sahen sie am Eingang stehen und kamen langsam auf sie zu. Der eine, ein hagerer, kleiner Kerl mit Glatze, schnauzte den anderen an, der wie ein Kleiderschrank aussah. Ihre Knie wurden weich, und sie bereute es, nicht auf Pascualitos Angebot eingegangen zu sein. Aber nun war sie einmal hier und musste sich der Situation stellen, von der das Leben ihres Bruders abhing.

»Schau mal an, Mudo!«, sagte der Kleine zu dem anderen, als sie schließlich vor ihr standen. »Sieht ganz so aus, als wäre das Schätzchen hergekommen, um seine Dienste anzubieten.«

Micaela war entsetzt. Wie konnte er sie für eine dieser Frauen halten? Aber sie riss sich zusammen. Das war nicht der Moment, entrüstet zu sein.

»Könnte ich bitte Herrn Molina sprechen?«

»Hä?«

»Ob ich Herrn Molina sprechen dürfte. Man sagte mir, ich könnte ihn hier finden. Ist er da?«

»Kenn wir uns?«, fragte der Kleine.

»Wie bitte? Entschuldigen Sie, ich verstehe Sie nicht.«

»Ob Carlo Sie kennt?«

Als Micaela ihn immer noch verständnislos ansah, setzte er hinzu: »Wie ist Ihr werter Name? Wie heißen Sie?«

»Fräulein Urtiaga.« Sie war nicht sicher, ob sie ihren Namen nennen sollte.

»Na, da sieh einer an!«, rief der Mann. »He, Mudo, Gastón Urtiaga! Sie ham was mit dem feinen Pinkel zu tun? Sind Sie die Schwester von dem Fatzke?« Micaela nickte nur. »He, Mudo, bring die Kleine schon mal ins Büro vom Boss, ich geh ihn suchen. Ich glaub', er ist bei Sonia.«

Er lachte wiehernd. Der so angesprochene Mudo zuckte mit keiner Wimper. Mit einer Handbewegung bedeutete er ihr, ihm zu folgen.

Er brachte sie die Treppe hinauf und führte sie die Empore entlang, an deren einer Seite sich die Balustrade zum großen Salon befand. Auf der anderen Seite gingen zahlreiche geschlossene Türen ab, hinter denen Gelächter, Seufzer und Stöhnen zu hören waren. Micaela atmete tief durch und empfahl sich Gott.

Am Ende der Empore öffnete der Mann eine Tür und bedeutete ihr mit einer Kopfbewegung einzutreten. Dann fiel die Tür hinter ihr ins Schloss, und sie war alleine.

Sie sah sich um. Der Raum war hell erleuchtet und sah nicht so anrüchig aus wie der Rest des Lokals. Es gab einen großen, massiven Schreibtisch, eine Sitzgarnitur, ein rundes Tischchen mit ausgebreiteten Spielkarten, ein Sideboard und eine Bar mit Flaschen und Gläsern. Ihr Blick fiel auf die Bilder an den Wänden. Eine schlechte Kopie der »Nackten Maja«, eine ziemlich pornographische Darstellung von Leda mit dem Schwan sowie weitere billige Reproduktionen mit Darstellungen verführerischer Frauen und wollüstiger Männer. Angewidert sah sie weg.

Sie trat ans Fenster, um die kühle Nachtluft einzuatmen. Sie hielt Ausschau nach ihrem Auto und Pascualito, aber es war schwer, in der Dunkelheit etwas auszumachen. Vom Fluss stieg Nebel auf, der alles einhüllte. Nur das Licht einer Straßenlaterne an der Ecke war zu erkennen. Sie hörte Stimmen von der Straße, dann Schreie und dann nichts mehr. Nur noch Stille. Sie fühlte sich von der Welt verlassen und hielt sich am Fensterbrett fest, damit ihre Hände aufhörten zu zittern.

Irgendwann hatte sie das Gefühl, nicht mehr allein im Raum zu sein, und drehte sich um. Ein Mann stand im Zimmer und kam langsam auf sie zu. Als er nur noch einen Schritt entfernt war, griff er nach ihrer Kapuze und schlug sie zurück. Micaela war wie erstarrt. Sie befürchtete, dass er sie für eine Hure halten könnte, und erschauderte vor Angst und Beklemmung. Aber sie blieb reglos stehen, so als wäre die Kapuze von allein heruntergeglitten.

Schließlich nahm sie all ihren Mut zusammen, blickte auf und schaute in ein dunkles, glatt rasiertes Gesicht. Es war das grausamste und zugleich schönste Gesicht, das sie je gesehen hatte. Die breite, markante Kieferpartie verlieh ihm einen brutalen Zug, während die schmalen, schräg stehenden Augen mit den dichten Wimpern diesen Eindruck von Ungezähmtheit milderten. Sein Haar war zerzaust, und sein Hemd stand bis zur Brust offen. Die Hosenträger hingen seitlich herunter, und die Hose sah aus, als sei eine ganze Rinderherde darüber hinweggetrampelt.

»Man sagte mir, Sie seien Urtiagas Schwester«, sagte er mit einer sonoren Stimme, die im Raum widerhallte.

»Sie sind Señor Molina?«, fragte sie. Sie hatte einen dicken

Mann mit glänzender Haut und feisten, abstoßenden Lippen erwartet.

»So ist es. Ich bin Carlo Molina.«

»Ich möchte offen mit Ihnen sprechen, Señor Molina.«

»Sie haben mich bei einer äußerst angenehmen Beschäftigung unterbrochen, Fräulein. Ich hoffe, was Sie mir zu sagen haben, ist die Sache wert«, sagte der Mann ernst. Dann grinste er.

Micaela senkte den Blick, doch dieses furchtbare und zugleich unglaublich attraktive Lächeln hatte sich in ihre Netzhaut eingebrannt.

»Ich weiß, dass mein Bruder Ihnen Geld schuldet«, erklärte sie, als sie sich wieder gefasst hatte.

»Hat Urtiaga Ihnen das gesagt?«

»Nein, hat er nicht, aber ich vermute es. Warum sonst sollten Sie ihm mit einem Messer den Bauch aufschlitzen?«

Der Mann brach in schallendes Gelächter aus. Dieser verdammte Idiot! Wie konnte er so lachen, nachdem er ihren Bruder beinahe umgebracht hätte?

»Gehen Sie wieder nach Hause, junges Fräulein. Das ist Männersache und sollte unter Männern geklärt werden.«

Ohne eine weitere Antwort abzuwarten, ging Micaela zu dem Tischchen, schob die Karten beiseite und leerte den Inhalt eines Samtbeutels, den sie unter ihrem Umhang verborgen hatte, auf die Tischplatte. Ein Häufchen Schmuckstücke fiel heraus. Sie betrachtete sie kurz; viele davon hatten ihrer Mutter gehört.

»Nehmen Sie, was mein Bruder Ihnen schuldet, und lassen Sie ihn in Frieden. Das hier sollte genügen.«

Während Molina zwischen dem Inhalt des Beutels und der jungen Frau hin und her sah, dachte er, dass all diese Schmuckstücke nicht mit ihrer Schönheit zu vergleichen waren. Offenbar war sie von der Nachricht, dass ihr Bruder verletzt war, aus dem Schlaf gerissen worden, denn ihr Haar war offen und zerzaust.

Fasziniert betrachtete er ihre langen, blonden Locken. Er war versucht, ihren Umhang zurückzuschlagen; mit Sicherheit trug sie nur ein dünnes Nachthemd darunter, unter dem sich ihre Formen abzeichneten. Aber er ließ es bleiben; er hatte sie schon genügend erschreckt, als er ihr die Kapuze abgestreift hatte.

Als er sie genauer betrachtete, entdeckte er ein kleines Muttermal am Mundwinkel. Welche Farbe ihre Augen wohl hatten? Blau? Nein, sie waren heller, aber nicht hellblau. Veilchenfarben vielleicht? Konnten sie diese Farbe haben? Eigenwillig und geheimnisvoll, groß und mandelförmig, mit dunklen Wimpern und dunklen, schön geschwungenen Augenbrauen.

Die Tür wurde geöffnet. Eine Frau, nur mit einem durchsichtigen Negligé bekleidet, lehnte im Türrahmen und sah sie träge an. Ihre Brüste waren unbedeckt, und der Stoff verhüllte nur notdürftig ihre intimsten Stellen. Micaela unterdrückte einen empörten Aufschrei und wandte sich schamhaft ab.

»Dauert's noch lange, Schätzchen?«, fragte die Frau.

»Verschwinde, Sonia«, befahl Molina.

Die Frau knallte die Tür wieder zu. Molina deutete auf den Schmuck. »Nehmen Sie das wieder mit und halten Sie sich aus dieser Sache raus.«

»Ist es nicht genug?«, fragte Micaela verzweifelt. »Ich habe gerade nicht so viel Bargeld zur Hand, aber ich kann welches beschaffen. Ich besitze eine Wohnung in Paris. Die könnte ich verkaufen, wenn Sie mir etwas Zeit geben, und Ihnen zahlen, was mein Bruder Ihnen schuldet. Aber bitte tun Sie ihm nichts. Bitte …« Sie presste die Lippen zusammen, den Tränen nah.

Da Micaela den Schmuck nicht an sich nahm, sammelte Molina ihn ein und steckte ihn wieder in den Beutel. Micaela achtete nur auf seine schlanken Hände mit den langen Fingern und den gepflegten Nägeln. Sie waren unbehaart, stellte sie fasziniert fest, und war wider jede Vernunft versucht, sie zu berühren. Als Molina ihr den Beutel reichte, kam sie wieder zur Besinnung. Carlo öffnete die Tür zur Empore und rief nach jemandem. Sofort kam mit verschrecktem Gesicht ein junger Bursche angerannt.

»Begleite die junge Dame hinaus«, befahl Molina. »Bitte, mein Fräulein.« Er fasste sie am Arm, um sie aus dem Büro zu schieben.

Micaela machte sich mit einem Ruck los. Sie wollte noch etwas sagen, aber ihr fehlten die Worte, so wütend war sie. Sie verbarg ihr Gesicht wieder unter der Kapuze und rauschte hinaus, der junge Bursche hinterher.

Molina sah ihr nach, bis sie auf der Treppe verschwunden war. Dann schloss er die Tür, ging zur Hausbar und schenkte sich etwas zu trinken ein. Das Glas in der Hand, setzte er sich und starrte vor sich hin. Er führte mechanisch das Glas zum Mund und stieß mit den Zähnen gegen den Rand.

»Urtiagas Schwester«, sagte er schließlich.

Er lächelte boshaft, als er über diese Ironie des Schicksals nachdachte. Er war sicher, dass Gastón nichts von dem nächtlichen Ausflug seiner Schwester wusste. Das wäre gewesen, als hätte er dem Jäger die Beute in die Arme getrieben. In diesem Fall jedoch hatte die Beute sich selbst ausgeliefert. Es war wirklich eine interessante Situation.

Das Lächeln erstarb auf seinen Lippen, und er wurde wieder ernst, als er daran dachte, wie sehr es ihn gedrängt hatte, sie zu berühren, nachdem er ihre Kapuze abgestreift hatte. Ihr Haar, ihr Gesicht, ihre Lippen, einfach alles. Die Versuchung, sie zu liebkosen, war so groß gewesen, dass er sich hatte zusammenreißen müssen, um ihr nicht nachzugeben.

Eine mutige Frau!, dachte er. Sich mitten in der Nacht in ein solches Viertel zu trauen, in ein Bordell! Vielleicht wusste sie gar nicht, wie gefährlich die Gegend war, und hatte aus Ahnungslosigkeit so unüberlegt gehandelt. Nein – sie mochte noch so naiv und unschuldig sein, die heruntergekommene Umgebung musste ihr klargemacht haben, dass sie der Hölle näher war als jedem anderen Ort.

Erneut dachte er an ihre atemberaubende Schönheit, die an eine Porzellanpuppe erinnerte. Vielleicht hatte er sie deshalb nicht berührt: Weil er Angst hatte, sie könne zerbrechen. Und die Unerschrockenheit, mit der sie mit ihm gesprochen hatte! Und wie sie ihn angesehen hatte! Ein Auftreten, das so gar nicht zu ihrem engelsgleichen Aussehen passte.

Die Tür zum Nebenraum öffnete sich. Sonia schon wieder.

»Komm schon, Schätzchen. Komm wieder ins Bett«, lockte sie und schlang ihre Arme um ihn.

Molina machte sich los. Er setzte sich an den Schreibtisch und tat so, als konzentriere er sich auf ein paar Schriftstücke.

»Zieh dich an und geh nach unten in den Salon«, sagte er, ohne von den Papieren aufzusehen. »Es sind viele Kunden da, die bedient werden wollen.«

»Aber wir wollten doch gerade ...«

»Zieh dich an und geh in den Salon«, wiederholte er.

Sonia wusste, dass sie nicht länger zu beharren brauchte. Carlo war ein Mann, der genau wusste, was er wollte. Er entschied, wann er sie begehrte und wann nicht. Sie gehorchte widerspruchslos, weil sie ihn liebte.

»Wer war denn dieses Mädchen, Carlo?«, fragte sie beiläufig, obwohl sie fast umkam vor Neugier.

»Niemand, der dich interessiert.«

»Ach komm, Schätzchen, mach mir doch nichts vor. Los, sag schon.«

Carlo warf ihr einen vernichtenden Blick zu.

»Schon gut, schon gut, ich frag ja nicht mehr.« Aber nach einem kurzen Schweigen fügte sie hinzu: »Niedliches Ding.«

Als Carlo aufstand, um sie im hohen Bogen hinauszuwerfen, verließ die Frau eilig das Zimmer.

»Ich erwarte dich unten.« Damit schloss sie die Tür.

Carlo blätterte weiter in den Unterlagen, ohne einen Blick darauf zu werfen. Urtiagas Schwester ging ihm nicht aus dem Kopf. Der Bursche, der Micaela hinausbegleitet hatte, klopfte an und kam herein.

»Auftrag ausgeführt, Boss.«

»Hat draußen jemand auf sie gewartet?«, fragte Molina.

»Ja, ein Auto. Ziemlich schnieke, wie sie die feinen Leute fahren.«

»Hast du drinnen jemanden erkennen können?«

»Ja. Ich glaube, es war Pascualito, Urtiagas Chauffeur.«

»Ist gut. Du kannst gehen. Sag Mudo und Cabecita, sie sollen herkommen.«

Kurz darauf trafen die beiden Männer ein. Der Kleinere, Dünnere wurde Cabecita – Schädel – genannt, weil er einen runden, völlig kahlen Kopf hatte. Der andere, der an einen Kleiderschrank erinnerte, hieß Mudo, der Stumme. Cabecita, ein quirliger Scherzbold, vollführte beim Hereinkommen allerlei Bücklinge und Diener. Mudo hingegen blieb in der Tür stehen. Erst als Molina ihn näher heranwinkte, wagte er sich über die Türschwelle. Trotz seiner Größe und seiner beeindruckenden Statur bewegte er sich nahezu geräuschlos.

»Was gibt's, Carlo?«, fragte Cabecita.

»Ich will nicht, dass ihr irgendwo ein Wort über die Frau verliert, die vorhin hier war.«

Cabecita schnalzte mit der Zunge und wiegte den Kopf.

»Ich glaub' mal nicht, dass das geht, Carlo. Die Mädchen wollen unbedingt wissen, wer das Täubchen war, das dich sehen wollte.«

»Wenn sie dich fragen, stellst du dich einfach dumm. Das kannst du ja ziemlich gut«, entgegnete Molina. »Hat jemand sie gesehen? Also, ob jemand ihr Gesicht gesehen hat, meine ich.«

»Ach was! Die war ja vermummt wie 'ne Nonne. War sie denn hübsch, Carlo?«

»Hat ein Gast nach ihr gefragt?«

»Nein. Sie haben sie vorbeigehen sehen, aber das Maul nicht aufgemacht.«

»Gut«, sagte Molina. »Ich will, dass ihr alles über sie herausfindet. Dass sie die Schwester von Urtiaga ist, wissen wir ja nun. Aber ich will alles andere wissen, verstanden? Alles.«

8. Kapitel

Buenos Aires, 1897

Der junge Carlo Molina verabschiedete sich von seinem Chef, einem im ganzen Viertel bekannten Schuster, und ging nach Hause. Er freute sich auf seine Mutter Tiziana und seine kleine vierjährige Schwester Gioacchina. Außerdem hatte er Hunger; er hatte den ganzen Tag nichts gegessen, um kein Geld auszugeben. Sein Gehalt war mittlerweile praktisch das einzige feste Einkommen der Familie.

Carlo war erst zwei Jahre alt gewesen, als sein Vater Gian Carlo Molina, seine Mutter und er aus Italien fliehen mussten. 1884 war das gewesen. Gian Carlo wurde von den Carabinieri gesucht, weil man ihn beschuldigte, ein Anarchist zu sein. Als aktivem Mitglied der Untergrundgruppe um Gaetano Bresci, die zu den gewalttätigsten und gewissenlosesten Gruppierungen gehörte, wurden ihm mehrere Attentate zur Last gelegt.

Tiziana war zu Tode betrübt gewesen, als sie ihr geliebtes Neapel verlassen musste. Dort war sie geboren und gemeinsam mit zahlreichen Cousins und Cousinen aufgewachsen. Sie hatte alles aufgegeben, um mit Gian Carlo zusammen zu sein. Ihre Familie hatte sie verstoßen. Die junge Tiziana, ein hübsches, gebildetes Mädchen, gehörte der neapolitanischen Oberschicht an; zu ihren Vorfahren zählten berühmte Persönlichkeiten aus Kunst und Politik. Gian Carlo hingegen war der uneheliche Sohn einer Wäscherin, die wenige Monate nach seiner Geburt gestorben war.

Der Junge war in Waisenhäusern und Besserungsanstalten aufgewachsen, in einem Umfeld von Gewalt und Armut. Er war kaltschnäuzig und voller Wut, aber auch hochintelligent und ungeheuer attraktiv. Als Tiziana mit ihm nach Argentinien floh, fragte sie sich schon, ob sie ihn überhaupt noch liebte. Aber für Reue war es zu spät, denn sie hatten mittlerweile einen gemeinsamen Sohn. Außerdem hatte es sowieso keinen Sinn, in Neapel zu bleiben. Ihre Familie würde ihr nie vergeben, schon gar nicht mit einem unehelichen Kind am Rockzipfel.

Nach einer beschwerlichen Überfahrt trafen sie in Buenos Aires ein und ließen sich dort nieder. Sie mieteten ein Zimmerchen in San Telmo. Gian Carlo hielt es auf keiner Arbeitsstelle lange aus; immer wurde er nach kurzer Zeit gefeuert. Er freundete sich mit einer Anarchistengruppe an und geriet immer mehr in Schwierigkeiten. Tiziana war nicht mit den politischen Umtrieben ihres Mannes einverstanden, und sie stritten sich ständig. Gian Carlo warf ihr ihre adlige Herkunft vor und beschimpfte sie als gleichgültig und blasiert. Mehr als einmal endete der Streit in Handgreiflichkeiten.

Gian Carlo suchte zunehmend Trost im Alkohol und einem ausschweifenden Leben. Das Wenige, das er verdiente, verschwendete er für seine Laster und trug fast nichts zum Familienunterhalt bei. Tiziana wusch und nähte für fremde Haushalte, aber das reichte nicht einmal für die Miete des elenden Lochs, in dem sie hausten. Carlo musste von klein auf mitarbeiten und zeigte bald Geschick im Ausbessern von Schuhen.

Je älter er wurde, desto größer wurde sein Hass auf den Vater. Mehr als einmal stellte er sich zwischen ihn und seine Mutter und bekam selbst die Prügel ab. Wenn Gian Carlo betrunken nach Hause kam, wusste Carlo, dass es Ärger geben würde. Er nahm seine Schwester, die fast noch ein Baby war, und brachte sie zu Marité, der Nachbarin von nebenan. Dann kehrte er in die Wohnung zurück, wo der Streit schon in vollem Gange war. Mittlerweile ging das fast jeden Abend so.

An jenem Tag hatte es Carlo noch eiliger als sonst, nach Hause zu kommen. Es war nicht nur die Vorfreude auf seine Mutter und seine Schwester und die Aussicht auf etwas Anständiges zu essen, was ihn nach Hause trieb. Er hatte eine böse Vorahnung, die ihn mit hastigen Schritten nach Hause eilen ließ. Die letzten Häuserblocks rannte er und traf atemlos in der Mietskaserne ein.

Das Erste, was er sah, war Gioacchina, die weinend auf dem Fußboden saß. Noch in der Tür sah er sich verzweifelt nach seiner Mutter um und entdeckte sie mit blutverschmiertem Gesicht hinter dem Küchentisch. Er rannte zu ihr, nahm sein Halstuch ab und wischte ihr übers Gesicht.

Tiziana öffnete kaum die Augen. Sie stammelte ein paar Wörter auf Neapolitanisch. Carlo beugte sich zu ihr herunter, um sie besser zu verstehen.

»Carlo, bring deine Schwester von hier weg. Lass nicht zu, dass dein Vater euch auch noch etwas antut.« Mehr sagte sie nicht. Sekunden später starb sie in den Armen ihres Sohnes.

Carlo begann zu schreien und drückte seine Mutter an sich. Von dem Lärm angelockt, eilten die Nachbarn herbei und drängten sich in der Tür. Marité nahm Gioacchina und trug sie hinaus. Ein anderer Nachbar rief die Polizei. Noch bevor diese eintraf, war Carlo hinausgestürzt, um den Mörder seiner Mutter zu suchen.

Es war nicht weiter schwer, seinen Vater in dem Bordell ausfindig zu machen, in welchem er häufig zu Gast war. Eine Prostituierte stellte sich ihm in den Weg, doch Carlo schob sie einfach weg. Er ging durch den Salon zum Hinterzimmer, riss den Vorhang beiseite und entdeckte ihn beim Kartenspiel, eine Hure auf dem Schoß, die zärtlich in seinem Haar wühlte und ihm etwas ins Ohr flüsterte.

Sein Vater war sturzbetrunken. Er begriff kaum, dass der Junge, der nun den Spieltisch umstieß, sein Sohn war. Die Karten und die Einsätze fielen zu Boden, Gläser und Flaschen gingen zu Bruch. Die Prostituierte und die übrigen Spieler ergingen sich in wüsten Flüchen. Gian Carlo erhob sich schwankend, und nachdem er den Verursacher des ganzen Durcheinanders erkannt hatte, begann er, ihn lauthals zu beschimpfen und zu bedrohen. Carlo hörte ihm gar nicht zu, sondern blieb einfach stehen und starrte ihn an.

Die Puffmutter kam herein und zeterte, was hier vor sich gehe. Ihr Erscheinen riss den jungen Molina aus seiner Erstarrung. Er hob eine zerbrochene Flasche vom Boden auf, packte sie am Hals und stürzte sich auf seinen Vater. Dann ging alles ganz schnell. Keiner konnte ihn aufhalten. Carlo rammte die Glaszacken in Gian Carlos Hals, der sich noch einmal aufbäumte, bevor er starb.

Was dann folgte, daran konnte sich Carlo nicht erinnern. Um ihn herum herrschte helle Aufregung, doch er merkte nichts davon. Er stand neben dem blutüberströmten Körper seines Vaters und starrte ihn an, während er dachte, dass er nun niemandem mehr Schaden zufügen konnte, nicht seiner Mutter, ihm nicht, seiner Schwester nicht. Plötzlich erschütterte ein Zucken seine Brust; er sank in sich zusammen und begann zu weinen wie ein Kind.

Die Menge, die sich um den Toten geschart hatte, stob auseinander, als die Pfiffe der Polizei zu hören war. Zwei Beamte kamen herein und nahmen ihn fest.

Carlo verbrachte drei Jahre in einer Besserungsanstalt. Sein aufsässiges Verhalten machte die Anstaltsleitung ratlos, die nicht wusste, was sie mit ihm machen sollte. Zur Strafe sperrte man ihn in eine winzige Arrestzelle und gab ihm nur einmal am Tag etwas zu essen. Er durfte sich nicht waschen und musste seine Notdurft in der Zelle verrichten. Ratten und Ungeziefer waren seine einzige Gesellschaft.

Doch sobald er wieder rauskam, ging es von vorne los: Fluchtversuche, Prügeleien mit Kameraden, Anfertigung von Waffen und eine endlose Reihe weiterer Vergehen. Er war kaum zwei Wochen aus der Arrestzelle heraus, als er erneut dort landete.

Der Leiter der Besserungsanstalt sprach mit seinen Vorgesetzten über den Jungen, und nachdem diese ihre Zustimmung gegeben hatten, setzte er seinen Vorschlag sofort in die Tat um: Er ließ Carlo ins Militärgefängnis von Puerto Cook auf der Isla de los Estados im Süden des Landes verlegen, unweit von Feuerland. Die meisten Insassen dort waren politische Gefangene; Carlos Fall war ziemlich ungewöhnlich.

Kaum angekommen, begann er Fluchtpläne zu schmieden, doch sein Zellengenosse machte ihm gleich klar, dass das, was er vorhatte, einem Selbstmord gleichkam.

»Willkommen auf der Insel der Verfluchten«, sagte der Mann. »Von hier kommst du niemals weg. Selbst wenn es dir gelingen sollte, die Wachen zu überlisten und aus dem Gefängnis rauszukommen, hast du da draußen kaum Überlebenschancen. Es käme einem Wunder gleich, wenn du Punta Arenas in Chile erreichst. Im besten Fall könntest du dich einem Indiostamm anschließen, der dir hilft, dort hinzukommen. Aber die Eingeborenen hier sind eigensinnige Menschen. Manchmal haben sie genug von den Weißen, sie bringen sie um und lassen sie am Wegesrand liegen. Wenn du keine Indianer triffst, wirst du wahrscheinlich in den Wäldern an Hunger und Kälte sterben. Ich wüsste nicht, wie du aufs Festland gelangen solltest. Nein, mein Junge, das hier ist definitiv der schlechteste Ort der Welt für eine Flucht. Der beste Beweis ist, dass es erst niemand versucht.«

Carlo verfluchte sein Schicksal. Tagelang haderte er mit der Welt. Er sprach mit keinem und steigerte sich immer mehr in seinen Hass auf alles und jeden hinein. Er machte sich sogar eine Liste der Personen, an denen er sich rächen wollte, wenn er erst einmal frei wäre: der Richter, der ihn verurteilt hatte, der Leiter der Besserungsanstalt, einige seiner früheren Kameraden und die Wachen, die ihn wie ein wildes Tier behandelt hatten. Der Wunsch, sie alle über die Klinge springen zu lassen, hielt ihn am Leben.

Mit der Zeit freundete sich Carlo mit seinem Zellengenossen an, einem Deutschen namens Johann Friedrich von Reinstad. Er war Professor an der Universität Frankfurt gewesen, bevor er wegen seiner politischen Ideen seine Heimat verlassen musste. In Argentinien wurde seine Situation nur noch schlimmer. Man bezichtigte ihn, ein Umstürzler zu sein und an dem Mord an einem Polizisten beteiligt gewesen zu sein, der in Wirklichkeit von einem ukrainischen Anarchisten geplant und ausgeführt worden war. Und so saß Johann nun unschuldig in Puerto Cook ein.

Carlo war beeindruckt von der inneren Gelassenheit dieses Mannes. Johann war etwas über fünfzig und ein typischer Deutscher, groß und kräftig, mit heller Haut und blauen Augen. Er hatte sich einen Bart stehen lassen, der mittlerweile schlohweiß war.

Der Mann vertrieb sich die Zeit mit dem, was er am liebsten mochte: Lesen und Schreiben. Seine Frau Frida, die in Buenos Aires geblieben war, schickte ihm regelmäßig Päckchen mit Büchern, Schreibfedern, Papier und anderen Dingen. Manchmal kam eine Sendung nicht an, weil sich ein Wärter den Inhalt unter den Nagel riss.

Carlo und Johann wurden enge Freunde. Wenn er sich mit dem Deutschen unterhielt, merkte Carlo, dass er die Liste mit den zu ermordenden Personen, die Fluchtversuche und alles, was ihn bedrückte, völlig vergaß. Mit seinem starken deutschen Akzent erzählte Johann ihm immer neue packende Geschichten. Mit der

Zeit wurde er sein Lehrmeister. Carlo lernte viel von ihm – eigentlich alles, denn er war nahezu Analphabet. Da er von klein auf arbeiten musste, um zum Familienunterhalt beizutragen, hatte er nach wenigen Jahren die Schule abbrechen müssen. Seine Mutter hatte sich zwar bemüht, ihn abends zu unterrichten, aber meistens waren beide zu erschöpft gewesen, um auch nur die Seite im Heft umzublättern.

Johann half ihm, seine Rechtschreibung und sein Schriftbild zu verbessern, die eine Katastrophe waren. Außerdem brachte er ihm Rechnen und Geometrie bei. Carlo war gut in diesen Fächern und zeigte auch Interesse an Geschichte und Geografie. Johann erzählte ihm von Goethe, Schiller, Shakespeare und anderen seiner Lieblingsschriftsteller. In der Musik sei Beethoven unübertroffen, behauptete er. Allerdings musste sich Carlo mit Johanns schrägem Summen begnügen, um Beethovens Sinfonien und Kammerkonzerte kennenzulernen.

Die täglichen Unterrichtsstunden halfen Carlo und Johann, die Beschwerlichkeiten der Haft auszuhalten: die endlosen Stunden des Nichtstuns, die Beengtheit der Zelle, das schlechte Essen, die Misshandlungen, die Fußfesseln und vor allem die Kälte.

Durch den Deutschen entdeckte Carlo eine neue spannende Welt, die ihm trotz der erniedrigenden, unmenschlichen Umgebung half, seine innere Würde zu bewahren.

Im November 1902 wurden die Gefangenen von der Isla de los Estados in das neue Gefängnis im feuerländischen Ushuaia verlegt, in dem neben den Häftlingen aus Puerto Cook auch die Zivilhäftlinge des alten Gefängnisses einsaßen. Durch die große Anzahl an Insassen wurden die Haftbedingungen nicht besser. Außerdem nahm durch die Mischung von politischen Gefangenen und gewöhnlichen Kriminellen die Gewalt alarmierend zu. Carlo schlief mit einem Messer unter dem Kopfkissen, falls ein Mitinsasse ihm einen nächtlichen Besuch abstatten wollte. Das

Essen wurde ein bisschen besser und sie erhielten Decken, um sich zu wärmen, aber es reichte nie aus. Die Kälte war und blieb das Schlimmste.

Die Neuerung in diesem Gefängnis war die Einrichtung von Arbeitswerkstätten für die Häftlinge, die sich gut geführt hatten. Carlo war einer der Auserwählten und wurde zum Baumfällen in den Wäldern eingeteilt. Das Holz wurde ins Sägewerk geschafft, das ebenfalls von Gefangenen betrieben wurde, und war für die wenigen Bewohner der Gegend bestimmt. Jeden Morgen rückten die Holzfäller, an Händen und Füßen gefesselt, in die Wälder aus. Am Ziel angekommen, nahm man ihnen die Ketten ab und händigte ihnen eine Axt oder eine Säge aus. Der Arbeitstag endete bei Sonnenuntergang.

Wegen seiner schwachen Gesundheit war Johann trotz guter Führung von der harten Zwangsarbeit befreit. Die langen Kälteperioden und die Mangelernährung hatten seine Lunge angegriffen. Immer öfter litt er an Luftnot, die ihn an den Rand des Todes brachte.

Anfang 1906 starb Johann, während Carlo im Wald arbeitete. Als er am Abend ins Gefängnis zurückkam, teilte man ihm die Neuigkeit mit, und obwohl der Deutsche ihn auf diesen Fall vorbereitet hatte, traf ihn sein Tod sehr hart. Erneut musste er den Verlust eines geliebten Menschen ertragen. Er brauchte lange, um sich von diesem Schlag zu erholen, doch seine Zuversicht war für immer dahin. Er hatte das Gefühl, dass das Leben ihm immer übel mitspielen und er niemals Glück und Zufriedenheit finden würde. Alles erschien ihm schlecht und sinnlos, und nur der Gedanke, seine Schwester wiederzusehen, hielt ihn am Leben.

Die Erinnerung an Gioacchina, die mittlerweile dreizehn Jahre alt sein musste, war das Einzige, was ihm ein Lächeln entlocken konnte. In seiner Vorstellung war sie wunderschön und sanft wie seine Mutter. Doch das Lächeln verschwand, wenn er sich ausmalte, was sie im Waisenhaus zu ertragen hatte. Er quälte sich und machte sich schlimme Vorwürfe: Er hatte den letzten Wunsch seiner Mutter nicht erfüllt, und jetzt war seine Schwester alleine und auf sich gestellt.

Carlo ertrug sein Leben im Zuchthaus geduldig. Er war wortkarg und verschlossen, seine einzigen Freunde waren Johanns Bücher. Die anderen Insassen respektierten ihn und ließen ihn in Ruhe, weil sie wussten, was für ein Mann er war. Seine körperliche Stärke, verbunden mit seinem Geschick im Umgang mit der Axt und dem Messer, machten ihn zu dem am meisten gefürchteten Gefangenen. Sein stechender Blick verriet seine Kaltblütigkeit. Einige Häftlinge, die sich mit ihm angelegt hatten, hatten ein böses Ende genommen.

Er begann, sich regelmäßig mit Johanns Ehefrau Frida zu schreiben. Die Frau fand stets tröstende Worte und bewies eine Schicksalsergebenheit, die Carlo beschämte. Außerdem verrieten ihre Zeilen Charakterfestigkeit und Klugheit. Ganz Johanns Frau, dachte Carlo. Frida schickte ihm großzügig Päckchen mit Büchern, Briefpapier und anderen Dingen, so dass Carlo weiterhin lesen und schreiben konnte, obwohl er abends todmüde ins Gefängnis zurückkehrte, nachdem er den ganzen Tag Bäume gefällt hatte.

Die Arbeit im Wald und die Bücher machten ihm die Zeit im Gefängnis erträglich. Manchmal ließ er die Axt oder das Buch sinken und verlor sich in Erinnerungen. Es richtete ihn auf, an Johann zu denken, wie dieser ihm Geschichten erzählt oder leidenschaftliche Vorträge über die Freiheit und die Menschenrechte gehalten hatte. Die Erinnerung an die recht schräg vorgetragenen Beethoven-Melodien entlockte ihm sogar ein kurzes Lachen.

Einige Tage, bevor sich Johanns Tod zum ersten Mal jährte, teilte der Direktor der Haftanstalt ihm mit, dass er wegen guter Führung vorzeitig entlassen sei.

Das Erste, was ihm in den Sinn kam, war seine Schwester. Die Rachegedanken und der Hass, mit denen er Buenos Aires verlassen hatte, waren völlig verschwunden. Es zählte nur noch das Wiedersehen mit Gioacchina.

Es verging noch ein Monat, bis er Ushuaia endgültig verlassen konnte. In dieser Zeit arbeitete er weiter im Wald. Abends packte er die Bücher und andere Habseligkeiten, die sich in dieser langen Zeit angesammelte hatten, in Kisten.

Dann war der Tag gekommen. Nach zehn Jahren Gefängnis war Carlo ein freier Mann. Er war fünfundzwanzig Jahre alt und hatte viele Pläne. Und er hatte vor, sie in die Tat umzusetzen, koste es, was es wolle.

Die Reise nach Buenos Aires dauerte drei Wochen. Das Wetter spielte nicht mit, und sie mussten oft tagelang abwarten, bis der Sturm nachließ. Aber je näher sie dem Ziel kamen, desto einfacher wurde es. Er hatte Buenos Aires ganz anders in Erinnerung. Es hatte sich viel verändert, zum Besseren, wie er fand, auch wenn er feststellen musste, dass die Viertel im Süden der Stadt genauso erbärmlich aussahen wie vor zehn Jahren.

Zuallererst suchte er sich eine Unterkunft. Mit dem Geld, das er im Gefängnis gespart hatte, mietete er ein Zimmer im Hafenviertel La Boca, wo es von Italienern und Seeleuten nur so wimmelte. Nachdem er sich eingerichtet hatte, machte er sich auf die Suche nach Marité, der Nachbarin aus der Mietskaserne in San Telmo.

Während seines Aufenthalts in der Besserungsanstalt hatte Marité ihn oft besucht und ihm Nachrichten von seiner Schwester mitgebracht. Doch mit der Verlegung nach Ushuaia war der Kontakt abgebrochen. Er hatte Angst, sie könne gestorben sein oder das Mietshaus verlassen haben. Als Carlo im Hof des Mietsblocks stand, fand er es noch schäbiger und heruntergekommener als früher. Traurige Erinnerungen überfielen ihn. Erst das Lärmen einiger Kinder riss ihn aus seinen Gedanken, und er ging entschlossen zu Marités Wohnung.

Die Tür zu dem Raum, in dem sie damals gelebt hatten, stand offen. Er lugte vorsichtig hinein, ohne den vertrauten Anblick vorzufinden, vor dem er solche Angst gehabt hatte. Andere Möbel und andere Einrichtungsgegenstände bewahrten ihn vor der befürchteten Erschütterung.

»Was suchen Sie hier?«

Carlo fuhr herum und stand vor Marité, die ihn misstrauisch beäugte.

»Marité, kennen Sie mich nicht mehr?«

Die Frau runzelte die Stirn und rückte die Brille zurecht.

»Nein«, sagte sie dann.

»Ich bin's, Carlo. Carlo Molina, Tizianas Sohn.«

Die Frau war fassungslos. Bei ihrem letzten Besuch in der Besserungsanstalt hatte ein Wärter ihr mitgeteilt, dass man ihn wegen schlechter Führung nach Puerto Cook verlegt habe, und hinzugefügt, dass es an ein Wunder grenzen würde, wenn er diesen Ort lebend verlassen würde.

Sie bat ihn in ihre Wohnung und lud ihn zu Mate und einem Margarinebrot ein. Sie bombardierte ihn mit Fragen, die Carlo höflich beantwortete, obwohl er es kaum erwarten konnte, etwas über seine Schwester zu erfahren.

»Gioacchina ist immer noch im Waisenhaus der Schwestern zur Immerwährenden Hilfe. Sie ist mittlerweile ein junges Mädchen von vierzehn Jahren und genauso hübsch wie Tiziana. Außerdem ist sie sanft und duldsam. Ein wahrer Engel.«

Carlo lächelte mit Tränen in den Augen.

»Sie denkt, ihre Familie sei bei einem Unfall gestorben, Carlo.

Sie hat zwar alles mitangesehen, aber sie erinnert sich an nichts. Als sie älter wurde, hat sie angefangen, nach euch zu fragen. Ich hatte nicht den Mut, ihr zu sagen, dass dein Vater deine Mutter umgebracht hat und du ihn. Ich bin sicher, sie hätte es nicht ertragen. Sie ist so sensibel. Die Wahrheit zu erfahren, hätte sie zerstört.«

Seine Schwester hielt ihn also für tot. Das schmerzte ihn ungeheuer, obwohl er verstand, dass es besser so war. Er wollte nicht, dass Gioacchina sich ihrer Familie schämte. Ja, es war das Beste, wenn sie alle für tot hielt.

Carlo bat Marité, ihr Gioacchinas Aussehen zu beschreiben. Die Frau erzählte ihr, dass sie immer lange, braune Zöpfe trage. Mit ihrem runden Gesicht, der kleinen Nase und den kaffeebraunen Augen würde er sie unter Tausenden wiedererkennen.

»Sie ist deiner Mutter wie aus dem Gesicht geschnitten«, setzte sie hinzu.

Carlos wenigen Ersparnisse waren durch die Miete des Zimmers in La Boca beträchtlich zusammengeschrumpft. Es war Zeit, sich nach einer Arbeit umzusehen. Er überlegte, zu seinem früheren Arbeitgeber in der Schusterwerkstatt zu gehen, aber Marité teilte ihm mit, dass es den Laden nicht mehr gebe und sein Besitzer vor Jahren gestorben sei.

»Ich sag's dir, Carlo, es ist sehr hart. Es ist nicht einfach, Arbeit zu finden. Außerdem hast du eine Vorgeschichte, was das Ganze noch schwieriger macht. Aber ich kenne einen, der arbeitet im Hafen und sucht Stauer. Du scheinst ein kräftiger Kerl zu sein. Ich denke, du wirst keine Probleme haben, die Arbeit zu kriegen. Was meinst du?«

Carlo würde alles annehmen. Er wollte unbedingt Geld verdienen, um seine Pläne in die Tat umzusetzen.

Die Arbeit als Stauer war ein Kinderspiel für ihn. Daran gewöhnt, unter den schlimmsten klimatischen Bedingungen Bäume zu fällen, ohne geeignete Kleidung und mit kaum etwas im Magen, fiel es ihm nicht schwer, Waren auszuladen und zu schleppen. Das Klima in Buenos Aires war mild, er hatte zwei Mahlzeiten am Tag und bekam gute Lederhandschuhe zur Verfügung gestellt. Was konnte man mehr verlangen?

Der einzige Wermutstropfen war der Lohn. So sehr er auch rechnete und sparte, seine Pläne lösten sich in Wohlgefallen auf. Nichts war ihm so wichtig, wie reich zu werden. Wie sollte er das in diesem Tempo schaffen? Aber er würde nicht aufgeben, bis er es geschafft hatte. Er wollte ein wohlhabender Mann werden, um aus seiner Schwester eine feine Dame zu machen. Sie würde sich in der besten Gesellschaft bewegen, die sie wie eine Königin behandeln würde. Carlo war überzeugt, dass das Leben seiner Mutter anders verlaufen wäre, wenn sein Vater Geld gehabt hätte.

Jeden Tag nach der Arbeit nahm er die Straßenbahn – Tramway, wie die Einwohner von Buenos Aires sie nannten – und stieg einen Häuserblock vor dem Waisenhaus aus, in dem seine Schwester lebte. Er wusste, dass sich die Mädchen zwischen sechs und halb sieben im Garten aufhielten. Carlo kletterte die Mauer hinauf und verhielt sich ganz still, während er beobachtete, wie sie mit ihren Freundinnen spielte. Nach Marités Hinweisen, dass sie seiner Mutter ähnlich sehe, fiel es ihm nicht schwer, sie gleich zu erkennen. Sein erster Impuls war, in den Hof zu springen, zu ihr zu laufen und ihr zu sagen, wer er war. Er musste all seine Willenskraft zusammennehmen, um den Drang zu unterdrücken, den er noch im selben Moment als unüberlegt und gedankenlos verwarf.

Trotz der schlimmen Zeiten, die sie mit Sicherheit durchgemacht hatte, wirkte Gioacchina fröhlich. Sie lächelte viel und war immer von einer Gruppe Mädchen umringt, die mit ihr lachten.

Während der halben Stunde im Garten freute er sich an der aufgeweckten Art seiner Schwester und schöpfte neue Kraft, um weiterzuleben.

In La Boca und den angrenzenden Stadtvierteln war Carlo schnell als stark und tüchtig bekannt. Niemand wagte es, den finster dreinschauenden Mann anzusprechen. Um ihn rankten sich die unglaublichsten Geschichten, die seinen Ruf als gefühlloser Rohling noch vermehrten. Sicher, niemand konnte diese Geschichten bestätigen, aber alle waren sicher, dass niemand so stark war und so geschickt mit dem Messer wie er. Seine körperliche Kraft stellte er tagtäglich in den Warenlagern am Hafen unter Beweis, wo er feste anpackte, ohne je müde zu werden. Das mit dem Messer hatten sie nur einmal gesehen, doch das war Beweis genug gewesen. Als er in einem Gasthaus zu Abend aß, hatten ein paar Gäste versucht, ihn zu provozieren. Niemand außer Carlo selbst war unbeschadet davongekommen.

Carlo Molinas Name kam Don Cholo, dem reichsten und mächtigsten Zuhälter des Viertels, zu Ohren. Ihm gehörten mehrere Bordelle, zwei Nachtclubs und ein Restaurant, und sein Name war selbst in höchsten Regierungskreisen ein Begriff. Er kannte die meisten Politiker und ihre Geheimnisse, er beschaffte ihnen Frauen und angenehme Stunden in seinen Lokalen, wo sie unbehelligt spielen und Tango tanzen konnten. Don Cholo wusste alles und kannte jeden; deshalb ließ ihn die Polizei in Ruhe.

In letzter Zeit allerdings hatten alte Feinde mehrere Mordanschläge gegen ihn unternommen, mit bösen Folgen für Don Cholo, denn beim letzten Überfall hatte er seinen einzigen Sohn Mario verloren. Die ihn gut kannten, versicherten, dass er seitdem ein gebrochener Mann war, auch wenn er sich nach außen bemühte, das nicht zu zeigen.

Seine Handlanger erzählten ihm von einem gewissen Carlo

Molina, einem Hafenarbeiter, dem angeblich niemand gewachsen war. Don Cholo ließ ihn sofort zu sich bringen.

»Mir wurde zugetragen, du seist geschickt im Umgang mit dem Messer und anderen Waffen«, sagte er.

Carlo sah ihn nur an, ohne eine Antwort zu geben.

»Weißt du überhaupt, wer ich bin?«, fragte Don Cholo, verärgert über die Verstocktheit des Mannes.

»Man hat mich mehr oder weniger hergeschleift, ohne mir weitere Erklärungen zu geben«, lautete Carlos Antwort.

»Ich bin Don Cholo, der Besitzer dieses und vieler anderer Nachtlokale«, erklärte er.

Carlo nickte nur und schwieg weiter. Don Cholo musterte ihn eindringlich. Er konnte sehen, dass es sich um einen kerngesunden Mann mit robuster Statur handelte. Er hatte die Hemdsärmel hochgekrempelt, so dass man seine kräftigen Muskeln sehen konnte. Er blickte finster drein und schien nicht lange zu fackeln.

»Was verdienst du im Hafen?«

»Nicht genug.«

»Und wie viel ist genug?«

»Um welche Art von Arbeit geht es?«, wollte Carlo wissen.

»Du sollst mir meine Feinde vom Hals halten.«

Carlo wollte keinen Ärger mit dem Gesetz, und was dieser Mann ihm vorschlug, war mit Sicherheit nicht legal. An einem solchen Ort konnte nichts legal sein. Und er war lange genug in der Besserungsanstalt und im Gefängnis von Ushuaia gewesen.

Am Anfang war er fest entschlossen, das Angebot auszuschlagen. Doch Don Cholo war nicht bereit, ihn einfach so gehen zu lassen. Er wollte ihn als seinen persönlichen Leibwächter und würde nicht lockerlassen, bis er sein Ziel erreicht hatte. Er köderte den Mann mit dem Einzigen, was diesen überzeugen konnte: einem zehnmal höheren Lohn. Und da Carlo sich vorgenommen hatte, reich zu werden, warf er seine Überzeugungen über Bord und nahm das Angebot an. Die Vorstellung, was Johann zu dieser Entscheidung gesagt hätte. machte ihm zu schaffen, doch dann dachte er an Gioacchina. Sie war das Einzige, was zählte.

»Du bist also Neapolitaner«, stellte Don Cholo fest, nachdem sie handelseinig geworden waren. »Also gut, Molina«, schloss er und klopfte ihm auf den Rücken.

Don Cholo schloss Carlo ins Herz wie einen eigenen Sohn. Es überraschte, dass ein so grober Kerl so edle Gefühle in ihm zu wecken vermochte. Aber er liebte ihn tatsächlich, und Molina verdiente sich diese Zuneigung, indem er ihn beschützte und ihm treu diente.

Die ersten Monate waren hart. Eine rivalisierende Bande, die Don Cholo sein Einflussgebiet streitig machte, setzte diesem hart zu. Sie hatten Mario umgebracht und würden nicht eher Ruhe geben, bis sie auch den Vater beseitigt hätten. Es kam zu etlichen Auseinandersetzungen, und jedes Mal floss das Blut in Strömen. Carlo hatte nun nicht mehr nur seinen Vater auf dem Gewissen. Vor allem erledigte er den Kerl, der für den Tod von Don Cholos Sohn verantwortlich war, und erwarb sich damit dessen Respekt und Bewunderung.

Nachdem sie ihren Anführer verloren hatten, löste die Bande sich auf und ließ Don Cholo von da an in Ruhe. Jetzt, wo sie es mit Carlo Molina zu tun hatten, suchten sie lieber anderswo Streit.

Die Zeit des Friedens bot Molina beste Möglichkeiten. Don Cholos Dankbarkeit ging so weit, dass er ihn zu seinem Geschäftspartner machte. Da er nun genügend Zeit hatte, lernte er von der Pike auf, wie man Bordelle und Nachtclubs führte, und war überrascht, wie viel Geld diese Etablissements einbrachten, wenn man es richtig anstellte. Don Cholo war betagt und nach einem exzessiven Leben, das seiner Gesundheit schwer zugesetzt hatte, nicht mehr der Alte. Es fiel ihm schwer, die Prostituierten und die übrigen Angestellten zu leiten und angemessen auf die unterschiedlichsten Wünsche der Kunden einzugehen. Nach und nach traf Carlo alle Entscheidungen; niemand wandte sich mehr an Don Cholo. Der verbrachte die meiste Zeit im Bett, und wenn er seine Lokale aufsuchte, dann nicht als Besitzer, sondern als Gast.

Carlo bedauerte es, als sein Chef schließlich starb, denn er hatte ihn ins Herz geschlossen. Trotzdem war sein Ableben der Glücksfall, auf den er gewartet hatte, um reich zu werden. Wie er es vor seinem Tod versprochen hatte, übertrug ihm der Zuhälter sämtliche Geschäfte. Den Respekt der Leute hatte sich Carlo längst erworben.

9. Kapitel

In dieser Nacht konnte Micaela nicht schlafen. Carlo Molina ging ihr nicht aus dem Kopf. Sie hatte nichts bei ihm erreicht, außer sich zum Narren zu machen. Sie fragte sich, wie hoch die Schulden ihres Bruders sein mochten, wenn dieser Kerl sogar den Schmuck zurückgewiesen hatte, der sehr kostbar war. »Ach, Gastón«, seufzte sie, »wenn du aus dieser Sache heil rauskommst, wirst du dein Leben ändern müssen.«

Sie schloss erneut die Augen, öffnete sie aber sofort wieder, als sie sich an Molinas grausames Lächeln erinnerte. Sie stand auf und ging im Zimmer auf und ab, um zur Ruhe zu kommen. Draußen begann es zu dämmern. Am Horizont färbte sich der Himmel in wunderbaren Rot- und Blautönen. In den Zypressen sangen die Vögel. Sie öffnete das Fenster, um den Jasminduft hereinzulassen und die erfrischende Morgenluft einzuatmen. Allmählich wurde sie ruhiger. Sie legte sich wieder ins Bett. Obwohl ihre Gedanken nach wie vor um den Mann aus dem Bordell kreisten, ließ sie sich von der Müdigkeit davontragen.

Gastón erholte sich wesentlich schneller, als Doktor Valverde vorausgesagt hatte. Aber die Wunde musste geschont werden, und er sollte eine Zeitlang jede Anstrengung vermeiden. Micaela war Joaquín dankbar für seine Diskretion und seine erfundene Geschichte vom angeblichen Leber- und Gallenleiden, die Rafael und Otilia sofort glaubten. Ihr Vater schlug vor, dass Doktor Bártoli seinen Sohn untersuchen solle, ein Ansinnen, dem sich

Micaela strikt widersetzte. Sie gab zu bedenken, dass es eine Beleidigung für Joaquín wäre, der in wenigen Monaten zur Familie gehören würde.

Micaela versuchte, Gastón ihre Empörung spüren zu lassen, doch letztlich ließ sie sich wie immer vom Charme ihres Bruders um den Finger wickeln. Zuerst hatte sie vor, ihm alles zu erzählen, doch dann verschwieg sie ihm lieber, dass sie die Wahrheit über Molina und die Spielschulden kannte. Auch ihren Besuch im *Carmesí* behielt sie für sich und nahm Pascualito das Versprechen ab, dass er den Mund hielt. Schließlich hatte das alles zu nichts geführt. Sie versuchte, aus ihrem Bruder herauszubekommen, was in jener Nacht vorgefallen war, aber bei diesem Thema wurde der junge Mann schweigsam und ließ sich nichts entlocken.

Wenn es Gastón besser ging, würde er nachts wieder um die Häuser ziehen. Nichts und niemand konnte ihn davon abhalten, nicht einmal Molinas Drohung. Micaela würde ständig im Ungewissen sein und nur auf die Nachricht warten, dass er ermordet worden sei. Aber so war ihr Bruder – ein Leichtfuß, der den Wert des Lebens nicht zu schätzen wusste. Sie versuchte, ihn zur Vernunft zu bringen, drängte ihn, sein Verhalten zu ändern, aber ihre Bemühungen waren vergebens.

»Ich weiß nicht, was neulich nachts vorgefallen ist, aber ich bin sicher, dass du Ärger in einem dieser Lokale hattest, in denen du dich herumtreibst. Ich flehe dich an, Gastón, lass diese Dummheiten und mach etwas aus deinem Leben. Du könntest dich um Papas Ländereien kümmern. Er hat keine Zeit dafür und überlässt sie Verwaltern und Vorarbeitern. Es wäre gut, wenn du vor Ort wärst. Du könntest eine Familie gründen und Kinder bekommen. Bitte mach nicht so weiter; du vergeudest dein Leben, als ob es nichts wäre.«

Gastón lachte und beendete Micaelas Bekehrungsversuche, indem er Witzchen riss oder sie einfach stehen ließ. Zum Glück beschloss er gleich nach der Genesung, ein paar Tage auf dem Landgut in Azul zu verbringen. Aber Micaela wusste, dass das Problem damit keinesfalls gelöst war; Carlo Molina würde nicht lockerlassen, bis die Schulden beglichen waren, oder ihn töten. So waren diese Verbrecher. Sie würde nach Europa zurückkehren, und Gastón würde mit ihr kommen.

In diesen bewegten Tagen war ihr Eloy Cáceres ein großer Trost. Er besuchte sie häufig, und sie unterhielten sich angeregt. Er war ein gebildeter, weitgereister Mann, der so unterschiedliche Kulturen wie die indische und die arabische kannte. Micaela hörte ihm gerne zu. Er hatte eine sanfte Stimme, die beruhigend auf sie wirkte, ganz gleich, welche Sorgen sie drückten.

Häufig lud Rafael auch Eloys Freund Nathaniel Harvey zum Essen ein, der stets ein reizender Gast war. Trotz seiner angelsächsischen Herkunft war Nathaniel ein sympathischer, umgänglicher Kerl. Außerdem besaß er die seinem Volk eigene Höflichkeit und beste Umgangsformen. Harvey wurde Micaela ein guter Freund. Seine mit Anekdoten gespickten Geschichten brachten sie lauter zum Lachen, als es der Anstand gebot. Wenn sie nicht mit den anderen zusammensaßen, bat die junge Frau ihn, doch Englisch zu sprechen, damit sie Übung bekam. Aber normalerweise blieben sie nicht lange allein: Eloy stieß immer zu ihnen.

Eloy und Micaela gingen ein paarmal zusammen aus. Buenos Aires war eine pulsierende Metropole voller faszinierender Orte, und Eloy schien sie alle zu kennen. Er führte sie auch ins berühmte Teatro Colón. Micaela war beeindruckt. Es brauchte keinen Vergleich mit europäischen Opernhäusern zu scheuen, abgesehen vielleicht von deren Tradition, denn es war erst sechs Jahre alt.

Für Eloy, der die Oper liebte, war es eine Ehre, mit der bekanntesten Sopranistin Europas bei den Vorstellungen zu erscheinen. Die Spielzeit begann im Mai mit Wagners *Parsifal*. Ganz herausragend präsentierte sich der französische Tenor Charles Rousselière, wie Micaela Eloy gegenüber feststellte.

Nach der Vorstellung aßen sie oft in einem feinen Restaurant ganz in der Nähe der Urtiaga-Villa, dem *Armenonville*. Leider waren die Abende noch kühl, denn das Lokal besaß mehrere Außenterrassen mit Pergolen und Lauben, auf denen sie nur zu gerne ihr Abendessen eingenommen hätten. Aber das Innere war nicht weniger einladend, stets mit frischen Orchideen aus dem restauranteigenen Gewächshaus geschmückt und unvergleichlich luxuriös dekoriert. Die Abende dort waren einfach wunderbar. Sie aßen feinste französische Speisen, stets begleitet von einer Flasche Champagner.

Trotz dieser Ablenkungen und obwohl seit ihrer Begegnung einige Zeit vergangen war, bekam Micaela Carlo Molina nicht aus dem Kopf, der Mann, der eine solche Bedrohung für Gastón darstellte. Aber sie erinnerte sich auch an seine schwarzen Augen und dieses verschlagene Lächeln, seine schönen Hände und seinen umwerfenden Körper. Wie konnte sie mehr über diesen Mann herausfinden? Obwohl er sich in der Halbwelt bewegte, schien Molina irgendwie nicht dazuzugehören. Er drückte sich gewählt aus und bewegte sich elegant. Merkwürdig. Sie überlegte, Pascualito zu fragen, ließ es dann aber lieber bleiben und zwang sich, das Ganze zu vergessen.

Die Aufmerksamkeit, die Eloy Micaela entgegenbrachte, entging Otilia nicht. Seit seiner Rückkehr aus Indien lag seine Tante ihm in den Ohren, er möge doch eine standesgemäße Ehe eingehen. Jedes Mädchen aus einigermaßen gutem Hause mit ein wenig Vermögen war eine potentielle Kandidatin. Sie kannte kein anderes Thema und gab einfach keine Ruhe.

Eloy kannte seine Tante gut genug, um zu bereuen, dass er sich um Micaela bemüht hatte. Jetzt würde er Otilias ständiges Drängen ertragen müssen. Dabei war er gar nicht auf den Gedanken gekommen, ein Verhältnis mit der jungen Sängerin zu beginnen. Er hatte lediglich höflich und zuvorkommend sein wollen. Und das war ihm nicht schwergefallen, denn Micaela war eine außergewöhnliche Frau.

In Wirklichkeit ging es ihm darum, sich gut mit Senator Urtiaga zu stellen. Der hatte ihm nach seiner Rückkehr aus Indien sehr geholfen, und er hoffte, durch ihn noch mehr zu erreichen. Niemand hatte so gute Kontakte und Beziehungen wie Rafael. Angeblich hingen alle wichtigen Entscheidungen im Senat von seiner Zustimmung ab; niemand hatte größeren Einfluss im Präsidentenpalast. Seine Verbindungen nach England reichten bis in höchste Kreise, worauf ein großer Teil seiner Macht beruhte. Unter seinen Parteifreunden hieß er »der Unverwundbare«, weil er trotz der wechselhaften politischen Lage im Land und in der Partei stets unbeschadet und sogar gestärkt aus allen Affären hervorging. Der perfekte Mann für Eloys Pläne.

Es war ungewöhnlich, dass Otilia ihren Neffen in dessen altem Stadthaus in der Calle San Martín besuchte. Er wusste sofort, worum es ging, als er sie in den Salon kommen sah. Nach einigen überflüssigen Bemerkungen kam Otilia zur Sache.

»Rafael hat mich gebeten, dich ausdrücklich für heute Abend zum Essen einzuladen. Micaela hat versprochen, uns mit ihrem Gesang zu erfreuen«, betonte sie. »Aber sie besteht darauf, dass wir nur im engsten Kreis sind. Ich kann es kaum erwarten, sie zu hören! Wenn ich nur an ihren Auftritt in der Pariser Oper denke! Was für eine herrliche Vorstellung! Das Publikum hörte gar nicht mehr auf, zu applaudieren. Es war eine wunderbare Erfahrung. Außerdem sah sie so hübsch aus und ...«

»Ja, ja, Tante«, unterbrach Eloy sie. »Ich kenne dich zu gut, um zu glauben, dass dieses ganze Gerede über Micaela keine tieferen Hintergedanken hat. Komm zum Punkt. Ich habe viel zu tun.«

Otilia warf ihm schlechte Erziehung und mangelnden Respekt vor, doch als Eloy noch einmal betonte, keine Zeit zu haben, kam sie zur Sache.

»Ich glaube, sie wäre die ideale Frau für dich, mein Lieber.«

»Wusste ich doch, worauf die Sache hinausläuft!«

»Seit ich mich um dich kümmere, fühle ich mich eben für deine Zukunft verantwortlich.« Eloy lachte laut auf. »Ich wüsste nicht, was daran lustig sein soll.«

»Tante, bitte. Ich bin siebenunddreißig Jahre alt. Findest du nicht, du könntest mittlerweile wegen meiner Zukunft beruhigt sein? Darum kümmere ich mich schon selbst.«

Otilia verlor allmählich die Geduld. Aus ihrer Sicht hatte Eloy bislang sämtliche Chancen vertan, die ihm das Schicksal auf dem Silbertablett serviert hatte. Micaela war eine davon, und sie würde nicht zulassen, dass er sie vergeudete. Als sie schließlich merkte, dass sie nichts erreichte, fuhr Otilia stärkere Geschütze auf.

»Merkst du nicht, dass sie ein einfältiges Ding ist, das sich nur für Musik interessiert?«

»Na, na«, bemerkte Eloy sarkastisch. »Gerade war sie noch die perfekte Frau, und jetzt ist sie ein einfältiges Ding?«

»Sie verbringt den ganzen Tag drinnen. Sie übt und hört Musik, das ist alles, was sie macht. Sie ist die ideale Frau für dich; sie wird dich nicht belästigen, und du kannst ungestört deine Dienstreisen und offiziellen Besuche unternehmen. Außerdem ist sie nicht gerade hässlich.«

»Nicht gerade hässlich? Ich bitte dich, Tante. Ich glaube nicht, dass es in ganz Buenos Aires eine Frau wie Micaela gibt.«

»Also gefällt sie dir.«

»Ja, natürlich. Sie ist bildhübsch und eine angenehme Erscheinung, aber ich habe noch keine Lust, an eine Ehe zu denken. Ich habe andere Dinge im Kopf.«

»Wann gedenkst du denn zu heiraten, mein Lieber? Alt genug bist du ja. Vergiss nicht, wenn Rafael stirbt, wird sie einen Großteil seines Vermögens erben. Wir würden nie wieder finanzielle Probleme haben. Oder willst du ein Leben lang von dem jämmerlichen Gehalt aus dem Außenministerium leben? Wir besitzen nur dieses alte, scheußliche Haus und Ländereien, die zu nichts nutze sind. Die Pächter wollen ihre Verträge nicht verlängern, weil die Erde angeblich so ausgelaugt ist, dass nicht mal das Unkraut darauf wächst. Ach, Junge! Das Einzige, was uns bleibt, ist der gute Name unserer Familie.«

»Hast du Urtiaga nicht geheiratet, um für den Rest deines Lebens ausgesorgt zu haben? Das hast du mir gegenüber zumindest behauptet.«

»Ich denke an dich, Eloy, nicht an mich. Ich sorge mich um deine Zukunft«, stellte Otilia beleidigt klar.

»Mach dir um mich keine Sorgen. Ich komme schon zurecht. Gib lieber das Geld aus, das dein Mann dir jeden Monat gibt.«

»Pah! Er ist ein Geizkragen. Für eine Frau mit meinem Lebensstandard und meinen gesellschaftlichen Verpflichtungen ist die Summe lächerlich. Es reicht vorne und hinten nicht.«

»Wenn du es sagst … Aber ich habe nicht den Eindruck, dass das, was dein Mann dir zahlt, lächerlich ist.«

»Eloy, bitte denk darüber nach, was ich dir gerade gesagt habe. Außerdem braucht ein guter Diplomat eine Frau an seiner Seite, die ihn begleitet und sein gesellschaftliches Leben organisiert. Oder gedenkst du, das Ralikhanta zu überlassen?«

Eloy lächelte bei dem Gedanken, dass das gar keine schlechte Idee wäre. Verärgert über ihre gescheiterte Mission, spielte Otilia ihren letzten und besten Trumpf aus.

»Senator Urtiaga wäre der glücklichste Mensch auf Erden, wenn du Micaela heiratest. Du weißt, dass er dich liebt wie seinen eigenen Sohn. Außerdem weiß ich, dass er sich sehnlich wünscht, seine einzige Tochter zu verehelichen. Du würdest ihm eine solche Freude machen, dass er gar nicht wüsste, wie er dir das vergelten kann!«

In all diesem Trubel erhielt Micaela ein Telegramm von Moreschi, in dem dieser seine unmittelbar bevorstehende Ankunft in Argentinien ankündigte. Er war schon vor Wochen an Bord eines Schiffes gegangen, ohne ihr Bescheid zu sagen, um zu verhindern, dass sie ihn davon abhielt. Sie freute sich keineswegs über diese Nachricht, die lediglich ihre Pläne über den Haufen warf. Sie hatte ursprünglich vorgehabt, auf das Landgut zu fahren, wo Gastón einige Tage verbrachte, um ihn zu überreden, mit ihr nach Europa zu gehen, und dann so rasch wie möglich abzureisen. Jetzt musste sie ihre Pläne ändern. Wenn sie Moreschi erklärte, in was für einer Klemme ihr Bruder steckte, war er vielleicht damit einverstanden, sofort mit ihnen nach Paris zurückzukehren. Micaela war zuversichtlich, ihren Lehrer überzeugen zu können; Gastón zu überreden, würde hingegen schwieriger sein.

Um Zeit zu gewinnen, schrieb sie ihm einen Brief, in dem sie ihn unmissverständlich dazu aufforderte, nach Buenos Aires zurückzukommen. In vierzehn Tagen werde sie nach Europa abreisen, und er werde mit ihr fahren. Außerdem buchte sie drei Kabinen auf einem Schiff, das in zwei Wochen ablegen würde.

Doch ihre ausgeklügelten Pläne gingen nicht auf. Einige Tage, nachdem sie den Brief an ihren Bruder abgeschickt hatte, erhielt sie seine Antwort. »Was hat dich denn gestochen?«, lautete der erste Satz. Der weitere Ton war respektvoller, auch wenn aus jedem Satz Leichtfertigkeit und Ärger sprachen. Er wolle nicht nach Europa, er liebe Buenos Aires. Hier seien seine Freunde; er habe die Nase voll von Franzosen, Engländern und diesen ganzen Leuten. Gastón schien nicht zu erkennen, in welcher Gefahr er schwebte.

Nachdem sie den Brief ihres Bruders gelesen hatte, der für sie eine einzige Dummheit war, hatte sie beschlossen, aufs Land zu fahren und mit ihm zu sprechen. Sie würde ihm geradeheraus sagen, dass sie die Wahrheit über diesen Molina kannte. Doch jetzt kam sie zu dem Schluss, dass die Zeit nicht mehr ausreichte, um aufs Land und wieder zurück zu reisen, denn in der Zwischenzeit würde Moreschi eintreffen. Ihre Nerven lagen blank. Die Sorglosigkeit ihres Bruders und die bevorstehende Ankunft ihres Lehrers waren nicht eben hilfreich. Sie zwang sich, ruhig zu bleiben und einen kühlen Kopf zu wahren, sonst würde nichts Vernünftiges dabei herauskommen. Solange ihr Bruder auf dem Land blieb, war sein Leben nicht in Gefahr. Und wenn Moreschi erst einmal da war, hatte sie immer noch Zeit genug, alles zu organisieren. Fürs Erste blieb ihr nichts anderes übrig, als abzuwarten.

***

Micaela beschloss, der Einladung von Professor Vinelli, dem Direktor des Musikkonservatoriums von Buenos Aires, Folge zu leisten, der sie bereits mehrmals angesprochen hatte. Bislang hatte sie nie Lust gehabt und immer wieder eine Ausrede gefunden, doch nun hatte sie ihre Meinung geändert. Ein Besuch in der Musikschule würde ihr guttun. Sie musste sich zusammenreißen; ihre Nervosität und ihre wechselhafte Stimmung sowie Gastóns Urlaub auf dem Land hatten Cheias Misstrauen geweckt, die irgendwelche Schwierigkeiten witterte. Auch ihr Vater sah sie immer wieder misstrauisch an und erkundigte sich nach ihrer Gesundheit. Und genau wie die Amme wunderte er sich über die plötzlich erwachte Liebe seines Sohnes zum Landleben.

Das Konservatorium, ein Neubau im klassischen Stil, befand sich in der Calle Libertad, unweit vom Teatro Colón. Vinelli war so erfreut, sie zu sehen, dass es Micaela unangenehm war, obwohl sie an Bewunderung gewöhnt war. Sie machte der überschwänglichen Begrüßung ein Ende, indem sie ihn bat, sie durch die Räumlichkeiten zu führen. Nachdem er ihr die Musiksäle und die Bibliothek gezeigt hatte, bat Vinelli sie, doch an einer Gesangsstunde teilzunehmen und Ratschläge zu geben. Micaela stimmte gerne zu und hörte sich eine Stunde lang Sänger an, die nur drei oder vier Jahre jünger waren als sie.

Als sie das Konservatorium verließ, sah sie Pascualito mit dem Wagen ihres Vaters auf der gegenüberliegenden Straßenseite parken. Sie wollte gerade die Straße überqueren, als jemand sie am Arm packte und ihren Namen nannte. Als Micaela sah, wen sie vor sich hatte, wich die Farbe aus ihrem Gesicht. Einer von Molinas Handlangern, der Kleinere, Glatzköpfige, hielt sie am Arm fest und sah sie unverwandt an. Im Wagen sah sie neben Pascualito auch den anderen Kerl sitzen, der ihr wie ein Kleiderschrank vorgekommen war.

»Was wollen Sie von mir?«, fragte sie und versuchte, sich ihre Angst nicht anmerken zu lassen. »Lassen Sie mich los!«

Der Mann ließ sie los, rührte sich aber nicht von der Stelle.

»Kommen Sie mit«, sagte er und deutete auf ein zweites Auto, das um die Ecke parkte.

»Warum sollte ich? Lassen Sie mich in Ruhe und sagen Sie Ihrem Freund, er soll aus meinem Wagen steigen.«

»Sie müssen mitkommen, Fräulein Urtiaga. Mein Boss will Sie sehen.«

Wofür hielt sich dieser Molina? Er war verrückt, wenn er glaubte, dass sie mit seinen Handlangern mitging, nur weil er nach ihr verlangte. Flüche und Schimpfwörter lagen ihr auf der Zunge, und ihre Wangen überzogen sich mit Zornesröte. Schließlich beruhigte sie sich und versuchte nachzudenken. Vielleicht wollte der Zuhälter doch den Schmuck annehmen. Sie stieg in den Wagen. Pascualito und der andere Mann fuhren hinterher.

10. Kapitel

Micaela beugte sich zum Wagenfenster und sah auf die Straße hinaus. Neulich bei ihrem Treffen mit Molina war es stockfinstere Nacht gewesen. Jetzt, bei Tageslicht, war die Gegend in ihrer ganzen Pracht zu sehen, und sie fand sie auf eigenwillige Weise bezaubernd. Wie hatte Pascualito das Viertel genannt? La Boca? Sie konnte sich nicht erinnern, jemals einen so heruntergekommenen und zugleich doch so schönen Ort gesehen zu haben. Da gab es die hässlichen Seiten des Hafenviertels, insbesondere den brackigen, modrigen Gestank des Wassers. Und dann gab es die Straßen mit dem feucht glänzenden Kopfsteinpflaster und den knallbunt gestrichenen Wellblechhäusern: grün die Tür, gelb das Fenster, blau die Wände. Was hatte ihre Besitzer dazu bewegt, sie so anzustreichen? Ihr gefielen die Laternen an den Straßenecken und die bunten Schilder der Kneipen und Geschäfte. Gleichzeitig konnte man sehen, wie arm die Menschen waren. Mitleidig betrachtete sie eine Horde Kinder, die auf dem Gehsteig Murmeln spielte. Sie trugen Lumpen, hatten schmutzige Knie und verfilzte Haare. Sie fragte sich, ob diese Kinder wohl wenigstens einmal am Tag eine ordentliche Mahlzeit bekamen. Kannte ihr Vater als Senator diese Wirklichkeit? Diese Wirklichkeit, die in großem Kontrast zu anderen Teilen der Stadt stand?

Als Cabecita den Wagen anhielt, erschrak Micaela. Sie war so mit den Kindern beschäftigt gewesen, dass sie beinahe den Grund für ihren Besuch in La Boca vergessen hätte. Ihr schoss durch den Kopf, dass Molina sie womöglich herbringen ließ, um sie über den Aufenthaltsort ihres Bruders auszufragen. Niemals würde sie ihn verraten. Und wenn Molina sie festhielt und Gastón zwang, sich zu stellen? Sie war so ein dummes Ding! Wie hatte sie sich nur so übertölpeln lassen können?

Cabecita öffnete den Wagenschlag und wollte ihr beim Aussteigen behilflich sein. Micaela machte eine abwehrende Handbewegung. Sie drehte sich um und sah Pascualito neben dem Hünen im Wagen ihres Vaters sitzen, der an der nächsten Straßenecke parkte.

»Mein Chauffeur soll mich begleiten«, erklärte sie.

»Nein, Fräulein. Pascualito wartet draußen«, antwortete Cabecita freundlich, aber bestimmt. Dann deutete er auf den Eingang zum *Carmesí*.

Das Bordell sah genauso finster aus wie bei Nacht. Obwohl es jetzt leer und still war, wirkte es verlottert und anrüchig. Es stank nach Zigarren und dem billigen Parfüm der Huren. Es war eine so bedrückende Atmosphäre, dass Micaela am liebsten davongelaufen wäre. »Mein Gott! Was mache ich hier?«, fragte sie sich.

Cabecita wies auf die Treppe, und sie gingen nach oben. Die Empore, die hölzerne Balustrade und die Türen. Am Ende des Gangs deutete der Mann auf Molinas Büro.

»Der Boss kommt gleich, Fräulein. Setzen Sie sich, wenn Sie wollen«, bot er an, bevor er sie allein ließ.

Durch das Fenster fiel helles Tageslicht. Anders als der Rest des Etablissements wäre dieser Raum als Zimmer in einem anständigen Wohnhaus durchgegangen, hätte man die Bilder mit den erotischen Szenen abgehängt. Auf dem Tisch lagen keine Karten mehr, auch nicht die grüne Filzdecke. Der Schreibtisch war aufgeräumt. Alles wirkte sauber und ordentlich.

Die Tür zum Nebenzimmer öffnete sich, und Molina kam herein. Micaela stand auf, setzte sich auf ein Zeichen des Mannes aber gleich wieder. Sie folgte ihm mit dem Blick. Obwohl er tadellos, ja sogar elegant gekleidet war, wirkte er auf sie nicht viel anders als in der ersten Nacht. Er strahlte nach wie vor diese wilde Schönheit aus, die sie so sehr verwirrt hatte.

»Sieh an, ›die Göttliche‹ …«, sagte er, nachdem er sich ein Glas eingeschenkt hatte, und nahm am Schreibtisch Platz.

Dieser Einstieg in die Unterhaltung überraschte sie. Was hatte ihre Gesangskarriere mit Molina zu tun? Wie hatte er davon erfahren? Aus den Zeitungen? Obwohl sie vorsichtig war und den Journalisten aus dem Weg ging, hatte sie doch den einen oder anderen empfangen müssen. Denn wenn sie darauf beharrte, keine Interviews zu geben, würde man eine Schmutzkampagne gegen sie starten und behaupten, »die Göttliche« sei eine hochnäsige Diva, die nur mit den Europäern gut stehe und ihre Landsleute verachte. Sie zwang sich dazu, die Ruhe zu bewahren. Es war nichts Schlimmes oder Gefährliches daran, dass Molina ihren Beruf kannte.

»Was wollen Sie von mir?«, fragte sie mit neuem Mut und erhob sich von ihrem Stuhl.

Molina tat es ihr nach, stellte das Glas auf dem Schreibtisch ab und kam ihr ganz nahe.

»Ich will gar nichts von Ihnen«, stellte er klar. »Sie waren es, die neulich nachts zu mir gekommen sind, um mich um einen Gefallen zu bitten.«

»Aber Sie haben mein Angebot abgelehnt. Ich verstehe nicht, was ich jetzt hier soll.«

»Wie geht es Ihrem Bruder? Tut ihm die Landluft gut? Soweit ich weiß, gehören die Ländereien ihres Vaters in Azul zu den größten in der Gegend. Ach, ich vergaß! Anscheinend haben Sie vor, bald nach Europa zurückzukehren, und zwar gemeinsam mit ihrem Bruder und einem gewissen … einem gewissen Moreschi, wenn ich mich nicht irre.«

Verwirrt sah Micaela auf, und ihre Blicke trafen sich. In Molinas Augen lagen so viel Überheblichkeit und Siegesgewissheit, dass ihr zum Heulen zumute war. Sie wurde rot und senkte den Kopf. Sie würde diesem verfluchten Zuhälter nie entkommen, sagte sie sich.

»Was wollen Sie von mir?«, fragte sie noch einmal.

»Trinken Sie«, befahl Molina und reichte ihr ein Glas Grappa.

Das scharfe Getränk bekam ihr ganz und gar nicht, und sie begann zu husten. Die Szene konnte nicht demütigender sein. Molina ließ einen kurzen Augenblick verstreichen und kehrte schweigend zu seinem Platz zurück.

»Sie scheinen zu allem bereit zu sein, um Ihren Bruder zu retten, nicht wahr?«

Nachdem sie genickt hatte, war es mit ihrer Fassung endgültig vorbei. Wie konnte sie einem Zuhälter, einem elenden Gauner, der sein Geschäft mit den Körpern von Frauen machte, sagen, dass sie, eine Frau, zu allem bereit sei? Und wenn er ihr vorschlug, als Prostituierte im *Carmesí* zu arbeiten? Niemals! Aber sonst würde er Gastón umbringen. Mein Gott, was sollte sie nur tun?

»Zu allem?«, hakte er nach.

»Nun ja ... Ja, schon, aber ... Worum geht es?«

»Ich wäre bereit, Ihrem Bruder das Leben zu schenken ...«

»Grundgütiger, worüber reden wir hier eigentlich!«, entfuhr es Micaela. »Sie und ich schachern um das Leben meines Bruders! Halten Sie sich für Gott, Señor Molina? Für Gott, der einem anderen das Leben nehmen kann, weil er Ihnen eine Handvoll Geld schuldet? Wie viel ist er Ihnen schuldig? Sagen Sie schon! Ich befehle es Ihnen! Ich bezahle ihnen jede Summe und noch mehr, aber lassen Sie uns in Ruhe. Sonst gehe ich zur Polizei! Das hätte ich schon damals machen sollen, als mein Bruder verletzt nach Hause kam ...«

Molinas schallendes Gelächter ließ sie verstummen. Überrascht sah sie ihn an, und ihr wurde klar, dass dieser Mann vor nichts und niemandem Angst hatte. Niedergeschlagen setzte sie sich wieder hin, überzeugt, dass sie gegen diese Tollkühnheit nichts ausrichten konnte.

»Sobald Sie durch die Tür des *Carmesí* oder eines anderen meiner Läden gehen, betreten Sie eine andere Welt, eine Parallelwelt, die jedoch nicht weniger real ist als die Ihre«, sagte er dann. »Hier gelten andere Regeln, und derjenige, der sie aufstellt, bin ich. Hier sind die Polizei, der Richter, der Gauner und alle anderen Schmierenkomödianten aus ›Ihrer‹ Welt von mir abhängig!« Wütend erhob er die Stimme, und Micaela zuckte zusammen. »Also kommen Sie mir nicht mit dummen Drohungen. Die Polizei respektiert und fürchtet mich. Sie werden nichts erreichen, wenn Sie aufs Kommissariat gehen, um mich anzuzeigen. Sie lösen bestenfalls einen öffentlichen Skandal aus, der die Karriere Ihres Vaters, des Herrn Senators, ruiniert.«

»Was wollen Sie von mir?«, fragte sie ein drittes Mal.

»Ich will, dass Sie für mich arbeiten.«

Es war, wie sie befürchtet hatte: Dieser unverschämte Kerl verlangte von ihr, dass sie eine dieser Frauen wurde. Wutentbrannt sprang sie auf und stürzte zum Schreibtisch. Belustigt über ihre Reaktion, blieb Molina ruhig auf seinem Stuhl sitzen.

»He, warten Sie!«, rief er. »Sie denken doch nicht etwa, dass ich Ihnen vorschlage, sich um die Kunden im Salon zu kümmern?«

»Wenn Sie das ›sich um die Kunden im Salon kümmern‹ nennen, ja, das denke ich, Señor Molina. Was sollte ich sonst von einem Mann wie Ihnen erwarten?«

»Nein, darum geht es nicht. Wenn Sie eine Zeitlang für mich singen, gebe ich Ihnen mein Wort, dass die Angelegenheit mit Ihrem Bruder für mich erledigt ist.«

Micaela, die das ganze Hin und Her leid war, sah ihn flehend an. »Bitte, Señor Molina, nehmen Sie doch das Geld und lassen Sie mich in Frieden. Weshalb wolleln Sie das Geld nicht?«

»Geld habe ich mehr als genug, Señorita Urtiaga. Eine Sängerin hingegen ist genau das, was ich im Moment am nötigsten brauche. Sagte nicht mal ein König: ›Mein Königreich für ein Pferd‹?«

»Eine Sängerin? Was hat das mit mir zu tun, Señor Molina?«

»Was das mit Ihnen zu tun hat? Sie sind Sängerin.«

»Ja, aber Opernsängerin. Ich glaube nicht, dass Ihre Klientel sich sonderlich für Opern interessiert.«

Molina musste grinsen, als er daran dachte, wie viele seiner Gäste am einen Abend zu den Vorstellungen im Teatro Colón gingen und am nächsten seine Etablissements besuchten. Er verkniff sich einen Kommentar und überging Micaelas Bemerkung.

»Es gibt da so ein Duett, einen Sänger namens Carlos Gardel und einen gewissen … Razzano, glaube ich. Wenn die zwei in irgendeiner Spelunke auftreten, sind meine Lokale wie leergefegt. Verstehen Sie jetzt, warum ich eine Sängerin brauche? Ich muss mich um meine Geschäfte kümmern. Sie werden eine Weile für mich Tangos singen.«

»Und warum nehmen Sie die beiden nicht unter Vertrag?«

Dumm war sie schließlich nicht. Sie mochte in der Klemme stecken, aber für spitzzüngige Fragen reichte es immer noch.

»Wollen Sie nun, dass ich die Fehde mit Ihrem Bruder beilege oder nicht?«, parierte er die Frage. »So, wie Sie sich benehmen, wohl eher nicht. Singen Sie jetzt für mich Tango, ja oder nein?«

»Tango? Tango, ich? Sie müssen verrückt sein.« Nach kurzem Nachdenken setzte sie hinzu: »Außerdem, Tangos singen? Den Tango singt man nicht; es ist Musik, zu der man tanzt.«

Molina war aufrichtig überrascht.

»Wie kommt es, dass ein feines Prinzesschen wie Sie etwas von Tango versteht? Für Ihresgleichen ist das doch nur etwas für Vorstadtgauner und Schwarze. Ich dachte, bei dem Wort Tango wüssten Sie nicht mal, wovon ich spreche.«

Molina war für ihren Geschmack zu wortgewandt. Sie war immer stolz auf ihre Geistesgegenwart und ihre Schlagfertigkeit gewesen, aber in seiner Gegenwart fühlte sie sich wie eine Idiotin. Sie beschloss, den Mund nur noch aufzumachen, wenn es unbedingt sein musste; alles andere würde die Lage nur noch komplizierter machen.

»Sie werden eine Zeitlang für mich Tangos singen, sagen wir, vier Monate, zweimal in der Woche. Ich denke, das ist ein fairer Handel. Finden Sie nicht?«

»Hören Sie auf, sich auf meine Kosten lustig zu machen, Señor Molina.«

»Ich mache mich nicht über Sie lustig, Señorita Urtiaga. Ich mache Geschäfte mit Ihnen.«

Dieser Mann war an Unverschämtheit nicht mehr zu übertreffen, doch ihr blieb nichts anderes übrig, als es zu ertragen und auf den Handel einzugehen, den er vorschlug. Aber was ritt sie da eigentlich? Hatte sie den Verstand verloren? Sie musste verrückt sein, wenn sie auch nur erwog, für diesen Ganoven Tangos zu singen. War sie überhaupt in der Lage, den Vertrag zu erfüllen? In welche Schwierigkeiten brachte sie sich da? Tausend Fragen gingen ihr durch den Kopf und wirbelten wild durcheinander. Sie würde ihn nicht um Bedenkzeit bitten. Er würde sie ihr ohnehin nicht gewähren. Was sollte sie tun? Wie konnte sie ihren Bruder retten, ohne sich selbst in Schwierigkeiten zu bringen? Hatte sie überhaupt eine andere Chance?

»In Ordnung, Señor Molina. Ich bin einverstanden.«

»Glauben Sie mir, Señorita«, sagte dieser ohne jede Ironie, »Ihre Demütigung ist nichts, verglichen mit meiner.«

Micaela sah ihn überrascht an. Sie traute sich nicht zu fragen, was dieses merkwürdige Geständnis zu bedeuten hatte. Dann schlug Molina abrupt einen fast heiteren Ton an, um die Einzelheiten zu klären. Unter anderem gab er ihr vierzehn Tage, um sich vorzubereiten. Das erschien ihr sehr wenig, doch sie widersprach ihm nicht. Molina wollte sie außerdem gleich dem Orchester vorstellen. An diesem Punkt fragte sie sich, ob das alles ein böser Traum war.

Sie, »die Göttliche«, die gefeiertste Opernsängerin Europas, als Sängerin in einem Bordell in La Boca, abhängig von einem gefährlichen Zuhälter, umgeben von billigen Huren und zwielichtigen Gestalten. Sie wusste nicht, warum ihr gerade in diesem Moment Marlenes vertrautes und geliebtes Gesicht in den Sinn kam, aber an sie zu denken, half ihr, sich nicht allzu elend und verlassen zu fühlen. Ihr wurde warm ums Herz, und ihr Körper straffte sich.

»Wie soll ich Sie ankündigen?«, hörte sie Molina fragen.

»Wie bitte?«

»Wie ich Sie ankündigen soll. Ich denke mal, Sie wollen nicht als ›die Göttliche‹ auftreten, oder? Ich werde mir einen neuen Namen für Sie ausdenken müssen.«

»Marlene. Sagen Sie den Leuten, ich heiße Marlene.«

»Sehr gut!«, rief Molina. »Also dann Marlene. Ein schöner Künstlername. Passt gut zu dir.«

Passt gut zu dir? Micaela sah ihn sprachlos an. Warum duzte er sie jetzt? Im ersten Moment wollte sie ihn in seine Schranken weisen, doch dann fragte sie sich, was es zur Sache tat, ob er sie Marlene, Micaela, Señorita oder wie auch immer nannte. Sie und das Leben ihres Bruders lagen in seinen Händen.

»Klingt sehr französisch, der Name.«

Molina bat sie, mit ihm nach unten zu gehen, um sie dem Orchester vorzustellen. Im Salon, der vorhin so leer und verlassen dagelegen hatte, herrschte nun reges Treiben. Ein paar ärmlich aussehende Frauen putzten, während die Musiker auf einem Podest ihre Instrumente stimmten. Micaela bemerkte zwei Geiger, einen Akkordeonspieler und einen älteren Mann am Klavier.

»Maestro!«, rief Molina schon von weitem.

Der Mann am Klavier sprang auf, stieg rasch vom Podest und eilte ihnen entgegen. Er war klein, weißhaarig und ging ein wenig gebeugt, aber seine Augen waren die eines jungen Mannes. Sein Alter war schwer zu schätzen; fünfzig, fünfundfünfzig vielleicht.

»Sie haben gerufen, Señor Molina?«, fragte er mit deutlich italienischem Akzent.

»Maestro, ich möchte Ihnen die neue Sängerin vorstellen. Ihr Name ist Marlene. Marlene, das ist Maestro Cacciaguida.«

Nach ein paar höflichen Worten entschuldigte sich Molina und ließ sie allein.

»Würden Sie mich dem übrigen Orchester vorstellen, Maestro?«, bat Micaela.

»Aber natürlich, Fräulein Urtiaga.«

Als sie ihren Namen hörte, verlor Micaela die Fassung. Die Lage wurde allmählich verworren und grotesk. Cacciaguida bot ihr höflich seinen Arm an und führte sie zu einem Tisch weit weg von den übrigen Musikern. Er schob ihr einen Stuhl hin und bat sie, sich doch zu setzen.

»Wie Sie gewiss bemerkt haben werden«, fing der Mann an, »bin ich Italiener. Vor knapp einem Jahr bin ich aus Mailand nach Argentinien gekommen. Es lief nicht sehr gut für mich in der Heimat, und so beschloss ich, mein Glück in Amerika zu versuchen. Und da bin ich nun. Familie, die ich vermissen könnte, habe ich keine. Außerdem habe ich hier gute Freunde gefunden, die mich vergessen lassen, was ich in der Heimat zurückgelassen habe. Aber was ich wirklich aus tiefstem Herzen vermisse, ist die Mailänder Scala, als meine Lieblingssängerin dort auftrat, ›die Göttliche‹.«

Micaela senkte den Kopf und begann zu schluchzen. Der Mann tätschelte ihre Hand.

»Fräulein Urtiaga, welche Ehre, Ihnen nahe zu sein und Ihre

Hand zu halten! Weinen Sie nicht. Sie brauchen mir nichts zu erklären. Sie werden gute Gründe haben, hier zu sein. Vertrauen Sie mir. Niemand wird erfahren, wer Sie in Wirklichkeit sind, wenn Sie das nicht wollen. Und davon gehe ich aus.«

Der Musiker bat eine der Putzfrauen um ein Glas Wasser. Micaela trank es langsam aus und fasste sich allmählich wieder. Wieder ruhiger, dankte sie dem Kapellmeister für seine Freundlichkeit und Diskretion.

»Ich kann Ihnen nicht erzählen, was wirklich mit mir los ist, Maestro, aber ich habe furchtbare Angst, weil ich nicht weiß, wie man Tango singt. Ich dachte, beim Tango würde überhaupt nicht gesungen.«

»Keine Sorge. Ich helfe Ihnen. Mit dieser magischen, nahezu göttlichen Stimme können Sie alles singen.«

Micaela erzählte ihm von dem Duo, von dem Molina gesprochen hatte, und Cacciaguida versprach ihr, sie inkognito zu einem Auftritt mitzunehmen, damit sie die beiden hören konnte und eine Vorstellung davon bekam, wie man Tango sang.

»Mögen Sie Tango?«, wollte Cacciaguida wissen.

»Ja, schon«, antwortete Micaela ohne große Überzeugung.

Der Musiker traute sich nicht, weiter nachzufragen.

An diesem Abend hatten die Urtiagas Gäste. Zu Micaelas Glück war es lediglich ein Familientreffen, obwohl auch Eloy Cáceres und sein englischer Freund zu den Eingeladenen gehörten.

Nach dem Gespräch mit Molina konnte sie sich kaum noch auf den Beinen halten. Sie hätte lieber eine Kleinigkeit auf ihrem Zimmer gegessen und wäre früh zu Bett gegangen, auch wenn sie wusste, dass sie nicht schlafen könnte. Aber sie hätte sich gerne die Decke über den Kopf gezogen und ihrem Selbstmitleid überlassen.

Cheia half ihr beim Umziehen; sie war spät dran, die Gäste

warteten bereits im Salon. Trotz der geröteten Augen sah Micaela bald wieder aus wie immer. Sie schminkte sich dezent und entschied sich für ein malvenfarbenes Seidenkleid.

Während des Essens musste sie sich zusammennehmen, um Guillita zuzuhören, die ihr in allen Einzelheiten von ihren Hochzeitsplanungen erzählte.

»In zwei Monaten ist es soweit, Micaela. Ich hoffe, du bist dann noch nicht wieder in Europa. Ich will unbedingt, dass du diesen Tag mit uns verbringst.«

Micaela war gerührt von den Worten ihrer Cousine und dachte voller Bitterkeit, dass sie in den kommenden vier Monaten nicht selbst über ihr Leben bestimmen konnte. Sie wusste nicht einmal, wie es mit ihrem Leben weitergehen würde.

Micaelas Niedergeschlagenheit blieb nicht unbemerkt. Nathaniel Harvey versuchte, sie mit seiner stets galanten, freundlichen Art aufzumuntern, was ihm jedoch nicht gelang. Ihr Vater beobachtete sie misstrauisch und versuchte zu ergründen, was sie bedrückte. Sie war immer still und in sich gekehrt, doch an diesem Abend wirkte sie noch melancholischer als sonst. Er fragte sich, ob sie Europa und ihre Freunde vermisste.

Während des Essens und später im Rauchsalon hielt Eloy sich von ihr fern, ließ sie jedoch nicht aus den Augen. Micaela spürte seine durchdringenden Blicke und traute sich hin und wieder, aufzuschauen und ihn anzusehen. Eloy beobachtete sie einfach weiter, bis sie verwirrt wegsah.

Ihr Onkel Raúl Miguens bat sie mit seinen üblichen Schmeicheleien, doch etwas auf dem Klavier zu spielen oder eine kurze Arie zu singen. Die Idee erschien ihr verlockend, denn die Musik war immer ihre Zuflucht gewesen. Dennoch lehnte sie ab. Niemals würde sie diesem Mann einen Wunsch erfüllen, der trotz der nahen Verwandtschaft nicht die Augen von ihrem Ausschnitt lassen konnte.

Schließlich ließen der Wein und die ruhige Stimmung sie schläfrig werden, und die ganze Anspannung des Tages machte sich in ihrem Körper bemerkbar. Sie entschuldigte sich bei ihrem Vater und verabschiedete sich von den Gästen, die ihr erstaunt hinterhersahen. Eloy wartete am Fuß der Treppe auf sie. Micaela erschrak, weil sie ihn, ganz in Gedanken, nicht gesehen hatte.

»Señor Cáceres!«, rief sie.

»Entschuldigen Sie, ich wollte Sie nicht erschrecken. Kommen Sie, setzen Sie sich hierher. Sie sehen erschöpft aus.«

Er nahm ihre Hand und führte sie zu einem Sessel. Dann nahm er neben ihr Platz, ohne ihre Hand loszulassen.

»Wie läuft es mit Ihrer Arbeit?«, erkundigte sich Micaela.

»Wie immer, danke. Sie sehen nicht gut aus, Fräulein Urtiaga. Ist etwas vorgefallen? Soll ich den Arzt rufen? Möchten Sie etwas trinken? Ich weiß nicht, einen Tee vielleicht?«

»Vielen Dank, dass Sie sich um mich sorgen, Señor Cáceres. Ich bin nur müde. Es war ein anstrengender Tag, das ist alles.«

»Schade! Ich wollte Sie zu einem Spaziergang durch den Park einladen, aber wenn Sie so müde sind, verschieben wir's auf ein andermal.«

Als Nathaniel dazukam, ließ Eloy ihre Hand los. Harveys verbindliches Lächeln verschwand augenblicklich, als er sie so vertraut beieinander sitzen sah. Er wirkte überrascht und verärgert.

»Verzeihung«, entschuldigte er sich. »Eloy, du wirst gesucht«, sagte er dann auf Englisch. »Guten Abend, Fräulein Urtiaga.« Damit drehte er sich um und ging.

Eloy brachte sie zur Treppe und verabschiedete sich knapp. Erstaunt über seine plötzliche Wesensveränderung, dachte Micaela nicht länger an ihren schlimmsten Albtraum, Carlo Molina.

***

Nachdem Carlo wie gewohnt die Runde durch seine Lokale gemacht hatte, kehrte er ins *Carmesí* zurück, sein Hauptquartier. Ohne aufzublicken eilte er grußlos durch den Salon. Sonia versuchte, sich auf ihn zu stürzen, aber er scheuchte sie weg wie eine lästige Fliege. Mit großen Schritten ging er nach oben in sein Büro, wo er sich etwas zu trinken einschenkte und die Unterlagen auf seinem Schreibtisch durchsah. Dann ging er in den Nebenraum, der genauso eingerichtet war wie der Rest des Bordells. Er warf sich auf den Diwan und schloss die Augen. Micaela kam ihm in den Sinn, und ein boshaftes Lächeln erschien auf seinen Lippen.

»Du, Micaela Urtiaga«, sagte er laut, »wirst für alles zahlen, was dein Bruder mir angetan hat.«

Er ließ noch einmal die Szene vom Nachmittag Revue passieren. Wie er sie gedemütigt hatte! Vom ersten Moment an hatte er mit ihr gespielt. Noch einmal sah er ihre Überraschung und Verzweiflung vor sich, nachdem er ihr klargemacht hatte, dass er den Aufenthaltsort ihres Bruders kannte und von ihren Plänen wusste, ihn mit nach Europa zu nehmen. Cabecita und Mudo hatten ganze Arbeit geleistet und sie und Urtiaga nicht aus den Augen gelassen. Wie naiv von ihnen, zu glauben, sie könnten ihn abschütteln!

Er war versucht gewesen, sie einfach zu nehmen. Von heftigem Verlangen getrieben, hatte er sich beherrschen müssen, um sie nicht auf den Boden zu werfen und über sie herzufallen. Weshalb hatte er es nicht getan, wo es doch der beste Weg gewesen wäre, Urtiagas Schuld zu sühnen? Die einzige Antwort, die ihm in den Sinn kam, machte ihn wütend. Er sprang auf und ging im Zimmer auf und ab, um sich zu beruhigen. Als die Aufregung verflogen war, konzentrierte er sich wieder auf seinen Triumph: Vier Monate lang würde die beste Opernsängerin der Welt in seinem Bordell Tangos singen. Er konnte es immer noch nicht fassen, dass Micaela tatsächlich darauf eingegangen war. Er musste zugeben, dass sie eine starke Frau war; das bewies die aufrechte Haltung, mit der sie ihm am Nachmittag entgegengetreten war. Ein unerklärliches Gefühl des Stolzes erfüllte ihn, und erneut überkam ihn irrsinnige Lust auf sie.

Sonia öffnete die Tür und kam ins Zimmer.

»Zieh dich aus«, befahl Molina, und die Frau gehorchte widerspruchslos.

11. Kapitel

Langsam fand Micaela aus ihrer Traurigkeit heraus. Zum einen, weil sie Cheia die Wahrheit über Molina und Gastón anvertrauen konnte, zum anderen wegen der Ankunft von Moreschi. Als sich die Gelegenheit ergab, erzählte sie ihrem Lehrer dasselbe wie Cheia. Moreschi verstand nicht gleich; er glaubte zuerst, sie scherze. Als er begriff, dass sie die Wahrheit sagte, wurde er blass und bekam einen Hustenanfall. Dann brüllte und tobte er, bis er schließlich, den Tränen nah, auf ein Sofa sank.

»Mein wertvollster Schatz!«, rief er. »Meine geliebte Meisterschülerin! Mein Mädchen! Mein kleines Mädchen in den Fängen eines ... eines ...«

Mamá Cheia brachte ihm rasch einen Kamillentee, und Micaela versuchte, beruhigend auf ihn einzureden. Aber es schien alles vergebens, der Mann war untröstlich.

»Und ich hatte Pläne, dass du im Teatro Colón singst«, klagte er. »*Ahimè! Che mai sarà?* Tangos in einem Bordell!«

Micaela bat ihn, leiser zu sprechen. Otilia hatte ihre Ohren überall. Sie bereute es, ihm die Wahrheit gesagt zu haben. Aber sie musste der Tatsache ins Auge sehen, dass es ohne Mitwisser unmöglich sein würde, im *Carmesí* aufzutreten. Sie war auf die Hilfe von Cheia, Moreschi und Pascualito angewiesen, vor allem, um sie während ihrer Abwesenheit zu decken.

Zu Micaelas Erleichterung traf sie während der Proben nicht mit Molina zusammen. Maestro Cacciaguida war auch weiterhin äußerst zuvorkommend, freundlich und respektvoll. Der Rest der

Truppe war nicht so wohlerzogen wie der Kapellmeister, aber sie waren keine schlechten Menschen. Sie sprachen wie Cabecita dieses Kauderwelsch, das sie kaum verstand; sie staunten über ihren musikalischen Sachverstand und wunderten sich, wie folgsam Cacciaguida auf ihre Vorschläge einging.

Nach nur einer Woche Proben hatte Micaela unzählige Dinge verändert. Sie veranlasste, dass das Podest an einer anderen Stelle aufgebaut wurde, wo die Akustik, die im ganzen Saal ziemlich bescheiden war, besser war. Sie ließ die Schalltrichter von den Geigen abnehmen und erreichte so, dass die *pizzicati* und *glissandi* besser klangen und deutlicher zu hören waren. Der Bandoneonspieler beherrschte sein Instrument meisterhaft, und da sie sich in dieser Materie nicht sonderlich auskannte, hielt sie sich hier zurück. Dank ihrer wandlungsfähigen Stimme fiel es ihr nicht schwer, den weichen, melodischen Tonfall des Tangos nachzuahmen. Gemeinsam mit Cacciaguida besuchte sie ein Lokal im Stadtviertel Palermo, wo an diesem Abend besagter Carlos Gardel auftrat. Es war eine Kaschemme der übelsten Sorte, in dem es von lichtscheuem Gesindel und Huren nur so wimmelte. Zuerst versetzte sie das Ambiente in Panik, doch dann verzauberte sie die tiefe Stimme des Sängers und ließ sie die Umgebung vergessen.

Micaela fragte sich nicht länger, ob das alles ein böser Traum war. Sie hatte sich mit ihren baldigen Auftritten im *Carmesí* abgefunden und ging genauso zu den Proben, wie sie es an den großen Opernhäusern Europas getan hatte. Aber es gab auch Momente, in denen sie verzweifelte. Die Situation war einfach grotesk und erschien ihr so unwirklich. Das konnte ihr doch nicht passieren! In solchen Augenblicken waren Cheia und Moreschi ein großer Rückhalt. Gerührt von Micaelas Geschwisterliebe, warfen sie ihr längst nicht mehr vor, dass sie auf den unglückseligen Handel mit Molina eingegangen war.

Micaela war froh, dass Gastón auch weiterhin außerhalb der

Stadt weilte. Wenn sie Molina erst einmal das Versprechen abgenommen hatte, dass er ihren Bruder in Zukunft in Ruhe ließ, würde sie ihn bitten, zurückzukommen. Sie wollte ihn aus der ganzen Sache heraushalten. Wenn ihr Bruder davon erfuhr, würde er vielleicht zu Molina gehen und ihn zu einem Messerkampf herausfordern. Und Micaela hatte nicht den geringsten Zweifel, wer dabei gewinnen würde.

Am Tag der Vorstellung brachte Pascualito sie vor Einbruch der Dunkelheit zu dem Bordell. Sprachlos betrachteten die beiden das riesige Plakat an der Tür: »Heute Abend singt für Sie: Marlene«.

»Ach, Fräulein Urtiaga!«, rief der Chauffeur. »In was sind wir da nur hereingeraten!«

Micaela antwortete nicht. Pascualito versprach, die ganze Nacht im Lokal zu bleiben, um auf sie aufzupassen. Micaela war ihm von Herzen dankbar dafür, auch wenn sie sicher war, dass von dem Chauffeur nichts übrig bleiben würde, wenn dieser Mudo ihn auch nur mit dem Finger antippte.

Am Eingang wurde sie von Cabecita erwartet. Er brachte sie zur Garderobe im ersten Stock, einem Raum, der eher lang war als breit, mit mehreren schlecht beleuchteten Frisiertischen, Kleiderstangen voller Kostüme und halbnackten Frauen, die sich gerade schminkten. Als Micaela eintrat, verstummten schlagartig alle Gespräche. Ungeniert und misstrauisch musterten die Mädchen sie von oben bis unten. Ein schwuchteliger Kerl, den sie schon ein paarmal bei den Proben gesehen hatte und der von allen Tuli genannt wurde, hieß sie willkommen.

»Na sieh mal einer an, was für ein hübsches Ding!«, rief er und kam hüftenschwingend und wild mit den Händen gestikulierend auf sie zu. Er führte sie zu einem Spiegel und zwang sie, sich zu betrachten.

»Seht mal her, Mädels! Habt ihr schon mal so ein hübsches Gesichtchen gesehen?« Die Antwort waren Buhrufe und Beleidigungen. »Achte nicht auf sie, Liebchen. Sie kommen fast um vor Neid. Keine ist so schön wie du. Nimm dich in Acht, sie sind wie brünstige Löwinnen.«

Tuli war für die Kleider, das Make-up und die Frisuren der Huren zuständig. Aber in seiner Begeisterung für die Neue waren die anderen vergessen, und er widmete sich ausschließlich Micaela. Er betrachtete sie lange und eingehend, studierte ihr Gesicht und streichelte ihre Wangen. Er hüllte sie in Kleider in unterschiedlichen Farben und lachte begeistert, als er feststellte, dass ihr alles stand. Er hob ihr Haar zu einem Chignon und probierte auch, es offen zu lassen.

Als die Tür aufging, erstarrten die Frauen. Sie waren es nicht gewohnt, dass ihr Chef in die Garderobe kam. Der Mann trat schweigend ein, blieb vor Micaela stehen und schob Tuli beiseite. Er fasste sie am Kinn und sah sie durchdringend an. Beschämt und hilflos blickte Micaela zur Seite. Sie zitterte.

»Setz ihr eine schwarze Perücke auf«, wies er Tuli an.

»Ja, Carlo, ganz wie du willst.«

»Und viel Schminke, mit falschen Wimpern.«

»Ja, Carlo.«

»Sie soll wie eine Hure aussehen«, setzte Molina hinzu.

Micaela drehte den Kopf, stand auf und sah ihn herausfordernd an. Tuli und die Huren hielten den Atem an. Molina fasste sie erneut am Kinn und lächelte spöttisch, während er mit dem Daumen über das Muttermal neben ihrem Mundwinkel strich.

»Und betone dieses Muttermal, Tuli.« Dann drehte er sich um und ging.

Micaela senkte den Blick, der in Tränen schwamm. Tuli nötigte sie, wieder Platz zu nehmen. Während er leise auf sie einredete, steckte er ihr Haar fest und befestigte eine schwarze Perücke mit langen Locken darüber. Er schminkte sie auffällig: Das Gesicht wurde weiß gepudert und hellblauer Lidschatten aufgetragen; er betonte das Muttermal am Mund, klebte ihr falsche Wimpern an und malte die Lippen feuerrot aus. Das Ergebnis war verstörend: Sie erkannte sich selbst im Spiegel nicht wieder.

Die Kleidung war nicht weniger skandalös und extravagant: ein roter Hosenrock, den Tuli *jupe-culotte* nannte, der an den Hüften eng anlag und ihre Kurven betonte, und darüber eine durchsichtige, tief ausgeschnittene Bluse. Trotz ihrer Aufmachung hob sich Micaela durch ihre natürliche Eleganz, ihre Größe und ihren anmutigen Gang von den Übrigen ab. Tuli war begeistert und überschüttete sie mit Komplimenten.

»Wenn ich mich für Frauen interessierte«, sagte er, »würde ich mich unsterblich in dich verlieben.«

Bei diesem Geständnis konnte Micaela nicht anders, als sich geschmeichelt zu fühlen. Außerdem war sie dankbar, weil Tuli in dieser feindseligen Atmosphäre im Gegensatz zu den anderen freundlich und wohlwollend zu ihr war.

»Der Einzige, für den du dich erwärmst, ist doch Carlo Molina!«, grölte eine ältere Hure.

»Jawoll!«, bekräftigten die anderen unter lautem Gelächter.

»Edelmira sagt die Wahrheit!«, rief eine andere.

Tuli machte ein langes Gesicht und sagte zu Micaela: »Die Mädchen haben recht. Ich bin verrückt nach diesem wilden Hengst, aber für ihn bin ich gar nicht vorhanden.«

»Carlo Molina hat nur Augen für mich«, beteuerte Sonia, die bislang geschwiegen hatte. »Damit das klar ist, Marlene: Carlo ist mein Kerl, und wer es wagt, ihn anzusehen, dem hacke ich die Augen aus.« Sie fuchtelte mit einem spitzen Kamm vor ihr herum.

»Raus hier, du Verrückte!«, schimpfte Tuli. »Merkst du nicht, dass du sie erschreckst?«

Sonia ging, um sich fertigzuschminken. Jemand rief, sie sollten sich beeilen, die ersten Kunden träfen bereits ein. Es entstand ein wildes Durcheinander, bevor sich die Garderobe leerte. Micaela wäre es lieber gewesen, wenn dieser Haufen keifender, vulgärer Frauen noch geblieben wäre. Die Stille machte ihr mehr zu schaffen als die Huren. Sie fühlte sich einsam und verlassen. »Was mache ich hier nur?«, fragte sie sich. Sie dachte an ihren Bruder. In diesem Augenblick wusste sie nicht, ob sie ihn liebte oder hasste. Wie auch immer, sie hatte eine Abmachung mit Molina, und sie hatte vor, sie zu erfüllen.

***

Cabecita kam, um sie abzuholen. Nervöser als bei ihrer ersten Oper ging sie langsam die Treppe hinunter und klammerte sich am Geländer fest. Der Saal war voller Menschen, aber so sehr sie auch suchte, sie konnte Molina nicht in der Menge entdecken.

Cacciaguida führte sie zur Bühne und machte die Ansage. Ein paar angetrunkene Gäste riefen ihr Obszönitäten zu, verstummten jedoch rasch, als die Instrumente erklangen. Micaela hatte das Gefühl, dass sie keinen Ton herausbringen würde, doch als der Kapellmeister ihr den Einsatz gab, erfüllte ihre Stimme trotz der schlechten Akustik den ganzen Saal.

> *Als meine Liebste mich verließ,*
> *stieß sie ein Messer mir ins Herz*
> *nach Zeiten voller Glück.*
> *Eine grausame Wunde war*
> *alles, was blieb.*
> *Gebrochen blieb ich zurück.*

Sie sang aus tiefster Seele, voller Sehnsucht und Schmerz, wie es der Text des Tangos verlangte. Immer wieder ging es um verlorene Liebe, Betrug und die Einsamkeit der Nacht. Traurigkeit war der gemeinsame Nenner. Sie entfaltete ihr ganzes Können, ihre Stimme schwang sich in die höchsten Höhen und verlieh der Melodie eine bittere, schwermütige Klangfarbe. Als das Lied zu Ende war, war es totenstill im Bordell. Ihr Blick verschwamm, ihre Kehle war trocken und ihre Hände waren eiskalt. Hatte sie versagt?

Tuli, der am Fuß der Treppe stand, rief als Erster »Bravo!« und klatschte begeistert. Der Rest des Publikums tat es ihm nach, bis schließlich der Saal tobte. Cacciaguida erhob sich strahlend vom Klavier und trat neben sie, um den Applaus entgegenzunehmen.

Molina stand auf der Empore, halb in der Dunkelheit verborgen, und beobachtete die Szene mit äußerster Aufmerksamkeit. Sein ernster Gesichtsausdruck war einschüchternd; seine dunklen, unergründlichen Augen waren auf Micaela gerichtet. Bei diesem Blick hätte es selbst der Teufel mit der Angst bekommen. Carlo Molina sah ganz und gar nicht begeistert aus.

Am nächsten Abend fühlte sich Micaela sicherer. Der erste Auftritt war ein Erfolg gewesen. Cacciaguida und die Musiker hatten ihr überschwänglich gratuliert, Tuli hatte sie umarmt und geherzt wie ein alter Freund; in der Garderobe fanden die Frauen freundliche Worte für sie, mit Ausnahme von Sonia, die ihr wütende Blicke zuwarf. Sie wusste ganz genau, dass Marlene die Frau war, die Molina vor kurzem einen Besuch abgestattet hatte. Und Sonia war nicht dumm: Sie merkte, dass Carlo seit dieser Begegnung anders zu ihr war. »Ich muss mich vor diesem Mädchen in Acht nehmen. Oder besser gesagt, sie sich vor mir«, dachte sie.

Micaela betrat erneut die Bühne und ließ die zweideutigen Bemerkungen und die begehrlichen Blicke der Gäste über sich ergehen. Vergeblich hielt sie in der Menge Ausschau nach Molina und fragte sich, wo er wohl sein mochte. Doch dann vergaß sie ihn, das Publikum und seine Obszönitäten und begann zu singen. Sie sang das komplette Repertoire, und das war nicht viel. Es gab nur wenige Tangos mit Text. Die meisten davon hatte Carmelo, der Geiger, geschrieben, indem er sich zu bekannten Melodien einen Text ausdachte. Das Publikum verlangte immer mehr, und irgendwann gingen ihnen die Stücke aus. Die Gäste schienen ganz vergessen zu haben, dass man im *Carmesí* auch tanzen, trinken, spielen und sich mit den Huren vergnügen konnte. Schließlich kündigte Cacciaguida das letzte Stück an, und die Leute gaben sich zufrieden.

Unter Jubel und Applaus verließ Micaela die Bühne. Mudo folgte ihr und hinderte die Leute daran, sie anzufassen, wie Molina ihm aufgetragen hatte. Der Weg schien kein Ende zu nehmen. Sie wollte nur noch die Treppe erreichen und in der Garderobe verschwinden. Wie am Abend zuvor würde Tuli sie mit einer Tasse Kaffee und dem Morgenmantel erwarten. Es waren nur noch wenige Schritte bis zum Ziel, als jemand sie grob am Arm packte. Sie drehte sich um und betrachtete die Hand, die sie festhielt. Sie erkannte sie sofort: Es war Molina.

»Lassen Sie mich los!«, forderte sie und versuchte, sich loszureißen.

Molina lächelte spöttisch, als er ihren Unwillen bemerkte, und packte sie noch fester, wohl wissend, dass er ihr weh tat.

»Kapellmeister, Musik!«, rief er. Dann sagte er: »Tanz mit mir, Marlene. Ich bringe es dir bei.«

Die Gäste waren verstummt und beobachteten die Auseinandersetzung. Die Huren dachten, dass Marlene verrückt sein müsste, einen Mann wie Carlo zurückzuweisen. Sonia, totenbleich, versuchte, ihn dazu zu bringen, mit ihr zu tanzen, aber Molina stieß sie einfach weg. Die Frau rannte die Treppe hinauf, während sie mühsam die Tränen zurückhielt.

»Bitte, Señor Molina«, versuchte Cacciaguida zu vermitteln. »Das verehrte Fräulein möchte nicht tanzen ...«

»Seien Sie still und spielen Sie!«, blaffte Molina.

»Lassen Sie mich los!«, beharrte Micaela. »Das ist nicht Teil der Abmachung!«

Molina brach in schallendes Gelächter aus, das sie erstarren ließ. Erschreckt fragte sie sich, in was sie da hineingeraten war. Hatte sie wirklich geglaubt, dass dieser Halunke sein Wort halten würde, weil sie eine anständige Frau war? Was für eine Illusion!

»Marlene«, sagte Molina, »ich weiß, dass das nichts mit unserer Abmachung zu tun hat. Ich will Tango mit dir tanzen, und ich werde Tango mit dir tanzen.«

»Aber ich will nicht, dass Sie mich anfassen. Lassen Sie mich los! Ich möchte nicht tanzen.«

»Musik!«, befahl Molina, ein wenig ungehalten.

Als die ersten Takte von *El Entrerriano* erklangen und klarwurde, dass Molina seinen Willen durchsetzen würde, riss Micaela sich los und ohrfeigte ihn. Die Musik hörte augenblicklich auf, und die Stimmen und das Gelächter verstummten. Micaela hatte immer noch die Hand erhoben und betrachtete sie entsetzt. Mit schmalen Augen und zusammengepresstem Kiefer wandte Carlo langsam den Kopf, bis er ihrem verängstigten Blick begegnete. Micaela dachte, sie müsse noch in dieser Nacht sterben, als Molina ein Messer aus dem Stiefel zog, sie brutal packte und mit einer raschen Bewegung ihren Rock an der Rückseite aufschlitzte, so dass ihre Beine zu sehen waren.

»Damit du dich besser bewegen kannst«, sagte er und steckte das Messer wieder weg.

Er fasste sie um die Taille und schleifte sie in die Mitte des Saals. Mit drohender Stimme verlangte er zum vierten Mal nach Musik. *El Entrerriano* erklang, eine schnelle Melodie, Molinas Lieblingslied. Er bewegte sich wie kein anderer, und obwohl

Micaela sich sträubte, war sein Tanz harmonisch, voller Drehungen und Schnörkel. Er führte sie meisterhaft und schaffte es, ihr seinen Willen aufzuzwingen, obwohl sie steif blieb wie ein Stock.

»Entweder wir schmiegen uns aneinander, oder wir treten uns auf die Füße, Kleines.« Er presste sie noch fester an sich. »Ich bringe es dir bei.«

Du bringst es mir bei?, dachte Micaela bei sich und wagte zum ersten Mal zu lächeln. Sie legte ihre Hand auf seinen Rücken, entspannte sich und vollführte eine Reihe geschmeidiger, sinnlicher Schritte. Ihre Füße flogen förmlich dahin, und ihre Beine, von jeder Fessel befreit, waren für alle Augen zu sehen. Vielleicht noch deutlicher als er stellte sie ihr Können unter Beweis und machte ihm, getrieben von Stolz und Rachgier, klar, dass er ihr nichts beizubringen brauchte.

Carlo staunte. Doch dann gab er sich wieder völlig dem Tanz hin, um mit dem Rhythmus mitzuhalten. Er war hingerissen von Micaelas katzenhaften, fließenden Bewegungen, während sich ihre Hüften an seinen Oberschenkeln rieben und ihre flinken Füße geschickt den seinen auswichen, als hätten sie es seit Jahren geübt. Sie war eine einzige Versuchung. War das das feine Fräulein, das er kennengelernt hatte, das höhere Töchterlein, das ihn angesehen hatte, als ob er ein Stück Dreck wäre? Die Hüften des Mädchens wogten unter seinen Händen, ihre Beine verschränkten sich mit seinen.

Als der Tango zu Ende war, bemerkte Micaela, dass nur sie beide tanzten. Die anderen standen um sie herum und schauten ihnen gebannt zu. Man sah nicht oft eine solche Anmut.

Der Zauber des Moments war verflogen. Beschämt versuchte Micaela, sich den Händen zu entwinden, die sie umfasst hielten, doch Molina ließ sie nicht los. Er zog sie ganz fest an sich, bis er spüren konnte, wie sich ihre Brust hob und senkte. Ihr stolzer Hochmut, der keine Spur von Angst erkennen ließ, erregte ihn.

»Du bist wirklich immer wieder für eine Überraschung gut, Micaela! Verdammt, das bist du!« Dann ließ er sie los.

Sie trat ein paar Schritte zurück, wobei sie den Schlitz in ihrem Rock zusammenraffte, um ihre Beine zu verhüllen. Als sie sich umdrehte, wurde ihr noch stärker bewusst, dass alle sie anstarrten. Beschämt sah sie zu Boden. Im ersten Stock angekommen, hörte sie, wie Molina erneut lautstark nach Musik verlangte.

Als sie in die Garderobe kam, stürzte sich Sonia auf sie wie eine Furie. Tuli begann laut zu schreien. Weil er nicht wusste, was er machen sollte, beschloss er, Hilfe zu holen. Aber auf dem Weg zur Tür sah er einen Kleiderbügel und schlug damit auf den Rücken der Hure ein. Doch diese reagierte nicht. Sonia hatte Micaela zu Boden gerissen. Sie zog ihre Rivalin an den Haaren und schlug ihren Kopf gegen den Fußboden.

»Ich hab's dir gesagt, lass die Finger von ihm!«, schrie sie. »Molina gehört mir! Ich hab's dir gesagt!«

Micaela war kurz davor, das Bewusstsein zu verlieren. Sie hörte Sonias Stimme kaum noch, und die Bilder um sie herum begannen zu verschwimmen. Das aufdringliche Parfüm der Frau verursachte ihr Übelkeit.

Tuli ließ den Kleiderbügel fallen und sah sich verzweifelt nach etwas Schlagkräftigerem um. Mit zitternden Händen riss er die Nelken aus einem Tonkrug und warf sie auf den Boden. Dann ging er auf Sonia zu, die Blumenvase über den Kopf erhoben, und zerschmetterte diese nach kurzem Zögern auf ihrem Schädel. Sonia kreischte auf und brach ohnmächtig zusammen. Eine Prostituierte kam herein und betrachtete fassungslos die Szene. Tuli kniete neben Micaela und befreite ihr Gesicht von Tonscherben.

»Mach schon, Flora!«, drängte Tuli. »Steh nicht hier herum und halte Maulaffen feil! Geh und hol Carlo!«

Ohne ein Wort stürzte die Frau aus der Garderobe.

»Meine arme, kleine Marlene«, sagte Tuli mitleidig. Er legte ihren Kopf in seinen Schoß, nahm ein Tuch vom Frisiertisch und wischte das Blut weg, das ihr aus der Nase lief.

Molina erschien in der Tür, gefolgt von Mudo, Cabecita und einigen Mädchen.

»Komm rein, Carlo!«, bat Tuli. »Sonia hätte sie beinahe umgebracht.«

Carlo wies seine Männer an, sich um Sonia zu kümmern, die sich auf dem Boden wand und zusammenhangloses Zeug brabbelte. Dann schob er Tuli beiseite, hob Micaela hoch und trug sie auf seinen Armen über die Empore zu seinem Zimmer, wo er sie auf den Diwan legte.

»Hol Riechsalz und Watte!«, befahl er Tuli. Dann tupfte er ihr mit seinem Taschentuch das Blut ab. Er nahm ein Kissen, schob es ihr in den Nacken und bog ihren Kopf nach hinten, um die Blutung zu stoppen. Er hielt kurz inne, als er Sonia im Nachbarzimmer toben und schreien hörte. Tuli kehrte zurück und stellte das Riechsalz und die Watte neben dem Sofa ab. Mit verweinten Augen hielt er Micaelas Hand und küsste sie ein ums andere Mal.

»Meine arme, kleine Marlene!«, sagte er immer wieder. »So wunderschön und so talentiert! Sonia, diese Furie, hätte sie beinahe umgebracht. Sie ist ein herzloses Flittchen! Und das alles nur, weil sie Tango mit dir getanzt hat! Und wie gut sie war! Ich habe noch nie eine Frau so tanzen gesehen. Ach, hoffentlich ist ihr nichts passiert!«

Der Jammerei überdrüssig, schickte Carlo ihn aus dem Zimmer, und Tuli gehorchte widerstrebend. Die Watte stoppte schließlich die Blutung, und das Riechsalz brachte Micaela wieder zur Besinnung. Carlo half ihr, sich aufzusetzen, und wies sie an, den Kopf in den Nacken zu legen. Micaela sah nur verschwommen, sie erkannte Molina nur undeutlich, und die Geräusche hallten in ihrem Kopf wider.

»Keine Angst«, sagte er. »Sonia wird dir nichts mehr tun.«

Als er sich überzeugt hatte, dass Micaela sicher auf dem Nachhauseweg war, machte sich Molina auf die Suche nach Sonia. Er ging in sein Büro und zerrte sie grob vom Sofa hoch.

»Bist du verrückt geworden?«, brüllte er und schleuderte sie zu Boden. »Was zum Teufel ist in dich gefahren?« Er erhob die Hand, um sie zu ohrfeigen, beherrschte sich aber dann.

»Warum hast du mit ihr getanzt? Ich hab ihr gesagt, sie soll die Finger von dir lassen! Du gehörst mir!«

»Wie bitte? Ich gehöre keinem, verstanden? Keinem! Schon gar nicht einer irren Furie wie dir!«

»Wie kannst du mich so behandeln? Du und ich, wir sind ...«

»Was, du und ich? Was? Nichts ist mit dir und mir«, erklärte Molina.

Sonia begann zu schluchzen.

»Aber ich liebe dich doch, Carlo! Bitte, ich flehe dich an!« Sie kniete vor ihm nieder.

»Los, steh auf! Mach mir keine Szene, ich bin nicht in der Stimmung dazu!«

Sonia begann derart zu brüllen, dass er zusammenzuckte. Ihr Gesicht war feuerrot, und die Augen traten beinahe aus ihren Höhlen.

»Ich werde nicht zulassen, dass dieses Flittchen mir meinen Kerl wegnimmt! Verstehst du? Ich werde sie vernichten, in Stücke reißen, umbringen werde ich sie, aber niemals, hörst du, niemals werde ich zulassen, dass sie dich kriegt.«

»Ab heute«, sagte Carlo und richtete seinen Zeigefinger auf sie, »wirst du in dem Bordell in San Telmo arbeiten. Ich will dich im *Carmesí* nicht mehr sehen. Und damit das klar ist: Wenn Marlene irgendetwas passiert, Sonia, ein Kratzer oder was auch immer, mache ich dich dafür verantwortlich. Und dann wird niemand verhindern können, dass ich dich grün und blau schlage. Hast du verstanden, oder muss ich es noch mal sagen?«

Er fasste sie am Kinn und sah sie durchdringend an. Sonia versuchte den Kopf zu senken, aber Molina hielt sie fest.

»Was sagst du, Sonia?«

Die Frau schluckte die Tränen herunter und murmelte mit zusammengebissenen Zähnen eine Antwort.

12. Kapitel

Am schwierigsten war es, sich von zu Hause wegzuschleichen, ohne Verdacht zu erregen. Die Tage, an denen sie im *Carmesí* sang, waren immer die Hölle, bis sie endlich allen Verpflichtungen und indiskreten Fragen entgangen war und sich mit Pascualito auf den Weg machte.

Mamá Cheia blieb mit bangem Herzen zurück. Sie betete den Rosenkranz und fragte sich, ob das, was Micaela da tat, Sünde war. Sie machte sich Vorwürfe, weil sie sicher war, dass sie Micaela, stur wie sie war, niemals dazu würde bringen können, bei Padre Miguel zu beichten. Erstaunlicherweise war Maestro Moreschi am ruhigsten. Trotz seiner Angst, sie in einer so gefährlichen Umgebung zu wissen, nahm er die Situation einfach hin. Er beschaffte ihr Alibis und erfand gemeinsame Abendeinladungen, die ihn dann zwangen, sich stundenlang ohne Ziel in der Stadt herumzutreiben. Aber er hatte auch etliche Bekannte und Freunde in Buenos Aires, darunter einen Freund aus Jugendtagen, Luigi Mancinelli. Dieser war Direktor eines großen italienischen Opernensembles, das sich auf Südamerikatournee befand und im Teatro Colón seinen wichtigsten Auftritt hatte. Alessandro und er planten den nächsten Auftritt der »Göttlichen«, obwohl Moreschi wusste, dass sein Schützling in den nächsten vier Monaten nur Tangos singen würde.

Micaela wiederum gab sich fröhlich und zuversichtlich. Obwohl die Situation sie sehr belastete, wollte sie sich ihren Kummer nicht anmerken lassen. Seltsame, widersprüchliche Gefühle machten ihr zu schaffen. An den Tagen, an denen sie sang, quälte sie eine unerklärliche Ungeduld, eine starke Sehnsucht, die genau im Gegensatz zu dem stand, was sie eigentlich empfinden sollte. Es war ein neues Gefühl, das sie weder auf den berühmtesten Opernbühnen noch bei dem tosendsten Applaus empfunden hatte. Die Sache mit Molina beschäftigte und verwirrte sie so sehr, dass sie über ihr eigenes Verhalten erstaunt war, war sie doch sonst nur schwer zu erschüttern, besonnen und ruhig.

Mit der Zeit gewöhnte sie sich daran, Molina nie im Publikum zu sehen. Sie hielt in den dunkelsten Ecken und auf der schummrigen Empore nach ihm Ausschau, aber sie entdeckte ihn nie. Doch sobald sie die Bühne verließ, erschien er wie aus dem Nichts und zog sie zur Tanzfläche. Augenblicklich stimmten Cacciaguida und die Musiker einen der Lieblingstangos des Chefs an. In Micaelas Kopf begann sich alles zu drehen, genau wie ihr Körper in seinen Armen, und obwohl der Tanz mehr einem Kampf glich, bei dem jeder von beiden unter Beweis stellen wollte, wer das Sagen hatte, verriet jeder ihrer Schritte Harmonie und Ästhetik.

»Irgendwann demnächst komme ich mal mit«, sagte Moreschi. »*Carmesí* heißt das Lokal, nicht wahr?«

»Sind Sie verrückt geworden, Maestro? Kommt gar nicht in Frage! Ich verbiete es Ihnen!«

»Warum?«, wollte Moreschi wissen. »Du weißt doch, ich tanze gerne Tango und auch ziemlich gut. Ich habe Lust zu tanzen. Ich denke gerne daran zurück, wie ich mit Marlene und dir in dem kleinen Bistro im Charonne getanzt habe.«

»Oder in dem Lokal in der Rue Fontaine«, ergänzte Micaela wehmütig. »Das mochte Marlene am liebsten.«

»Marlene war so eine gute Tänzerin! Ach, ich habe solche Lust, mal wieder zu tanzen!«

»Verstehen Sie nicht, dass es gefährlich ist, sich dort zu zeigen?«, kam Micaela zum Thema zurück. »Nein, auf keinen Fall! Sie bleiben hier.«

»Ehrlich gesagt, gibt es noch einen anderen Grund neben dem Tango. Ich möchte diesen Mann kennenlernen, Carlo Molina.«

»Wozu? Ich habe Ihnen alles erzählt, was Sie über ihn wissen müssen.«

»Ich glaube nicht, dass du alles über ihn weißt. Ich habe das Gefühl, dass hinter diesem Mann noch mehr steckt. Findest du nicht, dass diese Situation absurd und unlogisch ist? Du singst Tangos in einem Bordell, um die Schulden deines Bruders zu begleichen? Das ergibt keinen Sinn.«

»Dieser Gedanke quält mich Tag und Nacht. Ja, es stimmt, das ist mir auch schon aufgefallen.«

»Und jetzt diese Besessenheit, mit dir zu tanzen«, setzte Moreschi hinzu. »Warum? Wozu? Nur um dich zu demütigen und zu erniedrigen?«

»Worauf wollen Sie hinaus, Maestro?«

»Auf gar nichts. Ich stelle mir lediglich Fragen und finde keine Antworten. Und das alles wegen ein paar Spielschulden? Das fällt mir schwer zu glauben. Wir sprechen hier von einem Mann, für den solche Dinge alltäglich sind.«

»Da können Sie sicher sein«, bestätigte Micaela.

»Dieser Mann hat ständig mit Leuten zu tun, die ihm etwas schuldig sind. Ich schätze mal, dass das Geld an den Spieltischen nur so strömt und mehr als einer das *Carmesí* ruiniert verlässt. Ist er hinter jedem Schuldner derart hinterher? Was will Carlo Molina wirklich?«

Micaela versuchte vergeblich, eine Antwort auf Moreschis Fragen zu finden. Alle Vermutungen blieben konfus und ohne Logik. Sie hatte das Gefühl, dass die Beweggründe des Mannes Wut und Rache waren, vielleicht auch der Wunsch, sie zu demütigen. Die Art, wie er sie in die Arme nahm, wie er sie ansah, seine

Grobheit manchmal, seine vor Ironie triefenden Sätze: kein Zweifel, Molina war ein zutiefst wütender Mann.

Knapp einen Monat später erhielt Micaela Nachrichten von Gastón, die sie beunruhigten. Ihr Bruder hatte das Landgut in Azul verlassen und war mit einer Clique von Freunden nach Alta Gracia gefahren, einer Stadt in der Provinz Córdoba. Bald erfuhr sie den Grund für seine überraschende Abreise. Eloy erzählte ihr, dass dort kürzlich ein Casino eröffnet habe, ganz in der Nähe des *Sierras*, des vornehmsten Hotels am Platze. Bei dem Gedanken, ihr Bruder könne erneut seinem Laster verfallen, sank Micaela in sich zusammen. Eloy, ganz Gentleman, versuchte, ihr Mut zu machen. Er schenkte ihr einen Likör ein und nahm ihre kalten Hände in seine.

»Was bedrückt Sie, Fräulein Urtiaga? Ich merke seit einiger Zeit, dass Sie nicht mehr dieselbe sind.«

Überzeugt, dass sie sich auf Eloys Diskretion verlassen konnte, erwog sie, ihm die Wahrheit zu erzählen. Zudem hatte sie das Gefühl, dass er ihr ein großer Halt sein könnte. Dennoch bewahrte sie Stillschweigen.

In der Garderobe schwatzten die Frauen durcheinander und klagten über ihre Sorgen. Micaela saß etwas abseits und hörte ihnen aufmerksam zu, die so unkultiviert und grob sprachen. Genau wie bei Cabecita und den Musikern verstand sie nicht viel, obwohl sie sich allmählich an diese Sprache der Gauner und Huren gewöhnte.

Die Frauen beachteten sie gar nicht. Nur Tuli unterhielt sich mit ihr und schwärmte von ihrer Schönheit und ihren Gesangskünsten. Er widmete ihr viel Zeit, doch trotz dieser Ungleichbehandlung reklamierten die anderen ihn nicht für sich. Hinter ihrer scheinbaren Gleichgültigkeit verbargen sich in Wirklichkeit Bewunderung und Respekt, was nicht nur auf ihren wunderbaren Gesang zurückzuführen war, sondern auf die Überzeugung, dass sie Molinas neue Frau sei. In gewisser Weise waren sie ihr dankbar, weil sie es geschafft hatte, Sonia aus dem *Carmesí* zu vertreiben. Sie hatten ihre Überheblichkeit und ihre herablassende Art nie ausstehen können.

»Man könnte fast meinen, dem Mudo hätte der ›Zungensammler‹ die Zunge rausgeschnitten«, bemerkte eins der jüngeren Mädchen.

Micaela blickte auf und war kurz davor zu fragen, wer denn der ›Zungensammler‹ sei.

»Ach was!«, antwortete eine andere. »Vorgestern Nacht kam er an, und er hat mir die Zunge in den Hals gesteckt, dass ich fast erstickt wäre. Ich kann dir schwören, er hatte 'ne Zunge!«

»Du bist mit ihm ins Bett gegangen?«, wollte die Älteste von ihnen wissen.

»Was sollte ich machen? Er hat Kohle dafür rausgerückt. Nicht grade die Welt, aber ich hab mich nicht getraut, mich zu beschweren.«

»Ich dachte, Mudo kann nicht reden, weil er keine Zunge hat. Angeblich hat sie ihm einer mit dem Messer rausgeschnitten.«

»Jetzt hör schon auf! Ich sag's dir, er hat eine, und zwar eine wirklich große«, beteuerte die andere. »Wenn er das Maul nicht aufmacht, dann deshalb, weil er nichts zu sagen hat.«

»Angeblich ist Carlo der Einzige, mit dem er redet, aber ich hab sie noch nie dabei gesehen.«

»Ich hab ja eher den Eindruck, dass Mudo selbst der ›Zungensammler‹ ist …«, sagte ein neues Mädchen, das normalerweise schwieg.

»Was sagst du da, Mabel?«, fragten die anderen wie aus einem Munde.

»Ach, ich weiß nicht! Dieser Mann ist mir unheimlich. Ich geh ihm aus dem Weg. Immer wenn ich ihn sehe, mach ich mir ins Hemd.«

»Dann solltest du besser Windeln tragen, Schätzchen. Du wirst ihm hier nämlich ständig über'n Weg laufen.«

Die anderen begannen zu lachen, und Micaela wendete sich ab, um ihr Grinsen zu verbergen. Tuli kam dazu und wollte wissen, was der Grund für die allgemeine Heiterkeit sei.

»Wir haben über Mudo gesprochen«, antwortete Mabel, die Neue. »Hast du 'ne Ahnung, ob er von Geburt an stumm ist?«

»Nein, ist er nicht«, sagte Tuli. »Habt ihr die Narbe an seinem Hals gesehen? Die hat ihm vor langer Zeit ein Landsmann aus Palermo beigebracht, und seither ist er stumm. Carlo hat ihm damals das Leben gerettet und den Kerl umgelegt, der ihn so zugerichtet hat. Seither ist Carlo für Mudo wie ein Gott. Er ist ihm treuer ergeben als ein Hund. Manche behaupten, sie hätten ihn mit Carlo reden gehört, mit einer hässlichen, krächzenden Stimme.«

»Tuli?«, rief Micaela, als die Mädchen gegangen waren.

»Ja, Prinzessin?«

»Kann ich dich was fragen?«

»Natürlich, Prinzessin! Sie wissen doch, dass ich Ihr treu ergebener Diener bin. Fragen Sie nur.«

»Was ist das für eine Sache mit diesem ›Zungensammler‹? So hieß es doch? ›Zungensammler‹?«

»Ach, meine Liebe! Das ist eine Sache, die uns allen sehr zu schaffen machte. Hast du's nicht in der Zeitung gelesen?«

»Nein, ich lese keine Zeitungen. Worum geht es?«, fragte sie.

»Er ist ein Prostituiertenmörder. Er schlitzt ihnen die Kehle auf und schneidet ihnen die Zunge raus.« Micaela sah ihn entsetzt an. »Ja, meine Liebe. Wer weiß, was diesen Mann umtreibt, dass er so was tut. Er hat schon etliche umgebracht, ich weiß gar nicht, wie viele.«

»Weiß man schon mehr? Ich meine, weiß die Polizei schon was?«

»Die Bullen wissen gar nichts. Es gibt nicht mal eine heiße Spur. Der Mann scheint sehr vorsichtig zu sein. In der Zeitung stand, dass er wie ein Chirurg arbeitet. Er trennt die Zunge ganz sorgfältig heraus. Das Erschreckendste ist, dass er die Zungen mitnimmt. Die Polizei hat keine davon gefunden.«

Micaela schauderte es. Solange sie unter all diesen Prostituierten verkehrte, konnte sie leicht das nächste Opfer des ›Zungensammlers‹ werden. Dann wurde aus der Angst Wut: Das alles hatte sie Gastón zu verdanken, der in diesem Moment in Alta Gracia erneut sein Geld aus dem Fenster warf. Tuli bemerkte ihre Bestürzung und versuchte, sie zu beruhigen.

»Marlene, Schätzchen, du brauchst keine Angst zu haben. Du nicht. Molina passt auf dich auf, als ob du aus Gold wärst. Er wird nicht zulassen, dass dir jemand auch nur ein Haar krümmt. Du bist jetzt *sein* Mädchen.«

»Wie bitte?« Micaela sprang auf. »*Sein* Mädchen? Ich bin niemandes Mädchen! Niemandes! Hast du verstanden?«

Tuli wich einen Schritt zurück. Dieser Wutausbruch der sonst stets zurückhaltenden, ruhigen jungen Frau überraschte ihn. Er sah sie verwundert an. Nur eine Verrückte konnte einen Mann wie Carlo zurückweisen. Er hatte Geld und war ein guter Kerl.

Micaela begriff, dass sie mit ihrem Ausbruch genau den Falschen getroffen hatte. Neben Cacciaguida war Tuli der Einzige, der sie freundlich und respektvoll behandelte. Sie fasste sich wieder und entschuldigte sich bei ihm.

»Warum hast du gesagt, dass ich Molinas Mädchen bin?«, wollte sie wissen.

»Na ja, alle denken das.«

»Alle?«, fragte Micaela entsetzt.

»Er sieht dich an, als wollte er dich gleich auffressen«, setzte

Tuli hinzu. »Er tanzt nur mit dir und gestattet nicht, dass ein anderer dich zum Tanzen auffordert.«

»Und deshalb glaubst du, dass ich sein Mädchen bin? Merk dir eins, Tuli: Ich bin weder Molinas noch sonst jemandes Mädchen. Sag es allen: Micae... Marlene gehört niemandem.«

Tuli verschwand, und sie blieb zurück, um sich zu Ende zu frisieren.

»Er wird nicht zulassen, dass dir jemand auch nur ein Haar krümmt. Du bist jetzt sein Mädchen.« Wenn es Molinas Ziel war, sie zu demütigen: Das hatte er bei Gott erreicht!

Als sie die Garderobe verließ, war sie fest gewillt, ihm keinen weiteren Tango zu gewähren. Kein Wunder, dass die Leute auf dumme Gedanken kamen, wenn sie sie so tanzen sahen. Sie schämte sich, wenn sie daran dachte, wie Molinas Hände ihre Taille umfasst hielten.

In den Salon passte keine Stecknadel mehr. Marlene war mittlerweile über die Grenzen von La Boca hinaus bekannt, und das Publikum kam aus anderen Stadtvierteln herbeigeströmt, um ihre Stimme zu hören und ihre Schönheit zu bewundern. Wie jeden Abend wurde sie von Mudo begleitet, der sie vor allzu aufdringlichen Gästen schützte. Micaela warf einen flüchtigen Blick auf das abstoßende Gesicht ihres Leibwächters und dachte an Mabels Bemerkung. Vielleicht wäre sie sicherer, wenn dieser Mann nicht in ihrer Nähe war. Mochte sein, dass er nicht der ›Zungensammler‹ war, aber wie ein Heiliger sah er auch nicht aus.

Seit der ersten Vorstellung war ihr Repertoire beträchtlich gewachsen. Carmelo, Cacciaguida und Micaela hatten hart gearbeitet und neue Tangos arrangiert. Es waren eigene Bearbeitungen, die dem Publikum gefielen, obwohl sie etliche anrüchige, gewagte Textstellen abgeändert hatten. Aber der traurige, schwermütige und melancholische Grundton war erhalten geblieben.

Als sie die Bühne betrat, begannen die Männer zu applaudieren. Einige warfen ihr Nelken zu, andere riefen ihr zweideutige Bemerkungen zu. Sie nahm die Gunstbezeigungen mit einem Lächeln entgegen und ignorierte jene, die ihr zu nahe traten. Leidenschaftlich gab sie sich dem Tango hin, verloren in einer Traumwelt, zu der sie nur Zutritt hatte, solange sie sang. Sie sang *La morocha*, eine der besten Nummern des Programms.

> *Ich bin die dunkle Schönheit*
> *voller Anmut,*
> *umschwärmt*
> *von der ganzen Stadt.*
> *Ich bin es, die im ersten Morgenlicht*
> *dem Liebsten*
> *den Mate reicht ...*
> *Ich bin die dunkle Schönheit Argentiniens,*
> *die kein Bedauern kennt*
> *und fröhlich durchs Leben geht*
> *mit ihrem Gesang ...*

Das Publikum lauschte ihr verzückt und zollte ihr Anerkennung und Bewunderung.

Molina erschien, als Micaela den letzten Tango sang. Er kam durch den Haupteingang und blieb dort stehen, um ihr zuzusehen. Obwohl er weit von der Bühne entfernt war, zog er sie mit seinem intensiven Blick an, und augenblicklich schwand ihre Sicherheit. Als der Auftritt vorbei war, verließ sie rasch die Bühne, um ihm zu entkommen. Doch am Fuß der Treppe trat Mudo ihr in den Weg, und Carlo packte sie von hinten. Sie versuchte, ihn unauffällig abzuschütteln. Sie überlegte, ihn erneut zu ohrfeigen und ihm ein paar unangenehme Wahrheiten entgegenzuschleudern, aber als sie sich umblickte und feststellte, dass mehrere hundert Augenpaare auf sie und Molina gerichtet waren, zog sie es vor, keine Szene zu machen und zu tanzen.

Als sie das *Carmesí* später in der Nacht verließ, war sie wütend auf sich selbst. Sie war entschlossen gewesen, nicht mit ihm zu tanzen, und war doch in seinen Armen gelandet, hatte sich ihm hingegeben wie eines der leichten Mädchen. Sie trat aus dem Bordell in die kalte Winternacht, hüllte sich in ihr Cape und ging zum Wagen, wo Pascualito auf sie wartete. Die leere, dunkle Straße machte ihr Angst, und sie musste wieder an die Geschichte vom ›Zungensammler‹ denken.

Das Motorengeräusch eines Autos, das um die Ecke bog, ließ sie zusammenschrecken. Sie blickte dem Wagen hinterher. Er hielt an der nächsten Kreuzung, und eine schmächtige Gestalt stieg aus und verschwand in einem Haus. Da ihr der Wagen und der Mann vertraut vorkamen, blieb Micaela neugierig auf dem Gehsteig stehen. Nach kurzer Zeit kam der Mann in Begleitung einer Frau wieder heraus. Sie stiegen in den Wagen und fuhren rasch davon.

»Warum stehen Sie hier herum? Sehen Sie nicht, dass das gefährlich ist?«, warf ihr Pascualito vor, während er den Wagenschlag öffnete und sie zum Einsteigen aufforderte.

»Entschuldige, du hast recht. Aber ich habe gerade dieses Auto gesehen, das da drüben an der Kreuzung hielt. Hast du es auch gesehen? Es kam mir irgendwie bekannt vor.«

»Ja, ich hab's gesehen«, bestätigte der Chauffeur. »Es war ein Daimler Benz, genau so einer, wie Doktor Cáceres ihn fährt. Deshalb ist er Ihnen wohl bekannt vorgekommen.«

»Hast du den Fahrer erkennen können, Pascualito?«

»Nein, Fräulein Micaela, diese Straße ist stockduster wie ein Höllenschlund.«

»Mir schien es, als ob es der Diener von Señor Cáceres war. Wie hieß er noch gleich?«

Bevor Pascualito antworten konnte, schrie Micaela entsetzt auf, als eine dunkle Gestalt vor dem Wagenfenster auftauchte.

»Nicht erschrecken, Fräulein Marlene! Nicht erschrecken! Ich bin's, Cabecita!«

Micaela brauchte einige Sekunden, um sich wieder zu fangen, bevor sie ihn ungnädig fragte, was er wolle.

»Der Boss lässt Ihnen ausrichten, dass er Sie heute Nacht in seinem Wagen nach Hause bringen wird. Pascualito, du fährst uns hinterher.«

Es klang so entschieden, dass Micaela keine Einwände machte. Vielmehr wollte sie die Gelegenheit nutzen, um Molina darum zu bitten, Gastón zurückkehren zu lassen. Sie würde ihm das Versprechen abnehmen, dass er ihn in Ruhe ließ. Auch wenn sie dem Wort eines Zuhälters nicht traute, hatte sie im Moment keine andere Wahl.

Micaela stieg in den Wagen. Kurz darauf erschien Molina und setzte sich neben sie auf den Rücksitz. Mudo fuhr, Cabecita saß auf dem Beifahrersitz.

Sie betrachtete Molina aus dem Augenwinkel und war erneut überrascht, wie attraktiv er war. Er trug einen breitkrempigen Hut, so dass seine Augen kaum zu erkennen waren. Sein kantiger Kiefer war angespannt, während er Mudo Anweisungen gab. Er erinnerte sie an den bengalischen Tiger, den sie vor einiger Zeit im Pariser Zoo gesehen hatte: wunderschön, faszinierend, mit geschmeidigen, unglaublich kraftvollen Bewegungen, aber zugleich angsteinflößend, bösartig und tödlich.

»Warum schaust du mich so an?«, fragte er.

»Ich möchte Sie um zwei Dinge bitten«, sagte Micaela rasch, um seiner Frage auszuweichen, die so schwer zu beantworten war.

»Ich glaube nicht, dass du in der Position bist, mich um etwas zu bitten. Aber eingedenk des Umstands, dass meine Einnahmen kräftig gestiegen sind, seit du im *Carmesí* singst, gestehe ich dir zu, dass du mich um zwei Gefälligkeiten bittest.«

»Zuerst möchte ich Sie bitten, dass Sie meinem Bruder erlauben, nach Buenos Aires zurückzukommen.«

»Ich halte deinen Bruder nicht davon ab, nach Buenos Aires zurückzukommen. Er kann tun und lassen, was er will.«

»Señor Molina, bitte! Machen Sie sich nicht über mich lustig.«

»Ich mache mich nicht über dich lustig, Marlene.«

Eine Weile sprach keiner der beiden. Plötzlich sagte er: »Sag deinem Bruder, er soll nicht noch mehr Geld in Alta Gracia verjubeln und zurückkommen.«

»Versprechen Sie mir, dass Sie ihm nichts tun werden?«

»Wenn ich wollte, wäre dein Bruder längst tot.«

»Nein, bitte sagen Sie das nicht mal im Scherz!«

Molina sah wütend in eine andere Richtung. »Du glaubst mir nicht«, stellte er nach einer Weile fest. »Du bist sicher, dass ich mein Versprechen nicht halten werde.«

Micaela konnte und wollte nicht zustimmen. Sie glaubte, so etwas wie Traurigkeit in seinem Gesicht zu sehen.

»Du sagtest, du wolltest mich um zwei Gefälligkeiten bitten. Was ist die andere?«

»Ich möchte Sie bitten, mich nicht mehr zum Tangotanzen zu nötigen.«

»Zu nötigen? Ich finde nicht, dass ich dich nötige, mit mir zu tanzen. Du wirkst sehr glücklich dabei. Du tanzt auf eine Art und Weise, wie ich es noch nie zuvor gesehen habe. Dein ganzer Körper genießt es, wenn du mit mir tanzt.«

»Wie können Sie es wagen, mich so zu behandeln? Warum liegt Ihnen nach allem, was ich für Sie tue, so viel daran, mich auch noch zu demütigen?« Micaela nahm ein Taschentuch aus ihrer Handtasche. »Ist Ihnen nicht klar, dass ich meine Karriere aufs Spiel setze? Mein ganzes Leben?«

»Warum willst du nicht mehr tanzen?«

»Die Leute reden, und ich will mich nicht noch mehr in Verruf bringen, als ich es sowieso schon bin.«

»Ach ja? Was reden die Leute denn?«

Micaela würde sich eher die Zunge abbeißen, als diese Frage zu beantworten.

»Dass du mein Mädchen bist?«

In der Dunkelkeit des Wagens konnte Molina nicht sehen, wie blass sie wurde. Sie spürte, wie sich ihr Magen zusammenzog, und versuchte vergeblich, etwas zu erwidern.

»Es ist so, dass ich immer nur mit meinem jeweiligen Mädchen tanze. Deshalb reden die Leute. Sie kennen meine Gewohnheiten.«

Angesichts dieser Unverfrorenheit überlegte Micaela, ob sie ihm etwas über den Schädel ziehen sollte.

»Gut, Señor Molina«, sagte sie schließlich. »Ich verstehe, dass das *Ihre* Gewohnheit ist. Aber da es nicht meine ist, lassen wir es besser dabei, damit die Leute uns nicht falsch verstehen.«

Molina fasste sie um die Taille und zog sie an sich.

»Es wäre doch keine schlechte Idee, wenn die Leute recht hätten, findest du nicht, Marlene?«

Micaela wollte losschreien und ihn beschimpfen, aber sie konnte nicht. Sie war einfach sprachlos. Molinas Lippen berührten beinahe die ihren, seine Nasenspitze streifte ihre Wange, und seine Hand im Nacken hinderte sie daran, sich zu bewegen. Auch als der Wagen anhielt, verharrte sie wie erstarrt in seinen Armen.

Schließlich sagte sie einigermaßen gefasst: »Täuschen Sie sich nicht, Señor Molina. Auch wenn ich diese Kleider trage und mich so schminke, bin ich immer noch die anständigste Frau, die Sie je kannten. Und jetzt nehmen Sie Ihre Hände von mir weg!«

Carlo gehorchte, ohne zu zögern.

Cheia öffnete ihr die Hintertür, die zu den Gesinderäumen und in die Küche führte. Micaela, noch völlig verstört von dem Erlebnis mit Molina, taumelte herein. Sie bat um einen starken Kamillentee mit viel Zucker.

»Was hast du denn, mein Herzchen? Du bist ja ganz blass«, fragte die schwarze Amme. »Deine Hände sind eiskalt!«

Micaela erzählte ihr von den unerfreulichen Vorkommnissen, hütete sich aber, ihre widersprüchlichen Gefühle zu erwähnen. Cheia jedoch war ihr überhaupt keine Hilfe. Micaela hatte in ihr eine Freundin gesucht, doch plötzlich überkam sie das dringende Bedürfnis, allein zu sein. Sie verabschiedete sich von ihr und ging niedergeschlagen hinaus.

In der Stille des Schlafzimmers fühlte sie sich sicher und geborgen. Es gab so viele Dinge, die ihr zu schaffen machten. Sie wünschte so sehr, die vier Monate wären endlich vorüber und sie könnte nach Paris zurück. Sie hatte Sehnsucht nach Paris; es gab keinen besseren Ort. Marlene war nicht länger eine schmerzliche Erinnerung, sie war zu einer Ratgeberin geworden, einem Trost.

»Was soll ich nur machen, Marlene?«, fragte sie laut. »Was soll ich nur machen?«

Sie stellte sich vor, wie die Nonne sie frei heraus bitten würde, von diesem Molina zu erzählen. Sie lächelte, sicher, dass sie als Erstes gefragt hätte, ob er gut aussah. Micaela hätte sie verschmitzt angesehen, und nach einer Weile hätte sie gesagt: »Oh, ja! Er ist der schönste Mann, den du je gesehen hast.« Neugierig wie ein Schulmädchen, hätte Marlene mehr erfahren wollen: wie er sprach, wie er sich bewegte, wie er sie ansah. Und es hätte ihr gefallen, dass er Tango tanzte wie kein Zweiter.

***

Nachdem Micaela durch die Hintertür verschwunden war, gab Molina Mudo Anweisung, ihn zum *Carmesí* zurückzufahren. Aber noch bevor sie die erste Kreuzung erreicht hatten, änderte er seine Meinung und befahl ihm, ihn nach Hause zu bringen. Mudo und Cabecita sahen sich nur an, ohne etwas zu sagen oder Fragen zu stellen.

Carlo hatte bald seine Umgebung vergessen und hing seinen Gedanken nach. Er wusste nicht, ob er die Erinnerung an diesen Abend angenehm oder ärgerlich finden sollte. Doch gleich darauf lehnte er sich im Sitz zurück, räusperte sich und fuhr sich mit den Händen übers Gesicht, um diesem Zustand zu entkommen, der ihm einen schlechten Streich spielte. Er ermahnte sich selbst, seine Pläne nicht aus den Augen zu verlieren. Was das betraf, konnte er sich als Sieger fühlen, auch wenn der letzte Schlag noch fehlte, um die Demütigung von Señorita Urtiaga komplett zu machen.

Mudo sagte wie immer keinen Ton, aber Cabecita, der für zwei redete, hielt das Schweigen nicht länger aus.

»He, Carlo«, begann er, »hast du 'ne Ahnung, woher die so gut Tango tanzen kann?«

Carlo sah ihn verwirrt an.

»Wovon redest du?«

»Von Marlene. Weißt du, wo sie so tanzen gelernt hat? Das Vögelchen bewegt sich wie Zucker.«

»Nein«, antwortete Molina knapp.

»Sollen wir's rausfinden?«

»Nein. Tut nur, was ich euch gesagt habe: Tag und Nacht beschatten und nicht aus den Augen lassen.«

»Geht in Ordnung«, erklärte Cabecita, und Mudo nickte dazu.

»Was hat sie gestern gemacht?«

»Sie war den ganzen Vormittag zu Hause und hat diese komischen Lieder gesungen.«

»Das sind Opernarien, du Dummkopf«, korrigierte ihn Carlo.
»Ja, genau.«
»Woher weißt du, dass sie gesungen hat?«
»Weil ich mich von hinten in den Garten geschlichen hab, und da hab ich sie hinter einem Fenster im Erdgeschoss gesehen. Die hat vielleicht ein Organ! Noch kräftiger, als wenn sie Tango singt. Man konnte sie durchs Fenster hören. Später ist dieser Bubi gekommen, und sie hat den ganzen Nachmittag mit ihm verbracht.«
»Welcher Bubi?«, fragte Carlo alarmiert.
»Dieser Eloy Cáceres. Eine unglaubliche Lusche, zu fein zum Laufen. Verweichlicht wie ein Weib. Bah!«
Carlos Miene verdüsterte sich, und eine irrsinnige Eifersucht überkam ihn.

13. Kapitel

Micaela schlief sehr unruhig und wurde immer wieder wach. Trotzdem stand sie früh auf und beschloss, gemeinsam mit ihrem Vater zu frühstücken. Otilia frühstückte zum Glück immer im Bett.

Mamá Cheia erschien nicht, um ihr beim Ankleiden und Frisieren zu helfen, was ihr merkwürdig vorkam. Als sie das Esszimmer betrat, erwartete sie eine Überraschung: Da saß Gastón und unterhielt sich angeregt mit seinem Vater und der Amme.

»Jetzt verstehe ich, warum du heute morgen nicht aufgetaucht bist«, sagte Micaela. »Der verlorene Sohn ist gekommen, und da hast du deine treue Tochter vergessen.«

Cheia lächelte selig. Gastón kam ihr entgegen, um sie zu begrüßen. Die Geschwister umarmten sich herzlich und wechselten ein paar freundliche Worte. Micaela erkundigte sich, wann er angekommen sei.

»Gestern Abend. Du warst nicht da. Man sagte mir, du seist mit Moreschi ausgegangen.«

Micaela murmelte ein paar Worte vor sich hin und setzte sich dann an den Tisch.

»Guten Morgen, Papa«, sagte sie zur Begrüßung.

Wenig später stieß Moreschi zu ihnen, der sich für die Verspätung entschuldigte. Rafael Urtiaga begrüßte ihn sehr freundlich und bat das Hausmädchen, ihm unverzüglich das Frühstück zu servieren.

Gastón berichtete von seiner Reise, und Micaela, die wusste, dass ihr Bruder alle interessanten Dinge ausklammern würde, hing ihren eigenen Gedanken nach. Das Erste, was ihr in den Sinn kam, war, dass sie Molina letzte Nacht gebeten hatte, ihrem Bruder nichts anzutun. Sie war überzeugt, solange sie sich an die Abmachungen hielt, würde Molina das Gleiche tun.

Den restlichen Vormittag verbrachten Micaela und Moreschi im Musiksalon mit Arien und Stimmübungen. In einer Pause erzählte der Lehrer ihr von seiner Idee, mit Mancinellis Opernensemble im Teatro Colón aufzutreten. Micaela wollte nichts davon wissen und erklärte, dass sie schon längst nach Paris zurückgekehrt wäre, hätte es die Abmachung mit Molina nicht gegeben. Sie versicherte, dass die Erinnerung an Marlene nicht mehr so schmerze wie früher und dass sie bereit sei, zurückzukehren.

»Ich verlange ja nicht von dir, dass du für immer in Buenos Aires bleibst. Das würde ich nie von dir erwarten. Aber du hast die großartige Möglichkeit, in einem hervorragenden Opernhaus zu singen. Ich war neulich dort, und es ist phantastisch. Ich würde zu behaupten wagen, dass es die beste Akustik von allen Opernhäusern hat, die ich kenne.« Micaela war erstaunt. »Ja, da bin ich ganz sicher«, bekräftigte Moreschi. »Außerdem kannst du deine Landsleute nicht so vor den Kopf stoßen. Du bist seit über drei Monaten in Buenos Aires und hast nicht einmal für deine Familie gesungen. Es heißt, du seist eine launische Diva, die nur für die Europäer singt.«

»Das stimmt nicht!«, wehrte sie sich. »Wenn ich nicht gesungen habe, dann deshalb, weil ich nicht in der Verfassung dazu war. Es käme mir nie in den Sinn, auf meine Landsleute herabzusehen.«

Micaela hatte damit gerechnet, dass die Leute so reden könnten. Sie war nicht überrascht, aber es ärgerte sie, dass man eine so boshafte Erklärung für ihr Verhalten fand.

»Man sieht, die Menschen hier in Buenos Aires sind sehr empfindlich. Sie wollen dich in ihrem neuen Theater sehen. Außerdem ist es nicht gut, wenn sie sich ein derart falsches Bild von dir machen. Es reicht ja schon, dass deine Kollegen in Europa dich für eine arbeitsbesessene Tyrannin halten.«

»Oh, vielen Dank!«, sagte Micaela beleidigt.

Der Maestro und seine Schülerin diskutierten weiter das Für und Wider eines verlängerten Aufenthalts in Buenos Aires. Schließlich ließ sich Micaela von Moreschis Argumenten überzeugen und willigte ein. Allerdings stellte sie eine ganze Reihe von Forderungen, auf die Mancinelli ohne weiteres eingehen würde, wenn er dafür »die Göttliche« in seinem Ensemble haben konnte, da war Moreschi sich sicher.

Begeistert von dem neuen Projekt, hatten sie eigentlich vorgehabt, rasch etwas zu Mittag zu essen und dann weiterzuproben, aber Cheia teilte ihnen mit, dass Señor Urtiaga mit ihnen speisen wolle.

»In letzter Zeit proben Sie und meine Tochter den ganzen Tag, Maestro«, bemerkte Otilia. »Studieren Sie eine neue Oper ein?«

Micaela bedachte sie mit einem wütenden Blick und hätte ihr am liebsten das Weinglas ins Gesicht geschüttet. Am meisten störte sie das »meine Tochter«.

»Ja, Señora«, antwortete Moreschi. »Entschuldigen Sie, wenn wir Sie mit unseren Proben gestört haben.«

»Aber ganz und gar nicht!«, wehrte Rafael ab. »Meine Tochter und Sie haben völlige Freiheit, zu tun und zu lassen, was Sie wollen. Dies ist mein Haus, hier entscheide ich.«

Voller Genugtuung über das Machtwort ihres Vaters erzählte Micaela ihm, dass ein Freund ihres Lehrers, Luigi Mancinelli, mit seinem Opernensemble auf Südamerikatournee sei und ihr angeboten habe, in den kommenden Monaten im Teatro Colón zu singen. Sie habe bereits zugesagt. Urtiaga freute sich aufrichtig, nicht nur, weil seine Tochter im größten Theater der Stadt auftreten würde, sondern auch, weil Micaela so offen und mitteilsam war.

»Ich dachte, du wolltest nicht in Buenos Aires singen«, sagte Gastón.

»Zuerst schon, aber jetzt habe ich große Lust dazu.«

Ihr Vater stand auf und erhob sein Glas auf den Erfolg seiner Tochter. Dann gab er ihr einen Kuss auf die Stirn, ohne sich darum zu kümmern, ob es ihr passte oder nicht. Micaela war überrumpelt und blieb für eine ganze Weile sprachlos.

»Das muss gefeiert werden!«, schlug Gastón vor. »Veranstalten wir ein Fest!«

»Ja!«, bekräftigte Rafael. »Und meine geliebte Tochter singt für uns alle.«

Während des weiteren Essens wurden Pläne für das Fest geschmiedet, das Otilia zufolge *das* gesellschaftliche Ereignis des Jahres sein sollte.

An diesem Abend musste sich Micaela nicht aus dem Haus schleichen. Sie aß in Ruhe mit ihrer Familie zu Abend und saß noch eine Weile mit ihnen im Rauchsalon. Gastón und Moreschi spielten Karten, Cheia saß etwas abseits und nähte, ihr Vater las *La Prensa* und Otilia *Haus und Heim*, ihre wöchentliche Zeitschrift mit Klatsch und Tratsch aus der Gesellschaft.

Das Gläschen Cognac, das sie getrunken hatte, und die sanfte Musik aus dem Grammophon machten sie schläfrig. Sie schloss die Augen und fragte sich, was Molina wohl gerade machte. Vielleicht tanzte er Tango mit einem der Mädchen; sie glaubte ihm nicht, dass er nur mit einer tanzte. Sicher hatte er eine Frau an jeder Straßenecke.

Sie wurde von Otilia aus ihren Gedanken gerissen, die mit

ihrem Mann zankte, weil er Zeitung las und ihr nicht zuhörte. Dieser würdigte sie nicht einmal eines Blickes, sondern kommentierte stattdessen eine Meldung, die ihn erschüttert hatte.

»Schon wieder dieser bestialische Mörder! Dieser ›Zungensammler‹.«

Micaela schreckte hoch.

»Was ist diesmal passiert?«, fragte Gastón. »Läuft dieser Kerl immer noch frei herum?«

»Heute Nacht hat er eine weitere Prostituierte ermordet«, erklärte ihr Vater.

»Rafael, ich bitte dich!«, rief Otilia dazwischen. »Nimm nicht dieses Wort in den Mund!«

»Was soll ich denn sonst sagen? Wenn er eine Prostituierte ermordet hat, dann hat er halt eine Prostituierte ermordet. Es ist noch nicht lange her, da hat dieser furchtbare Kindsmörder sein Unwesen getrieben«, setzte Urtiaga hinzu. »Und jetzt das.«

»Ein Kindsmörder?«, wollte Micaela wissen.

Ihr Vater erzählte ihr von dem Jugendlichen, der vor zwei Jahren drei kleine Kinder ermordet hatte, vielleicht sogar vier, und etliche andere überfallen hatte. Wegen seines affenähnlichen Aussehens und seiner riesigen Ohren wurde er »der Zwerg mit den Segelohren« genannt, obwohl sein wahrer Name Cayetano Santos Godina war. Er hatte seine Verbrechen gestanden, ohne Reue zu zeigen, und saß mittlerweile in einer Irrenanstalt ein. Urtiaga ging nicht auf die grausamen Details der Morde ein, um sie nicht noch weiter zu verschrecken.

»Wie du siehst, Micaela«, bemerkte Otilia, »kommen wir in dieser Stadt nicht zur Ruhe. Kaum sind wir diesen abscheulichen Kerl los, taucht auch schon der nächste Irre auf, der leichte Mädchen ermordet. Aber wenn man es positiv sehen will«, setzte sie hinzu, »befreit dieser Zungensammler die Stadt vielleicht von diesem Gelichter, diesen Flittchen und Bordsteinschwalben.«

Alle sahen sie mit unverhohlener Missbilligung an. Micaela stand auf und verließ den Raum.

***

Am nächsten Tag suchte sie das Gespräch mit ihrem Bruder. Sie gab sich alle Mühe, ihm ernstlich ins Gewissen zu reden und dabei doch sanft und freundlich zu bleiben. Wenn sie ihn angriff, würde er nur auf Abstand gehen, und das wäre noch schlimmer. Aber sie erntete nur Gelächter und Scherze, die sie beinahe zur Weißglut brachten.

Die ganze Familie war mit den Festvorbereitungen beschäftigt. Gastón war mehr mit Worten als mit Taten bei der Sache, aber immerhin kümmerte er sich um den Druck der Einladungskarten und andere Kleinigkeiten. Micaela und Moreschi konzentrierten sich auf den eigentlichen Anlass des Festes: die Arien, die sie vortragen sollte. Mancinelli, der ganz aus dem Häuschen war, weil »die Göttliche« mit seinem Ensemble auftreten würde, versprach zu helfen. So erklärte er sich einverstanden, dass sein bester Mezzosopran mit Micaela ein Duett sang.

Neben einer sorgfältig zusammengestellten Auswahl an Titeln kamen sie überein, dass sie die wichtigsten Passagen aus der Oper singen sollte, die sie im September im Teatro Colón geben würde: *Lakmé* von Leo Delibes, eine von Micaelas Lieblingsopern, die sie schon lange einmal singen wollte. Obwohl Mancinelli die Oper eigentlich nicht im Programm hatte, war er sofort einverstanden und machte sich gleich daran, die nötigen Bühnenbilder, Kostüme und Partituren zu beschaffen.

Micaela fühlte sich ganz besonders zu dieser Oper hingezogen. Die Arie im zweiten Akt – *Où va la jeune Hindoue*, auch als »Glöckchenarie« bekannt – wurde als obligatorisches Stück im Repertoire jeder Sopranistin angesehen und war insbesondere dafür bekannt, dass es eine Stelle gab, die bis zum hohen F reichte. Trotz der Schwierigkeit und der harten Arbeit, die es bedeutete, hatte Moreschi keinen Zweifel, dass seine Schülerin die Arie besser singen würde als jede andere.

***

In Erwartung des großen Festes wurde Micaelas Zerrissenheit noch stärker. Einerseits war sie *die* Sopranistin, gefeiert von Europas Adel und Königen; andererseits eine Tangosängerin, bewundert von Huren und Gaunern. Der Kontrast hätte nicht größer sein können.

An diesem Abend führte sie mit Hilfe von Moreschi und Cheia die gewohnte Komödie auf und fuhr dann zu Molinas Bordell. An der Tür wurde sie von Cabecita erwartet, der sie wie immer freundlich begrüßte. Mudo, schweigsam und unbewegt wie üblich, sah sie nur respektvoll an und brachte sie dann in den ersten Stock. Bevor sie nach oben ging, kamen Cacciaguida und die Musiker zu ihr und erkundigten sich nach den Liedern, die sie an diesem Abend singen wollte. In der Garderobe wurde sie dann von Tuli empfangen, der begeistert in die Hände klatschte und sie mit Komplimenten überschüttete. Er umarmte sie, und auch einige der Mädchen grüßten und lächelten ihr zu. Molina tauchte nicht auf. Dabei hätte sie es gerne gehabt, wenn er gesehen hätte, wie herzlich sie empfangen wurde. Sie war stolz darauf, dass Menschen, die nicht aus ihren Kreisen kamen, gerne mit ihr zusammen waren. In gewisser Weise gefiel es ihr, hier zu sein und im Mittelpunkt zu stehen.

In der Garderobe unterhielten sich die Mädchen besorgt über das jüngste Verbrechen des »Zungensammlers«.

»Immer die Ruhe, Mädels«, sagte Edelmira, die Älteste. »Uns wird nichts passieren. Carlo passt gut auf uns auf.«

Die anderen pflichteten ihr bei, und Micaela staunte, wie viel Achtung und Zuneigung die Frauen ihrem Chef entgegenbrachten. Sie hatte gedacht, sie würden ihn hassen, doch ganz im Gegenteil: Sie bewunderten ihn und hätten mit Sicherheit alles dafür gegeben, mit ihm Tango zu tanzen.

»Was ist denn mit der kleinen Polaquita los?«, fragte Tuli, als er eines der Mädchen, das normalerweise immer munter und fröhlich war, todunglücklich in einer Ecke sitzen sah.

»Ich hab's ihr gesagt!«, rief Edelmira. »Hab ich's dir nicht gesagt, Polaquita? Das stimmt doch, oder?«

Das Mädchen, das nicht älter als sechzehn war, blond und blauäugig, aber mit groben Gesichtszügen, sah sie nur aus verheulten Augen an und antwortete nicht.

»Aber was hat sie denn, wenn man das mal erfahren dürfte?«, hakte Tuli nach.

»Das dumme Ding hat sich in einen Freier verliebt!«

Als sie das hörten, redeten sämtliche Huren wild durcheinander, bis Tuli sie zum Schweigen brachte.

»In wen hast du dich verliebt, Polaca?«

»Na, in wen wohl?«, kam Edelmira ihr zuvor. »In diesen feinen Urtiaga.«

Micaela erstarrte, als sie den Namen ihres Bruders hörte.

»Und weil Molina ihm mit dem Tod gedroht hat, traut sich das Kerlchen nicht mehr her. Und da sitzt das Schätzchen jetzt wie ein Häuflein Elend!«

Eine andere Frau erkundigte sich, was denn der Grund für die Drohung gegen Urtiaga sei.

»Also, angeblich …«, begann Edelmira. Micaela hätte gern gehört, was sie zu sagen hatte, aber sie wurde jäh unterbrochen, als Cabecita in die Garderobe kam und sie anherrschte, sie sollten sich gefälligst beeilen.

Die Huren machten sich fertig und gingen hinaus, während

Micaela voller Sorge zurückblieb. Sie versuchte, Tuli über Polaquitas Schwarm auszuquetschen, aber der konnte oder wollte nichts sagen.

Sie verließ die Garderobe und ging ins Erdgeschoss hinunter. Auf der Empore sah sie Polaquita mit einem Mann in einem der Zimmer verschwinden. Trotz der Küsse und Liebkosungen des Gastes wirkte das Mädchen immer noch traurig und abwesend. Es tat ihr im Herzen weh, wenn sie daran dachte, dass ihr Bruder mit seiner Gedankenlosigkeit und Gleichgültigkeit so viel Kummer verursacht hatte. Das Mädchen tat ihr leid, aber sie wusste, dass sie ihr nicht helfen konnte.

Es beruhigte sie, dass Molina nicht zu sehen war. Nach der Szene im Auto hatte sie keine Lust, ihm über den Weg zu laufen. Beschämt und wütend, wie sie war, würde sie überreagieren, falls er wieder zu weit gehen sollte. Sie sang vor einem großen Publikum. Mit der Zeit wurde sie zunehmend sicherer; ihre Stimme klang weicher und aufreizender, und ihre Vorstellung machte die Männer schier verrückt. Noch bevor sie den letzten Tango anstimmte, wartete Molina bereits auf sie. Sie blitzte ihn wütend an, aber er tippte lediglich an die Hutkrempe und schenkte ihr ein Lächeln.

Sie hatte ursprünglich vorgehabt, *La Payanca* zu singen, doch nun wandte sich Micaela an das Orchester und bat darum, eine neue Melodie anzustimmen, die sie kaum geprobt hatten. Cacciaguida und seine Musiker sahen sich verwirrt an, aber nach kurzem Zögern begannen sie zu spielen. Micaela warf Carlo Molina einen vernichtenden Blick zu und sang dann mit einem provozierenden, abfälligen Lächeln.

> *Wohin so eilig,*
> *schöner Herr?*
> *Gewiss in jenes Café,*

> *zu deiner heißgeliebten Sonia*
> *in ihrem Kleid aus Chiné.*
> *Wohin gehst du*
> *mit verwegenem Hut und Pomade im Haar,*
> *wohin gehst du*
> *tänzelnden Schrittes gar?*
> *Durch die Straßen, geputzt und adrett*
> *Schühchen kaufen,*
> *für unser Menuett.*

Als der Tango zu Ende war, drückte Molina die Zigarette aus, ging zur Bühne und reichte ihr die Hand, um ihr vom Podest zu helfen. Begeistert von dieser galanten Geste, verlangte das Publikum lautstark einen Tanz. Ein Gast wies Cacciaguida an, *El Sanducero* zu spielen, ein anderer schob die Leute zur Seite, um Platz zu schaffen.

»Da siehst du es«, sagte Carlo. »Ich bin nur gekommen, um dir von der Bühne zu helfen, und schon fordern uns alle zum Tanzen auf. Uns bleibt nichts anderes übrig.«

Micaela ergriff seine Hand und stieg von der Bühne. Ihr war bewusst, dass sie ihn mit ihrem Lied verärgert hatte und dass sie nun die Konsequenzen tragen musste. Molina fasste sie um die Taille und hielt sie ein paar Sekunden so.

»Bedauerlich, dass du diesen Leuten so ein Bild von dir präsentierst«, erklärte er. »Sie sind sicher, dass wir zusammen ins Bett gehen.«

Die Bemerkung verschlug ihr die Sprache, und sie spürte, wie ihr die Röte in die Wangen schoss. Sie versuchte sich von ihm loszumachen, aber es war unmöglich. Sie senkte den Blick, um die Tränen ohnmächtiger Wut zu verbergen, doch Molina hob sanft ihr Kinn an. Sie wollte nicht klein beigeben und hielt seinem Blick stand, trotz der feuchten Augen und ihrer fassungslosen

Miene. Sie war sicher, dass er sie auslachen würde, und so war sie überrascht, als sie Mitleid in seinem Blick sah.

»Komm, lass uns tanzen«, flüsterte er.

Das Publikum, das in stummer Erwartung ausharrte, fing an zu klatschen, als das Paar endlich die Tanzfläche betrat. Cacciaguida gab den Einsatz, und das Orchester spielte *El Sanducero*.

Des Widerstrebens müde, hielt sich Micaela an Molinas Schulter fest und schmiegte sich an seine Brust. Ihr Körper entspannte sich, während ihre Füße wie von selbst den Vorgaben ihres Tanzpartners folgten und eine Reihe von Schritten und Figuren vollführten, die sie in einen Strudel zogen, der nicht zu kontrollieren war. Molina führte, sie folgte. Ein Tango folgte auf den anderen, und sie tanzte immer weiter, darauf wartend, dass ihr Herr und Meister irgendwann genug hatte und sie gehen ließ, dass seine Lust befriedigt wäre und er sie wegwarf wie ein Stück Abfall.

Um sie herum tanzten mittlerweile auch andere Paare. Etliche Gäste saßen an den Tischen und spielten; manchmal lachten sie laut auf oder stießen Flüche aus. Dazwischen funkelnde Pailetten, Federboas, die geschminkten Gesichter der Huren und das von Tuli, als Frau verkleidet. Sie betrachtete diese schäbige Glitzerwelt und sah dann Molina an. Eine tiefe Traurigkeit erfasste sie, und sie musste sich an ihm festhalten. Sie versuchte weiterzutanzen – vergeblich. Erneut rannen ihr die Tränen über die Wangen, und ihre Beine verloren an Schwung, als wären sie mit einem Seil gefesselt.

Carlo blieb stehen, löste sich von ihr und sah sie an, bevor er sie um die Taille fasste und zur Treppe führte. Tuli, der sie nie aus den Augen ließ, kam angelaufen.

»Bring sie nach oben, Tuli«, befahl Molina. »Marlene fühlt sich nicht gut.«

Micaela ging schluchzend die Treppe hinauf, während sie spürte, wie Tuli sie festhielt und nach oben führte, wo er ihr half, es sich in der Garderobe bequem zu machen. Es klopfte an der Tür. Einer der Kellner brachte auf Anweisung des Chefs ein Glas warmen, gesüßten Wein.

»Der ist von Carlo«, sagte Tuli. »Um dich aufzumuntern.«

»Oder um mich zu vergiften«, setzte Micaela weinend hinzu.

»Wie kommst du auf so eine Idee!«, schimpfte er. »Wann hat Carlo schon mal jemandem ein Glas Wein bringen lassen? Merkst du nicht, dass er verrückt nach dir ist?«

Micaela hätte Tuli gerne erklärt, dass er sich irrte und sie und Molina kein Liebespaar waren, sondern Geschäftspartner in einem makabren, ungewöhnlichen Vertrag, den sie erfüllen musste, um ihrem Bruder das Leben zu retten. Dass Molina keineswegs verrückt nach ihr war; dass er sie zum Tanzen zwang und ihr nur deshalb ein Glas Wein bringen ließ, weil … weil … Nun ja, sie würde diesen undurchsichtigen Kerl nie verstehen.

Sie zog sich um und ging nach unten in den Salon, wo Mudo auf sie wartete, um sie zum Ausgang zu begleiten. Sie hielt zwischen den Gästen nach Molina Ausschau und entdeckte ihn dabei, wie er mit Mabel, dem neuen Mädchen, tanzte.

Wenn Carlo an Johann dachte, schämte er sich. Er war sicher, dass der Deutsche enttäuscht gewesen wäre, wenn er gesehen hätte, was er aus seinem Leben gemacht hatte.

»Carlo Molina«, sagte er laut, »Zuhälter, Bordell- und Spielhöllenbesitzer, Messerstecher.«

Er lachte hohl und ließ sich auf den Diwan fallen. Er versuchte, sich damit herauszureden, dass er das alles nur für Gioacchina getan hatte. Für sie hatte er dieses leere Dasein in Kauf genommen, ohne echte Gefühle, voller Lügen und Niedertracht. Er hatte geglaubt, die tiefsten Abgründe ertragen zu können, wenn er nur sie dadurch retten und vor Schaden bewahren konnte. Und jetzt war Gioacchina praktisch ruiniert und ihr Herz zerstört, genau wie seines. Er hatte sein Leben umsonst geopfert. Das Geld und die Macht, für die er seine mittlerweile verlorenen und vergessenen Überzeugungen und Prinzipien geopfert hatte, waren angesichts der Realität des Lebens ohne jeden Wert. Die aktuellen Ereignisse bedrückten ihn und nahmen ihm jede Sicherheit.

»Marlene …«, flüsterte er, um es dann laut herauszuschreien: »Diese verfluchte Marlene! Verflucht!«

Obwohl gebrochen und gedemütigt, hatte sie ihn heute Abend voller Würde angesehen. Ihre tränennassen Augen und ihr trauriges Gesicht hatten den Hass nicht verbergen können, den sie ihm entgegenbrachte. Er fragte sich, wie es diese Frau anstellte, in jeder Situation die Haltung zu wahren, egal, wie verfahren und herabwürdigend sie war. Er konnte sich an kein einziges Mal erinnern, da er sich ihr gegenüber nicht erbärmlich gefühlt hätte. »Die Göttliche« mochte Tangos in einem Bordell singen, doch das schien sie nicht in ihrer Ehre zu treffen. Vielmehr schien sie nur daran zu wachsen.

»Verdammte Scheiße!«, brach es aus ihm heraus.

Er stand auf und schenkte sich einen Gin ein, den er in einem Zug herunterkippte. Es klopfte an der Tür. Es war Mabel. Mit einer Mischung aus Ärger und Neugier musterte er sie von oben bis unten. Das Mädchen lächelte nervös. Man hatte ihr so viel von diesem Mann und seinen Qualitäten im Bett erzählt, dass sie sich die Gelegenheit nicht entgehen lassen wollte. Nachdem sie mit ihm Tango getanzt hatte, war sie nun hier, um sich ihren Preis abzuholen.

»Komm rein«, sagte Carlo und schlug die Tür zu.

14. Kapitel

Am Abend der Feier erstrahlte das Anwesen der Urtiagas in festlichem Glanz. Vom schmiedeeisernen Portal bis zum Ballsaal war alles bis ins Detail unaufdringlich, aber geschmackvoll hergerichtet. Otilia hatte wieder einmal unter Beweis gestellt, dass sie eine hervorragende Gastgeberin war.

Automobile und Pferdekutschen begannen vorzufahren. Der Butler und weitere Bedienstete empfingen die Gäste und nahmen ihnen Handschuhe, Stolen, Mäntel, Stöcke und Zylinder ab. Nur die beste Gesellschaft, hohe Regierungsmitglieder und besonders verdiente Ausländer hatten Zugang zu dem großen Empfang, auf dem sie zum ersten Mal »die Göttliche« hören würden.

Micaela war ein wenig nervös. Sie klopfte am Zimmer ihres Vaters, weil sie Fragen zu einem bestimmten Gast hatte.

»Komm herein, meine Liebe«, forderte dieser sie auf, während er mit dem Hemdkragen und den Frackknöpfen kämpfte. »Verflixt!«, fluchte er, als der Knopf ihm aus der Hand glitt und unters Bett kullerte. »Entschuldige, Micaela. Dieser Kragen raubt mir den letzten Verstand. Sonst hilft Rubén mir immer, aber heute ist er mit dem Empfang beschäftigt.«

Micaela ging zur Kommode, nahm einen neuen Knopf und befestigte den Hemdkragen. Ihr Vater entspannte sich.

»Du hast dich nicht verändert«, sagte er. »Immer ruhig und durch nichts zu erschüttern. Ich weiß nicht, von wem du das hast.« Micaela gab keine Antwort, sondern machte mit dem Binder weiter. »Als du ein Kind warst, hat mir deine Ernsthaftigkeit

Angst gemacht. In deinem Blick lag die Traurigkeit einer erwachsenen Frau.«

»Ja, aber ich war erst acht«, entgegnete sie, ohne aufzusehen.

»Ja, acht«, stimmte ihr Vater zu und schwieg. »Habe ich dir schon einmal gesagt, dass du genau wie deine Mutter bist?«

Micaela holte die Frackjacke und half ihm hinein.

»Haargenau«, wiederholte er. »Genauso schön und genauso traurig.«

»Du liebst sie noch immer, nicht wahr?«

»Von ganzem Herzen, mein Kind. Und es vergeht kein Tag, an dem ich nicht an sie denke.«

Eine Träne rollte über Urtiagas Gesicht. Micaela wischte sie mit der Hand weg. Dann küsste sie ihren Vater auf die Wange und ging aus dem Zimmer. Sie hatte völlig vergessen, was sie ihn eigentlich fragen wollte.

»Danke«, sagte er, bevor seine Tochter hinausging. »Für die Hilfe mit dem Kragen«, setzte er hinzu.

Das Essen wurde aufgetragen. Micaela aß kaum etwas; sie musste unbelastet sein für den nächsten Programmpunkt des Abends, ihren Auftritt. Vor dem Dessert entschuldigte sie sich bei ihrer Stiefmutter und verließ das Speisezimmer. Gefolgt von Cheia und Moreschi, ging sie in den Ballsall, wo das kleine Orchester seine Instrumente stimmte.

Moreschi und Mancinelli standen etwas abseits, um einige Fragen zu besprechen, Cheia kontrollierte, ob auf jedem Stuhl ein Programmheft lag, und Micaela wechselte ein paar Worte mit der Mezzosopranistin und dem Bariton, die die Malika und den Nilakantha sangen, zwei Figuren aus *Lakmé*.

Wenig später öffneten sich die Flügeltüren des Salons, und die Gäste strömten herein, angeführt von Otilia am Arm ihres Neffen. Micaela warf Eloy einen verstohlenen Blick zu. Er sah sehr gut aus; groß und kräftig, wie er war, überragte er die Übrigen deutlich. Blondes Haar, blaue Augen, helle Haut. »Das genaue Gegenteil von Carlo Molina«, dachte sie. Eloy kam auf sie zu.

»Sie sehen wunderschön aus heute Abend, Fräulein Micaela.«

Micaela lächelte und neigte den Kopf.

»Wie schade, dass Mister Harvey nicht kommen konnte«, sagte sie bedauernd.

»Ja, wirklich schade. Was werden Sie singen?«

Micaela ging zu einem Stuhl, nahm ein Programm und reichte es ihm. Erstaunt betrachtete Eloy die erste Seite.

»›In Erinnerung an meine Mutter Isabel Dallarizza‹«, las er. »Ich dachte, Ihre Mutter sei Schauspielerin gewesen.«

»Ja, und eine der besten.«

Mancinelli kam dazu und verkündete, dass die Vorstellung gleich beginnen würde. Micaela sah, dass die Zuschauer mit ihrem jeweiligen Nebenmann über die Widmung auf der ersten Seite des Programmhefts tuschelten. Sie hielt Ausschau nach Otilia und konnte sich das Lächeln nicht verkneifen, als sie sah, wie wütend sie war.

Mancinelli übernahm die Ansagen und kündigte zunächst die bevorstehenden Auftritte »der Göttlichen« im Teatro Colón an. Dann fasste er kurz den Inhalt der ersten Arie zusammen, während das Publikum zuhörte, die Augen auf das Programmheft gerichtet.

Micaela sang über eine Stunde lang. Die Programmauswahl war ein voller Erfolg, und die Anwesenden erlebten wunderbare Momente. Der Höhepunkt allerdings waren die beiden letzten Stücke. Mancinelli erklärte, dass sie aus der Oper stammten, in der Micaela demnächst im Teatro Colón auftreten werde. Es sei eine Premiere, da die Sopranistin sie zum ersten Mal singe – ein Meilenstein ihrer Karriere. Ein Raunen ging durch den Saal; das Publikum war stolz über diese Auszeichnung.

Der Mezzosopranistin und vor allem Micaela gelang, den anwesenden Kritikern zufolge, eine vollendete, meisterhafte Interpretation des Duetts *Viens, Malika*. Der sanfte Schmelz ihrer glockenklaren Stimme faszinierte die Gäste, und als Micaela im letzten Teil der Glöckchenarie mit ihrer kräftigen Stimme ohne jede Anstrengung die höchste Note erreichte, kamen sie aus dem Staunen nicht mehr heraus. Es gab lange stehende Ovationen. Zutiefst gerührt trat ihr Vater zu ihr, küsste ihre Hände und flüsterte ihr mit erstickter Stimme zu, dass ihre Mutter sehr stolz auf sie gewesen wäre.

Dann wurde getanzt. Die Bediensteten räumten die Stühle beiseite, die Musiker stimmten einen Walzer an, und sofort strömten die Paare in den Salon. Derweil nahm Micaela Glückwünsche entgegen. Der Direktor des Teatro Colón und die Mitglieder des Verwaltungsrats lobten sie überschwänglich. Etliche Journalisten, die Otilia eingeladen hatte, wollten ein Interview. Des großen Ansturms müde, flüchtete sie schließlich in den Wintergarten. Sie öffnete die Flügeltüren, so dass eine erfrischende Brise hereindrang. Sie genoss die kühle Abendluft und den sternklaren Himmel. Gedankenverloren blickte sie in die Nacht hinaus.

»Miss Urtiaga!«, rief jemand und ließ sie zusammenschrecken. Es war Eloys Diener, an dessen Namen sie sich nicht erinnerte.

»Mein guter Mann!«, sagte sie aufgebracht. »Sie haben mir einen furchtbaren Schrecken eingejagt!«

Der Dienstbote kam näher. Micaela kam die Nacht in La Boca in den Sinn, als sie ihn in Eloys Daimler Benz gesehen zu haben glaubte. Er entschuldigte sich bei ihr und erklärte, Señor Cáceres erwarte sie im Arbeitszimmer ihres Vaters. Neugierig folgte sie ihm, ohne weitere Fragen zu stellen. Eloy stand auf, als er sie hereinkommen sah, und ging ihr entgegen, um sie zu begrüßen. Dann sagte er etwas auf Hindi zu seinem Diener, bevor er die Tür hinter ihm schloss. Formvollendet wie immer bat er sie, doch Platz zu nehmen.

»Fräulein Urtiaga«, begann er und ergriff ihre Hände. »Sie sehen wunderschön aus heute Abend, und Sie haben gesungen wie ein Engel. Ihre Stimme ist die außergewöhnlichste Gabe, die mir je begegnet ist. Ihre Interpretation der letzten Arie war, um es mit Dante zu sagen, ein Gesang, bei dem sich Himmel und Erde berühren …«, fuhr er fort, ohne ihre Hände loszulassen.

»Bitte, Señor Cáceres, schmeicheln Sie mir nicht«, sagte Micaela und machte sich los.

»Verzeihen Sie, wenn ich Ihnen zu nahe getreten sein sollte.«

»Sie wollten mich sprechen? Ihr Diener sagte mir, dass Sie mich sehen wollten.«

»Ja, natürlich. Ich nehme an, Sie haben bereits gehört, was unter den Gästen gesprochen wird.«

»Ich habe heute mit so vielen Menschen gesprochen, ehrlich gesagt …«, entschuldigte sich Micaela.

»Eine vermessene Vorstellung von mir, zu denken, Ihnen als Königin der Nacht könnte zu Ohren gekommen sein, was man über mich redet.«

»Ist es etwas Schlimmes, Señor Cáceres? Ich mache mir Sorgen.«

»Nein, nein, nichts Schlimmes! Eigentlich bin ich froh, dass Sie noch nichts gehört haben und ich derjenige bin, der Ihnen diese Neuigkeit mitteilen kann, über die ich mich sehr freue. In Regierungskreisen wird mein Name als möglicher neuer Außenminister gehandelt.«

Die unerwartete Mitteilung und das befremdliche Benehmen von Cáceres erstaunten sie. Eloy sah sie erwartungsvoll an, doch ihre Antwort blieb aus.

»Vielleicht neige ich ja in meinem Bestreben, Karriere zu machen, dazu, diese Nachricht überzubewerten«, sagte er schließlich. »Ich verstehe, dass es für Sie nicht dieselbe Bedeutung hat.«

»Oh, nein, bitte!« Micaela warf sich mangelndes Taktgefühl

vor und versuchte, den Fehler wiedergutzumachen. »Es ist eine sehr wichtige Neuigkeit. Ich war einfach nur überrascht und wusste nicht, was ich sagen soll. Nach all unseren Unterhaltungen weiß ich, welch große Erwartungen Sie in Ihre Karriere setzen, und weiß um die Anstrengungen, die Sie unternehmen. Ich hätte nur nie gedacht, dass sich so bald eine solche Gelegenheit bietet.«

»Das verdanke ich größtenteils Ihrem Vater. Seine Beziehungen haben es ermöglicht, dass mein Name unter den möglichen Kandidaten aufgetaucht ist.«

»Ich bin überzeugt, Señor Cáceres, dass mein Vater seine Hoffnungen in den Besten setzt. Wissen Sie, er würde Ihnen niemals helfen, wenn Sie es nicht verdient hätten.«

Eloy wirkte hocherfreut, und ein Lächeln erhellte sein Gesicht. Sie unterhielten sich noch eine Weile, und Eloy nutzte die Gelegenheit, um ihr zu erzählen, dass er ganz früh am nächsten Morgen in diplomatischer Mission nach Brasilien reisen werde.

»Vom Erfolg dieser Mission hängt zum Teil auch alles Weitere ab«, erklärte er.

Micaela wünschte ihm Glück und fragte ihn, ob er zur Aufführung der *Lakmé* zurück sein werde.

»Um nichts in der Welt würde ich mir das entgehen lassen«, beteuerte er.

Dann verabschiedeten sie sich. Eloy musste nach Hause und Micaela zurück auf das Fest. Verwirrt verließ sie das Arbeitszimmer ihres Vaters. In letzter Zeit war er ihr gegenüber besonders aufmerksam und zuvorkommend gewesen, und manchmal hatte sie ihn dabei ertappt, wie er sie lange ansah. Aber sie betrachtete Eloy lediglich als den verantwortungsbewussten und besorgten Bruder, den sie nicht hatte.

Sie hörte ihn in der Halle mit seinem Diener reden und versteckte sich, um zu sehen, was sie machten. Wenig später kehrte

Ralikhanta mit Eloys Handschuhen, seinem Mantel und seinem Zylinder zurück, und gemeinsam verließen sie das Haus durch das Hauptportal. Lustlos kehrte Micaela zum Ballsaal zurück. Am Eingang wurde sie von Otilia abgepasst.

»Hast du meinen Neffen gesehen?«, fragte sie.

»Er ist gerade gegangen.«

»Was soll das heißen, er ist gerade gegangen? Ohne sich zu verabschieden? Was ist denn mit ihm los? Und ich wollte ihm gerade erzählen, was so gemunkelt wird!«

»Was wird denn so gemunkelt?«, erkundigte sich Micaela.

»Dass er der nächste Außenminister wird!«

»Oh!«, gab sich Micaela überrascht.

Ergeben hörte sie ihrer Stiefmutter eine Weile zu, bevor sie auf das Fest zurückkehrte. Moreschi und Mancinelli gesellten sich zu ihr, und sie begannen zu plaudern.

»Die schönste Frau des Abends wird mir doch nicht diesen Walzer verweigern, oder?«

Micaela drehte sich um und sah ihren Onkel Raúl Miguens vor sich stehen. Der Mann erwartete eine Antwort.

»Sei mir nicht böse, Onkel, aber ich bin ein bisschen müde.« Damit kehrte sie ihm den Rücken zu, um sich weiter zu unterhalten.

»Oh, nein!«, rief Miguens aufgekratzt. »Eine Absage werde ich nicht akzeptieren.«

Moreschi und Mancinelli, die nichts von Micaelas Aversion gegen den Mann wussten, redeten ihr gut zu, und so musste sie schließlich nachgeben. Während des Essens hatte sie neben ihm gesessen und seine Ausführungen über Moral und Gemeinwohl über sich ergehen lassen müssen, vorgetragen mit der billigen Theatralik eines schmierigen Politikers. Tante Luisa hatte ihn bewundernd dabei angesehen.

»Wahrscheinlich bist du es leid, dir den ganzen Abend Komplimente anzuhören«, vermutete ihr Onkel. Da sie nicht antwortete, fuhr der Mann fort: »Jetzt ist es an mir, dir zu sagen, dass du ganz wundervoll warst. Ich habe die Oper nie gemocht, aber von jetzt an werde ich sie genießen. Allerdings nur, wenn du singst.«

Micaela unterdrückte eine abfällige Bemerkung und sah in eine andere Richtung. Für eine Weile herrschte Schweigen. Sie glaubte, ihr Onkel habe endlich gemerkt, dass sie ihm nicht länger zuhören wollte, doch ihre Hoffnungen zerschlugen sich, als Miguens wieder anfing.

»Wenn ich nicht schon mit deiner Tante verheiratet wäre, würde ich dich heiraten«, sagte er völlig ernst.

Micaela blieb abrupt stehen und befreite sich aus seiner inzestuösen Umarmung.

»Aber ich würde nie im Leben meine Zustimmung geben«, stellte sie klar. Damit drehte sie sich um und ging.

Molina öffnete das Fenster in seinem Büro und setzte sich wieder an den Schreibtisch. Cabecita kam herein, ohne anzuklopfen. Mudo hingegen wartete in der Tür, bis Molina ihn hereinbat.

»Was gibt's?«, fragte Carlo.

»Wir kommen gerade von Marlene«, berichtete Cabecita. »Mamma mia, was heute Abend in diesem Haus los ist! Eine Riesensause! Und was sag' ich, ein Haus – ein Palast ist das! Dieses Herzchen schwimmt im Geld, Carlo!«

»Was habt ihr noch rausgekriegt?«

»Wir haben einem Dienstmädchen ein paar Kröten gegeben, und sie hat uns geflüstert, dass das Fest extra veranstaltet wurde, damit Marlene dieses Zeugs singt, was sie halt so singt.«

Carlo sah Mudo an, und der nickte.

»Ist gut«, sagte Molina. »Geht runter, ich komme gleich nach.«

Im Hinausgehen erwähnte Cabecita noch, dass heute Abend nicht viele Gäste da gewesen seien. »Wenn Marlene nicht singt, kommen nur halb so viele Leute.« Dann ging er. Auch Mudo wandte sich zum Gehen.

»He, du!« Molina bedeutete dem Mann, dass er noch bleiben solle. »Seid ihr im Garten gewesen?« Mudo nickte. »Hast du sie gesehen?« Der Mann nickte erneut. »War sie mit diesem Schwachkopf zusammen, diesem Cáceres?« Der Kerl schüttelte den Kopf, und ein Lächeln huschte über Molinas Gesicht. Er schenkte zwei Gläser ein, reichte eines Mudo und trat ans Fenster.

»Was soll das alles eigentlich?«, stieß Mudo in einem heiseren Zischen hervor, das einem das Blut in den Adern gefrieren ließ.

»Ich weiß es nicht«, gab Carlo zu.

»Du hast gesagt, du wolltest deinen Spaß mit der Schwester von diesem feinen Urtiaga haben, und wenn du genug von ihr hättest, wolltest du ihn dir vom Hals schaffen. Wär doch ein Kinderspiel für dich.«

»Ja, ja!«, brach es aus Molina heraus. »Du brauchst mich nicht an jeden Blödsinn zu erinnern, den ich mal gesagt habe.«

»Aber mir scheint's, der Spaß mit Urtiagas Schwesterchen hat noch gar nicht angefangen und wird's auch so bald nicht.«

»Dass die beste Sopranistin der Welt Tangos in einem Puff singt, findest du nicht unterhaltsam?«

»Mag sein«, gab Mudo zu. »Aber das ist nicht genug.«

»Für mich kann nichts genug sein.«

»Und?«

»Was, und?«, blaffte Carlo.

»Wann spielst du mit dem Schwesterchen, und wann lässt du endlich das Brüderchen über die Klinge springen?«

Mudo setzte sich und schenkte sich noch ein Glas ein. Seine Kehle brannte wie Feuer vom vielen Reden, aber er musste ein paar Dinge klären. Ihm gefiel ganz und gar nicht, wie die Sache mit Marlene und ihrem Bruder lief. Wenn es nach ihm gegangen wäre, wäre Gastón Urtiaga längst erledigt gewesen. Er hatte geglaubt, nachdem Carlo ihn mit dem Messer gekitzelt hatte, sei es nur noch eine Frage von Tagen, bis er ihm den Todesstoß versetzen würde. Aber es war anders gekommen. Wenn Marlene nicht damals nachts mit dem Schmuck aufgetaucht wäre, wäre Urtiaga längst tot. Ihr überraschender Auftritt hatte Molina auf dieses dumme Spiel gebracht, das seiner Meinung nach alles nur unnötig komplizierte. Mudo war überzeugt, dass von diesem verdammten Pinkel nichts zu erwarten war. Warum also sollte man ihn noch eine Minute länger am Leben lassen? Das Zögern seines Bosses brachte ihn auf die Palme.

»Die Zeit verrinnt, und die Sache wird immer schwieriger, das weißt du«, sagte er.

»Ja, die Zeit verrinnt«, wiederholte Molina. »Und ich kann nichts dagegen tun.«

»Worauf wartest du dann noch? Dieser Hurenbock hat dich gedemütigt und ruiniert. Jetzt soll er dafür bezahlen.«

»Du weißt, dass es das Beste wäre, wenn Urtiaga für die Sache geradesteht. Ich habe das Gefühl, dass ich ihn überzeugen kann.«

»Ach was, Carlo!«, brach es aus Mudo heraus, und sein Wispern wurde ein wenig schärfer. »Red keinen Scheiß! Du weißt ganz genau, dass dieser reiche Dreckskerl niemals für die Sache geradestehen wird. Wir kennen uns schon lange, und du weißt, dass ich immer sage, was ich denke. Soll ich dir sagen, was ich jetzt denke?« Molina nickte. »Dass du bis über beide Ohren in diese Marlene verschossen bist und Urtiaga deswegen nicht umlegen willst.«

»Was redest du denn da, Mudo!«, brüllte Molina. »Spinnst du oder was?«

»Warum zum Teufel vögelst du dann nicht endlich diese Opernsängerin und schaffst dir ihren Bruder vom Hals? Sag nicht, dass du darauf wartest, dass die Kleine dir zu Füßen sinkt. Wenn Blicke töten könnten, wärst du schon tot, so, wie sie dich ansieht. Sie wird sich nie mit dir einlassen. Wir machen's so«, schlug er vor. »Ich bring dir das Schätzchen morgen her, du legst sie flach und hast deinen Spaß. Dann machst du dich auf die Suche nach ihrem Bruder und schlitzt ihm den Bauch auf. Aber vorher soll er noch genau erfahren, was du mit seiner Schwester gemacht hast, jedes Detail, so wie wir's ursprünglich vorhatten. Du erinnerst dich doch, he?«

Molina verschlug es die Sprache. Die schonungslose Schilderung dessen, was er selbst vor einiger Zeit geplant hatte, beschämte ihn zutiefst. Aber er wusste, dass er seine Schwäche vor Mudo verbergen musste.

»Abgemacht. Morgen also«, stimmte er zu.

Mudo nickte und sagte den Rest der Nacht nichts mehr.

15. Kapitel

Am nächsten Morgen versammelte sich die Familie am Frühstückstisch. Sogar Otilia, die sonst immer im Bett frühstückte, war dabei. Aufgeregt wie ein junges Mädchen, wollte sie nur über Eloys bevorstehende Ernennung sprechen. Micaelas herausragende Vorstellung war nichts im Vergleich zu der Sache mit ihrem Neffen. Die meisten bemühten sich, den einen oder anderen Kommentar zu machen, aber Gastón hatte bald genug von ihrem Redeschwall und fing an, zu witzeln und die Sache ins Lächerliche zu ziehen.

»Glaub bloß nicht, dass ich nicht merke, dass du dich über mich lustig machst«, wies Otilia ihn zurecht. »In Wahrheit kommst du um vor Neid, weil mein Neffe so viel erreicht hat und du so wenig.«

Gastón lachte laut auf. Micaela sah ihren Vater an, der wie immer, wenn es um seinen Sohn und seine Frau ging, diese gleichgültige Haltung an den Tag legte. Micaela war froh, dass Moreschi an diesem Morgen nicht da war; sie hätte sich furchtbar für ihren Bruder wie auch für ihre Stiefmutter geschämt.

»Das Fest war ein voller Erfolg, nicht wahr, Micaela?«, kam Urtiaga zum eigentlichen Thema zurück.

»Die Tochter von Richter Mario de Montefeltro hat dich den ganzen Abend nicht aus den Augen gelassen, Gastón«, setzte Otilia nach. »Anita de Montefeltro wäre eine hervorragende Partie für dich.«

»Ja«, pflichtete sein Vater bei. »Ich denke, es wäre gut, wenn du endlich Nägel mit Köpfen machst und dein Leben in die Hand nimmst.«

Gastón fing wieder mit seinen üblichen Witzeleien an, bis Micaela ihn unterbrach.

»Papa hat recht, Gastón. Du hast dich genügend amüsiert. Es ist Zeit, vernünftig zu werden. Oder was erwartest du dir von der Zukunft?«

Von allen Seiten attackiert, suchte der junge Mann Zuflucht bei Mamá Cheia.

»Schau nicht zu Mamá«, sagte Micaela. »Sie mag dich verhätschelt und verzogen haben, aber sie weiß am allerbesten, dass es nicht so weitergehen kann mit dir.«

»Hört auf, mir auf die Nerven zu gehen!«, klagte er und stand auf. »Ich werde niemals heiraten. Niemals! Habt ihr verstanden?« Und er rannte wütend aus dem Speisezimmer.

Mamá Cheia wollte ihm hinterherlaufen, aber Micaela fasste sie am Arm und zwang sie, sich wieder hinzusetzen.

»Nein, Mamá«, sagte sie. »Es ist Zeit, dass Gastón aufhört, das Leben auf die leichte Schulter zu nehmen, wie er es bisher getan hat. Viele Menschen sind unglücklich wegen ihm.«

Sie verließ den Tisch und ging bedrückt und verstimmt auf ihr Zimmer. Gastón war ein Taugenichts, auch wenn es ihr weh tat, das zuzugeben. Seine Unverfrorenheit war nicht länger witzig; mit seiner Verantwortungslosigkeit verletzte er jene, die ihn liebten. Allmählich verlor sie die Geduld mit ihm.

Sie wusste nicht mehr weiter, und dabei war Molina ihre größte Sorge. Nicht nur, weil der Zuhälter sie in der Hand hatte, sondern auch wegen seines rätselhaften Verhaltens. Seit dem Gespräch mit Moreschi war Micaela klar, dass Gastóns Probleme mit Molina weit über das Geld hinausgingen.

An diesem Abend hatte sie einen Auftritt im *Carmesí*. Obwohl es noch früh war, machte sie sich fertig und verließ ohne Probleme das Haus: Ihr Vater war im Senat, Otilia wie immer bei Harrod's, um Tee zu trinken oder sich eine Modeschau anzusehen, und Gastón bei seinen Kumpanen.

Pascualito war überrascht, dass seine Herrin schon so früh zum Bordell wollte, sagte aber nichts und fuhr den Wagen vor. Um kurz nach fünf waren sie da. Das Lokal erschien ihr unglaublich vertraut. Micaela musste lächeln, wenn sie daran dachte, wie sehr es sie beim ersten Mal erschreckt hatte. Im Erdgeschoss war niemand, genauso wenig wie in der Garderobe. Sie beschloss, etwas Bequemes anzuziehen, und wählte eines der Kleider, die Tuli für sie beiseitegelegt hatte. Jemand kam ins Lokal, und sie erkannte die Stimmen von Edelmira und Tuli.

»Die Kleine wird krank werden, wenn sie so weitermacht«, sagte die Frau.

»Arme Polaquita! Sie stirbt vor Liebe«, seufzte Tuli.

»Aber ihr ist auch nicht zu helfen! Sich in diesen stinkreichen Urtiaga zu verlieben.«

»Carlo hat noch eine Rechnung mit diesem Nichtsnutz offen«, setzte Tuli hinzu. »Er wird ihn in Stücke reißen, hat er gesagt. Ich weiß nicht, worauf er noch wartet.«

»Sag mal, Tuli …« Edelmira schlug einen vertraulichen Ton an. »Du weißt doch immer alles. Dir entgeht nichts, also erzähl schon: Warum hat Carlo mit dem feinen Pinkel 'ne Rechnung offen?«

»Mudo bringt mich um, wenn ich's dir sage.«

»Ach komm schon, Tuli, Schätzchen …«

»Du kriegst nichts aus mir raus.«

»Ach komm, lass mich nicht so zappeln«, bettelte die Frau. »Ich schweige wie ein Grab. Ich schwöre!«

»Wenn du den Mund aufmachst, reiß ich dich in Stücke«, drohte Tuli. »Die Sache mit Urtiaga ist ziemlich ernst. Dieser Dreckskerl hat Carlos Mündel geschwängert und will sie nicht heiraten.«

Micaela begann, am ganzen Körper zu zittern.

»Carlo hat ein Mündel? Wer ist sie? Eine Geliebte?«, wollte Edelmira wissen.

»In deiner verdorbenen Vorstellung sind alle Frauen Geliebte! Nein, sie ist nicht seine Geliebte. Sie ist ein junges Mädchen, blutjung, das Carlo hütet wie einen Schatz. Er packt sie förmlich in Watte. Und dann kommt dieser nichtsnutzige Urtiaga daher und entehrt sie.«

Micaela setzte sich auf den Boden und schlug die Hände vors Gesicht.

»Aber das ist noch nicht das Schlimmste«, erzählte Tuli weiter, und Micaela spitzte die Ohren. »Das Allerschlimmste ist, was dieser feine Herr gemacht hat, als er erfahren hat, dass die Kleine ein Kind von ihm erwartet. Aber das kann ich dir nicht erzählen.«

Edelmira bat und bettelte vergeblich. Micaela wartete hinter der spanischen Wand, bis die beiden die Garderobe verlassen hatten. Sie war völlig aufgelöst, ihr Atem ging schwer. »Das ist also Ihr großes Geheimnis, Señor Molina!«, dachte sie. »Ich muss mit ihm reden. Ich muss es tun!«, wiederholte sie entschlossen.

Sie knöpfte das Kleid zu und stürzte aus der Garderobe.

»Señor Molina!«, rief sie über die ganze Empore. »Señor Molina!«

Edelmira und Tuli tauchten auf und versuchten sie zu beruhigen. Micaela, völlig außer sich, beachtete sie überhaupt nicht und gab keine Antwort. Sie rief weiter nach ihm, voller Sorge, er könne nicht im Bordell sein.

»Señor Molina! Wo ist Señor Molina?«

Carlo hörte ihre Stimme von unten aus dem Salon und eilte die Treppe hinauf.

»Señor Molina!«, rief Micaela, als sie ihn sah. Sie stürzte sich auf ihn und packte ihn am Kragen. »Señor Molina! Warum haben Sie mir nicht die Wahrheit gesagt? Warum?«

Auf der Suche nach einer Erklärung sah Carlo erstaunt zu Tuli und Edelmira. Die beiden zuckten mit den Schultern und sahen ratlos drein. Carlo nahm Micaela, die kraftlos in sich zusammensank, und führte sie in sein Büro. Er bot ihr einen Stuhl an und wollte ihr etwas zu trinken einschenken.

»Nein, ich will nichts von diesem scheußlichen Zeug!«, wehrte sie ab. »Belügen Sie mich nicht länger und sagen Sie mir bitte, was diese ganze Sache mit Ihrem Mündel und meinem Bruder auf sich hat. Stimmt es, dass mein Bruder sie geschwängert hat und sie nicht heiraten will? Was hat er noch getan? Ich will es wissen! Auf der Stelle!«

Molina war sprachlos. Er wusste nicht, was er sagen sollte. Schließlich ging er zum Schreibtisch, nahm ein Foto aus der Schublade und reichte es ihr. Darauf war ein ausnehmend hübsches Mädchen von sechzehn oder siebzehn Jahren zu sehen.

»Das Foto ist schon ein bisschen älter«, bemerkte Carlo. »Es ist schon ganz zerknittert, so oft schaue ich es an.«

Als sie merkte, dass Molina nicht weitersprach, fasste sich Micaela ein Herz und stellte ihm Fragen.

»Ein sehr hübsches Mädchen. Ist das Ihr Mündel?«

»Nein, sie ist nicht mein Mündel. Das ist meine Schwester Gioacchina. Meine geliebte, vergötterte Gioacchina.«

Micaela blickte von dem Foto auf und sah ihn an. War dieser Mann der brutale, herzlose Ganove, den sie kannte? Ja, er war es. Seine schwarzen Augen und sein schönes Gesicht waren unverändert, aber seine Stimme klang weicher, und seine sonst so raschen, lauernden Bewegungen waren schwerfällig geworden. Er sah traurig aus.

»Ihre Schwester?«

»Auf dem Bild ist sie sechzehn Jahre alt. Vor kurzem ist sie einundzwanzig geworden. Aber sie ist immer noch genauso engelsgleich wie auf dem Foto. Genau wie meine Mutter.«

Mutter? Schwester? Carlo Molina war also doch ein Mensch, und offensichtlich einer mit Gefühlen.

»Bitte, Señor Molina, spannen Sie mich nicht so auf die Folter. Ich will, ich muss wissen, unter welchen Umständen mein Bruder in das Leben Ihrer Schwester getreten ist.«

»Aus Gründen, die ich Ihnen nicht erklären kann, glaubt meine Schwester, dass ich tot bin. Sie lebt in geordneten Verhältnissen bei einer unbescholtenen Dame, die sich um ihre Erziehung kümmert und für sie sorgt. Miss Bennet ist eine der besten Englischlehrerinnen, und da Gioacchina begabt und lernwillig ist, hat sie aus ihr eine vornehme Dame gemacht, genau wie Sie eine sind. Dank meiner guten Verbindungen in die höhere Gesellschaft hat meine Schwester Zugang zu denselben Kreisen, in denen Ihre Familie verkehrt.«

»Gioacchina Molina? Noch nie gehört …«

»Gioacchina Portineri. Sie trägt den Nachnamen unserer Mutter.«

»Ihrer Mutter?«

»Ihr Bruder Gastón war völlig verrückt nach ihr und ist ihr auf Schritt und Tritt gefolgt. Sie ist hübsch, sanftmütig und kultiviert. Sie ist mein größter Schatz, das einzig Reine und Schöne in meinem Leben. Und der junge Urtiaga hat sie genommen wie eine …« Er ballte die Faust, und seine Gesichtszüge wurden ganz hart. »Er hat sie entehrt und schwanger sitzenlassen. Ich habe ihm auf tausend Arten gedroht, aber Ihr Bruder hat sich nicht bereit erklärt, sich zu ihr zu bekennen und …«

»Señor Molina«, unterbrach Micaela ihn, »ich bin entsetzt. Ich weiß nicht, was ich sagen soll. Es gibt vieles, was ich nicht verstehe, und anderes, was ich gerne wissen würde. Aber bevor Sie weiter erzählen, möchte ich Ihnen versprechen, dass ich alles in meiner Macht Stehende unternehmen werde, damit mein Bruder die Verantwortung für sein Handeln übernimmt.«

Molina nickte wenig überzeugt.

»Wo ist Ihre Schwester jetzt? Geht es ihr gut?«

»Wegen Ihres Zustands musste meine Schwester mit Miss Bennet die Stadt verlassen. Das Letzte, was ich hörte, war, dass es ihr gesundheitlich gutgeht. Von ihrem Gemütszustand allerdings kann man das nicht behaupten.«

Micaela tat dieses Mädchen leid, das sich verstecken und sein Zuhause, seine Freunde, seine Lieben verlassen musste, gedemütigt und entehrt, und das alles wegen dem verantwortungslosen Gastón. Mit jeder Sekunde wurde Micaelas Wut größer.

»Wenn ich richtig verstanden habe, war dieses schändliche Verhalten noch nicht alles, was mein Bruder gemacht hat. Gibt es noch etwas, das ich wissen sollte?«

»Ihr Bruder wollte sie zwingen, die Schwangerschaft zu beenden. Er hat versucht, sie aus dem Haus zu schleppen, um sie zu einer Kurpfuscherin zu bringen. Wäre Miss Bennet nicht da gewesen, ich weiß nicht, was passiert wäre.«

»Oh, mein Gott! Das kann doch nicht wahr sein!«

»Ich verstehe, wenn Sie einem Mann wie mir nicht glauben«, sagte Molina offenkundig verärgert.

Micaela beeilte sich zu versichern, dass sie ihm sehr wohl glaube. Die Wahrheit sei nur so schmerzhaft, dass sie wünschte, es wäre nicht wahr.

»Ich bin der Erste, der das wünschte, Fräulein Urtiaga, aber es ist die traurige Wahrheit. Meine Schwester Gioacchina erwartet ein Kind von Ihrem Bruder, und er hat sich schlimmer verhalten als der schlimmste Schuft.«

Micaela und Carlo sahen sich lange an. Es gab so viele Fragen zu klären, so viele Wahrheiten herauszufinden. Zu diesem Zeitpunkt wusste keiner von beiden, ob er wirklich Licht in die dunklen Vorgänge bringen wollte, die sie zueinandergeführt hatten.

»Ich muss gehen.« Micaela stand auf. »Da gibt es etwas, das ich tun möchte und das keinen Aufschub duldet.«

»Kommen Sie wieder?«

»Ja, Señor Molina. Sie und ich haben eine Abmachung, und die gedenke ich einzuhalten.«

Micaela stürzte wie eine Furie in das Haus ihres Vaters. Rubén, der Butler, erschrak, als die junge Herrin ihn völlig außer sich fragte, wo Gastón sei.

»Im Spielsalon, beim Billardspiel mit Freunden.«

»Micaela!«, rief Gastón, als er sie sah. »Was für ein Glück, dass du kommst! Meine Freunde wollten dich kennenlernen.«

»Bitte, meine Herren, lassen Sie mich mit meinem Bruder allein«, sagte sie. »Ich habe etwas Dringendes mit ihm zu besprechen.«

Die Freunde sahen sich verwirrt an, dann legten sie die Queues auf den Tisch und gingen hinaus.

»Du bist wohl verrückt geworden!«, schimpfte Gastón.

»Rede nicht so mit mir!«

»Schon gut. Was ist los? Was hast du mir zu sagen?«

»Gioacchina Porterini. Das habe ich dir zu sagen.«

Der Name zeigte unmittelbare Wirkung. Gastón wurde blass.

»Ich weiß bereits alles, was es darüber zu wissen gibt. Hast du etwas zu deiner Verteidigung zu sagen? Und lüg mich nicht an! Ich kenne dich besser als jeder andere und würde es merken, wenn du mich belügst. Bitte, nimm dein kleines bisschen Männlichkeit zusammen …«

»Wie kannst du es wagen, an meiner Männlichkeit zu zweifeln?«, brauste Gastón auf.

»Ah, der feine Herr besitzt die Dreistigkeit, sich aufzuregen? Wie würdest du das nennen? Ein unschuldiges Mädchen zu schwängern, es sitzenzulassen, anstatt es zu heiraten, und es zu allem Überfluss zur Abtreibung zu zwingen. Ich habe viele Bezeichnungen dafür, und ich versichere dir, keine davon ist schmeichelhaft. Wie würdest du das nennen? Männlich? Falls ja, mein lieber Bruder, dann sind deine Wertvorstellungen ziemlich durcheinandergeraten.«

»Sei nicht so sarkastisch, ja?«

Micaela überlegte, dass die Diskussion in diesem Ton stundenlang fruchtlos und ziellos so weitergehen würde, ohne dass sie etwas erreichte. Sie musste einen anderen Ton anschlagen.

»Schau, Gastón, ich will mich in dieser Sache nicht als Richterin aufspielen. Ich möchte dir nur helfen, die beste Lösung zu finden.«

Aber Gastón war nicht zu beruhigen. Ungehalten wollte er wissen, wie sie überhaupt von der ganzen Sache erfahren habe. Micaela weigerte sich zu antworten und ließ geduldig seine Unverschämtheiten über sich ergehen, die ihr eher wie die eines Fünfzehnjährigen vorkamen und nicht wie die eines Dreiundzwanzigjährigen, der bald Vater wurde. Als Gastón die Vaterschaft in Frage stellte, bat Micaela ihn, bei der Wahrheit zu bleiben und fürs Erste seine Gemeinheiten sein zu lassen. Beschämt ließ Gastón seine Behauptung fallen.

Irgendwann als seine Schwester so gefasst blieb, beruhigte er sich. Sie setzten sich hin und unterhielten sich. Obwohl Micaela über das schamlose Verhalten ihres Bruders empört war, bewahrte sie die Ruhe. Sie hörte ihm aufmerksam zu und sprach ganz ruhig mit ihm; dabei hütete sie sich, Molina zu erwähnen.

Nach dem Gespräch war Micaela klar, dass Gastón völlig verwirrt und orientierungslos war. Ohne Prinzipien und Moral, hatte er sein Leben weggeworfen, obwohl er die Möglichkeiten gehabt hätte, alles zu erreichen. Er studierte nicht, arbeitete nicht und lebte von der Zuwendung seines Vaters. Seine Tage verbrachte er mit Glücksspiel, Alkohol und anderen Lastern. Bei diesem Lotterleben war es erstaunlich, dass er nicht schon früher noch schlechter geendet war.

»Ich schäme mich für dich, Gastón«, sagte Micaela. »Das, was du Gioacchina Porterini angetan hast, ist nicht in Worte zu fassen. Meines Wissens ist sie ein anständiges, wohlerzogenes junges Mädchen. Ich frage mich, warum du mit ihr gebrochen hast. Ich bin sicher, dass es genug Frauen gibt, mit denen du deinen Spaß hast, liederliche Frauen, die genauso wenig taugen wie du. Wenn dir noch etwas von der Männlichkeit geblieben ist, von der du redest, dann befrage dein Gewissen und suche nach einer Lösung. Solange du die Lage dieses armen Mädchens nicht ehrenvoll löst, werde ich kein Wort mehr mit dir reden.«

***

Als Micaela nach der Diskussion mit ihrem Bruder ins *Carmesí* zurückfuhr, hatte sie Kopfschmerzen. Körperlich völlig erschöpft, ließ sie sich in den Sitz sinken und schlief ein. Pascualito weckte sie, als sie da waren, und sie stieg auf wackligen Beinen aus. Sie richtete ein wenig ihre Frisur und betrat dann das Bordell. Es war schon spät und zahlreiche Kundschaft da. Sie blieb unbemerkt, aber einen gab es, der an seinem Tisch aufsah und ihr mit begierigen Blicken folgte.

In dem Durcheinander, das in der Garderobe herrschte, fand sie weder ihr Kleid noch die Schminke oder die Perücke. Tuli kam und half ihr routiniert beim Umziehen. Plötzlich flog mit lautem Getöse die Tür auf. Eine wuchtige Gestalt erschien im Türrahmen. In dem schummrigen Licht erkannte Micaela erst nach einigen Schritten, dass es sich um ihren Onkel Raúl Miguens handelte.

»Onkel Raúl!«, rief sie entsetzt.

Verdattert wies Tuli ihn darauf hin, dass der Zutritt zur Garderobe verboten sei, und versuchte, ihn am Arm festzuhalten. Aber Miguens, der noch kräftiger war als Mudo, schüttelte ihn einfach ab.

»Was für eine nette Überraschung, meine liebe Nichte! Wusste ich doch, dass du es bist! Diese Augen, dieser Mund, dieser Hüftschwung – das konntest nur du sein. Aber was ist das? Gestern Abend auf dem Fest noch eine Opernsängerin, heute eine Hure.«

»Onkel, bitte!«, flehte Micaela. »Ich kann alles erklären …«

»Nein, nein! Du brauchst mir nichts zu erklären. Als Hure erregst du mich noch mehr. Ich sehe schon vor mir, was ich im Bett alles mit dir anstellen werde.«

»Was reden Sie da, Sie widerlicher Schmutzfink!«, entgegnete sie. »Abstoßend ist das! Ist Ihnen klar, dass Sie mit Ihrer Nichte sprechen?«

»Das gefällt mir grade am besten daran.«

Er stürzte sich auf sie, zog sie an sich und vergrub sein Gesicht in ihrem Ausschnitt. Micaela schrie und kreischte, obwohl kaum Hoffnung bestand, dass man sie hören würde. Die Musik aus dem Salon und das Keuchen und Stöhnen aus den Zimmern auf der Empore spielten gegen sie. Sie strampelte mit den Beinen und versuchte ihn zu beißen, aber es war vergeblich; ihr Onkel war viel stärker als sie.

Er warf sie grob zu Boden, kniete neben ihr nieder und hielt ihren Hals umklammert, während er versuchte, den Gürtel zu lösen und die Hose aufzuknöpfen. Micaela wand sich und schlug verzweifelt um sich. Als er sich schließlich der Hose entledigt hatte, warf er sich auf sie und erdrückte sie fast mit seinem Gewicht. Sie konnte nichts weiter tun, als um Hilfe zu rufen. Raúl Miguens hatte keine Mühe, ihr das Kleid vom Leib zu reißen. Er ließ seine Zunge über ihre Brüste, ihren Hals und ihren Mund wandern und küsste sie feucht und fordernd.

Tuli rappelte sich benommen auf, aber als er sah, was sich vor seinen Augen abspielte, schien er augenblicklich wieder zu sich zu kommen und rannte los, um Hilfe zu holen. Er lief zu Carlos Büro und fand ihn nachdenklich an seinem Schreibtisch sitzen.

»Carlo, komm schnell!«, brach es aus ihm heraus. »Miguens vergewaltigt Marlene!«

Molina stürzte aus dem Zimmer, Tuli hinterher. Je näher sie der Garderobe kamen, desto deutlicher konnten sie die verzweifelten Schreie des Mädchens hören. Als sie hineinkamen, sahen sie, wie Miguens sie gerade rechts und links ohrfeigte.

Carlo packte ihn von hinten und schleuderte ihn mühelos zur Seite. Micaela blieb besinnungslos auf dem Boden liegen. Tuli kniete neben ihr nieder und hielt ihr eine Parfümflasche unter die Nase, die sie wieder zu sich brachte. Da lagen sie nun, in die Enge getrieben und ohne Möglichkeit zu entkommen, wollten sie nicht Gefahr laufen, in Mitleidenschaft gezogen zu werden.

Die beiden Männer rangen miteinander, bis Carlo Miguens mit einem kräftigen Stoß zu Boden warf. Der rappelte sich wütend auf und stürzte sich erneut auf seinen Gegner.

»Ich bringe dich um!«, stieß er hervor und zog ein Messer.

Drohend kam er näher, den Körper nach vorne geduckt, während er die Waffe durch die Luft tanzen ließ. Der unbewaffnete Molina konnte sich nur auf seine Geschicklichkeit verlassen, um dem Messer seines Widersachers auszuweichen. Er duckte sich nach rechts und links weg, während er nach etwas Ausschau hielt, mit dem er sich verteidigen konnte. Er ging rückwärts bis zum Frisiertisch, packte eine Schere und stürzte sich in den Kampf. Beide bewiesen großes Kampfgeschick; Raúl Miguens war zwar massiger, aber dafür war Carlo beweglicher und nicht weniger stark.

Micaela schrie auf, als ihr Onkel Carlo am Arm verletzte. Der verzog kaum das Gesicht und kämpfte weiter. Miguens, der nun im Vorteil war, packte ihn grob am verletzten Arm. Molina brüllte wie ein verwundetes Tier und versuchte, ihm die Schere in die Brust zu rammen. Es entstand ein wildes Handgemenge, das Micaela und Tuli mit angstgeweiteten Augen verfolgten, ohne erkennen zu können, wer gerade die Oberhand hatte.

Dann ging alles ganz schnell: Carlo rammte Miguens mehrmals die Schere in den Bauch, und dessen weißes Hemd färbte sich blutrot. Das Messer glitt ihm aus der Hand, und Sekunden später brach er tot zusammen. Micaela verlor erneut die Besinnung.

Als sie wieder zu sich kam, lag sie in einem Bett, das nicht ihres war. Im schwachen Schein einer Lampe sah sie, dass jemand neben ihr saß.

»Nicht erschrecken, Fräulein«, sagte die Person. »Nein, bitte nicht aufstehen«, bat sie, während sie eine weitere Lampe entzündete.

Micaela erkannte nun deutlich eine Frau Mitte fünfzig, helle Haut, füllige Figur, blaue Augen, mit unverwechselbar deutschen Gesichtszügen. Wo war sie? Was war geschehen? Wie war sie hierher gekommen? Die Angst stand ihr ins Gesicht geschrieben.

»Regen Sie sich nicht auf, meine Liebe. Sie sind jetzt in Sicherheit, in Señor Molinas Haus.«

»In Sicherheit?«, gab sie bissig zurück. »Wie kann ich im Haus eines Verbrechers in Sicherheit sein?«

Der Frau trat die Zornesröte ins Gesicht, ihr Blick wurde hart, und ihre Stimme hatte jede Sanftheit verloren, als sie aufstand und sagte: »Das lasse ich nicht zu. Carlo ist kein Verbrecher.«

Micaela versuchte, sie zu unterbrechen, aber die Frau ließ sich nicht davon abbringen, weiterzureden.

»Das Leben hat Carlo zu dem gemacht, was er ist. Wenn er Fehler hat, dann sind sie den Umständen geschuldet und nicht, weil er von Natur aus schlecht wäre. Sie sollten nicht so hart über ihn urteilen, ohne die unglücklichen Umstände seines Lebens zu kennen. Er ist ein guter Mensch, der mehr durchgemacht hat als jeder andere.«

Diese Worte machten Micaela sprachlos. Sie sah Molinas Fürsprecherin erstaunt an. Es schien sich um eine anständige Person zu handeln. Sie war unauffällig gekleidet, und ihre Ausdrucksweise und ihr Auftreten waren die einer Dame. Sie wollte gerade fragen, woher sie Molina kannte und ob sie ihn *wirklich* kenne, aber in diesem Moment ging die Tür auf und Carlo kam herein. Er ging unruhig im Zimmer auf und ab, den Blick zu Boden gerichtet. Micaela bemerkte, dass sein Arm verbunden war und dass er immer noch das blutbefleckte Hemd trug.

»Frida«, sagte er plötzlich zu der Frau, »lass uns bitte allein.«

»Ja, Carlo. Natürlich.«

Die Frau ging aus dem Zimmer, ohne sich zu verabschieden. Molina wartete, bis sie die Tür geschlossen hatte, dann sah er Micaela zum ersten Mal an.

»Bin ich rechtzeitig gekommen?« fragte er.

Micaela nickte, unfähig zu reden, nun, da die Bilder in ihrem Kopf wiederkehrten.

»Miguens, dieser Dreckskerl!«, fluchte Molina.

»Was ist mit ihm?«

»Was soll mit ihm sein? Sie haben doch gesehen, was mit ihm ist. Er ist tot! Er wollte Sie vergewaltigen, und ich habe ihn getötet. Ich bin ein Mörder. Was soll's, für Sie war ich ja sowieso immer nur Abschaum!«

Micaela war sprachlos und verwirrt angesichts dieses Ausbruchs.

»Sie haben gesiegt, Fräulein Urtiaga! Sie haben mich besiegt! Ich will Sie nicht mehr sehen. Sie werden nicht mehr in meinen entwürdigenden Bordellen singen und inmitten von Huren und

Gaunern auftreten müssen. Es ist vorbei! Sie haben gesiegt! Aus und Ende!«

»Aber Señor Molina ... Und mein Bruder?«

»Es ist vorbei! Vorbei!«

Er drehte sich um und rannte türenschlagend hinaus. Micaela lag da und wusste nicht, was sie machen sollte. Schließlich stand sie auf, um diesen Ort schnellstmöglich zu verlassen. Als sie auf ihren Füßen stand, wurde ihr schwindlig, und ein Schmerz im Kiefer erinnerte sie an die Ohrfeige, die Miguens ihr verpasst hatte. Raúl Miguens, ihr Onkel, der Mann der Schwester ihres Vaters, war tot! Sie unterdrückte ein Schluchzen und lehnte sich an die Wand.

Mudo klopfte an die Tür und kam herein.

»Heute Nacht sind Sie noch mal davongekommen, Fräulein«, sagte er.

Er fasste sie am Arm und bedeutete ihr mit einer Kopfbewegung, mitzukommen. Micaela, die noch überraschter von der Tatsache war, ihn reden zu hören, als über das, was er gesagt hatte, reagierte nicht. Sie stand einfach nur da und starrte ihn an, bis er sie schließlich vor sich herschob. Mudo fuhr, Cabecita befand sich auf dem Beifahrersitz. Micaela saß auf der Rückbank und schloss die Augen, um die Tränen zurückzuhalten.

»Sie ist eingeschlafen«, sagte Cabecita. Als sie das hörte, stellte sie sich weiter schlafend. »Was ist dieser Miguens für ein Riesenarschloch!«, fuhr Cabecita fort. »Kommt einfach wieder ins Bordell, obwohl Carlo es ihm verboten hat. Dabei grenzt es an ein Wunder, dass er ihn nicht schon beim letzten Mal umgelegt hat. Was für ein Dickschädel! Bei der ganzen Kohle, die er ihm schuldet! Und dann wagt er auch noch, die Mädchen zu schlagen! Edelmira hat er letztes Mal so verprügelt, dass sie ein paar Tage nicht klar denken konnte. Und jetzt vergreift er sich an Marlene! An Marlene! Ausgerechnet an ihr!«

Micaela zwang sich, ganz still auf der Rückbank sitzen zu bleiben und den Mund zu halten, obwohl jedes Wort von Cabecita sie vor tausend Rätsel stellte, die sie zu gerne geklärt hätte.

»Offenbar war Miguens einer von denen, die es scharf macht, wenn sie ein Mädchen windelweich prügeln. Was für ein Scheißkerl! Und dann hat er den feinen Schnösel raushängen lassen und auf Ehrenmann gemacht. Wenn die Leute wüssten, was für ein Stück Scheiße er war!«

16. Kapitel

Die Polizei fand Raúl Miguens mit mehreren Messerstichen am Hueco de Las Cabecitas, einem unheimlichen Platz in der Nähe des alten Recoletos-Klosters, wo die Halbwelt ihre Messerduelle abhielt.

Micaela stellte ihr schauspielerisches Talent unter Beweis und gab sich tief berührt und betroffen, obwohl für sie kein Zweifel daran bestand, dass ihr Onkel sein Schicksal verdient hatte. Es war ihr völlig egal, dass diese Einstellung ihren christlichen Moralvorstellungen widersprach. Miguens hatte sich wie ein sittenloser Strolch verhalten; sein Tod war nur gerecht. Noch immer empfand sie Ekel und Hass, wenn sie daran dachte, wie er sie befingert und über ihre Brüste geleckt hatte.

Um einen Skandal zu vermeiden, ließ Rafael seine Kontakte spielen. Er bestach ein paar Leute und setzte durch, dass es offiziell hieß, Miguens sei an einem Herzinfarkt gestorben. In den Augen von Micaela waren die Totenwache und die Beerdigung ein Schmierentheater: Ihre Tanten und Cousinen weinten hemmungslos, die Männer bemerkten leise, was für ein guter Mensch Miguens doch gewesen sei, und Rafael hob in seiner Trauerrede die Tugenden des Verstorbenen derart lobend hervor, dass Micaela sich fragte, ob er von demselben Mann sprach, der zwei Nächte zuvor versucht hatte, sie zu vergewaltigen.

In diesen Tagen sah sie ihren Bruder kaum; sie begegnete ihm lediglich kurz bei der Totenwache und bei der Beerdigung. Gastón wirkte traurig und bedrückt; er blickte kaum auf und unterhielt sich mit niemandem. Was sie betraf, so ging er ihr eindeutig aus dem Weg. Das machte es ihr leichter, ihr Wort zu halten, nicht mit ihm zu sprechen. Am Tag nach der Beerdigung erzählte ihr Mamá Cheia, Gastón habe einen Koffer gepackt und sei abgereist. Dabei habe er versprochen, ihr demnächst zu schreiben.

»Da ist doch was faul«, sagte die Amme. »Ich habe deinen Bruder noch nie so gesehen. Er wirkte wie ausgewechselt, so schweigsam und traurig. Ich bin mir sicher, du weißt etwas.«

Im ersten Moment zögerte Micaela, ihr die Wahrheit zu sagen. Die Sache mit Gioacchina und der Schwangerschaft würde sie hart treffen. Aber schließlich tat sie es doch.

Cheia konnte nicht fassen, dass ihr geliebter Gastón so tief gesunken war, und zweifelte Molinas Worte an, den sie als Zuhälter und Ganoven beschimpfte. Micaela erklärte, dass Gastón die Geschichte bestätigt habe, als sie ihn vor einigen Tagen mit den Vorwürfen konfrontiert habe.

»Und jetzt weiß ich nicht mehr, wie es weitergeht«, setzte sie hinzu.

»Wie soll es womit weitergehen?«, fragte Cheia.

»Mit meinen Auftritten im *Carmesí*. Molina sagte, er wolle mich nicht mehr dort sehen. Er hat mich rausgeworfen.«

»Er hat dich rausgeworfen? Warum? Was ist denn passiert?«

Micaela hatte nicht die Kraft, der Amme den Rest zu gestehen. Cheia dachte schon schlecht genug über Molina, da brauchte sie nicht noch von Miguens' Tod zu erzählen. Außerdem würde die Amme nachhaken und sie mit Fragen bestürmen, die sie nicht beantworten wollte. Ihr wurde schlecht, wenn sie nur daran dachte.

»Ich weiß es nicht«, log sie. »Er geriet völlig außer sich, als er mir das von seiner Schwester und Gastón erzählte. Er sagte mir, ich solle gehen und nicht wiederkommen.«

»Gott sei Dank«, schloss die Amme.

Micaela gab sich nicht damit zufrieden, Gott zu danken. Das Ende war so abrupt und sinnlos gewesen. Das Opfer, die Risiken, die sie eingegangen war, die Demütigung, die Angst – alles für nichts und wieder nichts. Ihr Bruder stand nach wie vor in Molinas Schuld. Jetzt war er wie ein Feigling davongelaufen und würde sich mit Sicherheit nicht mehr stellen. Wusste er nicht, dass Molina ihn überall finden konnte?

Sie dachte an die Nacht im Haus des Gangsters zurück und durchlebte noch einmal jeden Augenblick: Die Unterhaltung mit dieser Frida – wer mochte sie gewesen sein? Die Art und Weise, wie Molina sie angesehen hatte, wie er mit ihr gesprochen hatte, wütend und zugleich am Boden zerstört. Die merkwürdigen Dinge, die er zu ihr gesagt hatte.

Das sollte alles gewesen sein?, fragte sie sich. Musste es so enden? Es fiel ihr schwer, das zu glauben. Sie hatte sich an das *Carmesí* gewöhnt, an die heimlichen Fluchten von zu Hause, an die Proben mit Cacciaguida und seinen Musikern, an Tuli, den lieben Tuli, mit seiner affektierten Art und seiner schrillen Stimme. Sogar mit den Mädchen hatte sie sich angefreundet und fühlte sich ihnen eigenartig verbunden. Es amüsierte sie, ihnen bei ihren Gesprächen zuzuhören, die sich immer um Männer und Geld drehten. Mittlerweile konnte sie auch ihren Slang verstehen und war manchmal selbst versucht, ihn zu verwenden. Auch den leutseligen, stets gut aufgelegten Cabecita würde sie vermissen, der neben Mudo so winzig wirkte. Mudo: Schon die Erwähnung seines Namens ließ ihr das Blut in den Adern gefrieren. Es schauderte sie erneut, als sie an seine Worte in Molinas Haus dachte: *Für heute Nacht sind Sie noch mal davongekommen, Fräulein.* Raue Säuferstimme, Henkersmiene. Es lief ihr kalt den Rücken hinunter, als sie an den berüchtigten »Zungensammler« dachte. Aber nein, Molina würde keinen wahnsinnigen Hurenmörder unter seinen Leuten halten. Molina würde nicht zulassen, dass ... Molina, Molina, Molina. Wie sollte sie ihn aus dem Kopf bekommen? Wie dieses finstere Lächeln vergessen, seine Hände, seine schräg stehenden schwarzen Augen? Ihr stockte der Atem, wenn sie daran dachte, wie nahe sie ihm beim Tangotanzen gewesen war, oder an jenem Abend im Auto, als er sie um die Taille gepackt und ihren Nacken umfasst hatte. »Wäre doch keine schlechte Idee, wenn die Leute recht hätten«, hatte er gesagt.

Doch dann kam sie wieder zur Besinnung. Das alles zählte nicht! Bei Gott, nein, es zählte nicht! Nicht das *Carmesí*, nicht Tuli, nicht die Mädchen, nicht Cabecita und schon gar nicht Molina, der Schlimmste von allen, der verderbteste, böseste aller Menschen, aber letztlich auch derjenige, dem am übelsten mitgespielt worden war. Was für ein Labyrinth! So sehr sie auch nach einem Ausweg suchte, sie drehte sich immer nur im Kreis.

Ende Juli war es empfindlich kalt, und der Regen wollte gar nicht mehr aufhören. Micaela schlug das Wetter aufs Gemüt. Obwohl sie mit den Proben zu *Lakmé* begonnen hatte und Moreschi hellauf begeistert war, war sie traurig und voller Wehmut. Sie dachte an ihren Bruder und fragte sich, wo er wohl sein mochte. Sie suchte die Schuld auch bei sich, weil sie ihm ihre Hilfe versagt und ihn verurteilt und weggestoßen hatte. Mamá Cheia versuchte, sie zu trösten.

»Ich glaube, allein die Tatsache, dass er deine Zuneigung verlieren könnte, wird ihn zum Nachdenken bringen«, sagte sie. »Er liebt dich mehr als alles auf der Welt, das kann ich dir versichern.«

Doch Micaela war nicht überzeugt, und die Schuldgefühle machten ihr zu schaffen. Moreschi wiederum hielt sie an, die Probleme beiseitezuschieben und sich ganz auf die Oper zu konzentrieren. Die Aufführung war erst im September – noch genügend Zeit also, aber sie mussten intensiv proben.

»Zum Glück ist diese Sache mit Molina gut ausgegangen«, stellte er fest. »Dieser Zuhälter hat dich früher als vorgesehen aus seinen Fängen entlassen. Mach dir keine Sorgen, meine Liebe. Dein Bruder ist ein erwachsener Mann; er soll seine Probleme alleine lösen.«

Micaela bedauerte es, dass Eloy nicht da war. Schon seine Anwesenheit beruhigte sie. Selbstbewusst und charakterfest, wie er war, gab er ihr ein Gefühl von Sicherheit und Geborgenheit.

Daher freute sie sich, als ihr Vater eines Tages einen Brief von Eloy bekam und ihn bei Tisch vorlas. Er fühle sich sehr wohl in Rio de Janeiro, beteuerte er. Die Brasilianer seien entzückende Menschen und behandelten ihn gut. Sie schienen sogar die früheren Spannungen mit Präsident Figueroa Alcorta und seinem Außenminister Estanislao Zeballos vergessen zu haben und träten den argentinischen Gesandten freundlich und offen entgegen. Einige Stellen ließ Rafael aus, in denen es um politische Fragen ging, die nur sie beide betrafen.

»Sagt er, wann er zurückkommt?«, erkundigte sich Otilia.

»Hier: ›Was meine Rückkehr betrifft, Don Rafael, so erwarten Sie diese nicht vor Ende August. Doch seien Sie gewiss, dass ich zur Aufführung der *Lakmé* da sein werde.‹«

Die Übrigen sahen Micaela an, die verlegen den Blick senkte. Otilia strahlte übers ganze Gesicht.

Journalisten, Kritiker, Opernliebhaber und Freunde der Familie sahen der Vorstellung »der Göttlichen« in Buenos Aires aufgeregt entgegen. Tagtäglich erhielt sie Einladungen, Besuche oder Interviewanfragen von Zeitungen und Zeitschriften. Eine Huldigung folgte auf die nächste.

Doch was sie früher als erfüllend empfunden hatte, genügte ihr jetzt nicht mehr. Ihre Tage verliefen eintönig zwischen den Proben im Teatro Colón, den Gesangsstunden im Haus ihres Vaters und gesellschaftlichen Verpflichtungen. Manchmal überlegte sie, ihre Freunde im *Carmesí* zu besuchen. Sie kannte Molinas Tagesablauf genau und wusste, dass sie ihm nicht begegnen würde, wenn sie das Bordell um die Mittagszeit besuchte. Oder wollte sie ihm gar begegnen? Nein, die Idee, im *Carmesí* zu erscheinen, war genauso abwegig wie die Vorstellung, seinem Inhaber begegnen zu wollen.

Moreschi war ganz in seinem Element, er platzte fast vor Stolz über den Triumph seiner Schülerin. Er hatte Einladungen von Opernhäusern aus Santiago de Chile und Lima erhalten, die um ein Gastspiel »der Göttlichen« anfragten, doch Micaela trug ihm auf, die Angebote abzulehnen.

»Ich singe noch im Teatro Colón, und dann kehren wir nach Europa zurück«, erklärte sie.

***

Am 28. Juni 1914 wurden der österreichische Erzherzog Franz Ferdinand und seine Frau in Sarajewo von einem serbischen Terroristen ermordet. Doch Micaela hätte nie gedacht, dass der Tod des österreichisch-ungarischen Thronfolgers eine weltweite Krise auslösen würde. Bereits in den ersten Augusttagen versank Europa im Chaos: Frankreich, England und Russland erklärten Deutschland und Österreich-Ungarn den Krieg, Italien hingegen blieb neutral.

»Diese dummen Deutschen!«, schimpfte Rafael. »Anzunehmen, dass sie etwas gegen die Engländer ausrichten können! Eine Illusion, an einen Sieg zu glauben! Julio Roca denkt genauso. Ich habe ihn heute aufgesucht und fand ihn in seinem Arbeitszimmer über einige Karten gebeugt. Er sagte mir unumwunden, dass die Deutschen bereits besiegt seien.«

Die allgemeine politische Lage durchkreuzte Micaelas Pläne. Moreschi war dagegen, nach Paris zurückzukehren, solange

Krieg herrschte, und wurde darin von Urtiaga unterstützt. Sie musste zugeben, dass es unvernünftig war, ins Ungewisse abzureisen, und willigte ein, nach der Aufführung der *Lakmé* vorerst in Buenos Aires zu bleiben.

»Zumindest für ein, zwei Monate«, erklärte sie, »um abzuwarten, was in Europa geschieht.«

»Du wirst sehen, es werden reichlich Anfragen von anderen Opernhäusern hier in Amerika kommen. Ich bekäme gerne eine Vorstellung an der Metropolitan Opera in New York. Sie soll wunderbar sein.« Moreschi schmiedete weiterhin Pläne, Micaela hingegen war still und zurückhaltend.

In diesen Tagen musste sie oft an Marlene denken und malte sich aus, welche Sorge sie ausgestanden hätte, ihre Freundin in diesem verrückten Krieg zu wissen. Sie bekam Gänsehaut bei dem Gedanken an die Entbehrungen und Nöte, die sie hätte durchmachen müssen. In gewisser Weise war sie froh, dass Marlene in Frieden ruhte, während die »zivilisierte Welt« in Scherben lag.

Zu allem Überfluss starb am 9. August der argentinische Präsident. Roque Saénz Peña starb in einem kritischen Moment, und es blieben große Zweifel, nachdem Victorino de la Plaza das Amt übernommen hatte. Das Haus der Urtiagas wurde zur Kommandozentrale des konservativen Flügels der Autonomistischen Partei, der vor allem die Wahlreform verhindern und international ein Bündnis mit den Alliierten erreichen wollte.

Doch de la Plaza erklärte Argentinien für neutral. Rafael und andere einflussreiche Politiker protestierten, bedeutete diese Entscheidung doch eine Minderung der Macht, die sie über Jahre innegehabt hatten und die dem Land den Beinamen »Kornkammer der Welt« eingetragen hatte. Die einflussreichsten Kreise von Buenos Aires taten sich zusammen, um England um Unterstützung zu bitten. Doch de la Plaza rückte nicht von seiner Haltung ab und wurde binnen kürzester Zeit zu einer der unbeliebtesten Persönlichkeiten in der Stadt.

Entsetzt über den deutschen Einmarsch in Belgien, organisierten die Damen von Buenos Aires Wohltätigkeitsveranstaltungen zur Unterstützung der Alliierten. Sie sammelten Geld für das französische Rote Kreuz und die belgischen Kinder und alten Leute, die man in Lagern an der französischen und britischen Küste vor den Deutschen in Sicherheit gebracht hatte. Für Micaela nahmen die gesellschaftlichen Verpflichtungen durch den Krieg zu; sie wurde zu all diesen Veranstaltungen eingeladen und stand mehr als einmal im Mittelpunkt: »die Göttliche« würde einige Arien singen. Trotz ihrer Proben nahm sie sich die Zeit dafür, wenn sie damit etwas bewirken konnte.

Der ganzen Wohltätigkeitsveranstaltungen, Partys in Privatvillen und Modeschauen bei Harrod's müde, hatte Micaela an diesem Abend sämtliche Einladungen ausgeschlagen. Otilia und ihr Vater machten sich für einen Ball fertig, und Cheia war in ihrem Zimmer und nähte. Sie beschloss, ein wenig mit ihrer Amme zu plaudern; sie wollte nicht allein sein, denn dann kehrten unversehens all jene Erinnerungen zurück, an die sie auf keinen Fall rühren wollte.

Die Stille machte ihr zu schaffen. Ohne Gastón, der mit seinen Kumpels Karten oder Billard spielte, war es im Haus bedrückend ruhig. Da sie Cheia nicht in ihrem Zimmer antraf, ging sie in die Küche, wo sie auf Eloys Diener stieß. Der Mann stand auf und verbeugte sich zur Begrüßung. Cheia erschien und erklärte, Ralikhanta habe Señora Otilia einen Brief von seinem Herrn gebracht, und diese habe Anweisung gegeben, ihn zu beköstigen.

Micaela nahm ihm gegenüber Platz und musterte ihn neugierig. Er war wirklich ein sonderbarer Mann, von seinem äußeren Erscheinungsbild einmal ganz abgesehen. Seine Blicke, seine verhaltenen Bewegungen; sein ganzes Auftreten erinnerte an einen gut gedrillten Sklaven mit besten Manieren.

Mamá Cheia stellte ihm das Essen hin. Als sie ihm Wein einschenken wollte, legte er die Hand auf sein Glas.

»Nur Wasser, bitte«, sagte Ralikhanta, was Micaela die Gelegenheit gab, ihn zu fragen, warum er keinen Wein trinke. Der Mann erklärte, seine Religion erlaube das nicht.

»Welcher Religion gehören Sie denn an, Herr Ralikhanta?«
»Ich bin Muslim.«
»Ah, Muslim! Ich dachte, in Indien wären alle Hindus, die an Brahma, Shiva, Vishnu und andere Gottheiten mehr glauben.«
»Ja, die große Mehrzahl sind Hindus, auch wenn wir Anhänger des Islam nicht viel weniger sind. Ich jedenfalls glaube, dass wir alle zu demselben Gott beten, nur unter verschiedenen Namen.«

Micaela stimmte ihm zu, während sie feststellte, dass Eloys Diener ein feiner, kultivierter Mann war. Sie unterhielten sich noch länger. Mamá Cheia machte es sich am anderen Ende des Tisches bequem und widmete sich wieder ihrer Stickerei. Sie war zwar müde und wäre gern ins Bett gegangen, aber nicht mal im Traum würde sie Micaela mit diesem Menschen alleine lassen.

Ralikhanta erwies sich als gebildeter Mann, der, soweit Micaela verstand, einer vornehmen Familie aus Kalkutta entstammte, die durch schlechte politische Umstände und Geschäfte mit den Engländern alles verloren hatte. Sie war überrascht, wie redselig und offen er war; offensichtlich hatte der Arme niemanden, mit dem er sich unterhalten konnte.

»Sie sprechen gar kein Spanisch, Herr Ralikhanta?«
»Kein Wort. Ich spreche mit niemandem außer mit Herrn Eloy, und mit ihm unterhalte ich mich auf Hindi, manchmal auch auf Englisch.«

»Señor Cáceres könnte Ihnen Spanisch beibringen oder einen

Lehrer engagieren. Sie werden nie Kontakt bekommen, wenn Sie die Sprache nicht sprechen.«

Ralikhanta machte eine unwillige Geste, als ob Micaela etwas Ungehöriges gesagt hätte. Micaela spürte, dass sie zu weit gegangen war. Um das Thema zu wechseln, erzählte sie ihm, dass sie bald in einer Oper auftreten werde, in der es um die Liebe zwischen einer hinduistischen Priesterin und einem Engländer ging. Ralikhanta war sehr interessiert und wollte Genaueres über den Inhalt wissen, und so kam Micaela auf die Idee, ihn zur Aufführung von *Lakmé* einzuladen. Der Mann lehnte mit der Begründung ab, dass es dem Herrn Eloy nicht recht wäre, doch angesichts Micaelas Hartnäckigkeit gab er schließlich nach und willigte ein.

Er stand auf, trat vor sie und sagte: »Von heute an, Fräulein Urtiaga, bin ich Ihr treuester Diener.«

Dann verbeugte sich Ralikhanta und verließ die Küche. Micaela sah ihm hinterher; so viele Dinge waren ungeklärt geblieben. Obwohl sie vor Neugierde fast umkam, wusste sie nicht, wie sie ihn fragen sollte, ob er der Mann gewesen war, den sie in jener Nacht in La Boca in einem Wagen gesehen hatte, der dem von Eloy sehr ähnlich sah.

17. Kapitel

»Konzentriere dich auf die Oper, oder der Auftritt wird ein Desaster!«, sagte sie sich in der Garderobe des Teatro Colón. Während sie sich weiter umzog, musste sie an Tuli denken. Wie anders das hier doch war! Tuli hatte sie zurechtgemacht, um Tangos in einem Bordell in La Boca zu singen; hier bereitete sie sich darauf vor, in einem der berühmtesten Opernhäusern der Welt aufzutreten. Aber das Gefühl war nicht viel anders.

Es klopfte an der Tür. Ein Theaterassistent teilte ihr mit, dass die Vorstellung gleich beginnen würde. Das Lampenfieber packte sie. Sie begann, nervös mit den Beinen zu wippen und überprüfte noch einmal ihr Make-up. Moreschi kam herein und sprach ihr wie immer Mut zu. In den Saal passe keine Stecknadel mehr, berichtete er; ihr Vater, Otilia und Cheia hätten bereits ihre Plätze eingenommen. Sogar Präsident de la Plaza sitze in der Staatsloge.

»Haben Sie Gastón gesehen?«, fragte sie in der Hoffnung, ihr Bruder könne sein Versteck verlassen haben, um sie singen zu hören. Über drei Monate waren seit seiner Flucht vergangen; es war nun Mitte September, und niemand hatte etwas von ihm gehört. Ihr Vater schien nicht sehr besorgt zu sein; er war sicher, dass sein Sohn wieder auftauchen würde, sobald ihm das Geld ausging, und wartete einfach ab.

»Nein, meine Liebe, ich habe ihn nicht gesehen. Ich lasse dich jetzt allein«, setzte Moreschi dann hinzu. »Ich habe noch ein paar Dinge mit Mancinelli zu besprechen.«

Während sie weiter an Gastón dachte, kam ihr unweigerlich Carlo Molina in den Sinn. »Was kann ich noch tun? Ich habe getan, was ich konnte, auch wenn alles schiefgegangen ist.« Sie fühlte sich niedergeschlagen; so sehr sie die Sache auch drehte und wendete, nichts konnte sie beruhigen. »Vergiss die ganzen Probleme«, mahnte sie sich ohne Überzeugung.

Sie trat zum vierten Mal vor das Publikum, das sie immer noch genauso euphorisch feierte wie beim ersten Mal. In der Loge ihrer Familie winkte Cheia ihr zu, und ihr Vater war aufgesprungen und rief unaufhörlich »Bravo!«. Eloy saß unbewegt da und ließ sie nicht aus den Augen.

Sie hatte Mühe, die Garderobe zu erreichen; auf Schritt und Tritt musste sie jemanden begrüßen oder Glückwünsche entgegennehmen. Moreschi war an ihrer Seite und wurde genau wie sie mit Lob überschüttet. Endlich kamen sie in der Garderobe an. Dort war fast kein Platz mehr vor lauter Blumensträußen und Kästchen mit riesigen Schleifen. Sie ließ sich auf den Hocker vor dem Frisiertisch fallen und nahm die Perücke ab. Gleich kam das Garderobenmädchen Emilia dazu, das ihr beim Umziehen helfen sollte. Moreschi setzte die Brille auf und las die Kärtchen. Präsident de la Plaza hatte ein besonders auffälliges Blumenbukett schicken lassen. Andere, nicht ganz so ausladende, stammten von den vornehmsten Familien der Stadt.

»Und das hier?«, fragte Moreschi.

»Das hat ein Laufbursche abgegeben, ein paar Minuten, bevor das gnädige Fräulein kam«, erklärte Emilia.

»Es ist keine Karte dran«, bemerkte der Maestro.

»Darf ich mal sehen?«, bat Micaela.

Moreschi reichte ihr ein nicht sehr großes, in Seidenpapier eingeschlagenes Päckchen mit einer smaragdgrünen Schleife. Sie wickelte es aus und nahm aus einem Kästchen eine weiße Orchidee, ihre Lieblingsblume. Sie war gerührt, aber so sehr sie auch nach einem Absender suchte, sie konnte keinen finden.

»Das waren Sie, Maestro«, sagte Micaela schelmisch.

»Nein, meine Liebe«, beteuerte Moreschi geknickt, als ihm auffiel, dass er nichts für sie gekauft hatte.

»Wer hat die anderen Präsente geschickt?«

Moreschi las die Namen auf den Kärtchen vor: Der Name Cáceres war nicht darunter. Micaela lächelte erfreut. Kein Zweifel, die Orchidee musste von ihm sein.

Der Erfolg der *Lakmé* nahm ihre ganze Zeit in Anspruch. Wenn sie nicht im Theater war, um zu proben oder irgendwelche Details zu klären, empfing sie Journalisten und Kritiker. Sie kamen aus aller Herren Länder; auch ein Amerikaner war dabei, dem Moreschi im Hinblick auf die Metropolitan in New York besondere Aufmerksamkeit widmete.

Hatte sie vorher bereits viele Einladungen erhalten, so konnte sie sich jetzt kaum noch erwehren, und sie musste die meisten aus Zeitmangel ablehnen. Schon bald trafen Angebote für weitere Auftritte ein. Mancinelli wollte sie bis zum Ende der Spielzeit im Teatro Colón, die diesmal ausnahmsweise im November endete, in seinem Ensemble haben. Bedeutende Opernhäuser in Brasilien, Chile, Peru und Mexiko warben um sie, und da in Europa weiterhin Krieg herrschte, wusste Moreschi, dass Micaela früher oder später auf eines der Angebote eingehen würde.

Ja, der ständige Rummel in diesen Tagen, genau wie früher an der Pariser Oper oder der Mailänder Scala, hielt sie ziemlich in Atem, doch dann kam die Nacht und senkte sich unweigerlich mit all ihrer Last auf sie. Gastón bereitete ihr nach wie vor den größten Kummer. Vor einigen Tagen hatte Mamá Cheia einen Brief erhalten, in dem ihr Bruder in wenigen Worten mitteilte, dass es ihm gutging, und das genügte, um sie zu beruhigen.

Ohne dass sie es wollte, schweiften ihre Gedanken ab und gingen die unglaublichsten Wege. Manchmal überkam sie unbändige Lust, Tango zu tanzen, und sie vollführte alleine in ihrem Zimmer ein paar Schritte, ohne Musik und ohne Tanzpartner, während in ihrem Kopf das Lied *El Trece* erklang. Sobald sie die Augen schloss, sah sie Molinas Augen vor sich. Sie konnte seine Hand spüren, die sie mit eisernem Griff umfasste, sein Knie, das sich zwischen ihre Beine schob, den Geruch seiner schweißbeperlten Haut, sein brillantineglänzendes Haar, sein herbes und doch schönes Gesicht. Was für eine Qual!

In der zweiten Woche war die *Lakmé* genauso ausverkauft wie in der ersten. Es kamen nicht nur Städter, sondern auch Leute aus der Provinz und den umliegenden Ländern.

Micaela machte sich mittlerweile ohne Schwierigkeiten alleine zurecht; es ging ihr ganz leicht von der Hand. Vor dem Spiegel lag die letzte weiße Orchidee, die Cáceres ihr geschickt hatte, wie immer in einer in Seidenpapier gewickelten Schachtel mit grüner Schleife. Sie lächelte geschmeichelt und zugleich amüsiert. Obwohl sich das Spiel wiederholte und die Blumen weiterhin ohne Absender eintrafen, war sie von Eloys geheimnisvollem und romantischem Verhalten hingerissen, wo er doch sonst so zurückhaltend und förmlich war. Seit er aus Brasilien zurück war, verhielt er sich ihr gegenüber aufmerksamer und konnte kaum den Blick von ihr wenden. Und obwohl Saénz Peñas Tod und de la Platas Aufstieg seine Pläne, Außenminister zu werden, fürs Erste durchkreuzt hatten, wirkte er nicht frustriert, zumindest nicht ihr gegenüber.

»Señorita Urtiaga, in einer Minute beginnt die Vorstellung«, verkündete ihre Assistentin Emilia und ließ sie dann wieder allein.

Micaela ging auf die Bühne. Bevor sie sang, warf sie einen verstohlenen Blick in die vorderen Logen, auf der Suche nach bekannten Gesichtern, vor allem nach ihrem Bruder. Ihr fiel auf, dass der Vorhang der Bühnenloge, die normalerweise leer war, halb geöffnet war und durch den Spalt eine Silhouette zu erkennen war. Sie hatte keine Ahnung, um wen es sich handelte, bis Carlo Molina den Vorhang aufzog und ihr direkt in die Augen sah.

Micaela brachte die Eingangsarie nur mit Mühe zu Ende. Es folgte Nilakanthas Auftritt, und sie hatte einen Moment, um sich zu fassen. Aber der Bass war rasch fertig, und sie war wieder an der Reihe. Sie konnte sich nicht konzentrieren, bemühte sich, ihre Umgebung zu vergessen, doch die Verwirrung blieb, und die Kollegen aus dem Ensemble bemerkten ihre Veränderung. »Dieser verflixte Kerl bringt mich nicht aus der Ruhe. Es ist mir völlig egal, dass er da ist«, sagte sie sich ohne große Überzeugung. Dennoch verlief der erste Akt ohne Zwischenfälle.

Micaela stürzte zu Moreschi, der die Vorstellung aus den Kulissen verfolgte.

»Molina ist hier!«, rief sie.

»Welcher Molina?«, fragte er verdutzt.

»Welcher Molina wohl! Maestro, bitte! Carlo Molina, der Zuhälter! Er sitzt da drüben in der Bühnenloge. Näher geht's nicht mehr.«

Obwohl er sehr überrascht war, spielte Moreschi das Ganze herunter. »Nun ja, meine Liebe, wenn er genug Geld hat, um eine Loge zu mieten, kann ihm das niemand verbieten.«

Als sie wieder auf die Bühne ging, verbot sie sich, herüberzusehen, doch trotz allen Bemühens konnte sie sich den einen oder anderen flüchtigen Blick nicht versagen. Carlo Molina, sehr elegant im Smoking und so ernst, wie sie ihn noch nie gesehen hatte, hatte nur Augen für sie. Sein Verhalten verwirrte sie; sie hatte mit einem grimmigen Lächeln gerechnet, einer lasziven Geste vielleicht. Aber er saß so ernst da wie ein Kritiker. Warum nur sah er sie so durchdringend an?

»Hör auf, mich so anzusehen!«, befahl sie ihm in Gedanken.

Sie schloss die Augen, um die Glöckchenarie zu singen, den schwierigsten Part. Als sie sie wieder öffnete und ihr bewusst wurde, dass das Theater förmlich tobte, begriff sie, dass sie so gut gesungen hatte wie nie zuvor.

Der Vorhang fiel, und das Ensemble trat nach vorne, um sich zu verbeugen. Micaela sah zu Molinas Loge, doch dort war niemand mehr: Er war gegangen. Von tiefer Enttäuschung überwältigt, verließ sie rasch die Bühne. Sie eilte in die Garderobe, schloss die Tür hinter sich und ließ sich in einen Sessel fallen. Emilia nahm ihr die Perücke ab und zog ihr die Schuhe aus.

»Madonna mia!« Mit diesem Ausruf kam Moreschi hereingestürzt. »Exzellent! Superb! Meisterhaft! Du hast *Où va la jeune Hindoue* so gut gesungen wie noch nie. Wie ein Engel! Wie ein Engel!«, wiederholte er gerührt und begeistert, ohne indes Micaelas Aufmerksamkeit zu erringen, die weiter mit geistesabwesendem Blick in ihrem Sessel saß.

Der völlig aufgekratzte Moreschi verabschiedete sich, um ein paar Worte mit dem Orchesterchef zu wechseln. Bevor er die Tür hinter sich schloss, hörte Micaela die fröhlichen Stimmen von draußen, und ihre Ernüchterung wurde noch größer.

»Ah, ich vergaß!«, fiel es Emilia wieder ein. »Gerade eben hat ein Bursche diesen Brief für Sie abgegeben.«

Micaela öffnete den Umschlag und las: »*In der Calle Tucumán, Ecke Libertad, wartet ein Wagen auf dich. C. M.*« Der bestimmende Ton und die präzise Anweisung verlockten sie. Sie verzichtete auf Emilias Hilfe, die sie ohne weitere Erklärungen wegschickte, und zog sich rasch um. Sie wählte ein Kleid, das sie noch nie getragen hatte, den Entwurf einer jungen Pariser Modeschöpferin. Es war aus lilafarbener Spitze, unterlegt mit Taft im gleichen Farbton, und besaß einen gewagten, spitz zulaufenden Ausschnitt. In der Taille saß es trotz fehlendem Korsett sehr eng, der Rock war lang und unten glockig ausgestellt. Micaela sah umwerfend darin aus. Dazu wählte sie weiße Handschuhe und einen nicht sehr auffälligen Hut. Sie hüllte sich in ihr Cape, und bevor sie hinausging, legte sie ein paar Tropfen von dem Parfüm auf, das Moreschi ihr aus Europa mitgebracht hatte.

Aus dem Foyer warf sie einen Blick in die große Eingangshalle und stellte fest, dass sie nicht unbemerkt hinauskommen würde. Sie kehrte zu den Garderoben zurück, wo ein Angestellter ihr den Ausgang zur Calle Tucumán zeigte. An der Ecke wartete ein schwarzer Wagen, und ein gutgekleideter Mann half ihr beim Einsteigen, ohne ein Wort zu sagen. Die Scheiben waren mit Gardinen verdunkelt, so dass Micaela nicht sehen konnte, wohin er sie fuhr. Sie wurde nervös: Was machte sie hier? War sie verrückt geworden? Ja, völlig verrückt. Wieder in den Fängen des Löwen, wie ein dummes kleines Mädchen. Sie hatte überstürzt gehandelt, aber sie würde den Chauffeur bitten, anzuhalten, und aussteigen. Doch dann überlegte sie es sich anders und ergab sich ihrem Schicksal.

Der Wagen hielt an. Micaela sah sich um, ohne zu wissen, wo sie sich befand, obwohl ihr die Gegend irgendwie bekannt vorkam. Der Chauffeur deutete auf den Eingang eines Hauses im Kolonialstil, das sie an die Villa am Paseo de Julio erinnerte.

»Wo sind wir?«

»In San Telmo, Señorita.«

San Telmo! Ein Viertel voller Mietskasernen, Bordelle und lichtscheuem Gesindel. Ein Viertel für Leute wie Molina. Der Chauffeur brachte sie zum Eingang und läutete eine Glocke, die an einem schmiedeeisernen Gitter hing. Eine Frau öffnete die Tür.

»Nur herein, Fräulein Urtiaga«, sagte sie.

»Frida?«

»Ja, Fräulein. Wie ich sehe, erinnern Sie sich an mich. Señor Molina wird sie gleich empfangen. Er wartet schon auf Sie.«

Sie fasste Micaela am Arm und zog sie ins Innere des Hauses. Im Eingang nahm sie ihr Umhang, Hut und Handschuhe ab.

»Begleiten Sie mich bitte in den Salon.«

Sie verließen das Vestibül, durchquerten einen von Weinreben überrankten Innenhof und betraten einen nur schwach erleuchteten Salon. Schon im Patio hörte Micaela ihre eigene Stimme von einer Schellackplatte.

»Setzen Sie sich. Carlo wird gleich kommen.« Damit ging sie.

Das Grammophon spielte die Interpretation der *Aida*, die sie letztes Jahr für die RCA Victor aufgenommen hatte. Sie stöberte in den Platten und sah, dass Molina sämtliche Aufnahmen besaß, die sie gemacht hatte. Außerdem fand sie Musik von Beethoven, Tschaikowski, Mendelssohn und eine Aufnahme der *Carmen*, gesungen von einer anderen Sopranistin.

Sie hörte ein Geräusch aus dem Nachbarzimmer, das völlig im Dunkeln lag. Sie erkannte eine Zigarrenglut und den schimmernden Glanz von gegeltem Haar. Carlo trat einige Schritte vor und löste sich aus dem Halbdunkel. Und obwohl sie mit der unvermeidlichen Begegnung gerechnet hatte, musste sie sich jetzt, da sie ihn so nah, so real vor sich sah, gegen ein Möbelstück lehnen.

»Hallo, Marlene«, sagte er ungewöhnlich ruhig.

»Was wollen Sie von mir?«, erwiderte sie.

Carlo lächelte traurig, löschte die Zigarre und kam näher. Micaela versuchte zurückzuweichen, doch ein Tischchen hinderte sie daran. Sie wich zur Seite aus, ohne den Blick von Carlo zu wenden.

»Was wollen Sie von mir?«, fragte sie noch einmal. »Wissen Sie etwas von meinem Bruder?«

Sie konnte Carlo Molina keine Schuld geben. Sie hatte sich aus freien Stücken auf sein Spiel eingelassen. Lammfromm hatte sie sich zu ihm führen lassen, und nun stand er vor ihr und hatte sie im Griff wie ein naives dummes Ding. Er war so nah, nur zwei oder drei Schritte entfernt, und sah sie genauso ernst und unbewegt an wie im Theater.

»Warum haben Sie mich herbringen lassen?«, wollte sie wissen.

»Ich habe sie kürzlich gekauft«, sagte Carlo und wies auf die Schallplatten. »Das Grammophon ist auch neu. Ich habe es für dich gekauft.«

Micaela machte deutliche Anstalten, zu gehen. Carlo packte sie bei den Schultern, drehte sie um und zwang sie, sich auf dem Tischchen abzustützen. Sie spürte seine Brust an ihrem Rücken, und einen Augenblick später umfasste seine Hand ihren Bauch. Vorsichtig drehte er sie ein wenig zu sich um. Sein Blick machte sie willenlos, und die Berührung seiner Finger ließ ihr Herz schneller schlagen. Die Augen fest geschlossen, stellte sie sich sein herrisches, grausames Gesicht vor und schüttelte sich vor Abscheu. Niemals würde sie sich einem ehrlosen Mann hingeben, einem Mörder und Vorstadtganoven.

»So sehr hasst du mich, Marlene?«, hörte sie ihn fragen, während er sie unsanft zu sich umdrehte. Gegen besseres Wissen sah Micaela ihm ins Gesicht, obwohl sie wusste, dass sie ihn nicht ansehen durfte.

»Nein«, sagte sie.

»Was heißt nein?«, fragte Carlo.

»Ich hasse Sie nicht.«

Eine Hitzewelle durchströmte ihren Körper und stieg bis in ihre Wangen. Sie versuchte den Blick zu senken, doch Carlo hinderte sie daran.

»Nein, bitte schau mich an!«

Verwirrt und hilflos wandte sie sich ab.

»Es reicht«, sagte sie.

Carlos Hände gaben sie frei, und sie hörte, wie er ein paar Schritte zurücktrat.

»Gehen wir ins Esszimmer. Das Abendessen ist angerichtet.«

Das Abendessen? Die Situation wurde immer verrückter. Sie musste sofort gehen, sie musste hier weg. Doch dann begegneten sich ihre Blicke, und obwohl sie eigentlich nach Frida rufen wollte, damit diese ihr das Cape brachte, bedeutete sie ihm schließlich mit einem Kopfnicken, dass sie die Einladung annahm.

Sie betraten das Esszimmer. Molina machte Licht, und Micaela nahm den Raum in Augenschein. Das einzige Fenster wies auf die Straße und war mit einem ähnlichen Gitter versehen wie die Eingangstür. Ein Kronleuchter erhellte den feierlich gedeckten Tisch. Das klassische Mobiliar überraschte sie; es stand dem, das Otilia aus Paris mitgebracht hatte, in nichts nach.

»Ich hoffe, die Einrichtung gefällt Ihnen«, sagte Frida, während sie eine Platte auf den Tisch stellte. Micaela sah sie verwirrt an, während sie vergeblich versuchte, die Bemerkung zu verstehen.

»Bei dem Vermögen, das du ausgegeben hast, müssen es die besten Möbel der Welt sein«, beschwerte sich Carlo.

Die Frau warf ihm einen vernichtenden Blick zu, murmelte etwas auf Deutsch und verschwand. Micaela wäre es lieber gewesen, sie wäre geblieben. Sie wollte nicht mit Molina allein sein. Sie tat so, als betrachte sie ein Gemälde. Kurz darauf spürte sie ihn hinter sich stehen, so nah, dass er sie fast berührte.

»Gefällt dir mein Haus?«

Die Frage brachte sie zum Lachen, und sie schlug die Hand vor den Mund.

»Ich habe noch nicht viel davon gesehen, aber ja, es gefällt mir. Es erinnert mich an das Zuhause meiner Kindheit.«

Wieder hätte sie beinahe laut losgelacht, diesmal nicht wegen der Frage, sondern wegen der absurden Situation.

»Warum haben Sie mich zu sich nach Hause bringen lassen, Señor Molina? Ist es wegen der Sache mit meinem Bruder?«

Frida kam mit einer Schüssel herein.

»Hast du der jungen Dame noch immer keinen Platz angeboten?«, warf sie ihm vor.

Molina führte sie zu ihrem Platz zur Rechten des Kopfendes. Was machte sie hier? Nichts hielt sie zurück, außer ihrer Willenskraft. Was war mit ihr los? Wohin sollte das führen? Und während sich die Fragen in ihrem Kopf überschlugen, nahm sie Platz. Sie sah, dass Molina stehen geblieben war, und bemerkte, dass er nervös war. Dann entdeckte sie neben ihrem Teller ein weißes Schächtelchen mit einer smaragdgrünen Schleife. Er bedeutete ihr, es zu öffnen. Ihre Hände zitterten. Die gleiche weiße Orchidee. Es war Carlo Molina gewesen, die ganze Zeit war er es gewesen. Und sie hatte Eloy im Verdacht gehabt. Sie lachte.

»Worüber lachst du?«, fragte er beleidigt.

»Immer wenn ich mit Ihnen zusammen bin, Señor Molina, stelle ich mir eine einzige Frage: Was mache ich hier? Werde ich verrückt? Warum gehe ich nicht? Warum halte ich mich nicht von diesem Mann fern? Das ist alles, woran ich denken kann.«

»Ich hingegen frage mich jedes Mal, wenn ich mit dir zusammen bin: Warum ist sie so schön? Welche Farbe haben ihre Augen? Wie mag ihre Haut riechen? Wie mag es sein, sie zu küssen? Warum gehe ich nicht mit ihr ins Bett?«

Micaela legte die Orchidee weg und wollte aufstehen, aber Carlo legte ihr eine Hand auf die Schulter und zwang sie, sitzen zu bleiben. Frida kam mit einem weiteren Tablett herein.

»Ich hoffe, Sie mögen deutsches Essen, Fräulein«, sagte die Frau.

»Ich glaube nicht, dass sie es mögen wird«, entgegnete Carlo, und Frida machte ein langes Gesicht.

»Doch, doch«, hauchte Micaela kaum hörbar, »ich mag es.«

»Ach ja?«, erkundigte sich Frida interessiert. »Haben Sie schon mal deutsch gegessen?«

»Ja, schon oft«, antwortete Micaela, jetzt etwas mutiger.

»Wirklich? Und wo?«

»Na ja ... Bei verschiedenen Gelegenheiten. Zum ersten Mal in München, bei den Musikfestspielen.«

»Oh, ja! Die Münchner Musikfestspiele. Mein Mann Johann und ich waren fast jedes Jahr dort. Wir sind auch nach Bayreuth gefahren. Cosima Wagner war eine Bekannte meines Mannes und hat uns immer eingeladen. Ich habe das besonders genossen, weil ich aus Offenbach stamme. Das gehört zwar nicht zu Bayern, liegt aber am Main, demselben Fluss, der auch durch Bayreuth fließt. Ich dachte immer: Dasselbe Wasser, das durch meine Heimat fließt, ist zuvor durch Bayreuth geflossen. Ich habe mich immer richtig zu Hause gefühlt, wenn ich die Festspiele besuchte.«

»Ja, natürlich, die Bayreuther Festspiele. Ich habe ein paarmal dort gesungen.«

»Tatsächlich?«, fragte Frida erstaunt. »Kennen Sie Ernest van Dyck, den berühmten Tenor? Ich erinnere mich, dass er Cosimas Lieblingssänger war.«

»Ja, natürlich. Ernest und ich haben zusammen den *Tannhäuser* gesungen. Neben Caruso ist er einer der besten Sänger, die ich kenne.«

»Aber ich vermute doch, dass sie die Opern von Rossini und Puccini denen von Wagner vorziehen, schließlich ...«

»Genug jetzt von Opern!«, unterbrach Carlo, der nicht länger über ein Thema reden wollte, von dem er nicht die geringste Ahnung hatte. Frida nahm die Schüssel und wollte hinausgehen.

»Essen Sie nicht mit uns, Frida?«, fragte das Mädchen.

»Nein, meine Liebe. Heute Abend esse ich in der Küche.« Damit ging sie.

»Du würdest lieber mit ihr essen, weil sie eher dein Niveau ist, nicht wahr? Sie weiß mehr über deine Opern und dieses ganze Zeugs.«

»Ach, Señor Molina! Reden Sie nicht solchen Unsinn und sagen Sie mir endlich, warum Sie mich haben herbringen lassen.« Sie nahm die Orchidee und schüttelte sie ein wenig. »Und was das hier zu bedeuten hat, wenn Sie so freundlich wären.«

»Es ist deine Lieblingsblume.«

»Sie wollen mich unbedingt aus der Fassung bringen!«

Sie versuchte erneut, aufzustehen. Carlo fasste ihre Hand und sagte: »Geh nicht, Marlene. Bleib zum Essen.« Doch gleich darauf änderte sich sein Ton wieder. »Oder willst du die Einladung eines alten Geschäftsfreunds ausschlagen?«

Völlig willenlos setzte sie sich wieder hin. Carlo hielt immer noch ihre Hand, aber es machte ihr nichts mehr aus. Seine weiche, dunkle, unbehaarte Hand ... Sie erinnerte sich, wie fasziniert sie damals gewesen war. Schöne, gepflegte Fingernägel. Unbewusst streichelte sie darüber. Carlo erwiderte die Berührung und drückte sie noch ein wenig fester.

»Señor Molina, ich begreife gar nichts.«

»Was begreifst du nicht?«

»Was wollen Sie von mir?«

»Mit dir zu Abend essen.«

Micaela schüttelte den Kopf, entzog ihm ihre Hand und sah ihn prüfend an. Carlos schwarze Augen, sonst so unergründlich und undurchdringlich, verrieten ihr deutlich, dass er sich nach ihrer Gesellschaft sehnte.

»Ich werde mit Ihnen essen. Ich hoffe, ich werde es nicht bereuen.«

Carlo lächelte und sah dabei schöner aus als je zuvor. Micaela seufzte tief, um zu überspielen, wie sehr ihr dieses Lächeln gefiel.

»Ich habe so viele Fragen, dass ich gar nicht weiß, wo ich anfangen soll.«

»Zuerst einmal möchte ich dir gratulieren. Ich habe zwar keine Ahnung von Oper, aber am Applaus habe ich gemerkt, dass du wirklich gut gewesen bist.«

»Danke, aber als ich Sie dort so nah in der Loge sitzen sah, hätte ich beinahe gepatzt. Für einen Moment dachte ich, ich brächte keinen Ton heraus.«

Carlo musste über ihr Geständnis lachen. Micaela nahm die Orchidee und bestaunte ihre erlesene Schönheit. Dann sah sie ihn wieder an.

»Woher wussten Sie, dass weiße Orchideen meine Lieblingsblumen sind? Das wissen nur sehr wenige.«

»Es war die Lieblingsblume deiner Mutter.« Micaela zuckte zusammen. »Dein Bruder hat es meiner Schwester erzählt, und Miss Bennet hat es mir erzählt.«

»Mein Bruder? Wo ist er? Haben Sie ihn gesehen? Haben Sie ihm etwas angetan?«

»Nein!« Carlo klang verletzt. »Ich habe ihm nichts angetan. Er scheint sein Verhalten überdacht zu haben.« Micaela runzelte fragend die Stirn. »So sieht es zumindest aus. Nach Miguens' Tod kam er zu mir und fragte mich, wo Gioacchina sei. Er bat mich um Verzeihung für sein Verhalten und sagte mir, dass er sie heiraten wolle.«

»Wirklich? Ach, Señor Molina! Ich freue mich so sehr!«

»Nicht so schnell. Gioacchina hat ihn abgewiesen und ihm gesagt, dass sie ihn nicht mehr sehen wolle. Sie ist zutiefst verletzt. Miss Bennet schrieb mir, dass Gastón jeden Tag vorbeikomme. Anfangs hat sie ihn nicht empfangen, doch dank der Fürsprache von Miss Bennet und weil sie deinen Bruder liebt, ist sie mittlerweile etwas milder gestimmt. Früher oder später werden sie heiraten, denke ich. Ich wäre froh, wenn es noch vor der Geburt des Kindes wäre, aber bis dahin ist es nicht mehr lange.«

»Wo sind sie?«

»Das kann ich dir nicht sagen. Gastón hat mich gebeten, es keinem zu verraten. Er möchte für eine Weile seine Ruhe haben und allein sein«, erklärte Carlo.

Micaela nickte und wechselte das Thema. Sie erkundigte sich nach Tuli, Cacciaguida, den Musikern und einigen der Mädchen; sie hatte Polaquita und Edelmira ins Herz geschlossen. Molina erzählte ihr, dass sie vermisst werde, insbesondere von Tuli und Cacciaguida. Sie hätten ihn fast um den Verstand gebracht mit ihren Fragen, warum sie so plötzlich verschwunden sei.

»Wenn du möchtest, bringe ich sie demnächst mit hierher, damit du dich ein bisschen mit ihnen unterhalten kannst.«

Es fiel ihr mittlerweile schwer, weiter mit diesem Mann an einem Tisch zu sitzen, ohne seinen Verstand in Zweifel zu ziehen. Was ging in seinem Kopf vor? Dachte er wirklich, sie würde noch einmal in sein Haus kommen? Der ganzen Mutmaßungen müde, beschloss sie, die Dinge einfach auf sich zukommen zu lassen.

Frida servierte den letzten Gang und zog sich dann zurück.

»Ist Frida Ihre Haushälterin, Señor Molina?«

Er lachte, und Micaela sah ihn wütend an. »Nein, Frida war die Frau meines engen Freundes Johann. Nachdem sie Witwe wurde, kümmert sie sich nun um meinen Haushalt. Sie ist wie eine Mutter für mich.«

Micaela nahm die Einrichtung genauer in Augenschein: Der Parkettboden und das Silber waren blitzblank, der Tisch sorgfältig gedeckt, mit einem Strauß weißer Rosen in der Mitte, Damasttischwäsche und Porzellangeschirr. Das alles bestätigte sie in dem, was sie in der Nacht von Miguens' Tod über diese Frau gedacht hatte: Es handelte sich um eine anständige, kultivierte

Person mit der Bildung und den Manieren einer Dame. Was machte sie bei einem Mann wie Carlo Molina? »Sie ist wie eine Mutter für mich«, hatte er gesagt. Und ganz offensichtlich erwiderte Frida diese Zuneigung, das hatte man in jener Nacht gemerkt, als sie ihn auf Biegen und Brechen verteidigt hatte. Carlo trage keine Schuld, er sei ein Opfer der Umstände, und so weiter und so fort. Ob Frida wusste, wer Carlo Molina wirklich war und wovon er lebte? Und wer war dieser Johann gewesen? Wo hatten sie sich angefreundet? Ein Bekannter von Cosima Wagner, der regelmäßig die Festspiele in München und Bayreuth besuchte. Ein Mysterium.

»Du sagtest vorhin, dieses Haus erinnere dich an das Zuhause deiner Kindheit.«

»Ja, es ist ein Gebäude im Kolonialstil. Das Haus meiner Familie, das lange Jahre in unserem Besitz war, war diesem sehr ähnlich. Ein zentraler Patio, von dem alle Wohnräume und Schlafzimmer abgingen. Mein Vater hat es verkauft. Später wurde es abgerissen und an seiner Stelle ein Bankhaus gebaut.«

»Ich denke nicht, dass du etwas dagegen einzuwenden hattest. Mit Sicherheit ist das neue Stadtpalais deines Vaters zehnmal schöner«, bemerkte er nicht ohne einen gewissen Sarkasmus.

»Weder noch. Das Haus meines Vaters ist nicht mein Zuhause. Ich bin nur zu Gast. Mein Zuhause ist Paris. Dort habe ich meine Wohnung, meine Freunde, meine Welt. Wenn der Krieg nicht wäre, wäre ich schon längst dorthin zurückgekehrt.«

Carlo wurde ernst und wandte den Blick ab. Micaela dachte, er würde noch etwas sagen, aber er trank nur einen Schluck Wein und aß langsam weiter.

»Als ich ein Kind war«, sagte er schließlich, »kam ich immer an diesem Haus vorbei, wenn ich von der Arbeit kam. Ich blieb auf dem gegenüberliegenden Gehsteig stehen und betrachtete es eine Weile. Es gefiel mir ausnehmend gut. Und es gefiel mir umso besser, weil es einem Vizekönig gehört hatte, ich glaube, es war Vizekönig del Pino. ›Das Haus der alten Vizekönigin‹, so hieß es. Es wurde 1788 erbaut. Ich habe es einem Spanier abgekauft und es vollständig renoviert. Ich habe fließendes Wasser und elektrisches Licht einbauen lassen. Es ist sehr schön geworden, findest du nicht?«

»Wie ich bereits sagte: Das Wenige, das ich davon gesehen habe, gefällt mir.«

Sie mochte kaum glauben, worüber sie sich unterhielten, aber sie fühlte sich ausnehmend wohl und zudem geschmeichelt. Sie hatte das ungewisse Gefühl, dass Molina nicht jedem die Geschichte des Hauses erzählte.

Was für ein schöner Mann! Sie war fasziniert von seinem kantigen Unterkiefer, dessen Muskeln sich anspannten, wenn er kaute. Ihr gefiel sein Mund, der vom Salatöl ein wenig glänzte; seine weiche, dunkle, glattrasierte Haut; der dichte Wimpernkranz, der ihm diesen etwas unheimlichen Ausdruck verlieh, und der starke, kräftige Hals. Micaelas Blick wanderte über den Nacken hinunter zu den Armen; ein Hemdsärmel war ein wenig hochgerutscht und ließ ein kräftiges, sehniges Handgelenk erkennen. Und dann die Hand, die sie so oft berührt hatte.

Ein Geräusch aus dem Nebenzimmer weckte ihre Aufmerksamkeit. Es hörte sich an, als ob mehrere Personen Möbel rückten oder Dinge abstellten, doch in der Dunkelheit war nichts zu erkennen. Sie warf Carlo einen fragenden Blick zu, obwohl eine Erklärung überflüssig war. Sie hörte zwei oder mehr Geigen, ein Bandoneon, eine Gitarre: Im Nachbarraum spielte ein Orchester einen Tango. Carlo stand auf, legte die Serviette auf den Tisch, zog das Jackett aus und streckte ihr die Hand entgegen.

»Tanz mit mir, Marlene.«

Nach kurzem Zögern willigte sie ein. Carlo führte sie langsam in den mit Wein überrankten Patio. Im Hof fasste er sie so grob um die Taille, dass es ihr weh tat, aber sie beschwerte sich nicht. Wie im *Carmesí* ließ sie sich von der lasziven, berauschenden Melodie des Tangos davontragen, ein Gefühl, das in Carlos Armen noch stärker wurde. Für Momente schwanden ihr fast die Sinne, aber sie versuchte trotzdem, genau auf seine Schritte und Drehungen zu achten, folgte ihnen geschmeidig und schien den nächsten Stopp oder Richtungswechsel vorherzusehen.

Wieder frei, ließ sie der Leidenschaft freien Lauf, die sie den ganzen Abend unterdrückt hatte. Carlo spürte, wie sie nachgab, und umfasste sie noch ein wenig fester. Er tanzte schneller, und Micaela reagierte, indem sie ein Bein um das seine schlang. Er schob ihren Rock zurück, fasste sie beim Knöchel und drehte sie im Kreis. Er streichelte ihr Bein, und Micaela schloss die Augen, um ein lustvolles Stöhnen zu unterdrücken, das sie fast um den Verstand brachte.

Ihre Füße hielten unvermutet inne. Carlo zog sie an sich, bis er fast ihr Gesicht berührte, ließ sie wieder los, und sie tanzten weiter ihre Figuren, die immer schwindelerregender und sinnlicher wurden. Zum Schluss bog er sie bis zum Boden, und als er sie wieder hochhob, umfasste er ihren Nacken und küsste sie auf den Mund. Micaela rührte sich nicht, ihre Arme hingen willenlos nach unten, ihr Kopf war zwischen Carlos Händen gefangen. Als dieser hemmungslos seinen Mund auf den ihren presste, durchströmte sie eine brennende Hitze, die ihren ganzen Körper erfasste. Sie klammerte sich an ihn und erwiderte seinen Kuss ebenso leidenschaftlich.

Carlo nahm ihre Hand und führte sie durch eine der Türen, die in den Patio zeigten, nach drinnen. Er machte Licht, und Micaela erkannte das Zimmer wieder, wo sie in der Nacht von Miguens' Tod zu sich gekommen war. Die Tangoklänge wurden leiser, als Carlo die Tür schloss. Er zog sein Hemd aus und warf es zu Boden. Micaela bewunderte das Spiel der Muskeln und berührte fasziniert seine Brust, zeichnete mit dem Zeigefinger die Linien nach. Carlo ließ sie gewähren, obwohl er erschauderte und es ihm schwerfiel, sich nicht zu bewegen. Er wollte ihr das Kleid ausziehen, doch Micaela wich ein wenig zurück und sah ihn an, wohl wissend, dass es für Ausflüchte zu spät war.

»Micaela«, flüsterte er.

»Señor Molina, lassen Sie mich gehen.«

»Sag Carlo zu mir.« Er küsste sie auf den Hals.

»Carlo …«

Sie vergaß alles, was sie ihm hatte vorwerfen wollen. Sie schloss die Augen und legte ergeben den Kopf zurück. Carlo zog ihr Kleid und Unterrock aus, löste ihr Haar und führte sie mit sanftem Zwang zum Bett. Aber als sie so auf seinem Bett lag, praktisch nackt, und seine starken Hände auf ihrer Haut fühlte, wurde ihr erneut auf beängstigende Weise klar, dass er ein skrupelloser, zutiefst verkommener Mensch war, ein Zuhälter und Mörder. Sie schluchzte unterdrückt, und Carlo, der neben ihr lag, spürte ihre Angst.

»Was hast du?«, fragte er mit großer Zärtlichkeit. »Ich begehre dich. Es gibt nichts, was ich mehr begehre. Ich werde dir nicht weh tun. Vertrau mir.« Er küsste sie immer wieder auf den Rücken, bis sie sich schließlich entspannte. »So ist es gut.«

Er presste seine Lippen auf ihren Nacken, sog ihren Duft ein und ließ bewundernd ihr weiches, blondes Haar durch seine dunklen Finger gleiten. Schließlich streifte er ihre Unterwäsche ab und küsste sie auf den Po.

»Die Strümpfe lasse ich dir an. So gefällst du mir – völlig nackt, nur in Strümpfen.«

Ein Sturm der Gefühle brach in Micaela los. Sie war hin und her gerissen zwischen diesen heftigen, zutiefst verstörenden körperlichen Empfindungen und der Scham, der Unentschlossenheit und Ungewissheit. Carlos Hände streichelten ihre Beine und wanderten langsam immer höher, während er sie mit zärtlichen Küssen bedeckte. Als er schließlich jede Zurückhaltung aufgab und seine Hand zwischen ihre Beine schob, kannte ihre Lust keine Grenzen mehr. Sie wand sich und stöhnte. Carlo lächelte glücklich und beugte sich über sie.

»Du machst mich verrückt, Marlene. Ich bin verrückt nach dir.« Er flüsterte noch andere Dinge, die Micaela nicht verstand. Er war wie von Sinnen, er stöhnte und atmete schwer.

Dann stand er auf, um sich des Smokings zu entledigen. Micaela setzte sich auf, um ihn anzusehen. Völlig nackt stand er wie eine Statue aus dunklem Marmor vor ihr. Er schwitzte, und seine Muskeln zeichneten sich deutlich unter der Haut ab. Seine beeindruckende Männlichkeit machte ihr Angst. Trotzdem streckte sie ihm die Hand entgegen.

Er legte sich wieder zu ihr und schob mit dem Knie ihre Beine auseinander. Dann drang er langsam, aber energisch in sie ein. Micaela schrie auf, und er spürte, wie etwas in ihrem Inneren zerriss.

»Mein Gott, warum hast du mir nicht gesagt, dass du noch Jungfrau bist?«, sagte er vorwurfsvoll, während er sie küsste und ihr das Haar aus dem Gesicht strich.

»Es hat weh getan. Es tut weh«, klagte Micaela, ohne sich zu rühren. Carlo, der immer noch in ihr war, bewegte sich nicht.

»Natürlich hat es weh getan. Warum hast du mir das nicht gesagt? Ich war grob zu dir. Ich dachte, du wärst ...«

»Ich habe mich geschämt.«

»Geschämt?«, fragte Carlo erstaunt. »Du hast dich geschämt, mir zu gehören und niemandem sonst?«

Er vergrub sein Gesicht an ihrem Hals und bewegte sich weiter, vorsichtiger diesmal, aber nicht weniger bestimmt. Micaela biss die Zähne zusammen, bis Carlos Keuchen, die sanften Bewegungen seines Beckens und sein vor Lust verzerrtes Gesicht sie in eine weiche, warme Welt transportierten, in der sie nur sein Stöhnen hörte und keinen Schmerz mehr spürte. Sie schlang ihre Beine um ihn und passte sich seinen Wellenbewegungen an. Ihr Körper reagierte instinktiv. Carlo nahm sie ungestüm, als wollte er förmlich in ihrem Körper versinken. Seine Bewegungen wurden schneller, und sie passte sich ihm an. Hitze durchströmte ihren Körper, Vorbote eines Höhepunkts, der sie fast den Verstand verlieren ließ. Micaela spürte ihn kommen und hielt den Atem an. Carlos lautes, heftiges Stöhnen verstärkte die tiefe Lust noch, die sich zwischen ihren Beinen ausbreitete.

***

Micaela öffnete die Augen, ohne sich zu bewegen. Carlo hielt sie fest umschlungen; ein Arm lag um ihren Hals, der andere ruhte auf ihrem Bauch. Sie betrachtete ihn, während er tief und fest schlief. Eine innige Zärtlichkeit durchflutete sie, die jedoch verschwand, wenn sie an die Szenen dachte, die sich zuvor abgespielt hatten.

Wie viel Uhr war es? Sie wurde unruhig. Es musste schon sehr spät sein! Wie sollte sie unbemerkt ins Haus kommen? Mamá Cheia und Moreschi würden toben vor Wut. Sie würden sie fragen, wo sie gewesen sei, und wenn sie antwortete, bei Molina, würden sie sie umbringen. Sie malte sich aus, was sie alles sagen würden. Und sie hatten recht! Was hatte sie nur getan?

Vorsichtig befreite sie sich aus Carlos besitzergreifender Umarmung. Der wälzte sich herum und schlief weiter. Micaela stand auf und suchte ihre Kleider zusammen. Das Kleid und der Unterrock lagen zerknüllt auf dem Fußboden, die Schuhe fand sie unter dem Schreibtisch. Aber wo waren das Cape und die Handschuhe? Und der Hut? Sie gab die Dinge verloren.

Dann entdeckte sie eine Wanduhr: vier Uhr nachts. Durch den

Türspalt drang kein Licht; Gott sei Dank war es noch dunkel. Sie beeilte sich, denn bald schon würde es dämmern.

Carlo sprang wie vom Blitz getroffen aus dem Bett auf und sah sie wütend an.

»Was machst du da?«, fragte er.

Micaela wurde rot. Dieser Mann kannte keine Scham: splitterfasernackt stand er vor ihr, breitbeinig, die Hände in die Hüften gestemmt.

»Was machst du da? Wo willst du hin?«, fragte er noch einmal.

Micaela wandte sich ab. Sie hielt diesem Anblick unverhohlener Männlichkeit nicht länger stand; es verursachte ihr das gleiche heftige Kribbeln wie zuvor.

»Ich gehe«, antwortete sie.

Carlo umschlang sie von hinten und küsste sie auf den Hals, und Micaela begann wieder, schwach zu werden.

»Und darf man erfahren, wie du das machen wolltest? Zu Fuß?«, fragte Carlo, um dann zu befehlen: »Geh nie wieder, ohne dich zu verabschieden.«

Micaela machte sich aus seiner Umarmung los und drehte sich wütend zu ihm um.

»Ich möchte jetzt gehen.« Carlo trat auf sie zu, um sie erneut zu umfangen. »Nein! Genug, fass mich nicht an!«

»Micaela! Micaela, meine Frau!«

Ihre Beine zitterten, und ihr war zum Heulen zumute. Er versuchte noch einmal, sie zu umarmen, doch sie wies ihn erneut ab.

»Was ist los mit dir?«, fragte Carlo, kurz davor, die Geduld zu verlieren. »Findest du, dass ich unter deiner Würde bin?«

»Nein«, sagte sie zögerlich.

»Doch! Lüg mich nicht an!«

»Nein, du bist nicht unter meiner Würde.«

»Warum bist du dann so kalt? Warum willst du gehen?«

»Bitte, Señor Molina!«

»Nenn mich nicht Señor Molina! Nicht nach heute Nacht! Nenn mich Carlo. Sag noch einmal Carlo zu mir, wie heute Nacht.«

»Carlo ...«

Er nahm sie in seine Arme und küsste sie hemmungslos. Micaela ließ es geschehen, unfähig, sich zu beherrschen und nein zu sagen. Als sie merkte, wie erregt er war, verspürte sie den heftigen Drang, erneut ins Bett zu sinken.

»Carlo, bitte, ich muss gehen. Es wird bald Tag. Ich weiß nicht, wie ich im Hellen unbemerkt ins Haus kommen soll.«

Carlo nickte bedauernd. Er zog den Morgenmantel über, und sie gingen hinaus, durch den Innenhof in die Eingangshalle.

»Warte hier«, sagte er und kehrte kurz darauf mit dem Cape, den Handschuhen und dem Hut zurück. Micaela setzte den Hut auf und zog die Handschuhe an, und Carlo legte ihr das Cape um die Schultern. Er umarmte sie noch einmal und küsste sie. Eine Welle der Leidenschaft durchströmte sie und hätte sie beinahe dazu gebracht, sich die Kleider vom Leib zu reißen und ihn anzuflehen, sie an Ort und Stelle zu lieben. Das Geräusch eines Autos brach den Zauber.

»Hast du morgen Vorstellung?«, fragte Carlo.

»Nein, morgen nicht.«

»Dann erwartet dich mein Chauffeur um acht bei dir um die Ecke, in der Avenida Alvear y Tagle, beim Restaurant Armenonville.«

Micaela nickte. Carlo küsste sie zum Abschied lang und leidenschaftlich. Es fiel ihr schwer, sich von ihm zu lösen und zu gehen.

Molina sah dem Wagen hinterher, bis er in die Calle Belgrano einbog. Als er ihn nicht mehr sehen konnte, überkam ihn ein Gefühl des Verlusts. Micaela gehörte ihm, sie war sein, und trotzdem verschwand sie heimlich, im Schutz der Nacht, weil er kein

Recht auf sie hatte. Ein Recht auf sie? Bei wem? Der Gesellschaft? Den Reichen und Mächtigen von Buenos Aires? Er hatte nie irgendetwas von irgendjemandem verlangt, schon gar nicht von der »besseren Gesellschaft«. Und er würde es auch jetzt nicht tun: Micaela gehörte ihm.

Bevor er wieder ins Schlafzimmer ging, suchte er eine Schere und fand sie in Fridas Nähkästchen. In seinem Zimmer zog er das Bett ab, nahm das Laken, das die Matratze bedeckt hatte, und schnitt das Stückchen Stoff mit Micaelas Blutfleck heraus. Er holte eine Feder vom Schreibtisch, tauchte sie ins Tintenfass und schrieb das Datum darauf. Dann lächelte er, bevor er das Stoffstück in der Schublade einschloss.

Der Wagen hielt an der Ecke des Urtiaga'schen Anwesens. Wie sein Chef ihm aufgetragen hatte, brachte der Chauffeur Micaela bis zum Hintereingang und ging erst, als er sie in Sicherheit wusste.

Micaela war nervös. Wenn die Küchentür abgeschlossen war, würde sie an Cheias Fenster klopfen müssen, und das wäre ein Desaster. Sie drückte die Klinke herunter, und die Tür gab nach, was bedeutete, dass die Amme bereits aufgestanden war. Das Feuer, das im Herd flackerte, bestätigte ihre Vermutung.

Auf Zehenspitzen schlich sie zu ihrem Zimmer, voller Angst, ihr zu begegnen. Am Fuß der Treppe zog sie die Schuhe aus und rannte rasch nach oben, verschwand in ihrem Schlafzimmer und schob den Riegel vor. Sie warf die Schuhe in die Ecke und entledigte sich ungeduldig ihres Capes samt Hut und Handschuhen, als würden sie auf der Haut brennen. Dann legte sie Kleid, Unterrock und Unterwäsche ab. Nackt, nur in Strümpfen, öffnete sie den Kleiderschrank und betrachtete sich im Spiegel. »Die Strümpfe lasse ich dir an. So gefällst du mir, völlig nackt bis auf die Strümpfe.« Sie schloss die Augen und streichelte ihre Scham, während sie daran dachte, wie er sich keuchend und stöhnend auf ihr bewegt hatte. Sie spürte ihn immer noch in sich.

Plötzlich öffnete sie erschreckt die Augen und drehte sich vom Spiegel weg. Sie würde ein Bad nehmen. Sie roch nach ihm und hielt es nicht länger aus. Sie ließ die Wanne einlaufen, gab duftendes Badesalz hinein und ließ sich langsam hineingleiten, bis das warme Wasser sie vollständig bedeckte. Ein wenig atemlos tauchte sie wieder auf, doch dann normalisierte sich ihr Atem wieder, und das warme Wasser machte sie schläfrig.

Sie hatte so etwas noch nie empfunden, dieses unstillbare Verlangen, diese Leidenschaft. Vom Instinkt geleitet, hatte sie sich ihm hingegeben, und er hatte sie genommen, war in sie eingedrungen und hatte ihr mit Zärtlichkeiten und Stöhnen zu verstehen gegeben, was er später in Worte gefasst hatte: »Micaela, meine Frau!«

»Ich darf ihn nie wiedersehen«, sagte sie sich.

18. Kapitel

Fünf Tage nach dem Treffen war Micaela immer noch aufgewühlt. Und unglücklich. Sie wusste, dass Carlo ihr am nächsten Tag den Wagen geschickt hatte; Pascualito war nachschauen gegangen. Und sie selbst hatte ihn jeden Abend, wenn sie aus dem Theater kam, an der Ecke Libertad/Tucumán stehen sehen. Sie musste sehr an sich halten, um nicht hinzulaufen und den Chauffeur zu bitten, sie erneut in Carlos Arme zu bringen.

Die Zeit würde alle Wunden heilen. Sie musste einige Zeit verstreichen lassen, und schon bald würde sie ihn vergessen haben. Ja, bald würde sie ihn aus ihren Gedanken verdrängen. Manchmal fühlte sie sich so heftig zu diesem Mann hingezogen, dass sie Tränen der Verzweiflung vergoss. Carlo Molina hatte große Macht über sie, aber sie war stark und würde nicht nachgeben.

Wenn sie sich im Spiegel betrachtete, fand sie sich so verändert, dass sie fürchtete, Moreschi oder Cheia könnten etwas bemerken und anfangen, Fragen zu stellen. Vielleicht bildete sie sich das auch nur ein und sah überhaupt nicht anders aus? Nein, sie wusste, dass alles anders war. Carlo Molina hatte sie zur Frau gemacht, und das Schlimmste war, dass sie sich genauso fühlte: als seine Frau. Sie schüttelte den Kopf, um diese absurde Vorstellung zu vertreiben.

Cheia kam ins Zimmer und schenkte ihr ein mütterliches Lächeln. Micaela lächelte zurück, froh, sie zu sehen. Zum Glück hatten ihre Amme und Moreschi die Geschichte von dem harmlosen Abendessen mit Molina geglaubt, bei dem sie angeblich nur über Gioacchina und Gastón gesprochen hatten. Die Neuigkeit, dass ihr Bruder sein Verhalten bereue und das Fräulein Portineri heiraten wolle, war eine so wunderbare Nachricht, dass sie Carlo und sein Abendessen bald vergessen hatten.

»Heute Abend kommen deine Onkel und Tanten mit deinen Cousins«, sagte Cheia. »Sogar Monsignore Santiago hat zugesagt.«

»Oh, wie unterhaltsam«, erwiderte Micaela ironisch.

»Warum sagst du so was?«, fragte Cheia. »Seit Tagen bist du irgendwie verändert, so schlechtgelaunt. Hast du irgendetwas?«

Micaela entschuldigte sich und behauptete, sie habe genug von Buenos Aires und wolle zurück nach Paris.

»Komm bloß nicht auf so eine Idee, mitten im Krieg!«, bat Cheia.

»Na und? In Europa leben Hunderttausende Menschen im Krieg, und ihnen passiert nichts.«

»Micaela!«, schimpfte die Frau. »Sei still! Du weißt ja nicht, was du da sagst! Krieg ist eine furchtbare Sache. Die Lebensmittel sind knapp, es gibt keine Kohle zum Heizen und für den Strom, es herrschen Hunger, Angst und Kälte. Ich komme um vor Angst, wenn du jetzt nach Europa zurückkehrst.«

»Ich wollte dich eigentlich mitnehmen, damit du auf mich aufpassen kannst«, scherzte sie und nahm sie in den Arm. Sie fand es rührend, wie klein Cheia mit den Jahren geworden war und wie groß sie selbst.

»Nicht mal im Traum gehe ich da rüber!«

»Findest du einen Krieg nicht besser, als Otilia zu ertragen?«, setzte Micaela hinzu.

»Manchmal schon«, gab Mamá Cheia zu. »Aber für den Neffen gilt das nicht, oder?«

Micaela wurde wieder ernst und ließ sie los. Es verstimmte sie, an einen anderen Mann zu denken als an Carlo.

***

Mit Ausnahme von Tante Luisa, die wegen der Trauer das Haus nur verließ, um zur Kirche zu gehen, hatte sich an diesem Abend die komplette Familie bei den Urtiagas eingefunden. Zur Freude von Micaela, die ihn lange nicht mehr gesehen hatte, war auch Eloy mit seinem Freund Nathaniel Harvey gekommen.

Während des Essens saß sie neben Nathaniel, mit dem sie sich angeregt unterhielt. Aber er war nicht mehr der, den sie vor einigen Monaten kennengelernt hatte; er wirkte reservierter, weniger zu Scherzen aufgelegt. Sie hätte ihn beinahe nach dem Grund gefragt, fand dann aber, dass es nicht so wichtig war.

Eloy, der zur Rechten am Kopfende saß, unterhielt sich mit ihrem Vater und sah sie während des ganzen Essens nicht einmal an. Micaela blickte mehrmals unauffällig zu ihm herüber und war überrascht, wie langweilig sie ihn plötzlich fand. Das blonde Haar, die helle Haut, die blauen Augen – das alles zog sie überhaupt nicht mehr an.

»Meine Freundin Martita Pereyra Núñez hat in einer Pariser Zeitschrift gelesen, dass der Trend zu kurzen Haaren geht«, bemerkte Otilia zu Tante Josefina.

Josefina und ihre ledigen Töchter waren sehr interessiert und wollten Genaueres wissen. Otilia, stolz auf ihre Informationen aus erster Hand, lehnte sich zurück. Micaela sah zu Cheia und zog eine Grimasse. Die Amme hielt sich die Hand vor den Mund, um das Lachen zu verbergen.

Micaela hatte so wenig Lust, hier zu sein, unter diesen affektierten, oberflächlichen Menschen! Sie betrachtete jeden einzelnen aufmerksam und musste an die Worte von Émile Zola denken: »Die größte Sorge der feinen Gesellschaft bestand darin, mit welchen Vergnügungen sie sich die Zeit vertreiben sollte ...«

»Micaela, du solltest dir das Haar abschneiden«, schlug Otilia vor. »Man trägt das Haar nicht mehr so lang wie du.«

»Das wäre ein Verbrechen«, wandte Eloy ein. »So wie Fräulein Micaela ihr Haar trägt, steht es ihr wunderbar.«

Es entstand ein peinliches Schweigen. Micaela sah Eloy versonnen an und dachte, dass er recht hatte. Es würde Carlo Molina nicht gefallen, wenn sie sich das Haar abschnitt. Erfreut über die Einmischung ihres Neffen, schlug Otilia den Gästen vor, den Kaffee im Garten einzunehmen. Die Nacht bot ein herrliches Schauspiel, mit sternenklarem Himmel und Vollmond. Rubén entzündete die Lichter rings um den Brunnen, andere Dienstboten stellten Tische und Stühle auf.

Micaela setzte sich zu ihrem Lehrer und Mamá Cheia. Tante Josefinas Mann und der Monsignore fanden die Unterhaltung mit Moreschi sehr angenehm und ließen ihn nicht in Ruhe. Sie erkundigten sich nach den weiteren Plänen seiner Schülerin, als ob Micaela nicht anwesend wäre.

»Die Spielzeit im Teatro Colón wurde bis November verlängert«, erklärte Alessandro.

»Ach ja?«, fragte Josefinas Mann erstaunt.

»Ja. Außerdem haben das Theater und Mancinellis Ensemble Micaela angeboten, die Hauptrolle in der nächsten Oper, *La Traviata*, zu übernehmen. Und vielleicht singt sie im nächsten Jahr die *Zauberflöte*.«

Der Monsignore bemerkte empört, dass die *Zauberflöte* eine Freimaureroper sei, doch bevor er weiterschimpfen konnte, bat Otilia um Aufmerksamkeit.

»Hören Sie ganz besonders gut zu, Monsignore, das wird Sie interessieren«, sagte die Frau. »Das schreibt die Zeitschrift *Heim und Herd* über einen Artikel der Pariser Zeitschrift *Fémina*, der behauptet, der Tango habe den Boston in Paris verdrängt. Hört zu: ›Der Boston war *der* Modetanz in den feinen Pariser Salons, doch in diesem Jahr wurde er vom argentinischen Tango abgelöst, der mittlerweile genauso viel getanzt wird wie der Walzer. Wie es aussieht, nehmen die vornehmen Salons in der französischen Hauptstadt diesen Tanz mit Begeisterung auf, der hierzulande wegen seiner niederen Herkunft nicht einmal erwähnt wird, wo einheimische Tänze zudem nie wertgeschätzt wurden. Wird Paris, das stets wegweisend ist, den argentinischen Tango auch bei uns salonfähig machen? Das steht nicht zu erwarten, auch wenn Paris, das so launisch ist in seinen Moden, alles dafür tun wird.‹ Außerdem«, fuhr Otilia fort, »erwähnt der Artikel noch, dass sich die Erzbischöfe von Paris, Cambrai und Sens sowie die Bischöfe von Lyon, Verdun und Poitiers wegen der Sinnlichkeit und der sündigen Herkunft dieses neuen Tanzes, der sich rasend schnell in Frankreich verbreitet, gezwungen sahen, ein Machtwort zu sprechen. Was sagen Sie dazu, Monsignore? Das ist doch die Höhe, finden Sie nicht?«

Es entstand eine hitzige Debatte, und alle stimmten mit dem Priester darin überein, dass der Tango ein »obszöner Tanz« sei. Ihr Vater, der sich aus der Diskussion herausgehalten hatte, bat Micaela um ihre Meinung. Diese dachte ein paar Sekunden nach, bevor sie antwortete.

»Ich glaube, dass eure Verachtung eher den Tangotänzern gilt als dem Tango selbst. Der Tango ist einfach nur Musik und hat nichts mit Anstand oder Moral zu tun.«

Missbilligendes Gemurmel wurde laut. Ohne sich um den allgemeinen Protest zu scheren, wollte ihr Vater mehr wissen.

»Findest du nicht, dass die niedere Herkunft des Tangos von Anfang an seine Ästhetik beeinflusst hat, falls er eine solche besitzt? Ich glaube, sein Ursprung wird ihn für immer brandmarken.«

»Wenn etwas gut ist, ist es gut, das hat nichts mit der Herkunft zu tun«, behauptete Micaela. »Talent ist alles, was zählt. War Shakespeare nicht aus einfachem Hause, der Sohn von Analphabeten? Und niemand leugnet die Großartigkeit seiner Werke wegen der Umstände seiner Geburt.«

»Du findest den Tango also gut?«, fragte der Monsignore und warf ihr einen vernichtenden Blick zu.

Sie würde nicht mit Leuten streiten, die sie niemals verstehen würden – ja, die eigentlich gar nicht wissen wollten, was sie dachte, sondern ihr nur ihre Ansichten aufdrücken wollten.

»Manchmal frage ich mich«, begann Micaela, »warum wir gegen das wettern, was uns nicht gefällt, statt das zu bewundern und zu loben, was uns gefällt. Soll doch jeder mögen, was ihm gefällt, und wir wären alle zufrieden!«

Die Anwesenden waren sprachlos und wussten nicht, was sie darauf sagen sollten. Micaela presste die Lippen zusammen und stand auf, um zu gehen. Sie hätte sich gerne noch länger mit ihrem Vater über den Tango unterhalten, aber sie fand, dass der Preis zu hoch war. Sie hatte nicht vor, den Monsignore noch länger zu ertragen, der ein unangenehmer Inquisitor war, und auch nicht Otilia, die keine zwei vernünftigen Wörter herausbrachte. Aber um sie noch ein wenig mehr aufzubringen, tätschelte sie die Hand des Monsignore und sagte zu ihm: »Keine Sorge, Monsignore. Ich mag den Tango in Paris, wo er in Mode ist. Hier finde ich ihn nichtssagend. Gute Nacht.« Und damit ging sie.

»Ganz die Mutter«, tuschelte Josefina Otilia zu, und Rafael lächelte stolz.

Micaela ging durch den Wintergarten nach drinnen, aber noch bevor sie die Treppe erreichte, tauchte wie aus dem Nichts Ralikhanta auf.

»Ralikhanta!«

»Verzeihen Sie, Señora, ich wollte Sie nicht erschrecken«, bat er unter zahlreichen Verbeugungen.

»Schon gut, ist nicht schlimm. Suchst du Herrn Cáceres?«

»Nein, Señora, ich habe Sie gesucht. Ich wollte mich für die Eintrittskarte für die Oper bedanken, die Sie mir geschickt haben.«

»Ach ja, die Eintrittskarte! Konntest du hingehen? Hat dein Herr es dir erlaubt?«

Ralikhanta senkte den Blick und knetete seine Hände.

»Ich habe dem Herrn gar nicht erzählt, dass Sie mir liebenswürdigerweise eine Eintrittskarte geschenkt haben. Er hätte mich gezwungen, Sie Ihnen zurückzugeben.«

»Dann bist du also nicht hingegangen.«

»Oh doch, ich war da! Der Herr geht in letzter Zeit oft abends aus, und an einem dieser Abende habe ich mich davongestohlen und konnte Sie sehen.«

»Das freut mich, Ralikhanta. Ich hoffe, es hat dir gefallen.«

»Ja, sehr, Señora. Sehr. *Lakmé* hat mich an mein Heimatland und seine Gebräuche erinnert, die ich nicht vergessen kann. Aber am meisten hat mir Ihr Gesang gefallen.«

Er ergriff ihre Hand und küsste sie, dann verschwand er so schnell aus dem Haus, dass ihr keine Zeit blieb, ihm für seine Komplimente zu danken.

Am nächsten Tag saß Micaela in ihrem Zimmer und las, als Rubén ihr mitteilte, dass ein Herr in der Halle auf sie warte.

»Das muss der Journalist von *Heim und Herd* sein.«

Sie machte sich ein wenig zurecht, bevor sie nach unten ging. In der Halle traf sie niemanden an und sah im Vestibül nach. Neben der Eingangstür stand Carlo Molina und blickte ihr entgegen. Micaela erstarrte.

»Seit sechs Tagen warte ich auf dich. Ich habe dir den Wagen schicken lassen, wie wir es verabredet hatten.«

»Ich ... ich«, stotterte sie, dann verstummte sie.

Carlo Molinas finsterer Blick schüchterte sie ein; sie wusste nicht, was sie machen sollte: Sollte sie gehen, oder sollte sie ihn hereinbitten? Ihn hereinbitten! Was dachte sie sich!

»Heute Abend hast du keine Vorstellung. Der Wagen wartet an der Ecke auf dich. Besser, du kommst.«

»Nein, ich werde nicht kommen«, sagte sie erstaunlich sicher.

Carlo kam näher, bis er nur noch einen Schritt vor ihr stand.

»Hör zu, Marlene, es wäre besser, wenn du mitkämst. Wenn nicht, komme ich dich holen. Aber glaub mir, wenn ich komme, werde ich wütend sein. Ich werde keine Geduld mehr mit dir haben. Dann werfe ich dich auf den Boden und nehme dich an Ort und Stelle.«

Er setzte den Hut auf, wandte sich um und ging zur Tür. Wie benommen konzentrierte sich Micaela auf seine Kleidung. Er trug eine gestreifte Hose, ein Seidentuch um den Hals und ein Sakko, das seine drahtige Figur betonte. Weiße Gamaschen blitzten hervor. Die spitzen schwarzen Absatzschuhe, Erkennungszeichen der Halbwelt, knirschten auf dem Marmorboden.

»Carlo!«, rief sie ihm hinterher und rannte die Treppe hinunter.

Er hielt inne und drehte sich um. Micaela blieb vor ihm stehen und sagte: »Nimm mich mit, Carlo. Jetzt gleich.«

Carlo sah sie ernst an, bevor er ihre Hand nahm und sie hinter sich her zog. Er öffnete ihr den Wagenschlag und ließ sie auf dem Rücksitz Platz nehmen. Dann betätigte er die Kurbel und setzte sich ans Steuer. Er fuhr selbst, eine Facette, die sie noch nicht von ihm kannte. Er sah unverwandt nach vorne und beachtete sie gar nicht. Fasziniert von seinem Verhalten, wuchs ihr Verlangen nach ihm umso mehr.

Als sie das Stadtzentrum erreichten, wurde der Verkehr dichter: Karren, Pferdekutschen, Hausierer, beladen mit Krimskrams und Weidenkörben. Die Straßen waren eng, und die Straßenbahn machte die Lage noch unübersichtlicher. Verärgert betätigte Carlo die Hupe und gestikulierte mit den Händen.

Als sie San Telmo erreichten, fiel Micaela auf, dass sie zum ersten Mal bei Tag hier war. Auch bei Tageslicht sah die Gegend nicht einladender aus. Die alten, heruntergekommenen Häuser, in denen ärmlich gekleidete Menschen ein und aus gingen, verliehen der Gegend etwas Deprimierendes, das jeden Winkel durchdrang. Ein magerer Hund kläffte dem Wagen des Wasserverkäufers hinterher, während eine Horde barfüßiger Kinder ihn zu fangen versuchte. Auf den Türschwellen saßen Frauen und schauten auf die Straße; wenn ein Wagen vorbeifuhr, tuschelten sie miteinander.

»Es war nicht immer so wie heute«, sagte Carlo, der ihre Gedanken zu erraten schien. »Vor Jahren war San Telmo ein Viertel für Leute aus deiner Schicht. 1871 brach das Gelbfieber aus, und wer nicht starb, flüchtete in den Norden der Stadt, dorthin, wo die Villa deines Vaters steht.«

Carlo hielt vor seinem Haus und bedeutete ihr mit einer Kopfbewegung, auszusteigen. Frida stand in der Tür und unterhielt sich mit einem hübschen Mädchen.

»Guten Tag, Señor Molina!«, grüßte sie freundlich. »Wie geht es Ihnen?«

Carlo tippte sich an die Hutkrempe und warf ihr ein charmantes Lächeln zu. Micaela hätte ihn am liebsten geohrfeigt; für sie hatte sein Lächeln immer etwas Spöttisches. Grußlos rauschte sie an den Frauen vorbei. Carlo startete den Wagen und verschwand um die Ecke. Frida verabschiedete sich von dem Mädchen und folgte Micaela, die ein wenig ratlos im Vestibül herumstand.

»Guten Tag, Fräulein Urtiaga.«

»Bitte, Frida, nennen Sie mich nicht Fräulein. Ich bin Micaela. Sie können gerne Du sagen.«

»Das werde ich gerne tun. Komm mit, meine Liebe.«

Sie hakte sie unter und führte sie in den Patio. Sie setzten sich in die schattige Laube. Micaela atmete die kühle Luft ein und den süßlichen Duft der Trauben. Es gab Töpfe mit Kräutern und Blumen, die eben erst gegossen worden waren; der Geruch nach feuchter Erde hatte etwas Beruhigendes.

Nachdem Micaela alles ablehnte, was sie ihr anbot, begann Frida ihr die Namen der Pflanzen zu nennen, und unversehens kamen sie auf Deutschland zu sprechen. Glücklich, mit jemandem reden zu können, der ihre Heimat kannte, schwelgte Frida in Erinnerungen.

Micaela fühlte sich merkwürdig. Sie verstand nicht, was sie hier machte: Da saß sie mit Carlos Haushälterin unter einer Weinlaube und unterhielt sich über Pflanzen und deutsches Essen. Nichtsdestotrotz musste sie zugeben, dass sie es genoss, aber bevor sie Frida nach ihrem Mann Johann fragen konnte, kam Carlo durch die Hintertür, warf ihr einen kurzen Blick zu und verschwand in seinem Zimmer.

»Geh zu ihm, Marlene«, forderte Frida sie auf. »Er hat lange genug auf dich gewartet. Er verzehrt sich nach dir.«

Micaela wurde rot und wusste nicht, was sie sagen sollte. Frida stand auf und verließ leise den Patio. Es gelang Micaela, sich zu fassen und ihre Selbstbeherrschung wiederzufinden, bevor sie Carlos Schlafzimmer betrat. Er bemerkte sie nicht gleich. Er war gerade dabei, das Halstuch und das Hemd auszuziehen. Hut und Sakko hatte er auf einen Stuhl gelegt. Um den nackten Oberkörper trug er ein Lederhalfter mit einer Schließe am Rücken, in dem sein Messer steckte. Er nahm es vorsichtig ab und hängte es an einen Haken. Dann stellte er den rechten Fuß auf den Stuhl, schob das Hosenbein hoch und zog einen kleinen Dolch aus der Gamasche. Micaela betrachtete ihn von der Türschwelle aus, die sie nicht zu überschreiten wagte. Als er sie schließlich bemerkte, wagte sie es nicht, seinen Blick zu erwidern. Sie schlug die Augen nieder und wäre am liebsten im Erdboden versunken.

»Mach die Tür zu und komm her«, hörte sie ihn sagen.

Sie gehorchte. Carlo warf den Hut und das Sakko auf den Boden, setzte sich und zog sie auf seinen Schoß. Er strich ihr die Haare aus dem Gesicht und streichelte ihre Wangen.

»Du schämst dich vor mir, stimmt's?«

»Ja«, antwortete Micaela. Am liebsten hätte sie hinzugesetzt: Und ich habe Angst vor dir.

»Das gefällt mir«, sagte er. »Es gefällt mir, dass du so schamhaft und unschuldig bist.«

»Ich weiß nicht, was ich hier mache.«

»Wir werden wieder zusammen sein, deshalb bist du hier. Ich weiß, dass du es neulich nachts genossen hast. Ich habe gespürt, dass du es genauso genossen hast wie ich.«

»Wenn du solche Sachen sagst, fühle ich mich noch schlechter.«

»Ach, du armes Ding!«, neckte Carlo sie. »So scheu und unschuldig! Sei nicht eingeschnappt und mach ein anderes Gesicht. Sicher gefällt es dir, wenn ich dich hier küsse« – Er küsste sie auf den Hals – »Oder hier« – Er küsste sie auf den Mund – »Oder wenn ich dich hier berühre.« Er streichelte ihre Brüste.

Micaela durchlief ein wohliger Schauder, und ihr Körper wurde nachgiebig. Sie ließ Carlos drängenden Mund und seine sinnlichen Hände gewähren, die ihr die letzte Scham nahmen. Doch dann überkam sie mit einem Schlag der Gedanke, dass sie nur hier war, um ihm Lust zu bereiten. Zu denken, dass Carlo sie nur brauchte, um sein körperliches Verlangen zu stillen, demütigte sie, und sie musste die Tränen unterdrücken. In diesem Moment, hier in seinem Zimmer, war sie nicht viel besser als Sonia, die Hure, die sie verachtete.

»Was hast du?«, fragte Carlo.

Er streichelte sie sanft und sah sie zärtlich an. Micaela konnte die Tränen nicht länger unterdrücken und begann zu weinen. Sie bemerkte Carlos Bestürzung und fühlte sich gut, als er sie umarmte.

»Was hast du? Warum weinst du?«, fragte er noch einmal. »Nicht weinen, ich mag das nicht.«

Carlo entledigte sich der restlichen Kleidung und legte sich neben sie. Ohne sie zu berühren, studierte er eine ganze Weile ihre Gesichtszüge.

»Mein Gott«, murmelte er dann. »Wie schön du bist.«

Micaela lächelte ihn an, geschmeichelt und glücklich.

»Als ich dir damals im *Carmesí* begegnete«, begann sie, »kam es mir vor, als sei dein Gesicht das schönste, das ich jemals gesehen hatte. Es war eigenwillig, und es machte mir auch Angst. Deine Augen zogen mich besonders an. Sie sind wunderschön. Ich mag deine Augen sehr, Carlo.«

»Wirklich? «

»Stell dich nicht so an. Du weißt genau, dass du gut aussiehst. Schließlich sind die Frauen verrückt nach dir, oder?«, schloss sie ironisch.

»Mich interessiert nur, was du denkst, sonst nichts«, beteuerte er. »Dass du mich schön findest, ist alles, was für mich zählt.«

»Oh ja, natürlich!« Sie schwieg einige Sekunden, bevor sie weiter stichelte. »Sie sind ein eitler Fatzke, Señor Molina. Darf man erfahren, warum Ihnen so daran liegt, dass ich Sie schön finde?«

»Weißt du das immer noch nicht?« Er sah sie schelmisch an, während er begann, ihr das Kleid auszuziehen. »Ich will, dass ich für dich der bestaussehende Mann der Welt bin, damit du nur mich begehrst. Ich will, dass du mich genauso begehrst, wie ich dich begehre. Ich will, dass du genauso verzweifelt bist wie ich, wenn du nicht bei mir bist. Und wenn ich bei dir bin, sollst du nicht aufhören können, mich zu berühren, so wie es mir mit dir geht. Ich will, dass du Tag und Nacht an mich denkst, dass dich alles an mich erinnert, selbst die kleinste Kleinigkeit. Ich sehe dein Gesicht und deinen Körper auf Schritt und Tritt vor mir. Alle Orte sind voll von dir. Verstehst du? Ich will der Einzige für dich sein.«

Ihr fehlten die Worte, so sehr überraschte sie dieses Geständnis. Während er weiter ihr Kleid aufknöpfte, streichelte sie seine muskulösen Arme, küsste seine Schultern und vergrub ihre Finger in seinem Haar.

Carlos ungezügelte, ungehemmte Leidenschaft ließ sie erschaudern, und obwohl sie ein wenig Angst hatte, ließ sie ihn gewähren. Sie gab sich ihm hin und ließ ihn machen, was er wollte. Zärtlich und geduldig leitete er sie an, streichelte und küsste sie. Sie sahen sich tief in die Augen, und die Leidenschaft, die in Carlos Blick lag, hätte schon genügt, damit die Lust sie davontrug. Aber er ging noch weiter, indem er sie fest umschlang und hemmungslos küsste, ihren Körper gierig mit seinen Händen erkundete, bis hin zu den geheimsten Stellen, die, das wusste sie, für immer die seinen sein würden. Micaela atmete tief durch und öffnete sich ihm. Bewusster diesmal, nahm sie die Empfindungen wahr, die sie durchfluteten und förmlich überrollten. Ihr Puls raste, ungeahnte Gefühle erfüllten sie, und in ihr wuchs der innige Wunsch, sich nie wieder von diesem Mann zu trennen.

Ein Flügelschlagen vor dem Fenster weckte ihn. Als er sich in den Laken räkelte, berührte seine Hand Micaelas warmen Körper. Ein Glücksgefühl durchströmte ihn, als er sie so ruhig dort liegen sah. Sie hatten sich geliebt, und im Moment der größten Lust hatte sie seinen Namen gehaucht.

Er stand leise auf, um sie nicht zu wecken. Draußen war erneut Flügelschlagen zu hören, und er wusste, dass es gegen vier sein musste, die Uhrzeit, zu der Frida die Vögel fütterte. Durch die

Stäbe des Fenstergitters sah er, wie die Frau den Spatzen und Tauben Brotkrümel hinwarf. Er stellte sich vor, dass sich seine Welt auf magische Weise geändert habe: Im Bett lag seine Frau und schlief, seine Mutter fütterte die Vögel, und jeden Augenblick würden ein paar kreischende und juchzende Kinder hereinstürzen.

Doch der Traum war in einem Wimpernschlag vorbei. Micaela war nicht seine Frau, Frida war nicht seine Mutter, und er hatte keine Kinder. Er war ein Zuhälter. Er sah erneut zu Micaela, um seine schlechte Laune zu vertreiben. Ihr Haar ergoss sich über das Kopfkissen, und durch einen Spalt im Vorhang fiel ein Lichtstrahl auf ihre Haut, die an weißen Satin erinnerte. Es war mehr, als er sich jemals erträumt hatte. Er lächelte traurig. Nach zehn Jahren Gefängnis waren ihm die Frauen zur Obsession geworden; ständig flatterten sie um ihn herum, doch abgesehen von den kurzen Momenten körperlicher Lust hielt er sie am liebsten auf Abstand. Sie waren ihm lästig. Nicht so Micaela. Er fragte sich, was mit ihm los war, dass er sie immer um sich haben wollte. Diese sechs Tage des Wartens hatten ihm Angst gemacht, weil ihm bewusst geworden war, wie sehr er von ihr und ihrer Zuneigung abhängig war.

Als Micaela die Augen aufschlug, sah sie Carlo völlig nackt vor dem Schreibtisch stehen, in einige Unterlagen vertieft. Sie verhielt sich ganz still, um ihn ausgiebig betrachten zu können. Carlo legte die Papiere in die Schublade und notierte etwas in eine Kladde. Dann ging er zum Kleiderschrank und nahm frische Wäsche heraus. Er bewegte sich völlig ungeniert im Raum, und seine Natürlichkeit ließ seinen nackten Körper noch schöner erscheinen. Micaela sah ihn bewundernd an.

»Schläfst du nicht?«, fragte er.

»Ich habe dich angesehen«, gab sie zu.

Er legte die Kleider weg und ging zu ihr.

»Du hast mich angesehen?«, wiederholte er und zog ihr die Decke weg. »Und willst du behaupten, dass dir dabei nichts durch den Kopf gegangen ist?«

»Ich dachte, dass das alles wie ein Traum ist. Nach allem, was zwischen uns vorgefallen ist, kann ich immer noch nicht glauben, dass ...«

»Dass wir ein Paar sind?«, ergänzte er.

Ein Paar. Andere Wörter kamen ihr in den Sinn. Heimlich und verboten; unmoralisch, wahnsinnig und gefährlich – Wörter, die, so schien es ihr, mit unheimlicher Präzision beschrieben, was es hieß, Carlos Geliebte zu sein.

»Wir sind ein Paar«, beteuerte Carlo noch einmal und vergrub sein Gesicht an ihrem Hals.

Der raue Klang seiner Stimme, in der so viel Überzeugung lag, jagte ihr einen Schauer über den Rücken. Sie wünschte, er würde nicht noch einmal mit so ungebrochener Gewissheit über das sprechen, was zwischen ihnen war, während sie selbst sich noch fragte, was sie hier tat.

»Ich muss gehen«, sagte sie und stand, in das Bettlaken gewickelt, auf.

»Was ist los?«, fragte Carlo, verärgert und brennend vor Verlangen.

»Ich muss gehen. Wie viel Uhr ist es? Es muss schon spät sein.«

»Halb fünf.«

»Was? Mein Gott! Ich bin seit Stunden von zu Hause weg. Man wird mich suchen.«

»Aber Micaela ...« Er versuchte sie zu umarmen.

»Nein, bitte lass mich gehen.«

Carlo war wütend – nicht auf sie, sondern auf die Situation. Für ihn waren ihre gemeinsamen Stunden heimliche, gestohlene Momente. Er versuchte, seine schlechte Laune zu unterdrücken. Er wollte sich nicht im Zorn verabschieden. Er sammelte die

Kleider vom Boden auf und gab sie ihr. Dann zog er den Morgenmantel über und verließ wortlos das Zimmer.

Als er zurückkam, hatte Micaela sich angezogen und kämmte gerade ihre Haare. Er fasste sie um die Taille und sah sie ernst an.

»Morgen schicke ich dir den Wagen. Er wird an derselben Stelle stehen wie heute.«

»Carlo, ich weiß nicht…«

»Nein, Marlene. Es gibt keine Ausreden mehr für mich.«

Er nahm ihr Gesicht in seine Hände und stürzte sich fast brutal auf ihre Lippen. Micaela wischte den letzten Hauch von Unsicherheit beiseite und gab sich seinem Kuss hin. Sie wusste, dass sie sich am nächsten Tag wieder mit ihm treffen würde.

Micaela traf Moreschi und Cheia am Rand des Zusammenbruchs an. Ihr Vater hatte unbedingt mit seiner Tochter zu Mittag essen wollen, und sie wussten nicht, wo sie war. Der Journalist von *Heim und Herd* hatte über zwei Stunden gewartet. Rubén brachte sie auf die richtige Fährte, als er ihnen erzählte, dass ein Mann da gewesen sei und nach ihr gefragt habe.

»Er war angezogen wie ein Ganove«, setzte der Butler verächtlich hinzu.

Cheia und Moreschi wechselten einen entsetzten Blick: Molina. Micaela musste sie nur ansehen, um zu ahnen, dass sie von ihrem Ausflug zu Carlo wussten. Sie huschte rasch die Treppe hinauf, um ihnen keine Zeit zum Schimpfen zu lassen. Moreschi ging mit resignierter Miene in den Salon zurück, setzte sich ans Klavier und begann, darauf herumzuklimpern. Die Amme hingegen war nach wie vor wütend.

»Was hast du dir nur dabei gedacht! Mit diesem Mann wegzugehen! Er hätte dich vergewaltigen können! Er hätte dich töten können!«

»Aber Mamá, übertreib nicht. Wie kommst du darauf, dass er mich töten könnte?«

»Du besitzt auch noch die Frechheit, mich das zu fragen!«, tobte die Schwarze. »Er hätte beinahe deinen Bruder erstochen, er ist ein Zuhälter, er hat mit Prostituierten und Schlägern zu tun, er besitzt Bordelle. Was soll ich da denken? Dass er ein Engel ist?«

Die Aufzählung von Carlos Geschäften bedrückte sie. Ja, er war ein Zuhälter, Herr über einen üblen Schlägertrupp, ein Messerstecher, ein Mann aus schlechten Kreisen; aber zu ihr war er so zärtlich wie noch nie jemand zuvor. Sie fühlte sich so sehr von ihm begehrt, dass alles andere nicht zählte.

»Was hast du den ganzen Tag mit ihm gemacht? Ich nehme an, ihr habt euch nicht über Opern unterhalten, oder?«

»Nein, natürlich nicht. Wir sind ein Paar«, sagte sie geradeheraus.

Überzeugt, dass sie gleich in Ohnmacht fallen würde, ließ sich die Amme aufs Bett sinken.

19. Kapitel

Völlig außer sich erzählte Cheia Moreschi von der Affäre zwischen Micaela und dem Vorstadtganoven. Die beiden sprachen tagelang kein Wort mit ihr. Micaela scherte sich nicht darum und traf sich weiter mit Carlo. Sie lebte nur für die wunderbaren Momente, die sie miteinander teilten. Es waren die glücklichsten, an die sie sich erinnerte. Nichts hatte ihr jemals solche Freude bereitet.

Nach einer Weile mussten die Amme und der Maestro zugeben, dass Micaela vor Glück förmlich strahlte. Sie erlebte ihre beste Zeit als Sängerin, obwohl sie nur noch wenig probte. Die Vorstellungen der *Lakmé* waren vorüber. Jetzt bereitete sie sich auf die letzte Oper der Spielzeit vor, Verdis *La Traviata*. Im Jahr zuvor hatte sie in Venedig die Rolle der Violeta Valéry gesungen und sich mit ihrem herzzerreißenden *È tardi* aus dem dritten Akt einen Ruf als *die* Violeta der Gegenwart gemacht. In Buenos Aires wartete man gespannt auf ihre Vorstellung.

Mit der Entschuldigung, dass sie proben müsse, schlug Micaela alle Einladungen aus und entzog sich auch Otilia, die immer wieder hartnäckig versuchte, sie zu Wohltätigkeitsveranstaltungen, Modeschauen oder Abendessen mitzuschleppen, in der Absicht, sie dort mit Eloy zusammenzubringen. Sie verbrachte ihre freie Zeit ausschließlich mit Carlo, der ihr immer öfter gleich nach den Proben im Teatro Colón seinen Wagen schickte. Wenn Micaela vor dem Haus in San Telmo eintraf, kam meistens Frida heraus, um sie zu begrüßen.

»Carlo ist noch nicht da«, teilte sie ihr betrübt mit. »Er ist früh gegangen und noch nicht zurück. Aber nicht so schlimm«, sagte sie dann. »Ich hatte sowieso große Lust, mit dir zu plaudern.«

Da es die Hitze noch nicht erlaubte, unter den Weinranken zu sitzen, unterhielten sie sich im Esszimmer oder in der Küche, während Frida weiter ihrer Hausarbeit nachging. Andere Male tranken sie Tee im Salon, während das Grammophon die Schellackplatten spielte, die Carlo für Micaela gekauft hatte. Der frisch aufgebrühte Tee, das feine Gebäck und die Musik im Hintergrund waren der ideale Rahmen für Micaelas und Fridas Plaudereien, die kein Ende zu nehmen schienen, weil ein Thema das andere gab. Micaela hatte gemerkte, dass die Deutsche nicht gern über Carlo und seine Angelegenheiten sprach, nicht einmal über dessen Verhältnis zu ihrem Mann Johann. Aus Höflichkeit bohrte sie nicht weiter nach, obwohl sie vor Neugier fast umkam.

Nach einer Weile begann sie ungeduldig zu werden. Sie konnte es kaum erwarten, dass Carlo endlich kam, sie in die Arme nahm und sie wieder und wieder liebte. Manchmal aßen sie dann etwas oder nahmen ein Bad. Der Nachmittag verging immer wie im Fluge, doch Micaela hätte geschworen, dass es nur Minuten gewesen waren. Die Leidenschaft ließ sie in einer Dimension ohne Zeit und Raum schweben. Da waren nur ihre Körper und ein Bett, in dem sie liegen konnten; der Rest war nebensächlich.

Wenn er nach Hause kam, war Molina nicht bereit, sie mit jemandem zu teilen. Frida stellte das Grammophon aus, räumte den Tisch ab und verschwand in die Küche. Die übliche Stille senkte sich wieder über das Haus, doch etwas erinnerte die beiden Liebenden an die lärmenden Nächte in dem Bordell in La Boca: Carlo setzte die Nadel auf die Schellackplatte, und ein Tango erklang. Er fasste sie um die Taille und flüsterte ihr ins Ohr, dass er sich den ganzen Tag nach ihr gesehnt habe.

Micaela tanzte frei und ohne Angst. Sie fürchtete sich nicht länger vor der Berührung seiner Hände, seinem Bein, das sich zwischen ihre Beine schob, dem erregten Atem, der ihr ins Gesicht schlug. Die Zeit des inneren Widerstands war vorbei; jetzt machte sie, was er wollte. Und obwohl die traurige, klagende Musik auf dem Grammophon weiterlief, dauerte der Tanz nie sehr lange; wenn Micaela sich nicht geweigert hätte, hätte er sie direkt auf dem Fußboden des Salons geliebt.

Carlos Nächte gehörten ihr nicht, ebenso wenig wie sie das Recht hatte, ihm Fragen zu stellen oder darüber verärgert zu sein. Sie wusste, dass es nichts nutzte, sich dagegen aufzulehnen. Die Spielregeln waren klar, und sie hatte sie zu akzeptieren. Trotzdem hätte sie bei der Vorstellung heulen können, dass er nachts in seinen Bordellen von lüsternen, freizügigen Frauen umgeben war, die alles getan hätten, um mit ihm Tango zu tanzen. Jetzt verstand sie Sonias Eifersucht.

Carlo lag bäuchlings auf dem Bett und genoss Micaelas Zärtlichkeiten.

»Warum seufzt du?«, wollte sie wissen.

Er drehte sich um, legte den Kopf aufs Kissen und streckte die Arme aus, bis er ihre Wangen berührte.

»Was hast du?«, fragte sie noch einmal.

»Ich bin zufrieden. Mehr als das, ich bin glücklich.«

Micaelas Herz machte einen Satz, und eine unaussprechliche Freude erfüllte ihre Brust.

»Was macht dich so glücklich?«, fragte sie.

»Heute Morgen habe ich ein Telegramm von Miss Bennet erhalten …«

»Miss Bennet?«, unterbrach ihn Micaela.

»Die Lehrerin meiner Schwester. Ich habe dir von ihr erzählt, erinnerst du dich?«

Micaela nickte kaum merklich, und Carlo fuhr fort.

»Sie sagt, dass meine Schwester das Baby schon bekommen hat. Ein Junge! Ich platze fast vor Glück!«

Micaela sah Carlo lange an. Sie hatte die Hoffnung gehabt, sein Glück beziehe sich auf sie, und gedacht, er würde ihr endlich einen Antrag machen.

»Was hast du denn? Schließlich ist es auch dein Neffe. Miss Bennet sagt, dein Bruder will den Kleinen anerkennen, und bis jetzt hat Gioacchina nichts dagegen einzuwenden. Interessiert dich das denn nicht?«

»Nein ... Doch! Ich meine ... Natürlich interessiert es mich! Mein erster Neffe. Ich freue mich sehr.«

Carlo erzählte ihr, dass der Junge Francisco heißen solle, kerngesund sei und ihm ähnele. Dann reichte er ihr bereitwillig die Unterwäsche und die Schuhe. Sie verließ das Haus in San Telmo, enttäuscht und ernüchtert. Der Wagen wartete vor der Tür, und sie stieg ein. Carlo sah sie vom Fenster aus davonfahren.

Micaela versuchte, sich zu beruhigen, aber ihre Gedanken halfen ihr nicht gerade dabei. Mit Carlo Molina erlebte sie ihre schönsten Augenblicke, trotz aller dunklen und wirren Gedanken, die in die eine Frage mündeten, die ihr so sehr zu schaffen machte und die sie sich mit verzweifelter Regelmäßigkeit stellte: Was bedeutete sie Carlo wirklich? War sie nur eine Affäre? Vergnüglich und angenehm, ja, aber nicht mehr, wie so viele andere Frauen, die ihm mehr zu bieten hatten. Sie schlug wütend gegen die Fensterscheibe, als ihr klarwurde, dass sie dabei war, sich zu verlieben. Carlo hingegen hatte nie von Liebe gesprochen. Sie schlich sich durch den Dienstboteneingang ins Haus ihres Vaters.

»Micaela!« Moreschis Stimme ließ sie auf dem Treppenabsatz innehalten. »Ich muss mit dir reden.«

Sie gingen in den Musiksalon. Micaela folgte nur widerwillig; sie hatte keine Lust, über solche Dinge wie Proben, *La Traviata* oder das Teatro Colón zu diskutieren.

»Ich möchte mit dir über diesen Herrn Molina sprechen. Falls man ihn einen Herrn nennen kann.«

Diese Ankündigung traf sie unvorbereitet. Sie stand auf und trat ans Fenster.

»Wir kennen uns seit so vielen Jahren, meine Liebe. Ich glaube, ich habe das Recht, mit dir über dieses Thema zu sprechen. Du bist nicht nur meine Schülerin; ich liebe dich wie eine Tochter. Du bist ein bezauberndes junges Mädchen, rein und gutherzig und darüber hinaus talentiert und intelligent. Wie könnte ich anders, als dich zu lieben?«

»Danke, Maestro«, sagte Micaela gerührt. »Ich ...«

»Lass mich fortfahren. Es ist nicht leicht für mich, über diese Sache zu reden.«

Den Blick gesenkt und die Hände ineinander gefaltet, setzte Micaela sich wieder hin.

»Ich habe gesehen, wie dir die reichsten, mächtigsten und kultiviertesten Männer Europas zu Füßen lagen. Und ich habe gesehen, wie du sie abgewiesen hast. Deshalb begreife ich nicht, was dich dazu treibt, ein Verhältnis mit einem so gewöhnlichen Mann ohne Ehre und Moral anzufangen.«

Micaela blickte auf und versuchte, etwas zu erwidern, doch sie fand keine Worte.

»Ich bitte dich«, fuhr Moreschi fort, »sag mir, ob du ...« In diesem Moment ging die Tür auf.

»Oh, Entschuldigung, Maestro!«, stammelte Cheia. »Ich dachte, es wäre niemand im Salon.«

»Kommen Sie nur rein, Cheia. Es ist wichtig, dass Sie bei diesem Gespräch dabei sind. Wie ich gerade sagte«, fuhr Moreschi fort, »Micaela, sag mir, ob dieser Mann dich zwingt ... Na ja, du weißt schon...«

»Seine Geliebte zu sein?«, ergänzte sie. »Nein, er zwingt mich nicht. Ich tue es aus freien Stücken.«

»Wie kann das sein, Micaela!«, entfuhr es Cheia. »Ein Mann wie er! Vom Schlimmsten! Ich bete jedes Mal zu unserem Herrn, wenn du zu ihm nach Hause gehst. Deine Treffen mit ihm sind durch und durch unehrenhaft. Dieser Mann hat keine Moral. Er bringt jedes Mal dein Leben in Gefahr und verleitet dich dazu, eine schwere Sünde zu begehen.«

»Nein, das ist nicht wahr«, wehrte sich Micaela und sprang auf. »Hier in diesem Haus herrschen größere Ehrlosigkeit und Verderbtheit als in Molinas Haus. Hier bin ich von mehr Gefahren umgeben als bei ihm.«

»Aber Micaela, was redest du denn da!«, empörte sich Cheia. »Das lasse ich nicht zu!«

»Du lässt es nicht zu?«, entgegnete sie unglaublich selbstbewusst. »Mit Ausnahme von dir und dem Maestro herrschen in diesem Haus nur Scheinheiligkeit und Falschheit.«

Cheia musste sich setzen. Moreschi mischte sich ein und bat Micaela, sich zu beruhigen und zu erklären, was es mit ihrer Anschuldigung auf sich habe.

»Ich denke, das liegt auf der Hand, Maestro. Aber ich kann trotzdem deutlicher werden. Würden Sie meinen Bruder als ehrenhaft und anständig bezeichnen? Meinen Bruder, der ein unschuldiges junges Mädchen verführt und geschwängert hat, um es danach sitzenzulassen? Nicht zu vergessen, dass er es gewagt hat, sie zur Abtreibung zwingen zu wollen.«

»Micaela!«, entfuhr es Cheia. »Sei still!«

»Nein, Mamá. Es ist an der Zeit, die Karten auf den Tisch zu legen. Würden Sie Otilia anständig nennen, eine Frau, die nur für den schönen Schein lebt, die an Freundschaften und Bekanntschaften nur interessiert, ob sie einen Vorteil daraus ziehen kann? Eine ehrgeizige, skrupellose Frau, die meinen Vater nur wegen seines Geldes und seiner Position geheiratet hat? Schau mich nicht so an, Cheia, sonst muss ich dich auch eine scheinheilige

Lügnerin nennen. Und über meine Onkel und Tanten wollen wir gar nicht reden. Der Schlimmste von allen ist nämlich der Monsignore, der alte Inquisitor!«

An diesem Punkt bekreuzigte sich Cheia und begann zu weinen. Moreschi versuchte vergeblich, sie zu beruhigen. Micaela schimpfte weiter, ohne auf die Tränen ihrer Amme zu achten.

»Vielleicht denken sie, dass die Tatsache, einen ›vornehmen‹ Namen zu tragen und Geld zu haben, sie von Anstand und Moral entbindet. Aber ich sage nein! Vielmehr bedeutet es eine Verpflichtung, reich und gebildet zu sein. Wir wurden mit so vielen materiellen und immateriellen Dingen gesegnet, deshalb sollten wir der Welt einen Teil von dem zurückgeben, was wir bekommen haben. Hier hingegen finde ich nur maßlosen Ehrgeiz und mangelnde Nächstenliebe. Zum Beispiel sehe ich nicht, dass mein Vater als Senator etwas für die Menschen in den südlichen Stadtvierteln täte, wo sie hungrig und krank auf engstem Raum zusammenleben. Ich sehe dünne, ausgemergelte Kinder ohne Schuhe und anständige Kleidung. Kinder, die von klein auf arbeiten müssen! Und der Herr Senator debattiert mit der Opposition um noch ein bisschen mehr Macht. Und währenddessen verhungern die Leute!«

»Wenn diese Leute im Süden der Stadt so arm sind«, bemerkte Cheia, »dann, weil sie es nicht anders verdient haben.«

»Ich kann nicht glauben, dass du das sagst, Mamá Cheia. Du, die selbst arm wie eine Kirchenmaus war! Du, der es an allem gefehlt hat!«

»Micaela, Liebes, bitte beruhige dich«, bat Moreschi. »Komm, setz dich und hol mal Luft. Was du sagst, stimmt und ist sehr weise, aber so ist der Mensch: ehrgeizig und boshaft, falsch und egoistisch. Wir können nichts daran ändern. Vor diesen Dingen bist du nie gefeit. Sie sind Teil der menschlichen Natur. Was kann man da machen? Aber Carlo Molina ist darüber hinaus ein gefährlicher Typ, der fähig ist zu töten. Ich habe Angst, dass er dir etwas antut. Ich habe Angst, dass er dich umbringt.«

Micaela lachte schrill auf. Cheia und Moreschi sahen sich ratlos an.

»Ihr habt Angst, dass Molina mir etwas antut? Dass er mich umbringt?«

»Es reicht, Micaela, hör auf zu lachen!«, befahl Cheia. »Vergiss nicht, er ist mit dem Messer auf deinen Bruder losgegangen und hätte ihn beinahe getötet.«

»Du weißt ganz genau, dass er es nur getan hat, um Gioacchinas Ehre zu verteidigen. Außerdem hatte er nicht die Absicht, ihn zu töten. Er wollte ihn nur einschüchtern.«

»Ach, wie schön, das beruhigt mich ja!«, entgegnete Cheia sarkastisch. »Ich hoffe, wenn die Reihe an dir ist, hat er auch nur die Absicht, dich zu verletzen und nicht, dich zu töten.«

»Glaub das nicht«, wandte Micaela ein. »Manchmal hat er durchaus die Absicht, zu töten, wie bei Miguens, diesem Widerling.«

Moreschi und Cheia sahen sich verwirrt an.

»Ich bin bei Carlo Molina nicht im Geringsten in Gefahr, ihr könnt ganz beruhigt sein«, versicherte sie, jetzt etwas ruhiger. »Er gibt auf mich acht und verteidigt mich. Wie an dem Abend, als Miguens mich im *Carmesí* entdeckte. Sah ganz so aus, als ob er ein Stammgast gewesen ist. Ihr müsst wissen, dass der gute Mann eine Vorliebe für gewalttätige Praktiken mit den Prostituierten hatte. Er hatte schon etliche Mädchen misshandelt, deshalb hatte Carlo ihm Hausverbot in all seinen Bordellen erteilt. An diesem Abend schlich er sich ein und sah mich im Salon. Er folgte mir in die Garderobe und versuchte, mich zu vergewaltigen.«

»Gütiger Himmel!«, entfuhr es Cheia.

»Bitte fragt mich nicht nach Details.« Micaela schlug die Augen nieder. »Ich versuche jeden Tag, diese Momente zu vergessen. Sie erfüllen mich mit Ekel und Scham. Carlo hat ihn mir vom Hals geschafft, bevor er ... Er hat ihn mir rechtzeitig vom Hals geschafft. Dieser Widerling hat Carlo mit einem Messer angegriffen, das er heimlich bei sich trug. Carlo war unbewaffnet. Er wehrte sich mit einer Schere, und es kam zum Kampf. Es war grauenhaft!« Sie schlug die Hände vors Gesicht und schluchzte. »An den Rest erinnere ich mich nicht. Ich wurde ohnmächtig.«

Es war ganz still geworden. Die tonlose, beinahe unwirkliche Schilderung hatte Cheia und Moreschi sprachlos gemacht. Als Moreschi sah, dass seine Schülerin Anstalten machte, den Musiksalon zu verlassen, besann er sich auf seine ursprüngliche Absicht: ihr Carlo Molina um jeden Preis auszureden.

»Dir wäre nichts passiert, wenn du nicht in diesem elenden Puff gewesen wärst.«

»Genau!«, pflichtete Cheia ihm bei.

»Hast du dich nicht gefragt, was passieren würde, wenn die Presse erführe, dass ›die Göttliche‹ in einem Freudenhaus in La Boca verkehrt? Ist dir das nie in den Sinn gekommen? Ist dir nicht klar, dass es das Ende deiner Karriere bedeuten würde? Du kannst nicht mit ihm zusammenbleiben«, stellte der Maestro klar.

»Mit ihm zusammenbleiben?«, wiederholte Micaela bei sich. Sie sah die beiden traurig an und lächelte resigniert, bevor sie das Zimmer verließ.

»Sie ist hoffnungslos in diesen Schurken verliebt«, jammerte Cheia.

Micaela rannte die Treppe hinauf, stürzte in ihr Zimmer und warf sich aufs Bett. »Mit ihm zusammenbleiben?«, sagte sie noch einmal. Sie weinte bitterlich, weil sie wusste, dass diese ganze Geschichte eine Dummheit war. Nicht mehr lange, und Carlo würde sie aus seinem Leben werfen. Für ihn war sie eine von vielen. Verflucht der Moment, in dem sie sich als *seine* Frau gefühlt hatte! Für sie war ›seine Frau‹ gleichbedeutend mit ›seine momentane Frau‹, aber sie wusste, dass ein Mann wie er niemals nur eine Einzige hatte. Seine fordernde Leidenschaft, sein Machismo, sein schlechtes Umfeld würden ihn immer wieder in den Sumpf stoßen. Und so sehr sie ihn Moreschi und Cheia gegenüber verteidigt hatte: Carlo war doch nicht sehr viel anders, als ihr Lehrer ihn beschrieben hatte.

Am nächsten Tag waren die unruhige Nacht und die quälenden Gedanken vergessen, als sie hörte, dass Carlos Wagen an der Ecke auf sie wartete – vor allem, weil sie sich normalerweise dienstags nicht trafen.

»Bist du sicher, dass es der Wagen von Señor Molina ist?«, fragte sie Pascualito, ohne sich die Mühe zu geben, ihre Aufregung zu verbergen.

»Ja, Fräulein Micaela. Cabecita sitzt am Steuer.«

Auf der Fahrt nach San Telmo teilte Cabecita ihr mit betrübter Stimme mit, dass etwas Schreckliches im *Carmesí* vorgefallen sei. Micaela geriet völlig außer sich bei dem Gedanken, es könne etwas mit Carlo sein.

»Nur die Ruhe, Marlene. Carlo ist nichts passiert. Es geht um Polaquita. Die arme Polaquita!«

»Spann mich nicht länger auf die Folter und sag mir, was los ist!«

»Der ›Zungensammler‹, das ist los.«

Es lief ihr eiskalt den Rücken herunter, und sie bekam eine Gänsehaut.

»Was heißt das, der ›Zungensammler‹?«, stotterte sie.

»Er hat heute Nacht Polaquita umgebracht. Er hat ihr die Kehle aufgeschlitzt und ihr die Zunge herausgeschnitten.«

»Oh nein! Mein Gott!«

Cabecita berichtete weitere erschütternde Details. Obwohl es

Molinas Mädchen verboten war, die Bordelle gemeinsam mit einem Kunden zu verlassen, hatte Polaquita sich nicht daran gehalten. Mabel zufolge trug sich das Mädchen schon länger mit dem Gedanken, dieses Leben aufzugeben. Ein anderes Mädchen erzählte, Polaquita habe einen heimlichen Kunden gehabt, der ihr versprochen habe, sie aus dem Bordell herauszuholen und sie zu seiner Ehefrau zu machen. Niemand hatte ihn je zu Gesicht bekommen, denn absolute Diskretion war Bedingung gewesen. Polaquita schleuste ihn unerkannt in das Etablissement und bediente ihn rasch in einem der Zimmer im Erdgeschoss. Vergangene Nacht hatte man sie tot in einem Zimmerchen in einer Mietskaserne unweit des *Carmesí* aufgefunden.

»Und wie immer war die Zunge nirgendwo zu finden«, setzte Cabecita hinzu. »Du kannst dir nicht vorstellen, wie Carlo drauf ist! Eine Scheißlaune hat er! Uns hat er richtig runtergeputzt, und den Mädchen hat er eine echte Gardinenpredigt gehalten. Was er zu Tuli gesagt hat, weiß ich nicht, aber der hat danach geflennt. Sogar Cacciaguida hat's abbekommen. Mich hat er beinahe umgebracht, weil ich heute Nacht nicht aufgepasst hab und Polaquita entwischen konnte. Dann hat er mich angebrüllt, ich solle dich holen und nicht eher zurückkommen, bis ich dich gefunden hab. Ein Glück, dass du da warst, Marlene. Ich hoffe, er hält dir nicht auch noch 'ne Ansprache.«

Micaela fragte ihn, ob die Polizei schon eine heiße Spur habe.

»Ach was! Die Bullen tappen völlig im Dunkeln. Die haben keine Ahnung, wo sie suchen sollen. Molina hat sich mit den dicken Fischen aus den oberen Etagen in Verbindung gesetzt, weißt du? Die versuchen jetzt, was rauszubekommen.«

Micaela musste an Mudo denken. Vielleicht lebte Molina ganz nah mit dem Mörder zusammen und wusste es nicht. Sie bekam schreckliche Angst.

»Die arme Polaca!«, erzählte Cabecita weiter. »Weißt du was,

Marlene? Bevor dieser Scheißkerl sie umgelegt hat, hat er ihr eine schwarze Perücke aufgesetzt und ihr ein Muttermal neben den Mund gemalt.«

»Das mit der Perücke wusste ich, aber ein schwarzes Muttermal?«

»Offensichtlich macht er das bei allen. Schwarze Perücke und Muttermal am Mund. Dann schlitzt er ihnen die Kehle auf und schneidet ihnen die Zunge raus.«

In Carlos Haus wurde sie von einem Hausmädchen empfangen, das ihr mitteilte, dass Frida ausgegangen sei. Micaela zog es vor, im Schlafzimmer auf Carlo zu warten. Die vertraute Atmosphäre dort beruhigte sie. Allerdings war sie selbst erstaunt, als ihr auffiel, dass sie nie über das Bett und die Badewanne hinausgekommen war und keine Ahnung hatte, was sich im Kleiderschrank, den Schreibtischschubladen oder dem Badezimmerschränkchen befand. Sie hatte große Lust, sich mit seinen Sachen vertraut zu machen, seiner Kleidung, seinen Toilettenartikeln, seinen Papieren. Sie öffnete eine Schachtel im Kleiderschrank und fand darin ein Foto von Gioacchina. Sie betrachtete es eine Weile, bewunderte ihr offenes Gesicht und ihre hübschen, sanften Augen. Sie war die einzige Frau, die Carlo wirklich liebte. Vergeblich versuchte sie, die Wut und die Eifersucht zu verdrängen, die ihr tags zuvor so zu schaffen gemacht hatten. Sie schloss die Kiste wieder und ging ins Bad, um sich frischzumachen.

Neugierig wühlte sie im Kosmetikschrank: ein Rasierpinsel mit Marmorgriff und das dazu passende Rasiermesser, das Lavendelwasser, nach dem die Bettlaken und seine Kleidung dufteten, ein Tiegel mit weißer Creme und ein weiterer mit Pomade. Sie schnupperte an den Handtüchern und sog den vertrauten Duft ein.

Als sie ein Geräusch aus dem Schlafzimmer hörte, wusste sie, dass er es war. Sie brauchte einige Sekunden, um sich zu fassen.

»Ach, hier bist du!«, sagte Carlo überrascht. »Cabecita sagte mir, er habe dich hergebracht. Ich dachte, du wärst bei Frida in der Küche.«

»Frida ist nicht da, sie ist ausgegangen.«

Micaela sagte weiter nichts. Sie schloss die Tür zum Bad und setzte sich aufs Bett. Carlo sah sie ernst an, während er das Jackett und das Seidentuch ablegte.

»Komm her«, befahl er dann, und sie gehorchte sofort.

Er legte seine Arme um sie und zog sie fest an sich. Er küsste sie auf den Mund, die Stirn, die Augen, strich ihr übers Haar, streichelte ihren Rücken, vergrub sein Gesicht an ihrem Hals, küsste sie erneut und umarmte sie, bis ihr die Luft wegblieb.

»Was hast du, Carlo?«

»Nichts. Ich will dich ganz nah bei mir haben. So nah, dass niemand dir etwas anhaben kann. Ich will dich vor allem beschützen.«

Die Zeit verging, und Carlo hatte immer noch nichts von dem Mord an Polaquita erzählt.

»Cabecita hat mir das vom ›Zungensammler‹ erzählt«, sagte Micaela schließlich unsicher.

Carlo schnaubte wütend und hörte auf, sie zu streicheln.

»Ich hatte schon befürchtet, dass dieser Idiot den Mund nicht halten kann.«

»Ich hätte es sowieso aus der Zeitung erfahren«, verteidigte sie ihn.

»Nein, über diesen Mord wird nichts in der Zeitung stehen. Dafür habe ich gesorgt.«

Micaela war beeindruckt. Zum ersten Mal bekam sie eine Vorstellung von seinem Einfluss und seiner Macht.

»Hast du noch mehr erfahren?«, fragte sie. »Hat die Polizei etwas herausgefunden?« Carlo schüttelte den Kopf und machte ein unwilliges Gesicht. »Du willst nicht darüber sprechen, nicht wahr?«

»Ich will die Zeit, die ich mit dir habe, nicht damit vergeuden, über diesen Mord zu reden, das ist alles.«

»Ich habe Angst«, gestand Micaela ein.

»Wovor hast du Angst?« Carlo umarmte und küsste sie. »Du brauchst keine Angst zu haben. Ich beschütze dich.«

»Nein, ich habe keine Angst um mich. Ich habe Angst um dich. Dass dir etwas passiert.«

»Angst um mich?«

»Wo war Mudo heute Nacht?«, fragte sie ohne Umschweife. Carlo hob überrascht die Augenbrauen. »Warum schaust du so? Was ist Schlimmes daran, erfahren zu wollen, wo Mudo heute Nacht war?«

»Mein Gott, Marlene! Was hast du dir denn da in den Kopf gesetzt? Mudo war die ganze Nacht bei mir, er hat sich keine Minute von mir entfernt.«

»Sicher?«

»Natürlich bin ich sicher!«, entfuhr es ihm. Er hatte genug von dieser Befragung, an die er nicht gewöhnt war. »Außerdem ist Mudo die Person, der ich am meisten vertraue, mein treuester Mann.«

»Aha. Die Person, der du am meisten vertraust ... Und mir, Carlo, vertraust du mir?«

»Was bist du denn heute so seltsam? Was ist denn mit dir los? Du bist eine Frau, und Frauen vertraue ich nicht. Wenn man einer Frau vertraut, ist man am Ende immer der Leidtragende. Ihr seid allesamt Lügnerinnen und Betrügerinnen.«

Verletzt von seiner Antwort, kehrte Micaela ihm den Rücken zu. Sie ließ einige Sekunden verstreichen, dann fragte sie ihn, ohne sich umzudrehen, warum er sie hatte holen lassen.

»Du bist heute sehr geschwätzig. Ich mag dich lieber so schweigsam wie sonst. Weshalb glaubst du, habe ich dich holen lassen? Weil ich es nicht mehr erwarten konnte, dich zu sehen.« Er küsste ihren Rücken und streichelte ihren nackten Hintern. »Oh mein Gott, den ganzen Tag habe ich mir vorgestellt, diesen Körper neben mir zu haben!«

Sie schloss die Augen und hielt den Atem an, als Carlos Hände über ihre Hüften wanderten. Die Macht, die er auf sie ausübte, war unermesslich groß. Eine Berührung genügte, und alle Befürchtungen und Zweifel, die sie quälten, wenn sie nicht bei ihm war, waren wie ausgelöscht.

»Ich frage mich, ob es je eine größere Liebe gab als die zwischen Abelard und Heloïse«, flüsterte Micaela, der Hingabe nahe.

»Ich weiß nicht, wer dieser Abelard und diese Heloïse waren«, scherzte Carlo, »aber was ich weiß, ist, dass es nie zuvor ein größeres Verlangen gab und je geben wird als das, das mein Abelard für deine Heloïse empfindet.« Damit ließ er seine Hand sanft über ihre Scham gleiten.

Micaela lachte amüsiert und wandte ihm wieder das Gesicht zu.

20. Kapitel

»Sie hat durch Pascualito ausrichten lassen, dass sie nicht kommen kann«, berichtete Cabecita, fast ein wenig eingeschüchtert.

»Verflucht!«, tobte Molina, nachdem sich seine Bürotür wieder geschlossen hatte. »Verfluchte Marlene!« Er hieb mit der Faust auf den Schreibtisch.

Seit vier Tagen hatte er sie nicht mehr gesehen. Die anfängliche Ungeduld hatte sich in Verzweiflung gewandelt, und diese wich nun allmählich der Angst, einer Angst, wie er sie nie zuvor empfunden hatte. Die Ausrede mit der Aufführung der *Traviata* ließ er nicht länger gelten. Schließlich war er nicht dumm: Marlene ging ihm aus dem Weg, sie wollte ihn nicht sehen. Aber warum? Beim letzten Mal hatten sie unglaublich schöne Stunden miteinander verlebt, vielleicht die schönsten überhaupt. Aber er erinnerte sich auch, dass sie merkwürdig verstört in seinen Armen gewirkt hatte.

Marlene hatte die Kontrolle über ihn. Was war nur mit ihm los, dass er es keinen Tag aushielt, ohne sie zu sehen? In den Bordellen war er unkonzentriert, gab Anweisungen zweimal, vergaß wichtige Dinge, verlegte Papiere. Er tanzte mit keiner und machte seinen Leuten Sorge, die über das veränderte Verhalten des Chefs tuschelten.

»Verdammte Marlene!«, brüllte er noch einmal.

Es klopfte an der Tür, und Carlo rief »Herein«. Sonia trat ein und schloss die Tür hinter sich.

»Hallo, Carlo«, hauchte sie, während sie auf ihn zukam.

»Was willst du hier?«, tobte dieser. »Ich habe dir gesagt, dass ich dich nicht mehr im *Carmesí* sehen will.«

»In dem Puff in San Telmo wollen sie mich nicht. Außerdem arbeitet diese dämliche Marlene nicht mehr hier. War sie nicht der Grund, warum du mich aus dem *Carmesí* geworfen hast? Und jetzt, wo Polaquita nicht mehr ist, wird ein gutes Pferdchen wie ich gebraucht, findest du nicht, Herzchen?« Sie streichelte über seine Wange und streifte dabei seine Lippen.

»Hier habe ich das Sagen. Geh zurück in das Bordell in San Telmo und lass dich nicht mehr hier blicken.«

»Hey, was für eine Stimmung! Was ist los mit dir? Lässt Marlene dich zappeln? Hat sie genug von dir? Vielleicht hat sie einen anderen getroffen und dich verlassen?«

Bei der Vorstellung, Marlene könne in den Armen eines anderen liegen, verlor er die Beherrschung. Er war kurz davor, Sonia zu ohrfeigen.

»He, was für eine miese Laune!«, beschwerte sich die Frau. »Anscheinend habe ich den Nagel auf den Kopf getroffen. Marlene hat dich sitzenlassen. Ich fasse es nicht!«

Carlo packte sie am Arm und schleifte sie zur Tür.

»Dann stimmt also, was man sich über dich erzählt«, versuchte es Sonia ein letztes Mal. »Dass diese Marlene dir völlig den Kopf verdreht hat, ist nicht zu übersehen. Du bist nicht mehr du selbst. Angeblich rennst du wie ein tumber Tor hinter dieser blöden Gans her. Kaum zu glauben, dass ein Kerl wie du sich von einem so unerfahrenen Ding an der Nase herumführen lässt!«

»Hör mit dem Schwachsinn auf!«, brüllte Carlo. »Sei still, oder das Reden wird dir vergehen. Ich bin derselbe wie immer. Mich bringt keine Frau aus der Fassung, verstanden? Keine.«

»Dann beweis es mir«, verlangte Sonia.

***

»Cabecita hat getobt, Fräulein Micaela«, sagte Pascualito. »Er sagt, Carlo wird wütend werden. Seit vier Tagen wartet er auf Sie.«

»Du kannst gehen«, erwiderte Micaela schlechtgelaunt.

Die Sache mit Carlo war außer Kontrolle geraten, sogar die Dienstboten tratschten darüber. Sie war das Ganze von Anfang an falsch angegangen. Es wussten zu viele Leute Bescheid, die ungefragt darüber redeten; sie hätte niemandem davon erzählen sollen. Mehr noch, sie hätte Carlo Molinas übermächtiger Anziehungskraft erst gar nicht erliegen dürfen. Sie hätte diese erste Einladung zum Abendessen damals nicht akzeptieren dürfen. Und am allerbesten wäre es gewesen, erst gar nicht im *Carmesí* zu singen. Sie hätte nicht zu dem Bordell gehen sollen, als Gastón verletzt nach Hause gekommen war. Carlo kennenzulernen, hatte ihr Leben völlig durcheinandergebracht. Ihn einmal zu sehen, hatte ausgereicht, um sie zu verzaubern, so sehr, dass sie seither nur noch machte, was er sagte.

Sie fühlte sich in der Falle, einem mitleidlosen, skrupellosen Ganoven ausgeliefert. Sie würde sich nicht wieder seinem Einfluss aussetzen und nicht mehr in das Haus in San Telmo zurückkehren, auch wenn es sie bittere nächtliche Tränen kostete. Moreschi hatte recht: Die Beziehung zu Carlo hatte keine Zukunft. Was hatte sie geglaubt? Dass er um ihre Hand anhalten würde?

»Cabecita hat getobt. Er sagt, Carlo wird wütend werden.« Es machte ihr Angst, zu wissen, dass sie ihn mit ihrer Entscheidung, ihn nicht wiederzusehen, in seinem Mannes- und Ganovenstolz verletzte. Sie hatte Angst vor ihm und überlegte, was er alles ersinnen würde, um sie zu erpressen. Er wusste zu viel über sie und ihre Familie.

Es klopfte an der Tür. Rubén, der Butler, bat sie ungewohnt aufgeregt, sich zu beeilen, jemand warte in der Halle auf sie. Und wenn es Carlo war? Ihre Beine zitterten, während sie die Treppe hinunterging. Bevor sie den Salon betrat, atmete sie tief durch, strich die Bluse glatt und ordnete ihr Haar. Auf das, was nun folgte, war sie nicht vorbereitet: Vor dem Kamin stand Gastón, und neben ihm saß ein junges Mädchen mit einem Baby im Arm. Obwohl sie blass und übernächtigt aussah, fiel es ihr nicht schwer, Gioacchina zu erkennen.

Stumm betrachtete sie das Bild, unfähig, zu reagieren. Als ihr Bruder auf sie zukam und nur noch ein paar Schritte entfernt war, bemerkte sie, dass es in seinen Augen glitzerte. Schluchzend fielen sie sich in die Arme, und Gastón bat sie leise um Verzeihung. Micaelas Antwort bestand darin, ihn fest zu umklammern und auf die Wangen zu küssen.

»Micaela, ich möchte dir meine Frau Gioacchina und unseren Sohn Francisco vorstellen.«

Gastón ging zu der jungen Frau und half ihr, aufzustehen.

»Deine Frau?«, stammelte Micaela.

»Ja, wir haben gestern geheiratet und beschlossen, gleich heute zurückzukehren. Ich konnte es nicht erwarten, sie dir vorzustellen«, erklärte er und legte den Arm um Gioacchinas Taille.

Micaela nahm ihren kleinen Neffen auf den Arm, der seinem Onkel Carlo unglaublich ähnlich sah. Dann kam Cheia herein, gefolgt von Moreschi, und die Vorstellungen gingen weiter. Die Amme nahm das Kind, das sich auf ihrem Schoß sehr wohl zu fühlen schien, denn es schlief gleich ein. Das Stimmengewirr lockte Rafael Urtiaga und dann auch Otilia an. Schließlich traf auch noch Eloy ein, der mit Urtiaga verabredet gewesen war, und wurde ebenfalls Zeuge der allgemeinen Aufregung.

Micaela zog sich einen Moment zurück und beobachtete ihre Familie aus einer Ecke des Salons. Die wenig begeisterte Miene ihres Vaters hellte sich dank Gioacchinas gütigem Gesicht, ihrer sanften Stimme und dem niedlichen Baby schon bald auf. Nicht zuletzt trug auch der erstaunliche Verhaltenswandel seines Sohnes dazu bei, dessen fast schon flegelhafter Frohsinn einer zurückhaltenden Bedächtigkeit gewichen war, die Rafael dazu bewegte, dem jungen Paar bereitwillig seinen Segen zu geben. Micaela war erstaunt, als sie zum ersten Mal eine aufrichtige Geste an Otilia bemerkte, als diese darauf bestand, das Kind zu nehmen, obwohl Cheia sich weigerte, es ihr zu geben. Auch der sonst so ernste und wortkarge Eloy gratulierte Gastón und seiner Frau und fand freundliche Worte für sie.

Aber Carlo fehlte. Er hatte es mehr als jeder andere verdient, diesen Triumph zu genießen. Ohne lange zu überlegen, warf sie ihre soeben erst getroffene Entscheidung über den Haufen und beschloss, zu ihm zu fahren, um ihm die glückliche Neuigkeit mitzuteilen und ihm zu sagen, dass Francisco seine schräg stehenden, schmalen Augen hatte.

Sie wies Pascualito an, sie zu dem Haus in San Telmo zu fahren, doch auf halbem Weg fiel ihr ein, dass sie ihn eher im *Carmesí* antreffen würde. Dort angekommen, eilte sie die Treppe hinauf. Da er nicht im Büro war, riss sie erwartungsvoll die Tür zu dem Nebenzimmer auf, wo sie Carlo und Sonia miteinander im Bett vorfand. Versteinert blieb sie auf der Schwelle stehen. Die beiden starrten sie erschrocken an.

»Verzeihung«, sagte sie mit versagender Stimme.

Sie rannte zum Ausgang, ohne auf Tuli zu achten, der ihr von der Treppe aus hinterherrief. Carlos sprang aus dem Bett auf und stürzte nackt, wie er war, auf die Empore hinaus. Dort stieß er auf Tuli, der verschämt die Hände vors Gesicht schlug.

»Lauf und sag Marlene, sie soll auf mich warten!«

Carlo rannte ins Schlafzimmer zurück und zog sich hastig an, ohne auf Sonias Geheule zu achten. Auf der Straße traf er Tuli alleine an.

»Als ich runterkam«, sagte dieser, »war Marlenes Wagen schon um die Ecke gebogen.«

Carlo stampfte wütend auf, fluchte leise vor sich hin und raufte sich die Haare, doch nichts konnte den Schmerz lindern, der auf seiner Seele lastete.

»Was hast du ihr getan, Carlo?«, erkundigte sich Tuli. »Warst du mit einer anderen zusammen?« Carlos Schweigen sagte alles. »Warum hast du das gemacht? Ist dir nicht klar, dass Marlene anders ist als die anderen? Das wird sie dir nie verzeihen.«

Unfähig zu handeln, sah er, wie Tuli ins Bordell zurückging und ihn alleine auf der Straße stehen ließ. Ratlos blickte er sich um. Er fühlte sich verloren; er wusste nicht, was er machen sollte. »Das wird sie dir nie verzeihen«, hallte es in ihm nach.

21. Kapitel

Gastón und seine Familie blieben zehn Tage bei den Urtiagas, zehn Tage, in denen der junge Mann vieles klärte, was nach seiner überstürzten Abreise offengeblieben war. Nachdem er seinem Vater die näheren Umstände der Ehe mit Gioacchina gestanden hatte, wobei er darauf achtete, die heikelsten Details nicht zu erwähnen, erzählte er ihm von seinem Wunsch, nach Azul aufs Land zu ziehen und sich um die Verwaltung der Hacienda und der umliegenden Ländereien zu kümmern. Sein Vater gab sich zunächst unversöhnlich, als er erfuhr, dass sein Sohn ein junges Mädchen wie Gioacchina zunächst ihrem Schicksal überlassen hatte. Aber da Gastón sein Verhalten aufrichtig bereute und sich wirklich für die Ländereien interessierte, verzieh er ihm schließlich.

Trotz der allgemeinen Freude durchlebte Micaela eine schwere Zeit. Sie beneidete ihren Bruder um sein Glück. Er hatte alles falsch gemacht, was man nur falsch machen konnte, und war am Ende doch heil davongekommen. Sie hingegen hatte geglaubt, alles richtig zu machen, und hatte in ihrem Eifer, ihm zu helfen, ihr eigenes Leben ruiniert. Außerdem konnte sie es kaum erwarten, dass Gioacchina endlich das Haus verließ, weil sie sich durch sie an Carlo erinnert fühlte.

Mehr als einmal war sie versucht, Gastón von ihrem Verhältnis zu Carlo zu erzählen. Auch Gioacchina hätte sie aus Boshaftigkeit, verletztem Stolz oder Rachsucht beinahe verraten, dass ihr geheimnisvoller großzügiger Beschützer niemand anders war als ihr Bruder, ein ehrloser Zuhälter. Aber sie tat weder das eine noch das andere.

La Traviata war ein voller Erfolg. Wie immer füllte »die Göttliche« die Säle und verzückte mit ihrer wunderbaren Stimme. Doch ihre engsten Vertrauten, allen voran Moreschi und Mancinelli, bemerkten, dass ihre Stimme nicht so stark und ausdrucksvoll war wie sonst. Insbesondere was die Dramatik anging, nach der das Werk verlangte, klang sie fad und kraftlos.

»Sie ist ein wenig erschöpft«, rechtfertigte sie Moreschi, obwohl er wusste, dass nicht Erschöpfung der Grund für die Schwermut seiner Schülerin war.

Micaela konnte Carlo nicht vergessen. Er ging ihr einfach nicht aus dem Kopf. Nachts wälzte sie sich schlaflos in den Kissen, und tagsüber hatte sie das Gefühl, seinen Geruch wahrzunehmen, glaubte, ihn hinter dem Vorhang in ihrem Zimmer oder der Spanischen Wand in der Garderobe zu sehen.

War sie verrückt geworden? Ja, sie war ganz und gar verrückt – nach ihm. Sie hasste ihn für dieses Gefühl, sie hasste ihn, weil sie ihn so sehr liebte und er sie überhaupt nicht. Dennoch konnte sie ihm nicht die Schuld daran geben. Sie hatte gewusst, mit wem sie sich einließ, aber sie hatte nicht auf ihren Verstand gehört und weiter ihrem albernen Traum nachgegangen. Und jetzt musste sie dafür zahlen. Sie hatte einen Fehler gemacht, der sie teuer zu stehen kam.

Und das umso mehr, da Carlo nicht aufhörte, sie zu bedrängen und ihr nachzustellen. Er hatte davon abgesehen, noch einmal im Haus ihres Vaters aufzutauchen, wofür sie ihm dankbar war; aber er verfolgte sie durch die ganze restliche Stadt. Cabecita und Mudo kannten jeden ihrer Schritte, und Carlo ließ sich immer wieder von ihnen im Auto herumfahren. Er schickte ihr Blumen, teure Geschenke und die obligatorische weiße Orchidee nach den Vorstellungen, die er regelmäßig wie ein Musterschüler besuchte, wobei er stets in der Bühnenloge saß. Er schickte ihr Briefe, in denen er sie um ein Treffen bat und beteuerte, dass er sie sehen müsse... Aber nie ein Wort der Entschuldigung, nie ein Wort von Liebe.

Micaela war jedes Mal wütend auf sich selbst, wenn sie die Briefe auf ein Zeichen von aufrichtiger Zuneigung durchsuchte, auf das sie so sehr hoffte. Letztendlich war sie eine leichtgläubige dumme Gans gewesen. Carlo hatte ihr nie etwas versprochen oder sich zu etwas verpflichtet. Weshalb forderte sie von ihm eine Treue ein, die er ihr nie zugesagt hatte? So sehr es ihr das Herz brach, der perfide Anblick von Carlo und Sonia im Bett hatte ihr die Augen geöffnet. Wie lange hätte sie sonst noch so weitergemacht, sich ohne Sinn und Verstand bloßgestellt und ihre Karriere gefährdet, ganz abgesehen vom guten Ruf ihres Vaters? Ach, wie gerne wäre sie in Paris gewesen! Dieser verfluchte Krieg!

In ihrem Verlangen, Carlo zu entkommen, konnte Micaela nur noch an die Rückkehr nach Europa denken. Beschämt musste sie sich eingestehen, dass sie feige war. Wie lange wollte sie noch vor ihren unangenehmen Erinnerungen davonlaufen? Knapp ein Jahr zuvor war sie aus Paris geflohen, um Marlene zu vergessen; jetzt musste sie Buenos Aires verlassen, um von Carlo wegzukommen.

Eloy brauchte einen ganzen Nachmittag, um sie davon abzubringen. Die Kabelmeldungen, die im Außenministerium eintrafen, belegten deutlich, dass es heftige Kämpfe gab und die Menschen ernsten Mangel litten. Seine ungeschminkten Schilderungen machten Eindruck auf Micaela.

»Sie sollten wissen, Fräulein Micaela«, setzte er hinzu, »dass einige Schlachten so nah bei Paris stattfinden, dass die Soldaten angeblich das Taxi nehmen, um an die Front zu kommen.«

Micaela kam zu dem Schluss, dass kein Molina dieser Welt sie in diese Hölle bringen würde. Sie musste tapfer sein und die Sache durchstehen. Er würde bald aufhören, sie zu belästigen, und sie in Ruhe lassen.

»Entschuldigen Sie, wenn ich sie mit meinen Schilderungen verstört habe«, sagte Eloy, »aber ich habe einen großen Schrecken bekommen, als Sie sagten, Sie wollten nach Paris zurück, und sah keinen anderen Weg, Sie davon abzubringen, als Ihnen die Tatsachen so realistisch zu schildern wie möglich.«

Micaela sagte nichts, sondern sah ihn nur lange an. Sein sanfter Blick aus hellen Augen und seine freundliche Art beruhigten sie.

»Danke, Señor Cáceres«, sagte sie schließlich. »Ich bin Ihnen sehr verbunden, dass Sie sich um mich und mein Wohlergehen sorgen.« Nach einer Pause erklärte sie, dass es ein sehr angenehmer Nachmittag mit ihm gewesen sei und sie hoffe, dass er bald einmal wiederkäme. »Ich habe Sie länger nicht mehr im Haus gesehen. Es ist eine Weile her, seit Sie uns besucht haben.«

»Ehrlich gesagt war ich genauso oft bei Ihrem Vater zu Gast wie sonst. Sie waren es, die sich nicht hat blicken lassen. In letzter Zeit war es fast unmöglich, Sie anzutreffen«, stellte Eloy klar.

Micaela errötete und senkte den Blick.

»Hat Ihnen meine Tante schon gesagt, dass es am Samstag ein Fest bei den Paz' gibt?«, erkundigte sich Eloy, um das Thema zu wechseln. »Es würde mich freuen, wenn Sie mir die Ehre gäben, mich zu begleiten.«

»Mit Vergnügen.«

Als Gastón dazukam, entschuldigte sich Eloy und ging.

»Kommt es mir nur so vor, oder umgarnt dich dieser Tölpel?«, scherzte ihr Bruder, während er sich einen Stuhl heranzog.

»Ich dachte, du hättest dich verändert«, bemerkte Micaela, »aber wie ich sehe, ist alles beim Alten geblieben.«

»Die Tatsache, dass ich mein mieses Verhalten Gioacchina gegenüber eingesehen habe, hat nichts damit zu tun, dass ich diesen Typ weiterhin für einen Schwachkopf halte. Er will um jeden Preis Karriere im Außenministerium machen und schreckt vor nichts zurück. Merkst du nicht, dass er sich bei Papa einschmeichelt, um sein Ziel zu erreichen, neuer Außenminister zu werden? Wie ich hörte, wäre es ihm beinahe gelungen, aber der Tod von Saénz Peña hat seine Pläne durchkreuzt. War dieser unfähige Saénz Peña wenigstens zu etwas nutze!«

»Ich weiß nicht, was Señor Cáceres dir getan hat, dass du ihn so hasst.«

»Nichts hat er mir getan. Ich habe nichts Besonderes gegen ihn vorzubringen. Ich mag ihn einfach nur nicht. Er ist ein durchtriebenes Schlitzohr und ein höchst sonderbarer Kerl. Ich traue ihm nicht über den Weg, und zu wissen, dass er dir den Hof macht, lässt mir die Haare zu Berge stehen.«

»Reden wir nicht länger über Señor Cáceres, das hat keinen Sinn«, schlug Micaela vor und fuhr dann fort: »Ich wollte schon länger mit dir sprechen, hatte aber keine Gelegenheit dazu. Bei der ganzen Aufregung um deine Heimkehr war ständig jemand da, der um dich herum scharwenzelte.«

»Ich wollte dich auch etwas fragen. Wie hast du eigentlich von der Sache zwischen Gioacchina und mir erfahren?«

Mit dieser Frage hatte sie nicht gerechnet und warf sich nun mangelnde Voraussicht vor. Sie hätte sich vorab eine Antwort zurechtlegen müssen. Jetzt spielten ihr die Nerven einen Streich, und ihr fiel auf die Schnelle nichts Logisches und Glaubhaftes ein.

»Ich darf die Person nicht verraten, die mir davon erzählt hat«, kam ihr schließlich in den Sinn. »Du kannst drängen, soviel du willst, ich werde dir nie den Namen desjenigen verraten, der mir von deinen Affären erzählt hat.«

»Schon gut«, sagte Gastón eingeschnappt. »Aber keine Sorge,

ich kann mir schon vorstellen, dass es die alte Bennet war. Es wussten nur wenige davon.«

Micaela erinnerte sich an Miss Bennet und fand, dass es keine schlechte Idee war, wenn der Verdacht auf die englische Lehrerin fiel. Alles war besser, als wenn Carlo Molinas Name ins Spiel kam.

»Schon gut«, lenkte Gastón ein, »ist nicht weiter wichtig. Eigentlich bin ich gekommen, um dir zu sagen, dass wir morgen zu dem Landgut in Azul abreisen.«

»So bald?«

Obwohl es ihr zuerst weh getan hatte, Gioacchina täglich zu sehen, war sie nun doch bestürzt, dass ihre Abreise so dicht bevorstand.

»Ja«, bestätigte ihr Bruder. »Ich will so schnell wie möglich aufs Land und endlich mein Leben in den Griff bekommen.«

»Geht nicht weg, bitte, bleibt doch hier!«, bat Micaela.

»Kommt nicht in Frage!« Gastón stand von seinem Stuhl auf und begann, auf und ab zu gehen. »Du weißt, dass ich Otilia nicht ertrage. Mit Papa ist es besser geworden, aber wir sind nicht dafür geschaffen, unter einem Dach zu leben. Außerdem will ich eine Weile von hier weg, um Gioacchina aus der Schusslinie zu bekommen. Es wird genügend boshafte Menschen geben, die Fragen stellen, und ich will ihr diese Schmach ersparen. Die Ärmste hat neulich schon genug ertragen müssen, als Tante Josefina sie ausfragte.«

»Ja, wahrscheinlich hast du recht«, musste Micaela zugeben. »Außerdem wirst du auf dem Land eine anspruchsvolle Beschäftigung haben, die dich von Spiel und Trank abhält.«

»Keine Sorge, Schwester. Ich werde nie wieder so tief sinken. Ich werde dich nie wieder enttäuschen.«

Micaela umarmte ihren Bruder und hielt ihn ganz fest. Dann fragte sie ihn, ob er seine Frau liebe.

»Ja, sehr«, lautete Gastóns Antwort.

»Und warum wolltest du sie dann nicht heiraten? Musstest du ihr das antun, obwohl du sie doch liebtest?«

»Als Gioacchina mir sagte, dass sie ein Kind erwartet, war ich entsetzt, das gebe ich offen zu. Ich hatte das Gefühl, als lastete die ganze Welt auf meinen Schultern, und schlug wie ein Vollidiot den falschen Weg ein. Die Ehe machte mir Angst. Alle Beispiele aus meinem Umfeld zeigten mir, dass man nicht glücklich sein konnte, wenn man heiratete. Ich kann mir nicht vorstellen, dass Tante Luisa mit Miguens glücklich war oder Tante Josefina mit ihrem Mann. Nicht zu sprechen von Papa und Otilia! Eine Farce!«

»Aber Papa und Mama haben sich geliebt«, gab Micaela zu bedenken.

»Papa und Mama? Was erzählst du denn da, Mica? Hast du vergessen, dass Mama sich die Pulsadern aufgeschnitten hat?«

Das Bild ihrer toten Mutter in der Badewanne traf sie wie ein Blitzschlag, und die Realität um sie herum verschwand. Als sie sich wieder fasste, hatte Gastón das Zimmer verlassen.

Cabecita und Mudo betraten Carlos Büro.

»Was habt ihr für Neuigkeiten?«, fragte er.

Tuli versuchte, sich aus dem Zimmer zu schleichen, aber Carlo befahl ihm zu bleiben.

»Mach dich wieder an deine Arbeit«, setzte er noch hinzu.

Tuli beugte sich wieder über die Rechnungsbücher, deren Führung Carlo ihm aufgrund seines geschickten Umgangs mit Zahlen übertragen hatte.

»Heute hat sie keine Vorstellung«, begann Cabecita.

»Das weiß ich schon«, sagte Molina und blickte hoch.

»Ja, klar, wie dumm von mir … Also, ähm … So wie's aussieht, steigt am Samstag 'ne Party bei einem dieser feinen Pinkel, und Marlene ist eingeladen. Carmencita hat's mir gesteckt, das Dienstmädchen, das für seine Informationen ein paar Scheinchen von uns kriegt.«

»Was hat sie heute Nachmittag gemacht?«, fragte Carlo.

»Das Übliche. Sie hat zu Hause geübt und ist dann ins Theater gefahren.«

»Hat sie die Blumen bekommen?«

»Ähm, tja ... Also, ja. Genaugenommen hat Carmencita sie entgegengenommen, aber ...«

»Los, spuck's schon aus!«, sagte Carlo wütend.

»Na ja, Mann!«, beklagte sich Cabecita. »Man traut sich ja kaum noch, dir was von Marlene zu erzählen. Du fängst immer gleich an zu toben. Also, es war so, dass Marlene Carmencita gesagt hat, sie soll sie in den Müll werfen.«

Molina ließ sich nicht anmerken, wie sehr ihn die Nachricht verletzte, und machte sich weiter Notizen, ohne seine Männer anzusehen.

»Ach ja, fast hätt' ich's vergessen!«, rief Cabecita. »Carmencita erzählte mir, dass sich Micaela und dieser Cáceres nach dem Mittagessen eine ganze Weile im Musiksalon unterhalten haben.«

Der Schreibtisch ächzte unter Carlos Faustschlag. Er wollte ganz genau wissen, worüber Micaela und dieser Fatzke gesprochen hatten. Cabecita stotterte, er habe keine Ahnung, Carmencita habe kaum etwas verstanden.

»Anscheinend hat Marlene gesagt, dass sie nach Europa zurückwill, und dieser Typ wollte sie überreden zu bleiben. Carmencita sagte mir, sie hätten sich so leise unterhalten, dass sie nicht mehr verstehen konnte.«

Die Vorstellung, wie Micaela und Cáceres miteinander tuschelten, sich berührten und Blicke tauschten, brachte ihn fast um den Verstand. Sein Gesicht färbte sich rot, und seine Fingerknöchel wurden ganz weiß, so fest ballte er die Fäuste. Er atmete tief durch und stand auf.

»Wir haben auch was über Gioacchina erfahren«, sagte Cabecita, in der Hoffnung, seine Laune zu heben.

»Habe ich dich gebeten, was über Gioacchina rauszufinden?«, fragte Carlo.

»Nein.«

»Was zum Teufel schnüffelst du dann hinter ihr her? Los, raus hier! Verschwindet!«

Cabecita schlich hinaus. Mudo warf Molina einen langen Blick zu, bevor er das Zimmer verließ. Verdammt, wie er diese Marlene hasste!

Tuli wusste nicht, ob er gehen oder bleiben sollte. Aber er interpretierte es so, dass der Befehl nicht für ihn galt, und widmete sich wieder den Rechnungen. In einem ruhigen Moment würde er alle noch einmal durchgehen.

Carlo versuchte erst gar nicht, sich wieder den Unterlagen zu widmen. Er trank einen Grappa, während er seinen Blick über den Hafen von La Boca schweifen ließ. Die Sonne ging gerade unter, und die Geschäftigkeit der Stauer ließ allmählich nach. Er hörte die Pfiffe, die einen weiteren Arbeitstag beendeten, und dachte an seine Zeit als Arbeiter in den Lagerhäusern zurück. Es mochten harte Zeiten gewesen sein, dachte er traurig, in elenden Mietswohnungen, mit schlechtem Essen, wenig Geld in der Tasche und schwerer Arbeit, und doch war er damals heiterer und unbeschwerter gewesen als heute. Er murmelte einen Fluch, getrieben von Gewissensbissen und so vielen Dingen, die er bereute. Dass er das alles für Gioacchina getan hatte, war kein Trost mehr für ihn.

»Cacciaguida hat mir erzählt, dass Marlene eine berühmte Opernsängerin ist«, traute sich Tuli zu sagen. »Und dass sie in Wirklichkeit Micaela Urtiaga heißt.«

»Cacciaguida soll lieber den Mund halten, sonst schneide ich ihm höchstpersönlich die Zunge raus.«

»Carlo, bitte!«, rief Tuli empört. »Nach dem, was der armen Polaquita passiert ist – Gott hab sie selig! –, solltest du nicht von Zungen und so was reden.« Carlo sah für einen Moment verwirrt und verletzlich aus. »Außerdem weißt du, dass ich Marlene vergöttere. Ich würde nie etwas austratschen. Cacciaguida hat es mir erzählt, weil er weiß, dass ich sie wirklich mag und ihr niemals schaden würde.« Tuli wurde ungeduldig, als er nur ein Grunzen zur Antwort erhielt. »Nachdem ich Marlenes Nachnamen kannte, war mir alles klar. Sie ist Urtiagas Schwester, stimmt's? Der, der dein Mündel geschwängert hat, stimmt's?«

Carlos finsterer Blick machte ihm Angst und gab ihm zu verstehen, dass es eine gute Option wäre, zu schweigen. Aber er konnte nicht anders und plapperte weiter.

»Marlene ist nicht wie die Mädchen, an die du gewöhnt bist, Carlo. Sie ist eine vornehme Dame mit Prinzipien, und …«

»Was geht dich das an? Wer zum Teufel hat dich nach deiner Meinung gefragt?«

Tuli sprang von seinem Stuhl auf und drückte sich an die Wand.

»Ich rede, weil ich Marlene sehr gerne habe!«, rief er, plötzlich mutiger. »Marlene und ich sind Freundinnen!«

»Was soll dieses Geschwafel? Misch dich nicht da ein, verstanden? Oder ich spalte dir den Schädel.«

Carlo wandte sich zum Gehen, um das Büro zu verlassen. Er musste hier raus, oder er würde jemanden umbringen. Wut, Eifersucht und Empörung beherrschten seinen Verstand und machten ihn blind.

»Carlo!«, rief Tuli ihm hinterher. »Warum lässt du sie nicht in Ruhe? Lass sie nicht so leiden. Siehst du nicht, dass sie keine Frau für dich ist? Dass ihr unterschiedlichen, um nicht zu sagen entgegengesetzten Welten angehört? Du müsstest erst sterben und neu geboren werden, damit sie dich liebt. Du müsstest ein Mann sein, der du nicht bist, und das ist unmöglich. Marlene wird niemals einen Zuhälter lieben.«

Tuli zuckte zusammen, als Carlo die Tür hinter sich zuknallte. Nachdem er sich wieder gefasst hatte, ging Tuli in die Garderobe, um seine Sachen zusammenzusuchen, überzeugt, dass er gefeuert war.

Carlo verließ das Bordell und streifte zwischen den Lagerhäusern im Hafen umher. Die Jungs grüßten ihn respektvoll und luden ihn auf einen Mate ein. Er grüßte zurück und verschob den Plausch auf ein andermal. Wehmütige Erinnerungen bedrückten ihn, und seine Gedanken kehrten unweigerlich zu dem Tag zurück, an dem er seinen Vater getötet hatte. Ihm kamen Tränen der Ohnmacht und der Wut, wenn er an seine blutüberströmte Mutter dachte, die weinende Gioacchina neben sich, sein Vater Gian Carlo sturzbetrunken inmitten von Huren beim Kartenspiel. Wohin sollte ein Mann mit all dem Schmerz? Dann die Besserungsanstalt mit den endlosen Tagen in der Arrestzelle, die Verlegung auf die Gefängnisinsel, die er trotz der Kälte, des Hungers und der Krankheiten als einen Meilenstein seines Lebens in Erinnerung hatte. Johann, sein Herzensfreund, war seine Rettung gewesen. Doch der Verlust war sein stetiger Begleiter. Der Kummer über den Tod des Deutschen hätte ihn beinahe zerstört, doch seine weisen Worte waren ihm noch lange durch den Kopf gegangen und hatten ihm geholfen, wieder ins Lot zu kommen. Dann kam die Freiheit, die lang ersehnte, wundervolle Freiheit. Und Gioacchina. Er tat alles für Gioacchina. Doch für sie war er erneut zum Mörder geworden und wenig später zum Zuhälter.

Er erreichte den Kai und blieb mit gedankenverlorenem Blick stehen, ohne sich an dem Gestank zu stören, der vom Wasser aufstieg. Der trübe Fluss schlug gegen die Mauer und bespritzte seine Lackschuhe. Auf einem der Schiffe sangen zwei Matrosen

El Entrerriano, den ersten Tango, den er mit Marlene getanzt hatte. Seine Unterlippe bebte, und sein Blick verschwamm. Als er die Augen schloss, sah er sie vor sich, wie sie unter seinen Händen vor Wut stocksteif wurde. Er schwelgte in Erinnerungen und musste zugeben, dass sie ihm wundervolle Momente geschenkt hatte, selbst wenn sie ihn in ihrer hilflosen Wut verachtet und beleidigt hatte. Über ihre Schönheit und ihr stolzes Auftreten hinaus hatte diese Frau etwas an sich, das sie von allen unterschied, die er je kennengelernt hatte, etwas Magisches vielleicht, das in ihren eigenwilligen Augen aufblitzte, etwas, in das er sich rettungslos verliebt hatte.

»Du müsstest erst sterben und neu geboren werden, damit sie dich liebt.«

Carlo Molina fühlte sich zu allem fähig, selbst dazu – zu sterben und wiedergeboren zu werden.

22. Kapitel

Obwohl sie eigentlich keine Lust hatte, ging Micaela zum Fest der Paz', einer der vornehmsten und einflussreichsten Familien von Buenos Aires. Sie waren Besitzer einer Zeitung, die die Politik ihres Vaters unterstützte. Sie konnte nicht fernbleiben: Señora Paz war Mitglied im Aufsichtsrat des Teatro Colón und wollte sie als beste Darstellerin des Jahres ehren.

Ihr gefiel der Gedanke, mit Eloy Cáceres dort hinzugehen, und die Nachricht, dass auch Nathaniel Harvey kommen würde, nahm ihr die letzten Vorbehalte. Mit den beiden würde sie sich gewiss nicht langweilen, im Gegenteil. Sie würde Cáceres' Aufmerksamkeiten genießen, und die Scherze des englischen Ingenieurs würden das Vergnügen komplett machen.

Rafael tat seiner Tochter trotz des Gejammers seiner Frau den Gefallen, für die Fahrt zu den Paz' die offene Kutsche zu nehmen. Micaela genoss die Ausfahrt neben ihrem Vater; Eloy saß ihr gegenüber. Otilia hielt während der kurzen Strecke völlig unnötigerweise den Hut fest und machte ein pikiertes Gesicht.

Obwohl es heiß war, freute sie sich an dem ruhigen, sternklaren Abend. Wenn Pascual die Pferde antrieb, streichelte ein kühler Lufthauch ihr Gesicht, und sie bekam Lust, nach ihrer Ankunft den ganzen Abend zu tanzen.

Warum musste sie sich genau in diesem Moment, in dem alles perfekt war, fragen, was Carlo wohl gerade tat? Ihre Laune sank so merklich, dass es auch Eloy auffiel und er sich vorbeugte, um sie genauer anzusehen.

»Fühlen Sie sich gut, Fräulein Micaela?«

Auch ihr Vater sah sie besorgt an, nahm ihre Hand und wiederholte die Frage. Wütend auf sich selbst, weil sie ihre Gefühle nicht im Griff hatte, versuchte sie, ihre Gesichtszüge zu kontrollieren.

»Es wird die Hitze sein. Die Hitze machte mir immer sehr zu schaffen«, log sie.

Eloy nahm den Fächer seiner Tante, die erschreckt zusammenzuckte, und wedelte damit vor Micaelas Gesicht herum.

»Das ist es, mein Junge«, stimmte ihr Vater ihm zu. »Das ist es. Ein bisschen Luft wird ihr guttun.«

Ein Defilee prächtiger Kutschen und moderner Automobile näherte sich der Villa. Es dauerte einige Minuten, bis die Kutsche der Urtiagas schließlich vor dem Portal hielt und ihre Insassen aussteigen konnten. Rafael reichte Otilia seinen Arm, und Eloy tat das Gleiche mit Micaela.

Als sie den Salon betraten, richteten sich alle Blicke auf sie. Micaela hob sich mit ihrer Schönheit und Eleganz von den anderen ab, und auch ihr Kleid war das Ziel zahlreicher Kommentare. Cheia hatte sich viel Mühe mit der Frisur gegeben, einem tief sitzenden, mit Perlennadeln festgesteckten Chignon, der von kleinen Schleifchen eingefasst war. Ihr ebenmäßiges Gesicht mit der makellosen Haut und den roten Lippen war kaum geschminkt.

Micaela sah unauffällig zu ihrem Begleiter hinüber. Er war vornehm zurückhaltend wie immer und sah sehr elegant aus in seinem Smoking.

»Sie sehen wunderschön aus heute Abend, Fräulein Micaela«, bemerkte Eloy. Überrascht stellte sie fest, dass sein Blick und seine Stimme anders wirkten als sonst; vielleicht ließ sich so etwas wie Leidenschaft darin erkennen.

Señora Paz hieß sie willkommen und sparte nicht mit Komplimenten, insbesondere an Micaela, die sie zu ihrem Ehrengast erklärte. Sie führte die Gruppe in den Festsaal, der dem *Salle de Gardes* in Versailles nachempfunden sei, wie sie erklärte, um sich dann in Einzelheiten über die Qualität des Marmors und der Wandfresken zu ergehen. Doch Micaela hörte gar nicht mehr zu.

»Bitte, Senator Urtiaga«, bedeutete Señora Paz dem Gast. »Mein Mann steht dort drüben bei dem Herrn Präsidenten. Die beiden können es kaum erwarten, sich mit Ihnen zu unterhalten.« Damit deutete sie ans andere Ende des Saals.

Als sie die neuen Gäste kommen sahen, öffnete sich die Gruppe von Männern und machte Präsident de la Plaza Platz, einem kleinen, dunkelhäutigen Mann, der Micaela entgegeneilte.

»Endlich ist der Ehrengast eingetroffen!«, rief der erste Mann im Staat aufrichtig erfreut.

»Ich würde eine solche Ehre niemals für mich beanspruchen, wenn sich der Präsident der Republik auf der Feier befindet«, antwortete Micaela.

Urtiaga lächelte, stolz auf die Wortgewandtheit und den Charme seiner Tochter. Die Begrüßungen gingen weiter, doch schließlich schloss sich die Gruppe wieder und verschluckte Rafael und Eloy. Die Gastgeberin, Otilia und Micaela mussten alle paar Schritte stehen bleiben, um jemanden zu begrüßen. Daher dauerte es eine Weile, bis sie den Musiksalon erreichten, wo Moreschi und Mancinelli dem Orchester letzte Anweisungen erteilten.

»Ich bin Ihnen ja so dankbar, Maestro«, sagte Señora Paz zu Moreschi, »dass Sie ein wenig früher gekommen sind, um beim Organisieren der Musik zu helfen. Auch Ihnen, Maestro Mancinelli, bin ich zu unendlichem Dank verpflichtet. Es ist eine Ehre, eine große Ehre. ›Die Göttliche‹ singt in meinem Hause!«

Micaela sah zu Eloy herüber. Er war ins Gespräch mit dem Präsidenten vertieft. Ihr Vater beobachtete ihn mit zufriedener Miene, doch Eloy drehte sich nicht einmal zu ihr um.

Es lief alles nicht so, wie sie es sich vorgestellt hatte: Eloy sprach den ganzen Abend über Politik, während sich Nathaniel Harvey, auf den sie ihre restlichen Hoffnungen gesetzt hatte, nur zu gern von Mariana Paz umschmeicheln ließ, der Tochter der Gastgeberin und Alleinerbin des elterlichen Vermögens.

»Da kommt die Pacini«, bemerkte Otilia ungnädig. »Eine freche Person. Sie hat mich gebeten, dir vorgestellt zu werden.«

»Und warum hast du es nicht getan?«, fragte Micaela.

»Ich mag sie nicht. Sie gehört nicht zu uns«, tuschelte sie ihr noch schnell zu, bevor sie die fragliche Dame begrüßte. »Meine liebe Regina!«, flötete sie und breitete die Arme aus, um sie dann an den Händen zu fassen. »Ich habe dich kommen gesehen und musste Micaela einfach auf das wundervolle Kleid hinweisen, das du heute Abend trägst. Ach, meine Liebe! Endlich kann ich dir meine Tochter Micaela vorstellen. Micaela, das ist Regina Pacini, die Ehefrau von Marcelo de Alvear.«

Micaela und Regina grüßten sich freundlich, und sofort entspann sich eine angeregte Unterhaltung. Die Pacini, wie sie in Buenos Aires genannt wurde, gehörte nicht der Oberschicht an, aber durch ihre Heirat mit Marcelo de Alvear, dem adligen Sohn des Ersten Bürgermeisters der Hauptstadt, war sie in die besten gesellschaftlichen Kreise aufgestiegen, nachdem sie ihre Karriere als Opernsängerin aufgegeben hatte.

Micaela und Regina hatten viele Gemeinsamkeiten, vor allem einte sie die Liebe zur Musik und zum Gesang. Sie hätten über ihrem Gespräch das Fest und die anderen Gäste völlig vergessen, hätte Micaela nicht vor dem Essen noch ein paar Arien von Rossini singen müssen, dem Lieblingskomponisten der Gastgeberin. Moreschi hatte die Auswahl getroffen, sehr zum Gefallen von Señora Paz und den übrigen Gästen. Und obwohl Micaela diese Stücke länger nicht mehr gesungen hatte, verblüffte sie wieder einmal durch die Geschmeidigkeit und den Umfang ihrer Stimme.

Zwischen den übrigen Gästen sitzend, applaudierte Regina mit aufrichtiger Begeisterung und sprang hingerissen auf, ohne sich an der distinguierten Zurückhaltung der Übrigen zu stören.

Bevor sie in den Speisesaal gingen, nahm Micaela die Glückwünsche von Präsident de la Plaza, einigen Senatorenfreunden ihres Vaters und ganz besonders begeisterte von Eloy entgegen, der ihr halb im Scherz, halb im Ernst zuflüsterte, dass sie ihm die ersten beiden Tänze schulde. Den Rest des Abends genoss sie, auch wenn sie sich während des Essens auf dem linken Ohr taub stellen musste, um ihrer Stiefmutter nicht zuhören zu müssen, die kein anderes Gesprächsthema hatte als die exzellenten chilenischen Austern, die wunderbare Trüffelpastete und den auf den Punkt gegarten Fasan, und das rechte Ohr spitzen musste, um sich an Regina Pacinis Geschichten zu erfreuen. Nathaniel, fürs Erste in Sicherheit vor den Reizen von Mariana Paz, beteiligte sich lebhaft an der Unterhaltung, während Eloy sie die meiste Zeit stumm ansah.

Bei den ersten beiden Walzern hielt Micaela Wort und tanzte mit ihm. Begeistert und aufgeregt teilte er ihr mit, dass seine ursprünglichen Pläne, das Außenministerium zu übernehmen, erneut auf einem guten Weg seien.

»Das freut mich sehr!«, sagte Micaela. »Sie haben so viel gearbeitet, da wäre es eine Ungerechtigkeit, wenn Sie Ihr Ziel nicht erreichten. Außerdem bin ich mir sicher, dass wir keinen besseren Außenminister haben könnten, Señor Cáceres. Und ich bezweifle, dass es viele gibt, die anders denken.«

»Obwohl ich Sie nicht sehr gut kenne, konnte ich sehen, dass Sie nie mit Ihrer Meinung hinterm Berg halten. Deshalb ist das, was Sie mir gerade gesagt haben, von großem Wert für mich.«

Als sie wieder zu Hause in ihrem Schlafzimmer war, fühlte sich Micaela zum ersten Mal seit langer Zeit wieder gut. Sie hatte eine neue Freundin gefunden, mit der sie sich am nächsten Tag zum

Tee treffen würde, und auch einen neuen Freund, denn Eloy Cáceres hatte ihr mit seiner offeneren, menschlicheren Art eine andere Facette seiner Persönlichkeit gezeigt, die ihr sehr gut gefiel.

Seit ihrer Ankunft in Buenos Aires stand Micaela im Briefkontakt mit etlichen europäischen Sängern. Als sie ihnen erzählte, dass sie nach Europa zurückkehren wolle, weil sie ihre Freunde und Paris vermisse, antworteten sie umgehend, sie solle sich bloß nicht ins Kriegsgebiet trauen und dort bleiben, wo sie war. Diese Empfehlungen und Eloys fast schon flehentlichen Ratschläge ließen sie fürs Erste von der Idee Abstand nehmen. Beruhigt über die Entscheidung seiner Schülerin, machte sich Moreschi an die Planung der Gesangsauftritte für das kommende Jahr, unterstützt von Mancinelli, der schon von einer Südamerikatournee sprach.

***

Das Jahr 1914 neigte sich dem Ende zu, und Micaela konnte kaum glauben, dass erst ein Jahr seit Marlenes Tod vergangen war. Es kam ihr vor wie eine Ewigkeit. Ihr Bruder hatte geheiratet und ein Kind bekommen. Sie dachte an die Nacht zurück, in der Gastón verwundet nach Hause gekommen war, die Nacht, in der sie zum ersten Mal von Carlo Molina gehört hatte. Sie erinnerte sich an ihren ersten Auftritt im *Carmesí*, an den zweiten und dritten. Jeder davon trug ein Geheimnis in sich. Und dann das letzte Mal, das so schmerzlich und demütigend gewesen war.

Sie hasste Carlo Molina, sie hasste ihn mit jeder Faser ihres Seins. Sie hasste ihn, weil er der Mann war, der er war, und weil er aus ihr die Frau gemacht hatte, die sie nun war, eine traurige, wehmütige Frau, die nichts wirklich aufmuntern konnte. Nicht einmal in der Musik fand sie Trost. Dafür hasste sie ihn.

Seit Tagen hatte sie nichts von ihm gehört. Im Haus ihres Vaters trafen keine teuren Blumensträuße oder Bonbonschachteln mehr ein. Kein Brief, nicht einmal eine kurze Nachricht, nichts. Die Vorstellungen im Teatro Colón waren vorbei und mit ihnen die Gelegenheit, ihm ganz nah zu sein, wenn er in der vordersten Loge saß. Besser so. Carlo Molina hatte ihr nichts zu bieten. Nichts Gutes zumindest. Ihre Liebe würde sich irgendwann in Gleichgültigkeit wandeln – ja, aus ihrer gewaltigen Liebe würde unendliche Gleichgültigkeit werden. Aber wie sollte sie es anstellen, nicht ständig an ihn zu denken? Wie sollte sie es anstellen, nicht jedes Mal unruhig zu werden, wenn die Post kam? Keinen Vorwand zu suchen, um in den Süden der Stadt zu fahren?

Carlo war ihrer überdrüssig geworden, und sie würde nie wieder von ihm hören. Nie wieder! Vor nicht allzu langer Zeit hatten sie eine so intensive Leidenschaft erlebt, dass der Gedanke, ihn nicht wiederzusehen, ihr lächerlich erschien. Nein, es war nicht lächerlich! Das Beste, was ihr passieren konnte, war, dass er ihr nie mehr über den Weg lief.

Sie ließ die Sentimentalitäten beiseite und überlegte, dass die ganze Sache dafür, dass sie es mit einem skrupellosen Ganoven zu tun gehabt hatte, ausnehmend gut ausgegangen war. Am Anfang hatte sie der Gedanke an eine mögliche Erpressung in Panik versetzt. Was, wenn er sie zwang, zu ihm zurückzukehren, indem er ihr drohte, alles der Presse oder ihrer Familie zu erzählen? Sie hatte auch Angst, er könne Mudo und Cabecita schicken, um sie mit Gewalt ins Auto zu zerren und zu ihm zu bringen. Sie vermied es, alleine auszugehen, obwohl sie sicher war, dass kein Begleiter Carlo Molinas Männer aufhalten würde. Wer sollte es mit ihnen aufnehmen? Moreschi? Pascualito?

Mit Eloy verbrachte sie entspannte Momente, und es dauerte nicht lange, bis sie merkte, dass seine Freundlichkeit und Galanterie keinen anderen Zweck verfolgte, als sie zu erobern.

***

»Du solltest dir einen Verehrer suchen«, schlug Regina Pacini ihr eines Tages vor.

Micaela sah von ihrer Tasse auf. Manchmal erinnerten sie die Einfälle und die Art ihrer Freundin ein bisschen an Marlene.

»Du bist jung, hübsch und talentiert. Du musst Tausende von Verehrern haben. Du solltest dich für einen entscheiden und ihn heiraten«, schloss sie.

»Heiraten?«, wiederholte Micaela. »Nein, eine Heirat würde mir meine Freiheit nehmen, und die ist das Kostbarste, was ich besitze. Bestimmt müsste ich mit dem Singen aufhören, und das könnte ich nicht ertragen.«

»Du hast recht, meine Liebe. Ich musste damals meine Karriere aufgeben. Mein Mann und seine Familie sahen es nicht gerne. Aber ich liebe ihn sehr und habe es für ihn getan«, setzte sie mit Nachdruck hinzu. »Wenn du dich verliebst, ist dir kein Hindernis zu groß, um mit deinem Mann zusammen zu sein.«

Diese Worte rührten sie, und sie musste sich zusammenreißen, um vor ihrer Freundin keine Schwäche zu zeigen.

»Du könntest dir einen Liebhaber nehmen.« Regina ließ nicht locker. »Ein Liebhaber wäre besser.«

»Jetzt verstehe ich, warum Otilia und ihre feinen Freundinnen dich nicht mögen«, bemerkte Micaela. »Du bist zu freizügig und direkt für sie. Aber ich mag dich genau so.«

Regina lachte herzlich und beharrte weiter auf der Idee mit dem Liebhaber.

»Und was ist mit Doktor Cáceres? Es heißt, er sei hinter dir her. Stimmt das?«

»Er ist sehr galant und aufmerksam zu mir, mehr nicht. Manchmal ist er der liebenswürdigste und bezauberndste Mann der Welt; dann wieder hat es den Anschein, als wäre er Tausende von Kilometern entfernt, und sein strenger Blick und sein abweisendes Verhalten machen mir Angst.«

»Mach dir keine Sorgen«, versicherte Regina. »So sind die Politiker. Mein Mann ist genauso. Es gibt Momente, da könnte eine Herde Pferde über ihn hinwegtrampeln, und er würde es nicht einmal merken. Aber dann wieder ... Ach, mein Marcelo ist so romantisch!«

Micaela beneidete die Freundin um ihr Glück und hoffte sehr, dass auch sie einmal den Frieden und die Ruhe finden würde, die Regina bei sich zu Hause erlebte. Sie wurde aus ihren Gedanken gerissen, als Regina auf die Stiftung zur Unterstützung mittelloser Mädchen, die Gesang studieren wollten, zu sprechen kam.

Auf dem Heimweg musste sie die ganze Zeit an Carlo denken. Wie lange hatte sie ihn nicht gesehen oder von ihm gehört? Über zwei Monate. Mittlerweile hatte das Jahr 1915 angefangen, und keine Nachricht von ihm. Es tat nicht nur weh, sondern erschien ihr auch unglaublich, dass alles zu Ende sein sollte. Sie trug die traurige Ahnung in sich, dass sie sich nie wieder so fühlen würde wie in seinen Armen. Sie grübelte den ganzen Nachmittag, auch während des Abendessens und danach, als sie noch mit der Familie zusammensaß.

Cheia verließ den Rauchsalon als Erste. Nach einer Weile wünschte auch Rafael eine gute Nacht, voller Stolz, weil er Cáceres im Schach besiegt hatte. Augenblicklich legte auch Otilia die Zeitschrift beiseite, in der sie geblättert hatte, und fragte Nathaniel Harvey, ob sie ihm schon einmal die Kunstsammlung im ersten Stock gezeigt habe.

»Die habe ich Ihnen nie gezeigt? Wie unachtsam von mir, Mister Harvey! Eine Unhöflichkeit! Ich besitze Skulpturen und Gemälde der berühmtesten europäischen Künstler. Bitte kommen Sie doch, ich zeige Sie Ihnen jetzt gleich.«

Nathaniel schlug vor, die Führung durch das familieneigene Museum auf ein andermal zu verschieben, doch Otilia stellte sich stur wie ein fünfjähriges Mädchen. Sie zurückzuweisen, wäre unhöflich gewesen. Schließlich siegte die gute Erziehung des Engländers über seine Unlust, und er stimmte zu.

»Wir beide gehen allein«, setzte Otilia hochzufrieden hinzu. »Mein Neffe kennt die Sammlung in- und auswendig. Warum ihn noch einmal damit langweilen? Und Micaela hat nur Freude an der Musik. Warum sie unnötig quälen? Also, kommen Sie.«

»Ich lasse sie ungern allein«, sagte Micaela, nachdem Otilia und der Engländer hinausgegangen waren. »Aber ich habe morgen viele Termine und muss früh schlafen gehen.« Sie stand auf, und Eloy tat es ihr nach. »Weshalb schließen Sie sich nicht Ihrem Freund und Ihrer Tante an?«

»Bitte, Fräulein Micaela, gehen Sie noch nicht. Ich muss mit Ihnen reden.«

Eloy trat näher, und Micaela sah ihn erstaunt an. Er wirkte aufgewühlt und sah ein wenig blass aus.

»Ja, natürlich, Señor Cáceres. Sollen wir uns setzen?«

»Ja.«

»Möchten Sie etwas trinken?«

»Nein, danke.« Eloy zog den Stuhl näher an Micaelas Canapé. »Sehen Sie, Fräulein Micaela ...« Er fasste ihre Hände, und sie spürte, dass sie kalt und feucht waren. »Micaela, ich kann meine Gefühle nicht länger vor Ihnen verbergen. Ich unterdrücke sie schon seit geraumer Zeit, doch das will ich nun nicht mehr länger. Lassen Sie mich Ihnen sagen, wie sehr ich Sie verehre und liebe.«

Eloy sah sie in banger Erwartung an, aber verwirrt, wie Micaela war, wusste sie nicht, was sie sagen sollte.

»Warum haben Sie Ihre Gefühle unterdrückt, Señor Cáceres?«, brachte sie schließlich heraus.

»Aus Angst. Ja, aus Angst«, wiederholte er, als er ihren erstaunten Gesichtsausdruck sah. »Ich bin ein Niemand. Sie hingegen sind die beste Sopranistin der Welt und werden überall gefeiert, wo Sie hinkommen. Sie sind schön, herzensgut, rein und klug. Sie sind einfach vollkommen, Micaela.« Und er küsste mit ungewohnter Leidenschaft ihre Hände. »Sie sind ›die Göttliche‹, und ich weiß nicht, ob ich ein Recht dazu habe. Ich bin ein Niemand.«

»Bitte sagen Sie das nicht, Señor Cáceres. Sie sind ein außergewöhnlicher Mann. Sie haben Aussichten auf das Außenministerium; ich glaube nicht, dass das ein Posten für einen Niemand ist. Ich bewundere und respektiere Sie. Und auch wenn ich Sie enttäuschen sollte, muss ich Ihnen sagen, dass ich weit davon entfernt bin, vollkommen zu sein. Glauben Sie mir.«

»Doch, doch! Sie sind vollkommen!«, beteuerte er mit Nachdruck. »Ich kann gar nicht aufhören, Sie anzusehen. Sie sind eine Dame, wenn Sie gehen, wenn Sie sprechen, wenn Sie essen, einfach bei allem. Sie machen alles gut und richtig. Sie singen wie ein Engel, und Sie sind ein großherziger Mensch von unvergleichlicher Noblesse. Bei Ihrer Schönheit und Ihrer Begabung, Micaela, könnten Sie überheblich und eitel sein. Und ich liebe Sie dafür, dass Sie es nicht sind. Sie sind rein, ganz und gar rein.« Er küsste erneut ihre Hände. »Micaela, geliebte Micaela, werden Sie meine Frau. Heiraten Sie mich und retten Sie mich.«

Sie sah ihn lange und zweifelnd an. Cáceres war kein kleiner Junge mehr, sondern ein fast vierzigjähriger Mann. Solche Leidenschaft empfand er für sie? So sehr liebte er sie?

»Nicht, dass Sie denken, Sie würden Ihre Freiheit verlieren, wenn Sie mich heiraten«, beeilte sich Eloy zu sagen, weil er Micaelas Schweigen missverstanden hatte. »Sie können Ihre Karriere wie bisher weiterverfolgen.«

Nicht eine Sekunde hatte Micaela jedoch an ihre Karriere gedacht. In Wirklichkeit dachte sie an Carlo Molina. Die Tür ging auf, und Nathaniel kam herein. Als er sie so nah beieinandersitzen und Hände halten sah, erstarrte er. Doch gleich darauf hatte er sich wieder im Griff und wandte sich zum Gehen.

»Bitte, Mister Harvey«, rief Micaela ihm hinterher, »bleiben Sie doch. Kommen Sie nur herein. Ich wollte sowieso gerade gehen. Ich habe morgen einen anstrengenden Tag.«

Eloy warf ihr einen verzweifelten Blick zu, sagte aber keinen Ton.

»Ja, natürlich«, entgegnete Nathaniel düster. »Wir müssen alle morgen arbeiten. Besser, wir gehen, Eloy.«

Micaela ging zur Tür und rief nach dem Butler, der die Hüte und Stöcke brachte. Dann geleitete sie die Herren zur Tür.

***

Am nächsten Tag erschien Micaela zeitig zum Frühstück. Cheia und ihr Vater saßen bereits am Tisch und unterhielten sich angeregt; Urtiaga las die Zeitung und kommentierte eine Meldung, und die Amme nickte ernst dazu. Während Micaela sie von der Tür aus beobachtete, dachte sie, welche Freude sie ihnen machen würde, wenn sie ihnen von Cáceres' Gefühlen und seinem Heiratsantrag erzählte. Insbesondere ihr Vater würde begeistert sein. Und Mamá Cheia würde ohne Zögern ihren Segen geben, wenn damit endlich der Schatten von Carlo Molina gebannt wäre.

»Was machst du denn schon hier?«, fragte auf einmal Moreschi hinter ihr, und sie betraten gemeinsam das Esszimmer. Micaela begrüßte ihre Amme und ihren Vater mit einem Kuss und setzte sich.

»Fühlst du dich gut, Micaela?«, erkundigte sich Cheia. »Du hast Ringe unter den Augen. Hast du gut geschlafen, meine Kleine?«

»Nein, ehrlich gesagt nicht.«

Cheia und Moreschi sahen sie mitleidig an. Erst vor einigen Tagen hatten sie sich darüber unterhalten, wie still und schweigsam sie geworden war, und waren sich über den Grund ihrer Traurigkeit einig gewesen.

»Ja, stimmt, du siehst wirklich nicht gut aus«, bemerkte ihr Vater.

Er überschüttete sie mit einer ganzen Reihe von Ratschlägen, die das Mädchen freundlich entgegennahm, mit einem Lächeln, als wüsste sie, dass nichts ihren Kummer lindern konnte.

»Ich fahre heute auf das Landgut in Azul«, sagte ihr Vater dann. »Ich möchte ein paar Tage mit meinem Enkel verbringen. Warum begleitest du mich nicht, Micaela? Die Landluft wird dir guttun, und du kannst deinen Bruder und deinen kleinen Neffen sehen.«

Doch Micaela lehnte den Vorschlag rundheraus ab. Die folgenden Tage waren relativ ruhig, weil nicht ständig Freunde und Bekannte des Senators bei den Urtiagas ein und aus gingen. Otilia nutzte die Abwesenheit ihres Gatten und war die ganze Zeit unterwegs. Sie kam nur zum Schlafen nach Hause. Cheia hatte die Einladung angenommen und war mit Urtiaga nach Azul gefahren. Nun, da Moreschi und die Musik ihre einzige Gesellschaft waren, wünschte sich Micaela das rege gesellschaftliche Leben des vergangenen Jahres zurück, nur um nicht nachdenken zu müssen. Die sommerliche Ruhe in Buenos Aires machte ihr zu schaffen und drückte ihr noch mehr aufs Gemüt.

Solange ihr Vater nicht da war, blieben auch Eloys Besuche aus. Mehr als einmal war Micaela versucht, ihm eine Nachricht zu schicken, um ihn zum Abendessen einzuladen, ließ es dann aber bleiben. Nach ihrer letzten Unterhaltung fürchtete sie sich davor, ihn wiederzusehen. Dennoch musste sie sich eingestehen, dass sie ihn vermisste. Sie vermisste die interessanten Gespräche mit ihm, seine zuvorkommende, wohlerzogene Art, die Schachpartien und das gemeinsame Gläschen im Rauchsalon. Sie vermisste Eloy, weil er sie ihren Kummer vergessen ließ und ihr ein Gefühl von Frieden gab. Ja, Frieden. Seine blauen Augen waren wie stille Seen und seine tiefe, sanfte Stimme klang wie eine beruhigende Melodie.

Cheia und ihr Vater kehrten Mitte Februar vom Land zurück. Über eine Stunde hörte Micaela nur, wie süß und niedlich ihr Neffe sei.

»Er sieht mir wirklich sehr ähnlich«, versicherte Urtiaga.

»Mit Verlaub, gnädiger Herr«, sagte Cheia, »aber ich finde nicht, dass er Ihnen besonders gleicht. Er ist ganz dunkel, und außerdem hat er diese schmalen, schräg stehenden Augen. Ehrlich gesagt weiß ich nicht, wem er gleicht.«

Cheia verstummte sofort, als sie Micaelas fassungsloses Gesicht sah. Diese entschuldigte sich und ging hinaus. Die Amme fand sie weinend in ihrem Zimmer. Sie nahm sie in den Arm und sprach tröstend auf sie ein. Kein Kummer dauere ewig, versicherte sie.

»Nachdem mein Baby damals gestorben war«, erzählte die Schwarze, »dachte ich, ich könnte nie wieder glücklich sein und nie wieder lachen. Kurz darauf schickte mir Gott euch beide, meine beiden Engelchen. Ich will dir nicht verschweigen, dass ich immer noch hin und wieder eine Träne verdrücke, wenn ich an meinen kleinen Miguelito denke, aber dann höre ich deine Stimme oder die deines Bruders, wie ihr nach mir ruft oder mich um etwas bittet, und dann bin ich wieder versöhnt mit meinem Leid.« Cheias Gesicht wurde streng, als sie sagte: »Du musst diesen Mann vergessen. Er war nicht gut für dich. An seiner Seite hättest du nur gelitten und dich gedemütigt.«

»Ich will ihn ja vergessen, Mamá, ich schwöre. Aber wie macht man das?«

»Die Zeit wird es richten, Kleines. Die Zeit heilt alle Wunden. Bis dahin versuche, einen anderen Mann zu lieben. Moreschi erzählt mir immer, wie viele Verehrer du in Europa hast. Hier in Buenos Aires habe ich selbst gesehen, wie dich die Freunde deines Bruders oder deines Vaters anschauen. Aber du musst dein Herz öffnen und empfänglich dafür sein. Solange dein Herz an diesem Ganoven hängt, bist du blind für alles andere.«

Cheias Worte versetzten sie an den Tag zurück, an dem die todkranke Marlene ihr ihren letzten Ratschlag gegeben hatte. »Du musst mir etwas versprechen, Micaela. Versprich mir, dass du nicht vergisst zu lieben. Dass du dir einen Mann suchst, den du von ganzem Herzen liebst, und ihn heiratest. Es gibt keinen anderen Weg als die Liebe, um glücklich zu werden auf dieser Welt, glaub mir.«

Micaela klopfte an die Tür zum Arbeitszimmer ihres Vaters und trat ein. Als er sie sah, sprang Eloy sofort auf.

»Guten Tag, Señor Cáceres. Sie haben uns lange nicht mehr mit Ihrem Besuch beehrt«, bemerkte sie in einem munteren Ton, der Eloy verwirrte. »Offensichtlich treibt sie nur die Anwesenheit meines Vaters in dieses Haus.«

»Ganz und gar nicht, Fräulein Micaela. Ich mag die Gesellschaft der ganzen Familie. Es ist nur so, dass mich meine Arbeit in den letzten Tagen sehr in Beschlag genommen hat.«

Micaela spürte die Ungeduld ihres Vaters; offenbar war sie in ein wichtiges Gespräch geplatzt.

»Sehr schön, Señor Cáceres. Ich will Sie nicht länger aufhalten. Mein Vater sieht so aus, als könnte er es kaum erwarten, das Gespräch fortzusetzen. Tun Sie mir doch den Gefallen, wenn Sie fertig sind; ich erwarte Sie im Musiksalon. Ich möchte Ihnen etwas sagen.« Damit drehte sie sich um und verließ das Büro, ohne zu bemerken, dass sie einen aufgewühlten Eloy zurückließ, der seine Aufregung vor Urtiaga zu verbergen versuchte.

Eine halbe Stunde später unterbrach Micaela den *Türkischen Marsch*, den sie gerade auf dem Klavier spielte, und bat Eloy herein in den Salon.

»Eine Tasse Tee?« Sie lud ihn ein, auf dem Sofa Platz zu nehmen. »Frisch aufgebrüht. Cheia hat ihn gerade gebracht.«

Eloy nahm dankend an und setzte sich, nachdem auch Micaela

Platz genommen hatte. Für eine Weile war nur das Klirren der Löffel in den Tassen zu hören, ein Geräusch, das Eloy fast um den Verstand brachte, während er versuchte, so gefasst und förmlich wie immer zu wirken. Micaela hingegen war völlig ruhig.

»Nach neulich Abend hatten wir keine Gelegenheit mehr, miteinander zu sprechen«, begann sie und blickte auf. Eloy hielt die Tasse in der Hand, die auf halbem Wege zwischen Mund und Untertasse erstarrt war. Sie unterdrückte ein Lächeln und fuhr fort: »Entschuldigen Sie, dass ich damals keine Antwort gegeben habe. Ich war so überrascht, dass ...«

»Nein, bitte, Fräulein Micaela, entschuldigen Sie sich nicht. Ich bin es, der sich entschuldigen sollte. Ich kann mir immer noch nicht erklären, wie ich es wagen konnte, Sie mit meinen Torheiten zu behelligen. Ich verspreche Ihnen, es wird nicht wieder vorkommen ...«

»Torheiten?«

»Bitte verzeihen Sie mir. Ich habe mich von meinen Gefühlen leiten lassen, und alles, was ich erreicht habe, war, Sie zu verärgern. Es wird nicht wieder vorkommen. Von jetzt an ...«

»Señor Cáceres, wollen Sie damit sagen, dass Sie Ihren Antrag zurücknehmen?«

Eloy wusste nicht, was er sagen sollte, und musste die Tasse auf dem Tablett abstellen.

»Sie wollen mich nicht mehr heiraten?«

»Nein, natürlich nicht! Also, ich meine, ja, natürlich möchte ich Sie heiraten! Ich meine, ich habe meinen Antrag *nicht* zurückgenommen. Er gilt nach wie vor. Darf ich mit dem Gedanken spielen, dass Sie über meinen Vorschlag nachgedacht haben und meine Frau werden wollen?«

»Ja, ich möchte Ihre Frau werden.«

Eloy sprang vom Sofa auf und zog Micaela an sich. Er schloss sie in die Arme und drückte sie an seine Brust.

»Micaela, meine geliebte Micaela! Ich kann nicht glauben, dass du ja gesagt hast. Ich kann es nicht glauben.« Er schob sie ein wenig von sich, um erneut zu fragen: »Bist du dir auch ganz sicher? Wirst du es nicht bereuen? Meine Situation, meine finanzielle Situation, meine ich, ist eine ganz andere als die deines Vaters. Ich werde dir nicht den Luxus bieten können, an den du gewöhnt bist, aber ich verspreche dir, dass ich versuchen werde, alle deine Wünsche zu erfüllen. Es wird dir an nichts fehlen, und ...«

Micaela brachte ihn zum Schweigen, indem sie einen Zeigefinger auf seine Lippen legte. Dann stellte sie sich auf die Zehenspitzen und küsste ihn.

Wenig später folgte Eloys Ernennung zum Außenminister, die einen Antrittsbesuch in Nordamerika notwendig machte. Da er auf keinen Fall fahren wollte, ohne vorher zu heiraten, wurde die Hochzeit um einige Monate vorverlegt. Micaela hatte nichts dagegen einzuwenden, genauso wenig wie Otilia, obwohl ihr klar war, dass die Zeit nicht ausreichen würde, um die Hochzeitsfeier vorzubereiten. Trotzdem nahm sie die Terminänderung widerspruchslos hin. Solange ihr Neffe die Tochter von Senator Urtiaga heiratete, würde sie das schon irgendwie hinbekommen.

Ihr Vater war hocherfreut und Cheia und Moreschi waren sehr erleichtert. Gastón hingegen schrieb seiner Schwester einen langen Brief, in dem er ihr erklärte, dass er die Verbindung nicht gutheiße, und gegen seinen zukünftigen Schwager wetterte. Nach langem Bitten konnte Micaela ihn überreden, zu der Hochzeit zu kommen. Aber Gioacchina und der Kleine würden mit Miss Bennet auf dem Landgut bleiben.

Noch nie waren die Unterschiede zwischen Stiefmutter und Stieftochter so deutlich zutage getreten wie in den Tagen vor der Hochzeit. Aber da Micaela nicht bereit war, ihre Zeit mit der Vorbereitung einer Feier zu verschwenden, die nur wenige Stunden dauern würde, überließ sie die Organisation Otilia, nachdem sie zuvor drei Bedingungen gestellt hatte: An der Feier würden nicht mehr als sechzig Gäste teilnehmen, es würde auf gar keinen Fall Anzeigen in den Zeitungen geben, und die kirchliche Trauung würde nicht in der Villa der Urtiagas stattfinden, wie es in der Oberschicht üblich war, sondern in der Kirche La Merced, wo ihr Vater und ihre Mutter geheiratet hatten.

»In der Merced!«, empörte sich Otilia. »Aber die liegt in der verrufensten Gegend der Stadt. Entsetzlich! Was werden unsere Freunde sagen!«

Micaela versuchte, ruhig zu bleiben.

»Letztendlich«, bemerkte Otilia sarkastisch, »ist der Umstand, dass dein Vater und deine Mutter dort geheiratet haben, nicht unbedingt ein gutes Omen, wenn man bedenkt, wie diese Ehe geendet hat.«

Dieser ebenso unerwartete wie grausame Kommentar machte Micaela sprachlos, und sie sagte kein Wort mehr, bis Otilia das Zimmer verließ. Sie konnte sich nur wundern, wie sehr sich Eloy von der Frau unterschied, die ihn aufgezogen hatte. Dieser Gedanke führte sie zu einem anderen, nämlich wie wenig sie den Mann kannte, den sie heiratete. Aber selbst wenn sie den ganzen Tag Kummer gehabt hatte: Sobald Eloy zum Abendessen erschien, heiterten sein Lächeln und sein zärtlicher Blick sie wieder auf.

Micaela hätte es gern gesehen, wenn Eloy sie gebeten hätte, ihn in die Vereinigten Staaten zu begleiten, aber da er ihr nichts dergleichen vorschlug und der Termin immer näher rückte, beschloss sie, ihn darum zu bitten.

»Ich würde dich gerne mitnehmen, Liebling, aber es geht nicht. Ach Micaela, bitte sei nicht traurig! Ich weiß, dass du sehr verständnisvoll bist, und vielleicht gehe ich zu weit. Ich bin mir sicher, dass keine Frau es gutheißen würde, wenn ihr Mann am

Tag nach der Hochzeit auf Reisen geht, aber diese Mission ist sehr wichtig für meine Karriere. Ich würde zu behaupten wagen, dass sie entscheidend ist. Durch den Krieg in Europa und den Druck auf Argentinien, seine Neutralität aufzugeben, sind die Gespräche mit den Amerikanern sehr wichtig. Ich werde keine Zeit für etwas anderes haben und möchte dich nicht vernachlässigen. Hier hast du wenigstens deine Familie um dich. In Washington wärst du den ganzen Tag allein. Wenn ich zurück bin, gehen wir auf Flitterwochen, versprochen.«

Am Tag der Hochzeit war die Familie Urtiaga in aller Herrgottsfrühe auf den Beinen. Die Trauung sollte gegen Mittag stattfinden, und es war noch einiges vorzubereiten. Cheia kam aufgeregt in Micaelas Zimmer und scheuchte sie aus dem Bett. Sie half ihr ins Kleid und gab ihr tausend gute Ratschläge. Micaela lächelte; offensichtlich war sie die Einzige, die Ruhe bewahrte. Ihr Vater war gerührt und Otilia unerträglich; Gastón, der am Vorabend aus Azul eingetroffen war, blieb bei seiner schlechten Laune, da er absolut nicht mit Micaelas Wahl einverstanden war. Diese konnte nicht begreifen, woher die Abneigung ihres Bruders rührte, und fragte sich, mit welchem Recht er einen fleißigen, gebildeten und gut erzogenen Mann wie Eloy verurteilte.

Als sie am Arm ihres Vaters die Kirche betrat und der Bräutigam ihr mit verliebtem Blick und glücklichem Gesicht entgegensah, war Micaela sicher, dass sie das Richtige tat. Sie liebte Eloy Cáceres nicht, aber sie respektierte ihn und mochte ihn sehr. In der Überzeugung, dass sie ihn mit der Zeit schon lieben würde, schwor sie ihm vor dem Altar die Treue.

Die Gäste und zahlreiche Schaulustige drängten sich vor dem Kirchenportal, um den Frischvermählten zu gratulieren. Micaela bedankte sich bei allen, die auf sie zukamen. Eloy, der gelassener war, unterhielt sich mit einigen Gratulanten. In dem ganzen Durcheinander glaubte Micaela zu hören, wie jemand sie beim

Namen rief. Marlene. Als sich der Ruf wiederholte, kämpfte sich Micaela durch die Menge, um herauszufinden, woher er kam.

»Marlene! Verflucht sollst du sein, Marlene!«

Mitten auf dem Kirchvorplatz stand Carlo Molina, zerzaust und zerlumpt, eine Flasche in der einen, den Hut in der anderen Hand, und beschimpfte sie.

»Schafft den Kerl da weg!«, befahl Otilia. »Siehst du, Micaela, ich hab's dir doch gesagt! Das hier ist ein Ganovenviertel. Ich wusste, dass so etwas passieren könnte, deshalb habe ich darauf gedrängt, dass die Trauung zu Hause stattfindet.«

Die Frau schimpfte immer weiter, aber Micaela hörte gar nicht hin. Kurz davor, die Fassung zu verlieren, suchte sie zwischen den Gästen nach ihrem Bruder und war halbwegs beruhigt, als sie sah, wie Gastón zu Carlo Molina ging. Von irgendwoher tauchten Mudo und Cabecita auf, und zu dritt führten sie ihn weg. Wenig später war Carlo verschwunden. Micaela konnte sich nicht erinnern, jemals in ihrem Leben solche Angst ausgestanden zu haben.

»Was machst du hier, Molina?«, fragte Gastón, als sie in Sicherheit vor neugierigen Blicken waren. »Bist du verrückt geworden? Was zum Teufel hast du hier zu suchen? Du riechst nach Alkohol!«

Carlo, der sturzbetrunken war, versuchte, ihn am Kragen zu packen, aber er stolperte und musste von seinen Männern gestützt werden.

»Los, komm jetzt, Carlo«, sagte Cabecita.

»Nein!« widersprach er wütend. »Du bist ein Schwachkopf, Gastón Urtiaga! Warum zum Teufel hast du mir nicht früher Bescheid gesagt?«

»Dir Bescheid gesagt?«, entgegnete Gastón verwirrt. »Wann hätte ich dir denn Bescheid sagen sollen? Ich bin doch erst gestern Abend angekommen! Heute Morgen habe ich Pascualito mit einer Nachricht zu dir geschickt. Außerdem habe ich dir doch gesagt, dass ich allein zur Hochzeit meiner Schwester komme. Gioacchina ...«

»Nein, du Schwachkopf! Warum hast du mir nicht das von Marlene gesagt?«

»Marlene? Welche Marlene?«

»Meine Marlene. Warum hast du mir nicht gesagt, dass sie ...«

»Gut, das reicht!«, krächzte Mudo und brachte ihn augenblicklich zum Schweigen.

Gastón war verblüfft, ihn sprechen zu hören, und vergaß für einen kurzen Moment den völlig aufgelösten Molina. Mudo nutzte die Gelegenheit, um seinen Boss zum Wagen zu schleifen und auf die Rückbank zu verfrachten.

Als Gastón zum Kirchvorplatz zurückkehrte, waren die meisten schon zur Villa der Urtiagas aufgebrochen. Micaela und ihr Mann begrüßten die letzten Gäste. Die Blicke der Geschwister trafen sich. Seine Schwester sah so verstört aus, dass Gastón rasch zu ihr ging.

»Was ist passiert? Was wollte dieser Mann?«

»Nichts, Micaela, nichts. Bleib ganz ruhig. Ein armer Säufer, der nach irgendjemand geschrien hat. Er ist weg, du brauchst dir keine Sorgen zu machen. Er wird dich nicht wieder belästigen.«

Carlo schaufelte sich reichlich Wasser ins Gesicht und trocknete sich grob ab. Dann warf er das Handtuch auf den Boden und schlug mit der Faust gegen die Wand. Tuli brachte ihm eine Tasse Kaffee, die er schlechtgelaunt trank.

»Ach, Carlo, was für ein Unglück!«, rief Tuli theatralisch wie immer. Carlo sah ihn über die Tasse hinweg an. »Aber ich kann mir vorstellen, wie wundervoll Marlene ausgesehen haben muss! Sie war wunderschön, nicht wahr, Carlo? Wie sah ihr Brautkleid aus?«

»Verschwinde, bevor ich dir den Hals umdrehe!«, brüllte Carlo, und Tuli verschwand.

Molina atmete tief durch. Im Nebenzimmer warteten Cabecita und Mudo, um ihm Rede und Antwort zu stehen.

»Habt ihr noch etwas zu sagen, bevor ich euch das Messer in den Leib ramme?« Er ging langsam auf seine Männer zu, mit einem drohenden Blick, der sogar Mudo schaudern machte.

»Ich kann dir alles erklären, Carlo«, stammelte Cabecita.

»Was willst du mir erklären, verdammte Scheiße? Dass ihr zwei elende Versager seid? Dass ich euch dafür bezahle, dass ihr euch die Eier schaukelt? Könnt ihr mir sagen, was ihr die ganze Zeit gemacht habt, dass ihr nicht mitgekriegt habt, dass Marlene diesen gottverdammten Cáceres heiraten wird?«

»Wir waren immer am Ball«, verteidigte sich Cabecita. »Wir sind ihr überallhin gefolgt, aber wir haben nichts davon mitgekriegt. Sieht fast so aus, als hätte sie nicht gewollt, dass einer davon erfährt. Es war nicht mal eine Hochzeitsannonce in der Zeitung.«

»Das kann doch nicht sein!«, tobte Carlo. »Es kann doch nicht sein, dass ihr nicht mitbekommen habt, dass Marlene und dieser Schwachkopf heiraten! Verdammte Scheiße noch mal!«

Es entstand ein Schweigen, in dem nur Molinas keuchender Atem zu hören war.

»Und dieses Dienstmädchen, diese Carmencita? War's nicht so, dass ihr ihr ein paar Kröten gegeben habt, damit sie plaudert? Was zum Teufel ist mit ihr?«

»Die Urtiagas haben sie vor 'ner Weile gefeuert. Scheint schwanger gewesen zu sein ...«

»Es ist mir egal, was mit ihr los ist!« Dann fragte er bissig: »Gab es keine andere, die ihr bestechen konntet? War dieses Mädchen das einzige Dienstmädchen in dieser riesigen Villa?«

»Nein, natürlich nicht«, antwortete Cabecita. »Aber in letzter Zeit war's schwierig, in den Park zu kommen oder mit den Dienstmädchen zu reden. Die schwarze Cheia, die Haushälterin, hatte Verdacht geschöpft. Einmal hat sie uns durch Pascualito ausrichten lassen, dass sie die Bullen ruft, wenn wir nicht verduften.«

»Sprechen wir nicht länger darüber, was für Versager ihr seid«, sagte Molina, jetzt etwas leiser, aber immer noch genauso hart. »Vorbei ist vorbei. Von jetzt an werdet ihr meine Befehle aufs Wort befolgen. Wenn nicht, könnt ihr euch eine neue Arbeit suchen. Ich will, dass ihr Marlene überallhin folgt, dass ihr in Erfahrung bringt, was sie macht, was sie isst, wann sie schläft, wann sie ausgeht ... Alles, absolut alles. Ausreden lasse ich nicht gelten.«

Molina wies ihnen die Tür, und Cabecita ging hinaus. Mudo hingegen blieb einfach stehen. Obwohl sie sich schon so viele Jahre kannten und unzählige gefährliche Situationen miteinander durchgestanden hatten, konnte er sich nicht erinnern, Carlo jemals in einem solchen Zustand gesehen zu haben: völlig außer sich, ratlos und, was das Schlimmste war, zutiefst traurig.

»Carlo«, begann Mudo. Er war diese Schnüffelei leid, die seinen Boss nur ins Verderben führen würde. »Warum gibst du nicht einfach auf? Merkst du nicht, dass dieses Mädchen nicht in unsere Welt passt? Was versprichst du dir davon, wenn du sie auf Schritt und Tritt verfolgst? Sie ist jetzt mit Eloy Cáceres verheiratet. Dem Herrn Außenminister«, setzte er ironisch hinzu. »Marlene hätte keine bessere Partie machen können. Sie ist eine von denen da oben, und das wird auch so bleiben. So sind sie, diese feinen Weiber.«

»Hör mir gut zu, Mudo. Marlene ist *meine* Frau. Meine, nur meine. Wenn du weiter für mich arbeiten willst, wirst du dich damit abfinden müssen. Wenn dir das nicht in den Kopf will, kannst du gehen. Marlene gehört mir, und niemand, nicht mal sie selbst, wird uns trennen. Capito?«

Mudo nickte, und Carlo gab ihm zu verstehen, dass er gehen könne.

23. Kapitel

Es war sechs Uhr nachmittags. Die Feier hatte gegen vier Uhr geendet. Jetzt saß Micaela neben ihrem Mann und fuhr zu ihrem neuen Zuhause.

Eloy sah müde aus; er hatte dunkle Augenringe und war sehr wortkarg. Er tat ihr leid, wenn sie daran dachte, dass er früh am nächsten Morgen zu einer schwierigen Mission in die Vereinigten Staaten aufbrechen musste. Sie schloss die Augen, zuckte aber plötzlich zusammen.

»Was hast du denn, Liebling?«, fragte Eloy und nahm ihre Hand. Micaela kniff die Lippen zusammen und schüttelte den Kopf. »Das sind bestimmt die Nerven wegen der Hochzeit. Jetzt ist alles vorbei, und es ist alles gutgegangen. Du kannst ganz beruhigt sein.«

Micaela zwang sich erneut zu einem Lächeln und biss die Zähne zusammen, um nicht loszuheulen. Wie hätte sie ihrem Mann, der so zuvorkommend und galant war, sagen können, dass sie an einen anderen dachte? Dass sie, wenn sie die Augen schloss, nicht sein Gesicht vor sich sah, sondern ein anderes, dunkel und finster, das ihr dennoch so viel besser gefiel? Alles fing schlecht an, dachte sie. Vermutlich wäre sie nicht so aufgewühlt gewesen, wäre Carlo nicht am Morgen vor der Kirche erschienen. Sein Gebrüll hallte ihr immer noch in den Ohren wider. Sie senkte den Blick, um sich die Tränen wegzuwischen.

Ralikhanta bog in die Calle San Martín ein und hielt vor dem Haus, das seit vielen Jahrzehnten der Familie Cáceres gehörte.

Die heruntergekommene Fassade machte keinen guten Eindruck. Drinnen war es nicht weniger finster. Cáceres gab Ralikhanta Anweisungen auf Hindi, woraufhin dieser eilig Vorhänge und Fenster öffnete.

»Wie du siehst, Liebling, fehlt diesem Haus die weibliche Hand. Ich vertraue auf deinen guten Geschmack, um es wieder auf Vordermann zu bringen. Du kannst völlig frei schalten und walten. Ich denke, damit wirst du bis zu meiner Rückkehr beschäftigt sein.«

Micaela ging durch die Eingangshalle in den großen Salon. Ihre Absätze hallten auf dem Holzboden wider und verstärkten die Stille noch. Die dunkelbraun gebeizte Decke machte das Esszimmer düster. Die wuchtigen, massiven Möbel im altspanischen Stil erdrückten sie fast; sie nahmen sehr viel Platz weg, ohne den Salon zu verschönern. »Die lasse ich als Erstes verschwinden«, dachte sie.

»Gefällt dir dein neues Zuhause?«, wollte Eloy wissen. Er fasste sie um die Taille und drehte sie zu sich herum. »Ich weiß, es ist nicht mal ein Bruchteil von dem, was du gewöhnt bist, aber das ist alles, was ich dir bieten kann. Vorläufig«, setzte er hinzu.

»Es ist sehr hübsch«, log Micaela. »Aber wie du schon sagtest, hier fehlt eine weibliche Hand. Es ist im Kolonialstil gehalten, und das gefällt mir. Ich denke, man könnte ein paar Dinge verändern, damit es noch besser zur Geltung kommt.«

Eloy umarmte und küsste sie. Micaela schlang die Arme um seinen Hals und erwiderte den Kuss, auf der verzweifelten Suche nach Gelassenheit, die sie alleine nicht fand.

»Mein Liebling«, flüsterte Eloy. »Ich will dich glücklich machen.«

Als Micaela die sanfte Stimme ihres Mannes hörte, fühlte sie sich schon besser. Sie sagte sich, dass es kein Fehler gewesen war, ihn zu heiraten. Bei ihm würde sie den Halt und die Ruhe finden, die ihr der andere, an dessen Namen sie sich nicht erinnern wollte, niemals hätte geben können.

»Ralikhanta, bring die gnädige Frau auf ihr Zimmer«, befahl Eloy auf Hindi und übersetzte dann für seine Frau. »Ich habe Ralikhanta gesagt, er soll dich zu deinem Schlafzimmer bringen, Liebling.«

»Mein Schlafzimmer?«, stotterte Micaela. »Ich dachte, wir würden im selben Zimmer schlafen.«

»Das sagst du jetzt«, erwiderte Eloy lächelnd. »Aber glaub mir, du wirst anders darüber denken, wenn ich dich nachts aufwecke und überall meine Unordnung hinterlasse. Besser, du schläfst ganz ungestört für dich.«

»Aber du störst mich nicht. Das fehlte ja noch, Eloy! Du bist mein Mann.«

»Ich lese oft bis spät in die Nacht, Liebling. Manchmal schlafe ich gar nicht. Ich bin vielbeschäftigt und bringe oft Arbeit mit nach Hause. Im Schlafzimmer befinden sich meine Bibliothek und mein Schreibtisch. Es wäre sehr unangenehm für dich, bei Licht schlafen zu müssen, während ich durchs Zimmer geistere.«

Micaela brachte immer weitere Argumente vor, die Eloy indes geschickt abschmetterte. Angesichts der Hartnäckigkeit seiner Frau versprach er schließlich, dass sie nach seiner Rückkehr aus Nordamerika erneut darüber reden würden.

Sie folgte Ralikhanta durch einen langen Korridor, der genauso düster war wie der Rest des Hauses. Überall hingen alte, dunkle Gemälde. Am Ende des Gangs befand sich ihr Schlafzimmer, ein großer Raum mit Blick zur Straße. Sie betrachtete das Himmelbett und dachte, dass es mindestens so alt sein musste wie das Haus. Sie testete die Matratze und fand sie zu hart. Ihr gefielen weder der Frisiertisch noch die Sofas, noch der Sekretär, auch wenn sie zugeben musste, dass alles sauber und ordentlich war.

»Stell alles auf dem Boden ab, Ralikhanta«, sagte Micaela auf

Englisch. »Morgen fährst du zu mir nach Hause und holst die übrigen Sachen. Es sind noch zwei Koffer und ein paar Kleinigkeiten übrig.« Ralikhanta nickte nur. »Und jetzt schick mir bitte eines der Mädchen, damit es mir beim Auspacken hilft.«

»In diesem Haus gibt es kein Personal, Herrin«, sagte Ralikhanta betreten.

»Kein Personal? Wer kümmert sich denn dann um alles?«

»Ich, Herrin. Zweimal pro Woche kommt Casimira, die mir ein wenig beim Putzen und bei der Wäsche zur Hand geht, aber das ist alles. Wir haben allerdings Verständigungsprobleme: Sie spricht nur Spanisch, und ich verstehe fast nichts.«

Micaela wollte gegenüber dem Diener nichts sagen und schickte ihn hinaus. Dann setzte sie sich auf die Bettkante und sah sich um. Es gab viel zu tun, was ihre Stimmung ein wenig hob, denn so war sie während der Abwesenheit ihres Mannes beschäftigt und musste sich nicht langweilen oder grübeln. Plötzlich fühlte sie sich sehr müde. Sie ließ sich aufs Bett sinken. Sie starrte an den Betthimmel und war bald darauf fest eingeschlafen.

Da Micaelas Schlafzimmer das Fenster zur Straße hin hatte, drang von dort Lärm herauf, der sie nun weckte. Sie stellte fest, dass sie sich im Haus ihres Mannes befand und dass es dunkel geworden war. Durch die offenen Vorhänge und Fensterläden fiel das Licht einer Straßenlaterne ins Zimmer.

Sie stand auf, zog die Vorhänge zu und machte Licht. Und was jetzt? Es waren keine Geräusche und keine Stimmen zu hören. Die Wanduhr zeigte zehn Uhr abends. Ob sie richtig ging? Sie war hungrig und hatte Lust, ein Bad zu nehmen. Und Eloy? Ob er schon schlief? Nein, er konnte doch nicht einfach schlafen gegangen sein. Und was war mit der Hochzeitsnacht? Das alles war höchst merkwürdig und ungewöhnlich.

Als sie auf den Flur trat, um nach ihrem Mann zu suchen, hörte sie Stimmen aus einem der Zimmer. Sie spitzte die Ohren und erkannte Eloy, der sich mit Nathaniel Harvey unterhielt. Aufgrund der Lautstärke und weil sie sich ständig ins Wort fielen, schloss sie, dass sie stritten. Sie klopfte an und trat ein. Die verstörten Gesichter der beiden Männer bestätigten ihre Vermutung.

»Micaela, Liebling!«, rief ihr Mann und gab sich gefasst. »Sieh mal, wer gekommen ist!«

Die beiden kamen ihr entgegen, um sie zu begrüßen. Nathaniel küsste ihr formvollendet die Hand und gratulierte.

»Ich dachte, sie wären in Salta, Mister Harvey«, sagte Micaela, »wegen des Eisenbahnprojekts. Hattest du nicht so etwas gesagt, Eloy?«

»Ja, ja«, beeilte sich der Engländer zu sagen. »Aber ich konnte mich freimachen, um vorbeizukommen und zu gratulieren. Allerdings bin ich zu spät gekommen, fürchte ich. Eloy erzählte mir, dass gegen vier schon alles vorbei war.«

»Ja. Eloy wollte so früh wie möglich seine Ruhe haben. Er reist morgen nach Nordamerika.«

»Das erzählte er mir gerade«, sagte Nathaniel und warf seinem Freund einen ernsten Blick zu. »Eloy hat keine Ahnung, was er für einen Fehler begeht, wenn er eine so schöne Frau wie Sie allein lässt. Alle Männer von Buenos Aires warten nur darauf, dass er endlich wegfährt, um Sie erobern zu können«, scherzte er.

Micaela lächelte. Eloy hingegen gefiel die Bemerkung ganz und gar nicht.

»Liebling, ich habe Nathaniel eingeladen, mit uns zu Abend zu essen. Könntest du Ralikhanta Bescheid sagen, dass er ein Gedeck mehr auflegt?«

Micaela war zu gut erzogen, um sich ihren Unmut anmerken zu lassen, obwohl sie nicht verstand, wie ihr Mann so taktlos sein konnte, den Hochzeitsabend mit einem Freund zu verbringen, und wie Harvey die Dreistigkeit besitzen konnte, die Einladung tatsächlich anzunehmen. Ihr fiel nichts Vernünftiges ein, und da sie sicher war, dass sie sowieso nichts gegen den lästigen Besuch ausrichten konnte, bat sie Eloy, ihr den Weg zur Küche zu erklären.

Das Essen war ein Fiasko. Ralikhanta war kein guter Koch; das Fleisch war nicht nur halb roh, sondern auch überwürzt, der Salat fad. Eloy und Nathaniel unterhielten sich über Politik. Der Krieg in Europa und seine Folgen waren ihr Lieblingsthema, von dem sie bis zum Ende des Abends nicht mehr abließen. Eloy schien die Meinung des Engländers zu schätzen, denn er hörte aufmerksam zu und unterbrach ihn nur selten. Micaela war über dieses veränderte Verhalten erstaunt, hatte sie sie doch eine Stunde zuvor mitten in einer Auseinandersetzung überrascht. Worüber hatten sie gestritten? Die junge Ehefrau schwieg fast während des gesamten Essens und bemühte sich, das Fleisch herunterzuwürgen und den Salat nachzuwürzen.

»Geh nur vor, Liebling«, sagte Eloy nach dem Essen, »in einer Minute bin ich bei dir.«

Micaela verabschiedete sich von Harvey und trat auf den dunklen Korridor hinaus. Sie freute sich darauf, sich für ihren Mann schön zu machen. Cheia hatte die Aussteuer in eine kleine Tasche gepackt. Sie nahm das bestickte Seidennachthemd heraus, den dazu passenden Morgenmantel und einen Frisierumhang aus Taft, alles von der Amme selbstgenäht. Zwischen der Wäsche lagen Lavendelsäckchen, Rosenseife, ein Tiegel Handcreme und ein Parfümflakon. Das alles rührte sie sehr; Mamá Cheia hatte den Stoff gekauft, genäht und alles liebevoll vorbereitet. Sie konnte ein paar Tränen nicht unterdrücken, die bald zu einem bitteren Schluchzen wurden. Erschreckt fragte sie sich, warum sie weinte, doch obwohl sie die Antwort kannte, weigerte sie sich, sie zu akzeptieren. Sie wusch sich das Gesicht und beschloss, ein Bad zu nehmen.

Zufrieden betrachtete sie sich im Spiegel: Das Nachthemd war nicht nur elegant, sondern auch sinnlich und verführerisch. Sie beschloss, es ohne den Morgenmantel zu tragen. Sie setzte sich vor den Frisierspiegel, cremte die Hände mit der Limonenlotion ein und betupfte sich großzügig mit Parfüm. Zum Schluss bürstete sie ihr Haar, während sie sich vorstellte, wie Eloy hereinkam und sie so sah.

Sie bürstete so lange, dass sich die Haare elektrisch aufluden und stumpf und strohig wirkten, statt Volumen und Geschmeidigkeit zu erhalten. Sie sah erneut auf die Wanduhr: Schon vor einer Stunde hatte sich Eloy von seinem Freund verabschieden wollen. Bestimmt waren sie immer noch mit ihren Streitereien beschäftigt. Wütend zog sie den Morgenmantel über und machte sich auf die Suche nach ihnen. Erneut hörte sie am Ende des Ganges laute Stimmen. Aber diesmal hatte sie keine Lust, hineinzugehen. Niedergeschlagen kehrte sie in ihr Zimmer zurück, wo sie sich aufs Bett warf, um auf ihren Mann zu warten.

Als Micaela die Augen aufschlug, sah sie Eloy neben dem Bett stehen.

»Ist gut, Liebling, schlaf wieder ein.«

»Wie spät ist es?«

»Halb zwei. Entschuldige, dass ich dich geweckt habe. Schlaf weiter.«

»Ich habe auf dich gewartet«, sagte Micaela ungehalten. »Warum hast du so lange gebraucht? Ist Nathaniel weg?«

»Ja, er ist weg. Ich habe noch einige Akten studiert, die ich gleich morgen früh brauche.«

Micaela sah Eloy sichtlich verärgert an. Der kniete neben ihr nieder, nahm ihre Hand und küsste sie.

»Entschuldige, Liebling. Ich habe mich wie der letzte Mensch verhalten, tut mir leid.« Er küsste erneut ihre Hand. »Vielleicht hätten wir doch erst nach meiner Rückkehr heiraten sollen. Dann hättest du eine Hochzeit gehabt, wie du sie verdienst, mit Flitterwochen und allem Drum und Dran. Aber ehrlich gestanden konnte ich nicht länger warten; ich wollte, dass du so schnell wie möglich die Meine wirst. Ich hatte Angst, du könntest es dir in der Zwischenzeit anders überlegen.« Er beugte sich über sie und küsste sie, zuerst auf die Stirn, dann auf den Mund. »Micaela, Liebling, ich kann immer noch nicht glauben, dass du mich erhört hast. Ich gewöhne mich nur langsam an den Gedanken, dass du hier bei mir im Haus bist, dass du in diesem Bett schläfst, so nah bei mir. Du bist das Reinste und Schönste, was es in meinem Leben gibt.«

Micaela streichelte sein Gesicht und lächelte.

»Weshalb hast du mit Nathaniel gestritten?

»Gestritten?«, fragte Eloy.

»Ja. Heute Abend, als ich dich gesucht habe, habe ich euch streiten gehört.«

»Ach so! Das war nichts.«

»Wenn es nichts war, kannst du es mir ja erzählen«, drängte sie.

»Er sagte mir, dass er unsterblich in dich verliebt sei, und wenn ich fort sei, werde er kommen, um dich zu entführen. Nein, das war ein Scherz!«, erklärte er dann. »Nathaniel und ich haben geschäftlich miteinander zu tun, und manchmal sind wir nicht einer Meinung. Das ist alles.«

»Was sind das für Geschäfte?«

»Kürzlich hat meine Tante Otilia ihm ihren Anteil an Land verkauft. Jetzt sind er und ich Geschäftspartner. Wir haben beide nicht viel Ahnung von Rindern und solchen Sachen, aber es wird schon gutgehen. Jedenfalls streiten wir manchmal, wie du gehört hast. Ich glaube, es war keine gute Idee, Freundschaft und Geschäft zu verbinden.«

Eloy küsste sie noch einmal zärtlich und stand dann auf, um zu gehen.

»Du gehst schon?«, fragte Micaela verwirrt.

»Ja, Liebling. Es ist sehr spät, und ich muss morgen früh raus. Ich verspreche dir, wenn ich zurückkomme, holen wir die Hochzeitsnacht nach. Heute bin ich zu müde und nervös. Sei nicht böse, Liebling. Bei meiner Rückkehr mache ich dich zur glücklichsten Frau der Welt.«

Trotz seiner zärtlichen Worte sagte ihr Eloys Miene, dass sie nicht länger zu insistieren brauchte. Bei aller Enttäuschung klammerte sie sich an sein Versprechen und blieb zuversichtlich. Ja, sie wünschte sich von ganzem Herzen, Eloy Cáceres zu lieben und mit ihm glücklich zu werden.

Am nächsten Morgen brauchte sie lange fürs Ankleiden, da sie an Cheias Hilfe gewöhnt war, und schaffte es gleich, Eloy, den sie zum Hafen begleiten wollte, zu verstimmen. »Erste Lektion«, sagte sie sich. »Señor Cáceres legt großen Wert auf Pünktlichkeit.« Obwohl sie sich entschuldigte, blieb Eloy während der ganzen Fahrt zum Kai schweigsam und ungehalten. Erst als er bei der Ankunft eine Gruppe von Freunden entdeckte, die gekommen waren, um ihn zu verabschieden, heiterte sich seine Miene plötzlich auf. Micaela war erleichtert. Sie machte ihren Vater in der Menge aus und erkundigte sich nach Gastón.

»Er ist ganz früh heute Morgen zum Landgut zurückgefahren, weil er einige Dinge zu erledigen hatte. Ich glaube«, setzte Urtiaga mit einem Lächeln hinzu, »dass dein Bruder nicht lange von seiner Frau und seinem Sohn getrennt sein kann. Wer hätte das gedacht!«

»Wer's glaubt, wird selig!«, dachte Micaela bei sich. Sie war überzeugt, dass Gastón nur Eloy aus dem Weg gehen wollte.

Otilia war noch lästiger als sonst und überschüttete ihren Neffen mit guten Ratschlägen, die dieser geduldig entgegennahm. Nathaniel kam zu ihr, nahm ihre Hände und sah ihr in die Augen.

»Seien Sie nicht traurig«, flüsterte er. »Sie werden sehen, die Zeit vergeht schnell, und bevor Sie sich versehen, ist Señor Cáceres wieder bei uns in Buenos Aires.«

»Danke, Mister Harvey. Ihre Worte trösten mich sehr. Aber da wir jetzt so etwas wie Familie sind, nennen Sie mich doch bitte Micaela.«

»Es ist mir eine Ehre, Micaela. Und Sie nennen mich bitte Nathaniel. Ich verspreche Ihnen, dass Sie sich nicht einsam fühlen werden. Ich komme Sie jeden Tag besuchen.«

»Ich dachte, Sie würden nach Salta zurückkehren. Haben Sie nicht gerade für die Eisenbahngesellschaft dort zu tun?«

»Ja, das ist richtig«, bestätigte der Engländer. »Aber es sind einige wichtige Dinge zu regeln, die mich eine ganze Weile in Buenos Aires zurückhalten.«

»Worüber habt ihr gesprochen?«, wollte Eloy wissen.

»Mister Harvey, ich meine, Nathaniel hat mir gerade erzählt, dass er fürs Erste nicht nach Salta zurückmuss. Er bleibt in Buenos Aires und wird mir Gesellschaft leisten. Er hat mir versprochen, mich jeden Tag zu besuchen. Nicht wahr?«

»Natürlich. Du kannst beruhigt fahren, Eloy, ich passe auf deine Frau auf.«

»Das ist nicht nötig«, versicherte Eloy knapp. »Ich habe alles in die Wege geleitet, damit meine Frau genauso beschützt ist, als ob ich zu Hause wäre. Wenn du uns jetzt entschuldigen würdest, Nathaniel. Ich möchte mich allein von ihr verabschieden.

»Ja, natürlich.«

Harvey ging, und Eloy sah ihm nach, bis er in der Gruppe verschwunden war. Überrascht von der schroffen Art ihres Mannes, traute sich Micaela nicht, etwas zu sagen, und wartete, bis er begann. »Zweite Lektion«, sagte sie sich. »Señor Cáceres ist sehr eifersüchtig.«

»Micaela, Liebling, findest du nicht, dass es besser wäre, wenn du bei deinem Vater wohnst, solange ich weg bin? Ich habe die ganze Nacht darüber nachgedacht. Ich glaube, es wäre das Beste.«

»Auf gar keinen Fall, Eloy.« Die Entschlossenheit seiner Frau überraschte ihn. »Mein Zuhause ist jetzt in der Calle San Martín. Ich werde nicht dort ausziehen. Außerdem will ich in der Zeit, in der du nicht da bist, einiges dort verändern. Das wird mir helfen, mich abzulenken.«

Die Passagiere begannen, an Bord des Dampfers zu gehen. Die Gruppe versammelte sich, um Eloy zu verabschieden. Micaela erhielt nur einen flüchtigen Kuss auf die Wange. Lange sah sie dem Schiff hinterher, ungewiss, was die Zukunft für sie bringen würde.

24. Kapitel

»Gut, dass du das Haus auf Vordermann bringst!«, beteuerte Regina. »Es ist wirklich grauenhaft. Es erinnert an diese dunklen, unheimlichen gotischen Gemäuer. Ich weiß nicht, wie dein Mann die ganze Zeit hier leben konnte. Wahrscheinlich macht er deswegen ein so verbissenes Gesicht. Wie auch nicht, wenn man in so einem Haus lebt! Hast du keine Angst, nachts alleine hier zu schlafen?« Micaela sah sie nur an. »Was hast du? Hab ich was im Gesicht?«, fragte Regina und fuhr sich mit der Hand über die Stirn.

»Nein, nein«, versicherte Micaela. »Ich habe dich so angesehen, weil du mich gerade an jemanden erinnert hast, den ich sehr geliebt habe.«

»Ja? An wen denn?«

»An Soeur Emma, eine Nonne aus dem Schweizer Internat.«

»An eine Nonne erinnere ich dich? Was habe ich mit einer Nonne zu tun?«

»Sie war eine ganz besondere Nonne. Ihre Eltern haben sie gegen ihren Willen ins Kloster gesteckt. Du gleichst ihr nicht äußerlich, sondern vom Charakter her. Emma war genau wie du, frei und geradeheraus. Sie hat immer ohne Umschweife gesagt, was sie dachte.«

»Gibt es denn eine andere Art, etwas zu sagen? Es ist der einzige Weg, damit die Menschen sich verstehen. Aber nein! Die Leute setzen alles daran, die Wahrheit zu verschleiern. Dabei geben sie damit nur Anlass zu Gerede und Klatsch. Nimm nur den Tod deines Onkels Raúl. Wer glaubt denn schon, dass er an einem

Herzinfarkt gestorben ist? Jeder weiß, dass er in einem dieser Bordelle erstochen wurde, in denen er verkehrte.«

Micaela zuckte zusammen. Unfähig, ihren Schrecken zu verbergen, ließ sie sich aufs Sofa sinken.

»Entschuldige, Liebes! Das war rücksichtslos von mir. Ich dachte, du wüsstest es.«

Und ob ich das wusste!, dachte Micaela.

»Reden wir über etwas anderes«, sagte Regina, während sie ihr ein Glas Wasser reichte. »Schluss mit diesen traurigen Themen. Sag mal, schreibst du dir mit dieser Nonne? Wie hieß sie noch gleich?«

»Soeur Emma. Nein, sie ist vor einem Jahr gestorben.«

»Heute tappe ich aber auch in jeden Fettnapf!«, entfuhr es Regina, sehr zur unfreiwilligen Erheiterung ihrer jungen Freundin. »Na, immerhin habe ich dich zum Lachen gebracht. Seit Tagen wirkst du so traurig und bedrückt. Ist es wegen deinem Mann?«

»Ja, schon möglich.«

»Ach, diese Politiker!«, rief sie und warf die Hände in die Luft. »Keine Sorge, wenn er zurückkommt, wird alles besser.«

Für die Umbauarbeiten empfahl Rafael Urtiaga seiner Tochter den angesagten Architekten Alejandro Christophersen, einen eher stillen, verschlossenen Mann, aber mit vielen Ideen, um das Aussehen eines Hauses zu verändern, das er als »hoffnungslos antiquiert« bezeichnete. Neue Durchbrüche, pastellfarbene Wände, englische Möbel in den Salons und Blumenvasen überall schafften das Wunder. Zu Eloys Zimmer allerdings bekam der Architekt keinen Zutritt. Trotz Micaelas Drängen, er solle die Tür aufschließen, beteuerte Ralikhanta, keinen Schlüssel zu besitzen. Schließlich sprach Eloy brieflich ein Machtwort: »Ich untersage jegliche Veränderungen in meinem Schlaf- und Arbeitszimmer.«

»Nächste Lektion«, dachte Micaela. »Señor Cáceres hütet eifersüchtig seine persönlichen Dinge.« Am Ende verlangte Christophersen ein Vermögen, das Micaela gerne bezahlte.

Solange die Umbauarbeiten dauerten, wohnte sie bei ihrem Vater. Es fiel ihr nicht schwer, Mamá Cheia davon zu überzeugen, nach der Renovierung mit ihr in Eloys Haus zu ziehen. Moreschi seinerseits hatte vor, eine Wohnung in der Nähe der Calle San Martín anzumieten, doch Rafael bestand darauf, dass er fürs Erste in der Villa wohnen blieb.

Nach Micaelas Ansicht ging alles einen guten Weg, und allmählich kehrte wieder Ruhe in ihr Leben ein. Sie wartete sehnsüchtig auf Eloys Rückkehr, denn sie war sicher, dass seine Gegenwart die stille Beschaulichkeit perfekt machen würde, die sie um sich herum geschaffen hatte.

Eine Sache stand noch offen: das Personal. Diese Casimira war eine Katastrophe, und es dauerte nicht lange, bis Micaela sie entlassen und zwei neue Frauen eingestellt hatte – eine für die Küche und eine fürs Saubermachen. Die beiden unterstanden Ralikhanta, der von nun an Butler und Chauffeur war.

»Ist etwas, Ralikhanta?«, wollte Micaela wissen, die fand, dass er sich in letzter Zeit seltsam benahm.

»Die gnädige Frau hat so viele Veränderungen vorgenommen … Glauben Sie, dass der Herr damit einverstanden sein wird?«

»Da bin ich ganz sicher. Das Haus konnte nicht so bleiben, Ralikhanta. Es waren radikale Veränderungen nötig.«

»Ich hoffe, die gnädige Frau verzeiht mir meine Dreistigkeit, aber finden Sie es wirklich nötig, dass die neuen Angestellten hier im Haus wohnen? Wäre es nicht besser, wenn sie nur tagsüber kämen?«

»Nein, auf gar keinen Fall. Dieses Haus ist sehr groß und muss in Ordnung gehalten werden. Vergiss nicht, Señor Cáceres ist der Außenminister. Wir müssen darauf vorbereitet sein, wichtige Persönlichkeiten zu empfangen. Das Haus muss perfekt sein und das Personal erstklassig. Und noch etwas«, setzte Micaela hinzu, ohne ihm Zeit zum Antworten zu lassen. »Am Montag beginnst du mit dem Spanischunterricht. Fürs Erste werde ich Tomasa und Marita anleiten, aber in Zukunft wird das deine Aufgabe sein.«

Ralikhanta brachte kein Wort heraus, so verdutzt war er. Abgesehen davon hatte er Angst vor den Konsequenzen, die alle diese Veränderungen nach sich ziehen würden. Als Mister Harvey gut gelaunt den Salon betrat, zog er sich zurück. Micaela bat Nathaniel höflich herein, obwohl sie sich zusammennehmen musste, um ihren Unmut zu verbergen. Harvey nahm das Versprechen, das er Eloy im Hafen gegeben hatte, sehr ernst, und es verging kein Tag, ohne dass er sie besuchte und sich nach ihrem Wohlergehen erkundigte.

»Ich komme gerade von Ihrem Vater«, erklärte der Engländer, während er ihr einen Strauß duftender Narden überreichte. »Aber Señora Otilia sagte mir, dass Sie wieder in Eloys Haus zurückgekehrt seien.«

»Danke«, sagte Micaela und stand auf, um eine Vase zu holen. »Sie duften wunderbar!«

»Ich muss Sie beglückwünschen, Sie haben Wunder in diesem Haus bewirkt. Es wirkte völlig heruntergekommen, und jetzt ist es ein so bezaubernder Ort. So viel Licht! Außerdem bekommt man frische Luft.«

»Die schönen Blumen werden das Ihrige dazu beitragen«, bemerkte Micaela. »Trinken Sie einen Tee mit mir?«

Der Engländer nahm gerne an. Sie setzten sich. Harvey fing an zu erzählen und kam auch auf den Krieg zu sprechen. Er hatte schreckliche Neuigkeiten erfahren und schilderte sie in allen Einzelheiten, ohne zu bemerken, dass die junge Frau ganz blass geworden war.

»Nathaniel, ich bitte Sie, wechseln Sie das Thema. Ich kann mir diese Grausamkeiten nicht länger anhören.«

»Verzeihung, Micaela, wie taktlos von mir! Ein wenig Tee wird Ihnen guttun.« Er schob ihr die Tasse hin und nötigte sie zu trinken. Dann reichte er über den Tisch und ergriff ihre Hand. »Micaela, Sie sind so zart und zerbrechlich, wie konnte ich Sie mit diesen Geschichten verstören? Sie sind ja ganz blass. Ich werde mir nie verzeihen, dass sich meinetwegen ein Schatten auf Ihre Schönheit gelegt hat. Ihre herrlichen Augen sind ganz dunkel. Es gibt keine Entschuldigung für mich!«

Micaela entzog ihm ihre Hand und sah ihn strafend an. Was erlaubte sich dieser Mann? Wollte er etwa zudringlich werden? Je enger ihre Beziehung wurde, desto deutlicher zeigte sich, dass Nathaniel Harvey ein rätselhafter Mann war.

Micaela betrachtete sich im Spiegel. Ja, sie hatte es geschafft. Sie hatte ihn vergessen. Ganz still stand sie da, den Blick auf ihr eigenes Spiegelbild gerichtet. Nein, das stimmte nicht. Sie hatte ihn nicht vergessen. Warum sollte sie sich selbst belügen? Seit Monaten hatte sie nichts mehr von ihm gehört, und die Vorstellung, dass er irgendwo da draußen war und einfach sein Leben weiterlebte, als ob nichts geschehen wäre, erschien ihr unerträglich. Was hatte dieser Mann nur an sich, dass sie ihn einfach nicht aus dem Kopf bekam?

Am nächsten Tag würde Eloy zurückkommen und mit ihm der Seelenfrieden, nach dem sie sich so sehr sehnte. Zum wiederholten Male unternahm sie einen Rundgang durchs Haus, überprüfte, ob das Silber glänzte, ordnete die Blumen in den Vasen, richtete die Bilder, klopfte Kissen auf und wies Marita an, die Möbel noch einmal zu polieren. Das Haus musste perfekt aussehen, um einen guten Eindruck auf ihn zu machen.

Der Besuch in Nordamerika war ein voller Erfolg gewesen. Zahlreiche Politikerkollegen und Freunde empfingen Eloy und seine Delegation im Hafen von Buenos Aires. Micaela hatte

Schwierigkeiten, zu ihrem Mann vorzudringen, und als sie es schließlich schaffte, musste sie ihn mit Otilia teilen, die ihn mit Fragen löcherte. »Hast du Präsident Wilson kennengelernt? Warst du im Weißen Haus? Ist es so luxuriös, wie man sagt? Welche Orte hast du noch besucht? Hast du irgendwelche Berühmtheiten kennengelernt?«

Eloy versuchte geduldig zu antworten, während er seiner Frau verständnisheischende Blicke zuwarf. Es erschien ihr wie eine Ewigkeit, aber nach einem Imbiss bei den Urtiagas und einem Treffen mit den wichtigsten Politikern fuhr das Ehepaar Cáceres endlich nach Hause.

Zunächst lief nichts so, wie vorgesehen: Die Veränderungen im Haus gefielen Eloy ganz und gar nicht. Statt die Umbauarbeiten und die Neuanschaffungen zu würdigen, fragte er nach den alten Möbeln, den Gemälden aus dem Flur, den Voilevorhängen, die schon seiner Großmutter gehört hatten, und stellte fest, wie umständlich es sei, den Salon nun von der anderen Seite her zu betreten. Später kam Harvey und blieb zum Essen. Nach Micaelas Geschmack blieb er nach dem Essen viel zu lange sitzen, doch der Engländer zögerte den Abschied hinaus, bis jedes Thema mehr als erschöpfend besprochen war.

Ohne Rücksicht auf ihre gute Erziehung oder den Gast ihres Mannes schützte Micaela Müdigkeit vor, um vom Tisch aufzustehen. Am liebsten hätte sie Eloy erwürgt, als sie ihn sagen hörte: »Bis morgen, Liebling, schlaf gut.« Wutentbrannt ging sie auf ihr Zimmer, und es wurde nicht besser, als sie sah, wie Mamá Cheia das Negligé auf ihrem Bett drapierte. Sie blieb in der Tür stehen, ihre Augen brannten vor Tränen.

»Warum hast du nicht mit uns gegessen, Mamá?«, fragte sie, als sie sich wieder gefasst hatte.

»Hattest du schon Gelegenheit, deinem Mann zu sagen, dass ich jetzt hier wohne?«

»Nein, ich habe ihm noch nichts gesagt. Ich war keine Minute mit ihm allein. Außerdem ist Harvey zum Essen geblieben. Warum?«

»Dein Mann ist kein einfacher Mensch, Micaela. Ich habe Angst, dass er nicht damit einverstanden ist, dass ich hier wohne.«

»Dieses Haus ist auch mein Haus. Du wirst hier wohnen, weil ich es so entschieden habe.«

Das Einschlafen fiel ihr schwer; sie wälzte sich lange im Bett herum und grübelte, bis sie schließlich doch die Müdigkeit übermannte. Mitten in der Nacht wurde sie von markerschütternden Schreien geweckt. Sie schlich auf den Flur, wo sie Ralikhanta entdeckte, der wie ein Schatten zum Schlafzimmer ihres Mannes eilte. Ängstlich lugte sie durch die Tür. Der Inder schüttelte seinen Herrn, um ihn aus einem bösen Traum zu wecken. Benommen richtete sich Eloy auf, nahm die Medizin, die Ralikhanta ihm reichte, und schickte ihn dann wieder hinaus. Micaela fing ihn im Flur ab.

»Was ist los, Ralikhanta? Was waren das für Schreie?«

»Herrin!«, sagte der Mann erschrocken. »Es ist nichts. Machen Sie sich keine Sorgen und gehen Sie wieder ins Bett. Es ist schon vorbei.«

»Ralikhanta, bitte! Sag mir, was mit meinem Mann los ist!«

»Señor Cáceres ist in meiner Heimat an einem schlimmen Fieber erkrankt. Seither hat er nachts Albträume. Er hat jetzt seine Medizin genommen, gleich wird er wieder schlafen.«

Sie ging in Eloys Schlafzimmer, wo ihr Mann immer noch bleich und verschwitzt im Bett saß.

»Verstehst du jetzt, warum ich nicht will, dass du bei mir schläfst?«, sagte er leise. »Es wäre eine Qual für dich, fast jede Nacht meine Albträume ertragen zu müssen.«

Micaela lächelte ihm von der Tür aus zu, bevor sie auf einen Wink von Eloy nähertrat. Sie nahm ein Tuch vom Nachttisch, tauchte es in die Wasserschüssel und fuhr ihm damit über die Stirn. Sie streichelte ihm über die Wangen und küsste ihn.

»Micaela, Liebling, ich habe dich nicht verdient. Du bist so gut zu mir. Ich bin ein Egoist. Ich habe dich nicht verdient.«

»Sag nichts und küss mich«, hauchte sie.

Cáceres nahm sie in die Arme und bedeckte ihr Gesicht mit Küssen. Dann ließ er sie sanft aufs Bett gleiten, streichelte sie und zog ihr das Nachthemd aus. Micaela versuchte, sich zu entspannen und sich auf die Lust ihres Mannes zu konzentrieren. Sie wollte unbedingt dasselbe empfinden, doch nach einer Weile gab sie es auf, weil einfach kein Verlangen aufkommen wollte. Eloy bemühte sich und versuchte, leidenschaftlich zu sein, aber seine Begierde war ebenso wenig überzeugend. Ganz anders als bei Carlo. Dass sie in einer solchen Situation an diesen Mann denken musste, erschreckte sie, und sie musste sich sehr zusammennehmen, um Eloy nicht wegzustoßen.

»Nein, ich kann nicht!«, stöhnte dieser schließlich und streckte sich neben ihr aus. »Ich kann einfach nicht«, sagte er noch einmal, dann schlug er die Hände vors Gesicht.

»Eloy, mein Lieber, was hast du? Fühlst du dich nicht gut?«

»Micaela«, murmelte Eloy und warf sich in ihre Arme. »Ich habe dich nicht verdient.«

»Ist schon gut, Eloy, mach dir keine Sorgen. Vielleicht ist heute Nacht nicht der beste Moment. Du bist gerade erst von einer weiten Reise zurückgekehrt, du hattest einen harten Tag, und zu allem Überfluss dann auch noch dieser Albtraum, der dir so zugesetzt hat. Morgen versuchen wir es noch einmal. Keine Sorge.«

»Du bist ein Engel«, flüsterte Eloy. »Wie kannst du nur so verständnisvoll sein? Nein, Micaela, ich kann nicht mit dir schlafen. Ich bin krank. Die Ärzte haben es mir gesagt, aber ich dachte, so sehr, wie ich dich liebe, und so schön, wie du bist, könnte ich meine Impotenz überwinden.«

»Impotenz?«

»Vor über einem Jahr bekam ich in Indien schlimmes Fieber. Ich wäre beinahe gestorben. Ich war tagelang ohne Bewusstsein, und als ich wieder zu mir kam, war ich so schwach, dass ich die Augen nicht offen halten konnte. Mit der Zeit erholte ich mich wieder, aber diese verdammte Krankheit hat mich für immer zum Krüppel gemacht. Ich bin kein Mann mehr, sondern nur noch eine leere Hülle.«

»Sag das nicht, Eloy!«, entgegnete Micaela verärgert. »Natürlich bist du ein Mann. Ein großartiger Mann. Es kann nicht sein, dass diese Krankheit dich so schwer geschädigt hat. Hast du andere Ärzte konsultiert?«

»Die Ärzte in Indien haben mir gesagt, da sei nichts zu machen. Verzeih mir, Micaela, ich flehe dich an! Vergib mir! Ich schwöre dir, ich wollte dich nicht anlügen. Ich liebe dich. Du bist die Frau, die ich immer an meiner Seite haben wollte. Ich wollte dich nicht verletzen.«

»Du hast mich nicht verletzt, Lieber. Mach dir keine Vorwürfe.«

»Es wäre nur zu verständlich, wenn du mich verlassen und die Ehe annullieren lassen wolltest. Es ist dein gutes Recht. Und ich bin immer noch ein Egoist, weil ich mir von ganzem Herzen wünsche, dass du bei mir bleibst. Ich kann nicht ohne dich leben. Bitte verlass mich nicht!«

»Beruhige dich, Eloy. Ich verlasse dich nicht«, sagte sie unsicher. »Ich bin der festen Überzeugung, dass sich da etwas machen lässt. Ich glaube nicht, dass Indien die besten Ärzte hat. Wir werden weitere Spezialisten konsultieren. Irgendeine Lösung wird es geben.«

»Verlass mich nicht, Liebling!« Er drückte sie so fest, dass Micaela die Rippen schmerzten. »Ich kann nicht ohne dich leben! Hilf mir, Liebling! Rette mich!«

25. Kapitel

Vor der Hochzeit hatte Micaela gegen den Widerstand ihres Lehrers beschlossen, ein Jahr Auszeit zu nehmen, weil sie sich um ihren Mann und ihr neues Zuhause kümmern wollte. Nun lag alles, was sie sich erträumt hatte, in Scherben, und ihr wurde klar, dass der Gesang die beste Flucht war.

Moreschi war begeistert und prüfte unverzüglich die Angebote. Das Städtische Theater von Santiago de Chile war hocherfreut, als »die Göttliche« zusagte, beim Beethovenfestival Anfang des kommenden Jahres sowohl im *Fidelio* als auch Beethovens Neunte zu singen. Ende November wurde im Teatro Colón zum Ende der Spielzeit Mozarts *Zauberflöte* aufgeführt, und Micaela würde die Königin der Nacht singen.

Ihre Verpflichtungen hielten sie auf Trab, so dass sie keine Zeit für Probleme hatte, die sich vorläufig nicht lösen ließen. Dennoch stürzte sie Eloys schwankende Laune in tiefe Verzweiflung. Manchmal war er verständnisvoll und liebenswürdig, dann wieder schroff und abweisend. Durch seine körperliche Beeinträchtigung litt sein Selbstwertgefühl, und er sah in jedem Mann einen potentiellen Liebhaber von Micaela. Er war eifersüchtig auf jeden, mit Ausnahme von Nathaniel Harvey, der in den Augen der jungen Frau der Einzige war, der ständig irgendwelche Andeutungen machte, die an Unverschämtheit grenzten. Hatte sie Harvey zunächst reizend und zuvorkommend gefunden, so fand sie ihn nun scheinheilig und falsch.

Die Situation war nicht einfach und erforderte Umsicht und

Taktgefühl. Eloy zufolge war Nathaniel während seiner Erkrankung in Indien nicht von seiner Seite gewichen. Er hatte ihn gepflegt und nächtelang bei ihm gewacht. Er hatte ihn sogar zu sich nach Hause geholt und sein Personal angewiesen, ihn wie einen König zu behandeln. Das galt insbesondere für Ralikhanta, den er von allen weiteren Pflichten entband. Harvey hatte mit den Ärzten gesprochen und die Medikamente besorgt, die teuer und schwer zu bekommen waren. Seine Dankbarkeit machte Eloy blind und hinderte ihn daran, die Schwächen seines Freundes zu sehen. Ohne jeden Zweifel übte Nathaniel Harvey einen starken Einfluss auf ihren Mann aus.

So sehr sie sich auch bemühte, Micaela konnte Eloy nicht lieben. Sie schätzte ihn und hatte Mitleid mit ihm, aber mehr nicht. Seit seinem nächtlichen Geständnis hatten sie einen harmonischen Umgang miteinander. Es schien, als würden sie sich seit Jahren kennen. Wenn Eloy gut aufgelegt war, führten sie lange Gespräche; hatte er hingegen diese finstere Miene, zog Micaela sich zurück und ließ ihn in seinem Arbeitszimmer allein. Anfangs fand sie es unangenehm und sogar befremdlich, doch mit der Zeit gewöhnte sich Micaela an die nächtlichen Besuche ihres Mannes. Es kam nicht zu zärtlichen Annäherungen, aber sie unterhielten sich wie alte Freunde.

»Warum bist du damals eigentlich nach Indien gegangen?«, fragte ihn Micaela eines Nachts, als er gesprächiger wirkte als gewöhnlich.

»Ich bin einer Frau nachgereist«, gestand er offen ein. »Erinnerst du dich daran, dass ich dir erzählte, dass meine Tante mich zum Studium nach Cambridge schickte?«

»Ja, ich erinnere mich.«

»In London lernte ich die Tochter eines britischen Generals kennen. Wir wurden ein Paar. Nach einem Jahr sagte sie mir, ihr Vater sei nach Indien versetzt worden und sie müsse mit ihm gehen. Heiraten konnten wir damals noch nicht; ich hatte gerade erst mein Studium beendet und besaß keinen Cent, und sie war an ein angenehmes Leben gewöhnt. Da ich damals bereits bei der Eisenbahngesellschaft arbeitete, bat ich darum, nach Indien versetzt zu werden, und meinem Antrag wurde stattgegeben. Es kam selten vor, dass jemand freiwillig in so weite Ferne wollte. Wie du schon weißt, bekam ich dann in Indien dieses Fieber. Die Ärzte sprachen täglich mit meiner Verlobten, und als sie ihr sagten, dass ich ... nun ja, dass ich meine Manneskraft verloren hätte, löste sie die Verbindung und ging nach England zurück. Nathaniel erzählte mir, dass sie später einen englischen General geheiratet hat, einen Kameraden ihres Vaters.«

»Es tut mir so leid, Eloy. Ich wusste nicht, dass du auch noch eine enttäuschte Liebe hinter dir hast. Hast du sie sehr geliebt?«

»Ja, das habe ich, aber es hat mir nichts genutzt. Sie hat mich verlassen, weil ich sie im Bett nicht befriedigen konnte. Dabei hätte ich ihr so viel mehr geben können. Man darf die Liebe nicht nur darauf reduzieren. Ich hatte ihr so viel mehr zu geben«, sagte er noch einmal wehmütig.

»Wie hieß sie?«

»Fanny Sharpe.«

»Ein schöner Name. Sicherlich war sie sehr hübsch.«

»Bist du eifersüchtig?«, fragte Eloy mit einem Lächeln.

»Eifersüchtig? Nein. Warum sollte ich eifersüchtig sein?«

»Es würde mich freuen, wenn du eifersüchtig auf Fanny wärst.«

Eloy stand auf, fasste sie um die Taille und zog sie an sich. Er flüsterte ihr zu, dass er sie liebe, und küsste sie begierig. Zum ersten Mal spürte Micaela aufrichtige Leidenschaft bei ihrem Mann und ließ sich treiben, in eine Welt aus Träumen und Hoffnungen versunken, die nach so langer Zeit wieder auflebten.

»Micaela, nein, bitte nicht. Ich kann nicht.« Er schob sie weg und wich ihrem Blick aus. »Entschuldige, ich habe mich gehenlassen und dir Hoffnungen gemacht, aber ich kann nicht.«

Micaela versuchte ihre Erregung in den Griff zu bekommen, die ihr nun zutiefst peinlich war, und strich Morgenmantel und Haar glatt.

»Ist schon gut, Eloy, mach dir keine Gedanken. Irgendwann wird es klappen.«

»Nein, ich werde nie können. Verstehst du nicht? Nie!«

»Sei nicht so pessimistisch, Eloy. Wir haben abgemacht, dass du weitere Ärzte konsultierst. Vielleicht kann dir geholfen werden. Und dann ...«

»Nichts und dann!«, regte sich Cáceres auf. »Verlang nichts von mir, das ich dir niemals geben kann! Es frustriert mich. Ich habe dir doch gesagt, wie die Diagnose der Ärzte lautete. Warum lässt du nicht locker? Um mich noch mehr zu quälen?«

»Es ist immer gut, eine zweite Meinung einzuholen«, erklärte Micaela verärgert. »Du kannst dich nicht einfach mit dem abfinden, was dir die Ärzte in einem rückständigen Land wie Indien erzählt haben.«

»Täusch dich nicht, Micaela, Indien ist nicht rückständig. Ganz im Gegenteil, es ist voller Weisheit, die du nie verstehen wirst.« Nach einer Pause setzte er hinzu: »Ich dachte, du wärst anders, aber ihr Frauen seid alle gleich. Du bist genau wie Fanny. Ihr denkt immer nur an das Eine. Andere wichtige Dinge, die ich dir geben könnte wie kein anderer, interessieren dich nicht.« Damit stürmte er aus dem Zimmer und knallte mit der Tür, dass die Wände wackelten.

Am nächsten Tag entschuldigte er sich bei ihr. Micaela verzieh ihm, aber ihre Gefühle für ihn hatten empfindlich gelitten, und sie wusste mit Sicherheit, dass sie niemals das Bett mit ihm teilen würde, selbst wenn er genesen sollte. Ihn zu diesem Zeitpunkt zu verlassen, hätte ihm den Todesstoß versetzt. Sie beschloss, abzuwarten, und setzte ihre Hoffnungen darauf, dass er seine Impotenz überwand, um ihn dann um die schuldlose Scheidung zu bitten. In der Zwischenzeit würde ihre Beziehung genauso weitergehen wie bisher, aber es würde keine körperliche Annäherung mehr zwischen ihnen geben.

Sie verbrachte den größten Teil des Tages außer Haus, wo sie ihren künstlerischen und gesellschaftlichen Verpflichtungen nachging. Die Proben fanden weiterhin im Haus ihres Vaters statt, wo Moreschi sie täglich erwartete. Sein Enthusiasmus stand im Gegensatz zu ihrer Lustlosigkeit, die dem Lehrer nicht verborgen blieb.

»Du hast keine Energie, Micaela«, schimpfte er. »Diese Arie verlangt deine ganze Stimmgewalt, sonst hat es keinen Sinn. Hör zu.« Und Moreschi stimmte eine Passage aus der *Zauberflöte* an.

Hin und wieder veranstaltete Regina Pacini Gesellschaften, bei denen stets der klassische Gesang im Mittelpunkt stand. Es dauerte nicht lange, und Regina gestand ihr, dass sie sich mit solchen Veranstaltungen über die Leere wegen ihrer aufgegebenen Gesangskarriere hinwegtröstete.

»So bleibe ich wenigstens in Kontakt mit der Künstlerwelt, ohne den guten Ruf meines Mannes zu beflecken«, bemerkte sie. »Unglaublich, dass dein Vater so stolz darauf ist, eine Tochter zu haben, die Sängerin ist. Immerhin ist er einer der angesehensten Vertreter der Gesellschaft von Buenos Aires, und diese Leute halten nicht viel von Frauen, die auf der Bühne stehen. Hat er nie etwas dazu gesagt?«

»Mein Vater hat vor vielen Jahren das Recht verwirkt, mir etwas zu sagen«, lautete Micaelas Antwort. Dann setzte sie noch hinzu: »Vergiss nicht, Regina, meine Mutter war Schauspielerin.«

Trotz deren gescheiterten Gesangskarriere beneidete Micaela

ihre Freundin. Es war nicht zu übersehen, dass sie ihren Mann aufrichtig liebte und glücklich mit ihm war. Sie hätte alles dafür gegeben, nur halb so glücklich zu sein wie sie.

Gelegentlich bat sie Ralikhanta nach den Proben im Teatro Colón, noch einen Umweg durch die Stadt zu fahren. Unterwegs ließ sie ihn an einem ihrer Lieblingsplätze anhalten und saß ein Weilchen still da, in die Betrachtung der Umgebung vertieft. Einmal sollte er sie nach La Boca bringen. Der Inder erschrak und versuchte, sie davon abzubringen.

»Das ist eine zwielichtige Gegend mit vielen Bordellen und allerlei Gesindel«, gab er zu bedenken. »Sie sollten sich nicht an einem solchen Ort herumtreiben, Herrin.«

»Kennst du La Boca, Ralikhanta?« Micaela merkte, dass die Frage dem Mann unangenehm war. »Ich meine, weil du dich so gut auszukennen scheinst.«

»Nein, Herrin, überhaupt nicht. Es ist das, was man sich erzählt.«

Sie beschloss, nicht weiter nachzuhaken, um nicht indiskret zu erscheinen. Schließlich hatte der Inder das Recht, seine Bedürfnisse zu befriedigen, wo und wie er wollte. Ihrer Meinung nach war Ralikhanta ein anständiger Kerl, auch wenn Mamá Cheia da anderer Ansicht war. Ein wenig sonderbar und exzentrisch vielleicht, aber warmherzig, rechtschaffen und treu. Den Großteil des Tages stand er zu ihrer Verfügung, da Eloy vom Außenministerium einen Wagen mit Chauffeur gestellt bekam und ihn im Moment nicht benötigte. Er war nicht nur eine unverzichtbare Hilfe; sein ruhiges Schweigen und sein gütiger Blick beruhigten sie. Das Gefühl, dass Ralikhanta alles über sie, ihre intimsten Geheimnisse, ihre Wünsche und ihren Kummer wusste, nahm ein wenig von der oft drückenden Last ihrer Sorgen von ihr.

»Wie läuft es mit dem Spanischunterricht?«, erkundigte sie sich bei ihm.

»Ehrlich gesagt, Herrin, gehe ich seit einer Woche nicht mehr hin.«

»Warum? Wieso das?«

»Ist besser so, Herrin. Ich will keine Schwierigkeiten.«

»Es war Señor Cáceres, nicht wahr?«, vermutete Micaela. »Sag nichts. Er war's.«

»Ich will nicht, dass Sie meinetwegen Probleme bekommen, Herrin.«

»Es gibt kein Problem für mich, Ralikhanta«, gab Micaela sehr beherrscht zurück. »Ich verstehe, dass du keinen Ärger mit Señor Cáceres möchtest, aber es kann nicht sein, dass du nicht mit deinen Mitmenschen sprechen kannst. Wenn Señor Cáceres nicht mit der Lehrerin einverstanden ist, unterrichte ich dich selbst.«

Ralikhanta wehrte ab, aber gegen die Entschlossenheit seiner Herrin konnte er nichts ausrichten und erklärte sich schließlich einverstanden. Micaela wiederum machte sich Gedanken über die Argumente, die sie ihrem Mann gegenüber vorbringen würde. Eloy war ein schwieriger Mensch, auch wenn sie zugeben musste, dass er ihr zuliebe viele seiner Junggesellengewohnheiten aufgegeben hatte. Das Hauspersonal störte ihn so sehr, dass er schlechte Laune davon bekam. Er ertrug es nicht, dass Tomasa und Marita den ganzen Tag im Haus waren, alles anfassten und ihre Nasen in Dinge steckten, die sie nichts angingen; es passte einfach nicht zu seiner verschlossenen Art. Nach vielem Hin und Her sah er schließlich ein, dass er als Außenminister gutes Personal und eine hervorragende Köchin brauchte, aber er stellte eine Bedingung: Sein Arbeits- und Schlafzimmer wurde weiterhin von Ralikhanta gereinigt, der auch den einzigen Zweitschlüssel besaß. Was Mamá Cheia betraf, hatte sich Eloy für eine diplomatischere Haltung entschieden, obwohl ihm die Vorstellung, sie in seinem Haus zu haben, überhaupt nicht behagte. Nichtsdestotrotz hieß er die Frau willkommen, die fast die Rolle seiner Schwiegermutter einnahm. Mit der Zeit stellte er fest, dass die Schwarze auf seiner Seite stand und ihn immer verteidigte, wenn sich seine Frau über ihn ärgerte.

Micaela wachte wie gerädert auf. In der Nacht hatte Eloy wieder einen Anfall gehabt. Sie war zwar zu seinem Zimmer geeilt, aber nicht hineingegangen, sondern hatte alles Weitere Ralikhanta überlassen. Zwischen seinen Schreien hatte Eloy unverständliche Worte gestammelt. Hatte er ein paarmal »Hure« geschrien? Nein, das war sehr unwahrscheinlich. Sie war versucht gewesen, den Inder zu fragen, hatte dann aber beschlossen, es nicht zu tun. Gegen neun Uhr stand sie auf, als Mamá Cheia mit dem Frühstück kam.

»Dein Mann hat ganz zeitig gefrühstückt und ist schon weg. Er hat mich gebeten, dich daran zu erinnern, dass heute Abend der mexikanische Konsul mit seiner Frau zum Essen kommt. Hast du alles vorbereitet? Weißt du, was du anziehst? Hast du schon entschieden, was es zu Essen gibt?« Micaela nickte kaum, bis Cheia in vorwurfsvollem Ton fragte: »Wäre es nicht besser, wenn du morgen früher aufstehst, um gemeinsam mit deinem Mann zu frühstücken? Er scheint um diese Uhrzeit Gesellschaft zu wollen, deshalb unterhält er sich mit mir.«

Es wäre besser, wenn er lieben könnte wie jeder andere Mann, dachte sie bei sich.

»Er frühstückt sehr zeitig«, führte sie zur Entschuldigung an. »Er schläft praktisch nur drei oder vier Stunden. Ich weiß gar nicht, woher er die Energie für die Arbeit nimmt.«

»Diese jungen Ehefrauen von heute sind nicht bereit, Opfer für ihre Männer zu bringen …«, klagte die Schwarze. Micaela fand die Bemerkung so ungerecht, dass sie ihr beinahe die Wahrheit erzählt hätte. Schließlich brachte sie ein sehr viel größeres Opfer, und mit jedem Tag fiel es ihr schwerer, einen Sinn darin zu sehen.

»Hast du ihn heute Nacht schreien gehört?«, fragte sie stattdessen.

»Ja. Der Ärmste! Was für Sorgen mögen ihn umtreiben, dass er in einen solchen Zustand gerät?«

»Nichts treibt ihn um, Mamá. Erinnerst du dich an dieses Fieber, das er in Indien bekommen hat? Eloy selbst hat mir erzählt, die Albträume seien eine Folge der Krankheit. Der arme Ralikhanta muss ihn aufwecken und ihm seine Medizin geben, ein Opiat wahrscheinlich.«

»Dafür ist Ralikhanta schließlich da«, betonte Cheia, um dann hinzuzusetzen: »Glaubst du wirklich, es kommt von der Krankheit? Ich habe noch nie gehört, dass hohes Fieber, so bösartig es auch sein mag, solche Folgen hat.«

Cheia verließ das Schlafzimmer, und Micaela zog sich fertig an. Dann trank sie den Kaffee, ohne das Gebäck anzurühren. In letzter Zeit bedrückten sie so viele Sorgen, dass sie gar keinen Hunger hatte. »Welch Ironie!«, dachte sie. »Ich habe Eloy geheiratet, weil ich auf der Suche nach Frieden und Stabilität war, und bekommen habe ich nichts als Kummer und Ratlosigkeit.«

Moreschi erwartete sie im Haus ihres Vaters. Bald war die Aufführung, und es war noch an einigen Kleinigkeiten zu feilen.

»Micaela, Liebes!« Otilia fing sie im Vestibül ab. »Was für eine Freude, dich zu sehen! Ich weiß, dass du fast täglich hier bist, aber wir treffen uns nie. Wie geht es meinem Neffen?«

»Danke, gut.«

Otilia hakte sie unter und führte sie mit verschwörerischer Miene in den Salon.

»Eloy hat mir erzählt, dass ihr getrennte Schlafzimmer habt.«

Micaela zog die Augenbrauen hoch und schüttelte sanft ihre Hand ab.

»Weißt du, Liebes, ich finde, diese Entscheidung ist ganz richtig von meinem Neffen.«

»Ich will nicht unhöflich sein, Otilia, aber ich glaube nicht, dass dich das etwas angeht.«

»Sei nicht böse, Micaela. Du musst wissen, dass Eloy es deinetwegen tut, weil er dich liebt. Er will nicht, dass du durch diese nächtlichen Albträume gestört wirst, die er hat.«

»Es ist so oder so sinnlos«, erklärte Micaela. »Wir haben getrennte Schlafzimmer, aber ich höre trotzdem alles.«

»Wem erzählst du das? Ich habe schließlich mit ihm gelebt, seit er ein kleiner Junge war! Egal, wie weit weg ich schlief, Eloys Schreie hallten durchs ganze Haus. Es gab sogar Zeiten, in denen er schlafwandelte.«

»Eloy hatte diese Albträume schon als Kind?« Micaela sah sie so fassungslos an, dass Otilia unsicher wurde und nicht wusste, was sie sagen sollte. »Seit wann hat er diese Albträume?«

»Na ja«, antwortete die Frau zögernd. »Also, seit seine Eltern starben, glaube ich.«

»Micaela!« Moreschi kam dazu. »Ich warte schon die ganze Zeit auf dich.«

Otilia nutzte die Gelegenheit, um sich zu entschuldigen und schnell das Weite zu suchen. Später, beim Abendessen, erwiesen sich der mexikanische Konsul und seine Frau als äußerst reizend und steckten ihre bedrückten Gastgeber mit ihrer spontanen Herzlichkeit an.

»In der Stadt Mexiko«, berichtete der Konsul, »haben wir eine Oper, die sich, wie ich mit Stolz sagen kann, nicht hinter den europäischen Opernhäusern zu verstecken braucht. Es wäre eine Ehre, wenn sie uns einmal besuchten, Señora Cáceres.«

»Der Intendant«, setzte seine Frau hinzu, »ist ein persönlicher Freund unserer Familie und erzählt immerzu von der ›Göttlichen‹. Er sagt, Sie seien eine der besten Sopranistinnen, die die Welt je gesehen habe.«

»Vielen Dank«, sagte Micaela und sah Eloy an, der übers ganze

Gesicht strahlte. Er ergriff ihre Hand und küsste sie. Ein derartiger Zärtlichkeitsbeweis vor Dritten entwaffnete sie und ließ sie die Sache mit den Albträumen beinahe vergessen.

»Stell dir nur vor, Liebling«, schwärmte die Frau des Konsuls, »wenn Felipe Bracho – das ist der Intendant des Opernhauses –«, setzte sie, an die Gastgeber gewandt, hinzu, »also, wenn er wüsste, dass wir gerade zum Abendessen im Haus der ›Göttlichen‹ sind!«

»Ich bin sicher, er würde umkommen vor Neid«, erklärte der Mexikaner. »Um das zu vermeiden, könnten wir Señora Cáceres überreden, uns die Ehre zu geben und in unserem Theater zu singen«, schlug er seiner Frau vor.

»Ich habe keinen Zweifel, dass Felipe das ganze Jahresprogramm umwerfen würde, wenn er damit erreichen könnte, dass Sie eine Hauptrolle übernehmen. Würden Sie das tun, meine Liebe?«, stand ihm seine Frau bei. »Würden Sie in unserem Land singen?«

»Ich glaube nicht, dass mein Mann etwas dagegen hätte«, antwortete Micaela, während sie Eloy einen fragenden Blick zuwarf.

»Nein, selbstverständlich nicht. Es würde mich freuen, wenn du zusagst.«

»Dann muss ich nur noch mit meinem Gesangslehrer reden und einen Termin festlegen. Mexiko wäre ein guter Ort, um aufzutreten, das weiß ich.«

Unter anderen Umständen hätte Micaela die Einladung abgelehnt; jetzt aber nahm sie alles an, wenn sie dadurch nur von zu Hause wegkam.

»Gehen wir doch zum Kaffee in den Salon«, forderte sie die Gäste auf.

»Das Essen war köstlich, Señora Cáceres«, lobte der Konsul.

»Und lassen Sie mich Ihnen zu Ihrem Haus gratulieren« ergänzte seine Frau. »Es ist ein Traum.« Sie fuhr fort, die Dekoration und die Einrichtung zu loben.

Micaela war begeistert von dem mexikanischen Paar und lud sie zur Geburtstagsfeier ihres Vaters in der darauffolgenden Woche ein.

»Oh ja, Senator Urtiaga!«, rief der Mexikaner. »Ein sehr geachteter Mann in diesem Land. Es wäre uns eine Ehre, dabei zu sein.«

»Wir werden auch nicht die *Zauberflöte* verpassen«, versicherte seine Frau, bevor sie gingen.

Das Essen war ein voller Erfolg gewesen, und Cáceres, der in Hochstimmung war, beschloss, Micaela noch in ihrem Schlafzimmer aufzusuchen. Als sie ihn so guter Laune sah, traute sie sich, die Sache mit den Albträumen anzuschneiden.

»Warum hast du mir gesagt, die Albträume wären eine Folge des Fiebers?« Eloy sah sie verwirrt und überrascht an. »Otilia erzählte mir heute, dass du seit deiner Kindheit unter Alpträumen leidest. Genauer gesagt, seit deine Eltern starben.«

Cáceres drehte ihr den Rücken zu und stammelte etwas über die Geschwätzigkeit seiner Tante.

»Warum hast du mir nicht die Wahrheit gesagt? Was ist Schlimmes daran, wenn die Albträume eine andere Ursache haben? Ich weiß, dass deine Eltern bei einem Unfall gestorben sind, aber du hast mir nie erzählt, wie es passiert ist.«

Eloy drehte sich wieder zu ihr um und sah sie hasserfüllt an. Micaela wurde blass. Sie versuchte, sich nichts anmerken zu lassen, aber der Blick ihres Mannes machte ihr Angst.

»Es stimmt«, gab Eloy zu, »die Albträume habe ich seit dem Tod meiner Eltern. Ich wollte nicht, dass du das weißt. Mir war lieber, dass du glaubst, es handele sich um etwas Organisches, das nichts mit meinen Gefühlen zu tun hat. Ich hatte Angst, du könntest mich für verrückt halten. Nicht nur impotent, auch noch verrückt!«

»Sag nicht so etwas, Eloy. Du bist nicht verrückt. Dass du Albträume hast, heißt nicht, dass du den Verstand verloren hast.«

»Aber du bist so normal, so ... so perfekt, dass ich mich neben dir wie ein Nichts fühle.«

»Du täuschst dich. Ich bin ganz und gar nicht perfekt. Wie jeder andere habe ich meine heimlichen Sorgen, Nöte und Probleme. Oder hast du schon vergessen, wie meine Mutter gestorben ist? Gastón und ich waren acht Jahre alt, als wir sie mit aufgeschnittenen Pulsadern in der Badewanne fanden. Denkst du, das wäre einfach so an mir vorübergegangen? Nach Mamas Tod habe ich nicht mehr gesprochen und so gut wie nichts gegessen. Ich saß den ganzen Tag in meinem Zimmer und habe aus dem Fenster gestarrt. Und wenn ich sicher war, dass mich niemand sehen konnte, habe ich bitterlich geweint. Mein Vater dachte, ich würde verrückt werden.«

»Micaela, Liebling!« Eloy drückte sie an sich und küsste sie aufs Haar.

»Dann kamen die Reise nach Europa, das Schweizer Internat und vor allem Soeur Emma. Ihr habe ich mein Herz geöffnet. Sie blickte ganz tief in die dunklen Winkel meiner Seele. Ich bin sicher, ohne sie wäre ich vor Kummer gestorben. Dank Emma bin ich die, die ich heute bin. Sie entdeckte nicht nur mein Gesangstalent, sondern half mir, wieder Selbstvertrauen zu fassen. Weshalb lässt du mich nicht das sein, was Emma für mich war? Weshalb verbirgst du deine Ängste vor mir? Warum lässt du dir nicht helfen? Ich möchte dir eine Freundin sein, Eloy.«

Mit Tränen in den Augen nahm ihr Mann sie erneut in den Arm und flüsterte ganz leise, ohne sie loszulassen: »Ich kann die Nacht nicht vergessen, in der meine Eltern starben.« Micaela führte ihn zum Sofa und bat ihn, weiterzuerzählen. »Wir lebten auf dem Land, auf einem Anwesen der Familie. Wenn ich jetzt so darüber nachdenke, habe ich keinen Mann gekannt, der verliebter in seine Frau war. Für meinen Vater war meine Mutter das reinste, gütigste und schönste Geschöpf der Welt.« Er hing für einen Moment seinen Gedanken nach, bevor er weitererzählte. »Kurz zuvor hatte mein Vater den Vorarbeiter entlassen, einen Kerl der übelsten Sorte. Er hatte Vieh gestohlen. Eines Nachts, als wir schliefen, setzte dieser Mann völlig betrunken das Haus in Brand. Mein Vater wurde wach und stellte ihn im Salon. Es kam zum Handgemenge. Der Mann war kräftig; er schlug meinen Vater nieder und ließ ihn bewusstlos liegen. Als mein Vater wieder zu sich kam, stand das Haus in Flammen. Als Erstes brachte er mich in Sicherheit. Als er noch einmal zurückging, um auch meine Mutter zu holen, kamen beide in den Flammen um. Wie du siehst, Micaela, war alles meine Schuld. Meine Schuld! Weil er mich gerettet hat! Vielleicht wären wir besser alle drei gestorben.«

Micaela weinte mit ihm und versuchte, ihn zu trösten. Später, als sie wieder alleine war, fühlte sie sich bedrückt und war beklommen. Sie wollte unbedingt von hier weg, aber tiefe Schuldgefühle hielten sie zurück.

Micaela war entsetzlich einsam. Ihre Situation unterschied sich in nichts von der Zeit, als sie in Europa gelebt hatte: Sie und Moreschi übten den ganzen Tag, und abends waren die Vorstellungen. Aber dort drüben in Europa hatte sie sich nicht so leer und traurig gefühlt. In letzter Zeit aß sie meist ohne Eloy zu Abend; Cheia war ihre einzige Gesellschaft. Ihr Mann kam erst spätabends nach Hause, manchmal auch mitten in der Nacht. Wenn sie ihn fragte, wie sein Tag gewesen sei, führte er an, dass er viel zu tun habe. Auch Treffen mit Parteifreunden oder Abendessen im *Club del Progreso* waren häufige Gründe für sein Ausbleiben. Es war fast die Regel geworden, dass sie ihn nur bei offiziellen Anlässen zu Gesicht bekam, wenn er sie als Gastgeberin oder Begleiterin brauchte, und bei denen er sich mit ihr, der »Göttlichen«, schmückte. Micaela machte das Spiel mit, während sie auf den geeigneten Moment wartete, ihn zu verlassen. Der Gedanke beunruhigte sie, denn Eloy war der festen Überzeugung, dass sie ihn niemals verlassen würde und sie nach seiner Heilung ein normales Eheleben beginnen würden.

»Ich habe diesen ganzen Schlamassel verdient, in dem ich jetzt stecke«, sagte sie sich wütend. »Das kommt davon, dass ich Eloy und mir selbst etwas vorgemacht habe.« Sie wusste, dass die Trennung einige Unannehmlichkeiten mit sich bringen würde; es wäre ein gesellschaftlicher Skandal und würde Eloys politischer Karriere schaden. Würden auch ihr guter Ruf oder ihre Gesangskarriere unter diesem Fehler leiden?

Einer Sache war sie sich sicher: Sie liebte Eloy Cáceres nicht und würde ihn niemals lieben. Dafür hatte es zu viele Enttäuschungen gegeben. Seine wechselhaften Launen und seine Wortkargheit verhinderten eine wirkliche Annäherung. Wie sollten sie sich besser kennenlernen, wenn Eloy sie niemals seine Grenzen überschreiten ließ? Micaela war der festen Überzeugung, dass sie auch ohne Körperlichkeit zu einem tiefen gegenseitigen Verständnis hätten gelangen können, wenn Eloy nicht eine solche Mauer um sich herum errichtet hätte.

Micaela war versucht, Ralikhanta über ihren Mann auszufragen; sie war sicher, dass er ihn besser kannte als jeder andere. Sie hätte auch gerne mehr über Nathaniel Harvey herausgefunden, aber sie ließ sowohl das eine wie das andere bleiben. Mit seiner unterwürfigen Art, dem gleichmütigen Blick und seiner Schweigsamkeit, die ihn beinahe unsichtbar erscheinen ließ, war Ralikhanta ein besonderer Mensch. Manchmal überraschte Micaela ihn dabei, wie er sie fürsorglich ansah; andere Male war sein Blick hart, und es gab Momente, in denen Mitleid darin lag. Nach und nach schloss sie den sonderbaren indischen Diener in ihr Herz.

Auch Ralikhanta hatte von Anfang an Zuneigung für Micaela empfunden, die mit der Zeit immer stärker wurde. Er würde ihr nie vergessen, wie freundlich und warmherzig sie zu ihm gewesen war, und erst recht nicht die Freikarte für die Aufführung der *Lakmé*. Seit er seine Familie in Kalkutta verlassen hatte und in die Dienste der Engländer getreten war, war ihm niemand von solch aufrichtiger Bescheidenheit und Güte begegnet wie seine Herrin Micaela. Und dass sie sich solche Mühe gab, ihm ihre Sprache beizubringen, übertraf alles, was er sich jemals hätte vorstellen können.

Micaela war erstaunt über die Intelligenz des Inders. Obwohl das Spanische eine schwierige Sprache war, gab Ralikhanta nicht auf und lernte eifrig. Er machte kaum Fehler und zeigte jeden Tag beträchtliche Fortschritte.

»Madam, do you ...«

»Auf Spanisch, Ralikhanta«, bat Micaela. Mit der Zeit erreichte sie, dass er auch mit dem Hauspersonal sprach, obwohl er sich am Anfang schämte, weil Tomasa und Marita sich über seine schlechte Aussprache lustig machten.

An diesem Abend schickte Micaela Ralikhanta und Mamá Cheia nach dem Spanischunterricht zu Bett. Sie selbst blieb im Salon sitzen, um auf ihren Mann zu warten. Am Morgen war Eloy zu einem Arzt gegangen, und Micaela wollte nicht bis zum nächsten Tag warten, um zu erfahren, was es Neues gab. Als er schließlich nach Hause kam, war er überrascht, sie noch wach anzutreffen.

»Ich habe auf dich gewartet«, sagte sie und ging ihm entgegen, um ihn zu küssen, als sie einen starken Alkoholgeruch wahrnahm. »Es ist spät«, bemerkte sie mit einem Blick auf die Uhr. »Hattest du viel zu tun?«

»Nein. Ich war zum Abendessen bei Nathaniel. Ein paar frühere Kollegen von der Eisenbahngesellschaft sind derzeit in Buenos Aires und wollten mich sehen.«

Der Grund für sein langes Ausbleiben ärgerte sie maßlos, aber sie sagte nichts. Sie half ihm aus dem Mantel, nahm ihm Hut und Handschuhe ab und fragte ihn, ob er einen Kaffee wolle.

»Nein, Liebling, vielen Dank. Warum gehst du nicht schlafen? Es ist schon sehr spät. Nicht, dass Moreschi böse auf mich ist, wenn du morgen müde bist«, scherzte er.

»Warst du beim Arzt?«, fragte Micaela unvermittelt. Das Lächeln auf Eloys Gesicht verschwand. »Ich habe auf dich gewartet, um dich zu fragen, wie es war.«

»Du hättest nicht bis jetzt zu warten brauchen. Morgen früh hättest du es sowieso erfahren.«

»Es kommt so selten vor, dass wir zusammen frühstücken.«

»Ich fände es sehr schön, wenn wir gemeinsam frühstücken würden.«

»Und ich fände es sehr schön, wenn wir wenigstens zweimal in der Woche gemeinsam zu Abend essen würden«, ging sie zum Gegenangriff über.

Für einige Sekunden herrschte unangenehmes Schweigen im Raum. Micaela sah ihn fest an, wohl wissend, dass ihr Mann kurz davor war, die Beherrschung zu verlieren. Schließlich wandte sich Eloy zum Gehen.

»Nein, Eloy!«, sagte Micaela, und ihr Mann blieb stehen. »Bitte erzähl mir, wie es bei Doktor Manoratti war.«

»Es gibt noch nicht viel zu erzählen«, antwortete Eloy knapp. »Er hat eine Reihe von Untersuchungen gemacht. Die Auswertung wird einige Tage dauern. Ich sage dir dann Bescheid.« Damit verschwand er im Korridor.

Warum machte er alles so schwierig?, fragte sich Micaela. Nachdem sie eine Weile nachgedacht hatte, wurde ihr klar, wie demütigend es für Eloy sein musste, über sein Versagen zu reden. Voller widersprüchlicher Gedanken und Gefühle ging sie schlafen.

Am nächsten Morgen stand sie früher auf als sonst. Sie war deprimiert und hatte keine Lust zu arbeiten. Also schickte sie Moreschi eine Nachricht, in der sie ihr Kommen auf die Zeit nach dem Mittagessen verschob. Cheia fand, dass sie blass und übernächtigt aussehe, und machte sich Sorgen. Sie schimpfte mit ihr, weil sie keinen Appetit hatte und so dünn war.

»Solange du so schwach bist, ist an ein Baby nicht zu denken. Um schwanger zu werden, musst du tüchtig essen.«

»Um schwanger zu werden, müsste Eloy mit mir schlafen«, sagte sich Micaela, und ihre Laune wurde noch schlechter. In ihren Augen glitzerte es verdächtig, und obwohl sie versuchte, sich zu beherrschen, bemerkte Cheia ihre Tränen.

»Was hast du denn, Prinzesschen?«, fragte sie. »Seit Tagen siehst du so traurig aus. Was ist nur mit dir los, Liebes? Hast du Probleme? Es ist wegen Señor Cáceres, stimmt's? In letzter Zeit ist er kaum zu Hause und kümmert sich nicht um dich. Aber du musst dir keine Gedanken machen. Ich weiß, dass er dich sehr liebt. Er ist ein vielbeschäftigter Mann. Du solltest stolz auf ihn sein. Es heißt, dass er sich als Außenminister sehr gut macht. Er ist so klug! Es hat schon seine Gründe, dass er sich für dich entschieden hat, Kleines. Bleib ganz ruhig und lass dir von einer alten Frau sagen, dass dein Mann unsterblich in dich verliebt ist. Jeden Morgen, wenn ich ihm das Frühstück serviere, fragt er mich, ob es dir gutgeht und ob du etwas brauchst. Er will wissen, was du am Tag zuvor gemacht hast und mit wem du zusammen warst. Der Ärmste würde so gerne mit dir frühstücken!«

Sie überlegte, ihrer Amme die Wahrheit zu sagen. Sie erwartete sich keine Lösung von ihr, aber sie hoffte, dass es ihr helfen würde, besser mit dem Problem zurechtzukommen, wenn sie ihr Herz erleichterte. Sie setzte ein paarmal zum Reden an und beschloss schließlich, es zu lassen. Abgesehen davon, dass Cheia sie wahrscheinlich nicht verstehen würde, schämte sie sich zutiefst.

Ralikhanta kam mit einem Antwortschreiben von den Urtiagas zurück, in dem Moreschi die Uhrzeit für ihre nächste Probe bestätigte. Es blieb noch Zeit genug, um ihre Freundin Regina zu besuchen.

»Micaela! Was für eine Überraschung! Müsstest du nicht bei der Probe sein?«

»Schon, aber ...«

»Was soll's! Ich freue mich sehr, dass du da bist.«

Sie gingen in Reginas Zimmer, wo diese die meiste Zeit des Tages verbrachte. Von draußen drang trübes Licht durch die beschlagenen Fenster. Regen schlug gegen die Scheibe, und im Kamin knisterte ein Feuer. Kraftlos ließ Micaela sich in den Sessel fallen, den ihre Freundin ihr anbot.

»Ich bringe dir einen Kaffee. Er ist frisch gekocht. Delia macht köstlichen Kaffee.«

»Nein, danke, Regina.«

»Was heißt hier nein, danke! Trink einen Kaffee mit mir. Ich habe mich den ganzen Morgen beherrscht, um nicht so viel davon zu trinken, aber jetzt, wo du da bist, habe ich die perfekte Ausrede. Außerdem wird er dir guttun. Wie schön, dass du vorbeigekommen bist! Du siehst ein bisschen blass aus. Fühlst du dich nicht gut?« Micaela verneinte und ließ den Kopf hängen. »Mach mir nichts vor, meine Liebe, dir geht es nicht gut.«

Regina stellte die Tasse ab, ging zu ihrer Freundin und ging neben ihr in die Hocke. Micaela hatte zu schluchzen begonnen. Sie versuchte, sich zusammenzureißen, aber als sie ihre Freundin dort zu ihren Füßen kauern sah, vergaß sie jede Zurückhaltung und warf sich in ihre Arme. Regina sagte nichts, sondern wiegte sie einfach sanft wie eine Mutter.

»Entschuldige, Regina«, schniefte Micaela und machte sich los. »Entschuldige, dass ich mich so habe gehenlassen.«

»Da gibt es nichts zu entschuldigen. Komm, wisch dir die Tränen ab.« Sie reichte ihr eine Serviette. »Los, ein heißer, starker Kaffee wird dir guttun.«

Nach zwei, drei Schlucken fühlte sie sich merklich besser. Regina sah sie lächelnd an, während sie auf den geeigneten Moment wartete, um zu reden.

»Ich fühle mich schon viel besser«, sagte Micaela schließlich. »Danke. Ich glaube, wenn ich mich nicht hätte ausheulen können, wäre ich gestorben.«

»Ich freue mich, dass du dabei an mich gedacht hast. Ich habe immer ein offenes Ohr für dich. Wenn du mir erzählen willst, was dich so bedrückt, kannst du dich auf mich verlassen.«

Das Bedürfnis, ihr Leid zu teilen, rang mit dem Gefühl, Verrat an ihrem Mann zu begehen, wenn sie sein intimstes Geheimnis mit einer Dritten teilte, die nicht zu seinem Umfeld gehörte. Aber wenn sie nicht sprach, würde der Kummer sie irgendwann verzehren.

»Ich bereue es so, Eloy geheiratet zu haben!«, brach es schließlich aus ihr heraus.

»Du bereust es? Warum?«

»Eloy ist ein schwieriger, komplizierter Mensch, Regina. Ich habe das Gefühl, dass ich ihn niemals wirklich kennen werde. Sein Leben ist voller Geheimnisse. Ja, ich weiß, wir alle haben unsere Vergangenheit und haben etwas zu verbergen. Das ist es nicht, was mir zu schaffen macht, sondern die Art und Weise, in der diese Geheimnisse sein jetziges Leben zu beeinflussen scheinen. Manchmal ist er verständnisvoll und galant, dann wieder derart schlechtgelaunt, dass es unmöglich ist, ihm ein Lächeln zu entlocken. Und wenn ich ihn nach dem Grund dafür frage, wird er wütend auf mich. Später entschuldigt er sich und glaubt, damit wäre alles erledigt.«

»Hat er dich geschlagen?«

»Nein, nein!«, beeilte sich Micaela zu sagen. »Er hat nie die

Hand gegen mich erhoben. Er ist ein Gentleman.« Sie verstummte und sortierte ihre Gedanken, um ihrer Freundin eine möglichst präzise Schilderung der Situation zu geben, die keinen Anlass zu Missverständnissen gab. »Er geht mir aus dem Weg ... In letzter Zeit kommt er sehr spät nach Hause, oft erst mitten in der Nacht. Am nächsten Morgen steht er früh auf und verschwindet ins Ministerium. Manchmal sehen wir uns tagelang nicht.«

»Dann hat er wohl eine Geliebte!«, schlussfolgerte Regina.

Micaela fand nicht die richtigen Worte. Wenn sie so um den heißen Brei herumredete, verwirrte sie ihre Freundin nur. Regina würde die besonderen Umstände ihrer ungewöhnlichen Ehe nur verstehen, wenn sie offen mit ihr sprach und keine Ausflüchte machte.

»Es ist unmöglich, dass Eloy eine Geliebte hat«, versicherte sie. »Er ist impotent.«

»Impotent? Cáceres ist impotent? Das kann nicht sein!«

Micaela erzählte ganz ruhig, was sie wusste. Als sie geendet hatte, fühlte sie sich erleichtert, und die Farbe kehrte in ihr Gesicht zurück.

»So ein Schuft!«, ereiferte sich Regina. »Dich zu heiraten, obwohl er wusste, dass er nicht kann. Gibt den feinen, wohlerzogenen Herrn, dabei ist er nichts weiter als ein nichtssagender Lackaffe. Lass dich scheiden, Micaela! Nein, besser, du drängst auf die Annullierung der Ehe!«

»Ich kann nicht, Regina. Ich habe ihm versprochen, ihn nicht zu verlassen.«

»Und dann besitzt er auch noch die Frechheit, dich darum zu bitten, ihn nicht zu verlassen! Nein, das geht über meinen Verstand! Und du bist darauf eingegangen?« Micaela nickte. »Aber meine Liebe, wie konntest du nur! Du hättest ihm etwas gegen den Kopf werfen sollen. Du bist einfach zu gut. Aber es ist eine Gutmütigkeit, die dir schadet, Micaela. Für mich ist das falsch verstandene Nächstenliebe, weil sie dich zur unglücklichsten Frau der Welt macht. Die Kirche sollte das Glück zur fünften Kardinaltugend erklären.«

»In der Nacht, als er ... Nun ja, in der Nacht, als er mir gestand, dass er die Ehe nicht vollziehen könne, begann er zu weinen und sagte mir, es sei mein gutes Recht, ihn zu verlassen. Aber ohne mich werde er sterben. Er tat mir leid, Regina, ich konnte nicht anders, als ihm zu versprechen, ihn nicht zu verlassen. Ehrlich gesagt gab ich das Versprechen in der Hoffnung, dass es irgendwann besser würde. Wir kamen überein, so viele Ärzte aufzusuchen, wie nötig seien, um ihn zu heilen. Aber jetzt weigert er sich und gerät völlig außer sich, wenn ich von ihm verlange, dass er zum Arzt geht. Der Ärmste, es muss so demütigend sein!«

»Von wegen, der Ärmste! Dieser feine Herr Cáceres ist ein Heuchler. Er hat dich hintergangen, Micaela, und das macht man nicht.«

»Wie auch immer«, fuhr Micaela fort, »ich bin bereit, zu warten. Vielleicht kann ihn ein Arzt heilen. Wenn ich sicher sein könnte, dass er geheilt ist, könnte ich ihn ohne Schuldgefühle verlassen.«

Regina schüttelte missbilligend den Kopf und riet ihr zu mehr Härte und weniger Verständnis. Zeit sei kostbar, und Cáceres sei es nicht wert, dass sie ihre Zeit mit ihm verschwende.

»Ich würde dir gerne eine sehr persönliche Frage stellen«, setzte sie hinzu. »Wenn du nicht antworten willst, sag es mir, und das Thema ist erledigt.« Micaela beteuerte, wenn sie könne, werde sie antworten. »Nicht dass du denkst, es wäre reine Neugier, dass ich das wissen will. Von deiner Antwort hängen die weiteren Schritte ab. Bist du noch Jungfrau?«

»Nein, bin ich nicht.«

»Das war ja zu vermuten«, murmelte Regina. »Einem so hübschen, klugen und berühmten Mädchen wie dir müssen in

Europa sämtliche Männer zu Füßen gelegen haben. Verständlich, dass es dem einen oder anderen von ihnen gelungen ist, dich ins Bett zu kriegen.«

Der Irrtum ihrer Freundin kam ihr sehr gelegen; so würde die Wahrheit über Carlo nicht ans Licht kommen.

»Waren sie gut, deine Liebhaber? Ich meine, hast du etwas dabei empfunden?«

Micaela wurde rot, senkte den Blick und murmelte ein kaum hörbares »Ja«.

»Dass du keine Jungfrau mehr bist, macht die Sache noch komplizierter«, fuhr Regina in lockerem Ton fort.

»Komplizierter?«

»Klar, Micaela. Erfüllt dich die Tatsache, dass du in den Armen eines Mannes gelegen hast, dass du seine Küsse und Liebkosungen, sein Begehren und seine Männlichkeit gespürt hast, nicht mit unbezähmbarem Verlangen und Sehnsüchten?« Der Glanz in Micaelas Augen bestätigte ihre Worte. »Es ist so, meine Liebe: Wenn du der Versuchung einmal nachgegeben und von der Frucht der Liebe gekostet hast, kannst du nicht mehr von ihr lassen. Es tut mir leid, dir das zu sagen, aber in einem Fall wie dem deinen wäre es besser gewesen, du wärst noch Jungfrau. Aber da du es nicht mehr bist, gibt es nur eine einzige Lösung: Ich muss dir einen Liebhaber suchen.«

»Einen Liebhaber?« Micaela war entsetzt. »Regina, ich bitte dich!«

»Micaela, dir muss klarwerden, dass du so nicht leben kannst. Auch du brauchst jemanden, der dich liebt, der dich tröstet und der dir vor allem das Gefühl gibt, eine Frau zu sein. Der Gemütszustand, in dem du dich befindest, wird dich krank machen oder gar verrückt.«

»Regina, übertreib nicht!«

»Ich übertreibe nicht, Micaela. Mag sein, dass du dich mit Oper,

Musik und solchen Dingen auskennst, aber ich weiß viel mehr vom Leben als du. Natürlich kannst du darüber krank werden. So ist es zum Beispiel Guillermina Wilde ergangen, der Geliebten von General Rova, Gott hab ihn selig. Vor einigen Jahren, als Guillermina mit ihrem Mann, diesem alten Tattergreis, in Paris lebte, begann die junge Frau auf einmal an Atemnot und plötzlichen Stimmungsschwankungen zu leiden, gefolgt von hohem Fieber, in dem sie delirierte. Ihr zutiefst besorgter Mann ließ Doktor Charcot holen – den berühmten Pariser Arzt.« Micaela bestätigte, ihn zu kennen. »Nun, Doktor Charcot untersuchte sie gewissenhaft, und weißt du, was er dem Ehemann empfahl, als er damit fertig war? ›Monsieur, Sie sollten Ihre Tochter verheiraten.‹ Ein wenig beleidigt, teilte Wilde ihm mit, dass *er* der Ehemann der jungen Frau sei. Da war dem Arzt alles klar. Nein, meine Liebe, ich werde nicht zulassen, dass dir das Gleiche passiert! Ich habe nichts dagegen, dass du ein herzensguter Mensch bist und bereit, bei deinem Mann zu bleiben, aber tu nicht so, als ob du eine unbefleckte Heilige wärst, und akzeptiere, dass du einen Mann brauchst. Einen richtigen Mann.«

Es entstand eine Pause, während Regina im Geiste die Liste von männlichen Bekannten durchging, die als Liebhaber für »die Göttliche« in Frage kamen. Micaela dachte unterdessen über die Worte ihrer Freundin nach, wobei sie nicht wusste, ob sie sie lebensklug oder völlig verrückt finden sollte.

»Du denkst doch nicht an Mister Harvey?«, erkundigte sich Regina.

»Harvey?«

»Ja, den Freund deines Mannes. Du willst doch nicht etwa behaupten, dass dir noch nicht aufgefallen ist, dass er nur zu gerne mit dir ins Bett gehen würde?«

»Na ja … Also, ehrlich gesagt, nein …«

»Ach, Micaela! Wie konntest du das nicht merken? Du bist

eine merkwürdige Mischung aus Unschuld vom Lande und Femme fatale, die wirklich bezaubernd ist. Man könnte meinen, du würdest dich mit der Welt und ihren Geheimnissen auskennen, aber wie ich sehe, ist es nicht so.« Micaela sah sie neugierig an. »Ach, hör nicht auf mich, ich rede Unsinn.«

»Nein, Regina, überhaupt nicht. Es stimmt. In den vierundzwanzig Jahren meines Lebens habe ich mich die meiste Zeit ausschließlich mit Musik beschäftigt. Alles, was ich las, meine Gespräche, meine Freundschaften, meine Reisen, jeder einzelne Tag drehte sich nur um Musik und Gesang. Das war meine Welt. Ich habe die berühmtesten Städte und Orte gesehen, aber alles, was nicht mit Musik zu tun hatte, erschien mir fremd und machte mir Angst. Du wirst es nicht glauben, aber ich habe erst begonnen zu leben, als ich nach Buenos Aires kam.«

»Hier, in Buenos Aires? Nachdem du Paris, London und Rom kennengelernt hast? Das kann ich kaum glauben.«

»Glaub mir, Regina. Diese Stadt hat einen ganz besonderen Zauber, der mich mehr fasziniert, als es der Louvre in Paris oder Big Ben in London vermochten. Buenos Aires hat mich verführt. Ich fühlte mich frei, niemand kannte mich. Es war, als trüge ich eine Maske und spielte eine andere Person. Durch diese Freiheit fand ich auf eine Art und Weise zu mir, wie ich es nie zuvor getan hatte.«

»Niemand kannte dich? Micaela, ich bitte dich! Ganz Buenos Aires kennt dich. Seit du letztes Jahr hergekommen bist, spricht man über nichts anderes als ›die Göttliche‹ und ihre Stimme. Wo hast du dich unerkannt gefühlt? In Buenos Aires kann es jedenfalls nicht gewesen sein.«

Micaela räusperte sich nervös und wechselte das Thema.

»Wie kommst du darauf, dass Harvey ein Auge auf mich geworfen hat?«

»Das sieht doch jeder! Auf Festen zieht er dich mit Blicken aus und scharwenzelt um dich herum, um mit dir zu tanzen. Der einzige Idiot, der nichts mitbekommt, ist dein Mann! Jedenfalls ist Harvey von der Liste gestrichen. Er gefällt mir nicht als Liebhaber. Trotz seiner feinen englischen Manieren traue ich ihm nicht über den Weg. Ein sonderbarer Kerl! Sehr extravagant. Er hat eine Art zu schauen, die nicht offen wirkt. Außerdem legt er großen Wert auf sein Äußeres. Er ist eitel und ein bisschen weibisch. Und er hat Dreck am Stecken, das weiß ich«, setzte sie dann hinzu.

»Was willst du damit sagen?«, fragte Micaela.

»Anfangs waren wir alle ganz begeistert von ihm. Verstehst du, in dieser anglophilen Gesellschaft war Harvey der König. Aber in letzter Zeit erzählt man sich Dinge …« Sie beugte sich zu ihr und flüsterte: »Es heißt, er verkehre in den Bordellen von La Boca. Doch, wirklich! Ich verstehe deine Überraschung, und es tut mir leid, wenn ich dich desillusioniere, aber es ist besser, wenn du es erfährst. Nathaniel Harvey ist kein guter Umgang für deinen Mann.«

Regina ging weiter ihre Kandidatenliste durch und schaffte es, Micaela aufzuheitern, die über ihre Einfälle lachte. Sie verließ das Haus der Alveares wesentlich besserer Laune und mit dem Versprechen, dass sich ein passender Mann für sie finden werde.

26. Kapitel

Wegen dringender Angelegenheiten im Ministerium kamen Micaela und Eloy recht spät zu dem Fest bei den Urtiagas. Als sie das Vestibül betraten, stellten sie fest, dass die meisten Gäste bereits da waren. Regina Pacini eilte ihnen entgegen.

»Guten Abend, Herr Außenminister! Mein Mann und einige Ihrer Freunde erwarten Sie sehnsüchtig im Speisesaal. Sie haben irgendetwas Wichtiges zu besprechen. Gehen Sie, gehen Sie nur. Ich kümmere mich um Ihre reizende Frau.«

Begierig darauf, über Themen zu sprechen, die ihn wirklich interessierten, nickte Eloy den Damen zu und verschwand in Richtung Salon. Nachdem er hinter dem schweren Vorhang verschwunden war, wurde Regina vertraulicher, hakte sich bei Micaela ein und führte sie in das Arbeitszimmer ihres Vaters.

»Endlich bist du da, meine Liebe!«, rief sie, nachdem sie die Tür hinter sich geschlossen hatte. »Ich dachte schon, ihr würdet gar nicht mehr kommen. Du weißt ja nicht, was ich für Neuigkeiten für dich habe! Ich halte es kaum noch aus vor Ungeduld!«

»Du wirst dich noch ein bisschen länger gedulden müssen. Ich muss erst die Gäste begrüßen. Ich habe noch nicht mal meinem Vater zum Geburtstag gratuliert. Außerdem wird Moreschi schon auf mich warten, um …«

»Was ist das alles gegen das, was ich dir zu erzählen habe!«, ereiferte sich die Frau. »Ich habe einen passenden Liebhaber für dich gefunden!«

Micaela war zunächst sprachlos, doch dann musste sie laut

loslachen über die Euphorie ihrer Freundin. Regina war beleidigt.

»Wenn du ihn siehst, lachst du nicht mehr«, orakelte sie. »Ich werde ihn dir vorstellen.«

»Ist er denn hier auf der Feier?«

»Ja, ich habe ihn gerade kennengelernt. Lass uns keine Zeit verlieren; ich hab schon gemerkt, dass einige der Frauen ein Auge auf ihn geworfen haben.«

Micaela und Regina verließen das Arbeitszimmer und gingen in den Salon. Er war voller Menschen, und es gab kaum ein Durchkommen. Ein großer Teil der Gäste drängte sich vor der Tür zum Speisesaal, wo gleich das Abendessen stattfinden sollte.

»Señora Cáceres!«, rief Nathaniel Harvey, so dass sie stehen bleiben mussten, um den Engländer zu begrüßen. Ohne sich an der Anwesenheit von Señora de Alvear zu stören, bat er Micaela um den ersten Walzer.

»Wenn Sie erlauben, mein Herr«, mischte sich Regina ein, »aber heute Abend ist meine Freundin anderweitig verpflichtet. Geben Sie es auf.«

Damit zog Regina Micaela weiter, die sich zu Nathaniel umdrehte und ihm betretene Blicke zuwarf. Harvey fluchte leise.

»Wie konntest du so mit Mister Harvey reden, Regina?«, schimpfte Micaela. »Ist dir nicht klar, dass er Eloys bester Freund ist?«

»Eben weil er der beste Freund deines Mannes ist, sollte er dich als seine Schwester ansehen und nicht als das Sahnehäubchen auf dem Kuchen. Pah! Er braucht gar nicht beleidigt zu sein, dieser gerissene Luchs.«

Sie entdeckten Gastón und Gioacchina, die am frühen Abend von ihrem Landsitz eingetroffen waren. Micaela freute sich, dass sie gesund und glücklich schienen, und fiel ihrem Bruder um den Hals.

»Und mein kleiner Neffe? Ihr habt ihn doch mitgebracht, oder?«, fragte sie ungeduldig.

»Ja, er ist mit Miss Bennet oben im Schlafzimmer deines Bruders«, antwortete die junge Mutter. »Wenn du ihn sehen möchtest, gehe ich nachher mit dir hoch.«

»Du wirst deinen Neffen schon noch treffen, aber erst später. Zuerst musst du die übrigen Gäste begrüßen«, drängte Regina und zog Micaela weiter. »Schau mal, da ist er! Das ist genau der richtige Mann für dich.« Sie deutete auf ein Grüppchen, das ein paar Meter entfernt stand. »Der Große, der neben Fräulein Ortigoza steht.«

Micaela machte das Spiel mit und sah sich neugierig unter den Gästen um. Der Große neben Fräulein Ortigoza. Erschrocken umklammerte sie den Arm ihrer Freundin, als sie Carlo Molina erkannte, der nur ein paar Meter von ihr entfernt stand und sich unterhielt. Er sah blendend aus in seinem Smoking und war von etlichen Frauen umringt.

»Los, Regina, gehen wir schnell nach oben«, flüsterte sie.

»Oh nein, nichts da!« Sie bugsierte Micaela durch die Menge zu dem Grüppchen und schob sie vor Carlo. »Entschuldigen Sie die Unterbrechung, Señor Molina, aber ich möchte Ihnen gerne Micaela Urtiaga vorstellen, die Freundin, von der ich Ihnen erzählt habe. ›Die Göttliche‹«, setzte sie stolz hinzu.

»So, so, ›die Göttliche‹«, wiederholte Carlo mit einem Lächeln. »Es ist mir ein Vergnügen.« Er nahm ihre Hand und berührte sie ganz leicht mit den Lippen. Dann wandte er sich wieder seinem Gespräch zu und beachtete sie nicht weiter.

Als sie sich wieder gefasst hatte, stammelte Micaela eine Entschuldigung und verließ rasch den Salon. Sie rannte die Treppe hinauf und flüchtete in ihr früheres Zimmer, wo sie sich aufs Bett warf und bitterlich weinte. Sie vergrub das Gesicht in den Kissen und ließ ihren Tränen freien Lauf. Nach einer Weile wurde das

Schluchzen leiser, und zurück blieben nur erstickte Seufzer und starke Kopfschmerzen.

War Carlo verrückt geworden, so dreist im Haus ihres Vaters aufzutauchen? War er gekommen, um sie, Micaela, zu sehen? Sie glaubte nicht. Wenn er sie hätte sehen wollen, warum hatte er dann so lange gewartet? Warum war er nicht eher gekommen? Er war wegen seiner Schwester hier, nicht ihretwegen. Sie würde ihn nie aus dem Kopf bekommen, dachte sie verzweifelt, was auch immer in ihrem Leben geschah, sie würde ihn niemals vergessen können. Mamá Cheia kam herein, ohne anzuklopfen, und erschrak, als sie sie in diesem Zustand auf dem Bett liegen sah.

»Micaela, ich suche dich schon die ganze Zeit! Alle setzen sich gerade zum Essen, und dein Vater ist beleidigt, weil du ihn nicht begrüßt hast. Beeil dich, alle warten auf dich.«

Micaela richtete ihr Haar, frischte ihr Gesicht auf und strich das Kleid glatt. Dann ging sie widerwillig mit Mamá Cheia nach unten. Auf dem Treppenabsatz begegneten sie Regina.

»Ah, du hast sie gefunden, Cheia. Wo hast du gesteckt?«

Micaela bat ihre Amme, schon einmal vorzugehen; sie und Regina würden gleich nachkommen. Erst, als Cheia im Speisesaal verschwunden war, traute sich Micaela zu fragen.

»Ist der Herr schon gegangen, den du mir vorgestellt hast?«

»Weshalb sollte er gehen? Er ist schließlich Gast. Natürlich ist er nicht gegangen. Er sitzt bei deinem Bruder und dessen Frau am Tisch. Ich habe vorhin erfahren, dass er mit Gastón befreundet ist. Hast du ihn noch nie gesehen?« Micaela schüttelte kaum merklich den Kopf. »Was für ein Mann! Er gefällt dir, oder? Ich habe gesehen, wie beeindruckt du warst. Warum bist du weggelaufen, du Dummerchen? Du hättest dableiben sollen, um dich mit ihm zu unterhalten. Alle Frauen sind verrückt nach ihm.«

»Worüber hat er gesprochen?«

»Er erzählte, dass er ursprünglich aus Neapel kommt. Seinem

Großvater gehört eine Reederei. Er stammt aus einer alteingesessenen Familie, unter seinen Vorfahren sind zahlreiche bedeutende Persönlichkeiten aus Kunst und Politik. Seine Großeltern leben in einem der ältesten Palazzi von Kampanien.«

Angesichts dieser Lügen brachte Micaela kein Wort mehr heraus. Regina erinnerte sie an das Abendessen, und sie gingen in den Salon. Das Essen war eine Qual; ohne es zu wollen, wanderten ihre Augen immer wieder zu Carlo herüber, der sich angeregt unterhielt und sie keines Blickes würdigte. Trotz ihrer Verwirrung freute sie sich, dass er in der Nähe seiner Schwester sein konnte, auch wenn er für sie ein Fremder war. Sie stellte fest, dass Gioacchina ihn mochte, denn sie lachte über seine Bemerkungen und lauschte ihm hingerissen. Es blieb Micaela nicht verborgen, wie zuvorkommend Carlo seine Schwester behandelte und dass seine Augen zu strahlen begannen, sobald Gioacchina mit ihm sprach oder ihn anlächelte. Sie versuchte vergeblich, ihre Eifersucht zu bekämpfen, aber es gelang ihr nicht. Unter dem Vorwand, dass sie gleich auftreten würde, verschwand sie auf ihr Zimmer.

Sie wollte nicht in den Salon zurück; schon gar nicht wollte sie vor die Gäste treten, um die Lieblingsarien ihres Vaters vorzutragen. Carlo schüchterte sie ein wie ein kleines Kind. Sie atmete tief durch, zwang sich zur Ruhe und mahnte sich zu äußerster Konzentration, um einen peinlichen Auftritt zu vermeiden. Schließlich riss sie sich zusammen und trat auf den Gang.

Sie sah Licht im Zimmer ihres Bruders und ging näher. Doch dann blieb sie wie angewurzelt stehen. Sie erkannte Carlo, seinen Neffen Francisco auf dem Arm, die Hauslehrerin, Miss Bennet, an seiner Seite. Micaela versteckte sich hinter dem Türrahmen, um durch den Türspalt zu sehen. Die Hauslehrerin erzählte von den Fortschritten des Kindes, doch Micaela hatte nur Augen für Carlo, der das Baby auf dem Schoß hielt. Er sah sehr entspannt aus, lächelte die ganze Zeit voller Staunen und flüsterte Francisco unverständliche Dinge ins Ohr.

»Er sieht Ihnen so ähnlich, Señor Molina«, versicherte die Lehrerin. »Sehen Sie nur, die gleichen Augen.«

»Sagen Sie das nicht, Miss Bennet.«

Micaela bemerkte, wie Carlos Stimme rauer wurde und sein Blick hart. Sie spitzte die Ohren, um kein Wort zu verpassen.

»Aber Francisco ist Ihnen wie aus dem Gesicht geschnitten. Warum soll ich das nicht sagen, wenn es doch die Wahrheit ist?«

»Weil ich das Ebenbild meines Vaters bin. Und das ist nicht gut.«

Die überraschte Frau nahm das Kind entgegen.

»Wir bleiben wie immer in Kontakt, Miss Bennet. Wenn etwas ist, geben Sie mir Bescheid.« Carlo zog die Brieftasche hervor und zählte Geld aufs Bett. »Behandelt mein Schwager Gioacchina gut? Ich meine, schlägt er sie oder brüllt er sie an?«

»Nein, Señor Molina, Sie können ganz beruhigt sein! Señor Gastón hat sich sehr verändert, und zwar zum Guten. Man merkt, dass er Ihre Schwester aufrichtig liebt. Ich habe noch nie gesehen oder gehört, dass er sie schlecht behandelt oder angeschrien hätte. Wir leben sehr beschaulich dort auf dem Land. Wann besuchen Sie uns mal wieder, Señor Molina?«

»Urtiaga möchte im Moment nicht, dass ich komme. Aber ich hatte solche Sehnsucht, meine Schwester zu sehen, deshalb habe ich ihn gebeten, mich heute Abend einzuladen. Gioacchina weiß nicht, wer ich bin, und ich muss die wenigen sich bietenden Gelegenheiten nutzen, bei denen ich sie sehen kann, ohne Verdacht zu erregen.«

»Wenn Sie wollen, Señor Molina, könnten Sie in dem Dorfgasthof absteigen, der in der Nähe des Landguts liegt. Ich würde Ihnen den kleinen Francisco dann unter einem Vorwand vorbeibringen, damit Sie ihn sehen können.«

»Wir werden sehen, Miss Bennet, wir werden sehen.«

Als sich Carlo von der Engländerin verabschiedete, huschte Micaela schnell davon.

Wie naiv war sie gewesen zu glauben, Carlo sei hier, um sie zu sehen. Er würde ihr die Heirat mit Cáceres niemals verzeihen. Sein abweisendes, kühles Verhalten sprach für sich; alles, was Micaela aus dem Benehmen ihres früheren Geliebten herauslesen konnte, war ein stummer Vorwurf. Es machte sie wütend, wenn sie daran dachte, wie sie Carlo und Sonia zusammen im Bett erwischt hatte. Sie nahm rasch die letzten Treppenstufen und trat entschlossen in den Musiksalon. Die Wut half ihr, ohne Angst vor ihr Publikum zu treten.

Die Leute klatschten noch, als sie sah, wie Carlo in Richtung Halle verschwand. Es kostete sie einige Mühe, den Salon zu verlassen und ihm zu folgen. Eloy sah ihr hinterher, aber dann trat jemand zu ihm, um ihm zu seiner Ernennung zum Außenminister zu gratulieren, und er verlor sie aus den Augen. Obwohl es in der Halle dunkel war, wusste Micaela sofort, dass Carlo nicht dort war, und ging in den Wintergarten.

Er war auf die Veranda hinausgetreten und rauchte. Unbewegt lehnte er an der Balustrade, den Blick auf den Vollmond gerichtet. Er trat die Zigarette aus, bevor er zu Ende geraucht hatte, und sah in den Park. Er bewunderte die mächtigen Zypressen, den herrlichen Brunnen und die sorgfältig gepflegten Beete. Als er Micaela in der Tür stehen sah, erstarrte er. Sie sah blass aus – oder war es das Mondlicht auf ihrer Haut? Ihre Augen glitzerten traurig. Schließlich gelang es ihm, sich zu fassen, seine Überraschung zu überspielen und die Aufregung zu unterdrücken.

»Ich weiß gar nicht, was ich hier mache«, hörte er sie sagen.

Carlo kam näher und blieb ganz dicht vor ihr stehen. Er sah sie lange an, bevor er sprach.

»Aber ich weiß, was du hier machst. Marlene ...«, flüsterte er, »meine Marlene.«

Micaelas Augen füllten sich mit Tränen, die ihr über die Wangen liefen, bis Carlo sie mit der Hand wegwischte.

»Es ist eine Schande«, sagte er. »Gute Musiker, genug Platz, die schönste Frau, die ich je gesehen habe, und ich kann keinen Tango mit ihr tanzen.« Er fasste sie um die Taille und zog sie an seine Brust.

»Komm nach Hause. Lass uns die Nacht zusammen verbringen. Ich vermisse dich.«

»Carlo, bitte lass mich los«, bat sie ohne Überzeugung. »Ist dir nicht klar, dass mein Mann nur ein paar Meter von hier entfernt ist?«

»Dein Mann? Dieser verweichlichte Schwachkopf, der dich nicht mal anschaut? Wegen so einem machst du dir Sorgen? Bei deiner Schönheit würde ich dich keine Sekunde aus den Augen lassen. Erzähl mir nichts von *deinem Mann*! Erwähn ihn nicht mal!«

»Über wen sollen wir dann sprechen?«, brach es aus ihr heraus, während sie sich von ihm losmachte. »Über Sonia? Über Sonia und dein Techtelmechtel mit ihr?«

»Sonia ist tot«, erklärte Carlo. »Ja, tot«, bestätigte er, als er Micaelas entsetztes Gesicht sah. »An dem Abend, als du uns ertappt hast, habe ich sie rausgeworfen und ihr gesagt, dass ich sie weder im *Carmesí* noch sonst wo sehen möchte. Am nächsten Tag ging sie, und kurz darauf erfuhr ich, dass der ›Zungensammler‹ sie umgebracht hat.«

Micaela wollte ins Haus zurückgehen, doch Carlo ergriff ihre Hand und zog sie zur Balustrade, wo er sie in seine Arme schloss. Ihre Lippen berührten sich fast, als er zu ihr sagte: »Du hast mir nie Gelegenheit gegeben, dir zu erklären, was an jenem Abend geschehen ist.«

»Ich habe dir keine Gelegenheit dazu gegeben, weil es nichts zu erklären gab. Du bist der Typ Mann, der nicht ohne einen ganzen Harem von Frauen leben kann, und ich war nicht bereit, diese Spielregel zu akzeptieren.«

»In der Zeit, in der du meine Frau warst, war ich mit keiner anderen zusammen.« Micaela wollte etwas erwidern, aber Carlo legte den Finger auf den Mund. »Lass mich ausreden, Marlene. An jenem Abend, als du mich mit Sonia erwischt hast, hatte ich Cabecita geschickt, um dich abzuholen. Wie schon an den Tagen zuvor kam er allein zurück und sagte mir, du könntest nicht kommen. Besser gesagt, du *wolltest* nicht kommen. Du gingst mir schon eine ganze Weile aus dem Weg, wolltest mich nicht sehen. Ich war wütend, weil du dich wie ein launisches kleines Mädchen benahmst, aber noch wütender war ich, dass ich dich nicht in meinen Armen halten konnte, dass ich dich nicht küssen und lieben konnte. Ich war verzweifelt und wütend. Ich hasste dich, weil du nicht bei mir sein wolltest, weil du mir dein Gesicht, deinen Körper, deine Leidenschaft verweigert hast. In diesem Moment kam Sonia und …«

»…und der Herr konnte seine Erregung nicht länger beherrschen und ließ sich wie die Tiere von seinem Trieb leiten. Wem willst du etwas vormachen, Carlo? Ich weiß genau, wie du bist, ich weiß, dass Sex alles ist, was dich interessiert. Du siehst die Frau nur als Instrument, um deine Bedürfnisse zu befriedigen. Und ich dumme Gans bin auf dich hereingefallen. Ich wüsste gerne, was passiert wäre, wenn du mich mit einem anderen im Bett entdeckt hättest.«

»Ich hätte dich umgebracht!«

»Du bist anmaßend. Ich soll Verständnis aufbringen, dass du mich betrügst, weil du enttäuscht und wütend bist. Hättest hingegen du mich mit einem anderen erwischt, hättest du mich umgebracht. Du bist ein Macho, wie er im Buche steht, Carlo Molina.

Ich verachte dich. Ich will dich nie wieder sehen. Lass mich los, ich muss zu meinem Mann auf die Feier zurück!«

»Ich sagte dir, du sollst ihn in meiner Gegenwart nicht erwähnen!«

Micaela wich an das Geländer zurück. Carlo war rot angelaufen, seine Augen funkelten wild.

»Du hast mich mit diesem verdammten Kasper betrogen, und wie du siehst, habe ich dich noch nicht umgebracht. Obwohl ich große Lust dazu hätte.« Er packte ihr ins Haar und fasste sie grob um die Taille. »Ich ertrage den Gedanken nicht, dass er dich berührt, dass er dich küsst. Ich werde verrückt, wenn ich mir vorstelle, dass er mit dir schläft. Ah, ich könnte ihm die Kehle durchschneiden! Ich hasse ihn, und ich hasse dich, weil du dich ihm hingegeben hast!«

Obwohl sie versuchte, sich zusammenzureißen, begann Micaela zu schluchzen und zu zittern. Carlos Wut machte ihr Angst und verstörte sie. Er war außer sich vor Eifersucht. War es die Eifersucht eines Machos, der in seinem Stolz getroffen war, oder die Eifersucht eines verliebten Mannes?

»Weshalb bist du heute Abend zum Geburtstag meines Vaters gekommen?«, fragte sie unter Tränen. »Um deine Schwester zu sehen, oder? Um sie und deinen Neffen zu sehen.«

»Blödsinn! Gioacchina und Francisco kann ich sehen, wann immer ich will. Ich bin heute Abend hier, um dich zu sehen.«

»Warum hast du es nicht schon früher versucht?«

»Hast du vergessen, dass ich es anfangs sehr wohl versucht habe? Ich habe dir Blumen und Briefe geschickt, aber du hast nie geantwortet.«

»Merkst du nicht, dass ich nichts von dir will? Warum tauchst du jetzt wieder auf? Um mich zu quälen, um mir meinen Seelenfrieden zu nehmen? Warum jetzt? Warum?«

Eloys Stimme, die nach Micaela rief, brach den Bann. Carlo wollte sie zurückhalten, doch sie machte sich von ihm los. Bevor sie ins Haus huschte, flüsterte sie ihm in scharfem Ton zu: »Belästige mich nicht mehr. Lass mich in Frieden.«

Sie entdeckte ihren Mann im Wintergarten und ging ihm rasch entgegen.

»Micaela, ich suche schon die ganze Zeit nach dir«, beschwerte er sich. »Wo hast du gesteckt?«

»Ich brauchte frische Luft und bin auf die Veranda hinausgegangen. Komm, ich möchte wieder rein.«

Sie kehrte am Arm ihres Mannes in den Salon zurück, und für den Rest des Abends sah sie Carlo nicht mehr.

»Was bin ich doch für ein Idiot«, sagte dieser sich gerade, halb hinter einer Ligusterhecke verborgen, während er zusah, wie Micaela mit Cáceres auf das Fest zurückkehrte. Oh nein, er würde da nicht mehr reingehen. Lieber würde er sterben, als sie mit diesem Schnösel tanzen zu sehen. Cabecita und Mudo erschraken, als Carlo sich auf den Rücksitz fallen ließ und die Tür hinter sich zuknallte.

»He, Carlo, hast uns 'nen ordentlichen Schreck verpasst!«, beschwerte sich Cabecita. »Was is los? Is die Sause schon vorbei? Nach der Fresse zu urteilen, die du ziehst, scheint's nicht gut gelaufen zu sein mit Marlene. Aua!«, jammerte er, als Mudo ihm einen Stoß mit dem Ellenbogen verpasste.

»Halt die Schnauze und bring mich nach Hause«, blaffte Molina ihn an.

Als sie am Portal vorbeifuhren, schaute Carlo noch einmal zu der Villa hinüber, deren Fenster hell erleuchtet waren. Die Erinnerung an die prunkvolle Einrichtung und diese ganzen feinen Leute machte ihm schlechte Laune. So viel Luxus und Verschwendung! Der beste Champagner, exotische Speisen, die Frauen vom

Feinsten gekleidet, die Herren sehr distinguiert. Der Ballsaal mit dem vergoldeten Stuck, den gewaltigen Kronleuchtern, dem glänzenden Parkett, den erlesenen Möbeln, Gemälden und Skulpturen hatte ihn beeindruckt. Er hatte Französisch und Englisch gehört. Die Damen unterhielten sich über ihre letzte Europareise und bedauerten es, dass der Krieg sie daran hinderte, erneut zum Einkaufen dorthin zu fahren. Die Männer rauchten Zigarren und schimpften über das von Saénz Peña durchgesetzte freie Wahlrecht, durch das das Land in die Hände des Pöbels geraten würde.

»Der Pöbel«, sagte sich Carlo, »das sind Leute wie ich.« Mudo hatte recht: Marlene würde diese schillernde Welt nie aufgeben. »Merkst du nicht, dass dieses Mädchen nicht in unsere Welt passt?«, hatte er gesagt. »Sie ist mit Eloy Cáceres verheiratet. Dem Außenminister. Sie gehört zu den feinen Leuten, und da wird sie auch bleiben.« Außerdem – was hatte er ihr zu bieten? Und wenn er sein Leben noch so sehr änderte, er würde niemals mit ihr mithalten können.

»He, Carlo«, versuchte es Cabecita erneut, »wie fandst du Marlene? Sieht schlecht aus, stimmt's?«

»Keine Ahnung«, antwortete Carlo einsilbig.

»Kann es sein, dass sie zu viel arbeitet? Den ganzen Tag unterwegs, keine Sekunde Ruhe. Wenn sie nicht im Teatro Colón ist, hat sie irgendwelche Termine. Sie kommt erst abends nach Hause, und dann ...«

»Ich weiß das alles«, schnitt Carlo ihm das Wort ab.

»Was zum Teufel ist dann mit dir los? Es ist wegen Marlene, stimmt's? Mir machst du nichts vor, Carlo, ich kenne dich.« Nach einer kurzen Pause setzte er hinzu: »Was hast du nur mit diesem Mädchen! Mamma mia, du stellst dich an wie ein kleines Kind, das unbedingt ein bestimmtes Spielzeug haben will!«

»Keine Sorge, heute ist mir klargeworden, dass Marlene – oder vielmehr Micaela – unerreichbar ist. Ich werde es nicht länger versuchen.«

An diesem Abend nach dem Fest kam Eloy noch zu ihr ins Schlafzimmer. Micaela hoffte, dass er schnell sagte, was er zu sagen hatte, und sie dann allein ließ.

»Lass dich nicht stören«, sagte ihr Mann und setzte sich zu ihr. Micaela wandte sich wieder zum Frisiertisch um und bürstete ihr Haar. Im Spiegel sah sie, wie Eloy sie voller Verlangen anschaute, und empfand Widerwillen. Sie erschrak, als ihr Mann zu reden begann.

»Du sahst wunderschön aus heute Abend. Es gab keinen auf dem Fest, der dich nicht bewundert hätte. Ich muss gestehen, dass ich stolz war, aber auch furchtbar eifersüchtig. Ich kam einfach nicht dagegen an.« Er ging zu ihr, kniete nieder und legte seinen Kopf in ihren Schoß. »Micaela, Liebling, ich weiß, dass ich dich vernachlässigt habe. Vergib mir. Sag mir, dass du mir vergibst.«

»Eloy, bitte ...«

»Ich ertrage es nicht, wenn andere Männer dich ansehen. Heute Abend wäre mehr als einer gerne mit dir ins Bett gegangen.«

»Eloy, es reicht!«

»Aber es stimmt, warum streitest du es ab? Jeder von ihnen könnte dir geben, was ich dir nicht geben kann. Ich bin ein Egoist, dass ich dir nicht zugestehe, einen Liebhaber zu haben, der deine Sehnsüchte als Frau befriedigt. Aber ich schwöre dir, Liebling, ich ertrage die Vorstellung nicht, dass dich einer auch nur anrührt. Es tut mir leid.«

»Ich habe versprochen, dich nicht zu verlassen, und ich werde mein Wort halten. Aber du hältst deines nicht.« Eloy hob den Kopf und sah sie verständnislos an. »Hast du vergessen, dass du versprochen hast, zum Arzt zu gehen? Jedes Mal, wenn ich dich danach frage oder das Thema anschneide, wirst du wütend und redest über etwas anderes. Ich verstehe, dass es demütigend für dich ist, aber du musst etwas unternehmen, um deine Manneskraft wiederzuerlangen. Du kannst nicht einfach aufgeben.«

»Vielleicht werde ich nie wieder gesund«, erklärte Eloy und stand auf. »Doktor Manoratti hat mir keine Hoffnungen gemacht.«

»Warum hast du mir das nicht gesagt? Ich habe ein Recht darauf, das zu wissen.«

»Und warum willst du das wissen? Na? Um mich zu verlassen? Um zu einem anderen zu gehen, der deine Lust befriedigen kann?«

»Ich glaube nicht, dass ich diesen Sarkasmus verdient habe. Ich lasse mir deine Unflätigkeiten nicht gefallen. Ich bitte dich, mein Zimmer zu verlassen. Ich möchte alleine sein.« Micaela stand auf und wies ihm die Tür. »Bitte geh. Ich bin sehr müde.«

Eloy stand mit hängenden Schultern da.

»Verzeih mir, Liebling«, sagte er und ging auf sie zu. »Verzeih mir. Ich bin ein Schuft, ein Tyrann. Wir konnte ich dich nur so behandeln? Ich liebe dich doch! Ich will dich nicht verlieren, deshalb benehme ich mich wie ein Grobian. Ich sterbe, wenn ich dich verliere.«

Mein Gott, was machte sie hier? Es war eine Farce. So konnte es nicht weitergehen. So vieles lag ihr auf der Zunge, aber sie hatte nicht den Mut, ihm zu gestehen, dass sie ihn nicht liebte, dass sie ihn nie lieben würde, selbst wenn er seine Krankheit überwand. Eloys Verzweiflung zwang sie, es bleiben zu lassen.

»Nimm es nicht so schwer. Wir werden weitere Ärzte konsultieren. Es muss irgendeine Heilung geben.«

Eloy kehrte ihr den Rücken zu und trat ans Fenster.

»Ich werde zu einem berühmten französischen Arzt gehen, den Manoratti mir empfohlen hat«, sagte er. »Er heißt Charcot.

Er ist vor dem Krieg aus seiner Heimat geflohen. Im Moment praktiziert er in Buenos Aires. Er ist meine letzte Hoffnung.«

Micaela kannte Doktor Charcot sehr gut. Als Opernliebhaber und Bewunderer der »Göttlichen« war sie ihm auf zahlreichen Gesellschaften und Festen in Paris begegnet. Sie kannte die Behandlungsmethoden des Franzosen, die von der traditionellen Medizin mit Argwohn betrachtet wurde. Hypnose, Magnetismus und die Theorien eines gewissen Freud, das waren seine Verfahrensweisen. Ob Manoratti glaubte, dass Eloys Leiden nicht körperlicher, sondern psychischer Natur war? Micaela verschwieg die Freundschaft mit dem Arzt und beschränkte sich darauf, Eloy ohne große Begeisterung ihre Unterstützung zuzusichern.

In dieser Nacht schlief sie schlecht und wurde immer wieder wach. Unruhig wälzte sie sich im Bett herum, weil sie mit ihrer Ehe, Eloys Krankheit und der Begegnung mit Carlo beschäftigt war. Am nächsten Morgen hatte sie keine Lust, aufzustehen. Cheia überredete sie zu einem Bad, das sie ihr gleich einlassen wollte. Micaela hüllte sich in den Morgenmantel und sah aus dem Fenster, angelockt von dem Lärm auf der Straße. Wie sehr unterschied sich das Straßenbild hier von dem in Paris! Wie sehr unterschied es sich selbst von dem vor dem Haus ihres Vaters! Der graue, regnerische Tag tat das Seinige dazu. Sie hasste die Calle San Martín. Die Straße war eng, vor lauter Karren, Lastwagen und Tramways war kaum ein Durchkommen. Eine Straßenbahn hielt vor dem Haus, und überrascht stellte sie fest, dass der Fahrer mit dem Signalhorn einen Tango anstimmte. Carlos Worte kamen ihr wieder in den Sinn: »Es ist eine Schande. Gute Musiker, genug Platz, die schönste Frau, die ich je gesehen habe, und ich kann keinen Tango mit ihr tanzen. »Carlo Molina, warum nur habe ich dich kennengelernt?« Sie drehte sich wieder zum Zimmer um und fand es hässlich und schäbig.

Der Regen überzeugte sie davon, den Nachmittag zu Hause zu

verbringen. Sie schickte Regina eine Nachricht, in der sie ihre Einladung ausschlug. Bei dem Gedanken, dass ihre Freundin auf Carlo zu sprechen kommen könne, schwand das letzte bisschen Lust, sie zu sehen.

Ralikhanta kam in den Salon und kündigte Mister Harvey an. Als Micaela unwillig das Gesicht verzog, trat der Diener näher und flüsterte ihr zu: »Ich habe Mister Harvey nicht gesagt, dass Sie zu Hause sind. Sie sollten ihn nicht empfangen, wenn Sie sich nicht gut fühlen. Möchten Sie einen Tee?«

Micaela schenkte ihm ein warmes Lächeln.

»Danke, Ralikhanta, aber ich werde ihn empfangen. Sag ihm, er soll reinkommen.«

Als Nathaniel eintrat, stellte Micaela fest, dass er sich frisch rasiert hatte und beim Friseur gewesen war. Mit Sicherheit war auch der Anzug neu. Als er ihre Hand küsste, verströmte er einen Lavendelduft, der den ganzen Raum erfüllte.

»Eloy ist nicht da, Nathaniel«, teilte sie ihm mit. »Und ich bin sicher, dass er erst spät nach Hause kommen wird.«

»Ich wollte nicht zu Eloy. Ich wollte zu Ihnen.«

»Aha.«

Micaela bot ihm einen Platz auf dem Sofa an. Sie selbst setzte sich auf einen kleinen Zweisitzer, so weit von ihm entfernt wie möglich. Ralikhanta brachte das Teetablett und stellte es auf ein Tischchen neben seiner Herrin. Nathaniel wartete, bis der Inder wieder gegangen war, bevor er weitersprach.

»Sie sehen sehr hübsch aus heute. Grün steht Ihnen ausnehmend gut. Es unterstreicht die Farbe Ihrer Augen.« Micaela reichte ihm eine Tasse. »Danke. Dürfte ich Sie fragen, welche Farbe Ihre Augen haben? So sehr ich mich auch bemühe, ich kann es einfach nicht sagen.«

»Sie haben keine bestimmte Farbe. Sie sind wie die meiner Mutter«, antwortete sie, ohne ihn anzusehen.

»Mir scheint, sie sind violett.« Harvey stellte die Tasse ab, setzte sich neben Micaela und rückte ganz nahe an sie heran. »Ja, sie sind tatsächlich violett, und wunderschön. Alles an Ihnen ist wunderschön.« Er ergriff ihre Hand und küsste sie. »Micaela, ich muss Ihnen gestehen, dass ich Sie anbete.«

»Bitte, Mister Harvey!« Sie stand auf. »Sie sind der beste Freund meines Mannes, wie können Sie ihn derart hintergehen?«

»Genau deswegen«, antwortete er. »Weil ich der beste Freund Ihres Mannes bin, weiß ich, dass er Sie nicht glücklich machen kann. Mit mir hingegen könnten Sie ungeahnte Sinnesfreuden erleben. Ach, Micaela! Ich kann mein Verlangen nicht länger unterdrücken! Wenn du mein wärst, würde dieser traurige Ausdruck aus deinem Gesicht verschwinden! Sag ja!«

»Mister Harvey! Genug jetzt! Ich bitte Sie, auf der Stelle mein Haus zu verlassen und nie mehr wiederzukommen.«

»Weißt du, warum du mich so verrückt machst? Weil du dich zierst. Du entziehst dich wie Wasser, das zwischen den Fingern hindurchrinnt. Du machst mich verrückt, wenn du dich bitten lässt. So wie gestern Abend, als du nicht mit mir tanzen wolltest. Ich kann nicht schlafen, weil ich nur an dich denke, an deinen nackten Körper auf meinem ...«

»Mein Gott!«, rief Micaela aus. »Seien Sie still! Hören Sie auf, solchen Unsinn zu reden, und gehen Sie!«

»Warum verweigerst du dich mir? Eloy kann und will dich nicht anfassen. Ich schon. Ich begehre dich, ich begehre dich so sehr! Lass mich dich küssen, deinen Mund erforschen, mit deiner Zunge spielen.«

»Ralikhanta!«, rief sie verzweifelt, als Harvey versuchte, sich auf sie zu stürzen.

»Ich möchte wissen, mit wem du ins Bett gehst, dass du mich zurückweist. Ich würde ihn mit meinen eigenen Händen töten.«

»Ralikhanta«, sagte Micaela, als der Diener den Salon betrat. »Begleite Mister Harvey hinaus. Er möchte gehen.«

»Denk nicht, dass du mich damit los bist«, versicherte der Engländer, bevor er ging.

Ralikhanta folgte ihm bis zum Eingang und verriegelte die Tür. Dann ging er zu seiner Herrin zurück und fand sie bitterlich weinend vor. Unerschütterlich reichte er ihr eine Tasse Tee.

»Danke, Ralikhanta«, sagte sie und trank. »Ich möchte nicht, dass du bei irgendwem ein Wort über diesen unangenehmen Zwischenfall verlierst.«

»Verzeihen Sie meine Dreistigkeit, Herrin, aber ich finde, Señor Cáceres sollte wissen, was gerade vorgefallen ist.«

»Nein, Ralikhanta. Ich bin es leid, ich will nichts mehr von Diskussionen und Auseinandersetzungen wissen. Wer weiß, welche Version der Ereignisse Harvey erzählt? Nein, Ralikhanta, ich will nicht noch mehr Probleme.«

»Ist gut, Herrin, ich verstehe. Wenn Señor Cáceres nicht zu Hause ist, lasse ich Mister Harvey nicht herein.« Micaela nickte. »Aber lassen Sie mich Ihnen einen Rat geben. Halten Sie sich von Harvey fern. Er ist ein schlechter Mensch, pervers und bösartig. Lassen Sie nicht zu, dass er sich Ihnen noch einmal nähert.«

Damit drehte er sich um, räumte das Teeservice ab und ging in die Küche.

27. Kapitel

Micaela nahm einen Zettel vom Sekretär und schrieb eine Adresse auf. Dann rief sie Ralikhanta und reichte ihm die Notiz.

»Hol den Wagen«, wies sie ihn an. »Wir fahren sofort.«

»Zu dieser Adresse?«, fragte der Inder und deutete auf den Zettel. »Aber das ist im Süden der Stadt, gnädige Frau.«

»Ich weiß, dass es im Süden der Stadt ist, aber ich habe dort zu tun. Ich bitte dich wie immer um äußerste Diskretion. Wenn Cheia dich fragt, denk dir etwas aus.«

Der Diener verbeugte sich und ging hinaus. Micaela wählte einen Hut, streifte die Handschuhe über und verließ das Zimmer. Ralikhanta erwartete sie mit laufendem Motor.

Paradoxerweise hatte die Szene mit Harvey tags zuvor sie in der Entscheidung bestärkt, die sie nun in die Tat umzusetzen gedachte. Ihr Verstand riet ihr dasselbe wie immer, aber ihr Gefühl sagte das Gegenteil und half ihr, diesen Weg weiterzugehen. Was war richtig und was war falsch? Auf der Suche nach Ruhe und Ausgeglichenheit hatte sie sich selbst aufgegeben. Und was hatte sie dafür bekommen? Die Hölle, in der sie lebte? Waren ihre Entscheidungen wirklich überlegt und besonnen gewesen? Sie glaubte schon, doch die Tatsachen bewiesen das Gegenteil. Sie hatte ihr Unglück verdient. Aus Feigheit hatte sie ihr Leben auf Lügen aufgebaut. Und wieder einmal musste sie für ihren Fehler bezahlen. Hatte sie wirklich geglaubt, sie könnte an der Seite eines Mannes, den sie nicht liebte, glücklich werden? Vielleicht hatte das Schicksal es gut mit ihr gemeint, als es sie mit einem impotenten Mann zusammenführte, denn sie hätte es niemals ertragen, mit Eloy Cáceres zu schlafen.

Wo hatte sie ihren Verstand gelassen, seit sie in Buenos Aires war? Nicht einmal Otilia hatte sich so unüberlegt und unreif verhalten. Sie, die von Emma gelernt hatte, stets aufrichtig zu sein, hatte sich in einem Netz aus Lügen verstrickt, aus dem sie nun nicht mehr herausfand. In ihrer Dummheit hatte sie das, was sie am meisten liebte, geopfert, nur um es den anderen recht zu machen. Aber wem? Ihrer Familie, der Gesellschaft? Hatte sie wirklich gedacht, dass auch sie selbst zufrieden wäre, wenn sie die anderen zufriedenstellte? Ein Irrtum! Zuerst musste sie selbst glücklich sein, danach konnte sie versuchen, die anderen glücklich zu machen.

Für einen Moment gewann ihre Vernunft die Oberhand, und sie überlegte, ob sie umkehren sollte. Doch Minuten später fuhr der Wagen immer noch in Richtung Süden. Sie würde nicht noch einmal so dumm sein und sich von Argumenten leiten lassen, die auf den ersten Blick vernünftig wirkten und die ihr doch so viel Leid zugefügt hatten. In letzter Zeit hatte sich alles, was sie für vernünftig und erstrebenswert gehalten hatte, als völlig unvernünftig herausgestellt. Gastón, Raúl Miguens, Eloy Cáceres, Nathaniel Harvey – wohlerzogene, gebildete Männer mit Geld und in guter Position, Männer, denen sie nur wegen dieser Eigenschaften vertraut hatte, sie alle hatten sie bitter enttäuscht. Woran ließ sich die menschliche Natur festmachen? An gesellschaftlichen Regeln, finanziellem Niveau? Sie war eine Närrin gewesen.

»Wir sind da«, verkündete Ralikhanta und hielt den Wagen vor dem *Carmesí* an.

Micaela schreckte aus ihren Gedanken auf und schaute aus dem Fenster. Was für ein gutes Gefühl!, dachte sie bei sich. Endlich wieder im *Carmesí*!

»Da wollen Sie reingehen, Herrin?«

»Ja, Ralikhanta. Warte draußen auf mich.«

»Aber Herrin ...«

»Kein Aber. Du wartest hier.«

Sie betätigte den Türklopfer, aber nichts tat sich. Sie drückte die Klinke herunter, und die Tür gab nach. Bevor sie nach oben ging, sah sie sich im Saal um und stellte fest, dass die Einrichtung verändert worden war. Als sie den Treppenabsatz erreichte, rief ihr eine Frau von unten hinterher: »He, Fräulein! Wer sind Sie?«

Micaela erklärte ihr, dass sie zu Señor Molina wolle.

»Carlo? Der Laden gehört nicht mehr Carlo.«

Micaela war sprachlos. »Was heißt das, ihm gehört der Laden nicht mehr?«, brachte sie nach einer Weile heraus.

»Er hat ihn vor ein paar Monaten an meinen Boss verkauft. Aber wenn Sie auf der Suche nach Arbeit sind, kann ich mit ihm reden. Er stellt Sie sicher ein. Sie sind 'n hübsches Ding!«

»Können Sie mir sagen, wo ich Señor Molina finden kann?«

»Keine Ahnung! Hat sich schon 'ne ganze Weile nicht mehr hier blicken lassen. Er wollte angeblich nach Neapel. Von da stammt er nämlich, wissen Sie?«

»Nach Neapel! Mitten im Krieg!«, dachte sie laut.

Die Vorstellung, Carlo zu verlieren, machte sie fast wahnsinnig. Sie rannte die Treppe hinunter, ohne sich am Geländer festzuhalten, während die Frau immer noch auf sie einredete. Bevor sie aus dem Haus trat, fiel ihr noch ein, nach Tuli und den anderen zu fragen.

»Tuli? Keine Ahnung, wer das ist. Alle, die hier gearbeitet haben, sind gegangen, als Carlo den Laden verkauft hat. Mein Boss hat den Mädchen gesagt, sie sollten bleiben, aber keine wollte. Die Sache mit dem ›Zungensammler‹ hat sie schwer mitgenommen. Sie sagten, sie wollten sich Arbeit in Córdoba suchen.«

Als sie auf die Straße trat, blickte sie noch einmal zurück und konnte nicht verhindern, dass ein paar Tränen flossen.

»Was haben Sie denn, Herrin?«, fragte Ralikhanta erschrocken.
»Nichts, nichts. Ich will nach Hause.«
»He, Marlene!«, rief plötzlich jemand hinter ihr her.
»Cabecita! Was machst du denn hier?«
»Das soll dir Carlo erklären. Du wolltest doch zu ihm, oder?«
»Ja, ja! Wo ist er? Stimmt es, dass er nach Neapel zurückwill?«
»Nein, noch nicht. Soll ich dich zu ihm bringen?«
»Ja, Cabecita, ich bitte dich darum.« Micaela wandte sich an ihren Diener. »Ralikhanta, bitte folge uns mit dem Wagen.«

Micaela ging mit Cabecita zur nächsten Straßenecke, wo Mudo mit dem Wagen wartete, und nahm auf dem Rücksitz Platz.

»Fahr los, Mudo«, sagte Cabecita. »Marlene möchte Carlo sehen.«

Micaela wich ängstlich zurück, als Mudo sich zu ihr umdrehte und ihr einen zornigen Blick zuwarf.

»Also, mich wickelst du nicht um den Finger«, krächzte der Hüne. »Warum lässt du Carlo nicht in Ruhe? Er hat genug gelitten wegen dir.«

»Sei still, Mudo!«, mischte sich Cabecita ein. »Wenn Carlo Wind davon kriegt, dass du sie so behandelst, schneidet er dir die Eier ab.«

Der Mann seufzte laut, bevor er losfuhr. Cabecita, der sich aufrichtig freute, drehte sich zu ihr um und lächelte ihr zu.

»Cabecita, erzähl mir doch bitte, weshalb Carlo das *Carmesí* verkauft hat?«

»Das *Carmesí* und alles andere auch. Er hat sämtliche Bordelle und das Cabaret verscherbelt. Das Einzige, was er behalten hat, sind die Anteile am *Armenonville*.«

»Das *Armenonville*?«, fragte Micaela erstaunt.

»Ja, das Restaurant in der Nähe deines Hauses – ach was, ist ja das Haus deines Vaters.« Er amüsierte sich über Micaelas verdutztes Gesicht. »Was glaubst du, woher Carlo die Orchideen hatte, die er dir ins Teatro Colón geschickt hat? Aus dem Gewächshaus dort.«

»Aber die Besitzer des *Armenonville* sind keine ...«

»Doch, Lanzavecchia und Loureiro. Lanzavecchia ist Carlos Strohmann.«

Micaela kam aus dem Staunen nicht heraus. Carlo Molinas Geheimnisse machten ihn nur noch attraktiver und begehrenswerter. Was würde sie noch herausbekommen?

»Wohin bringt ihr mich? Fahren wir nicht zu dem Haus in San Telmo?«

»Nein. Wir bringen dich nach ...«

»Genug«, fuhr Mudo dazwischen. »Sei still. Soll Carlo ihr selbst erzählen, was er will. Du hast die Klappe schon zu weit aufgerissen.«

Obwohl Micaela darauf brannte, fragte sie nicht weiter. Die Ungewissheit machte ihr zu schaffen, und die Sehnsucht, Carlo wiederzusehen, ließ ihr Herz rasen. Wie würde er reagieren, wenn er sie sah? Würde er sie abweisen? Auf dem Geburtstag ihres Vaters war sie hart zu ihm gewesen; hätte sie doch nur den Mund gehalten!

Sie fuhren zum Hafen. Am Kai angekommen, parkte Mudo vor einem Schuppen. Cabecita öffnete den Wagenschlag und reichte ihr die Hand.

»Carlo ist da drüben«, sagte er und deutete auf den Lagerschuppen, in dem die Hafenarbeiter ein und aus gingen.

Über dem Tor hing ein neues Schild mit der Aufschrift »Molina S. A., Export und Import«. Drinnen roch es feucht und muffig. Der Raum war groß, hatte ein Wellblechdach und stand voller Holzregale und Pappkartons. Als sie eintrat, zog sie mit ihrer eleganten Kleidung und ihrer zierlichen Figur die Aufmerksamkeit der Arbeiter auf sich. Cabecita brüllte etwas und schickte sie an die Arbeit zurück. Sie gingen zwischen Kisten, Arbeitern und

Lastzügen hindurch zum anderen Ende des Schuppens. Dort zeigte Cabecita auf eine Treppe.

»Carlos Büro ist da oben«, sagte er und forderte sie mit einer Handbewegung auf, hochzugehen. Dann drehte er sich um und verschwand hinter einem Kistenstapel.

Sie betrat Carlos Büro und sah Tuli, der sich über ein paar riesige Bücher beugte.

»Hallo, Tuli.«

»Träume ich? Marlene, bist du das? Meine Marlene?«

»Ja, ich bin's.«

Zögernd ging er ihr entgegen. Seine Lippen bebten, und seine Augen wurden feucht. Als er nur noch einen Schritt von Micaela entfernt war, ergriff er ihre Hände.

»Komm, setz dich doch, bitte.« Er führte sie zum Schreibtisch und zog ihr einen Stuhl heran. »Ich hätte nicht gedacht, dass ich dich jemals wiedersehe. Niemals«, beteuerte er, ohne ihre Hände loszulassen. »Du bist schöner denn je, Marlene.«

»Tuli, mein lieber Freund. Du kannst dir nicht vorstellen, wie ich dich vermisst habe. Jedes Mal, wenn ich vor dem Frisierspiegel sitze, denke ich an dich. Du hast mich so oft zum Lachen gebracht!«

»Ich muss dir etwas beichten«, sagte Tuli, plötzlich ganz ruhig. »Ich weiß, wer du in Wirklichkeit bist. Kapellmeister Cacciaguida hat es mir erzählt. Aber ich schwöre dir, aus meinem Mund kommt kein Wort.«

»Danke, Tuli. Als ich dich kennenlernte, waren die Umstände so kompliziert, dass ich dir nichts sagen konnte, obwohl ich es sehr gerne getan hätte.«

»Aber ich bitte dich, Marlene! Manchmal denke ich darüber nach, was du für deinen Bruder getan hast, und kann kaum glauben, dass es wirklich wahr ist. Wenn ich deine Geschichte erzählen würde, würde mir niemand glauben. Aber ich weiß, dass sie stimmt, und kann mit Fug und Recht behaupten, dass ich die mutigste Frau kenne, die es gibt. Du hast alles für deinen Bruder aufs Spiel gesetzt. Und du hattest viel zu verlieren!«

»Lass uns allein, Tuli.«

Micaela begegnete Carlos Blick, der sie von der Tür aus streng ansah, und bereute ihre Entscheidung, hierher zu kommen, sofort.

»Ich muss noch ein paar Papiere überprüfen, bevor die Lederlieferung rausgeht. Mit Verlaub«, bemerkte Tuli, bevor er die Treppe hinunterrannte.

Carlo schloss die Tür und kam näher. Micaela stand auf.

»Wenn du gekommen bist, um mich daran zu erinnern, dass ich dich in Ruhe lassen soll, hast du den Weg umsonst gemacht. Ich habe mich deutlich ausgedrückt: Ich werde dich nicht wieder behelligen.«

Micaela wusste nicht, was sie sagen sollte. Carlos Auftreten überraschte sie; mit so viel Entschiedenheit hatte sie nicht gerechnet. Seine Gleichgültigkeit schien unüberwindlich.

»Carlo ... Eigentlich wollte ich ... Also ... Das neulich auf dem Geburtstag meines Vaters war unverschämt von mir. Ich war erschrocken, dich dort zu sehen, deshalb habe ich so reagiert. Ich wollte dich um Entschuldigung bitten. Ich war ungerecht.«

»Mich um Entschuldigung bitten? Du mich?« Er lachte spöttisch. »›Die Göttliche‹ bittet einen armen Einwanderer aus La Boca um Entschuldigung?«

»Carlo, bitte ...«

Ein Mann klopfte an der Tür, und Carlo bat ihn herein. Sie wechselten leise ein paar Worte, Carlo händigte ihm einige Papiere aus und wies ihn an, an der Mole auf ihn zu warten.

»Ich muss gehen«, sagte er. »He, Cabecita!«, rief er dann. »Bring Marlene zu mir nach Hause.«

Micaela fiel ein Stein vom Herzen. In Carlos Haus wurden sie von einem hübschen, sympathischen Mädchen empfangen, das eine Dienstbotenschürze trug.

»Hallo, Mary!«, grüßte Cabecita. »Nimm Señora Marlene mit rein und gib ihr was zu trinken. Carlo wird bald kommen. Ich muss zurück zum Hafen, Marlene«, erklärte er dann und tippte zum Abschied an die Hutkrempe.

Das Mädchen nahm Micaela ihre Sachen ab und führte sie ins Esszimmer. Micaela bemerkte ihren aufreizenden Hüftschwung. Eifersucht kroch in ihr hoch. Sie fragte sich, ob Carlo schon mit ihr im Bett gewesen war.

»Marlene?« Frida kam herein und sah sie ungläubig an. »Ich kann es nicht glauben! Endlich bist du wieder da, Marlene! Ich wusste, dass du eines Tages herkommen würdest.« Sie küsste sie auf die Wangen und führte sie zum Sofa. »Ich habe dich so vermisst, meine Liebe.«

»Ich dich auch, Frida. Sehr.«

»Nein, hast du nicht«, widersprach sie mit gespieltem Unmut. »Du hast uns sitzenlassen und einen anderen geheiratet. Außerdem bist du die beste Sopranistin der Welt. Weshalb hättest du zwei arme Teufel wie uns vermissen sollen?«

Micaela ließ bekümmert den Kopf hängen. Frida zwang sie, wieder aufzusehen, und lächelte ihr aufmunternd zu.

»Ich will nicht, dass Carlo dich so traurig sieht. Du würdest ihm das Herz brechen. Los, freu dich.«

»Ich habe Carlo schon im Hafen getroffen. Er hat mich nicht gerade zuvorkommend behandelt.«

»Ja, das war zu erwarten. Er ist stolz wie kaum ein anderer. Du hast ihn verschmäht, und das ist er nicht gewöhnt. Die einzige Frau, die ihn wirklich interessiert, weist ihn ab.«

»Er hat mich mit Sonia betrogen«, beschwerte sie sich.

»Sie hat Carlo nichts bedeutet. Merkst du denn nicht, dass er verrückt nach dir ist, dass er dich vergöttert? An dem Tag, als du geheiratet hast, brachten Mudo und Cabecita ihn völlig betrunken nach Hause. Nach einer starken Tasse Kaffee kam er einigermaßen wieder zu sich und erzählte mir verzweifelt, du hättest geheiratet. Ach, sieh nur, da ist er ja schon! Ich lasse euch jetzt allein.«

Frida verschwand, und Micaela stand auf. Das Ganze war zu viel für sie. Sie hatte Angst, Carlo könnte ihr Herz klopfen hören. Nach einigen Sekunden, die ihr wie eine Ewigkeit vorkamen, wusste sie, dass er ihr nichts zu sagen hatte. Er stand immer noch am selben Platz und sah sie zornig an. Sein Gesichtsausdruck ließ deutlich erkennen, dass er nicht wollte, dass sie hier war. Micaela war kurz davor, zu gehen, doch dann begann sie zu sprechen.

»Seit ich dich kenne, tobt ein schrecklicher Kampf in mir. Zwei Stimmen streiten Tag und Nacht in meinem Kopf. Die eine befiehlt mir, dich zu hassen, die andere verführt mich, dich zu begehren. Manchmal gewinnt die eine, dann wieder die andere die Oberhand – wie zwei Hunde, die um ein Stück Fleisch kämpfen. Dieser Kampf hat mich völlig zermürbt. Nächtelang lag ich wach und habe an dich gedacht, mich nach dir gesehnt. Noch nie habe ich mich so sehr zu einem Mann hingezogen gefühlt. Dann wieder machten mir deine Umgebung und dein anrüchiges Leben Angst und zwangen mich, Abstand zu nehmen. Abstand von dir …«, sagte sie traurig. »Ich kann nicht mehr, Carlo. Ich will nicht länger ohne dich leben. Ich kann nicht ohne dich sein. Ich will nicht länger dagegen ankämpfen. Ich habe es weiß Gott versucht, doch jetzt gebe ich mich geschlagen.«

Ihre Augen trübten sich, und ihre Lippen bebten. Sie senkte den Kopf und suchte nach einem Taschentuch, um sich die Tränen wegzuwischen, während sie auf ein Wort von Carlo hoffte, das nicht kam. Als sie ihn ansah, begegnete sie demselben harten Blick wie zuvor.

»Es war ein Fehler, dich zu belästigen. Ich gehe jetzt besser«, sagte sie und ging zur Eingangshalle.

Kurz vor der Tür packte Carlo sie grob bei den Schultern und drückte sie gegen die Wand.

»Ich müsste dich eigentlich hassen«, erklärte er. »So gern würde ich dich verachten, ich schwöre bei Gott.« Er machte ein Kreuzzeichen auf seine Lippen. »Ach, verflucht sollst du sein!«

Micaelas Wangen waren tränenüberströmt, und obwohl sie versuchte, sich zusammenzureißen, wurde sie vom Weinen geschüttelt. Carlo hatte sie grob an den Schultern gepackt und tat ihr weh, aber noch mehr schmerzte sie seine Verachtung.

»Genug jetzt. Hör auf zu weinen«, befahl er ihr. »Ich sagte, hör auf zu weinen.« Er wischte ihr mit dem Handrücken die Tränen von der Wange. »Ich will nicht, dass du weinst.« Sein Gesichtsausdruck wurde milder, und er küsste sie auf die Augen. »Kämpf nicht länger dagegen an, Marlene. Kämpfen wir nicht länger dagegen an.«

»Carlo…«

Es folgten einige Momente der Stille. Carlo presste sie immer noch gegen die Wand und ließ sie nicht aus den Augen.

»Du hast mich hintergangen, als du diesen Schnösel geheiratet hast.«

»Du mich auch, als du mit Sonia geschlafen hast.«

»Ich habe es aus Wut getan.«

»Ich habe es auch aus Wut getan.«

»Was sind wir doch dumm gewesen!«

Er umfasste ihren Nacken und küsste sie lange. Micaela erwiderte den Kuss und versank völlig darin. Sie schmiegte sich an ihn, klammerte sich an ihm fest, als fürchtete sie, ihn erneut zu verlieren, und gab sich ganz der Lust hin, die in ihr aufstieg. Carlo drückte sie gegen die Wand, vergrub sein Gesicht an ihrem Hals und nestelte ungeschickt an den Knöpfen ihrer Jacke.

»Carlo, bitte«, flüsterte Micaela und versuchte, ihn wegzuschieben.

»Was ist?«, fragte er, ohne sie loszulassen.

»Warte eine Sekunde. Ich möchte nicht, dass es diesmal so geschieht.«

»Was hast du denn, Marlene?«, fragte er unwillig.

»Ich bin für dich nur ein Lustobjekt wie jede andere, nicht wahr?«

»Was?«

»Ich möchte mit dir zusammen sein, glaub mir, aber ich möchte nicht, dass es nur wieder im Bett endet. Ich habe Angst, dich zu fragen, was du wirklich für mich empfindest. Ich weiß, dass es am Anfang nur die Rache an meinem Bruder war; danach war ich eine weitere deiner Eroberungen. Jetzt bin ich hier, weil ich es nicht ertrage, ohne dich zu sein, aber noch weniger würde ich es ertragen, wieder nur eine unter vielen Frauen zu sein. Nicht jetzt, da ich weiß, wie sehr ich dich liebe.«

Carlo sah sie so durchdringend an, dass sie schließlich verlegen zu Boden blickte.

»Du kennst mich nicht, Marlene«, sagte er schließlich. »Muss ich dir nach all dem immer noch sagen, wie sehr ich dich liebe? Nachdem ich dir wie ein Trottel hinterhergelaufen bin, damit du zu mir zurückkommst? Nachdem ich dachte, ich würde verrückt werden, als du geheiratet hast? Du kennst mich wirklich nicht. Muss ich dich auf Knien bitten, dass du nur mir gehörst? Muss ich mich dir zu Füßen werfen, damit du mich nicht wieder verlässt? Dann werde ich es tun, Marlene!« Und er sank vor ihr auf die Knie.

»Carlo, bitte!« Sie versuchte, ihn hochzuziehen. »Mach es nicht noch schlimmer.«

Carlo stand auf, nahm ihr Gesicht in beide Hände und küsste sie erneut.

»Genügt das, oder brauchst du noch mehr?« Er schob ihren Rock hoch und streichelte sie zwischen den Beinen. »Wie konntest du nicht merken, dass ich verrückt nach dir bin? Du hast mein gottverdammtes Leben geändert und ihm einen Sinn gegeben, genügt das nicht? Ich soll dir auch noch sagen, dass ich dich liebe? Gut, ich sage es: Ich liebe dich!«

Er hob sie hoch und trug sie durch den Patio zum Schlafzimmer. Er stieß mit dem Fuß die Tür auf und ließ sie aufs Bett gleiten. Dann zog er Jacke und Hemd aus und schloss die Tür ab, bevor er sich zu ihr legte. Micaelas Hände auf seiner Haut brachten ihn völlig um den Verstand. Erregt und wie von Sinnen zerriss er ihre Seidenbluse und legte ihre Brüste frei.

»Sie gehören mir, nur mir«, erklärte er atemlos, während er sie küsste und mit der Zunge liebkoste. »Deine Haut ist so weich und so weiß. Und dein Duft ... Ach, du machst mich verrückt!« Er glitt bis zu ihrem Bauch hinunter und rieb sein Gesicht daran. »Wenn es dir nicht reicht, wie sehr ich gelitten habe, wird das dir beweisen, dass du mir gehörst. Du wirst keinerlei Zweifel mehr haben.«

Er zog ihr den Rock aus und streifte auch ihre Unterwäsche ab. Micaela stöhnte auf, als sie seine Zunge zwischen ihren Beinen spürte. Er weckte Empfindungen in ihr, die sie bereits vergessen glaubte, ihr Verstand setzte aus, und sie versank in einem Zustand grenzenloser Lust.

»Nimm mich, Carlo. Nimm mich jetzt.«

Er nahm sich keine Zeit, sich auszuziehen. Er öffnete nur den Hosenschlitz und drang tief in Micaela ein. Sie stöhnte und flüsterte unverständliche Wörter, was ihn noch mehr erregte. Carlo versuchte, sich ein wenig zurückzunehmen, um den Höhepunkt hinauszuzögern, doch Micaela bewegte sich immer weiter unter ihm, und als sie ihn um mehr bat, war es um jede Zurückhaltung geschehen.

»Gütiger Gott, Marlene, sag, dass du mir gehörst. Versprich es mir!«

»Ja, ich verspreche es dir. Dir, nur dir!«

Carlo sah sie voller Verlangen an, bevor er an nichts mehr denken konnte. »Jetzt, da ich weiß, wie sehr ich dich liebe ...« Im Liebesrausch löste dieses Geständnis ungeahnte Empfindungen in ihm aus, die die Magie noch verstärkten. Sein ganzer Körper spannte sich an, und mit einem lauten Schrei ließ er seiner Lust freien Lauf.

Später kam Carlo mit einem Tablett voller Köstlichkeiten aus der Küche: warmer Toast, roher Schinken, Käse, Apfeltörtchen und Rotwein. Micaela freute sich auf das Essen, denn sie kam fast um vor Hunger. Sie nahm das Tablett entgegen, stellte es aufs Bett und schenkte Wein ein. Carlo zog den Morgenmantel aus und legte sich zu ihr.

»Frida sagte, ich soll dich nötigen, etwas zu essen. Sie findet, dass du dünn geworden bist.«

»Du brauchst mich nicht zu nötigen, Liebster. Ich bin völlig ausgehungert.«

Carlo zog die Bettdecke weg, unter der sie lag, und nahm sie genau in Augenschein.

»Stimmt, du bist dünn geworden«, stellte er mit besorgtem Gesicht fest. »Und schau nur, ich habe dir einen blauen Fleck gemacht.«

Er beugte sich zu Micaelas Hüfte hinunter und küsste das dunkle Mal. Er hatte sich wie ein wildes Tier benommen.

»Verzeih mir«, sagte er, ohne die Lippen von ihrer Haut zu lösen. »Ich war brutal. Fast hätte ich mein Porzellanpüppchen kaputtgemacht.«

»Bin ich wirklich dein Püppchen?«

Er sah sie lange an, dann stellte er das Tablett auf den Boden und beugte sich wieder über sie. Er verschränkte seine Finger mit denen von Micaela, hob ihre Hände über ihren Kopf und öffnete sie wie eine Blume. Er küsste jeden Zentimeter ihres Gesichts, ihren Hals, saugte sanft an ihren Brustwarzen und brachte sie langsam, ganz langsam zum Höhepunkt.

»Carlo, Liebster« flüsterte Micaela, völlig ihrer Lust hingegeben.

Sie schmiegte sich an seine Brust und erwiderte seine Zärtlichkeiten, küsste seine Augen, die Nase, streifte seine Lippen, weckte seine Begierde, indem sie ihre Zunge über seinen ganzen Körper wandern ließ. Schließlich richtete sie sich auf, eine engelsgleiche Erscheinung. Das blonde Haar floss über ihre Brüste, ein Lichtstrahl fiel durch die Fensterläden und brachte ihre durchscheinende Haut zum Leuchten, die sich von seinem dunklen Körper abhob. Ihre großen Mandelaugen sahen ihn voller Unschuld an, doch ihr fraulicher Körper war eine einzige Verlockung. Carlo wusste, dass die Entscheidung gefallen war: Marlene war sein Schicksal. Diesmal fragte er sie, und ohne ihre Zustimmung abzuwarten, nahm er sie. Als es vorbei war und Micaela in seinen Armen lag, durchflutete ihn ein warmes Gefühl.

»Ich könnte für immer so hier liegen«, beteuerte er.

Micaela schaute auf die Wanduhr und stellte besorgt fest, wie spät es war.

»Jetzt bist du bei mir«, sagte er vorwurfsvoll, als er ihre Unruhe bemerkte. »Hör auf, an den Rest zu denken.«

»Ich kann nur an dich denken.«

»Das ist gelogen. Du denkst an diesen Schnösel.«

Micaela lächelte scheinbar unbekümmert, obwohl sie von Zweifeln gequält wurde. Alles, was sie sicher wusste, war, dass sie ihn nie wieder verlassen würde.

»Carlo«, sagte sie, »ich gehöre dir, ich bin dein. Mach dir keine Gedanken um Dinge, die nichts mit uns zu tun haben.«

Carlo schob sie abweisend von sich. Er stand auf, zog den Morgenmantel über und ging zum Schreibtisch. Micaela zog es das Herz zusammen, als sie ihn so sah. Sie fühlte sich schuldig und ohnmächtig. Sie wickelte sich in das Bettlaken und folgte ihm. Als sie von hinten ihre Arme um ihn schlang, ließ Carlo sie gewähren.

»Du bist die Liebe meines Lebens«, flüsterte Micaela. »Wenn ich dir sage, dass ich nur dir gehöre, dann ist das so.«

»Ich ertrage die Vorstellung nicht, dass du mit einem anderen verheiratet bist. Ich kann nicht hinnehmen, dass du mit einem anderen Tisch und Bett teilst, dass dieser Schwachkopf dich anfasst oder gar mit dir schläft! Wenn ich nur daran denke, könnte ich ihn umbringen! Er ist dein Mann und kann das in die ganze Welt hinausposaunen! Verdammt noch mal, Marlene, wie konntest du ihn nur heiraten!«

Er machte sich erneut von ihr los und setzte sich auf die Bettkante.

»Es stimmt, ich habe einen Fehler gemacht«, gab Micaela zu. »Ich hätte ihn niemals heiraten dürfen, aus dem einfachen Grund, weil ich ihn nicht liebe. Ich habe Eloy geheiratet, obwohl ich in dich verliebt war. Es war ein Fehler, für den ich dich um Verzeihung bitte.« Carlo starrte zu Boden und wirkte abweisend. »Hast du nie einen Fehler gemacht, den du später bereut hast? Hast du immer alles richtig gemacht? Gibt es nichts, dessentwegen du gerne die Zeit zurückdrehen würdest, um die Möglichkeit zu haben, alles anders zu machen?«

Ihre Worte waren wie eine Ohrfeige für ihn. Er zog Micaela an sich und vergrub sein Gesicht an ihrem Bauch. Wer war er, dass er über sie urteilte? Er, der Vatermörder.

»Verzeih mir, mein Herz, verzeih«, sagte er und beruhigte sich erst wieder, als sie ihn umarmte. »Die Eifersucht raubt mir den Verstand. Ich bemühe mich, nicht daran zu denken, aber die Vorstellung, dass er jederzeit über dich verfügen kann, macht mich wahnsinnig.«

Micaela kniete vor ihm nieder und strich über sein schwarzes Haar.

»Ja, ich bin die Ehefrau von Eloy Cáceres, aber ich war nie seine Frau und werde es nie sein. Ich bin die Frau von Carlo Molina.« Sie schwieg, um seine Reaktion zu beobachten. »Was ich dir sagen will, ist, dass zwischen Eloy und mir nie etwas gelaufen ist, Carlo. Er hat mich nie berührt.«

»Du und er habt nie …?« Carlo sah sie ungläubig an. »Willst du damit sagen, dass er dich nie angefasst hat? Nie? Das ist unmöglich! Du lügst.« Micaela schüttelte ernst den Kopf. »Ich sage es ja, dieser Kerl ist kein Mann!«

»Das ist es nicht. Eloy ist impotent.«

»Er bekommt keinen hoch? Das ist ja mal gut! Und dann lässt er sich mit meiner Frau ein, verdammte Scheiße!« Dann wurde er wieder ernst. »Ich bleibe dabei, Marlene: Dieser Kerl ist kein richtiger Mann. Sonst würde er ihm bei deinem Anblick hart wie Stein werden.«

Carlos Grobheit störte sie. »Eloy ist vor zwei Jahren an einem Fieber erkrankt, das ihn impotent gemacht hat. Er wäre beinahe gestorben.«

»Und er hat dich geheiratet, obwohl er wusste, dass er die Ehe nicht vollziehen kann?«

»Ich möchte nicht länger darüber sprechen.«

»In Ordnung. Es interessiert mich auch gar nicht, was mit diesem Kerl ist. Meinetwegen kann er krepieren!«

Das Thema machte ihr zu schaffen. Ein Mann, der von körperlichen Unzulänglichkeiten und furchtbaren Erinnerungen gequält wurde, verdiente Mitleid, nicht Spott. Sie hob ihre Bluse vom Boden auf und versuchte, sie anzuziehen. Es war nur noch ein Knopf daran, und der Stoff war zerrissen.

»Soll ich Frida bitten, sie zu flicken?«

»Die Bluse ist nicht mehr zu retten. Ich ziehe einfach die Jacke an.«

Micaela musste über Carlos zerknirschtes Gesicht lachen.

»Sieht aus, als wäre sie teuer gewesen.«

»Ja, das war sie.«

»Warum gehen wir nicht in eines dieser Geschäfte, in denen sich die feinen Pinkel rumtreiben, und ich kaufe dir was richtig Schickes, Teures?«

»Nein, Carlo, ich muss gehen. Moreschi wird schon am Verzweifeln sein. Ich war heute um die Mittagszeit mit ihm verabredet, und jetzt ist es schon vier Uhr nachmittags.«

»Du würdest dich sowieso nie mit mir in der Öffentlichkeit zeigen«, stellte Carlo fest.

Es gab so vieles zu bereden, dachte Micaela, so vieles zu klären. Aber solange sie mit Carlo zusammen war, machte sie sich keine Sorgen.

28. Kapitel

Das Auto mit dem schlafenden Ralikhanta parkte auf der anderen Straßenseite im Schatten. Der Inder schreckte aus dem Sitz hoch, als Micaela ein paarmal leise gegen die Scheibe klopfte. Er schob die Mütze zurecht und strich Jacke und Hose glatt.

»Nach Hause, Herrin?«

»Ja, Ralikhanta, nach Hause.«

Der diskrete Gleichmut ihres Dieners trug mit dazu bei, dass sie sich entspannte und bequem im Rücksitz zurücklehnte. Sie hing angenehmen Gedanken nach und rief sich Gefühle in Erinnerung, die ihren Atem schneller gehen ließen. Es wunderte sie, dass Carlo nicht von ihr verlangt hatte, Eloy zu verlassen. Sie wiederum hatte ihn nicht gefragt, was es mit dem Verkauf seiner Nachtlokale oder mit der neuen Firma auf sich hatte. Und was war mit der Aussage der Frau aus dem *Carmesí*, dass Carlo nach Neapel zurückkehren wolle? Was war das für eine abstruse Idee? Ob es stimmte? Und warum hatte sie Cabecita und Mudo vor dem Bordell getroffen? »Was machst du hier?«, hatte sie Cabecita gefragt. »Das soll dir Carlo selbst erklären«, hatte seine Antwort gelautet. Ließ er sie von seinen Männern beschatten? In ein paar Tagen würden sie sich wiedersehen, bis dahin musste sie mit der Ungewissheit leben.

»Entschuldigen Sie, Herrin«, riss Ralikhanta sie aus ihren Gedanken, »aber was soll ich sagen, wenn Señora Cheia mich ausfragt? Das macht sie immer.«

Ihr blieb keine andere Wahl: Sie musste den Inder zu ihrem

Komplizen machen. Auch wenn sie Carlo nicht direkt erwähnte, würde Ralikhanta bald die richtigen Schlüsse ziehen – wenn er es noch nicht getan hatte. War das nicht gefährlich? Immerhin war er der Vertraute ihres Mannes. Sie beschloss, das Risiko einzugehen, weil sie davon ausging, dass er sie nicht verraten würde. Aber was, wenn doch?

»Wenn dich jemand fragt, sagst du, dass wir einkaufen waren.«

»Wir haben kein einziges Paket dabei, gnädige Frau.«

Micaela schämte sich für ihre Dummheit.

»Gut, Ralikhanta, dann waren wir bei Señora de Alvear.«

Zu Hause erwartete Cheia sie am Eingang.

»Wo bist du den ganzen Tag gewesen? Ich bin fast umgekommen vor Sorge. Moreschi ist wutentbrannt davongerauscht. Er hat eine halbe Ewigkeit auf dich gewartet. Er hat mit Señor Eloy zu Mittag gegessen.«

»Eloy war zum Mittagessen da?«

»Ja, aber der Ärmste hat keinen Bissen heruntergebracht. Und ich konnte ihm nicht sagen, wo du bist! Als wüsste ich immer, wo du dich herumtreibst! Also, wo warst du?«

»Bei Regina.«

»Bei Señora de Alvear? Das ist gelogen! Nachdem du weg warst, hat sie einen Diener vorbeigeschickt, um dich für heute Nachmittag zum Tee einzuladen.«

Micaela war zuerst sprachlos, dann sagte sie: »Wir sind uns heute Morgen bei Harrod's begegnet. Sie hat mir von der Einladung erzählt, und wir haben beschlossen, den Tag zusammen zu verbringen.«

»Mir kannst du nichts vormachen, Micaela«, stellte die Schwarze klar.

»Schluss jetzt mit diesem Verhör. Ich bin kein kleines Kind mehr. Ich bin eine verheiratete Frau.«

»Hoffentlich vergisst du das nicht. Jetzt geh. Wir reden später.

Dein Mann erwartet dich im Speisezimmer. Mister Harvey ist da.«

»Harvey?«

»Ja«, bestätigte Cheia. »Was ist Schlimmes daran? Schließlich ist er sein bester Freund.«

»Ja, ja, sein bester Freund ...«

Sie hielt kurz vor der Tür inne, bevor sie in den Salon ging. Eloy und Nathaniel unterhielten sich leise.

»Guten Abend«, grüßte sie beim Hereinkommen.

Eloy fuhr herum und warf ihr einen wütenden Blick zu. Harvey hingegen verbeugte sich formvollendet und schenkte ihr ein gewinnendes Lächeln. »Verdammter Heuchler«, dachte sie, während sie ihm zunickte. Eloy hatte sich wieder gefasst und kam ihr entgegen, um sie zu begrüßen. Er küsste sie flüchtig auf den Mund und fragte sie mit gespielter Gleichgültigkeit, wo sie gewesen sei.

»Bei Regina«, log sie. »Tut mir leid, ich wusste nicht, dass du zum Mittagessen kommst.«

»Schon gut, mach dir keine Gedanken. Aber ich war ein bisschen besorgt, als Moreschi mir erzählte, dass du ihn gegen Mittag hierher bestellt hättest.«

»Ach, der Maestro! Er versteht immer alles falsch. Ich sagte ihm, dass ich ihn um die Mittagszeit bei meinem Vater abholen lassen würde. Aber er ist so arbeitsversessen, dass er auf eigene Faust herkam, und natürlich hat er mich nicht angetroffen.«

Eloy sah sie durchdringend an. Micaela schaffte es, das schlechte Gewissen zu verbergen, das an ihr nagte, und hielt seinem Blick stand. Vielleicht sollte sie ihm reinen Wein einschenken. Er war ein anständiger, großmütiger Mensch, bestimmt würde er sie verstehen. Warum ihm etwas vormachen? »Ich liebe einen anderen Mann, Eloy. Einen Mann, der mich liebt, wie du es nie könntest, selbst wenn du wieder gesund würdest.« Diese Worte wären der

Todesstoß für ihn, sie würden ihn zerstören, weil sie ihm das bisschen Selbstbewusstsein nehmen würden, das ihm noch geblieben war. Sie würden ihn in tiefe Verzweiflung stürzen oder, noch schlimmer, ihn zu Dingen treiben, die sie sich gar nicht ausmalen wollte. Seine Albträume, seine Stimmungsschwankungen, seine Wutanfälle zeigten deutlich, dass es um seine Zurechnungsfähigkeit zuweilen nicht gut bestellt war. Armer Eloy. Nein, sie würde abwarten.

»Gibst du mir jetzt die Unterlagen?«, fragte Nathaniel, der sich kein Wort hatte entgehen lassen. »Ich muss so schnell wie möglich auf die Arbeit zurück.«

»Ja, natürlich, ich hole sie dir. Allerdings erinnere ich mich nicht, wo ich sie hingelegt habe. Es wird ein paar Minuten dauern.«

Nachdem Eloy den Raum verlassen hatte, kam Harvey mit vielsagendem Blick und amüsiertem Lächeln auf Micaela zu.

»In meinem ganzen Leben habe ich noch nie eine derartige Dreistigkeit erlebt«, sagte Micaela.

»Und ich habe in meinem ganzen Leben noch nie eine Frau gesehen, die mich so erregt.«

»Ich dachte, nach dem Vorfall gestern wären Sie nicht so geschmacklos, ihn wieder zu besuchen. Gehen Sie und lassen Sie sich nie wieder blicken. Andernfalls werde ich meinem Mann die Wahrheit sagen müssen.«

»Warum hast du's noch nicht gemacht? Ich sag's dir: Weil du weißt, dass er dir nicht glauben wird. Eloy ist mir unendlich dankbar und hat mich fast zu einem Gott erhoben. Zudem würde ich ihm meine Version der Ereignisse erzählen: dass du mich hemmungslos umgarnt hast, um mich zu reizen, weil du bei mir das suchst, was du in deiner Ehe nicht bekommst. Er weiß am allerbesten, dass du als Frau nicht befriedigt bist und ...«

»Es reicht! Seien Sie still!«, brach es aus Micaela heraus. »Verlassen Sie mein Haus und lassen Sie sich nicht wieder hier blicken, oder ich werde Himmel und Hölle in Bewegung setzen und alle meine Kontakte spielen lassen, damit man Sie so weit von Buenos Aires wegschickt, dass Sie drei Jahre bräuchten, um zurückzukehren.«

»Oha, die sanfte, engelsgleiche Micaela Urtiaga ist in Wirklichkeit ein Wildkätzchen! Umso besser!«

Er fasste sie am Kinn und rammte ihr brutal die Zunge in den Mund. Er nahm ihr die Luft, krallte seine Finger in ihr Gesicht und zog sie rücksichtslos an sich. Micaela unterdrückte einen Schrei, als Harvey sie biss. Schließlich gelang es ihr, ihn wegzustoßen. Sie rannte weg und brachte sich hinter dem Tisch in Sicherheit. Sie spürte, wie ihre Lippen anschwollen; ihre Zunge pochte schmerzhaft.

»Ich kann nicht glauben, was für ein Scheusal Sie sind!«, sagte sie aufgebracht. »Ich habe mich so in Ihnen getäuscht! Ich habe nur das Beste von Ihnen gedacht.«

»Ich bin kein schlechter Mensch«, entgegnete Nathaniel höhnisch. »Ich bin lediglich wie jeder andere zu allem fähig, um das zu bekommen, was ich will. Ich bin zu Unvorstellbarem imstande. Davon abgesehen bin ich höflich und korrekt.«

Regina Pacini kam in den Salon und beobachtete die Szene misstrauisch.

»Regina!«, schluchzte Micaela und lief ihr entgegen, wobei sie die Hand vor ihren Mund hielt.

»Oh, welch angenehme Überraschung, Señora de Alvear!«, rief Harvey. »Kaum zu glauben, wie eng Sie sich in so kurzer Zeit angefreundet haben! Da haben Sie fast den ganzen Tag miteinander verbracht, und jetzt kommen Sie auch noch zum Tee. Bemerkenswert!«

Regina sah ihn verwirrt an, dann bemerkte sie, wie Micaela sie kniff.

»Sie irren, Mister Harvey, ich komme nicht zum Tee. Meine Freundin hat dieses Paket in meinem Wagen liegen lassen, also bin ich hergekommen, um es ihr zu bringen.«

»Oh!«

»Wenn Sie uns jetzt entschuldigen würden, Mister Harvey«, sagte Micaela. »Wir müssen gehen.«

Sie hakte ihre Freundin unter und ging mit ihr aus dem Zimmer. Regina sah sie fragend an, aber erst nachdem sie die Tür zu ihrem Zimmer geschlossen hatte, war Micaela bereit, zu sprechen.

»Was hat dieser feine Engländer zu mir gesagt? Wir beide hätten den ganzen Tag zusammen verbracht? Was ist mit deiner Lippe passiert?«, fragte sie dann besorgt. »Sag nicht, dass er dich geschlagen hat.«

»Nein, er hat mich nicht geschlagen.« Micaela ließ sich in den Sessel fallen und lehnte den Kopf zurück. »Er ist zudringlich geworden. Zum zweiten Mal.«

»Was? Und du sagst das einfach so, als ob nichts wäre! Ich hab dir doch gesagt, dass dieser Typ mir nicht gefällt. Ich hab gerochen, dass sich hinter der Maske des eleganten Engländers ein widerlicher Schuft verbirgt. Aber gut, dass er noch nicht gegangen ist. Diesem elenden Mistkerl werde ich was erzählen!«

»Nein, Regina! Ich bitte dich, lass alles, wie es ist. Ich will keine Probleme mit meinem Mann. Er wird jetzt bei ihm sein.«

»Eloy ist im Haus?« Micaela nickte. »Dieser Harvey ist wirklich schamlos! Dir zu nahe zu treten, quasi unter den Augen des Mannes, den er seinen besten Freund nennt! Findest du es nicht empörend, wenn dieser Kerl ungeschoren davonkommt? Du solltest es Eloy sagen.«

»Er würde mir nie glauben, dass sich Nathaniel danebenbenommen hat, sondern denken, dass ich ihn provoziert habe. Seine Impotenz hat ihn krankhaft eifersüchtig gemacht; er hält jeden Mann, der in meine Nähe kommt, für meinen Liebhaber. Nein, er würde mir niemals glauben.«

Regina ließ sich neben sie sinken, betroffen über das harte Los ihrer Freundin.

»Gut, dass ich ein Geschenk für dich gekauft hatte«, sagte sie dann und stand auf, um die Schachtel zu holen. »Es war ein guter Vorwand, um dich zu decken.«

»Danke«, antwortete Micaela, während sie die Schachtel öffnete. »Es ist sehr hübsch.«

»Als ich diesen Hut sah, dachte ich gleich, dass er wie für dich gemacht ist. Erzählst du mir jetzt, was das zu bedeuten hat, wir beide hätten den Tag zusammen verbracht?«

Da hatte sie sich nur einmal mit Carlo getroffen, und schon wurde die Situation von Minute zu Minute komplizierter.

»Ich war bei einem Mann«, gestand sie.

»Bei einem Mann? Ein Liebhaber?«, fragte Regina neugierig, und Micaela nickte. »Du hast einen Liebhaber? Das ist die beste Neuigkeit, die du mir erzählen kannst! Ich will alles wissen. Wer ist es? Kenne ich ihn? Sieht er gut aus? Los, erzähl schon!«

»Ja, du kennst ihn. Es ist Molina, der Mann, den du mir auf dem Geburtstag meines Vaters vorgestellt hast.«

Regina stieß einen spitzen Jubelschrei aus und erklärte sich zur besten Kupplerin von ganz Buenos Aires. Ihre Bemühungen seien noch nie schiefgegangen: fünf glückliche Ehen und mindestens ebenso viele glückliche Liebespaare habe sie zusammengebracht. Da musste sich doch auch für ihre beste Freundin etwas machen lassen!

Micaela ließ sie reden. Solange sie so aus dem Häuschen war, würde sie keine Fragen stellen. Als Regina sich wieder beruhigt hatte, ergriff Micaela das Wort, um mit den wichtigsten Informationen herauszurücken, ohne ihr Zeit zu lassen, zu viel nachzudenken.

»Carlo ist ein wirklich ungewöhnlicher Mann. Er lebt in San Telmo. Ja, in San Telmo«, bestätigte sie angesichts der ungläubigen Miene ihrer Freundin. »Er ist Neapolitaner und besitzt eine Firma für Import und Export. Das ist vorerst alles, was ich weiß.«

»Ich habe mich bei meinen Freundinnen umgehört, aber keine weiß etwas über ihn. Was ich dir sagen kann, ist, dass alle höchst angetan von ihm sind. Dieses Mediterrane, die dunklen Glutaugen und diese fast animalische, männliche Ausstrahlung … Oh, da wird jede schwach!«

»Du weißt ja, er ist ein Bekannter meines Bruders. Gastón hatte immer außergewöhnliche Freunde, wo auch immer er die her hatte. Nun, so ist jedenfalls die Lage.«

»Du sagst das, als ob es sich um ein Geschäft oder ein Theaterengagement handelte. Los, erzähl schon: Ist er gut im Bett?«

»Ja, er war gut.«

Obwohl sie ihre liebe Not hatte, Reginas Neugier zufriedenzustellen, blieb sie fest und ließ sich nichts über ihre Gefühle und Empfindungen entlocken. Sie gehörten einzig und allein in die wundervolle Welt, die sie und Carlo sich geschaffen hatten.

»Du kannst auf meine absolute Diskretion zählen«, versicherte Regina. »Und natürlich kannst du mich als Alibi benutzen, wenn du dich mit ihm treffen willst«, setzte sie hinzu.

***

Carlo versuchte, sich seine schlechte Laune nicht anmerken zu lassen, als er sich von Micaela verabschiedete. Die Leere, die folgte, hätte ihn beinahe dazu gebracht, zu ihr nach Hause zu fahren und sie zu entführen.

Wegen einer dringend notwendigen Reise nach Rosario würde er sie erst in vier Tagen wiedersehen. Er musste unbedingt zu der neuen Niederlassung im dortigen Hafen; zuerst hatte er überlegt, jemand anderes hinzuschicken, verwarf den Gedanken aber wieder, weil ihm niemand Geeignetes einfiel. Das Import- und Exportgeschäft stand noch am Anfang, und auch wenn es ganz zufriedenstellend lief, verlangte es doch seine vollständige Aufmerksamkeit. Er hatte fast sein gesamtes Vermögen in die Firma investiert und konnte nichts dem Zufall überlassen.

»Ich lasse dir ein Bad einlaufen«, verkündete Frida und riss ihn aus seinen Gedanken.

»Danke.«

»Ich freue mich, dass Marlene zurückgekehrt ist.«

»Ich mich auch.«

»Aber sie ist jetzt verheiratet.«

»Nicht mehr lange.«

Als Carlo in sein Zimmer gehen wollte, rief Frida ihn noch einmal zurück.

»Was soll ich ihr erzählen, wenn sie mich wieder nach Johann fragt? Sie hat mir die Geschichte nicht abgenommen, dass wir uns in der Nachbarschaft kennengelernt haben. Wäre es nicht besser, wenn du ihr die Wahrheit sagst? Würde dir das keinen inneren Frieden bringen?«

»Das Einzige, was mir Frieden bringt, ist, wenn sie bei mir ist. Und wenn etwas diesen Frieden in Gefahr bringt, bin ich nicht dazu bereit.«

»Sie wird nicht überrascht sein. Sie ahnt etwas. Ich meine, wegen Gioacchina. Dass sie dich für tot hält. Stellt sie dir nie Fragen deswegen?«

»Doch, aber dann sage ich, dass ich nicht darüber reden will, und das war's. Sie wird denken, dass es wegen der Bordelle ist.«

»Wenn sie dich wirklich liebt, wird sie dich verstehen.«

Eine Stunde später stieg Carlo aus der Badewanne, zog sich rasch an und ging zum Hafen. Er war heute nicht dort gewesen, und es war noch einiges wegen der Reise zu klären, zu der er ganz früh am nächsten Morgen aufbrechen würde.

»He, Carlo! Da bist du ja endlich«, begrüßte ihn Cabecita, als er ins Büro kam.

»Sind die Papiere für die Frachtladung morgen eingetroffen? Den Mais meine ich.«

Mudo reichte sie ihm, und Tuli bestätigte, dass er sie geprüft habe. Molina nickte und bedeutete seinen beiden Männern, ihm nach draußen zu folgen.

»Ihr fahrt morgen nicht mit nach Rosario«, teilte er ihnen mit.

»He, warum denn nicht? Du hast es uns versprochen ...«

»Ihr bleibt hier. Ihr werdet euch um Marlene kümmern.«

»Um Marlene kümmern?«, fragte Cabecita verwundert. »Was soll das heißen?«

»Ihr werdet ihr wie immer überallhin folgen und darauf achten, ob sie etwas braucht. Vor allem darf sie euch nicht sehen.«

»Heute Morgen vor dem *Carmesí* war sie ganz überrascht, als sie mich entdeckte. Sie fragte mich, was ich dort mache. Ich hab' mich dumm gestellt und ihr gesagt, sie soll dich fragen.«

»Du hast weniger Gehirn als eine Fliege«, schimpfte Carlo. »Du hättest dir irgendetwas ausdenken sollen. Ich weiß nicht – dass du zufällig in der Gegend warst. Jetzt wird sie mich fragen, und ich denke nicht, dass es ihr gefallen wird, wenn sie hört, dass ich sie beschatten lasse.«

»Also mir ist dieser Chauffeur nicht geheuer«, bemerkte Mudo. »Früher, mit Pascualito, war es einfacher. Da wussten wir, was Sache ist.«

»Ja«, bestätigte Cabecita. »Der ist genauso vertrauenerweckend wie Mudo charmant. Nicht wütend werden, Mudo! War nur'n Scherz!«

»Da gibt es nichts zu scherzen. Es geht um Marlenes Sicherheit. Warum ist dir der Typ nicht geheuer, Mudo?«

»Er ist hässlicher als 'ne Nonne mit Damenbart«, erklärte Cabecita. »Ein dunkelhäutiger Zwerg. Und diese ganzen Ringe und Ketten! Wirklich 'ne schräge Type.«

»Schön oder hässlich tut hier nichts zur Sache«, sagte Carlo. »Wenn es darum ginge, würde dich nicht mal deine Mutter lieben. Warum gefällt er dir nicht, Mudo?«

»Er ist der Vertraute von dem dämlichen Schnösel. Abends fährt er ihn überall hin. In den *Club del Progreso*, ins *Jockey* und vor allem zum Haus dieses feinen Freundes.«

»Welches feinen Freundes?«, wollte Carlo wissen.

»Nathaniel Harvey. Er ist Engländer und arbeitet für die Eisenbahngesellschaft. Mehr weiß ich nicht.«

»Er wohnt zehn, zwölf Straßen von dem Schnösel entfernt«, ergänzte Cabecita. »Er kommt häufig zu ihm ins Haus, auch wenn der feine Schnösel nicht da ist.«

»Was willst du damit sagen?«, fragte Carlo beunruhigt. »Dass er kommt, um Marlene zu sehen?« Die beiden Männer sahen sich an, trauten sich aber nicht zu antworten. »Umso mehr müsst ihr den ganzen Tag auf sie achtgeben und dürft keinem vertrauen.«

Cabecita ging zurück ins Büro, während Mudo und Molina zur Mole spazierten.

»Was geht dir im Kopf herum? Los, sag schon. Ich kenne dich doch«, drängte Carlo. »Spuck's schon aus.«

»Bist du sicher, dass du dich wieder mit Marlene einlassen willst? Letztes Mal hast du bei der Sache nicht gut ausgesehen. Jetzt ist sie verheiratet, und zwar mit keinem Geringeren als dem Außenminister. Wenn der Schnösel Wind von der Sache kriegt, wird er dir das Leben zur Hölle machen. Und das jetzt, wo du in diesem Geschäft bist. Er kann dich ruinieren.«

»Das interessiert mich nicht. Das Risiko gehe ich ein.«

»Verdammte Scheiße, du bist verknallt bis über beide Ohren!«

Eloy war betrübt, als er feststellte, dass Micaela beim Essen kaum etwas sagte, sondern nur einsilbig antwortete. Sie sah ihn nicht einmal an, wenn er mit ihr redete, und wirkte auch sonst sehr distanziert. Nach dem Essen lehnte sie es ab, noch einen Cognac im Salon zu trinken, und schützte Müdigkeit vor, um mit einem knappen »Gute Nacht« ins Bett zu gehen. Zunächst war er verärgert, doch nach einigem Nachdenken gab er sich selbst die Schuld. Sein anfänglicher Zorn wandelte sich sogar in Dankbarkeit und Bewunderung, als ihm bewusst wurde, welches Opfer es für seine Frau bedeutete, mit einem Mann zusammen zu sein, der sie nicht nur als Frau verschmähte, sondern ihr kaum mehr Aufmerksamkeit schenkte als dem Dienstpersonal.

Brüsk stellte er das Glas auf dem Schreibtisch ab. Was als Handel begonnen hatte, hatte sich zu einem edlen, tiefen Gefühl gewandelt. Immerhin, sagte er sich, konnte er noch schöne Dinge empfinden wie jeder andere Mensch. Aus der Zweckehe mit der Tochter von Senator Urtiaga war Liebe geworden. Eine Liebe, die ihm Hoffnung gab, als er merkte, dass Micaela die einzige Person war, die ihn von seinem Trauma befreien konnte. Ja, alles würde gut werden, wenn sie ihm sagte, dass sie ihn liebte, dass sie nie einem anderen gehört hatte und dass sie sich ihre Reinheit und Jungfräulichkeit für ihn aufbewahren würde.

Andere Erinnerungen kamen in ihm hoch und erfüllten ihn mit derartiger Scham und Schuldgefühlen, dass er am liebsten gestorben wäre. Doch dann tauchte erneut Micaela in seinen Gedanken auf und erfüllte mit Licht, was eben noch dunkel gewesen war. Er würde sie nie wieder loslassen und alles dafür tun, sie glücklich zu machen, um sie nicht zu verlieren. Sie zu verlieren… Der Gedanke machte ihn unruhig. Er fragte sich, wo sie den ganzen Morgen und den halben Nachmittag gewesen war. Bei Regina? Er mochte die Pacini nicht. Voller Eifersucht musste er sich eingestehen, dass seine Frau Verlangen in den Männern weckte – Männer, die in der Lage waren, ihr Lust zu verschaffen, echte Männer. Er würde sie nicht mehr mit Harvey allein lassen. Er hatte gesehen, wie sein Freund sie mit Blicken auszog. Er würde sie mit seinem Charme umgarnen, das wusste er, und sie verführen. Obwohl, nein, Micaela würde ihn niemals betrügen. Sie hatte ihm ihr Wort gegeben. Sie war nicht wie die anderen, wie seine Mutter oder Fanny Sharpe. Micaela war einzigartig, und sie gehörte ihm.

Er verließ sein Arbeitszimmer, um zu ihr zu gehen.

Micaela konnte nicht aufhören, an Carlo zu denken. Sie versuchte einzuschlafen, aber die Erinnerungen an seine Liebkosungen am ganzen Körper und seinen männlichen Geruch brachten sie immer wieder in das Zimmer in San Telmo zurück, wo ihr die Magie der Erotik und die Leidenschaft der Liebe gezeigt hatten, dass sie noch glücklich sein konnte, dass sie noch lebte.

»Darf ich reinkommen?«

Sie erschrak, als sie die Stimme ihres Mannes hörte, und brauchte einige Sekunden, um zu antworten. Mit Eloy kamen die Sorgen und Enttäuschungen zurück.

»Hast du schon geschlafen?«

»Nein. Komm rein.«

Micaela stand wieder auf und zog rasch den Morgenmantel über, wobei ihr die Blicke ihres Mannes nicht entgingen.

»Ich konnte nicht schlafen«, sagte dieser.

»Ich auch nicht. An den Tagen vor einem Auftritt bin ich immer ein bisschen nervös.«

»Wenn man sieht, wie sicher du auf der Bühne wirkst, würde man das nicht vermuten. Doktor Paz erzählte mir, du seist die unglaublichste Königin der Nacht, die er jemals gehört hat. Bei der nächsten Vorstellung komme ich, um dich zu sehen. Es ist unverzeihlich, dass ich das noch nicht getan habe. Ich werde deinen Vater fragen, ob ich bei ihm in der Loge sitzen kann. Wenn du möchtest, nehmen wir Cheia mit.«

»Mamá Cheia war bei der Premiere. Mein Vater und Otilia auch.«

»Wie ich sehe, war nur ich noch nicht da.«

Micaela sah ihn verwirrt an. Sie wusste nicht, woher dieses plötzliche Interesse kam, und was noch schlimmer war, worauf das alles hinauslief.

»Ich würde mich freuen, dich morgen im Publikum zu sehen.«

»Micaela, Liebling.« Er fasste sie bei den Schultern und küsste sie auf den Hals. »Wie konnte ich nur so blind sein? Wie konnte ich dich so vernachlässigen? Kannst du mir verzeihen? Sag mir, dass du mir verzeihst, dass wir noch einmal ganz von vorne beginnen. Ich will mehr Zeit mit dir verbringen. Ich verspreche, jeden Abend zum Abendessen nach Hause zu kommen und nicht mehr so viel unterwegs zu sein. Ich brauche dich, Liebling. Ich brauche dich.«

Er küsste sie erneut, und das mit einer Leidenschaft, die ihn selbst überraschte. Es war ein neues Gefühl, das er nicht einmal mit Fanny Sharpe erlebt hatte.

Verwirrt und angeekelt machte sich Micaela von ihm los und trat einen Schritt zurück. Eloys plötzlicher, unerwarteter Überfall hatte sie aus der Fassung gebracht. Noch konnte sie nicht ermessen, welche Folgen ihre Zurückweisung haben würde, doch einige Sekunden später lief er vor Wut rot an.

»Verdammt, Micaela! Was ist los mit dir? Du entziehst dich mir, als ob ich ein Fremder wäre.«

Die Situation war völlig verfahren. Micaela kam zu dem Schluss, dass sie sie nur lösen konnte, indem sie die Wahrheit sagte und der großen Farce ein Ende machte, die ihre Ehe war. Das Herz schlug ihr bis zum Hals; sie fühlte sich bereit, einer ganzen Armee entgegenzutreten. Doch dann ließ Eloy sich in den Sessel fallen und begann, bitterlich zu weinen. Ihr Mut und ihre Entschlossenheit waren augenblicklich dahin. Das Einzige, was blieb, war Mitleid. Sie ging zu ihrem Mann und sah ihn mitfühlend an. Eloy blickte auf und flehte sie an, ihn in den Arm zu nehmen. Micaela bat ihn, sich zu beruhigen.

»Ich will dich nicht verlieren. Du gehörst zu mir, wir gehören zusammen.«

»Eloy, was soll ich nur mit dir machen? Ich will dir nicht weh tun, aber ich verstehe dich nicht. Besser gesagt, du lässt nicht zu, dass ich dich verstehe. Ich habe so oft versucht, dir näher zu kommen, so oft wollte ich, dass wir miteinander reden, aber du warst nie für mich da. Deine Arbeit, deine politischen Treffen, deine Freunde, alles war wichtiger als ich.«

»Ich habe dich verloren, ich weiß es. Du redest, als ob alles zu Ende wäre. Am liebsten würde ich sterben. Ich bin kein Mann. Ich weiß nicht, was ich bin. Es gibt so vieles von mir, was du nicht weißt, Liebling. Dinge, für die ich mich schäme und die zwischen uns stehen. Aber ich bin bereit, zu kämpfen und dich zurückzuerobern.«

Micaela schwankte immer noch zwischen Wahrheit und Lüge, doch die ungeheuerliche Stärke des ersten Moments war verflogen. Pflichtgefühl und schlechtes Gewissen taten das ihrige, um ihr klarzumachen, dass es grausam gewesen wäre, ihm in dieser Situation reinen Wein einzuschenken. Sie schlug vor, wieder ins Bett zu gehen und zu versuchen zu schlafen, aber Eloy bat sie, noch ein bisschen bleiben zu dürfen. Dann saß er ganz still da, die Arme um sie geschlungen.

»Warst du schon bei Doktor Charcot?«, fragte sie, während sie versuchte, sich aus seiner Umarmung zu befreien.

»Bei Doktor Charcot? Ja, natürlich. Heute Morgen war ich bei ihm.«

»Das ist eine gute Neuigkeit.«

Sie hätte gerne noch etwas gesagt, schwieg aber, weil sie Angst hatte, ihr Mann könne wütend werden.

»Du wirst schon sehen, es findet sich eine Lösung«, versicherte Eloy, bevor er sich verabschiedete. »Wir werden miteinander glücklich sein.«

29. Kapitel

Buenos Aires, 15. Dezember 1915

Sehr verehrter Doktor Charcot,

mit Freude habe ich kürzlich von meinem Mann, Doktor Eloy Cáceres, erfahren, dass Sie in Buenos Aires weilen.
Ich hoffe sehr, dass es Ihnen gutgeht und Sie keine Verluste wegen dieses sinnlosen Krieges zu beklagen haben, abgesehen natürlich von dem fehlenden Frieden und der fehlenden Ruhe, die Sie aus unserem geliebten Paris vertrieben haben.
Neben der Tatsache, dass ich Sie in unserer schönen Stadt herzlich willkommen heißen möchte, werden Sie den weiteren Grund für meinen Brief bereits erahnen. Vor einigen Tagen war mein Mann wegen eines Leidens bei Ihnen, über das Sie bereits Bescheid wissen dürften. Ich wollte Señor Cáceres nicht zu den Untersuchungen begleiten und mich auch sonst in keiner Weise einmischen, weil ich weiß, wie sehr er unter dieser Sache leidet, sondern habe mich ganz herausgehalten, um ihm die Freiheit zu geben, die er braucht.
Ich glaube jedoch, dass der Moment gekommen ist, Ihnen für Ihre Bemühungen zu danken. Sie haben meinem Mann die Hoffnung zurückgegeben, nachdem er in der Vergangenheit so sehr gelitten hat. Doktor Cáceres blickt optimistisch den weiteren Untersuchungen entgegen, die sie ihm nach Ihrer Diagnose vorgeschlagen haben.

Noch einmal vielen Dank. Des Weiteren bitte ich Sie, Stillschweigen über das oben Gesagte und über unsere Freundschaft zu wahren, denn ich möchte mich auch weiterhin nicht in diese Angelegenheit einmischen, die auch ohne mein Mittun einen so guten Verlauf genommen hat.
In der Hoffnung, Sie demnächst zum Abendessen einladen zu dürfen, grüßt Sie hochachtungsvoll

Ihre
Micaela Urtiaga

Sie klebte den Umschlag zu und rief nach Ralikhanta.
»Bitte bring diesen Brief gleich weg. Hier ist die Adresse.«
»Sofort, Herrin.«
Die Dinge nahmen ihren Lauf, dachte sie. Vor Tagen war Eloy voller Zuversicht aus der Praxis des französischen Arztes zurückgekehrt.
»Doktor Charcot glaubt, dass die Möglichkeit besteht, dass ich wieder gesund werde, Liebling«, hatte er gesagt.

Diese Nachricht freute sie, denn nichts wünschte sie sich sehnlicher, als dass ihr Mann wieder genesen würde. Außerdem würde ihr das den Weg zur endgültigen Trennung ebnen. Eloy würde Verständnis dafür haben, dass sie ihn nicht liebte; er könnte sich eine andere Frau suchen, die ihn glücklich machte, so glücklich, wie Carlo sie machte. Sie brauchte ihn so sehr. Aus der viertägigen Reise nach Rosario waren zehn Tage geworden. Ungeduldig wie ein Schulmädchen war sie am fünften Tag zu dem Haus in San Telmo gefahren, wo Frida ihr mitteilte, dass sich die Rückkehr verzögern würde. Nach einer Weile kam ein Angestellter aus dem Hafenbüro mit einer Nachricht für sie.

Rosario, 9. Dezember 1915

Liebste,
nichts macht mich trauriger, als Dir diese Zeilen zu schreiben, um Dir zu sagen, dass ich noch nicht nach Buenos Aires zurückkehren kann. Die Sache ist komplizierter als gedacht, und ich kann nicht zurückfahren, bevor alles geklärt ist.
Ich vermisse Dich so sehr, dass ich nachts kaum schlafe, und tagsüber fällt es mir schwer, ans Geschäft zu denken. Du bist immer in meinem Kopf und machst mich verrückt. Ich frage mich, ob es Dir genauso geht.
Ich gebe Dir Bescheid, wenn ich wieder in Buenos Aires bin. Ich kann es kaum erwarten, Dich wiederzusehen.
C. M.

Nachdem sie den Brief ein weiteres Mal gelesen hatte, legte sie ihn in den Sekretär und schloss diesen ab.

»Darf ich reinkommen?«, fragte Cheia von der Tür aus.

»Ja, komm nur, Mamá.«

»Das wurde eben für dich abgegeben.«

Sie reichte ihr eine in Seidenpapier eingeschlagene Schachtel mit grüner Schleife. Ihr Herz machte einen Satz, und sie musste sich sehr zusammennehmen, um nicht in die Luft zu springen und laut zu schreien. Carlo war zurück.

»Was ist das?«, wollte die Amme wissen.

Hastig entfernte sie die Verpackung und fand die erhoffte weiße Orchidee.

»Wie schön!«, rief Cheia. »Die Lieblingsblume deiner Mutter. Von wem ist sie? Gibt es keinen Absender?«

Micaela las die beiliegende Karte: *Heute um 15.00 Uhr. C. M.*

»Los, spann mich nicht auf die Folter! Sag schon, von wem ist diese herrliche Blume?« Cheia riss fast der Geduldsfaden, als das

Mädchen weiterhin stumm auf das Kärtchen starrte. »Jetzt sag endlich, wer dir die Blume geschickt hat!«

»Der Direktor des Teatro Colón. Die *Zauberflöte* ist der Erfolg der Saison, und er wollte sich erkenntlich zeigen, das ist alles.« Sie legte die Karte zu dem Brief und schloss den Sekretär wieder ab.

»Ach, wie enttäuschend! Und ich dachte, sie sei von Señor Cáceres.«

»Kannst du mir ein Bad einlassen, Mamá?«

»Willst du ausgehen?«

»Ja.«

»Wohin? Du weißt doch, der gnädige Herr mag es nicht, wenn er nach Hause kommt und du nicht da bist. Er hat sich sehr verändert in letzter Zeit. Er kommt jeden Abend früh nach Hause, manchmal kommt er sogar zum Mittagessen. Er wartet sogar mit dem Frühstück auf dich! Er ist wie ausgewechselt.«

Die neue Anhänglichkeit ihres Mannes war Micaela sehr lästig. Er aß nicht nur jeden Tag mit ihr zu Abend und erwartete sie zum Frühstück; er kam auch jeden Abend zu ihr ins Schlafzimmer, wo er eine Weile saß und sie mit Blicken förmlich verschlang.

»Ich habe dich gefragt, wo du hingehst, Micaela. Nachher fragt mich der gnädige Herr und ich weiß nicht, was ich ihm sagen soll.«

»Ich gehe zu den Alveares.«

Cheia verschwand im Bad. Micaela schaute auf die Uhr: ein Uhr mittags. Blieben noch fast zwei Stunden, um sich zurechtzumachen. Sie wollte so schön aussehen wie noch nie zuvor.

Ralikhanta hielt den Wagen vor dem Haus in San Telmo an.

»Wie spät ist es?«, wollte Micaela wissen.

»Zehn vor drei, gnädige Frau«, teilte er ihr mit und ließ die Taschenuhr wieder in sein Jackett gleiten.

Micaela beschloss, schon hineinzugehen. Falls Carlo noch nicht da war, würde sie sich ein wenig mit Frida unterhalten. Sie ging direkt in den Vorgarten, denn das schmiedeeiserne Tor war nur angelehnt. Sie wollte gerade anklopfen, als sich die Tür plötzlich öffnete und jemand sie nach drinnen zog, bevor er die Tür mit dem Fuß zustieß. Carlo presste sie gegen die Wand und küsste sie leidenschaftlich.

»Ich hab's nicht länger ausgehalten«, flüsterte er.

Micaela brauchte einen Moment, bis sie reagieren konnte und ahnte, was ihr Liebster vorhatte.

»Carlo, bitte ... Was ist mit Frida und Mary?«

Sie erhielt keine Antwort. Stattdessen bemerkte sie, wie Carlo an den Knöpfen ihres Kleides nestelte, das kurz darauf zu Boden glitt. Er hob sie hoch, und sie schlang ihre Beine um ihn. Es war ein hastiger, leidenschaftlicher Akt, animalisch, fast gewalttätig. Trotzdem hatte sie noch nie solche Lust empfunden, denn das heftige Begehren ihres Liebsten bedeutete, dass sie die Einzige für ihn war.

Später entspannte sich Molina im warmen Wasser der Badewanne. Micaela rieb ihn mit einem Schwamm ab und summte ihm ein Lied vor.

»Wie war deine Mutter, Carlo?«, fragte sie plötzlich.

»Wie Gioacchina. Noch schöner, glaube ich.«

»Wie hieß sie?«

»Tiziana.«

»Was für ein schöner Name. Und dein Papa, wie hieß der?«

»Gian Carlo.«

»Du gleichst ihm, oder?«

»Was soll die Frage?«

»Nichts. Ich will mehr über dich wissen.«

»Und ich über dich. Erzähl mir noch einmal von der Zeit, als du ein kleines Mädchen warst.«

»Das habe ich dir doch schon hundertmal erzählt. Wie meine Mutter starb, das Schweizer Internat, Soeur Emma, Paris, Moreschi.«

»Ja, aber das ist schon lange her. Erzähl mir von der Nonne. Als ihr Tango tanzen wart.«

Micaela lächelte, zum Teil wegen der Erinnerung, zum Teil aus Erleichterung, denn hier bei Carlo machte sie der Gedanke an Marlene nicht länger traurig.

»Marlene, ich meine, Soeur Emma, hat es immer so angestellt, dass sie mit Moreschi und mir mitkommen konnte. Ich habe gezittert, denn wenn die Mutter Oberin sie erwischt hätte, hätte sie ihr den Kopf abgerissen. Eines Abends, nachdem wir in der Oper gewesen waren, sagte sie zu uns, man hätte ihr von einem sehr originellen Lokal im Charonne erzählt, einem Stadtteil von Paris. Es war unfassbar: Marlene verbrachte den ganzen Tag im Kloster und wusste doch über die unglaublichsten Dinge Bescheid.«

»Bestimmt hatte sie einen Liebhaber.«

»Einen Liebhaber?«

»Warum nicht?« entgegnete Carlo. »Ihre Eltern hatten sie gegen ihren Willen ins Kloster gesteckt. Nach dem, was du mir erzählst, war sie eine leidenschaftliche, mutige Frau. Da wäre es nur logisch, wenn sie einen Geliebten gehabt hätte. Ich weiß nicht, einen Priester vielleicht.«

»Einen Priester!«

»Du willst mir doch nicht erzählen, dass du noch immer an das Keuschheitsgelübde glaubst? Wenn ich nicht wüsste, dass er ein Kastrat ist, würde ich sagen, Moreschi war Marlenes Liebhaber.«

»Eher als ein Priester hätte es einer der Freunde des Maestros sein können, mit denen wir ins Theater oder zum Essen gingen.«

»Gut, egal. Erzähl mir weiter von der Sache mit dem Tango.«

»An jenem Abend besuchten wir also dieses Lokal im Charonne, eine finstere Kaschemme voller Seeleute und zwielichtiger Gestalten. Moreschi weigerte sich, hineinzugehen. Aber Marlene ging einfach voraus. Eine Weile später folgten ihr der Maestro und ich. Nach diesem Abend kamen wir noch oft wieder, so oft wir nur konnten. Ich erzählte dir ja schon, dass Villoldo uns das Tangotanzen beibrachte. *El Choclo*, sein Meisterwerk, war Marlenes Lieblingstango. Niemand tanzte ihn so wie sie.«

»Cabecita war bei der Premiere von *El Choclo* hier in Buenos Aires, in einer finsteren Kneipe im Stadtzentrum. *El Americano* hieß sie. Da der Wirt der Kneipe ein erklärter Gegner des Tangos war, mussten sie das Ganze als ›kreolischen Tanz‹ ankündigen.«

»Ja, Villoldo hat uns die Geschichte erzählt. ›Du bist doch eine Landsmännin von mir‹, sagte er und setzte sich an unseren Tisch, um in Erinnerungen zu schwelgen. Als wir ihn damals, 1908, kennenlernten, war er erst seit ein paar Monaten in Paris, und obwohl er mit der Zeit ziemlich bekannt wurde, sagte er immer wieder, dass er irgendwann in sein geliebtes Argentinien zurückkehren werde. Ich bin sicher, dass der Krieg ihn aus Europa vertrieben hat. Die erste Zeit war hart. Nachdem er gespielt hatte, ging er mit der Gitarre und einem kleinen Teller herum und bat um ein Trinkgeld. ›Faisant la quête‹, nannte das der Wirt des Lokals. ›Eine Kollekte machen‹«, erklärte sie Carlo. »Marlene, die nie einen Franc in der Tasche hatte, stibitzte die Brieftasche des Maestro und gab ihm reichlich.«

»Also hat dir Villoldo höchstpersönlich das Tangotanzen beigebracht. Es ist nicht zu glauben! Aus gutem Grund hast du mich verblüfft, als wir zum ersten Mal miteinander tanzten. Ich hätte niemals gedacht, dass eine feine Dame wie du so gut tanzen kann. Ach, du hast mich fast um den Verstand gebracht!«

Micaela lächelte geschmeichelt und wusch ihn weiter mit dem Schwamm ab.

»Was sind das für Narben an deinen Fußgelenken?«

Carlo versteckte die Füße im Wasser. Dann stieg er aus der Wanne, griff nach einem Handtuch und verließ das Bad in Richtung Schlafzimmer. Micaela folgte ihm verunsichert. Als sie gerade noch einmal nachfragen wollte, drehte sich Carlo zu ihr um. Sie erschrak, als sie seinen finsteren Blick sah.

»Das sind Narben von Fesseln. Schau, hier habe ich auch welche.« Damit hielt er ihr die Handgelenke entgegen.

»Fesseln? Was für Fesseln?«

»Aus dem Knast. Ich war zehn Jahre im Gefängnis.«

Carlo setzte sich und sah zu Boden. Er war dankbar für Micaelas Schweigen, die sich nicht traute, weiter nachzufragen.

»Tiziana Porterini«, begann er dann zu erzählen, »war ein junges Mädchen wie du, reich und aus bester neapolitanischer Gesellschaft. Die Familie Porterini war eine der ältesten und angesehensten Familien in der ganzen Region. Meine Mutter war hübsch und gebildet, und sie war glücklich. Bis Gian Carlo Molina in ihr Leben trat, ein dahergelaufener, unehelicher Bursche, der sie mit billigem Gesäusel verführte. Wenig später war sie mit mir schwanger. Meine Mutter war völlig verzweifelt und brannte mit ihm durch. Mein Vater wurde damals bereits von der Polizei gesucht, weil man ihn beschuldigte, ein Anarchist zu sein. Als ich zwei Jahre alt war, wurde die politische Lage für Gian Carlo unhaltbar, wir mussten Italien verlassen und nach Südamerika gehen.

Stell dir vor, meine an allen Luxus und Annehmlichkeiten gewöhnte Mutter in einer Mietskaserne in San Telmo, umgeben von unkultivierten, unflätigen Menschen. Aber sie war eine starke Frau und fügte sich in ihr Schicksal, ohne je zu klagen.« Carlo stützte den Kopf in die Hände und hing seinen Gedanken nach. Dann erzählte er weiter. »Hier in Buenos Aires schloss sich Gian Carlo einer Anarchistengruppe an, und damit wurde alles nur noch schlimmer. Er steckte ständig in Schwierigkeiten; auf keiner

Arbeit hielt er es lange aus, weil die Arbeitgeber keine Agitatoren in ihren Firmen wollten und ihn feuerten. Meine Mutter musste arbeiten gehen. Sie wusch fremde Wäsche und kochte für andere Leute – meine Mutter, die fast so etwas wie eine Prinzessin gewesen war! Ich war acht Jahre alt, als ich anfing zu arbeiten. Ich machte alles: Pferdebursche, Tellerwäscher, Blumenverkäufer, Gärtner. Die letzten Jahre arbeitete ich in einer Flickschusterei. Die Arbeit gefiel mir, und der Besitzer war nett zu mir.

Zu Hause wurde es immer schlimmer. Gian Carlo fing an zu trinken und Bordelle und Spielhöllen zu besuchen, und er stahl meiner Mutter das wenige Geld, das wir besaßen. Sie stritten sich wie Hund und Katze. Gian Carlo begann sie zu schlagen. Ich geriet außer mir vor Wut und bezog am Ende immer Prügel von ihm.

Als Gioacchina geboren wurde, weigerte sich Gian Carlo, ihr seinen Nachnamen zu geben, weil er behauptete, sie sei nicht seine Tochter. Da meine Eltern nicht verheiratet waren, konnte er das tun. Ich erinnere mich noch, wie meine Mutter im Bett lag und hemmungslos weinte. Ich malte mir aus, dass meine Schwester tatsächlich nicht die Tochter dieses Scheusals sei. Mir genügte es, wenn sie die Tochter meiner Mutter war. Trotz dieser Phantasien wusste ich immer, dass Gioacchina eine Molina war. Es hätte mich gefreut, wenn meine Mutter Francisco noch kennengelernt hätte; er gleicht mir wirklich.

Nach der Geburt meiner Schwester verschwand Gian Carlo eine Zeitlang. Es waren glückliche, friedvolle Tage. Aber nicht lange, und er tauchte eines Morgens betrunken wieder auf. Er sagte, er sei gekommen, um zu bleiben, und als meine Mutter ihn rauswerfen wollte, schlug er sie krankenhausreif. Ich war auf der Arbeit, als es passierte, sonst hätte ich ...« Er ballte die Faust und verzerrte wütend das Gesicht. »Es war die Hölle, dort zu leben. Bis irgendwann geschah, was geschehen musste. Eines Tages kam ich nach Hause und fand meine Mutter mit blutüberströmtem Gesicht auf dem Fußboden. Sie stammelte noch ein paar Worte, bevor sie in meinen Armen starb.« Micaela trat auf ihn zu, doch Carlo wehrte ab und fuhr fort. »Gioacchina war damals vier Jahre alt; sie saß neben meiner toten Mutter. Ich höre immer noch ihre Schreie, so, als ob sie alles verstanden hätte.

Ich weiß nicht genau, was dann geschah. Ich weiß noch, dass ich Gian Carlo in einem Bordell fand, wo er Karten spielte und sich betrank. Ich sah rot, packte eine zerbrochene Flasche und rammte sie ihm in den Hals. An mehr erinnere ich mich nicht. Erst in der Zelle auf dem Kommissariat kam ich wieder zu mir.

Zehn Jahre lang saß ich im Gefängnis. Die ersten drei Jahre verbrachte ich in einer Besserungsanstalt hier in Buenos Aires, aber dann wurde ich wegen schlechter Führung in ein Gefängnis für politische Gefangene auf der Isla de los Estados in der Nähe von Feuerland verlegt. Einige Jahre später kam ich schließlich in das neu errichtete Gefängnis in Ushuaia. Mein Zellengenosse dort war Johann, Fridas Mann. Gib ihr nicht die Schuld an den Lügen, die ich dir aufgetischt habe; ich hatte ihr verboten, darüber zu sprechen. Johann war der beste Freund, den ich je im Leben hatte. Er war mein Ratgeber und mein Lehrer. Wäre er nicht gewesen, ich glaube, ich hätte bei dem Versuch, aus dem Gefängnis zu fliehen, mein Leben verloren. Er starb ein Jahr, bevor ich entlassen wurde.

Als ich nach Buenos Aires zurückkam, konnte ich nur an Gioacchina denken. Ich wollte reich werden, damit es ihr an nichts mangelte. Ich wollte sie aus dem Waisenhaus rausholen und ihr das sorgenfreie Leben bieten, das meine Mutter sich gewünscht hätte. So kam es, dass ich ins Geschäft mit Bordellen und Spielhöllen einstieg. Binnen weniger Jahre hatte ich erreicht, was ich wollte, und seither lebt Gioacchina wie eine Königin. Sie denkt, dass ein großherziger Wohltäter sie unterstützt.«

Zum ersten Mal, seit er zu erzählen begonnen hatte, blickte Carlo auf. Micaela sah verwirrt aus, wie vor den Kopf geschlagen von seinem Geständnis. Eine unsägliche Angst bemächtigte sich seiner.

»Ich habe mich für meine Schwester aufgeopfert«, versuchte er zu erklären. »Für sie warf ich meine Prinzipien über Bord, meine Moral, alles, was Johann mir beigebracht hatte, und wurde zum Zuhälter. Aber jetzt möchte ich alles anders machen. Ich möchte ein achtbarer Mann sein, damit du stolz auf mich bist.«

Tief beschämt sah er sie erneut an. In der festen Annahme, er habe sie verloren, verfluchte er sich ein ums andere Mal dafür, dass er ihr die Wahrheit gestanden hatte.

»Ich weiß nicht, was ich sagen soll«, brachte Micaela schließlich heraus.

»Du weißt ganz genau, was du sagen sollst«, sagte er in scharfem Ton. »Dass du für immer gehen willst, dass du es nicht erträgst, die Frau eines ehemaligen Sträflings zu sein, dass du nicht damit leben kannst, die Frau eines Mörders zu sein. Eines Vatermörders! Ich widere dich an, stimmt's?«

Micaela kniete vor ihm nieder und zwang ihn, sie anzusehen.

»Carlo, Liebster«, flüsterte sie, während sie seine tränennasse Wange streichelte. »Nichts auf der Welt könnte das beenden, was ich für dich empfinde. Ich liebe dich so sehr, dass ich für dich sterben würde.«

Er drückte sie an seine Brust und küsste sie. Er konnte sie gar nicht mehr loslassen. Micaela war für ihn wie die Luft zum Atmen, ohne sie zu sein, war gleichbedeutend mit einem langsamen, schmerzhaften Tod. Den Verlust seiner Mutter, die Schuld am Tod seines Vaters, die Einsamkeit und das Elend im Gefängnis – das alles hatte er ohne fremde Hilfe überwunden, aber bei dem Gedanken an ein Leben ohne sie fühlte er sich verletzlich wie ein kleines Kind.

»Versprich mir, dass du mich nie im Stich lässt«, bat er. »Dass ich nicht ohne dich in dieser Welt leben muss.«

»Ich werde immer für dich da sein«, versprach Micaela. »Bis zum Ende. Ich schwöre es dir. Mach dir keine Sorgen. Und danke, dass du mir die Wahrheit gesagt hast. Danke, dass du Vertrauen in mich und unsere Liebe hattest.«

Den Rest des Nachmittags liebten sie sich, und Carlos aufgewühlte Seele beruhigte sich allmählich. Als die Sonne schließlich glutrot am Horizont versunken war und sie schlafend in seinen Armen lag, wurde ihm klar, dass alles, was er in seinem Leben erlebt hatte, Gutes und Schlechtes, Schönes und Schreckliches, nur dazu da gewesen waren, jetzt in diesem Augenblick hier mit ihr zu liegen.

30. Kapitel

»Was soll ich sagen, wenn Cheia mich fragt, Herrin?«, wollte Ralikhanta wissen, als er vor dem Haus in der Calle San Martín hielt.

»Dass wir bei den Alveares waren. Bei Señora Regina.«

»Die ganze Zeit?«

»Du hast recht, sie wird es nicht glauben.«

»Wollen Sie nicht lieber sagen, dass Sie den Rest des Nachmittags in der Bibliothek des Konservatoriums waren? Das haben Sie doch früher öfter gemacht.«

»Einverstanden. Gute Idee.«

Aber Cheia und Moreschi, die sie in ihrem Zimmer erwarteten, glaubten ihr nicht. Der Maestro hatte schon immer gemutmaßt, dass Molina der Absender der weißen Orchideen war, und als Cheia ihm an diesem Nachmittag die Blume zeigte, die angeblich der Direktor des Teatro Colón geschickt hatte, war ihm klar, dass Molina zurück war. Micaela widersprach nicht. Ihr beredtes Schweigen bestätigte seine Vermutung.

Die Vorwürfe der beiden machten Micaela wütend, insbesondere die von Cheia, die unangemessen hart mit Carlo ins Gericht ging und ihm alle Schuld an der Untreue ihres kleinen Mädchens gab.

»Carlo trifft keine Schuld. Ich bin von mir aus zu ihm gegangen.«

Die Amme rief die heilige Rita an, und Moreschi verbarg das Gesicht in seinen Händen.

»Wie konntest du deinen Mann so hintergehen, der dich von Herzen liebt?«

»Ich bezweifle, dass er mich liebt«, gab Micaela zurück, »nachdem er mich geheiratet hat, obwohl er wusste, dass er impotent ist.«

Sie hatte sich vorgenommen, Eloys Geheimnis zu wahren, aber Cheias Tobsuchtsanfall und die Uneinsichtigkeit des Maestro brachten sie an ihre Grenzen. Vor die Wahl gestellt, das Gesicht ihres Mannes zu wahren oder die Beziehung zu ihrem Geliebten zu verteidigen, entschied sie sich für Zweiteres. Die Wirkung auf ihre Zuhörer war verheerend. Moreschi ließ sich mit einem Aufschrei auf einen Stuhl fallen und wischte sich die Stirn mit einem Taschentuch ab, während Cheia sie ungläubig anstarrte und stumm den Mund bewegte, ohne ein Wort herauszubringen.

»Impotent?«, hauchte sie schließlich.

»Meine Trennung von Señor Cáceres ist nur eine Frage der Zeit. Unsere Ehe war ein Fehler. Nicht nur, weil er impotent ist, sondern vor allem, weil ich ihn nicht liebe. Carlo Molina ist es, den ich liebe und mit dem ich mein Leben verbringen werde. Punktum.«

Wenigstens wurde alles leichter dadurch, dass Mamá Cheia und Moreschi die Wahrheit kannten, überlegte Micaela. Sie hatte nun mehr Komplizen, um mehr glaubhafte Lügen und was sonst noch nötig war, um heimlich ihren Geliebten zu treffen, zu erfinden.

»Wie lange noch?«, drängte Carlo am nächsten Tag.

»Bald, Liebster«, antwortete Micaela. »Die Sache mit Doktor Charcot läuft sehr gut. Eloy ist guter Dinge, er wirkt zuversichtlich.«

»Ich nehme an, er versucht nicht, dich anzufassen, oder?«

»Ich würde es ihm nicht erlauben«, versicherte sie.

»Ich traue dem Schnösel nicht. Was, wenn er außer sich gerät, wenn du ihm sagst, dass du ihn verlassen wirst? Was, wenn er dich schlägt? Wenn er dir auch nur ein Haar krümmt, bringe ich ihn um!«

Micaela küsste ihn, um ihn zu beruhigen, und Carlo wurde erneut von Lust übermannt.

»Marlene...«, flüsterte er.

»Wann wirst du mich endlich bei meinem richtigen Namen nennen?«

»Nie. Für mich bist du nicht Señorita Micaela Urtiaga; für mich bist du Marlene, die mutige Frau, die bereit war, sich mit sämtlichen Zuhältern von La Boca anzulegen, um ihren Bruder zu retten. Die Frau, die in meinem Bordell Tangos gesungen hat, obwohl sie die Königin an den besten Opernhäusern Europas war. Die viele Male ihr Leben riskiert hat. Das ist meine Frau. Micaela hingegen hat es mit der Angst bekommen und hat aus Feigheit einen anderen geheiratet. Für mich wirst du immer Marlene sein.«

»Ich vermisse das *Carmesí*«, gab sie zu.

»Ich frage mich jeden Tag, ob du zu mir zurückgekehrt wärst, wenn ich im Bordell- und Glücksspielgeschäft geblieben wäre.«

»An dem Morgen, als ich dich suchte, fuhr ich als Erstes zum *Carmesí* und war sehr enttäuscht, als eine Frau mir sagte, du hättest es verkauft. Ich kann dir gar nicht sagen, welche Wehmut mich überkam. Ich ging weg, um auf dem Gehweg zu weinen. Ich sehne mich nach den Nächten zurück, in denen Tuli mich für meine Auftritte schminkte. Wie ich die Treppe herunterkam und das Publikum mich mit begeistertem Applaus begrüßte. Ich suchte dich in der Menschenmenge, sah dich aber nie. Dann tauchtest du wie von Zauberhand auf und zwangst mich zum Tanzen. Es fiel mir schwer zu verbergen, wie sehr ich es genoss. Geh noch einmal mit mir ins *Carmesí*«, bat sie dann, »und lass uns zusammen tanzen. Und dann schlaf mit mir, wie wir es uns so oft ersehnt und uns doch nie getraut haben.«

Ausnahmsweise war die letzte Vorstellung im Teatro Colón auf kurz vor Weihnachten festgesetzt. Mit dem Ende der Spielzeit folgten die Beethoven-Festspiele in Santiago de Chile, wo Micaela und Carlo sich treffen wollten. Wenn sie nach Buenos Aires zurückkam, das hatte Micaela versprochen, würde sie Eloy verlassen, ganz gleich, wie Charcots Diagnose ausfiel.

Es würde einen Skandal geben, das wusste sie. Ihr Vater, ihr Bruder, die ganze Gesellschaft würden gegen sie sein. Was sollte dann aus ihrer Karriere werden? Würde Gastón die wahre Herkunft ihres Liebsten verraten? Er würde vor Wut toben und Gioacchina in seiner Empörung womöglich sagen, dass Carlo ihr Bruder war. Sie versuchte, nicht daran zu denken. Nichts zählte, außer ihrer Liebe zu Carlo, und auch wenn sie tausend Zweifel hatte, würde sie nicht zaudern.

Am Abend der letzten Theatervorstellung entdeckte Micaela Carlo, Frida und Tuli ganz vorne im Parkett. Vor lauter Freude und Stolz legte sie sich ganz besonders ins Zeug und beeindruckte alle, selbst Moreschi, und das Publikum nicht minder, das sie für ihre wunderbare Vorstellung mit minutenlangen stehenden Ovationen bedachte. Sie musste sich etliche Male verbeugen, und jedes Mal sah sie, wie Carlos Lippen ein stummes »Ich liebe dich« formten. Später in der Garderobe erhielt sie eine weiße Orchidee. Auf der beiliegenden Karte stand: »*Unter all den Menschen war ich der Einzige, der herausschreien konnte: Diese Frau gehört mir. C. M.*«

An diesem Abend konnten sie sich wegen Micaelas Verpflichtungen nicht sehen, aber am nächsten Abend fuhr Ralikhanta sie nach San Telmo, wo Frida sie mit einem Abendessen überraschte, an dem auch Tuli und Cacciaguida teilnahmen. Der Kapellmeister freute sich, seine bewunderte »Göttliche« wiederzusehen, und unterhielt die Runde, insbesondere Carlo, mit Geschichten über Micaela und die Opernhäuser Europas.

»Sie war blutjung, als ich sie das erste Mal singen hörte«, erinnerte er sich. »Es war im *Barbier von Sevilla*, in München, bei den Festspielen 1908. Erinnern Sie sich, Micaela? Wie alt waren Sie damals?«

»Wie könnte ich mich nicht an mein Debüt erinnern! Ich war sechzehn.«

»Was für eine Rosina, Mamma mia! Und gleichzeitig die *Walküre*! Es war unglaublich.«

»Wie stellst du das an, so zu singen, Marlene?«, wollte Tuli wissen. »Wie heute Abend, meine ich.« Er versuchte, die *Königin der Nacht* zu trällern, sehr zur Erheiterung der übrigen Gäste.

»Bleib lieber bei deinen Zahlen und deinen hübschen Kerlen«, riet Carlo ihm.

Das Essen verlief äußerst angenehm, und obwohl Carlo die meiste Zeit schwieg, bewies seine entspannte Miene, dass er sich wohl fühlte. Jedes Mal, wenn Micaela ihn ansah, erschien ein Leuchten in seinen schwarzen Augen.

Obwohl sie den Abend gerne mit Carlos verbracht hätte, beschloss Micaela zu gehen. Das Essen hatte sich länger hingezogen als erwartet, und ihr blieb nicht mehr genug Zeit, denn Moreschi hatte Eloy versprochen, früh von dem angeblichen Abendessen mit dem Intendanten der Oper in Córdoba zurückzukehren.

»Er brennt darauf, ›die Göttliche‹ im dortigen Theater zu haben«, hatte er gelogen, um ihn zu überzeugen.

Carlo brachte sie zum Wagen. Ralikhanta verbeugte sich höflich vor ihm, doch dessen einzige Antwort bestand in einem argwöhnischen Blick.

»Bleib heute Nacht hier«, bat Carlo, ins Wagenfenster gebeugt.

»Wir werden noch Tausende Nächte miteinander haben, Liebster. Aber jetzt muss ich gehen.«

Am nächsten Morgen kam Moreschi zu Micaela nach Hause, als sie gerade beim Frühstück saßen.

»Guten Morgen, Maestro«, grüßte Eloy ungewöhnlich gut aufgelegt. »Kommen Sie schon wieder, um meine Frau zu entführen?«

»Tut mir leid, Herr Außenminister, aber die Beethoven-Festspiele sind in wenigen Wochen, und wir müssen proben. Es liegt nicht in meiner Absicht, Ihnen Ihre Frau vorzuenthalten, aber die Welt verlangt nach ihr«, stellte er klar.

»Ja, natürlich, für ›die Göttliche‹ steht das Publikum an erster Stelle.« Dann sagte er, an Micaela gewandt: »Ich regle gerade alles im Ministerium, damit ich dich nach Chile begleiten kann.«

Die Nachricht traf sie völlig unvorbereitet, und sie musste die Tasse abstellen. Sie sah zu Cheia und Moreschi, die sofort begriffen. Ohne den vielsagenden Blickwechsel zu bemerken, stand Eloy eilig vom Tisch auf. Im Präsidentenpalast warteten wichtige Angelegenheiten auf ihn, die keinen Aufschub duldeten. Aber er bat Micaela, ihn noch bis zur Tür zu begleiten, und nahm sich ein paar Sekunden Zeit, um sich zu verabschieden.

»Ich wollte nicht gehen, ohne dir zu sagen, wie sehr ich dich liebe.« Er küsste sie innig auf den Mund. »Ich werde den ganzen Tag an dich denken.«

Micaela blieb in der Tür stehen und sah seinem Wagen hinterher, bis er im Verkehrsgewühl der Calle San Martín verschwand. »Es wird sehr hart werden, Eloy mitzuteilen, dass wir uns trennen werden«, sagte sie zu sich selbst, während sie in den Salon zurückging. Moreschi drängte zur Eile und bemerkte ein wenig ungehalten, dass sie schon längst im Haus der Urtiagas sein sollten, um die *Ode an die Freude* zu üben.

Beethovens Neunte und das *Allegro recitativo* lenkten Micaela ein wenig ab, und sie verbrachte einen recht angenehmen Vormittag im Haus ihres Vaters. Alessandro Moreschi war beruhigt, nachdem er festgestellt hatte, dass auch Beethoven die Karriere seiner Schülerin nicht gefährden konnte. Sie aßen mit Rafael Urtiaga zu Mittag. Dieser war ungewohnt gesprächig und redete während des ganzen Essens über den Erfolg der *Zauberflöte*, wie hervorragend sich Eloy als Außenminister mache und dass sich Gastón überraschend geschickt bei der Verwaltung der Ländereien anstelle.

»Heute Morgen«, berichtete der Senator, »erhielt ich einen Brief von deinem Bruder, in dem er verspricht, das Weihnachtsfest mit uns zu verbringen.«

Micaela dachte daran, wie einsam Carlo an Weihnachten sein würde, ohne sie, ohne seine Schwester und den kleinen Francisco. Das machte sie so traurig, dass sie die Probe für beendet erklärte und Ralikhanta bat, sie zum Hafen zu fahren, ohne sich um Moreschis Vorhaltungen zu scheren.

Unterwegs wurde sie noch trauriger, als sie darüber nachdachte, was Carlo in seinem Leben schon alles durchgemacht hatte. Sie stellte sich vor, wie er weinend neben seiner toten Mutter saß und wie er in den Jahren im Gefängnis Hunger, Kälte und Ketten ertragen hatte. Es brach ihr das Herz, wenn sie sich die Qual vorstellte, die es für ihn bedeutet haben musste, weit weg von seiner Schwester zu sein; dass er ihr seine Identität vorenthalten musste, erschien ihr eine allzu grausame Strafe.

»Marlene!«, rief Tuli überrascht. »Was machst du denn hier?«

»Ist Carlo da?«, fragte sie ungeduldig.

»Er überprüft gerade eine Lieferung in Halle vier. Ich geh' ihn holen«, setzte er hinzu, als er merkte, wie aufgewühlt sie war.

Carlo eilte die Treppe zum Büro hinauf. Er nahm immer zwei Stufen auf einmal. »Sie ist völlig außer sich«, hatte Tuli gesagt. Micaela warf sich in seine Arme und klammerte sich verzweifelt an ihn. Er hielt sie einfach fest, ohne etwas zu fragen, drückte sie an sich, küsste sie aufs Haar und murmelte, »Mein Püppchen, mein kleines Püppchen«.

»Carlo ...«, schluchzte sie.

»Ich bin ja da, Liebling, ich bin ja da.« Und er umarmte sie noch fester.

»Ich musste dich umarmen, dich spüren, dich riechen, berühren, wissen, dass du lebst, dass du mir gehörst.«

»Was ist passiert? Hat dir der Schnösel etwas angetan? Hattest du Probleme mit ihm?«

»Nein, er hat mir nichts getan«, versicherte sie rasch. »Ich weiß auch nicht, was mit mir los ist. Ich hatte auf einmal solche Sehnsucht nach dir, dass ich es nicht mehr ausgehalten habe. Ich habe alles stehen und liegen lassen und Ralikhanta gebeten, mich herzufahren. Der Maestro wird immer noch böse sein. Ich habe ihn mitten in der Probe stehen lassen.«

»Woran hast du gedacht, dass du so außer dir bist?«

»Ich dachte, dass ich möchte, dass du glücklich bist.«

Carlo ließ sie los, trocknete ihr die Tränen mit einem Taschentuch ab und küsste sie auf die Stirn.

»Du hast so viel durchgemacht, Carlo. Ich will nicht, dass du ...«

»Seit ich dich in den Armen halten kann, seit du mir gehörst, ist jede Erinnerung an die traurigen Tage verflogen. Ich kann nur noch an die guten Zeiten denken, die kommen werden.«

Kurz darauf verabschiedeten sie sich. Carlo musste in die Lagerhalle zurück und Micaela zur Probe.

»Bist du jetzt beruhigt?« Micaela nickte. »Morgen um zwölf Uhr schicke ich dir meinen Chauffeur mit dem Wagen zum Haus deiner Freundin Regina. Er wartet am Hinterausgang auf dich. Stell keine Fragen. Es ist eine Überraschung.«

Spät am Abend hatte Regina eine Nachricht von Micaela erhalten. Am nächsten Morgen frühstückte sie zeitig und machte sich noch vor neun auf den Weg zum Haus der Cáceres. Sie war aufgeregt wegen der Heimlichtuerei und gleichzeitig auch verärgert, denn sie verstand ihre junge Freundin einfach nicht. Da hatte sie eine Romanze wie aus dem Bilderbuch, mit einem Mann, von dem man nur träumen konnte, und sie blieb trotzdem bei diesem borniertem Cáceres. Er mochte Außenminister sein und was noch alles, aber er war trotzdem ein Tölpel. Sie würde nicht lockerlassen, bis ihre Freundin endlich diese absurde Ehe beendete, die ihr nur Zeit raubte, in der sie glücklich sein könnte, Zeit, die sie wegen ihrer Jugend nicht zu schätzen wusste. Wer hielt sich mit vierundzwanzig nicht für unsterblich?

Cheia empfing sie an der Tür und erklärte mit verschwörerischem Blick, dass der gnädige Herr noch zu Hause sei und mit seiner Frau beim Frühstück sitze.

»Früher hat er das nie gemacht«, bemerkte die Amme. »Er hat um sieben einen Kaffee getrunken und ist dann gleich ins Ministerium.«

»Señora de Alvear, kommen Sie doch herein!«, rief Eloy in gelöster Stimmungg. »Wolltet ihr ausgehen? Du hast mir gar nichts davon gesagt, Liebling.«

»Ich dachte nicht, dass es dich interessiert. Es ist nichts Wichtiges. Wir wollten ein paar Erledigungen machen.«

»Micaela wollte Sie sicherlich nicht mit Nichtigkeiten über Kleider, Hüte und Schuhe behelligen«, sprang Regina ihr bei. »Der Sommer hat schon angefangen, und unsere Kleiderschränke sind gähnend leer. Es kann nicht sein, dass ...«

»Ja, natürlich«, unterbrach Eloy sie. »Eine sehr gute Idee. Du wirst Geld brauchen, Liebling.« Und bevor Micaela protestieren konnte, setzte er hinzu: »Ich gehe in mein Arbeitszimmer und hole welches.«

»Lass ihn«, bremste Regina ihre Freundin, nachdem Eloy das Speisezimmer verlassen hatte. »Soll er dir wenigstens ein bisschen Geld zum Einkaufen geben.«

»Regina, bitte!«, schimpfte Micaela. »Hier geht es nicht um finanzielle Dinge.«

»Ach, nein? Und warum, glaubst du, hat er dich geheiratet? Weil er bis über beide Ohren verliebt war? Weil er sich vor Leidenschaft verzehrte und ihm das Herz in der Brust hüpfte, wenn er dich nur sah? Ach komm, das nimmt ihm doch keiner ab. Es war das beste Geschäft, das er in seinem ganzen Leben gemacht hat, eingefädelt von seiner geliebten Tante Otilia. Verzeih mir meine offenen Worte, aber du weißt, dass ich keine Umschweife mache und immer sage, was ich denke.«

Micaela war noch nie in den Sinn gekommen, dass Eloy derartige Motive gehabt haben könnte. Sie erinnerte sich an die Bemerkungen von Gastón, die sie sofort verworfen hatte, weil sie von ihm kamen. »Dieser Typ ist ein Schwachkopf ... Er will Karriere im Außenministerium machen, egal wie, und er wird vor nichts haltmachen ... Merkst du nicht, dass er sich bei Papa einschmeicheln will, um sein Ziel zu erreichen, der nächste Außenminister zu werden?« Wie auch immer, sie fühlte sich außerstande, ihren Ehemann zu verurteilen, nachdem sie ihn selbst benutzt hatte, um von Carlo loszukommen. Wenn Eloy finanzielle und gesellschaftliche Interessen gehabt hatte, so waren ihre Gründe nicht weniger verwerflich.

»Denk nicht mehr an traurige Dinge«, schlug Regina vor, »und erzähl mir, warum du mich hast kommen lassen.«

»Gegen Mittag schickt mir Carlo seinen Wagen zu dir nach Hause. Ich brauchte eine Ausrede, um den ganzen Tag wegbleiben zu können. Der Maestro kann mir heute nicht helfen, weil er einen unaufschiebbaren Termin hat, und da blieb mir keine andere Wahl, als dich zu behelligen.«

»Das hast du sehr gut gemacht.«

»Ich habe dich gebeten, mich abholen zu kommen, damit Eloy dich sieht und es glaubwürdiger ist.«

Cheia erschien im Salon, gefolgt von Nathaniel Harvey, und ging wieder hinaus, nachdem sie ihn angekündigt hatte.

»Sie sind ein unverschämter Kerl, Mister Harvey«, begrüßte ihn Regina.

»Ihnen auch einen guten Tag, Señora de Alvear!«, entgegnete Nathaniel. »Und Señora Cáceres, bildschön wie immer! Obwohl, wenn man genauer hinsieht, könnte man meinen, dass Sie nicht nur schön sind, sondern förmlich vor Glück strahlen. Haben Sie womöglich einem anderen die Gunst gewährt, die Sie mir verweigerten?«

Micaela konnte ihre Freundin gerade noch davon abhalten, ihn zu ohrfeigen.

»Komm, Regina. Manche Menschen sind die Mühe nicht wert.« In der Eingangshalle sagte sie zur ihr: »Warte im Wagen auf mich; ich hole noch meine Handschuhe und meinen Hut, dann komme ich.«

Sie schlich sich durch den Dienstbotentrakt zu ihrem Zimmer, um nicht am Salon vorbei zu müssen. Im Korridor verbarg sie sich hinter einem schweren Schrank, als sie Nathaniel und Eloy kommen hörte. Obwohl sie leise sprachen, war offensichtlich, dass sie sich stritten. Sie gingen ins Arbeitszimmer. Micaela war überrascht, als ihr Mann Harvey beim Arm fasste und nach drinnen schob.

»Ich hab dir doch gesagt, dass ich dich nicht mehr in meinem Haus sehen will«, hörte sie ihn zischeln.

Micaela lehnte sich gegen die Tür, aber durch das dicke Eichenholz konnte sie wegen der gedämpften Stimmen kein Wort verstehen. Den Kopf voller Fragen, ging sie zu Regina. Sollte Eloy gemerkt haben, was für ein Mensch sein Freund war? Hatte Ralikhanta ihm erzählt, dass er ihr vor einiger Zeit unanständige Avancen gemacht hatte? Oder hatten sie sich wegen geschäftlicher Dinge gestritten?

31. Kapitel

Der Chauffeur reichte ihr ein dunkles Tuch und bat sie, sich die Augen zu verbinden. Micaela sah ihn amüsiert an, nahm das Tuch und band es sich ohne weitere Fragen um den Kopf, wobei sie darauf achtete, den Hut nicht zu zerdrücken. Sie lehnte sich im Rücksitz zurück und genoss den kühlen Fahrtwind, der durch das Wagenfenster drang, denn die Sommerhitze und die Aufregung hatten sie zum Schwitzen gebracht. Schweißtropfen rannen zwischen ihren Brüsten herab. Sie kramte in ihrer Tasche, nahm das Fläschchen *Lalique* heraus, das der Maestro ihr geschenkt hatte, und legte großzügig Parfüm auf.

Sie wusste, dass sie gut aussah. Das Kleid stand ihr nach Reginas Meinung phantastisch, und das offene, lockige Haar würde Carlo gut gefallen. Häufig bat er sie, das Haar zu lösen und nackt vor ihm auf und ab zu gehen, nur um sich an ihrer Schönheit und Grazie zu erfreuen, bis er sie schließlich, von Lust übermannt, zu sich aufs Bett zog.

Der Wagen hielt. Der Chauffeur half ihr beim Aussteigen und führte sie vorsichtig einige Stufen hinauf. Sie hörte, wie eine Tür geöffnet wurde und der Mann sie bat, einzutreten. Nach ein paar Schritten ließ er sie allein. Sie wollte die Binde nicht abnehmen, sondern wartete ab, dass Carlo es tat. Sie wusste, dass er vor ihr stand; sie hätte sein Lavendelwasser überall herausgerochen. Sie streckte die Hand aus und strich ihm über die weiche, glatt rasierte Wange. Carlo nahm ihr das Tuch ab und wartete, bis sie sich an das schummrige Licht gewöhnt hatte.

»Das *Carmesí*«, murmelte sie mit einem Lächeln. Ihre Augen strahlten.

Das Lokal hatte sich verändert. Die Tische standen anders und waren nicht mehr mit Tischdecken bedeckt, sondern schwarz gestrichen. Die Lampen hatten keine roten Schirme mehr, und der karminrote Teppich auf der Treppe war weg. Und vor allem fehlten Tuli in seinen Frauenkleidern, die Mädchen mit ihren bodenlangen Federboas und den stark geschminkten Augen, Mudo und Cabecita an der Tür und Cacciaguida am Klavier. Das alles machte sie ein bisschen traurig.

»Tanz mit mir, Marlene«, forderte Carlo sie auf und packte sie genauso ungestüm um die Taille wie beim ersten Mal. Er wusste, dass er ihr weh tat und dass seine Stärke sie schwach machte, aber er musste seine männliche Überlegenheit unter Beweis stellen und ihr klarmachen, dass sie ihm gehörte, dass sie ihn nie mehr verlassen durfte. Micaela liebte ihn genau dafür, für seine Unsicherheit, dafür, dass er sie so sehr begehrte und Angst hatte, sie zu verlieren. Und deshalb ließ sie ihn gewähren, denn diese Grobheit war Carlos Art, ihr zu sagen, dass er sie liebte.

Das Orchester spielte *El Trece* und dann *El Choclo* und *Venus*. Micaela gab sich erneut diesem Tanz der Schwarzen, Hafenbewohner und Huren hin, entstanden in den Bordellen von La Boca. Zunächst hatte der Tango die schnellen Bewegungen eines Messerkampfs imitiert, doch einige Jahre später hatte er seine Unschuld verloren und sich zu einem lasziven, schamlosen Tanz gewandelt, der es wie kein anderer verstand, das unterdrückte Verlangen eines Mannes auszudrücken, der sich nach einer Frau verzehrt. Er sprach von Gaunern ohne Heldentaten, von Verrat und enttäuschter Liebe.

Dieser Tanz, bei dem sie sich zunächst wie in einem Kampf gegenübergestanden hatten, vereinte sie nun in verführerischen Schrittfolgen und lüsternem Wiegen. Es waren sinnliche Bewegungen voller Leidenschaft, die auf unglaubliche Weise in eine harmonische Abfolge schneller, komplizierter Schritte übergingen. Die Beine schlangen sich umeinander und lösten sich wieder, suchten die Nähe des Rocksaums oder der Hose, schmiegten sich an den Oberschenkel des anderen oder wichen flink den nachsetzenden Füßen aus.

Es folgte *Don Juan*, ein Tango, den Micaela gerne bis zum Ende getanzt hätte, weil er sie an die Nächte im Charonne-Viertel erinnerte. Gleichzeitig wünschte sie, dass er nicht allzu lange dauern möge. Carlos Männlichkeit, die sie durch die Hose hindurch spürte, und das Begehren in seinen Augen waren Hinweis genug, bevor er sie hinter sich her in den ersten Stock zog.

Eloy warf einen Blick auf die Uhr: ein Uhr mittags. Er hatte noch einige wichtige Angelegenheiten im Ministerium zu erledigen, aber er hatte keinen Kopf für gar nichts, außer für Micaela. Wie schön sie heute Morgen ausgesehen hatte! Er hatte sie heimlich beobachtet, während sie ein Bad nahm und eine Arie von Verdi vor sich hin summte. Als sie aus der Wanne stieg, perlte das Wasser von ihrer seidigen Haut ab, und da sie sich unbeobachtet wähnte, hatte sie ihm voller Unschuld ihren wundervollen jungfräulichen Körper präsentiert, rein wie eine weiße Rose, köstlich wie eine reife Frucht.

Cáceres lehnte sich in seinem Sessel zurück, schloss die Augen und ließ die Bilder vom Frühstück Revue passieren. Sie hatte ihn mit ihrem Duft verzückt, und der Glanz ihres blonden Haars hatte ihn geblendet. Er hatte sie irgendetwas gefragt, nur um ihre Stimme zu hören, um zu sehen, wie sie die Lippen bewegte und mit der Zunge darüberfuhr. Als die Pacini dazugekommen war, war Micaela vom Tisch aufgestanden, und er hatte sich an ihren schwingenden Hüften ergötzt, deren Bewegung noch durch den Schnitt ihres weißen Kleides betont wurde. Er gefiel sich in dem

Wissen, dass seine Frau auf ihn wartete, rein und unbefleckt. Sie war eine Heilige im Körper einer Sünderin, sagte er sich zum wiederholten Male und rühmte sich für sein Glück. Er war voller Gewissheit, dass sie ganz und gar ihm gehörte und dass nur er ihren Körper erforschen würde, bis er trunken wäre vor Lust. Ja, Micaela wartete auf ihn, aber das musste nicht zwangsläufig so bleiben.

Er verließ das Büro und wies seinen Sekretär an, sämtliche Nachmittagstermine abzusagen.

»Bis Montag«, verabschiedete er sich.

»Bis Montag, Herr Außenminister«, antwortete der Beamte perplex.

Auf dem Heimweg fragte er sich, ob Micaela wohl schon vom Einkaufen zurück war. Er war nicht mehr dazu gekommen, ihr das Geld zu geben; als er in den Salon zurückgekommen war, war sie nicht mehr da gewesen. Stattdessen hatte dort Harvey mit seinem unverschämten Grinsen gesessen. Aber er wollte jetzt nicht an unangenehme Dinge denken. An diesem Nachmittag würde er mit Hilfe seiner Frau ins Leben zurückfinden; er würde wieder ein normaler Mann sein, ohne Ängste und ohne Trauma. Seit einigen Nächten hatte er keine Albträume mehr und musste nicht mehr von Ralikhanta geweckt werden, und er wurde auch nicht mehr von Jähzorn und Verachtung übermannt. Er fühlte sich ausgeglichen und hatte nicht mehr das Bedürfnis, wild um sich zu schlagen. Micaela hatte ihm wieder Hoffnung gegeben. Er verfluchte die verlorene Zeit, die Momente der Ratlosigkeit, die Lügen, den Betrug.

Zu Hause angekommen, schickte er den Dienstwagen weg und sagte, dass er ihn erst am Montagmorgen um acht wieder brauche.

»Fahren Sie nur, Funes, und spannen Sie ein bisschen aus. Sie haben es sich verdient«, setzte er hinzu.

»Danke, Herr Außenminister«, antwortete der Mann verwundert.

Er traf Cheia im Salon, die gerade Blumen in einer Vase arrangierte. Er bemerkte sofort ihre Beunruhigung, als sie ihn sah.

»Señor Cáceres«, sagte sie, »ich dachte, Sie kämen nicht zum Mittagessen. Wenn Sie wollen, lasse ich Ihnen die Suppe und den Kartoffelkuchen warmmachen.«

»Nein, danke. Und Micaela? Ist sie in ihrem Zimmer?«

»Die gnädige Frau? Ähm … Also wissen Sie … Nein. Señora de Alvear war heute Morgen hier, um sie abzuholen. Sie sind zum Einkaufen gegangen und noch nicht zurück.«

Ralikhanta kam herein und versuchte, rasch wieder zu verschwinden, bevor der Herr ihn entdeckte.

»Ralikhanta!«, rief Eloy, schlechtgelaunt wie so oft. »Weißt du, wohin die gnädige Frau zum Einkaufen wollte?« Der Inder schüttelte den Kopf. »Hat sie dich nicht gebeten, sie irgendwann abzuholen?« Der Diener verneinte erneut, und die Freude, die Eloy empfunden hatte, als er nach Hause kam, löste sich in nichts auf.

Cheia, die der Unterhaltung folgte, ohne ein Wort zu verstehen, weil Cáceres Hindi mit Ralikhanta sprach, schwante Böses. Und als der Herr ihr mitteilte, dass er zu den Alveares fahren wolle, um seine Frau abzuholen, wusste sie, dass Schlimmes bevorstand. Micaela hatte ihr nichts erzählt, aber sie vermutete, dass der Einkaufsbummel mit Señora Regina eine reine Erfindung war und dieser gottverdammte Zuhälter hinter der ganzen Sache steckte.

»Auf geht's, Ralikhanta, du fährst mich. Den Chauffeur vom Ministerium habe ich schon nach Hause geschickt.«

Bei den Alveares teilte ihm die Haushälterin mit, dass Señora Regina gerade ihren Mittagsschlaf halte und darum gebeten habe, nicht gestört zu werden. Gedemütigt erkundigte sich Cáceres nach seiner Frau.

»Señora Micaela ist gegen Mittag gegangen. Wohin, weiß ich nicht.«

»Hat Señora de Alvears Chauffeur sie gefahren? Vielleicht könnte ich mit ihm sprechen.«

»Nein, Julio war nicht weg. Ich glaube, vor der Tür wartete ein Wagen auf sie.«

Eloy versuchte, Haltung zu bewahren, aber trotz aller Bemühung war er rot angelaufen, und Schweißperlen standen ihm auf der Stirn.

»Fahr mich zum Haus der Urtiagas«, wies er den Inder an. »Vielleicht ist sie bei ihrem Gesangslehrer.«

Otilia freute sich, ihren Neffen zu sehen. Eigentlich, so erklärte sie, müsse sie ja beleidigt sein, weil er sie in letzter Zeit gar nicht mehr besuchte. Aber sie entschuldige ihn, sicherlich habe sein Fernbleiben nichts mit mangelnder Zuneigung zu tun, sondern …

»Ist Micaela hier?«, unterbrach Eloy sie.

»Nein, mein Lieber, sie war den ganzen Vormittag nicht hier.«

»Und Moreschi?«

»Rafael erzählte mir, er sei auf eine Finca in Belgrano eingeladen. Er wird nicht vor dem Abendessen zurück sein. Was ist denn los, mein Lieber? Findest du deine Frau nicht? Sie wird mit Ralikhanta zu einer Wohltätigkeitsveranstaltung gefahren sein oder zu einer dieser Matineen, bei denen sie häufig zu Gast ist.«

»Ralikhanta ist nicht bei ihr, Tante. Er wartet draußen im Wagen auf mich.«

»Ach so«, sagte Otilia. »Ich sehe, es ist ernster, als ich dachte. Du solltest besser auf deine Frau achtgeben, Eloy. Wenn du sie gefunden hast, halte ihr eine ordentliche Standpauke. Eine ehrbare Frau aus gutem Hause, so wie sie«, setzte sie mit Nachdruck hinzu, »kann nicht einfach so verschwinden, ohne ihren Chauffeur und ohne dass jemand weiß, wo sie ist. Ich sag's dir noch einmal, mein Lieber: Gib gut auf sie acht. Sie ist eine Frau, die daran gewöhnt ist zu machen, was sie will. Das ist nicht das, was die Leute von der Gattin des Außenministers erwarten.«

Eloy verließ leise fluchend das Haus der Urtiagas und bemühte sich nicht, seine Wut zu verbergen, während er seinen Diener anwies, alle Orte abzuklappern, die Micaela normalerweise aufsuchte.

»Und dass du bloß keinen vergisst«, fuhr er ihn an.

Ralikhanta fuhr ihn ergeben schweigend zum Konservatorium, zum Theater und zum Sitz der Barmherzigen Damen. Überall schluckte Eloy seinen Stolz hinunter und fragte nach Micaela, ließ erstaunte Blicke über sich ergehen und ertrug geduldig die doppeldeutigen Bemerkungen. Als sie mit der Runde zu Ende waren, war er so besorgt und wütend, dass er seine Frau am liebsten erwürgt hätte, wenn er sie vor sich gehabt hätte.

»Fahren wir nach Hause zurück, Herr«, schlug der Inder vor. »Vielleicht ist Señora Micaela mittlerweile da.«

Eloy stimmte zähneknirschend zu. Während der Fahrt malte er sich in den dunkelsten Farben aus, wo seine Frau wohl stecken mochte. Und es wurde noch schlimmer, als Cheia ihm mit zitternder Stimme und händeringend mitteilte, dass die gnädige Frau immer noch nicht zurück sei.

»Ist gut, Cheia, Sie können gehen.« Er wartete, bis sie gegangen war, um sich dann an Ralikhanta zu wenden. »Du gehst nirgendwohin. Ich brauch dich vielleicht später noch.« Damit drehte er sich um und verließ den Raum.

Ohne zu zögern ging er in Micaelas Zimmer. Ihr Parfüm lag noch in der Luft. Er ging ins Bad, wo er sie am Morgen heimlich beobachtet hatte. Er strich über den Schwamm, mit dem sie sich eingeseift hatte, und schnupperte an dem Badesalz, das sie ins warme Wasser gegeben hatte. Halb wahnsinnig vor Verzweiflung verließ er das Bad wieder. Er sah sich suchend um. Sein Blick blieb am Sekretär hängen, ein Geschenk seines Großvaters an Tante Otilia, in dem er als Junge immer herumgeschnüffelt hatte. Ob der Zweitschlüssel noch dort war, wo er ihn immer versteckt hatte? Er schob das Möbel von der Wand und fand ihn völlig verstaubt auf der hölzernen Fußleiste. Cáceres schloss den Sekretär auf und betrachtete eingehend die Dinge, die gleich ins Auge fielen: Eine Feder, Papier, Briefumschläge, ein goldener Brieföffner, Löschpapier und ein Tintenfass, alles fein säuberlich geordnet. Er durchsuchte die kleinen Fächer, ohne etwas Interessantes zu finden: ein Schmuckkästchen, leere Parfümflakons, Bürsten und Kämme aus Schildpatt, einen Spiegel und Haarklammern. Die letzte Schublade ließ sich nicht öffnen. Eloy erinnerte sich, dass er vor Jahren eine ganze Weile gebraucht hatte, um das Geheimfach zu finden. Wo war es? Er nahm die rechte Schublade heraus und tastete dahinter, bis er den Mechanismus fand und betätigte.

»Das ist es!«, rief er, als er das Knarren hörte.

Micaela benutzte es, um ihre Briefe aufzubewahren. Wer hatte ihr gezeigt, wo sich der geheime Mechanismus befand? Er überlegte kurz, während er in den Papieren stöberte, und kam zu dem Ergebnis, dass es nicht weiter verwunderlich war, wenn sie es selbst entdeckt hätte. Welche Frau hatte schließlich keinen Sekretär mit Geheimfächern?

Er konzentrierte sich auf die Briefe. Sie waren fast alle auf Französisch, einige wenige auf Italienisch, größtenteils von berühmten Tenören und Sopranistinnen und von Operndirektoren. Einige waren von einer Mutter Oberin unterzeichnet, die aus Vevey schrieb, und schließlich einer von Gastón, in dem dieser ihn als den »feinen, eingebildeten Herrn Außenminister« bezeichnete. Als er halb versteckt ein Bündel Billets entdeckte, hatte er eine böse Vorahnung.

Liebste,
nichts macht mich trauriger, als Dir diese Zeilen zu schreiben, um Dir zu sagen, dass ich noch nicht nach Buenos Aires zurückkehren kann ... Ich vermisse Dich so sehr, dass ich nachts fast nicht schlafe, und tagsüber fällt es mir schwer, ans Geschäft zu denken. Du bist immer in meinem Kopf und machst mich verrückt ...
Ich kann es kaum erwarten, Dich wiederzusehen. C. M.

Er biss sich auf die Lippen, um nicht zu schreien, zerknüllte den Brief und schleuderte ihn auf den Boden. Dann hob er ihn wieder auf und blieb erneut an einigen Sätzen hängen. *Liebste ... Ich vermisse Dich so sehr ... Liebste ... Ich kann es kaum erwarten, Dich wiederzusehen ... Rosario, 9. Dezember 1915.* Vor einigen Tagen erst. Sein Gesicht verzerrte sich, und er begann vor Wut und Hass zu weinen. Vor einigen Tagen erst!, sagte er sich noch einmal und knirschte mit den Zähnen. *Heute um 15.00 Uhr ... Unter all den Menschen war ich der Einzige, der herausschreien konnte: Diese Frau gehört mir. C. M.*

Eloy schleppte sich schluchzend zu einem Sessel und ließ allen Schmerz und allen Hass heraus, die in seinem Herzen tobten. Er weinte hemmungslos, bis der Anfall vorüber war und er wieder normal atmen konnte. Er war auf einmal ganz ruhig; sorgfältig und überlegt wie immer sortierte er die Briefe und verschloss den Sekretär. Mit ruhigen Schritten verließ er das Zimmer und zog die Tür hinter sich zu, ohne sich noch einmal umzublicken.

Carlo wachte schlaftrunken auf und rieb sich die Augen, um die Müdigkeit zu vertreiben, die ihn dazu verlockte, einfach weiterzuschlafen. Er hatte Micaela geliebt, bis er irgendwann völlig erschöpft auf ihre Brust gesunken war, die sich rasch hob und senkte. Er blickte sich nach ihr um und entdeckte sie am Fenster, wo sie durch einen Spalt der roten Samtvorhänge spähte. Nackt, wie sie war, erschien sie ihm als das vollkommenste aller Geschöpfe. Er trat von hinten an sie heran und küsste sie auf die Schulter.

»Ich dachte, du schläfst noch«, sagte sie.

»Was schaust du?«

»Die Leute auf der Straße, den Hafen, die bunten Häuser. Dieses Viertel macht mich traurig. Die Menschen gehen mit gesenkten Köpfen umher, und die Kinder laufen ohne Schuhe auf der Straße. Es macht mich traurig, wenn ich daran denke, dass auch du so ein schmächtiger Junge ohne ordentliche Kleider warst.«

»Ich war nicht so. Ich hatte immer Schuhe und war ganz und gar nicht schmächtig. Im Gegenteil. Ich war ziemlich groß für mein Alter und von kräftiger Statur. Als ich anfing, lange Hosen zu tragen, musste meine Mama ständig den Saum rauslassen, weil sie immer zu kurz waren. ›Du hast Hochwasser!‹, schrien sie mir auf der Straße nach, und ich wäre fast gestorben vor Scham.«

Micaela musste lachen, wenn sie sich den halbwüchsigen Carlo vorstellte, mit Hosen, die ihm nicht über den Knöchel reichten, und schamrotem Gesicht.

»Du darfst nur lachen, wenn du bei mir bist«, erklärte er. »Wenn du lachst, bist du noch schöner. Kein Mann könnte dieser Versuchung widerstehen.«

»Du bist zu besitzergreifend«, beklagte sie sich. »Schnüffeln Cabecita und Mudo deshalb den ganzen Tag hinter mir her?« Carlos überraschtes Gesicht amüsierte sie. »Ich habe zum ersten Mal gemerkt, dass sie mir folgen, als ich zum *Carmesí* ging, um dich zu suchen. An dem Morgen, als ich erfuhr, dass du es verkauft hast. Als ich rauskam, traf ich Cabecita auf dem Gehsteig, und als ich ihn fragte, was er dort mache, sagte er mir, ich solle dich fragen. Seither begegne ich ihnen immer wieder.«

»Ich will dich schützen«, erklärte Carlo. »Ich würde sterben, wenn dir etwas passierte.«

»Mir passiert schon nichts, Liebster. Was soll mir denn passieren?«

»Mir gefällt dein Chauffeur nicht. Dieser Inder. Er ist mir nicht geheuer.«

»Beurteile die Leute nicht nach ihrem Äußeren. Ich weiß, dass Ralikhanta mit diesen ganzen Ringen und Ketten, der seltsamen Kleidung und vor allem seinen riesigen, dunklen Augen auf den ersten Blick nicht gerade Vertrauen einflößt, aber er ist ein guter Mensch. Er würde mich niemals im Stich lassen.«

»Es ist mir gleichgültig, ob es dir passt oder nicht, aber Cabecita und Mudo werden dich auch in Zukunft beschützen, ist das klar?«

Micaela nickte, und Carlo küsste sie.

»An dem Morgen, als ich hierherkam, um nach dir zu suchen, sagte mir eine Frau, dass du nach Neapel zurückkehren wolltest. Stimmt es, dass du solche Pläne hattest?«

»Ja, und ich habe sie nach wie vor«, bestätigte er. »Mach nicht so ein Gesicht, Marlene!«

»Was soll ich denn für ein Gesicht machen, wenn du so einen Unsinn erzählst? Wie kommst du auf die Idee, mitten im Krieg nach Italien zurückzukehren? Bist du verrückt geworden?«

»Wenn ich auf einem argentinischen Schiff reise, kann nichts passieren«, versicherte Carlo.

»Das ist nicht wahr! Sie können dein Schiff angreifen, ohne sich darum zu scheren, dass es unter neutraler Flagge fährt. Nein, Carlo, bitte versprich mir, dass du nicht nach Neapel fährst, solange Krieg herrscht! Bitte, versprich es mir!«

»Ist gut, ich verspreche es. Außerdem habe ich gar nicht mehr das Bedürfnis, die Familie meiner Mutter zu suchen, seit du zu mir zurückgekehrt bist. Du bist alles, was ich brauche.«

Micaela atmete erleichtert auf, umarmte ihn und versprach, ihm bei der Suche nach den Portineris zu helfen, wenn der Krieg vorüber war.

»Was du auf der Geburtstagsfeier meines Vaters gemacht hast, war beinahe Selbstmord«, erinnerte sie sich dann. »Was hast du dir dabei gedacht, dich unter deinem richtigen Namen vorzustellen? Und wenn Gioacchina dich wiedererkannt hätte?«

»Gioacchina erinnert sich nicht an den Namen Molina, auch wenn sie mir sagte, er komme ihr irgendwie bekannt vor. Marité, die Freundin meiner Mutter, die Gioacchina jahrelang im Waisenhaus besuchte, erwähnte ihn nie und behauptete, wir seien bei einem Unfall gestorben. Es wäre sowieso sinnlos gewesen, den Namen zu ändern«, setzte er hinzu. »Viele Gäste kennen mich sehr gut. Sieh mich nicht so an. Oder glaubst du, dein Onkel Miguens war der Einzige, der meine Lokale besuchte? Zuerst bekamen sie einen mächtigen Schreck, als sie mich durch die Salons deines Vaters spazieren sahen, aber nach einer Weile begriffen sie, dass sie nichts davon hatten, wenn sie mich verrieten, und ich nicht, wenn ich anfing, auszupacken.«

»Und ich bin hier im *Carmesí* aufgetreten, während ich Gefahr lief, die Freunde meines Vaters zu treffen ...«

»Deshalb habe ich Tuli von Anfang an gesagt, er solle dich verkleiden.«

»Das stimmt nicht!«, widersprach Micaela. »Das hast du nur gemacht, um mich zu demütigen. Ich erinnere mich noch genau an den Abend, als du in die Garderobe gekommen bist und vor allen zu Tuli sagtest: ›Schmink sie ordentlich und kleb ihr falsche Wimpern an. Sie soll wie eine Hure aussehen.‹«

Carlo packte sie und sah ihr tief in die Augen.

»Ja«, flüsterte er, »eine Hure. *Meine* Hure.«

Damit hob er sie hoch und trug sie zum Bett.

Als er aus Micaelas Zimmer kam, ging Eloy in die Küche. Cheia, die gerade den Rosenkranz betete, sprang auf, als sie ihn hereinkommen sah, und fragte ihn, ob er etwas zu Mittag essen wolle. Cáceres sah sie lange an und befahl ihr dann, Ralikhanta zu holen.

»Sag ihm, ich erwarte ihn in meinem Arbeitszimmer«, setzte er hinzu.

Als der Inder dort erschien, musste er eine Weile warten, bis sein Herr das Wort an ihn richtete.

»Ich will, dass du mich zu Micaela bringst«, befahl er.

»Aber gnädiger Herr, wir haben doch schon überall ...«

»Ich will, dass du mich dorthin fährst, wo sie sich mit ihrem Liebhaber trifft.«

»Ich weiß nicht, wovon Sie sprechen.«

Eloy stürzte sich auf Ralikhanta, packte ihn beim Kragen, hob ihn hoch und drückte ihn gegen die Wand. Der Inder strampelte mit den Beinen; Cáceres drückte ihm mit beiden Händen den Hals zu und machte ihm das Atmen schwer.

»Das Geheimnis, das uns verbindet, lässt keinen Verrat zu«, zischte er. »Du weißt, dass ich dich zerquetschen kann wie eine Fliege.« Er stellte ihn wieder auf den Boden und zupfte ihm das Jackett zurecht. »Und jetzt bring mich zu meiner Frau.«

»Ich muss gehen«, kündigte Micaela an.

Carlo schnaubte ungehalten, stand aus dem Bett auf und begann, sich anzuziehen.

»Carlo, bitte, reg dich nicht so auf. Ich möchte nicht, dass wir im Streit auseinandergehen.«

»Verdammt, wie soll ich mich nicht aufregen!«, brüllte er. Micaela zuckte zusammen und wich einen Schritt zurück. »Tut mir leid, Liebling«, entschuldigte er sich und zog sie an sich. »Aber ich ertrage es nicht, wenn du sagst, dass du gehen musst. Ich ertrage es nicht, dich nicht die ganze Zeit bei mir zu haben.«

»Es ist nicht mehr für lange. Wenn wir aus Chile zurückkommen, verlasse ich Eloy, auch wenn Doktor Charcot ihn noch nicht geheilt haben sollte. Mir fällt es auch schwer, mich von dir zu trennen, aber versteh mich doch. Das alles ist sehr schwierig für mich.«

»Ja, ja, ich verstehe dich. Aber wenn du nicht willst, dass ich wütend werde, dann komm noch kurz mit zu mir, bevor du nach Hause fährst.«

»Carlo, es ist schon halb fünf.«

»Nur kurz. Frida hat dir ein Kleid genäht und möchte es dir zu Weihnachten schenken. Sie hat sich die Hacken abgerannt, um den feinsten, teuersten Stoff, Spitze von wer weiß woher und französische Seide zu besorgen. Ich muss schon sagen, dass es sehr hübsch geworden ist.«

Micaela willigte schließlich ein. Sie zogen sich fertig an und gingen nach unten. Im Salon bereitete man sich auf eine weitere Nacht mit Tango, Huren und Glücksspiel vor. Ein paar Frauen putzten die Tanzfläche, andere wischten über die Tische, und die Musiker probten ihre Lieder. Bevor sie das Bordell verließ, schaute Micaela noch einmal wehmütig zurück. Sie war sicher, dass sie nie wieder hierherkommen würde. Paradoxerweise hatte sie hier, an den Pforten der Hölle, das Paradies gefunden.

Ralikhanta parkte den Wagen und zeigte seinem Herrn Molinas Haus.

»Wie heißt er?«, fragte Eloy.

»Carlo Molina.«

»Molina? Italiener?«

»Neapolitaner«, präzisierte Ralikhanta.

»Was macht er?«

»Er hat eine Lagerhalle im Hafen. Export und Import.«
Eloy dachte kurz nach, bevor er weiterfragte:
»Und woher hat er das Geld für die Firma?«
»Das weiß ich nicht, Herr.«
Eloy schnellte vom Rücksitz hoch, umklammerte den Hals des Inders und drückte brutal zu.
»Ich sagte dir doch, das Geheimnis, das uns verbindet, lässt keinen Verrat zu. Sag mir, woher ein Typ wie er das Geld für ein solches Unternehmen hat.«
Eloy lockerte seinen Griff ein wenig, und Ralikhanta begann zu japsen und zu husten.
»Ihm haben mehrere Spielhöllen und Bordelle gehört«, räumte der Inder schließlich atemlos ein.
Cáceres ließ sich wieder in den Sitz fallen. Trotz seiner teilnahmslosen Miene brodelte es in ihm vor Hass und Abscheu; bei der Vorstellung, dass sich seine Frau in die Arme eines abstoßenden italienischen Emigranten aus dem Elendsviertel San Telmo warf, drehte es ihm den Magen um.
Ralikhanta sah sie als Erster, sagte aber nichts. Von dem Motorengeräusch eines Autos aufgeschreckt, ließ Cáceres die Sichtblende herunter. Seine Frau und ein dunkelhaariger, gutaussehender Mann, der sie um die Taille fasste und ihr etwas ins Ohr flüsterte, stiegen aus dem Wagen und verschwanden in dem alten, herrschaftlichen Haus. Er war versucht, sie zur Rede zu stellen, beherrschte sich aber, ballte die Fäuste und biss die Zähne zusammen. Er wusste, dass eine gut geplante Rache befriedigender war als ein Streit auf dem Gehsteig.
Ein paar Minuten später kamen Micaela und Molina wieder heraus. Eloy bemerkte sofort die hübsch eingepackte Schachtel, die seine Frau dabeihatte, und das Lächeln einer befriedigten Frau, das auf ihrem Gesicht lag. Er sah, wie sie sich mit einem langen Kuss von ihrem Liebhaber verabschiedete, und stellte fest, dass Molina

ihr formvollendet in den Wagen half und ihre Hand küsste, bevor er die Tür schloss. Der Wagen fuhr los und bog um die Ecke.

Ralikhanta startete den Daimler Benz und gab auf Cáceres' Anweisung ordentlich Gas, um ihm zu folgen. Wenig später hielt das Auto einen halben Häuserblock vor dem Haus in der Calle San Martín. Micaela stieg aus und ging rasch nach Hause. Eloy verfolgte jeden ihrer Schritte, bis sie im Haus verschwunden war. Auch, als er sie nicht mehr sehen konnte, starrte er ihr weiter hinterher, in einen inneren Kampf verstrickt, den er lange nicht mehr ausgetragen hatte, weil er geglaubt hatte, der Krieg sei gewonnen.

»Du weißt schon, wohin«, wies er Ralikhanta an.

Der Daimler Benz fuhr los und verschwand in Richtung Hafenviertel.

»Wo bist du den ganzen Tag gewesen? Es ist halb sechs!«, zeterte Mamá Cheia, als sie ihr die Tür öffnete. Regina Pacini erschien im Hintergrund und lächelte ihr aufmunternd zu.

»Was ist los?«, fragte Micaela erschrocken.

»Dein Mann«, kam Regina der Amme zuvor. »Er sucht dich schon den ganzen Tag verzweifelt. Gegen halb zwei war er bei mir zu Hause, als ich gerade meinen Mittagsschlaf hielt. Colofón, meine geschwätzige Haushälterin, hat ihm gesagt, dass du gegen Mittag gegangen seist und dass unten ein Auto auf dich gewartet habe.«

»Mein Gott!«

»Nimm nicht den Namen Gottes in den Mund!«, entfuhr es Cheia. »Ich habe dir doch gesagt, dass es ein böses Ende nehmen wird. Señor Cáceres ist dein Mann vor Gott und vor den Menschen; du kannst ihn nicht derart hintergehen, so viele Probleme ihr auch haben mögt. Mit Sicherheit tobt er vor Wut, wenn er nach Hause kommt, und dann gnade uns Gott!«

»Micaela, vielleicht ist es besser, wenn er alles erfährt. Du kannst dich nicht ewig verstecken wie eine Verbrecherin.«

»Wie können Sie so etwas sagen, Señora Regina!«, jammerte die schwarze Amme. »Meine kleine Micaela kann doch nicht vor der ganzen Gesellschaft als Ehebrecherin dastehen. Sie muss den guten Ruf ihrer Familie wahren.«

»Jetzt hört auf mit dem Unsinn!«, befahl Micaela. »Und erklärt mir endlich, was hier los ist.«

Cheia erzählte alles, was in der Zwischenzeit passiert war, seit Señor Cáceres um ein Uhr überraschend nach Hause gekommen war. Dabei vergaß sie in ihrer Verwirrung einiges und fügte anderes, völlig Unwichtiges hinzu. Gerade eben sei er wieder mit Ralikhanta weggefahren.

»Und er ist noch nicht zurück«, schloss sie.

»Und du sagst, Ralikhanta hat ihn gefahren?«

»Ja«, bestätigte die Frau. »Der gnädige Herr hatte dem Chauffeur des Ministeriums bis Montag freigegeben. Ihm blieb nichts anderes übrig, als Ralikhanta zu bitten, ihn zu fahren.«

Obwohl sie auf die Diskretion ihres Dieners vertraute, wurde Micaela unruhig.

»Ich muss jetzt gehen«, verkündete Regina. »Aber du kannst jederzeit mit meiner Hilfe rechnen.«

Die Frauen verabschiedeten sich herzlich. Cheia hingegen nickte Regina nur knapp zu. Sie wartete nicht einmal, bis diese ein Stück die Straße hinuntergegangen war, um Micaela zu sagen, dass diese Frau ihr nicht gefalle. Sie sei nicht ihre Klasse und wisse nicht, was sie rede. Wegen ihrer schlechten Ratschläge habe sie sich wieder mit dem Zuhälter eingelassen. Die Amme schüttelte den Kopf. Micaela schlich auf ihr Zimmer, während Cheia weiter tobte und schimpfte. Nach einem intensiven Nachmittag war sie erschöpft und wollte nicht an die Fragen denken, die ihr Mann ihr mit Sicherheit stellen würde.

Carlo sagte sich, dass es keinen Grund zur Beunruhigung gab. Marlene hatte sehr entschlossen gewirkt, als sie ihm beteuert hatte, dass sie ihren Mann nach dem Gastspiel in Chile verlassen würde. Trotzdem, und obwohl er sich immer wieder sagte, dass er sich keine Sorgen zu machen brauchte, beschäftigte ihn der Gedanke, dass Marlene, wenn es soweit war, weitere Ausflüchte machen könnte, um die Trennung noch länger hinauszuzögern.

Schließlich brandmarkte ihn seine Vergangenheit als gesellschaftlichen Außenseiter. Hatte er das Recht, eine normale Familie zu gründen? Seine Kinder würden den Namen Molina als schwere Bürde mit sich herumtragen. Sie würden die neugierigen Blicke und das boshafte Lächeln etlicher Bekannter des alten Urtiaga ertragen müssen, die noch einmal nachfragen würden, wenn sie ihren Namen nannten, um dann mit verschwörerischem Augenzwinkern zu sagen: »Ich kenne deinen Vater von früher.« Gioacchina hatte er vor dieser Demütigung bewahrt. Sollte er sie nun seinen eigenen Kindern antun?

Ob Marlene das alles bedacht hatte? Ganz bestimmt. Wahrscheinlich hatte sie gar nicht die Absicht, den reichen Schnösel zu verlassen, sondern plante, zu einer einvernehmlichen Lösung mit ihm zu gelangen: einen gestandenen, leidenschaftlichen Liebhaber im Gegenzug dafür, dass sie den Anschein einer vorbildlichen Ehe aufrechterhielt, um die glänzende politische Karriere des Außenministers zu retten und den guten Ruf der Urtiagas zu wahren. Sollten Kinder kommen, könnten sie sogar den aristokratischen Namen Cáceres tragen.

Carlo fluchte. Wie lange musste er noch für seine Vergehen zahlen? Zehn endlose Jahre Kälte, Hunger und Verzweiflung schienen noch nicht genug zu sein. Der Gedanke an eine Familie veränderte alles und zwang ihn, seinem Leben eine völlig andere Richtung zu geben. Moral und Wertvorstellungen, die er in den Zeiten, in denen es nur darum gegangen war, reich zu werden, völlig über Bord geworfen hatte, erhielten nun allerhöchste Bedeutung. Sein Vater hatte das nicht so gesehen und sich erst seinen anarchistischen Ideen und dann dem Laster hingegeben, und Carlo hasste ihn dafür. Würden ihn seine Kinder ebenfalls hassen?

»Grübel nicht so viel«, sagte Frida und tätschelte seine Schulter. »Dieses Mädchen liebt dich über alles. Wäre ihre Liebe geringer, wären deine Zweifel berechtigt. Aber wenn eine Liebe so stark ist wie die, die Marlene für dich empfindet, gibt es keine Hindernisse, die sich nicht überwinden ließen.«

»Ich habe zum ersten Mal Angst«, gestand Carlo.

»Wenn Marlene ihren Mann noch nicht verlassen hat, wird sie ihre Gründe haben. Es ist nicht fair, dass du ihr nicht vertraust. Ihre Liebe sollte dir genügen.«

»Sie ist eine Berühmtheit und hat den für ihre soziale Stellung passenden Mann. Wird sie das alles für mich aufs Spiel setzen?«

»Das und noch viel mehr«, versicherte Frida.

Carlo hörte den Wagen zurückkommen, der Micaela nach Hause gebracht hatte. Er zog das Jackett an, setzte den Hut auf und ging hinaus. Er würde in seine Firma im Hafen fahren, um zur Ruhe zu kommen. Arbeiten half immer gegen Kummer.

In Erwartung des langen Treffens mit Micaela hatte Molina Cabecita und Mudo den Nachmittag freigegeben. Die beiden vertrieben sich die Zeit in einem Bordell in La Boca und streiften ziellos durch die Stadt. Am späten Nachmittag, als sie das sinnlose Müßiggehen leid waren, schlug Cabecita vor, einen Schnaps in einer Kneipe in der Avellaneda zu trinken, wo sie seit Monaten nicht mehr gewesen waren. Der Besitzer war ein alter Freund von Carlo Molina aus Don Cholos Zeiten, dem außerdem mehrere Spielhöllen und Bordelle gehörten. Ruggerito, sein engster Vertrauter, der sich um die Kneipe kümmerte, kam ihnen entgegen, um sie zu begrüßen.

»He, Cabecita! Mudo! Was macht ihr denn hier? Habt euch lange nicht blicken lassen.«

»Wir haben viel zu tun«, sagte Cabecita. »Carlo hält uns mächtig auf Trab, den ganzen Tag von hier nach dort.«

»Und du, Mudo?«, scherzte Ruggerito, »Immer noch so gesprächig? Ganz wie in alten Zeiten.«

Mudo grunzte nur und setzte sich an einen Tisch, gefolgt von seinem Kumpel und dem Kneipenwirt, der drei Schnaps und eine Schinkenplatte orderte.

»Wie geht's Carlo? Hat aufgehört oder was? Der Boss und ich haben auf der Stelle zugeschlagen, als er den Puff in San Telmo angeboten hat. Später haben wir gehört, er hätte alles verkauft.«

»Er macht jetzt was anderes«, sagte Cabecita und kippte den Schnaps herunter.

»Mir machst du nichts vor, Cabecita«, meinte Ruggerito. »Carlo muss was Schlimmes passiert sein, dass er von einem Tag auf den anderen alles verscherbelt. Los, erzähl schon.«

Mudo aß und trank in aller Seelenruhe und hörte genau zu, was sein Kumpel sagte, um ihn mit einem Stoß in die Rippen zum Schweigen zu bringen, falls er zu viel quatschen sollte. Aber das war nicht nötig, denn dem verschlug es auf einmal die Sprache, als eine ordinär aussehende Frau in einem viel zu engen Kleid und mit einem schwarzen Hut, an dem lange rote Federn wippten, mit übertriebenem Hüftwackeln aus dem Hinterzimmer der Kneipe kam.

»Ich wusste gar nicht, dass ihr hier auch Mädchen habt«, bemerkte Cabecita, während er sie mit Blicken auszog.

»Vor kurzem haben wir ein paar möblierte Zimmer eingerichtet. Für die Angestellten aus den Gerbereien, weißt du? Sie verlangen nicht viel, ein Bett zum Schlafen und ein Mädchen fürs Vergnügen.«

Die Frau ging zur Tür, ohne auf die lautstarken Anzüglichkeiten der Gäste zu achten, die ihre Hände nicht bei sich behalten konnten, als sie vorüberging. Cabecita stellte sich ihr in den Weg und lächelte galant.

»Ach, wie gern wäre ich dieses Muttermal, um deinem Mund ganz nah zu sein!«, sagte er und versuchte, den falschen Schönheitsfleck an der Oberlippe zu berühren. Die Frau lächelte zurück und tätschelte ihm übers Haar.

»Ein andermal, Süßer«, versprach sie. »Jetzt wartet ein Kunde auf mich.« Damit deutete sie auf ein teures Auto, das vor der Tür parkte.

Cabecita verschlug es die Sprache, als er den Daimler Benz von Micaelas Mann mit Ralikhanta hinterm Steuer erkannte. Die Prostituierte überquerte den Gehsteig und stieg hinten in den Wagen, der mit quietschenden Reifen davonfuhr.

»Wenn's dich juckt, Cabecita, kann ich dir ein anderes Mädchen besorgen«, bot Ruggerito an. »Amanda ist gebucht.«

»Nein, nein, schon gut«, sagte Cabecita und legte ein paar Scheine auf den Tisch. »Wir müssen los. Gehen wir, Mudo.«

»Ihr geht schon? Aber du hast mir noch gar nicht erzählt, warum Carlo ...«

»Ein andermal. Los, Mudo, wir gehen.«

Obwohl Mamá Cheia ihr gut zuredete, doch etwas zu essen, trank Micaela nur ein paar Schlucke warme Milch.

»Bist du sicher, dass Eloy noch nicht da ist, Mamá? Vielleicht hat er sich in sein Arbeitszimmer zurückgezogen.«

»Ich hätte das Auto gehört«, widersprach die Frau. »Oder ich hätte Ralikhanta gesehen. Wenn er kommt, sage ich dir Bescheid, keine Sorge.«

»Es ist schon spät«, sagte Micaela mit Blick auf die Wanduhr, die halb zehn zeigte.

»Vielleicht ist ihm eingefallen, dass er zum Abendessen im *Club del Progreso* oder im *Jockey* verabredet ist, und er konnte dir nicht mehr Bescheid sagen.«

»Das glaubst du doch selbst nicht«, entgegnete Micaela. »Wenn er ein Abendessen oder eine Verabredung hätte, wie du sagst, wäre er nach Hause gekommen, um ein Bad zu nehmen und sich umzuziehen. Du weißt doch, wie wichtig ihm ein gutes Auftreten ist. Ich bin sicher, er ist böse auf mich und kocht vor Wut.«

Mamá Cheia verließ das Zimmer sehr bedrückt. Ihr gefiel überhaupt nicht, welche Wendung die Ereignisse nahmen. Micaela löschte das Licht und versuchte zu schlafen, aber obwohl heiße Milch sie normalerweise müde machte, wälzte sie sich schlaflos im Bett herum. Schließlich beschloss sie, in die Küche zu gehen und ein Glas Wasser zu trinken. Ihr war heiß, und sie hatte Kopfschmerzen.

Das Haus flößte ihr Angst ein. Sie hatte diesen alten Kasten im Kolonialstil nie gemocht, der trotz ihrer Veränderungen immer noch düster wirkte und nicht verhehlen konnte, wie viele Jahre nichts daran gemacht worden war. Sie schenkte sich in der Küche eine Limonade ein und setzte sich zum Trinken an den Tisch. Gedankenverloren wühlte sie in Cheias Handarbeitskorb, der voller Strickarbeiten, Stickereien und anderer Kleinigkeiten für Francisco war.

»Guten Abend, Herrin.«

»Ralikhanta! Du hast mich zu Tode erschreckt!«

»Entschuldigen Sie, Herrin. Ich dachte, Sie hätten mich kommen gehört.«

»Und Señor Cáceres?«

»Ist bei Mister Harvey, Herrin.«

»Cheia sagte mir, ihr hättet nach mir gesucht.«

»Ja, Herrin.«

»Und ... Wo seid ihr überall gewesen, um mich zu suchen?«

»Bei den Alveares, im Konservatorium und bei den Barmherzigen Damen.«

»Ist Eloy sehr wütend?«

»Ziemlich.«

»Ich hoffe, du hast ihm nicht ... Ich meine ... Wegen Señor Molina.«

»Nein, Herrin«, log Ralikhanta, ohne ihr in die Augen zu sehen.

»Danke«, sagte Micaela erleichtert. »Warum fährst du nicht zu Mister Harvey und sagst dem gnädigen Herrn, dass ich hier bin und auf ihn warte?«

»Besser, Sie lassen die Dinge heute Abend auf sich beruhen«, schlug der Inder vor. »Zumindest, bis die erste Wut verraucht ist. Ich weiß, wovon ich rede.«

Micaela nickte kaum merklich, beunruhigt über Ralikhantas Bemerkung, der sich normalerweise solcher Kommentare enthielt.

»Morgen früh um neun brauche ich dich«, sagte sie dann.

Ralikhanta verbeugte sich, drehte sich um und verschwand in der Dunkelheit des Patio.

»Wenn ich am Steuer gesessen hätte, wäre er uns nicht entwischt!«, schimpfte Cabecita.

Mudo fuhr einfach weiter. Er ärgerte sich sowieso schon genug über die gescheiterte Verfolgung von Micaelas Chauffeur, um auch noch Cabecitas Genörgel zu ertragen. Der Inder hatte sie bemerkt und geschickt abgehängt wie zwei Anfänger.

»Fahren wir zu Carlo und erzählen es ihm«, sagte er schließlich.

»Bist du verrückt geworden!«, entfuhr es Cabecita. »Er wird uns an den Eiern aufhängen, wenn er erfährt, dass wir ihn aus den Augen verloren haben. Ich wette, Marlenes Chauffeur hat den freien Nachmittag genauso genutzt wie wir und ein bisschen schnelles Vergnügen bei einer Nutte gesucht. Was ist Schlimmes daran? Lass uns lieber zu Ruggerito zurückfahren und uns einen ordentlichen Gin hinter die Binde kippen. Vielleicht ist die Kleine schon wieder zurück, die mit Marlenes Chauffeur weggefahren ist, und leistet uns ein bisschen Gesellschaft.«

Mudo bog an der nächsten Ecke ab und fuhr in die Avellaneda.

»He, Cabecita, du bist immer noch scharf auf Amanda, stimmt's?«, gröhlte Ruggerito, als er sie hereinkommen sah. »Hübsches Ding, oder?«

»Ist sie schon zurück?«, fragte Cabecita.

»Ui, dich hat's ja richtig erwischt!«

»Ist sie zurück oder nicht?«

»Heute ist nicht dein Glückstag, Cabecita. Amanda ist noch mit diesem Kerl unterwegs, der sie heute Nachmittag abgeholt hat.«

»Weißt du, wann sie zurückkommt?«

»Du bist wirklich ein Dickschädel! Tut es keine andere?«

Vor der Tür war Stimmengewirr zu hören. Ruggerito, Mudo und Cabecita drehten die Köpfe. Ein Mann fragte totenbleich und völlig außer sich nach dem Wirt der Kneipe. Als er ihn schließlich entdeckte, kam er zu ihm gestürzt.

»Chef!«, rief er atemlos. »Es ist was Schlimmes passiert!«

»Was ist los, Chicho?«, herrschte Ruggerito ihn an. »Los, rede schon!«

»Es geht um Amanda, Chef. Sie ist tot. Der ›Zungensammler‹ hat sie umgebracht.«

Cabecita und Mudo sahen sich entsetzt an.

»Was? Woher weißt du das? Wer hat dir das erzählt?«

»Niemand hat's mir erzählt, Chef, ich hab's selbst gesehen. Es war ganz hier in der Nähe, zehn, zwölf Straßen weiter. Ich bin schnell hergerannt.« Er stürzte den Gin herunter, den ein Gast ihm reichte. »Ich habe eine Menschenmenge vor dem Eingang eines Hotels bemerkt. Alle standen rum und wollten sehen, was passiert ist. Überall waren Bullen, und da war einer von der Zeitung, der Fragen stellte. Ich hab mich durchgequetscht und konnte gerade noch sehen, wie sie die Leiche rausbrachten. Es war Amanda, Chef, ich hab's mit eigenen Augen gesehen, ich schwöre!«

Angeführt von Chicho, rannten Mudo, Cabecita und Ruggerito zu dem Hotel. Die Menschenmenge hatte sich zerstreut; nur noch ein paar Polizisten standen vor der Tür, ein paar schaulustige Passanten und der eine oder andere schockierte Nachbar. Die Polizisten begrüßten Ruggerito wie einen alten Bekannten und bestätigten ihm, dass der ›Zungensammler‹ ein weiteres Verbrechen begangen habe.

»Er hat länger nichts mehr von sich hören lassen«, setzte einer der Beamten hinzu.

»Es ist das erste Mal, das er tagsüber zugeschlagen hat«, ergänzte ein anderer. »Offenbar ist es am späten Nachmittag passiert. Dieser Dreckskerl, kommt einfach so davon!«

»Wurde die Kleine schon identifiziert?«, wollte Ruggerito wissen.

»Noch nicht. Eine Nutte, ganz sicher, aber wir wissen noch nicht, wer sie ist.«

»Und die Zunge?«, fragte Cabecita.

»Nach der wird noch gesucht.«

Die Polizisten ließen sie hineingehen. Sie stiegen über eine enge, ausgetretene Treppe in den ersten Stock, wo sie den völlig aufgelösten Concierge antrafen, der der Polizei immer wieder beteuerte, dass er nichts gesehen und gehört habe.

»Ich hatte der Frau den Schlüssel gegeben, und später sah ich sie mit einem Mann runterkommen.«

»Beschreiben Sie uns den Mann.«

»Ich habe nicht auf ihn geachtet. Außerdem ist es an der Rezeption dunkel, und ich bin kurzsichtig.«

Auch die weitere Befragung des Polizisten führte zu nichts. Der Mann hatte nichts Entscheidendes beizutragen. Cabecita warf einen Blick in das Zimmer. Es war tadellos aufgeräumt, sogar das Bett war gemacht. Als er sich genauer umsah, bemerkte er eine kleine Blutlache auf dem Boden. Daneben lag der unverwechselbare schwarze Hut mit den roten Federn.

32. Kapitel

Regina hatte schlecht geschlafen und machte sich Sorgen um ihre Freundin. Am nächsten Morgen machte sie sich in aller Frühe auf den Weg zu den Cáceres, wo sie Micaela blass und mit dunklen Augenringen vor einer Tasse Kaffee antraf.

»Wie ich sehe, konntest du auch nicht schlafen«, stellte sie fest.

»Eloy ist immer noch nicht da. Ich weiß nicht, wo er die Nacht verbracht hat oder was er über mich denkt. So wollte ich das alles nicht.«

»Vielleicht hat er die Nacht durchgearbeitet«, gab Regina zu bedenken.

»Das glaube ich nicht. Ralikhanta sagte mir, er habe sich gestern Nachmittag zu Harvey bringen lassen, nachdem er mich vergeblich gesucht hatte.«

»Was findet er nur an diesem Engländer!«, schimpfte Regina. »Du solltest ihm erzählen, wie unverschämt er sich dir gegenüber benimmt. Vielleicht merkt er dann endlich, wer seine wahren Feinde sind.«

»Ich finde es sonderbar, dass er Ralikhanta gebeten hat, ihn zu Harvey zu bringen. Gestern Morgen hatte ich den Eindruck, als hätten sie Streit.«

»Was du nicht sagst. Und worüber haben sie gestritten?«

Micaela erzählte, dass sie nicht mehr wusste und sich nur vorstellen konnte, dass es um Geschäftliches gegangen war.

»Ich bin in ein paar Minuten fertig«, verkündete Micaela, als sie Ralikhanta sah.

»Du willst weg?«

»Ich muss ein paar Gegenbesuche machen und Weihnachtsgeschenke besorgen. Nichts Wichtiges. Ich halte es nicht länger aus, hier herumzusitzen und zu warten, dass Eloy sich dazu herablässt zu erscheinen. Besser, ich gehe ein bisschen aus und lenke mich ab. Möchtest du mitkommen?«

»Ich würde nur zu gerne«, beteuerte die Pacini. »Aber Paolo hat mich gebeten, ihn zu einem Mittagessen zu begleiten. Er bringt mich um, wenn ich ihn versetze.«

Micaela ging nach oben, um sich fertigzumachen. Regina versprach zu warten. Cheia bot ihr eine Tasse Kaffee an und ließ sie dann im Esszimmer allein, wo sie die Zeitung durchblätterte, die noch niemand gelesen hatte.

»Gütiger Himmel!«, rief sie plötzlich und starrte auf die Zeitung.

»Was ist los?«, wollte Micaela wissen, die in diesem Moment hereinkam.

»Wieder dieser Mörder, der ›Zungensammler‹«, erklärte Regina. »›Gestern Nachmittag wurde unweit des Avellaneda-Viertels im Hotel Esmeralda die Leiche einer etwa dreißigjährigen Frau aufgefunden. Nach Angaben von Polizeikommissar Camargo entspricht die Vorgehensweise des Mörders dem bereits bekannten ›Zungensammler‹ ... Bla, bla, bla. ›Auch diesmal handelt es sich um eine Frau aus dem Milieu, mit langen, schwarzen Locken und einem Muttermal über der Oberlippe ...‹ Bla, bla ... ›Die Zunge konnte nicht gefunden werden.‹«

»Ich dachte, dieser Albtraum wäre vorbei«, stammelte Micaela.

Regina legte die Zeitung weg und trank ihren Kaffee aus.

»Ich gehe dann mal, meine Liebe«, verkündete sie. »Ich habe noch einiges zu tun vor diesem Essen. Ich weiß jetzt schon, dass ich mich zu Tode langweilen werde!«

Micaela stammelte nur ein paar Worte zum Abschied und

blieb mitten im Esszimmer stehen. Ihre Gedanken waren bei Polaquita und Sonia. Es schauderte sie, wenn sie daran dachte, was sie in der Gewalt dieses Mannes mitgemacht hatten. Als sie den Wagen vorfahren hörte, schob sie die düsteren Gedanken beiseite.

»Dein Vater und ich fahren nachher zum Friedhof, deine Mutter besuchen«, sagte Cheia, die an der Tür auf sie wartete. »Vielleicht esse ich mit ihm zu Mittag und komme erst am Nachmittag zurück.«

»Ist gut.«

»Ab Mittag hat Marita frei. Tomasa hat versprochen, früh zurück zu sein, damit jemand im Haus ist, aber so unzuverlässig, wie sie ist, taucht sie bestimmt erst auf den letzten Drücker auf. Wie gesagt, diese Frau taugt nichts. Wenn sie wenigstens gut kochen würde ... Außerdem ...«

»Wir sprechen, wenn ich zurück bin, Mamá. Ich bin in Eile.«

»Ja, ja, Herzchen. Geh nur. Gott segne dich.« Sie küsste sie auf die Stirn. »Ach, beinahe hätt ich's vergessen! Gestern hat Marita deine Post beiseitegelegt, aber sie hat vergessen, sie dir zu geben.« Cheia zog mehrere Briefe aus der Schürzentasche. »Soll ich sie in dein Zimmer legen?«

»Nein. Ich nehme sie mit und lese sie im Auto.«

Ralikhanta wartete draußen mit laufendem Motor auf sie. Ihre Blicke trafen sich, und Micaela lächelte. Der Inder sah betreten zu Boden und schloss die Wagentür. Micaela wunderte sich, doch dann vertiefte sie sich in die Briefe. Einer kam von der Oberin aus Vevey, einer von Lily Pons, ihrer ehemaligen Mitschülerin am Pariser Konservatorium, einer vom Direktor des Theaters La Fenice in Venedig. Der nächste war von Doktor Charcot, den sie hastig öffnete.

Buenos Aires, 22. Dezember 1915

Hochverehrte Señora Cáceres,

wie man mir mitteilte, traf Ihr Schreiben bereits am 15. Dezember ein, aber zu diesem Zeitpunkt befand ich mich nicht in der Stadt. Erst heute Morgen bin ich zurückgekehrt und habe mich unverzüglich hingesetzt, um Ihnen zu schreiben.
Ich danke Ihnen für Ihre warmen Worte, die besonders tröstlich für mich sind, weil sie von Ihnen stammen, die ich nahezu als Französin ansehe. Haben Sie Zuversicht; bald werden wir in unser geliebtes Paris zurückkehren.
Was das andere Thema betrifft, muss ich gestehen, dass ich äußerst überrascht war. Es muss sich um einen Irrtum handeln, denn ich habe Ihren Mann, Señor Cáceres, nie behandelt. Vielmehr kenne ich ihn gar nicht persönlich. Vielleicht ist der Herr Außenminister bei einem anderen Arzt in Behandlung, und Sie sind falsch informiert.
Womöglich hatte er ursprünglich ja die Absicht, mich aufzusuchen, und hat Ihnen dies so mitgeteilt, es dann aber, als er von meinen Methoden erfuhr, vorgezogen, doch nicht zu mir zu kommen. Wie Sie wissen, sind meine Methoden von der traditionellen Medizin nicht gut angesehen.
Ich bedaure das Missverständnis sehr und hoffe, dass sich alles zu Ihrer Zufriedenheit klären wird.

In tiefer Verbundenheit
Doktor Gérard Charcot

Verwirrt las sie den Brief noch einmal, aber so sehr sie auch nach einer logischen Erklärung suchte, ihr kamen immer nur Eloys klare, unmissverständliche Worte in den Sinn, die keinen Platz für Zweifel ließen: »Doktor Charcot denkt, dass die Möglichkeit besteht, dass ich wieder gesund werde, Liebling.« Der Wagen musste scharf bremsen, und die Briefe rutschten ihr vom Schoß.

»Entschuldigung«, murmelte Ralikhanta.

Micaela hob die Umschläge wieder auf und öffnete mechanisch den nächsten, während sie in Gedanken bei Charcot und seinem rätselhaften Schreiben war. Überrascht stellte sie fest, dass das Schreiben mit der Anrede »Sehr geehrter Herr Außenminister« begann. Sie sah auf den Umschlag, und tatsächlich war er an ihren Mann gerichtet. Sie fragte sich, was dieser Brief in ihrer Korrespondenz zu suchen hatte. Vermutlich hatte Marita, schusselig wie immer, sie durcheinandergebracht. Sie las den Absender: Pflegeanstalt der Barmherzigen Schwestern. Es wunderte sie, dass Eloy, ein ungläubiger, ja antiklerikaler Mann, der seine wahren Überzeugungen für sich behielt, um in einer katholischen Gesellschaft wie der von Buenos Aires keinen Anstoß zu erregen, in Kontakt zu einem Orden stand. Vielleicht bat dieser ihn in seiner Funktion als Mitglied der Regierung um finanzielle oder anderweitige Unterstützung. Von Neugier getrieben, las sie weiter.

Buenos Aires, 20. Dezember 1915

Sehr geehrter Herr Außenminister,

ich erlaube mir, Ihnen die beiliegende Rechnung zuzusenden, da bis dato die laufenden Kosten für Unterkunft und Verpflegung noch nicht erstattet wurden, die sich auf dieselbe Summe wie im Monat November belaufen. Die Kosten für Pflege und Medikamente wurden letzte Woche von Ihrer Tante beglichen und darüber hinaus im Hinblick darauf, dass sie während der Sommermonate nicht in der Stadt sein wird, für den Monat Januar im Voraus bezahlt.

*Hiermit verbleibe ich mit den besten Grüßen
Schwester Esperanza
Oberin*

Kosten für Unterkunft und Verpflegung? Für Pflege und Medikamente? Sie schaute erneut auf den Absender und entdeckte, dass die vollständige Adresse angegeben war.

»Ralikhanta, halt bitte an, wir fahren woandershin.« Sie nannte ihm eine Adresse im Stadtteil Flores.

Der Inder fuhr in den Westen der Stadt, eine Gegend, in der Micaela noch nie gewesen war. Ralikhanta allerdings schien sich bestens auszukennen, denn sie fanden das Pflegeheim ohne Probleme. Sie bogen durch ein schmiedeeisernes Tor in einen weitläufigen Park mit bunten Blumenbeeten ein und hielten schließlich vor einem modernen, gepflegten Gebäude.

Auf Micaelas Klopfen öffnete eine Krankenschwester in blütenweißer Uniform, die sie zur Mutter Oberin führte. Auf dem Weg dorthin begegneten ihnen Insassen des Heims. Sie starrten Micaela aus weit aufgerissenen Augen an, brabbelten unverständliche Worte und versuchten sie festzuhalten, aber auf ein Wort der Krankenschwester hin gingen sie schließlich davon.

»Warten Sie hier, Señora Cáceres, ich sage der Mutter Oberin Bescheid.« Kurz darauf kam sie in den Vorraum zurück. »Schwester Esperanza empfängt Sie gleich. Nehmen Sie doch Platz, bitte.«

Die Krankenschwester ging hinaus; im selben Moment kam eine junge, freundlich lächelnde Nonne in den Warteraum, die sich als Schwester Emilia vorstellte.

»Sehr erfreut, Schwester. Ich bin Señora Cáceres.«

»Señora Cáceres? Die Frau von Señor Eloy Cáceres?« Micaela nickte. »Señor Cáceres wird sich glücklich schätzen, eine so hübsche und sympathische Frau zu haben. Aber wir wussten gar nicht, dass der Herr Minister verheiratet ist. Wie hätten wir es auch wissen sollen, wir haben ja fast keinen Kontakt zu ihm. Er lässt uns das Geld immer nur durch seinen Sekretär schicken. Er besucht seinen Vater sehr selten. Es wäre gut, wenn ...«

»Seinen Vater?«, wiederholte Micaela leise.

»Ist etwas, Señora?«, fragte die Nonne.

»Nein, nein«, brachte sie mühsam heraus. »Es muss die Hitze sein.«

Die Mutter Oberin erschien in der Tür und bat sie herein.

»Setzen Sie sich doch, Señora Cáceres«, sagte sie. »Sie sehen nicht gut aus. Ich hole Ihnen ein Glas Orangensaft, das wird Ihnen guttun.«

Die Nonne verließ das Büro, und Micaela blieben ein paar Minuten Zeit, um ihre wirren Gedanken zu ordnen. Eloys Vater lebte? Das konnte nicht sein. Das *musste* ein Missverständnis sein. Die Nonnen mussten sich irren. Eloys Vater war vor Jahren bei einem Brand gestorben. Vielleicht hatten sie sie mit einer anderen Señora Cáceres verwechselt. »Wir wussten gar nicht, dass der Herr Minister verheiratet ist«. Dieser Satz von Schwester Emilia machte ihre Hoffnungen zunichte. Wie viele Minister namens Cáceres gab es in Argentinien? Eloys Vater war am Leben, und aus irgendeinem Grund hatte er es ihr verheimlicht. Sie musste unbedingt die Wahrheit herausfinden.

»Wahrscheinlich haben Sie niedrigen Blutdruck«, vermutete die Ordensschwester, während sie zusah, wie sie den Saft trank.

»Danke, Mutter Oberin. Jetzt fühle ich mich schon besser. Die Hitze ist nicht die beste Verbündete, wenn man einen schwachen Kreislauf hat.« Sie stellte das Glas ab und holte den Umschlag aus ihrer Tasche. »Heute Morgen haben wir diesen Brief bekommen. Wie Sie sich denken können, hat mein Mann im Ministerium viel zu tun. Er hat schlichtweg vergessen, die Kosten für Unterkunft und Verpflegung zu bezahlen. Ein unverzeihliches Versäumnis, gewiss, aber ich bitte Sie um Nachsicht. Mein Mann hat mich gebeten, mich darum zu kümmern und den Betrag zu begleichen. Wie viel ist es?«

»Das Übliche.«

»Ja, natürlich, das Übliche ... Aber mein Mann ist heute Morgen so überstürzt aus dem Haus, dass er mir die Summe nicht genannt hat.«

»Kein Problem, hier habe ich die Quittung mit der vollständigen Aufstellung, die ich dem Sekretär des Ministers jeden Monat gebe.«

Die Nonne holte ein Blatt mit dem Briefkopf des Pflegeheims. Micaela schaute, wie hoch der Betrag war, und zahlte umgehend. Sie war froh, genug Geld für ihre Weihnachtseinkäufe mitgenommen zu haben.

»Ich würde meinen Schwiegervater gerne sehen.«

»Es ist kein angenehmer Anblick, Señora Cáceres. Wenn Sie Kreislaufprobleme haben, sollten Sie lieber nach Hause fahren und sich hinlegen. Vielleicht können Sie ein andermal zu ihm, wenn Sie sich besser fühlen.«

»Ich fühle mich bestens. Ich möchte ihn sehen.«

»Ich weiß nicht, ob Ihr Mann Ihnen gesagt hat, dass Señor Carlo schlimmste Verbrennungen erlitten hat und monatelang zwischen Leben und Tod schwebte. Wie durch ein Wunder hat er überlebt, aber sein Gesicht ist entstellt, und er ist vollkommen verwirrt. Er leidet seit Jahren unter Wahnvorstellungen, und mit der Zeit ist seine Krankheit schlimmer geworden. Doktor Gonçalves hat keine Hoffnung, dass er noch einmal gesund werden könnte. Er ist ein ruhiger Patient; nur manchmal hat er gewalttätige Ausbrüche. Wir überwachen ihn jedenfalls ständig und stellen ihn ruhig.«

»Bitte, Mutter Oberin, bringen Sie mich zu ihm. Ich möchte ihn sehen.«

»Señora Otilia hat ihre Besuche vor Jahren eingestellt. Und sein

Sohn war seit seiner Ernennung zum Minister nicht mehr hier. Er ist nicht an Besuch gewöhnt. Ich müsste zuerst mit dem ...«

»Bitte, Mutter Oberin, ich flehe Sie an. Ich will nicht gehen, ohne meinem Schwiegervater guten Tag zu sagen.«

Die Ordensfrau sah sie sanftmütig an und nickte dann.

»In diesem Heim«, erklärte sie auf dem Weg in den oberen Stock, »verstecken die wohlhabenden Familien ihre geisteskranken Verwandten. Sie kommen sie fast nie besuchen. Sie geben sie hier ab wie Pakete und tun so, als hätte es sie nie gegeben. Ich freue mich, dass Sie Señor Cáceres kennenlernen wollen, und hoffe, dass Sie öfter an ihn denken als sein Sohn. Ich weiß, dass es sehr hart ist, eine geliebte Person in diesem Zustand zu sehen, aber man muss auch daran denken, dass sie die Zuwendung ihrer Familien brauchen. Wir behandeln sie gut und lassen ihnen die beste Pflege angedeihen, aber das genügt nicht.«

Während sie durch die Flure gingen, stellte Micaela erstaunt fest, wie sauber und hell es hier war. Weiße Wände, glänzende Böden, zweckmäßige Möbel und viele Blumen, die aus dem Park des Pflegeheims stammten, wie die Oberin erklärte. Immerhin ist er anständig untergebracht und wird bestens versorgt, dachte Micaela. Am Ende des Korridors öffnete die Mutter Oberin eine Tür und bat sie, einen Augenblick zu warten.

»Sie können jetzt reingehen«, sagte sie dann.

Das Zimmer ihres Schwiegervaters ging auf den Park hinaus. Die Schönheit dieses Blütenmeers, der Glyzinien und der Hortensienbüsche, die vor dem Fenster wuchsen, machten den Aufenthalt sehr angenehm. Eloys Vater saß mit dem Rücken zur Tür in einem Sessel, vor ihm ein Ölgemälde, an dem er gerade malte. Neben ihm saß eine Krankenschwester und las.

»Señor Carlo!«, rief die Oberin. »Sie haben Besuch.«

Der Mann beugte sich weiter über seine Staffelei.

»Señor Cáceres?«, versuchte es Micaela nun.

»Ja, der bin ich«, sagte er und wandte sich ihr zu.

Micaela drehte sich der Magen um. Das Gesicht ihres Schwiegervaters war eine unförmige Masse roten Fleisches, aus dem zwei lebhafte, kleine Augen hervorstachen. Es war ein entsetzlicher, abstoßender Anblick. Für einen Moment wurde ihr schwindlig, doch dann gelang es ihr, ihr Grauen zu unterdrücken.

»Guten Tag«, brachte sie schließlich heraus. »Mein Name ist Micaela Urtiaga. Ich bin Eloys Frau.«

»Eloy? Mein Sohn heißt auch Eloy. Silvia wollte, dass er wie ihr Vater heißt. Mein armer Eloy!«

»Ich bin die Frau Ihres Sohnes Eloy.«

»Mein Sohn hat geheiratet? Er ist doch erst fünfzehn Jahre alt. Wie kann man so jung heiraten? Blödsinn!«

Sein Blick verlor sich in der Ferne, dann wandte er sich wieder dem Malen zu.

»Und wer sind Sie?«, fragte er plötzlich.

»Micaela Urtiaga, die Frau Ihres Sohnes.«

»Wie früh die jungen Leute heute heiraten! Ich war fünfundzwanzig, als ich Silvia geheiratet habe. Nicht wahr, Liebling?« Er blickte zu einem Bild, das auf einer Staffelei stand. Es war mit einem Tuch verhängt. »Du bist noch genauso schön wie am Tag unserer Hochzeit.« Im Flüsterton raunte er Micaela zu: »Alle meine Freunde waren verrückt nach ihr, das weiß ich, aber sie gehörte mir, nur mir.«

Er konzentrierte sich wieder aufs Malen. Micaela war überrascht; er beherrschte die Technik perfekt, obwohl beide Hände stark verbrannt waren.

»Sie malen sehr gut, Señor Cáceres. Das ist eine wunderbare Landschaft.«

»Wie heißt du?«

»Micaela.«

»Und wer bist du?«

»Eine Freundin von Ihnen. Ich bin gekommen, um Ihnen Gesellschaft zu leisten und mit Ihnen zu plaudern.«

»Ich weiß nicht, ob es Silvia gefällt, wenn eine Frau herkommt, um mit mir zu plaudern und mir Gesellschaft zu leisten«, sagte er zögerlich. Dann sprach er erneut zu dem verhängten Bild. »Silvia, Liebling, dieses freundliche junge Fräulein will vorbeikommen, um uns zu besuchen und uns Gesellschaft zu leisten.«

»Wenn Sie wollen«, bot Micaela an, »könnte ich Ihnen Farben und Leinwand mitbringen und was Sie sonst noch so brauchen.«

»Wirklich?«

»Natürlich«, sagte sie und sah die Mutter Oberin an, um sie um ihre Zustimmung zu bitten.

Señor Cáceres hatte sich wieder dem Malen zugewendet. Micaela sah ihm zu, fasziniert von der Tatsache, dass ein derart verwirrter Geist so meisterlich mit Pinsel und Farben umging.

»Mögen Sie Musik, Señor Cáceres?«

»Könntest du mir Ölfarben in Zinnoberrot und Preußischblau mitbringen?, fragte er zurück.

»Ja, natürlich. Mögen Sie Musik?«

»Musik? O ja, ich mag Musik«, bejahte er. »Wir waren lange nicht mehr in der Oper, Silvia. Wir sollten mal wieder hingehen. Wissen Sie«, erklärte er, »wir wohnen auf dem Land, da ist das nicht so einfach.«

»Sie brauchen nicht in die Oper zu gehen, Señor Cáceres. Ich kann Ihnen ein Grammophon und Schallplatten mitbringen, damit Sie beim Malen Musik hören können.« Der Mann sah sie verwirrt an. »Keine Sorge«, fuhr Micaela fort. »Ich bringe Ihnen Musik mit.«

»Du willst ein Orchester mitbringen? Ich glaube nicht, dass die Besitzer des Hotels damit einverstanden sind.« Mit gesenkter Stimme setzte er hinzu: »Sie sind sehr streng hier. Man kommt sich eher vor wie in einer Kaserne und nicht wie in einem Hotel.«

»Ich werde die Besitzer überzeugen«, beruhigte ihn Micaela.

Cáceres wandte ihr den Rücken zu und schaute abwesend in den Park hinaus. Es schien, als wollte er sich nicht länger unterhalten. Aber Micaela hatte das drängende Bedürfnis, mehr zu erfahren. Obwohl es ihr schwerfiel, fragte sie in das Schweigen hinein: »Wie war Eloy als Kind, Señor Cáceres?«

»Eloy ist noch ein Kind.«

»Natürlich«, räumte Micaela ein. »Ich meine, als ganz kleines Kind.«

»Die Wahrheit ist, dass Silvia keine Geduld mit ihm hat. Schau mich nicht so an; du gerätst wegen jeder Kleinigkeit außer dir. Du musst verstehen, er ist noch ein Kind. Reg dich nicht auf, Liebling«, bat er, zu dem Bild gewandt. »Eloy und ich gehen gern auf die Jagd. Hasen und Rebhühner, nichts Großes, aber wir haben unseren Spaß daran. Wir ziehen regelmäßig zusammen los. Silvia bleibt allein auf dem Landgut. Sie kommt nicht mit.« Er griff nach der Tube mit dem Schwarz und strich etwas davon auf die Palette. »Silvia will nicht mit uns kommen. Silvia bleibt allein auf dem Landgut.« Er tauchte den Pinsel in die schwarze Farbe und malte einen dicken schwarzen Strich quer durch die Landschaft. »Silvia kommt nicht mit, sie bleibt allein auf dem Landgut.«

Die Oberin wurde nervös. Sie fasste Micaela am Arm und flüsterte ihr ins Ohr, dass es genug sei, er müsse jetzt ausruhen. Doch Micaela war anderer Ansicht und stellte ihrem Schwiegervater weitere Fragen.

»Warum bleibt Silvia allein? Warum will sie nicht mitkommen?«

Cáceres war jetzt ganz in seiner Phantasiewelt versunken. Brutal tauchte er den Pinsel immer wieder in die Farbe und ruinierte die ganze Landschaft.

»Das reicht, Señora Cáceres«, verkündete die Oberin streng. »Ich muss Sie bitten, zu gehen. Ursula!«, sagte sie zu der jungen

Krankenschwester, »Bereiten Sie die Dosis vor, die der Doktor verschrieben hat, und geben Sie sie ihm sofort.«

»Silvia!«, schrie Cáceres plötzlich und sprang auf. »Warum? Ich will wissen, warum!«

Micaela wich erschreckt zurück. Sie hätte nicht gedacht, dass er so groß und kräftig war. Die Mutter Oberin rannte auf den Flur und rief nach den Pflegern, während Ursula beruhigend auf ihn einredete. Völlig außer sich zerfetzte Cáceres die Leinwand mit dem Pinsel und trampelte auf dem Bild herum, mit dem er die ganze Zeit gesprochen hatte. Ohne nachzudenken hob Micaela es auf, nahm das Tuch ab und konnte einen kurzen Blick darauf werfen, bevor Cáceres es ihr aus den Händen riss und durch das Fenster schleuderte, das in tausend Scherben zersprang. Ihr Schwiegervater packte sie am Hals und drückte sie mit einer Kraft, die sie niemals bei ihm vermutet hätte, gegen die Wand. Ihr fehlte die Luft, um nach Hilfe zu rufen, als Cáceres' entstelltes Gesicht ihr ganz nahe kam und sie aus lidlosen Augen anstarrte. Ihre Beine gaben nach, als der Mann ihr leise »Du Hure!« zuraunte, bevor die Pfleger ihn aus dem Raum schleiften.

Dank eines Kamillentees und der frischen Luft, die Schwester Emilia ihr zufächelte, erholte sich Micaela rasch wieder. Die Oberin machte ihr heftige Vorwürfe. Zum Schluss sagte sie, sie könne Señor Carlo nicht wieder besuchen, da ihre Anwesenheit ihn offensichtlich aufrege.

»Er hat sich noch nie so benommen«, schloss sie.

Als Micaela das Pflegeheim verließ, zitterten ihre Beine immer noch. Vom Eingang aus betrachtete sie den stillen, grünen Park, der einen völligen Kontrast zu dem bildete, was sich hinter diesen Türen abspielte. Sie ging über einen Kiesweg, der ums Haus herumführte, bis sie schließlich vor dem Seitenflügel fand, was sie suchte: das Bild, das ihr Schwiegervater aus dem Fenster geworfen hatte. Sie beschloss, es mitzunehmen.

Sie sah zu Cáceres' Fenster hinauf und wunderte sich, dass es – wie auch die übrigen Fenster in diesem Trakt – nicht vergittert war. Der Park, der von einem nicht sonderlich hohen Zaun umgeben war, bot die besten Verstecke, und das schmiedeeiserne Tor stand weit offen. Eine Wache gab es nicht. Sie ging rasch zum Wagen und bat Ralikhanta, sie nach Hause zu bringen. Sie musste mit Eloy reden. Er schuldete ihr viele Erklärungen, nicht nur wegen seines Vaters, sondern auch wegen der Sache mit Charcot. Danach würde sie ihre Koffer packen und zu Carlo gehen. Sie hatte kein Mitleid mehr mit diesem Mann, der sie von Anfang an schmählich belogen hatte.

Während der Fahrt sah sie sich die Frau auf dem Bild genauer an. Silvia hatte ihr Schwiegervater sie genannt. Sie war schön, keine Frage. Dunkle, schräg stehende Augen, schwarzes Haar, sinnliche Lippen und ein kleines Muttermal über der Oberlippe. »Auch diesmal handelt es sich um eine Frau aus dem Milieu, mit langen, schwarzen Locken und einem Muttermal über der Oberlippe.« Die Beschreibung der Prostituierten, die tags zuvor ermordet worden war, die Kraft, mit der ihr Schwiegervater sie gepackt hatte, die Art und Weise, wie er sie eine Hure genannt hatte, und die Tatsache, dass das Pflegeheim kaum gesichert war, machten ihr auf dem gesamten Heimweg solche Angst, dass sie überlegte, ob es nicht das Beste wäre, gleich zur Polizei zu gehen.

Mein Gott, Micaela!, schalt sie sich. Sie konnte doch nicht zu einem solchen Schluss kommen, nur weil ihr ein bedauernswerter Verrückter von einer Frau auf einem Bild erzählt hatte, die schwarze Haare und ein Muttermal hatte. Wie viele Frauen mit diesen Merkmalen gab es? Tausende wahrscheinlich. Es war Unsinn zu denken, ihr Schwiegervater könne der ›Zungensammler‹ sein. Aber wenn der alte Cáceres in seinem Wahn und seiner Obsession für diese Silvia tatsächlich Prostituierte ermordete? Nein, das war unwahrscheinlich. Selbst wenn das Heim nur unzureichend gesichert war, würde es nicht so einfach sein, an dem ganzen Heer von Pflegern und Krankenschwestern vorbeizukommen. Außerdem, wie sollte es ein Geisteskranker schaffen, in die Stadt zu gelangen und eine Prostituierte mit aufs Zimmer zu nehmen? Von welchem Geld? In welcher Kleidung, wenn er sonst nur Pyjamas trug? Welche Frau würde mit ihm ins Bett gehen wollen? Jede Frau würde bei seinem Anblick schreiend davonlaufen, so monströs sah er aus.

Sie schob die Sache mit dem ›Zungensammler‹ beiseite. Ihre Zeit im *Carmesí* und die Erinnerung an Polaquita und Sonia hatten sie sensibilisiert. Sie konnte nicht jedem, der ihr begegnete, die Morde in die Schuhe schieben. Erst Mudo, jetzt ihr Schwiegervater – selbst Ralikhanta misstraute sie, einfach nur deswegen, weil sie ihn einmal nachts in La Boca mit einer Frau gesehen hatte.

Zu Hause war niemand. Marita hatte ihren freien Tag, Mamá Cheia war bei ihrem Vater und Tomasa war noch nicht da, obwohl ihre Arbeitszeit schon begonnen hatte. Sie suchte im Salon und im Esszimmer nach Eloy, klopfte an sein Arbeitszimmer und sein Schlafzimmer, doch niemand öffnete. Sie drückte die Klinke herunter. Es war abgeschlossen.

»Ralikhanta, wir fahren noch einmal los. Du hast den gnädigen Herrn gestern Nachmittag zu Harvey gebracht, stimmt's?
»Ja, Herrin.«
»Also, dann fahr mich dorthin. Ich muss mit ihm reden.«
»Soll ich ihn nicht lieber holen gehen …?«
»Nein, Ralikhanta. Hol den Wagen, wir fahren sofort.«

Auf dem Weg zu Nathaniel Harvey merkte Micaela, wie ihre Wut immer größer wurde. Eloy hatte sie in grundlegenden Dingen hintergangen. Das mit seiner Impotenz konnte sie verstehen, das mit seinem Vater auch, aber die Lüge wegen Doktor Charcot ergab keinen Sinn. Warum hatte er ihr erzählt, der französische

Arzt habe ihm Hoffnung gemacht, wenn er nie mit ihm gesprochen hatte? Er hatte sie so oft angelogen und behauptet, er sei in seiner Praxis gewesen. Sie erinnerte sich, wie glücklich er von den angeblichen Sprechstunden des Arztes zurückgekehrt war. Was wollte Eloy mit dieser Farce bezwecken?

Bei Harvey öffnete ein indischer Diener, der genauso dunkelhäutig und klein war wie Ralikhanta. Aber er war kräftiger und blickte ziemlich finster drein.

»Ist Señor Cáceres hier?«, fragte sie auf Englisch.

»Wer will das wissen?«

»Seine Frau«, entgegnete Micaela ungehalten. »Darf ich jetzt rein oder nicht?«

»Einen Augenblick, ich sehe nach, ob er Sie empfangen kann.«

Sie stieß ihn beiseite und ging ins Haus. Der Mann rannte hinter ihr her, während er etwas auf Hindi kreischte. Micaela durchquerte den Salon, lief den Flur entlang und stürzte in Harveys Arbeitszimmer, doch dort war niemand. Von leisen Stimmen und Gelächter angezogen, öffnete sie die Tür zum letzten Zimmer. Der Anblick, der sich ihr bot, war ein Schock. Wie angewurzelt stand sie da und betrachtete Eloy und Nathaniel, die sich miteinander im Bett wälzten. Als die beiden sie schließlich bemerkten, setzte sich Nathaniel nachlässig auf und begann zu lachen. Eloy hingegen sprang mit einem Satz aus dem Bett, und Micaela sah ihren Mann zum ersten Mal nackt.

»Du bist gar nicht impotent«, sagte sie tonlos, ohne den Blick von Eloys Geschlecht abzuwenden.

Ihre Feststellung erheiterte Nathaniel noch mehr und riss Eloy aus seiner Erstarrung. Er griff nach einem Laken und bedeckte sich. Dann ging er auf sie zu und wollte sie am Arm fassen.

»Rühr mich nicht an!«, schrie sie und wich einen Schritt zurück.

»Komm schon, Micaela«, hörte sie Nathaniel sagen. »Warum

gesellst du dich nicht einfach zu uns? So ein Dreier wäre doch nett. Du weißt ja, dass ich dich schon lange begehre.«

»Sei still!«, befahl Eloy. Dann sagt er, an Micaela gewandt: »Bitte. Ich kann dir alles erklären.«

Micaela stürzte hinaus bis auf die Straße. Zutiefst gedemütigt und völlig verwirrt stand sie mitten auf dem Bürgersteig und begann zu weinen. Ralikhanta stieg aus dem Auto und reichte ihr ein Taschentuch; dann legte er den Arm um ihre Schultern und half ihr in den Wagen.

Die Mittagshitze machte ihr zu schaffen; es waren zu viele Eindrücke gewesen, die auf sie eingestürmt waren. Sie konnte sich nicht erinnern, jemals einen so furchtbaren Morgen erlebt zu haben. Sie kramte das Parfümfläschchen hervor, atmete tief ein und fächelte sich frische Luft zu. Sie würde sich nicht unterkriegen lassen: Ihr Plan, wegzulaufen und sich in Carlos Arme zu flüchten, stand nach wie vor fest. Sie brauchte keine Antworten mehr auf das Warum all dieser Lügen und Intrigen. Sollte Eloy sein Leben leben, wie er wollte! Sie wusste, was sie mit ihrem machen würde.

Sie hatte Angst, ihr Mann könnte nach Hause kommen, bevor sie weg war, und sie wollte ihm nicht begegnen. Sie stopfte schnell die wichtigsten Dinge in eine Tasche und sagte Ralikhanta, dass sie den Rest später abholen würde.

»Eine letzte Bitte, Ralikhanta«, sagte sie.

»Was immer Sie wollen, Herrin.«

»Bring mich zu Carlo.«

Der Inder nahm ihre Tasche, und sie verließen gemeinsam das Zimmer. Im Flur begegneten sie Eloy, der Ralikhanta mit einer Kopfbewegung bedeutete, zu verschwinden. Der Diener hastete davon.

»Wo willst du hin?«, fragte er Micaela.

»Das geht dich nichts an.«

»Das geht mich sehr wohl etwas an. Du bist meine Frau.«

»Irrtum«, erklärte sie. »Ich *war* deine Frau, oder besser gesagt, ich war es nie.« Sie wollte weitergehen, doch Eloy hinderte sie daran. »Lass mich vorbei! Fass mich nicht an! Lass mich los!«

Eloy fasste sie um die Taille und presste seinen Mund auf ihre Lippen. Er drängte sie gegen die Wand, schob ihren Rock hoch, riss ihr brutal die Unterwäsche herunter und fasste ihr grob zwischen die Beine. Micaela stieß einen Schrei aus, der in seinem wilden Lachen unterging.

»Hat Molina dich so gestreichelt?« Er befummelte ihre Brüste, ohne auf ihre verzweifelten Schreie zu achten. »Das gefällt dir, oder? Als gute Hure, die du bist, muss dir das doch gefallen.«

Er versetzte ihr einen Faustschlag, und sie sank ohnmächtig in seine Arme.

»Ralikhanta!«, brüllte er.

Der Inder kam herbeigerannt und blieb wie angewurzelt stehen, als er sah, dass seine Herrin bewusstlos war und aus der Nase blutete.

»Schließ mein Arbeitszimmer auf! Mach schon, steh nicht da wie ein Idiot!«

Ralikhanta zog einen Schlüsselbund hervor und öffnete die Tür.

»Jetzt die Falltür«, befahl Eloy, als sie drinnen waren.

»Die Falltür?«, fragte der Inder mit bebender Stimme.

Eloy warf ihm einen drohenden Blick zu. Ralikhanta rollte den Teppich ein, der in der Mitte des Zimmers lag. Darunter kam eine Tür zum Vorschein. Er schob den Riegel zurück und wuchtete sie hoch. Dann kletterten sie nach unten, Eloy mit Micaela auf den Armen, der Diener hinterher.

Carlo wachte mit dem Kopf auf der Tischplatte seines Schreibtischs im Büro auf. Schlaftrunken blickte er sich um und versuchte zu begreifen, wo er war. Dann fiel ihm wieder ein, wie verzweifelt er gewesen war, nachdem Micaela gegangen war. Den Rest des Nachmittags war er rastlos durch den Hafen gestreift, ohne Ruhe zu finden. Er hatte versucht, sich mit Arbeit abzulenken, und die ganze Nacht über den Unterlagen seiner Firma gesessen, bis ihn schließlich die Müdigkeit übermannt hatte und er am Schreibtisch eingeschlafen war. Niemand hatte ihn geweckt, denn es war Samstag, und da hatten seine Angestellten frei.

Ihm tat jeder Knochen weh, und noch immer gingen ihm tausend Fragen und Zweifel durch den Kopf. Da er hungrig war und sich schmutzig fühlte, beschloss er, nach Hause zu gehen, um ein Bad zu nehmen und etwas Anständiges zu essen. Er schaute auf die Uhr: zwölf Uhr mittags. Frida würde sich Sorgen machen; sie war es nicht mehr gewöhnt, dass er die Nacht zum Tag machte. In seinem Haus in San Telmo warteten Mudo und Cabecita auf ihn. Frida kam ihm mit betretenem Gesicht entgegen und nahm ihm das Jackett ab.

»Was ist los?«, fragte Carlo.

»Wo hast du gesteckt, Carlo? Wir haben dich den ganzen Abend und die ganze Nacht gesucht.«

»Was ist los?«, fragte er noch einmal, kurz davor, die Geduld zu verlieren.

»Es geht um Marlenes Chauffeur«, sagte Mudo. »Wir sind uns sicher, dass er der ›Zungensammler‹ ist.«

Carlo drängte sie zu sprechen, und sie schilderten ihm rasch die Ereignisse des Vortages.

»Da gibt es keinen Zweifel«, schloss Molina. »Er ist es.«

»Wir haben uns dann auf die Suche nach dir gemacht«, berichtete Cabecita weiter, »und haben Jorge und Ecuménico damit beauftragt, Marlene nicht aus den Augen lassen. Hoffentlich ist nichts passiert, die Jungs haben sich nämlich noch nicht gemeldet.«

Carlo wollte keine Zeit verlieren. Er würde Micaela aus Cáceres' Haus herausholen und sie mit zu sich nehmen, und wenn er sie an den Haaren wegschleifen musste. Er würde keine Rücksicht mehr nehmen; es interessierte ihn nicht, ob sie Mitleid mit diesem impotenten Schnösel hatte, der sie einem perversen Mörder ausgeliefert hatte.

»Verdammt noch mal, Marlene!«, fluchte er und trat gegen einen Stuhl. »Ich hab's dir doch gesagt, dass dieser Inder mir nicht geheuer ist!«

»Lass es gut sein, Carlo«, mischte sich Frida ein. »Jetzt ist nicht der Moment für Vorwürfe. Geht sie suchen und bringt sie heil hierher.«

Es klopfte an der Tür, und Frida ging rasch aufmachen. Es waren Jorge und Ecuménico.

»Gibt es Neuigkeiten?«, fragte Carlo beunruhigt.

»In Marlenes Haus ist etwas im Gange«, sagte Ecuménico. »Vor einer Weile kam sie weinend nach Hause. Wenig später stürzte ihr Mann wie ein Besessener ins Haus, und seither ist keiner mehr rausgekommen. Jorge und ich denken, da ist was faul.«

»Und der Chauffeur?«, fragte Molina verzweifelt.

»Er war die ganze Zeit mit ihr zusammen. Seit heute Morgen war er mit ihr unterwegs und hat sie überall hingefahren. Er war immer bei ihr.«

»Und habt ihr nicht versucht, ins Haus zu gelangen, um zu sehen, was los ist?«, fragte Carlo, dem allmählich der Geduldsfaden riss.

»Doch, aber wir sind nicht reingekommen«, erklärte Ecuménico. »Es war alles abgeschlossen, und wir haben uns nicht getraut, die Tür aufzubrechen.«

»Es ist immerhin das Haus des Außenministers«, stellte Jorge klar.

»Der Teufel soll euch holen, ihr verdammten Memmen!«, tobte

Carlo. Die Männer wichen einen Schritt zurück. »Ihr Schlappschwänze habt sie mit dem ›Zungensammler‹ allein im Haus gelassen!«

***

Als sie wieder zu sich kam, wusste sie nicht, wo sie war. Alles tat ihr weh. Ralikhanta war gerade dabei, ihre Hände zu fesseln. Ihre Füße waren bereits verschnürt. Sie schaute sich um. Was sie sehen konnte, war ein danteskes Szenario, das ihr einen Schauer über den Rücken jagte. Es war schmutzig und dunkel, und es stank zum Gotterbarmen. Ihr war speiübel, und sie hatte Durst.

»Was machst du da? Warum fesselst du mich?«

Der Inder warf einen ängstlichen Blick zu der Treppe, die in Eloys Arbeitszimmer hinaufführte, und bat sie, still zu sein.

»Ralikhanta, hilf mir«, wimmerte sie. »In Gottes Namen, hol mich hier raus.«

»Ich kann nicht.«

»Wo ist Eloy?«

»Ich weiß nicht. In seinem Schlafzimmer, glaube ich.«

»Und ich? Wo bin ich?«

»Im Keller des Hauses.«

»Bitte, Ralikhanta, hol mich hier raus!«

»Ralikhanta weiß, was er zu tun hat«, sagte Eloy von der Treppe aus. »Mich zu hintergehen wäre die dümmste Entscheidung seines Lebens. Ist es nicht so, Ralikhanta?«

Der Diener sah ihn voller Verachtung an. Eloy kam nach unten, entzündete ein Licht und trat zu Micaela. Er packte sie am Kinn und betrachtete die Folgen seines Faustschlags.

»Ich war eine Bestie«, stellte er fest. »So eine schöne zarte Haut, und dann so ein Bluterguss.« Er ließ sie los. »Wie ich sehe, bist du im Pflegeheim gewesen«, sagte er dann und hielt das Gemälde hoch, das der alte Cáceres aus dem Fenster geworfen hatte. »Ich frage mich, wie du es angestellt hast, ihm das Bild meiner Mutter abzuschwatzen.«

»Eloy, bitte«, flehte Micaela. »Was ist nur mit dir los? Ich erkenne dich nicht wieder. Binde mich los, ich flehe dich an. Die Fesseln tun mir weh. Wir haben uns doch immer respektiert und geschätzt. Lass uns nicht so enden. Wir können uns doch einigen. Ich habe nicht vor, dich zu verurteilen oder dir etwas nachzutragen. Niemand wird von der Sache mit Harvey erfahren …«

Eloy begann lauthals zu lachen. Er kam erneut näher, und Micaela wand sich in panischer Angst.

»Ich war bereit, mich zu ändern«, sagte er, plötzlich ganz ernst. »Für dich war ich dazu bereit. Ich hatte Nathaniel bereits verlassen, doch deine Untreue hat mich wieder in seine Arme getrieben.« Er versetzte ihr eine Ohrfeige, dass ihr die Sinne schwanden. »Geh und hol Wasser«, befahl er Ralikhanta.

Er stand da und sah sie an, während er auf den Inder wartete. Für einen Moment wurde sein Gesichtsausdruck weicher. Er kniete sich neben Micaela, wischte ihr mit einem Taschentuch das Blut ab und küsste sie auf den Mund. Als er Ralikhantas Schritte hörte, richtete er sich schnell wieder auf. Dann nahm er den Wasserkrug und schüttete ihr das Wasser brutal ins Gesicht. Keuchend und prustend kam sie wieder zu sich. Als sie begriff, dass das alles kein Albtraum war, begann sie zu weinen.

»Nicht weinen, Liebling«, sagte Eloy sarkastisch. »Bald ist alles vorbei.«

»Herr, bitte«, flehte Ralikhanta und wagte es, näher zu treten. »Lassen Sie sie gehen.«

»Sei still!«, brüllte Eloy. »Du hast deinen Verrat noch nicht abgegolten. Du wusstest von Anfang an, dass sie mich mit Molina betrügt, und hast mir nichts davon gesagt. Du warst ihr Komplize. Wir rechnen später ab. Jetzt geh nach oben und lass niemanden ins Haus. Wenn Tomasa kommt, gibst du ihr den Tag frei. Und bei Cheia lässt du dir was einfallen, um uns die Alte vom Hals zu halten.«

Micaela packte das blanke Entsetzen, als sie sah, wie Ralikhanta den Keller verließ. Mit ihm verschwand ihre letzte Hoffnung, denn ihr war klargeworden, dass ihr Mann sie umbringen würde. Dieser stellte das Gemälde auf einem Stuhl ab und betrachtete es lange. Micaela konnte deutlich sehen, wie Eloys Atem schneller ging, während er in seine stumme Betrachtung versunken war. Als er sich ihr wieder zuwandte, dachte sie, ihr letztes Stündlein habe geschlagen. Doch stattdessen sagte er: »Ich werde dir eine Geschichte erzählen«, und wandte sich wieder dem Bild zu. »Es war einmal eine schöne Prinzessin, so schön wie du, aber ihr Haar war kohlrabenschwarz.«

Er ging zu einer alten Anrichte, von der die Farbe abgeblättert war, und zog den Vorhang zurück, der als Tür diente. Es kamen Regalbretter und Kisten zum Vorschein; auf einem Bord standen fein säuberlich mehrere Gläser aufgereiht. Eloy nahm eine schwarze Langhaarperücke aus einer Kiste. Micaela starrte auf die Gläser und stellte entsetzt fest, dass in jedem eine menschliche Zunge schwamm. Sie schrie auf und wollte weglaufen, fiel aber vornüber auf den Boden. Eloy half ihr hoch und setzte sie wieder auf den Stuhl. Micaela wurde hysterisch, sie schluchzte und wimmerte unverständliche Worte, bis ihr Mann die Nerven verlor. Er packte sie am Genick und zog sie ganz nah zu sich heran, während er sie anzischte: »Sei still, ich bin noch nicht fertig mit meiner Geschichte.« Er setzte ihr die Perücke auf. »Ja, jetzt siehst du Prinzessin Silvia schon ähnlicher. Hat er dir erzählt, dass sie Silvia hieß?« Eloy stützte das Kinn auf und runzelte nachdenklich die Stirn. »Da fehlt noch etwas.« Er ging zu der Anrichte zurück, nahm einen schwarzen Stift und malte ihr einen Schönheitsfleck auf. »So ist es besser. Fahren wir mit der Geschichte fort. Die Prinzessin wurde von Königen aus fernen Ländern begehrt, nicht nur wegen ihrer Schönheit und Klugheit, sondern auch wegen ihres Geldes. Der Vater hatte dem Auserwählten eine hohe Mitgift versprochen. Ihre Wahl fiel schließlich auf einen jungen König namens Carlos, gutaussehend, aus bestem Hause und so reich, dass er die Mitgift von Prinzessin Silvia ausschlug, weil er einzig und allein sie wolle, so sagte er. Einige Monate später wurde Hochzeit gefeiert. Das Fest dauerte vier Tage. Die Menschen aus beiden Königreichen waren glücklich und dachten, es brächen Zeiten voller Wohlstand und Frieden an.«

»Eloy, es reicht. Ich bitte dich, in Gottes Namen.«

»König Carlos führte seine Gemahlin in das neue Schloss, das er eigens hatte errichten lassen, von erlesenem Luxus und voller Annehmlichkeiten, wie sie einer Königin wie ihr gebührten.« Er hob das Bildnis seiner Mutter hoch und betrachtete es nachdenklich. Dann stellte er es wieder auf den Stuhl und fuhr fort. »Wie zu erwarten, wurde nach kurzer Zeit ein Kind geboren. Es wurde von seinem Vater so sehr geliebt, dass man behaupten könnte, dass es ein glückliches Kind war, auch wenn ihm die Zuneigung seiner Mutter fehlte, die keine Geduld mit ihm hatte, es häufig ausschalt und es am liebsten so weit weg wie möglich sah. Mit der Zeit wurde aus dem Kind ein junger Mann, der sehr an seinem Vater hing. Sie gingen gemeinsam auf die Jagd, und das waren die Momente, die sie am meisten liebten. König Carlos hatte nur seinen Sohn, denn schon bald war er von der liebreizenden Königin Silvia enttäuscht, die sich als launisches, zänkisches Weib herausstellte. Eines Tages beschloss der König nach einem heftigen Streit mit seiner Frau, auf die Jagd zu gehen, um Ruhe für seine gequälte Seele zu finden, denn trotz allem liebte er Königin Silvia noch immer wie am ersten Tag. Wie gewöhnlich lud er seinen Sohn ein, mitzukommen. Sie kehrten früher als gedacht zurück, weil sie kein Jagdglück gehabt hatten; sie hatten nur ein paar

Hasen und Rebhühner erlegt. Im Schloss übergaben sie die Beute der Köchin und gingen dann schweigend nach oben zu ihren Gemächern.«

Eloy hielt inne und ging erneut zu der Anrichte. Micaela begann, wie von Sinnen zu schreien, als sie sah, wie ihr Mann ein Messer aus einer Schublade nahm. Er hielt es ihr an die Lippen, um sie zum Schweigen aufzufordern. Obwohl sie kaum mit dem Weinen aufhören konnte, versuchte Micaela, sich zu beruhigen, weil sie Angst hatte, ihn noch wütender zu machen.

»Der junge Prinz begleitete seinen Vater zu dessen Räumen, weil er so traurig aussah und er ihm Gesellschaft leisten wollte, bis er eingeschlafen war. Als sie die Tür zum königlichen Schlafgemach öffneten, stockte ihnen vor Überraschung der Atem: Dort kniete die Königin vor einem Untertan und lutschte sein riesiges, hartes Glied. Ihre Zunge«, sagte er mit zusammengebissenen Zähnen, während er das Gemälde völlig zerfetzte, »ihre Zunge glitt genüsslich über den Schwanz dieses Dreckskerls. Der junge Prinz hob sein Jagdgewehr und schoss seiner Mutter direkt in den Kopf. Dann schoss er dem Untertan die Eier weg. Der schrie wie von Sinnen, bis der Prinz sich erbarmte und ihm eine Ladung Schrot ins Gesicht verpasste. Völlig verzweifelt stürzte der König zu seiner toten Frau und warf sich weinend auf sie, während sein Sohn das Zimmer in Brand setzte. Die Bediensteten des Schlosses entkamen unversehrt aus den Flammen; der arme König jedoch trug schwere Verbrennungen davon. Niemand glaubte, dass er überleben würde. Es waren schließlich die Dienstboten, die der Schwester des Königs berichteten, wie sich die Dinge aus ihrer Sicht zugetragen hatten. Sie wussten schon lange von Königin Silvias Liebschaft mit diesem Untertan und zweifelten nicht daran, dass der König die beiden getötet und das Zimmer in Brand gesetzt hatte. Die Schwester des Königs, die sehr stolz auf ihre Herkunft war, setzte alles daran, die Wahrheit zu verschleiern, und erfand eine Geschichte, die sie überall im Königreich und den umliegenden Ländern verbreitete: Der Untertan habe versucht, den König zu ermorden; bei dem Handgemenge sei eine Lampe zu Boden gefallen. Das Feuer habe sich rasch ausgebreitet und der König, die Königin und der Untertan seien in den Flammen umgekommen. Die Dienstboten wurden großzügig dafür entlohnt, dass sie diese Version der Wahrheit bestätigten.«

Es entstand ein beängstigendes Schweigen, das Micaela erzittern ließ. Das Messer in der Hand, starrte Eloy auf das zerstörte Gemälde. Plötzlich wandte er sich um und jagte ihr einen furchtbaren Schreck ein.

»Ich hätte mein Leben darauf verwettet, dass du nicht wie meine Mutter bist.«

Diese Worte machten ihr Angst. Aus Eloys Stimme war jede Ironie verschwunden. Er sah sie mit dem gleichen Hass an, den sie heute Morgen in den abstoßenden Augen seines Vaters entdeckt hatte.

»Immerhin«, fuhr Eloy fort, »hat mich Fanny Sharpe nie mit einem anderen betrogen. Sie verließ mich, als sie erfuhr, dass ich nach der Fiebererkrankung unfruchtbar geworden war. Aber in gewisser Weise hat auch sie mich betrogen. Ihr Frauen seid alle gleich.«

»Ralikhanta!«, schrie Micaela. »Ralikhanta! Hilf mir!«

»Du kannst schreien, soviel du willst, er wird dir niemals helfen. Er ist kein Idiot und weiß, was er zu tun hat«, versicherte Eloy. »›Meine werten Herren Polizisten‹«, sagte er dann mit beißendem Spott, »›ich habe soeben herausgefunden, dass mein Diener, ein armer, unwissender Inder, der gefürchtete ›Zungensammler‹ ist. Mein Gott, die Zungen dieser Frauen befinden sich in meinem Haus!‹ Ich war sehr geschickt, Liebling, und habe mich nie in den Bordellen blicken lassen. Der arme Ralikhanta hat die Auserwählte abgeholt, während ich in irgendeiner Absteige auf sie wartete. Wem, denkst du, wird man wohl glauben? Ralikhanta, einem Inder, dessen Äußeres Furcht einflößt, oder mir, dem Außenminister der Republik, einem brillanten Mann mit untadeligem Ruf?«

»Hör auf, Eloy! Höre auf, so zu reden! Ich bitte dich, komm zur Vernunft. Ich verstehe, was du durchgemacht hast, ich verstehe die Enttäuschung über deine Mutter, aber ...«

»Sei still!« Er schlug sie erneut. »Sag nicht noch mal, dass du verstehst, was ich durchgemacht habe.« Dann wurde er wieder sarkastisch. »Wenn alle Stricke reißen, bleibt immer noch mein Vater. Er wäre der perfekte Mörder, findest du nicht? Findest du nicht?«, wiederholte er wütend.

»Ja, doch«, beeilte sich Micaela zu sagen.

»Willst du wissen, was ich mit den Huren gemacht habe, bevor ich ihnen die Zunge herausgeschnitten und ihnen die Kehle aufgeschlitzt habe? Ich habe ihnen die Zunge nämlich nicht rausgeschnitten, nachdem ich sie getötet hatte, wie es in den Zeitungen stand. Nein. Diese Huren haben einen langsamen, schmerzhaften Tod verdient. Zuerst schneide ich ihnen ihre lästerliche Zunge raus, und dann erst schlitze ich ihnen die Kehle auf. Diese gottverdammten Huren! Verflucht seien alle Huren dieser Welt! Huren wie du und meine Mutter!«

Micaela begann verzweifelt zu weinen. Eloy war völlig außer sich. Unter wüsten Beschimpfungen hatte er begonnen, gegen das herumstehende Gerümpel zu treten und es an die Wand zu schleudern. Sie begriff, dass sie sich zusammenreißen musste. Sie durfte nicht die Beherrschung verlieren, musste nachdenken, eine Fluchtmöglichkeit finden. Wenn sie nur Eloys Messer zu packen bekäme und die Stricke durchschneiden könnte, mit denen ihre Füße gefesselt waren, könnte sie die Treppe hinauflaufen und ins Erdgeschoss gelangen. Die Falltür stand offen, das wusste sie wegen des leichten Luftzugs und dem schwachen Licht, das nach unten drang.

Eloy verstummte und hörte mit seinem Zerstörungswerk auf. Er lehnte sich gegen die Wand, bis er sich beruhigt hatte. Dann wandte er sich wieder Micaela zu, die aufgehört hatte zu weinen und seinem Blick standhielt.

»Deinetwegen«, sagte er, »war ich bereit, mich zu ändern. Zugegeben, anfangs warst du nur eine gute Partie. Dabei waren mir dein Geld und deine gesellschaftliche Stellung nicht so wichtig wie die Kontakte deines Vaters. Der alte Senator zieht die Fäden im Präsidentenpalast, und ich war bereit, seine geliebte Tochter zu heiraten, damit er die nötigen Schritte in die Wege leitete, dass ich Außenminister werden konnte. So habe ich es Nathaniel erklärt, der natürlich nicht begeistert war von meiner Hochzeit. Er wollte mich ganz für sich, aber am Ende hat er es verstanden.«

Sie erschrak, als Eloy mit der Messerklinge über ihren Hals strich. Sie ahnte, dass das Ende nahte. Obwohl ihr zum Schreien zumute war, gelang es ihr, sich zu beherrschen und ruhig zu bleiben.

»Ich muss gestehen, Liebling, dass ich dich nicht einmal berühren konnte. Nathaniel war nach wie vor in meinen Gedanken, ich gehörte ihm. In Indien war er meine ganze Welt, nachdem mich das Fieber fast umgebracht hatte und Fanny mich verließ. Er tröstete mich, pflegte mich, beschützte mich, und mit der Zeit verliebten wir uns. Doch eines Tages entdeckte ich dich, Micaela. Deine Schönheit zog mich magisch an. Wenn du durchs Haus gingst, erfülltest du es mit Licht. Dein Duft lag in den Räumen und war überall. Deine zurückhaltende Art, dein sanfter Blick, deine ruhige Stimme …« Er kam näher und streichelte ihr Gesicht. »Alles verzauberte mich. Auch Nathaniel verfiel deinem Charme und versuchte, dich zu verführen. Außerdem wusste er, dass ich dich niemals würde lieben können, wenn er dich befleckte. Doch du hast ihn nicht erhört. Das ließ mich glauben, dass du mich liebst und auch weiterhin deine Reinheit und Jungfräulichkeit für mich bewahrst. Und obwohl ich durchaus bemerkte, dass du kühl und distanziert warst, wollte ich dich zurückgewinnen. Ich wog dich in dem Glauben, ich sei geheilt und wir könnten glücklich miteinander werden.«

Als er die Fesseln an ihren Händen und Füßen löste, schöpfte Micaela neue Hoffnung. Obwohl ihr Mann groß und kräftig war, würde sie versuchen, ihn niederzuschlagen und zu fliehen.

»Mach es mir, so wie du es mit Molina gemacht hast«, befahl er ihr, während er die Hose öffnete und sie auf die Knie zwang.

Angewidert wollte sie sich zunächst weigern, doch dann wurde ihr klar, dass dies die Gelegenheit war, auf die sie gewartet hatte. Sie würde zubeißen und dann zur Falltür laufen. Ganz langsam löste sie seinen Gürtel, jede Bewegung berechnend.

»Interessiert es dich nicht, wie ich hinter deine Affäre mit diesem dreckigen Einwanderer gekommen bin?«

»Nein«, sagte sie und wandte sich wieder seinem Hosenschlitz zu.

»Du verdammte Hure!«, brüllte Eloy und packte sie an den Schultern, um sie zu Boden zu schleudern.

Micaela begann zu schreien und versuchte aufzustehen, aber ihre Beine waren ganz taub und gehorchten ihr nicht. Eloy hob sie hoch wie eine Stoffpuppe und hielt ihr den Mund zu.

»Sei still!«, zischte er.

Über ihnen waren Schritte zu hören, und jemand rief den Namen Marlene. Micaela war unsagbar froh, Carlos Stimme zu hören. Sie nutzte Eloys Verblüffung, um ihn in die Hand zu beißen und laut nach Carlo zu rufen. Daraufhin hielt er ihr erneut den Mund zu und drückte ihr das Messer an den Hals.

»Wenn du noch einmal schreist, bringe ich dich um.«

Carlo und seine Männer hatten keine Schwierigkeiten gehabt, ins Haus zu kommen. Die Tür stand sperrangelweit offen; weder in der Eingangshalle noch im Salon war jemand zu sehen. Sie gingen weiter, und kurz darauf hörten sie Micaelas Schrei, der sie ins Arbeitszimmer führte, wo sie die offene Falltür fanden. Carlo stieg rasch nach unten, gefolgt von Mudo und Cabecita. Er kam fast um vor Angst, er könnte zu spät kommen.

»Keinen Schritt weiter, oder ich bringe sie um!«, befahl Eloy und drückte die Messerklinge gegen Micaelas Hals.

Carlo blieb mitten auf der Treppe stehen und ballte die Faust, als er seine Liebste so übel zugerichtet und mit einem Messer an der Kehle sah.

»Und sag deinen Schlägern, sie sollen verschwinden.«

Carlo gab seinen Männern ein Zeichen, sich zurückzuziehen.

»Herzlich Willkommen, Señor Molina«, sagte Eloy dann spöttisch. »Sie sind gerade richtig gekommen. Sind Sie hier, um Ihre Liebste zu retten? Ich bedaure, Ihnen sagen zu müssen, dass es dafür zu spät ist. Aber es gefällt mir zu wissen, dass auch Sie beim Tod ›der Göttlichen‹ dabei sein werden.«

»Lassen Sie sie los, Cáceres! Rühren Sie sie nicht an!«, drohte Carlo und ging die letzten Stufen hinunter.

»Keinen Schritt weiter!«

»Ich schwöre Ihnen, wenn Sie sie auch nur mit dem Messer streifen, reiße ich Sie in tausend Stücke.«

Eloy brach in schallendes Gelächter aus. Micaela, die im Griff ihres Mannes gefangen war, der ihr nach wie vor den Mund zuhielt, begann hysterisch zu schluchzen. Sie war sicher, dass auch Carlo sie nicht vor Eloys blinder Wut retten konnte. Carlo wiederum überlegte, dass er im Bösen nichts erreichen würde, und versuchte es mit Diplomatie.

»Sie sind doch ein intelligenter Mann, Cáceres. Es wäre dumm, ihre Frau zu ermorden. Es wird alles ans Licht kommen und Sie haben keine Möglichkeit, es zu vertuschen. Ihre politische Karriere wäre ruiniert, und ...«

Eloy holte aus und stieß Micaela das Messer in den Leib, die kurz darauf leblos zu Boden sank. Carlo ging in die Knie und sah entsetzt, wie das Gesicht seiner Geliebten wachsfahl wurde, während sich ihr Kleid blutrot färbte. Er kroch zu ihr hin und ergriff ihre Hand. Als er ihre Finger berührte, stieß er einen rauen, tiefen Schrei aus, der sogar Eloy den Atem stocken ließ.

Mudo und Cabecita kamen die Treppe herunter und hielten Eloy fest, als er versuchte, sich auf Carlo zu stürzen. Der saß noch immer völlig aufgelöst auf dem Boden, schüttelte Micaela und rief sie beim Namen. Von oben waren Stimmen und Trillerpfeifen zu hören. Es dauerte nicht lange, bis eine Gruppe von Polizisten, angeführt von Ralikhanta, auf der Szene erschien. Carlo bekam von all dem nichts mit. Er nahm Micaela auf seine Arme und trug sie aus dem Keller nach oben. Im Flur begegnete er Cheia, die gerade vom Friedhof zurückkehrte.

»Mein kleines Mädchen! Mein Gott, was hat sie denn? Das ganze Blut! Was ist passiert? Wer sind Sie? Was haben Sie ihr angetan?«

»Schnell!«, drängte Carlo, ohne ihr Zeit zum Begreifen zu lassen. »Rufen Sie einen Arzt. Sie stirbt.«

»Kommen Sie, bringen Sie sie hierhin«, sagte Cheia erstaunlich gefasst und führte ihn zu Micaelas Zimmer. Dann rannte sie völlig kopflos und mit tränenüberströmtem Gesicht wieder auf den Flur. Sie konnte keinen klaren Gedanken fassen, bis ihr plötzlich Doktor Valverde einfiel, Guillitas Mann.

33. Kapitel

Doktor Joaquín Valverde hatte keine Hoffnung, dass Micaela überleben würde. Das Messer hatte den Magen gestreift, sie war sehr geschwächt durch den starken Blutverlust, und das hohe Fieber ließ eine Infektion befürchten. Er riet von einem Transport ab, und so lag die junge Frau nun bewusstlos in einem Zimmer des Hauses, das ihr Gefängnis gewesen war.

Carlo war durch nichts dazu zu bewegen, von ihrer Seite zu weichen, nicht einmal, als die Polizei ihn mitnehmen wollte, damit er aussagte. An diesem Punkt schaltete sich der leitende Kommissar ein, ein Freund von Carlo aus seinen Zeiten als Zuhälter, und ließ ihn in dem Haus in der Calle San Martín befragen.

***

Carlos Aussagen stimmten mit denen von Mudo, Cabecita und Ralikhanta überein, und auch die übrigen Beweise waren erdrückend. Es gab einen Skandal, den nicht einmal die Kontakte und Beziehungen von Senator Urtiaga hätten stoppen können. Ohnehin rührte Micaelas Vater keinen Finger, um seinem Schwiegersohn zu helfen oder die Presse zurückzuhalten. In diesen Tagen sprach er praktisch nichts; nur mit Cheia und Doktor Valverde wechselte er das eine oder andere Wort. Molina nahm er nur am Rande wahr. Er verlangte keine weiteren Erklärungen; er begriff nur, dass dieser Mann der Geliebte seiner Tochter war. Einige Zeit später, nachdem er ihn genauer betrachtet hatte, erkannte er in ihm Gastóns alten Freund wieder, der damals auf seinem Geburtstag gewesen war.

Moreschi saß zusammengesunken in einem Sessel im Salon und weinte. Immer wieder zerknüllte er sein Taschentuch und schluchzte: »Warum sie? Warum?« Cheia versuchte, ihn aus seinem Schmerz zu reißen, indem sie ihn mit in die Küche nahm und ihm einen starken Kaffee kochte. Um ihn abzulenken, bat sie ihn, ihr von Micaela zu erzählen.

»Sie ist alles, was ich habe. Alles!«. Mehr brachte Moreschi nicht heraus.

Als Otilia im Haus ihres Neffen erschien, behauptete sie, es müsse ein Irrtum vorliegen, es sei unmöglich, dass ihr geliebter Eloy der abscheuliche ›Zungensammler‹ sei. Das sei eine Falle der Radikalen, um ihn in Misskredit zu bringen, merkte das denn keiner? Eloy sei der beste Mensch auf der Welt, er könne keiner Fliege etwas zuleide tun. Urtiaga befahl ihr zu schweigen und schickte sie nach Hause.

Daraufhin verkroch sich Otilia in ihrer Villa in der Avenida Alvear und lag tagelang im Bett, mit kalten Tüchern auf der Stirn und einer Flasche Laudanum auf dem Nachttisch. Jeden Tag bat sie die Haushälterin, ihr die Zeitung vorzulesen, doch nach drei Zeilen riss sie der armen Frau die Zeitung aus der Hand, zerknüllte sie und warf sie an die Wand, während sie kreischte, das seien alles infame Lügen. Otilia musste eine weitere Demütigung hinnehmen, als die Polizei in der Villa erschien, um sie zu verhören, und sie zugeben musste, dass ihr Bruder noch am Leben war und in einem Pflegeheim im Stadtteil Flores lebte. Danach packte sie ihre Koffer, verließ das Haus ihres Mannes und wurde nicht mehr gesehen.

Nathaniel Harvey wurde in Haft genommen, bis feststand, dass er nichts mit den Prostituiertenmorden zu tun hatte. Seiner Aussage zufolge kannte er Eloy Cáceres aus Indien, wo sie bei derselben Firma gearbeitet hatten. Nach einer schweren Erkrankung, dem Stigma seiner Unfruchtbarkeit und der Trennung von seiner Verlobten Fanny Sharpe habe Eloy Trost in seinen Armen gefunden.

»Wir sind ein Liebespaar«, stellte der Engländer klar.

Diese Erklärung belastete den Angeklagten noch weiter und lieferte den Psychiatern, die den Geisteszustand des ›Zungensammlers‹ untersuchen sollten, wichtige Hinweise. Sie beschrieben ihn als krankhaften, innerlich zerrütteten Menschen, einen geistig Verwirrten, der immer noch behauptete, seine Ehefrau innig zu lieben. Harvey wurde letztlich von der Eisenbahngesellschaft entlassen und ging nach Mexiko.

Ralikhanta wurde als Mittäter angeklagt. Er hatte entscheidenden Anteil daran gehabt, dass die Verbrechen überhaupt begangen werden konnten. Dass er unter Druck gehandelt hatte, war für die Justiz nicht entscheidend. Er wurde zu sieben Jahren Haft verurteilt; allerdings wurde das Strafmaß später reduziert, weil er dazu beigetragen hatte, die Taten aufzuklären.

Gastón kam allein nach Buenos Aires. Anders als die anderen hatte er sich nicht von Eloys feinen Umgangsformen, seiner umfassenden Bildung und seiner vielversprechenden Karriere blenden lassen. Während der Zugfahrt in die Stadt steigerte er sich immer mehr in seine Wut hinein. Er war sicher, dass das alles nicht passiert wäre, wenn man auf ihn gehört hätte, als er vor Cáceres' falschem Spiel gewarnt hatte. Doch als er das Haus seiner Schwester betrat und die ernste Miene seines übernächtigten Vaters sah, Moreschi, der schluchzend in einem Sessel saß, und Cheia, die schwarze Sankt-Rita-Kerzen anzündete, begannen seine Lippen zu zittern, und seine Wut war wie weggeblasen.

»Mein kleiner Junge«, flüsterte die Amme und wiegte ihn in ihren Armen wie damals als Kind.

»Ich möchte sie sehen, Mamá.«

»Deine Schwester ist nicht allein, mein Schatz. Señor Molina ist bei ihr.«

»Molina?«

»Deine Schwester und er sind seit einiger Zeit ein Paar.«

Gastón war wie vor den Kopf gestoßen. Mamá Cheia führte ihn in die Küche und setzte ihm wie zuvor Moreschi Kaffee und süße Teilchen vor. Sie begann, ihm von seiner Kindheit zu erzählen, als er und Micaela in dem traurigen, stillen Haus am Paseo de Julio allerlei Streiche ausheckten, die ihr reichlich graue Haare wachsen ließen. Cheia verschwieg auch die Erkrankung von Señora Isabel nicht, und sie vergaß nicht zu erwähnen, wie viel Verzweiflung und Leid ihr Tod über die Urtiagas gebracht hatte.

»Als du nach Córdoba geschickt wurdest, um dort zur Schule zu gehen, war deine Schwester ungleich trauriger als du. Die arme Micaela war untröstlich, sie weinte still vor sich hin und sagte mir, sie wolle nicht in die Schweiz. ›Kann ich nicht auch nach Córdoba gehen, Mamá Cheia?‹, fragte sie mich.«

»Aber ich liebe Micaela, Mamá.«

»Natürlich liebst du sie. Aber sie hätte ihr Leben für dich gegeben. Und das hätte sie damals in der Nacht, als Pascualito dich nach dieser Messerstecherei halbtot nach Hause brachte, auch beinahe getan.«

Cheia erklärte die Umstände, die Molina und Micaela zusammengebracht hatten. Gastón hörte sich die Geschichte wortlos an. Nachdem seine Amme zu Ende erzählt hatte, erklärte er noch einmal, dass er Micaela sehen wolle. Als er ins Zimmer trat und Carlo Molina neben ihrem Bett knien sah, das Gesicht im Haar seiner Schwester vergraben, dachte Gastón, dass er sich nie daran gewöhnen würde.

»Señor Molina …«, rief Cheia leise.

Die beiden Männer sahen sich lange an, bevor Carlo schließlich aufstand und Gastón mit einer Handbewegung aufforderte, seinen Platz einzunehmen.

***

Am Morgen des dritten Tages nahm Doktor Valverde Molina und Senator Urtiaga beiseite und teilte ihnen mit, dass es keine Hoffnung mehr gebe, wenn sich Micaelas Zustand in den kommenden Stunden nicht bessere. Rafael schlug die Hände vors Gesicht und weinte bitterlich. Carlo hingegen verließ das Haus und bat seine Männer, ihn nach San Telmo zu fahren.

Er antwortete kaum auf den Schwall von Fragen, mit denen Frida ihn am Eingang überfiel, und schloss sich in seinem Zimmer ein. Er zog die stinkenden Kleider aus, wusch sich, rasierte sich, legte Rasierwasser auf und zog frische Sachen an. Dann öffnete er eine Metallkassette und nahm seine Pistole heraus. Er begutachtete sie sorgfältig und vergewisserte sich, dass sie geladen war. Schließlich steckte er sie in den Hosenbund und zog das Jackett darüber. Zurück bei Micaela, hielt Cheia ihn am Eingang auf.

»Señor Rafael hat zwei Ärzte seines Vertrauens dazurufen lassen, Doktor Cuenca und Doktor Bártoli. Sie sind gerade drin und untersuchen zusammen mit Joaquín Valverde mein kleines Mädchen.«

Carlo ging ohne anzuklopfen ins Zimmer. Joaquín kam ihm entgegen, um ihn auf den neuesten Stand zu bringen, während seine Kollegen Micaela abhorchten.

»Doktor Cuenca schlägt ein neues Medikament vor. Wir haben Gastón schon zur Apotheke geschickt. Wenn Cuencas Rezeptur wirkt, wie wir glauben, sollte das Fieber in der Nacht oder morgen früh heruntergehen.«

Sie gaben Micaela das neue Medikament, reinigten die Wunde und fühlten ihren Puls. Danach fachsimpelten die Ärzte noch ein paar Minuten, bevor sie das Zimmer verließen, um Cheias Einladung zu einer Tasse Kaffee Folge zu leisten. Rafael Urtiaga blieb bei seiner Tochter. Er hielt ihre Hand und sah sie niedergeschlagen an.

»Sie sieht genauso aus wie ihre Mutter«, sagte er schließlich.

Carlo trat zu ihm und klopfte ihm mitfühlend auf die Schulter. Der alte Mann sah müde aus. Er hatte tiefe Augenringe und eine fahle Haut. Wie alle hatte er seit drei Tagen nichts Richtiges mehr gegessen und nicht länger als zwei Stunden am Stück geschlafen.

»Sie müssen sehr müde sein, Señor Urtiaga«, sagte Carlo. »Sie sollten Cheia bitten, Ihnen etwas Anständiges zu Essen zuzubereiten, und sich dann ein wenig hinlegen.«

Carlo half ihm aufzustehen und brachte ihn zur Tür. Bevor er ging, sah Rafael noch einmal zu seiner Tochter herüber.

»Glauben Sie, dass ich auch sie verliere?«

Carlo konnte nicht antworten. Diese Frage stellte er sich selbst in einem fort. Da es nicht seine Art war, aus Rücksichtnahme zu lügen, empfahl er noch einmal eine anständige Mahlzeit und einen Erholungsschlaf. Der Alte schlurfte mit hängenden Schultern aus dem Zimmer.

Carlo ging zum Bett zurück, kniete neben dem Kopfende nieder, küsste Micaelas fieberglühende Lippen und hielt ihre Hand.

»Liebling«, sagte er, »die Ärzte sind gegangen. Ich hatte so gehofft, dass sie uns allein lassen würden; ich musste unbedingt mit dir reden. Alle sind da und hoffen, dass sich dein Zustand bessert. Sogar Gastón ist vom Land gekommen. Er sagt, Gioacchina und dem kleinen Francisco geht es gut. Auch Moreschi, Cheia und dein Vater sind hier und warten auf dich. Cheia muss schon an die hundert Rosenkränze gebetet haben und zündet Kerzen für eine Heilige an.« Er verstummte, und ein Lächeln erschien auf seinen Lippen. »Du siehst genauso schön aus wie immer. Ich werde nie vergessen, wie du mir damals den Atem geraubt hast, als du mit deinem Schmuck zu mir kamst, um die Schulden deines Bruders zu bezahlen. Hätte ich nicht gewusst, dass du eine feine Dame bist, ich hätte dich an Ort und Stelle vernascht. Ich musste mich wirklich zusammenreißen, weißt du. In den darauffolgenden Tagen habe ich mir das Hirn zermartert, wie ich an dich herankommen könnte. Und als du dann später im *Carmesí* gesungen hast und dich alle Männer sehnsüchtig anstarrten, bin ich vor Eifersucht fast gestorben. Ich wollte dich mit niemandem teilen, ich wollte dich nur für mich. Als die Sache mit Miguens passierte, habe ich mich dafür gehasst, dass ich dich unnötig in Gefahr gebracht hatte. Aber mir blieb keine andere Wahl, denn anders hättest du mich nie beachtet. Ich war ein Zuhälter und du eine Königin. Und das bist du immer noch, Liebling: die Königin meines Lebens. Wenn du dich entscheidest, nicht mehr aufzuwachen, habe ich hier nichts mehr zu suchen. Ich werde dir folgen.« Er nahm die Pistole aus dem Hosenbund und legte sie in den Nachttisch. »Du hast mir einmal versprochen, dass ich nie mehr allein auf dieser Welt sein würde. Willst du jetzt dein Wort brechen, Marlene?«

Rafael kam ins Zimmer, gefolgt von seinem Bruder, Monsignore Santiago, und der schluchzenden Cheia. Carlo sah den Priester böse an.

»Die Ärzte haben geraten, ihr die Letzte Ölung zu erteilen«, erklärte Rafael. »Sie glauben nicht, dass sie diese Nacht übersteht.«

Empört darüber, dass Rafael Urtiaga und die Amme Micaela aufgegeben hatten, stellte sich Carlo zwischen Micaela und ihren Onkel.

»Nein!«, rief er. »Sie wird nicht sterben. Sie können in Ihre Kirche zurückkehren«, sagte er dann, an Santiago gewandt. »Wir brauchen Sie hier nicht.«

Cheia trat zu ihm und fasste ihn beim Arm.

»Kommen Sie, Señor Molina, lassen Sie Señor Rafael den Vorschriften seines Glaubens folgen.«

Carlo sah sie wütend an, doch der sanfte Blick der alten Amme besänftigte ihn, und er verließ hinter ihr den Raum.

»Wissen Sie, Señor Molina«, sagte Cheia draußen auf dem Flur, »Señor Rafael hat das Gefühl, seiner Tochter viel schuldig geblieben zu sein. Nehmen Sie ihm nicht die Möglichkeit, sein Gewissen zu beruhigen, auch wenn Sie nicht daran glauben.«

Sie brachte ihn in die Küche und versorgte ihn wie die anderen mit Kaffee und Gebäck. Dann setzte sie sich hin, um für den kleinen Francisco zu stricken. Dabei erzählte sie ihm von Micaela, von damals, als sie noch klein war und alle in der Familie sagten, sie sei nur eine halbe Portion ...

»Sie war nämlich spindeldürr, schwächlich und ziemlich still, aber ich wusste immer, dass mein kleines Mädchen einmal etwas ganz Besonderes werden würde, genau wie ihre Mutter. Nein! Noch schöner und noch klüger! Haben Sie gesehen, wie man ihr im Theater zujubelt? Haben Sie sie mal gehört?« Carlo nickte lächelnd. »Eine Ordensschwester aus dem Internat, Soeur Emma hieß sie, hat ihr Talent entdeckt. Micaela hat schon als kleines Mädchen gern gesungen. Die französische Hauslehrerin, Mademoiselle Duplais, brachte den Kindern Lieder bei; Gastón interessierte das nie, mein kleines Mädchen hingegen summte den ganzen Tag vor sich hin – leise, weil Señora Isabel krank im Bett lag und man keinen Krach machen durfte. Ach, meine kleinen Lieblinge! Nur ich weiß, was sie durchgemacht haben. Señor Rafael war nach dem Tod seiner Frau völlig abgestumpft. Ihm fiel nichts Besseres ein, als sie von zu Hause wegzuschicken. Gastón war bald wieder da, weil man ihn in Córdoba von der Schule geworfen hatte. Der gnädige Herr fand, dass es besser wäre, ihn in der Nähe zu haben, um ein Auge auf ihn zu haben. Micaela hingegen kam nie zurück; fünfzehn Jahre war sie weg. Señor Rafael hat sie nur selten besucht, und mich hat er ein-, zweimal zu ihr fahren lassen. Fünfzehn Jahre! Manchmal frage ich mich, warum sie zurückgekehrt ist. Nach dem Tod von Soeur Emma hat sie das erste Schiff nach Buenos Aires genommen. Obwohl ich so oft zur heiligen Rita gebetet hatte, dachte ich, Micaela würde nie mehr wiederkommen. Ich fand mich mit dem Gedanken ab, dass ich sterben würde, ohne sie noch einmal gesehen zu haben; meine Knochen machen eine so weite Reise nicht mehr mit.« Cheia blickte von ihrer Handarbeit auf und sah Carlo an. »Vielleicht ist sie zurückgekommen, um Sie kennenzulernen, Señor Molina. Wer weiß!« Sie seufzte und beugte sich wieder über ihre Strickerei. »Hat Micaela Ihnen nie von dem Kätzchen erzählt?« Carlo schüttelte den Kopf. »Ah, diese verflixte Katze hat mich in zehn Tagen um zehn Jahre altern lassen! Sie hatte das völlig verwahrloste und räudige Tier auf der Plaza aufgelesen und mit nach Hause geschleppt; damit Mademoiselle Duplais es nicht entdeckte, versteckte sie es unter ihrer Kleidung. Ich habe das Tierchen tagelang entfloht und Methylenblau auf die räudigen Stellen geschmiert. Micaela richtete ihr ein Apfelkörbchen in der kleinen Abstellkammer her und nannte sie im Andenken an mein totes Baby Miguelito. Können Sie das glauben? So war sie. Aber das arme Tierchen starb trotzdem, und ich musste mein Nähkästchen als Sarg hergeben. Stellen Sie sich das vor, ein wunderschönes Kästchen, in dem mal Pralinen gewesen waren, endete als Sarg für ein räudiges Kätzchen! Aber meine Kleinen konnten alles von mir kriegen, wenn sie mich aus ihren großen Augen ansahen. An jenem Tag tat sie mir so leid! Sie kam heulend angerannt, das tote Kätzchen auf dem Arm, Gastón lief hinterher und machte sich über sie lustig. Sie wollte unbedingt mein Nähkästchen haben. Es hatte ihr immer gut gefallen, weil so schöne Bildchen drauf waren. Wir beerdigten das Tierchen zur Mittagszeit in einem Blumentrog im Hof, während Señor Rafael und Mademoiselle

Duplais schliefen. Ich musste sogar einen Rosenkranz beten! Ob das eine Sünde war? Ich hab mich nie getraut, es Pater Miguel zu beichten, weil es mir peinlich war. Ach was, das ist jetzt so viele Jahre her, dass Gott sich gar nicht dran erinnern kann!«

Cheia strickte weiter, während sie mit ihren Gedanken in der Vergangenheit war, einer Vergangenheit voller schöner Erinnerungen, die ihr ein Lächeln aufs Gesicht zauberten. Doch zwischendurch sah Carlo immer wieder ein feuchtes Schimmern in ihren Augen und wusste, dass sie wieder in die Gegenwart zurückgekehrt war.

»Ich will nicht, dass sie stirbt«, sagte er und nahm ihre Hand.

»Vertrauen Sie auf den Glauben, Señor Molina«, entgegnete sie. »Wissen Sie, die heilige Rita erhört immer meine Gebete.«

Als Carlo die Küche verließ, hatte er neuen Mut geschöpft; doch als er Micaelas Zimmer betrat, schlug ihm nur Hoffnungslosigkeit entgegen. Der Monsignore hatte das Sakrament erteilt und unterhielt sich leise mit Rafael. Die Ärzte beugten sich über Micaela, die unruhig war und delirierte.

»Das Fieber ist immer noch sehr hoch«, erklärte Valverde. »Doktor Cuencas Rezeptur scheint nicht anzuschlagen. Sie hat begonnen, zu phantasieren, und ruft die ganze Zeit nach Ihnen.«

Carlo schob die Ärzte beiseite und kniete sich neben sie.

»Ich bin hier, Liebling«, flüsterte er ihr zu, während er ihr übers Haar strich. »Ich bin hier. Ich war nur kurz bei Cheia in der Küche, um einen Kaffee zu trinken. Wir haben über dich gesprochen. Sie hat mir viele Geschichten aus deiner Kindheit erzählt, von diesem Kätzchen, das du auf der Plaza gefunden und unter deinem Kleid versteckt hast, damit die Lehrerin es nicht findet. Ich habe sehr gelacht. Du musst so ein niedliches Mädchen gewesen sein. Ich hätte so gerne eine Tochter mit dir, die dir ähnlich sieht.«

Der Monsignore sah ihn missbilligend an, und Rafael blickte

betreten zu Boden. Doktor Cuenca und Doktor Bártoli waren kurz davor, ihn hochkant aus dem Zimmer zu werfen.

»Señor Molina, lassen Sie uns unsere Arbeit machen. Wir werden einen Aderlass vornehmen, um das Fieber zu senken und die Infektion zu stoppen.«

»Einen Aderlass? Ist sie nicht zu schwach dafür?«, fragte Carlo.

Doktor Cuenca warf ihm einen wütenden Blick zu. Joaquín Valverde ging rasch dazwischen und nahm Carlo beiseite. Nachdem sie sie zur Ader gelassen hatten, hielten die Ärzte den Rest der Nacht Wache, um zu sehen, wie die Kranke darauf ansprach. Sie kontrollierten alle halbe Stunde den Puls und die Pupillenreaktion, horchten sie ab, reinigten die Wunde, legten ihr kalte Tücher auf, schoben ihr in Alkohol getränkte Wattebäusche unter die Achseln und verabreichten ihr ihre Medizin.

Carlos Nerven waren zum Zerreißen gespannt. Er lief im Zimmer auf und ab wie ein Tiger im Käfig und knackte dabei mit den Fingergelenken, bis Doktor Cuenca es nicht mehr aushielt und ihn anblaffte, er solle damit aufhören, weil es ihn nervös mache. Er machte hundertmal Anstalten, sich eine Zigarette anzuzünden, ließ sich in den Sessel sinken, stand wieder auf und ging in den Salon, um gleich darauf wieder zurückzukehren. Er trank einen Schluck von dem heißen Kaffee, den Cheia ihm anbot, ohne zu wissen, dass er eine Dosis Laudanum enthielt. Minuten später setzte er sich hin und sank tief in die Kissen; bevor er einschlief, fiel sein verschwommener Blick auf Micaela.

Als er wieder aufwachte, war ihm schummrig von dem Schlafmittel. Er kam nur mühsam auf die Beine, sein Rücken schmerzte, und sein Nacken war steif. Er konnte Micaela nicht sehen, weil die Ärzte um sie herumstanden. Cheia und Rafael sahen aus sicherer Entfernung zu. Als sie bemerkte, dass er aufgewacht war, kam die schwarze Amme zu ihm.

»Ich verstehe gar nicht, wie ich einschlafen konnte«, sagte Carlo. »Wie spät ist es?«

»Sieben Uhr morgens«, antwortete Cheia. »Sie untersuchen sie gerade.«

»Haben sie schon etwas gesagt?«

»Noch nicht, aber gegen halb vier ist Micaela ruhiger geworden, und der Puls wurde stabiler. Ich habe Hoffnung.«

Carlo wollte sich keine Illusionen machen, nachdem es tags zuvor so schlecht ausgesehen hatte. Er befürchtete das Schlimmste. Er strich Hemd und Haare glatt und gesellte sich zu Cheia und Rafael, um das Ergebnis der Untersuchung abzuwarten. Als die Ärzte sich ansahen und ernst nickten, dachte Carlo, seine Beine würden ihren Dienst versagen. Das Herz schlug ihm bis zum Hals, und seine Hände zitterten. Joaquín Valverde ergriff das Wort.

»Nachdem wir Micaela gründlich untersucht haben, denken die Herren Doctores und ich, dass das Schlimmste überstanden ist. Das Fieber ist innerhalb von vier Stunden gesunken, der Puls ist stabil, und auch die übrigen Vitalfunktionen haben sich beträchtlich verbessert.«

Cheia stieß einen erleichterten Schrei aus und fiel Rafael um den Hals, der ein lautes Stoßgebet zum Himmel schickte. Carlo ließ sich in einen Sessel sinken, schlug die Hände vors Gesicht und begann zu weinen wie ein Kind. Urtiaga war gerührt von dem heftigen Gefühlsausbruch dieses starken, unbeugsamen Mannes und begann ebenfalls zu schluchzen. Cheia schob die Ärzte und Rafael aus dem Zimmer; sie fand, Señor Molina müsse nun alleine sein, um sich von diesen drei endlosen Tagen zu erholen. Carlo legte seinen Kopf auf Micaelas Brust und beruhigte sich bald, als er ihren gleichmäßigen Herzschlag hörte.

Einige Stunden später erlangte Micaela das Bewusstsein wieder. Sie konnte nur mühsam die Augen offen halten und hatte keine Kraft, um zu sprechen. Sie klagte nur über die Bauchwunde, woraufhin die Ärzte ihr ein Schmerzmittel verabreichten, das die Beschwerden linderte und sie wieder müde machte. Sie teilten den Angehörigen mit, dass Micaela zwar den kritischen Moment überstanden habe, aber noch sehr schwach sei. Jeder Rückfall könne fatale Folgen haben. Man müsse weiterhin äußerste Vorsicht walten lassen; jede Aufregung oder Anstrengung seien absolut verboten.

Carlo kümmerte sich persönlich um Micaelas Pflege, und Cheia ließ ihn gewähren. Joaquín zeigte ihm, wie man die Wunde reinigte und den Puls maß und wann die Medikamente zu geben waren. Das und noch einiges andere mehr hielt ihn den ganzen Tag auf Trab. Nachts schlief er auf einer Matratze neben dem Bett. Er lauschte auf jedes Geräusch; manchmal stand er sogar nachts auf, von bösen Ahnungen oder Albträumen geweckt, um zu hören, wie sie atmete. Was Besuche anging, war er unerbittlich. Er gestand jedem Besucher nur fünf Minuten zu, die er mit der Uhr stoppte. Moreschi und Regina, die Micaela seiner Meinung nach besonders anstrengten, beschränkte er auf drei Minuten. Sie hassten ihn dafür, aber Carlo ließ sich nicht beirren. Schon bald zeigte seine ebenso sorgsame wie strenge Pflege Erfolge. Nach einer Woche hatten Micaelas Wangen wieder Farbe angenommen, sie konnte sich unterhalten, ohne zu ermüden, und wollte aufstehen, ein Wunsch, den Joaquín Valverde fürs Erste untersagte.

»Was ist mit Eloy?«, fragte Micaela Carlo eines Nachmittags, als sie allein waren.

»Er wartet im Gefängnis auf seinen Prozess.«

Von schrecklichen Erinnerungen überwältigt, begann Micaela zu schluchzen. Es gab so viele Fehler zu bereuen, und sie hatte Angst vor dem, was ihr noch bevorstand, wenn sie wieder gesund war. Carlo nahm ihre Hände und küsste sie zärtlich.

»Nicht weinen, Liebste«, bat er. »Ich kann dich nicht weinen sehen. Es ist nicht gut für dich, und ich kann nicht weiterleben, wenn dir etwas passiert. Nicht weinen, ich flehe dich an. Ich möchte, dass du dir keine Sorgen machst, dass ich der Einzige in deinem Leben bin und dass deine Gedanken nur mir gelten. Von jetzt an werde ich auf dich aufpassen. Niemand wird dir mehr weh tun. Niemand wird dich mehr anrühren.«

Sie küssten sich zum ersten Mal seit langem wieder, und durch diesen ersten innigen Kontakt entdeckten sie sich noch einmal neu und besiegelten ihren Liebespakt.

Joaquín Valverde kam täglich vorbei und staunte jedes Mal über Micaelas Fortschritte. Nach einigen Tagen Suppe erlaubte er ihr feste Nahrung. Carlo fütterte sie. Am Anfang vertrug sie nicht viel, doch mit der Zeit nahm ihr Appetit zu. Sie hatte die Kraft, aufzustehen und mit Carlos Unterstützung ein paar Schritte zu gehen.

»Ich will hier weg«, sagte sie jeden Tag. »Ich ertrage diesen Ort nicht länger.«

Obwohl er lieber noch zwei, drei Tage abgewartet hätte, gab Valverde ihr schließlich die Erlaubnis, Eloys Haus zu verlassen. Er war überzeugt, dass sie erst vollständig genesen würde, wenn sie von dort wegkam. Carlo beschloss, sie nach San Telmo zu bringen. Rafael, der zu Hause schon alles für Micaelas Ankunft vorbereitet hatte, war erbost über Molinas Entscheidung, die er als Dreistigkeit empfand, und redete ein ernstes Wort mit seiner Tochter.

»Du kommst mit zu mir, Micaela. Es ist nicht akzeptabel, dass du woanders unterschlüpfst, wenn du ein Zuhause mit allen Annehmlichkeiten hast. Was sollen die Leute sagen? Schließlich ist deine Ehe mit Eloy noch nicht offiziell annulliert. Dein Onkel Santiago hat bereits alles in die Wege geleitet, aber er sagt ...«

»Zuerst einmal, Papa«, fiel ihm Micaela ins Wort, »ist es mir völlig egal, was die Leute sagen. Zweitens werde ich niemals an den Ort zurückkehren, wo ich Eloy Cáceres kennengelernt habe. Und drittens schlüpfe ich nicht bei Carlo unter, sondern werde mit ihm leben.«

Rafael stand mit offenem Mund da und konnte nichts mehr sagen. Glücklich über die Entschiedenheit seiner Liebsten, trug Carlo Micaela auf seinen Armen zum Auto und brachte sie nach San Telmo. Cheia war die Letzte, die Cáceres' Haus verließ. Sie musste noch die Dienstboten entlassen, verhängte Möbel mit Tüchern und schloss Fenster und Läden. Das Haus fiel an die Justiz, die es Jahre später versteigerte, um mit dem Erlös ausstehende Steuern an die Stadtverwaltung von Buenos Aires zu begleichen. Die neue Eigentümerin, eine englische Finanzanstalt, ließ es abreißen und an seiner Stelle ein modernes Bürogebäude errichten.

Micaelas Umzug nach San Telmo setzte einen heterogenen Besucherstrom in Bewegung. Am einen Tag parkte ein luxuriöses Automobil vor der Tür, aus dem Señora de Alvear entstieg, am nächsten Tag bog Tuli mit einem Strauß halb verwelkter Margeriten um die Ecke. Obwohl es Carlo gar nicht passte, sie lange mit anderen zu teilen, bereitete Micaela jedem Einzelnen einen freundlichen Empfang. Cousine Guillita berichtete ihr, dass die Urtiagas nicht vorhätten, sie zu besuchen, solange sie bei Molina lebe, im Haus eines Mannes, der nicht ihrer sozialen Schicht angehöre. Ein italienischer Einwanderer, der zu allem Überfluss auch noch in einem Stadtviertel wie San Telmo lebte, wo es von leichten Mädchen und Gaunern nur so wimmele. Sie seien nicht gut auf sie zu sprechen, weil durch sie der Name der Familie ins Gerede gekommen sei, und sie würden sie auch nicht zu sich nach Hause einladen. Micaela atmete erleichtert auf.

Gastón verkündete, dass Gioacchina mit ihrem Sohn vom Land gekommen sei, um Micaela zu besuchen. Carlo war völlig aus dem Häuschen.

»Gioacchina in meinem Haus!«, sagte er zu Micaela, auch wenn er nicht sicher sagen konnte, ob dieser Besuch wirklich gut war.

Zwei Tage später kam sie zum Tee vorbei. Geduldig ertrug Carlo, dass sie ihn als Bekannten von Gastón höflich, aber zurückhaltend behandelte. Zu Micaela hingegen war sie herzlich und einnehmend. Nachdem Carlo um Erlaubnis gebeten hatte, nahm er den kleinen Francisco auf den Arm und ging mit ihm ins Nebenzimmer, um zum Erstaunen seiner Schwester und zur Freude seiner Frau für den Rest des Besuchs mit ihm auf dem Teppich zu spielen.

»Gastón erzählte mir, Señor Molina und du hättet euch bei deinem Vater kennengelernt«, sagte Gioacchina.

»Ja, bei seinem Geburtstag.«

»Ich habe mich gewundert, weil ich mich nicht erinnern konnte, euch an dem Abend zusammen gesehen zu haben«, setzte sie hinzu. Micaela schwieg. »Ich weiß nicht, ob es dir unangenehm ist, aber dein Bruder erzählte mir auch, dass dein Mann und du nie ein richtiges Ehepaar gewesen wärt. Was für ein Schock! Dabei schien er doch ein Glücksgriff zu sein. Wenn ich ihn so sah, so gutaussehend und seriös, freute ich mich für dich, obwohl Gastón ihn zugegebenermaßen nie leiden konnte. Ich dachte, er wäre eifersüchtig, aber offensichtlich hat er sich nicht geirrt. Dieser Mann ist ein Monster. Es tut mir von Herzen leid, Micaela.«

»Mir tut es auch leid, Gioacchina, aber nun, da ich mit Carlo zusammen bin, kann mir die Vergangenheit nichts mehr anhaben. *Er* ist wirklich ein Glücksgriff, das kann ich dir versichern.« Die beiden drehten sich zu ihm um. Carlo tollte zerzaust und mit heraushängendem Hemd mit seinem Neffen auf dem Boden herum.

An diesem Abend aß Carlo nicht viel und war sehr schweigsam. Im Schlafzimmer half er ihr, sich auszuziehen und den Verband abzunehmen. Dann ging er ins Bad.

»Ich brauche eigentlich keinen Verband mehr«, sagte Micaela, als Carlo wieder ins Schlafzimmer kam. »Die Wunde ist schon fast verheilt.«

»Das entscheidet Joaquín, nicht wir«, entgegnete Carlo, während er sich weiter abtrocknete.

Micaela stand auf, ging zu ihm und nahm ihm das Handtuch ab. Sie streichelte seine von Wassertropfen gesprenkelte Brust, saugte den Geruch seines frisch rasierten Gesichts auf und zeichnete mit dem Finger sein Kinn nach.

»Wenn es soweit ist, sagen wir es Gioacchina gemeinsam«, flüsterte sie. »Bis dahin quäl dich nicht.«

»Das Einzige, was mich quält, ist der Gedanke, dich zu verlieren. Mit allem anderen komme ich schon zurecht.«

»Warum bist du dann so schweigsam und traurig? Ich dachte, es wäre wegen Gioacchinas Besuch.«

»Teilweise schon. Als ich sie sah, fiel mir wieder ein, wie ich mich aufgeopfert habe, damit es ihr an nichts fehlt, und mich aus ihrem Leben heraushielt, um ihren Ruf nicht zu beflecken. Und du? Was ist mit dir? ›Die Göttliche‹ – die Geliebte eines ehemaligen Zuhälters! Und wie wird es sein, wenn wir Kinder bekommen? Mein Name wird eine schwere Bürde für sie sein. Ich kann nicht leben ohne dich, Marlene, aber ich liebe dich zu sehr, um dir zu schaden. Und weil ich der bin, der ich bin, könnte ich dein Untergang sein.«

»Ich bin so stolz auf dich, Carlo«, sagte Micaela. »Du bist der wunderbarste und großherzigste Mensch, den ich kenne. Du brauchst dich für nichts zu schämen, was du getan hast. Du hast für deine Fehler bezahlt und aus ihnen gelernt, du hast aus Liebe Opfer gebracht, und aus Liebe hast du die Kraft gehabt, dich zu ändern. Sag nie wieder, dass du mein Untergang sein könntest;

in Wahrheit bist du der einzige Mann, der mich glücklich machen kann.«

Carlo küsste sie voller Leidenschaft. Micaelas geschwächter Zustand, die Wunde und die Empfehlungen des Arztes waren vergessen, als er sie zum Bett trug.

Epilog

Micaela erfuhr nicht, ob ihr Vater über Carlo Molinas wahre Herkunft Bescheid wusste. Sie sprachen nie darüber, und es war ihr auch egal. Es war allerdings nicht unwahrscheinlich, dass irgendein Bekannter, der regelmäßig in Carlos Bordellen verkehrt hatte, dem Senator davon erzählt hatte. Trotz dieser Gerüchte und obwohl es Rafael unangenehm war, Micaela in einem anrüchigen Stadtviertel zu besuchen, war er höflich und zuvorkommend zu Molina, ja sogar dankbar, denn er hatte seine Tochter noch nie so glücklich gesehen.

Das Verschwinden seiner Ehefrau nahm der Senator mit Erleichterung auf. Er hatte zunächst vorgehabt, nach ihr zu suchen, doch dann ließ er es bleiben. Er kannte Otilia gut genug, um zu wissen, dass sie nach der Schande, die Tante des ›Zungensammlers‹ zu sein, nicht zurückkehren würde. Außerdem ertrug er sie nicht mehr und brauchte seine Ruhe. Er gab seinen Sitz im Kongress auf, eine Entscheidung, die unter anderen Umständen zu politischem Aufruhr geführt hätte, aber nun als Konsequenz aus dem Skandal um den Senator und seine Familie akzeptiert wurde. Einige Monate später verkaufte er das Anwesen an der Avenida Alvear, in dem sich keine Besucher mehr blicken ließen, und zog sich auf seinen Landsitz in Carmen de Areco zurück, wo ihn seine Kinder und Enkelkinder regelmäßig besuchten.

Carlos Export- und Importfirma wuchs und wurde zu einer der größten des Landes, mit Niederlassungen in den wichtigsten Ländern Südamerikas und der Option, nach dem Krieg weitere in den großen europäischen Städten zu eröffnen. Einige Jahre später wäre Carlo in der Lage gewesen, ein modernes, luxuriöses Haus in der besten Gegend von Buenos Aires zu kaufen. Aber Micaela lehnte das mit der Begründung ab, dass es nicht dasselbe wäre, in einem eleganten Salon mit Marmorvertäfelung und vergoldetem Stuck Tango zu tanzen, wie in dem sonnenbeschienenen, weinüberrankten Innenhof. Journalisten und Bewunderer nahmen es als exzentrischen Zug der berühmten Sängerin, und der Stadtteil San Telmo gewann an Popularität.

Moreschi musste eine eigene Wohnung anmieten. Er bemühte sich, große Räume mit guter Akustik zu finden, damit seine Schülerin dort üben konnte, denn die Räumlichkeiten in Molinas Haus erschienen ihm allesamt ungeeignet. Nach dem Skandal fürchtete er um Micaelas Karriere und verzweifelte fast, wenn er ihre völlige Sorglosigkeit sah.

»Nur die Ruhe, Maestro«, sagte sie. »Wenn wir bekanntgeben, dass es mir wieder gutgeht und ich bereit bin, auf die Bühne zurückzukehren, wird es Verträge hageln.«

Micaela täuschte sich nicht. Es hagelte Verträge, und die Metropolitan Opera in New York war für den Anfang das Verlockenste, fand Alessandro Moreschi, der schon lange auf diese Chance gewartet hatte. Micaela reiste selten alleine. In der Regel war Carlo mit von der Partie. Er nutzte die Gelegenheit, um neue Geschäfte in die Wege zu leiten oder die Niederlassungen zu kontrollieren.

Als sie wieder völlig genesen war, gab Micaela bei der Polizei und später auch vor dem Richter alles zu Protokoll, was sie über ihren Mann und die schrecklichen Ereignisse im Keller des Hauses in der Calle San Martín wusste. Ihre Aussage, die in allem mit den Erklärungen der übrigen Zeugen und Beteiligten übereinstimmte, versetzten Eloy Cáceres den Todesstoß. Micaela wollte das Thema bei Carlo nicht zur Sprache bringen, der darin sehr empfindlich reagierte, aber sie musste einfach Bescheid wissen.

Deshalb wandte sie sich an Moreschi, der regelmäßig mit den Anwälten sprach und sie über den Stand der Dinge informierte. Dass sich das endgültige Urteil gegen Cáceres hinauszögerte, lag an den Meinungsverschiedenheiten im Gremium der Psychiater, die feststellen sollten, ob Eloy verrückt oder im Vollbesitz seiner geistigen Kräfte war. Während die einen darauf beharrten, dass Cáceres den Rest seines Lebens in einer Nervenheilanstalt verbringen müsse, erklärten die anderen, beeindruckt von seiner Intelligenz und der Tatsache, dass er sich der Realität und seiner Taten vollständig bewusst war, das Urteil könne nur auf Gefängnis lauten. Nach etlichen Untersuchungen und Revisionsverfahren landete Eloy Cáceres schließlich in dem Gefängnis in Feuerland, wo er über zwanzig Jahre einsaß, bis ihn eines Morgens ein Wärter erhängt in seiner Zelle fand. Neben ihm lag ein Brief an Micaela. Das Schriftstück gelangte in die Hände von Carlo, der es ungelesen in den Küchenherd warf.

Gegen den erbitterten Widerstand von Carlo engagierte Micaela den besten Anwalt für Strafrecht, den es in Buenos Aires gab, und dieser erreichte tatsächlich, dass Ralikhantas Strafe reduziert wurde. Er führte an, der Inder habe bei der Begehung der Verbrechen unter großem Druck gestanden. Außerdem habe er guten Willen bewiesen, indem er die Polizei rief, und habe bei den Ermittlungen kooperiert. Zwei Jahre später kam Ralikhanta frei. Er wollte seine ehemalige Herrin sehen, doch Micaela weigerte sich, ihn zu empfangen; sie ließ ihm lediglich durch Mudo und Cabecita Geld überbringen, damit er das Land verlassen konnte. Ralikhanta kehrte nach Indien zu seiner verarmten Familie zurück.

Es wäre ein Affront gewesen, nach so vielen Jahren nach Europa zurückzukehren und nicht zuerst in der Pariser Oper zu singen. Das machte Moreschi Micaela klar und diese dann Carlo, bis dieser schließlich zähneknirschend einwilligte. Unter einer

Bedingung: Gleich nach den Vorstellungen in Paris würden sie nach Neapel weiterreisen, wo er nach der Familie seiner Mutter suchen wollte.

Die Schrecken des Krieges waren Vergangenheit. Zwei Jahre hatten genügt, um den Glanz des Fin de Siècle zumindest teilweise nach Europa zurückzubringen. Auf den Plätzen der französischen Hauptstadt blühten wieder Blumen, die Läden füllten sich mit Waren, die Frauen lächelten wieder und trugen ihre Kleider zur Schau, und die Männer saßen bei einer Zigarre im *Café de la Paix* und lasen die Zeitung.

Micaela, Carlo und Moreschi trafen Anfang April 1920 in Paris ein. Cheia und Frida, die nach einem langen Stellungskampf um die Herrschaft in dem Haus in San Telmo Waffenstillstand geschlossen hatten und sich mittlerweile ganz gut vertrugen, hatten es abgelehnt, mitzukommen. »Meine Knochen sind für so ein Gerüttel nicht mehr gemacht«, hatte die Amme gejammert. Frida hingegen führte an, dass die ganzen Erinnerungen sie traurig machen würden, da Johann nicht mehr da sei, um sie mit ihr zu teilen. Aber den beiden würde es nicht an Gesellschaft fehlen; Mudo, Cabecita und Tuli würden sich um sie kümmern, und auch Kapellmeister Cacciaguida hatte versprochen, sie zu besuchen.

Carlo fand Paris faszinierend. Obwohl Micaela ständig mit Proben und Vorbereitungen für ihren Auftritt beschäftigt war, ließ er sich die Laune nicht verderben und erkundete die Stadt allein. Er teilte sich seine Zeit zwischen Museumsbesuchen und Treffen mit potentiellen Kunden auf. Dennoch konnte er es kaum erwarten, nach Neapel zu fahren und die Porterinis kennenzulernen, obwohl es durchaus möglich war, dass sie ihn gar nicht empfangen würden. Schließlich war er Gian Carlo Molinas Sohn.

Zwischen Theaterproben und gesellschaftlichen Verpflichtungen kam Micaela keine Sekunde zur Ruhe. Sie war nervös und reizbar. Sie wollte alte Freunde besuchen und Einladungen annehmen, und gleichzeitig wollte sie für ihre Rolle als Lucia di Lammermoor proben, ein musikalisch wie dramaturgisch sehr anspruchsvoller Part. Abends kam sie so erschöpft ins Hotel zurück, dass sie kaum zwei Worte mit Carlo wechselte und dann einschlief. Carlo, der den ganzen Tag auf sie gewartet hatte, war enttäuscht. So hätte er sich ihren Aufenthalt in Paris nicht vorgestellt!

Am Tag der Premiere wartete das Publikum gespannt auf den Auftritt seiner großen Diva, die Paris nach sechsjähriger Abwesenheit erneut die Ehre gab. Erwartungsvolles Murmeln lag über dem Theatersaal. Moreschi kam immer wieder in die Garderobe und rannte heraus, herrschte die Pagen im Korridor an, kam zurück, schenkte sich ein Glas Wasser ein, das er dann nicht trank, und stieß schließlich einen langen Seufzer aus.

»Maestro, bitte«, sagte Micaela schließlich. »Sie machen mich nervös.«

»Ich kann nicht anders«, entschuldigte sich Moreschi. »Du hattest nicht genügend Zeit zu proben, und die Lucia ist eine schwierige Rolle. Außerdem konnte ich wegen dieser verflixten Reise, auf die du mich geschickt hast, nicht überprüfen, wie du mit dem letzten Akt zurechtkommst.«

»Der Regisseur und Direktor Mirolli sind sehr zufrieden.«

»Das kann nur ich beurteilen. Ich, und niemand sonst.«

»Haben Sie Carlo gesehen, Maestro?«

»Ja«, brummte Moreschi.

»Und?«

»Wie immer. Schlechtgelaunt.«

Micaela war betreten. Sie wusste, dass sie ihn vernachlässigt hatte. Doch als der Gong ertönte, der den ersten Akt ankündigte, konnte sie nicht länger an ihn denken. Jemand klopfte an der Tür und drängte sie zur Eile.

Moreschis Befürchtungen erwiesen sich als unbegründet: »Die Göttliche« begeisterte auch diesmal. Die Zuschauer applaudierten, bis ihre Handflächen brannten, und zwangen sie, mehr als zwanzigmal vor den Vorhang zu treten. Carlo saß ganz vorne im Parkett und betrachtete sie stolz, während sie Blumen entgegennahm und Küsse ins Publikum warf.

In der Garderobe erwarteten sie Blumensträuße und Präsente, einflussreiche Persönlichkeiten wollten sie begrüßen, und etliche Journalisten wollten unbedingt ein Interview. Über eine Stunde verging, bis sich die Garderobe endlich leerte und sie sich abschminken und umziehen konnte. Es klopfte an der Tür, und sie machte rasch auf.

»Carlo!«, rief sie und warf sich in seine Arme. »Du hast mir so gefehlt.«

»Heute Abend will ich dich nur für mich«, stellte dieser unmissverständlich klar. »Ich bin die ganzen Abendessen, Empfänge und Bälle leid. Es reicht, ich kann nicht mehr.«

»Entschuldige. Ich weiß, dass ich dich vernachlässigt habe, aber versteh mich doch, ich hatte so viel zu tun ...«

»Pscht. Nicht reden.«

Er umarmte sie und küsste sie mit aller Sehnsucht, die sich in diesen einsamen Tagen in Paris angestaut hatte. Als Micaela seinen Kuss voller Leidenschaft erwiderte, hätte er sie am liebsten gleich in der Garderobe geliebt, hätte nicht jemand an der Tür geklopft.

»Mach nicht auf«, bat er sie und warf sie auf den Diwan.

»Carlo, bitte«, sagte sie leise und versuchte sich ihm zu entwinden.

Carlo ließ sie unwillig los und ließ sich in den Lehnstuhl fallen.

Ein Theaterpage kam herein und überreichte Micaela eine Karte.

»Sagen Sie ihm, er soll hereinkommen«, bedeutete sie dem

Burschen, nachdem sie sie gelesen hatte. »Rasch. Ich warte auf ihn.«

Carlo stand auf und sah einen alten Mann von achtzig, fünfundachtzig Jahren hereinkommen. Er trug einen eleganten Smoking, sein langes weißes Haar war nach hinten gekämmt. In der Hand hielt er einen silbernen Spazierstock, sichtlich mehr aus Gründen der Eleganz, als um sich darauf zu stützen.

»Signora Molina«, sagte er. »Es ist mir eine Ehre, Sie kennenzulernen.«

»Danke. Vielen Dank, dass Sie gekommen sind.« Micaela nahm seine Hände und bat ihn herein. »Ich befürchtete schon, Sie würden nicht kommen. Signore Moreschi sagte mir, dass Sie nicht gerne reisen.«

»Das stimmt. Ich bin schon alt und ziehe es vor, zu Hause zu bleiben. Aber eine solche Gelegenheit konnte ich mir nicht entgehen lassen.«

Der Mann sah Carlo an, der die Szene ungeduldig beobachtete.

»Darf ich Ihnen meinen Mann vorstellen?«

»Erlauben Sie, dass ich das selbst übernehme, Signora Molina«, bat der Mann, und Micaela trat beiseite.

Der Alte trat zu Carlo, legte ihm die Hand auf die Schulter und sagte: »Deine Mutter war meine einzige Tochter.«

Carlo hatte das Gefühl, seine Brust würde zerspringen. Seine Beine zitterten, und seine Augen wurden feucht. Er sah von dem Alten zu Micaela und von Micaela zu dem Alten. Ihm fehlten die Worte. Als er merkte, wie überrascht und verwirrt sein Enkel war, forderte Porterini ihn auf, sich zu setzen, und bat Micaela um ein Glas Wasser.

»Ich lasse euch allein«, sagte diese und ging hinaus.

Bevor sie die Tür hinter sich schloss, sah sie noch einmal zu ihrem Mann herüber. Trotz der Tränen lag ein Leuchten auf seinem Gesicht. Im Korridor war niemand mehr, nur noch das

Stimmengewirr aus dem Foyer war zu hören. Sie setzte sich hin und wartete. Ihre Entscheidung stand fest. Sie würde es ihm heute Abend sagen, wenn sie ins Hotel zurückkamen, nachdem sie mit Signore Porterini gegessen hatten. Sie würden ins Zimmer kommen, aufgedreht und überglücklich. Sie würden sich küssen und berühren, er würde ihr die Kleider vom Leib reißen, und sie würden sich wie immer leidenschaftlich lieben. Und wenn sie dann nackt und verschwitzt eng umschlungen nebeneinander lagen, würde sie ihm ins Ohr flüstern: »Es wird bestimmt ein Mädchen, und wir werden es Marlene nennen.«

ENDE